T0268183

POBRE diabla

ADRIANA CRIADO

POBRE diabla

ALFAGUARA

Primera edición: octubre de 2023

Printed in Spain – Impreso en España

ISBN: 978-84-19507-06-8
Depósito legal: B-13.728-2023

Compuesto en Punktokomo, S. L.
Impreso en Black Print CPI Ibérica S. L.
Sant Andreu de la Barca (Barcelona)

AL 07068

Para María,
porque este libro existe gracias a ti.

NOTA DE LA AUTORA

Al igual que *MALA FAMA*, este libro está inspirado en la realidad, pero es una obra de ficción. Por ello, me he tomado muchas libertades a la hora de hablar del sistema educativo, la temporada de hockey y el funcionamiento del patinaje sobre hielo, especialmente al referirme a campeonatos y forma de puntuar. El ISSC (Ice Silver Skating Competition) no es real, es una competición inventada. Quienes conozcáis más de este mundo os percataréis de que no todo es 100 % real, sino que por conveniencia de trama he modificado el funcionamiento de lo dicho anteriormente.

Espero que, aun así, disfrutéis de la historia.

Un saludo,

Adriana

ADVERTENCIA

En esta novela, aunque sea de manera muy secundaria, se habla de la bulimia a través del personaje de Morgan.

Las personas con trastornos alimentarios los gestionan de maneras diferentes, y hay distintos grados de gravedad. Para hablar de esto me he informado, además de que soy una persona que padece un TCA y, aunque no sea el mismo, comparto experiencias con quienes hayan sufrido un trastorno de la conducta alimentaria.

Por favor, si crees que necesitas ayuda, no dudes en pedirla. Los trastornos de la conducta alimentaria están aún muy menospreciados e invisibilizados en la sociedad; hay que seguir concienciando de su existencia y gravedad.

CAPÍTULO 1
Torres

Capitán de los Wolves.

Los chicos del equipo ni siquiera dudaron, me eligieron a mí por unanimidad al haberse graduado Tom Davis y dejar el puesto libre este curso. Yo, en cambio, aún no puedo creerlo. ¿Que si quería el puesto? Totalmente. ¿Que no sé si estoy preparado para ello? También.

Ser el capitán conlleva lo que me propuse el año pasado antes de que perdiésemos la oportunidad de ir a las semifinales: centrarme más en el hockey, dar lo mejor de mí esta temporada. Este año vamos a llegar a semifinales y la Frozen Four va a ser nuestra, como que me llamo Diego Torres.

Es por eso por lo que el entrenador Dawson ha accedido a darme un pase para entrar a la pista cuando quiera. Me costó convencerle de que no iba a montar ninguna fiesta de madrugada ni iba a usarlo para colarme con chicas, sino que, de verdad, quiero echar horas extra entrenando. Tuve una conversación bastante seria con él en la que le dejé claros mis objetivos no solo para este tercer año, sino para el siguiente. Necesito que los ojeadores se fijen en mí. Necesito tener una oportunidad para jugar con los New Jersey Devils o con los New York Rangers al terminar la universidad. No es una opción, es algo que tengo que conseguir sí o sí.

Me he pasado todo el jodido verano entrenando sin parar en cada hora libre. He echado muchísimas horas en el restaurante, descansando lo mínimo. He estado pendiente de Morgan y sin bajar la guardia con ella, aunque no me permita ser del todo parte del proceso. Ambos nos hemos hecho cargo de Nick y Ana y de esa mugrienta y minúscula casa en la que hemos tenido que convivir con nuestro padre (al menos estos meses con nosotros allí ha estado impoluta). Y menos mal que tomamos la decisión de contratar a una niñera para echarnos una mano con los pequeños, me habría sido imposible llevar todo adelante sin ella.

Es algo tarde cuando termino de entrenar. Me siento en uno de los bancos para quitarme los patines y limpiar las cuchillas antes de ir a los vestuarios para guardarlos. No me he puesto el equipo para practicar, hoy tan solo quería probar algunos movimientos. Saco el móvil de la taquilla y compruebo que los chicos han escrito en «K-Wolvies», el grupo común.

Jordansito
Cena en casa?

Sis
Ya he cenado y estoy viendo una serie.

Spencie
West y yo vamos de camino.

Big A
Estoy tirado en el sofá.

Trinity
Ameth, por favor, cómete una por mí.

Spencie
Haz el favor de levantar el culo.

Big A
Vale, me visto y voy.

Jordansito
Voy pidiendo las pizzas.

El último mensaje de Jordan fue hace veinte minutos.

Yo
Estoy saliendo de entrenar.

Habéis pedido para mí?

Jordansito
Nop.

Nate Bro
Que no te engañe.

Nate Bro
Te ha pedido una de esas llena de verduras que ni a ti te gustan.

Jordansito
Chivato.

Yo
Estoy ahí en veinte minutos.

Apago todas las luces del pabellón, pongo la alarma y cierro con llave antes de echar a andar. Estamos en la segunda semana de septiembre, pero en cuanto oscurece ya está empezando a refrescar. Este año el verano se ha ido demasiado pronto y el otoño parece que va a llegar más rápido y fuerte que el pasado.

El campus está a rebosar. Es viernes, solo llevamos diez días de curso, así que todo el mundo está aprovechando que los exámenes están lejos para salir de fiesta. Nosotros hemos decidido bajar un poco el ritmo este año. Bueno, en realidad he sido yo el que ha tomado esa decisión, pero mis amigos parecen haberse solidarizado conmigo. Salimos el primer día de curso para iniciarlo por todo lo alto, pero no he vuelto a probar una gota de alcohol desde entonces. También me acosté con un chico ese día porque, sorpresa, le he roto los esquemas a Ameth, que se lamentaba de mi heterosexualidad, pues soy bisexual. Y he tardado veinte años en descubrirlo. Después de con él, me he enrollado y acostado con más chicas y chicos. Sin embargo, mis mejores amigas van a ser mi mano derecha y el agua hasta que vea que puedo compaginar mi vida sexual y la fiesta con mi futuro.

Tengo llaves del piso de Jordan, así que abro sin llamar. El olor a pizza hace que me ruja el estómago antes incluso de entrar al salón. Los chicos se están repartiendo las cajas que parece que acaban de llegar.

—*¡Llegó papá!* —anuncio, dejándome llevar hacia el olor de la comida con un pequeño baile de alegría mientras todos me miran.

15

—Justo a tiempo —dice Nate—. ¿Qué tal el entrenamiento?

—Aburrido —respondo. Nate se sienta junto a Spencer en uno de los sillones, Jordan y Ameth en otro. Yo me siento en el tercero tras saludarles y darle un beso en la coronilla a Spens—. No es lo mismo estar solo en la pista.

—Tío, ¿estás seguro de querer entrenar doble? —me pregunta Ameth, abriendo la caja de su pizza—. Este año el entrenador va a machacarnos el triple, ¿vas a poder con su entrenamiento y luego el tuyo?

—Tengo que poder.

No puedo fallarme a mí mismo, pero, sobre todo, no puedo fallarle a ellos. Han confiado en mí para ser el capitán y, aunque ahora mismo todo me venga grande, tengo que lograrlo sí o sí.

Abro mi caja de pizza, Jordan me ha pedido una vegetal que no me habría comido bajo ninguna otra circunstancia, pero tengo que intentar romper la dieta del entrenador lo mínimo posible.

—La masa es de harina integral —me dice Jordie—. Y no lleva nada de sal.

—¿Estás de coña? —se burla Spencer—. ¿Hacen pizzas de harina integral en ese sitio?

—Eso parece —respondo, soltando una carcajada—. No puedo creer que de verdad me hayas pedido la pizza más sana.

—Lo he hecho solo para reírme de ti. —Jordan sonríe, señalando mi caja con la cabeza—. Comerse eso tiene que ser como lamer la suela de un zapato.

—Qué exagerado.

Pero no, no es un exagerado. La pizza es la cosa más sosa e insípida del mundo. La masa no sabe a nada, es como comer papel, y el resto de los ingredientes bien podrían pasar desapercibidos. Joder, quiero una maldita pizza en condiciones. Y, de postre, perritos calientes de Joe's. Muchos.

Intento no darles la satisfacción de ver que estoy odiando la dieta del entrenador, pero es que se me nota todo en la cara y los muy ceporros se ríen de mí mientras disfrutan su cena.

—Vais a ir al infierno —les digo, lo que hace aumentar sus carcajadas.

—Habló quien pudo.

—Olvidadme —reprocho.

Pasamos el resto de la cena contando anécdotas del verano. De las buenas, no de las malas. Todos podemos mencionar cosas malas que han pasado estos meses, pero preferimos no hacerlo. Echaba mucho de menos el piso de Jordan, menos mal que Spens y él lo mantuvieron durante el verano para que nadie les quitase el alquiler. Es nuestro lugar de reuniones, aunque este año vamos a poder tener otro. Hemos conseguido pillar para el nuevo curso una casa para Nate, Ameth y para mí. Está en la misma zona en la que vivíamos antes, es más pequeña, pero perfecta para los tres. Morgan quiso quedarse en la residencia, ya que la universidad guarda la plaza de Trinity para cuando vuelva, así ambas pueden conservar su habitación.

Estoy seguro de que voy a necesitar a mi gente más que nunca este año, así que vivir rodeado de mis amigos es, por lo pronto, el mejor inicio de curso que podía esperar.

CAPÍTULO 2
Sasha

—… y luego va y me dice que le da igual lo guapa que sea, que no soy su tipo. —Allison bufa, mirándonos, esperando ver en nosotras la misma indignación que está sintiendo ella ahora mismo—. ¿Os lo podéis creer?

—Menudo gilipollas —le responde Riley, haciendo que Allison asienta como diciendo: «Claro, es que llevo toda la razón».

—A lo mejor es que no eres su tipo —dice Brooke, sonriendo al ver la incredulidad en nuestras compañeras cuando la escuchan.

—¿Perdona? —protesta Allison, y frunce el ceño.

—Pues eso. Que a lo mejor lo que pasaba era justo lo que te dijo: que no eras su tipo.

Allison y Riley intercambian una mirada antes de centrarse de nuevo en Brooke.

—¿Eres tonta? —pregunta la segunda.

Siempre lo mismo, qué pereza.

—A veces creo que lo soy —responde Brooke, y le da un último trago a su té—. Me voy, que algunas tenemos más vida aparte de nuestro ombligo.

—Eres tonta —afirma Riley, pero Brooke se limita a sonreír mientras se pone en pie.

—Os las apañaréis entonces sin nosotras. —Después me mira—. ¿Te vienes?

—Sí.

No me despido de las demás, tan solo me pongo en pie y salgo del Mixing House tras ella.

—Recuérdame por qué hemos elegido vivir con ellas de nuevo este año —protesta mientras echamos a andar. Desde luego no es porque nos apasionen estas reuniones para organizar fiestas a las que no pienso asistir.

—Porque es la única forma que tengo de escapar de mi madre a veces, y tú no querías dejarme sola en ese «nido de víboras».

—Ah, eso.

Nunca quise ser parte de una sororidad. Habría preferido mil veces vivir sola o incluso compartir habitación con alguien en la residencia, pero mi madre jamás habría permitido eso, habría sido una distracción. En cambio, las hermandades dan prestigio, fama, y no hay nada en este mundo que ella quiera más para mí que eso. No quería pertenecer a las Kappa Delta de Keens, pero al final me di cuenta de que es lo único que me hace escapar de mi madre cuando lo necesito; si tengo algún compromiso con mis hermanas, me da vía libre. Entrenar con ella es un suplicio, por eso el año pasado empecé a hacerlo sola tras mucho meditar. Así que, aunque no quiera ser parte de la sororidad, me viene bien.

Llegamos a la enorme casa de piedra gris y grandes ventanales donde vivimos en total doce chicas. La verdad es que las únicas víboras que hay aquí son Allison y Riley. A Brooke le encanta discutir con ellas, yo me limito a ignorar a todo el mundo la mayor parte del tiempo.

—¿Vemos una peli o algo? —me pregunta mientras subimos las larguísimas escaleras hacia la tercera planta.

—Voy a ir un rato a la pista.

—¿Otra vez? Sasha, has estado hoy antes de clase y después de comer.

—Ha sido con mi madre. —Es la única explicación que le doy. Brooke resopla.

—¿Y qué? Te estás machacando más de la cuenta.

—No se consigue la excelencia vagueando, Brooke. Tengo que entrenar.

No vuelve a reprochar porque sabe que es inútil. Tengo que ser la mejor si quiero ganar la competición este año. No puedo permitirme otro fracaso. Mi madre no permitirá otro fracaso. El ISSC (Ice Silver Skating Competition) es el campeonato más importante a nivel internacional para menores de veinticinco años. Ganarlo sería el mayor logro de mi vida y el pase para ir a las Olimpiadas. Y eso solo puedo hacerlo si soy pura perfección sobre los patines.

—Bien —resopla—. Voy a ver si alguna de las chicas quiere hacer algo antes de que me muera de aburrimiento.

—No podrías aburrirte aunque quisieras —replico, y es verdad. Brooke siempre tiene algo que hacer, es un culo inquieto. Si no encuentra con quién salir por ahí, se sumerge en sus cuadernos o en el iPad para crear ropa, está estudiando para ser diseñadora de moda.

Me despido de ella y entro en mi habitación para cambiarme. Me pongo unas mallas negras con un diseño de brillantes en el lateral, un top deportivo y una sudadera blanca corta. Me calzo mis Nike blancas, cojo mis cosas y salgo de casa con los AirPods conectados y puestos. Estiro en el jardín mientras Sia canta «Chandelier», y me olvido del mundo real. Después de calentar, echo a correr a un ritmo tranquilo hacia el pabellón de patinaje.

Aún no ha acabado la última clase de la tarde cuando llego, así que me pongo los patines y salgo al hielo para entrenar una vez más mientras terminan. El equipo de patinaje está realizando unos últimos ejercicios bajo la supervisión de Roland Moore, el entrenador de estos Wolves. Todos los equipos que existen en Keens se denominan Wolves porque es el animal de la universidad, aunque los chicos de hockey lleven el nombre como si les perteneciese. Un motivo más para odiar a los jugadores de hockey. Yo también soy una, aunque teniendo en cuenta que no pertenezco en realidad a ningún equipo, bien podría ser simplemente una Wolf, una loba solitaria.

Mi madre siempre ha sido mi entrenadora, pero en el instituto me uní al equipo de patinaje durante un tiempo en el que combiné ambos entrenamientos. Fue un error que hoy sigo recordando.

Me centro en mi calentamiento hasta que pueda tener la pista entera para mí, aislándome por completo mientras la música suena en mis oídos. Me deslizo sobre los patines de un extremo a otro. Casi me doy un susto de muerte cuando, al girar, me topo con Roland Moore frente a mí, con una gran sonrisa en la cara. Me detengo en seco, llevándome una mano al pecho por el susto.

—Entrenador Moore —digo y me quito un auricular, carraspeando por lo que me incomoda su cercanía—. No le he visto acercarse.

—No te preocupes, Sasha, bonita. ¿Vas a entrenar? —Asiento—. ¿Quieres que me quede?

—No es necesario —respondo de inmediato, y miento—: Mi madre está de camino.

—Entiendo. Tened cuidado al apagar las luces, últimamente está habiendo algunos cortocircuitos, no vaya a ser que os dé una descarga. No podemos quedarnos sin dos mujeres tan guapas por aquí —se ríe y, aunque es un hombre atractivo, a mí me produce repulsión—. Buenas noches, Sasha.

—Adiós, entrenador Moore.

Me cercioro de que se ha ido antes de volver a ponerme los auriculares. Tengo toda la pista ante mí, enorme y vacía, preparada para que me deslice sobre ella.

Voy al extremo. Cuando acabo, todos los músculos del cuerpo me duelen. Llevo patinando desde el momento en que me pude poner unos patines en los pies y, aun así, no me acostumbro a las agujetas, a la tensión, al dolor. Tan solo he aprendido a vivir con ello. Sé perfectamente que, en cuanto llegue a casa y me duche, voy a caer muerta en la cama. Llevo en total cinco horas de entrenamiento, además de haber ido a clase, y estoy muy cansada.

Cuando apago la luz, un chispazo sale del cuadro de luces, siento un pequeño calambre. Joder, cualquiera le da la razón a Roland Moore. Cuando compruebo que todo está correctamente apagado, cierro el pabellón y vuelvo a casa. No me sorprende que la planta de abajo de la hermandad esté a rebosar de gente a pesar de ser lunes. Esquivo a todo el mundo aún con mis auriculares puestos, aunque la música que retumba se superpone a la mía. Una vez en mi habitación, cojo mi pijama y me encierro en el cuarto de baño.

Después, tal y como sabía, caigo rendida en la cama a pesar del ruido que hay abajo.

No son ni las siete de la mañana, a esta hora las únicas que solemos estar aquí a diario somos mi madre y yo. Pero cuando llego al pabellón y me acerco a la pista de hielo, mi madre está acompañada del entrenador Moore y unas cuantas personas que, por el uniforme, sé que son de mantenimiento.

—Tiene que ser una broma —espeto sin poder creer lo que estoy viendo cuando me acerco.

La pista de hielo se ha descongelado y, evidentemente, no se puede patinar.

—Esto es una vergüenza —está diciendo mi madre. El cabreo hace que su acento ruso se marque mucho más—. Tenemos que entrenar, Roland, arregla esto.

—Tanya, la pista se ha derretido —reprocha él, y se pasa una mano por el pelo rubio—. No puedo volver a congelarla sobre la marcha.

—¡Busca una solución!

No doy crédito. ¿Cómo narices voy a practicar si la pista es una maldita piscina? No puedo permitírmelo, tengo que empezar a ensayar la coreografía para el ISSC ya, y practicar la de los campeonatos que hay antes.

Uno de los hombres de mantenimiento se acerca antes de que mi madre le saque los ojos a Roland por no tener la magia del hielo.

—La luz sigue sin funcionar —empieza a explicar—. Parece ser que ha sido un cortocircuito y se han dañado varias cosas, entre ellas la bomba y la máquina enfriadora. Hasta que no se arreglen o reemplacen y se compruebe todo el sistema eléctrico, la pista no va a volver a estar disponible.

—La maldita electricidad —protesta Roland. Recuerdo que ayer me comentó lo de los cortes de luz, y el chispazo que hubo cuando fui a apagar todo—. Hay que encontrar una solución, no puedo tener al equipo parado.

—Voy a hablar con la decana Lewis ahora mismo. —Mi madre señala a los de mantenimiento—. Ya podéis arreglar este desastre.

—Señora, nosot...

—Me da igual —responde, ignorando al hombre antes de girarse hacia mí—. Ve al gimnasio a entrenar hasta que tengamos una solución.

—Buenos días, madre.

—A entrenar, Aleksandra.

Se marcha con la cabeza bien alta, ambas sabemos que no va a salir del despacho de la decana hasta que se le dé una solución inmediata que le agrade. Estoy enfadada por no poder ponerme a patinar ahora mismo, pero agradezco librarme de los gritos de mi madre durante al menos un rato.

Subo a la planta de arriba, donde está el gimnasio totalmente vacío. Está iluminado gracias a las grandes ventanas que hay en la pared de la derecha. La mayoría de las máquinas pueden usarse sin electricidad, pero prefiero dejarlas de lado hoy. En su lugar, me coloco frente a las cristaleras de la izquierda con vistas a la pista. Me pongo los

AirPods y doy al play a la lista de reproducción. Caliento unos minutos antes de agarrarme a la barra horizontal de la pared para estirar mis piernas. Las elevo alternativamente todo lo que puedo, por encima de mi cabeza, empezando a entrar en calor al poner cada músculo del cuerpo en movimiento.

Después practico la elegancia de mis saltos frente al espejo, la estética de los movimientos, mi postura corporal. Me gusta lo que veo, pero no es suficiente. No para el ISSC. Este año tengo que ganar sí o sí, así que no puedo conformarme. Sé que soy buena. No. Soy buenísima. Y sé que puedo llegar mucho más lejos. Por eso repito los saltos y giros una y otra vez sin parar: simples, dobles e incluso lo intento con los triples a pesar de que el impulso en llano es mínimo y no me permite realizarlos correctamente. Aterrizo sobre una pierna, sobre la otra, me fijo en mi equilibrio y postura.

Paso una hora completa en el gimnasio, hasta que estoy sin aliento y dolorida. Voy al servicio para refrescarme y limpiarme el sudor, pero el agua también está cortada, así que mojo una toalla con agua de mi botella. Tengo las mejillas rojas por el esfuerzo, pero la máscara de pestañas a prueba de agua está intacta, y no se me ha salido ni un mísero pelo del trenzado que llevo.

—¡Aleksandra! —Mi madre entra en el gimnasio y yo salgo del cuarto de baño. Ella me mira y frunce el ceño—. ¿No estás entrenando?

—Acabo de terminar.

Hace una mueca que, por mucho que quiera ignorar, lanza una punzada de culpabilidad a mi pecho.

—Traigo malas noticias. La decana Lewis ha dicho que la reparación de la pista llevará un tiempo. Es una vergüenza. —Niega con la cabeza, completamente indignada—. Vamos a tener a nuestra disposición el pabellón de hockey para seguir entrenando. Pero tenemos que ajustarnos a los horarios del entrenador Dawson. —Vuelve a negar y suelta un par de insultos en su lengua natal—: *Vaya panda de inútiles.*

—¿Compartir pista con esos *Homo sapiens*? —Esta vez soy yo la que arruga el rostro—. No pienso patinar cuando ellos lo hagan.

—Por supuesto que no. Vamos a ir ahora mismo a hablar con ese Anthony Dawson para dejarle claro cuáles son nuestros horarios.

Miro la hora en el reloj.

—Tengo que ducharme para ir a clase. Me he retrasado por culpa de todo esto.

—Tú y tus malditas clases. En fin, de todos modos, solo estorbarías, así que voy yo a hablar con él. Te escribo luego.

Saco todas mis cosas de la taquilla y las meto en el coche para más tarde. Paso por casa para darme una ducha y ponerme ropa de deporte limpia, además de coger mis libros antes de irme a clase.

Jenna, una de mis hermanas de sororidad, ya está sentada en nuestro sitio, así que subo las escaleras laterales para ir donde ella. Mi mirada se topa por el camino con dos caras conocidas. Dos de los jugadores de hockey comparten asignaturas conmigo este año, así que deduzco que estudian algo relacionado con la educación, aunque no puede importarme menos. Uno es el rubio guapo de ojos azules tan amigo de Nate, el ex de Allison; el otro es el chico negro que se hizo viral por el artículo publicado el año pasado en el *K-Press*. Ambos me miran unos segundos, aparto la vista y alzo la barbilla con orgullo. Me odian por tener relación con Allison, yo los odio porque sí. Son los típicos jugadores de hockey creídos y mujeriegos. Tan solo son hombres que corren detrás de un disco dándose golpes y la gente los adora por eso. Imbéciles.

Mi madre me escribe unas horas después para decirme que entrenamos después de clase en nuestra pista provisional. Como algo rápido en la cafetería antes de ir hacia el pabellón de hockey. Mi madre ya está esperándome, mirando el reloj y luego a mí.

—Llegas tarde, Aleksandra. Treinta flexiones antes de empezar.

Me limito a asentir a pesar de que me he retrasado únicamente dos minutos y veinticuatro segundos. No se le replica a Tanya Petrova, la mejor patinadora de Rusia y ganadora olímpica tres juegos consecutivos.

Después de calentar y cumplir con mi castigo, salgo al hielo.

El entrenamiento es tan duro como siempre. Durante dos horas patino sin parar aplicando las numerosas correcciones de mi madre, haciendo una y otra vez lo que ella quiere. La última hora me frustro porque tenemos que compartir la pista con el equipo del entrenador Moore, lo que hace que tenga que limitar mi espacio y esquivar a las demás chicas.

—Deja de estar pendiente de las demás —me reprende mi madre—. Que te esquiven ellas a ti.

Cuando termino estoy completamente empapada en sudor, con el corazón a mil y dolorida a más no poder. Mi madre se acerca al equipo de patinaje para cumplir con su función de apoyo (le pagan un pastizal por supervisar el entrenamiento de Roland Moore y ayudar al equipo unas cuantas veces por semana), y yo me dirijo a los vestuarios.

Hay dos, una para los Wolves de hockey y otra para el equipo contrario que viene cuando juegan en casa. Está clarísima cuál es la de los lobos porque está llena de banderines, pegatinas y mil mierdas más. Y es ahí donde he dejado mis cosas.

Me quito los patines y los limpio antes de guardarlos, me calzo las deportivas y cojo mi bolsa para volver a casa y darme una ducha caliente. Debería volver más tarde para entrenar un par de horas más para recuperar lo perdido esta mañana, pero le prometí a Brooke que cenaríamos juntas. Además, no tengo acceso a este pabellón fuera del horario lectivo. Tendré que hablar con el entrenador Dawson.

Salgo de los vestuarios en el mismo momento en que una estampida de elefantes se abre paso por el pasillo en mi dirección. El equipo de hockey es sumamente ruidoso y molesto. Los chicos hablan a voces y se ríen de cosas que, con casi toda seguridad, no tienen gracia. Los dos que van primeros en el grupito se percatan de mi presencia mientras me dirijo a la puerta por la que acaban de entrar.

—Pero bueno, ¿y tú quién eres? —pregunta uno de ellos, esbozando una sonrisa que en su mente debe parecerle seductora, pero, en realidad, es igual de estúpida que él. No le hago ni caso, solo los esquivo, lo que provoca que su colega se ría de él.

—Peter, tío, es que está muy fuera de tu nivel.

El resto de los chicos me miran al pasar, pero no dicen nada. La puerta se abre antes de que pueda hacerlo yo, dando paso a unos cuantos más que se detienen al toparse conmigo.

Al primero que veo es al rubio guapo, que arquea una ceja. A su lado, Nate West me mira como si nada.

—¿Y esta qué hace aquí?

Desvío mi vista hacia quien ha pronunciado esas palabras. Me topo con unos ojos marrones oscuros y profundos, que dejan ver disgusto. Diego Torres me mira como si hubiese matado a su perro por diversión, sin molestarse en disimular.

Jamás admitiré ante nadie que, durante una milésima de segundo, me puse nerviosa. Sé reconocer la belleza, puedo admitir cuándo un tío está bueno y me atrae físicamente. No tengo problema en comentarlo con Brooke cuando se da el caso, que suele ser pocas veces.

Pero sí lo tendría si tuviese que confesarle a mi mejor amiga que este tío, al que detesto desde hace tiempo, me pone nerviosa.

Diego Torres no es que sea solo guapo, sino que es atractivo a unos niveles que soy incapaz de asimilar. Y no entiendo por qué me siento tan atraída por él porque, primero, me cae mal; y, segundo, no es mi tipo. O sí lo es, y por eso me pone nerviosa, yo qué sé.

El caso es que intento disimularlo lo mejor que puedo, porque preferiría entrenar un mes seguido con mi madre sin descansar antes de que este tío supiese que me atrae, así que esbozo una media sonrisa que sé que le va a molestar, porque refleja indiferencia y la satisfacción que siento al saber que no le gusta la idea de que yo esté aquí. Lo ignoro por completo y me abro paso entre ellos, desoyendo el murmullo general.

Al salir, me topo con el entrenador Dawson, así que me acerco a hablar con él para pedirle un pase especial y poder entrenar cuando me dé la gana.

CAPÍTULO 3
Torres

La profesora reparte los exámenes sorpresa que nos hizo la semana pasada para hacerse una idea de los conocimientos que tenemos acerca de estructuras aeronáuticas. Tengo un ocho sin haber cursado nunca antes esta asignatura, pero sí hemos tocado el tema ligeramente en otras, y no se me ha olvidado nada. Que se me dé bien retener información, aunque no sea la primera impresión que la gente tiene de mí, es algo que me da paz mental. Voy a tener la posibilidad de conseguir un trabajo muy bien remunerado si la opción de hockey, la que deseo, fallase.

—¿Qué has sacado? —me pregunta Sean, mi compañero de clase desde primer curso de carrera. Nos llevamos muy bien y salimos de vez en cuando, pero él juega al fútbol y se mueve en otro círculo distinto al mío. Levanto el examen para enseñárselo—. Qué cabrón. ¿Has suspendido algo en estos tres años? —Sonrío con socarronería, y él bufa—. No contestes, ya sé que no.

—¿Qué culpa tengo de que todo se me dé bien? —respondo, aunque la verdadera respuesta es que no puedo perder la beca. Debo tener una media de notable si quiero seguir estudiando aquí y jugando al hockey. No pienso desaprovecharla, porque no solo estoy hablando de mi futuro, sino del de Morgan, Nick y Ana.

—Pues yo he sacado un dos —se queja, y airea el folio con desgana.

Cuando la clase termina, Sean y yo nos dirigimos juntos a la siguiente, en la tercera planta del mismo edificio. Mi móvil suena antes de que lleguemos y, en cuanto veo quién es, me pongo nervioso.

—Tengo que cogerlo —le digo antes de alejarme para buscar un sitio más tranquilo. No me gusta cuando Vera Green me llama porque, aunque adore a esta mujer con toda mi alma, nunca llama por algo bueno. Inspiro hondo antes de descolgar, apoyándome en la pared de un pasillo despejado—. Vera, ¿qué tal?

—Hola, Diego. Muy bien, ¿y tú?

—De maravilla, como siempre —miento, y sé que ella lo sabe—. Cuéntame.

—Dos malas noticias, me temo —suspira.

—Dime.

—Tu padre ha sacado bastante dinero de la cuenta familiar —me explica, yo aprieto los dientes para reprimir la ira—. No queda mucho, Diego. Es cierto que no saca dinero habitualmente porque imagino que le pagan en efectivo en el trabajo y es eso lo que se gasta, pero, cuando lo hace, la cuenta baja muchísimo.

—¿Cuánto queda? —mascullo.

—Menos de veinte mil.

Joder. Hijo de puta. La cuenta familiar es con la que se paga el piso de mierda en el que están viviendo, la educación de mis hermanos y las cosas básicas como la comida, la ropa y todo lo que necesitan. Pero el desgraciado ha sacado miles de dólares para gastárselos en sus malditas apuestas y seguramente en alcohol. No necesita tocar ese puto dinero, con gastarse la mierda que gana trabajando en el bar del barrio (en el que básicamente se deja el sueldo), tiene de sobra. ¿Por qué tiene que usar el dinero con el que intentamos mantener a Nick y Ana? No es consciente de lo que pasará si no podemos seguir manteniéndolos: los Servicios Sociales intervendrán y se llevarán a mis hermanos pequeños a algún centro de acogida hasta que Morgan o yo podamos hacernos cargo de ellos, y para eso queda unos cuantos años todavía. Me niego a perderlos, no es una opción.

—Gracias por informarme —le digo a Vera tras un largo silencio en el que no digo nada y ella no me interrumpe, porque sabe que estoy lidiando con la información y asimilándola—. Veré qué puedo hacer. ¿Qué es lo otro?

—Ha intentado sacar dinero de todas las demás cuentas —me dice, y esta vez sí que maldigo en voz alta. ¿Me está vacilando?

—¿Otra vez? —gruño.

—No tienes de qué preocuparte, Diego. Tu padre no tiene acceso a ninguna de las cuentas, no podrá sacar dinero jamás de ellas, pero tenía que informarte de sus acciones.

Cuando mi madre murió, la lectura del testamento fue toda una sorpresa. Mi madre sabía de su enfermedad, leucemia, mucho más tiempo de lo que nos dijo. Antes de llegar a estar grave, ya había dejado toda nuestra vida solucionada sin que nosotros lo supiéramos.

Mamá había estado ahorrando como una condenada desde el momento en que se casó con mi padre. Cada centavo, cada dólar que caía en sus manos sin que mi padre lo viese, lo iba guardando para sus hijos. Además, había puesto a buen recaudo gran parte de la herencia que nuestra abuelita le dejó. Antes de fallecer ya sabía que nuestra vida iba a ser miserable sin ella. Y se aseguró de facilitarnos todo lo máximo posible. Dejó una cuenta familiar abierta a nombre de mi padre, de Morgan y de mí mismo con una cantidad de dinero impresionante para que pudiésemos mantenernos durante unos años sin preocupaciones. Esa cuenta se multiplicó cuando vendimos la casa (ni todos los ahorros del mundo nos habrían permitido seguir viviendo ahí sin un trabajo estable como el que tenía ella como directora de Recursos Humanos), y nos mudamos al piso que ahora parece más una prisión que un hogar. Pero eso no fue todo.

Mamá dejó cuatro cuentas bancarias más, una para cada uno de sus hijos, con muchísimo dinero en ellas. Morgan y yo no nos lo podíamos creer cuando nos dijeron las cifras. No era suficiente para pagar los estudios universitarios, pero sí para poder tener una vida acomodada. Pero fue tan inteligente como siempre, y se adelantó a lo que sabía que iba a pasar: mi padre intentaría quitarnos todo. Por eso nos creó un fondo fiduciario a cada uno, al que no podríamos acceder hasta los veintiún años. Tan solo cuando empezásemos la carrera se podrían descongelar las cuentas personales y recibir una especie de salario mensual para gastos, no despilfarros. Es decir, ahora mismo Morgan y yo recibimos al mes una cantidad de dinero de nuestras cuentas individuales, y con eso vivimos de sobra. Nos administramos muy bien, porque al final también lo usamos para Nick y Ana. Cuidamos cada centavo que gastamos, pero nos permitimos tener vida y ser universitarios, aunque yo haya decidido castigarme por ello.

Vera Green es la encargada de gestionar nuestras cuentas e informarnos de cualquier movimiento extraño. Está a nuestro lado desde que mamá murió, es más una amiga que una gestora.

—Gracias —le digo al fin. Quince días llevo de clase, después de haber pasado el verano controlando todo en casa, quince días es lo que ha tardado en demostrar una vez más lo mierda que es como padre.

—¿Cómo va la universidad? ¿Y el hockey?

—Genial. Si jugamos bien esta temporada puede que los ojeadores se fijen en mí. Necesito que lo hagan.

—Aguanta, chico. Te quedan menos de dos años para poder acceder a tu cuenta, y entonces podrás demostrar que puedes mantener a los pequeños y pedir la custodia.

Lo sé, es lo que pienso hacer. Pero no sin antes asegurarme un futuro. Nunca se sabe qué puede pasar.

Vera se despide de mí y yo vuelvo a clase, aunque mi mente está totalmente ida. Estoy furioso, mucho. Ni siquiera en el entrenamiento de después consigo desfogar lo suficiente para que el cabreo se me pase un poco. Llamo a Morgan más tarde para contarle lo sucedido, pero eso tampoco me tranquiliza. Mi hermana se cabrea tanto como yo, así que al final la furia vuelve a mí y no puedo dejar de dar vueltas por la casa vacía. Hoy no trabajo, Nate está con Spencer, y Ameth tenía planes con su novio, Jackson. Llamaría a Jordan para hablar con él, pedir algo de cenar y tomarnos unas cervezas mientras me quejo durante horas, pero no quiero calentarle la cabeza con los problemas de siempre.

Así que hago lo único que puede ayudarme ahora mismo. Me pongo el chándal, cojo el móvil, los auriculares y el pase para entrar en la pista de hockey, y me piro a entrenar a pesar de que es la hora de cenar.

CAPÍTULO 4
Torres

El pasillo principal del pabellón está totalmente a oscuras, pero veo luz a través de la rendija de la puerta que conduce a la pista de hielo, y también de la que lleva a los vestuarios. No sería la primera vez que el entrenador se queda hasta tarde, así que no le doy importancia.

Saco de mi taquilla tan solo los patines y mi stick. Me calzo y decido pasar por el despacho del entrenador para avisarle antes de ir hacia la pista, pero está cerrado y con la luz apagada. Pienso que quizá esté en otra parte, pero, en cuanto abro la puerta que da a la pista, comprendo que no es él quien está aquí, sino otra persona.

No necesito más que un vistazo para saber que la chica que está patinando es Sasha Washington, solo ella podría moverse sobre el hielo de esa forma. Y el entrenador ya nos explicó que tanto Sasha como el equipo de patinaje van a entrenar aquí hasta que arreglen su pabellón. Lo que no esperaba era tener que cruzarme con ella más de lo necesario, y mucho menos compartir pista.

—Eh, tú —digo alzando la voz, pero ni se inmuta.

Sigue deslizándose sobre los patines, saltando y haciendo un par de giros en el aire antes de volver a aterrizar. Entro en la pista y voy hacia ella directamente. Sigo su trayectoria, plantándome delante con los brazos cruzados. Se percata de mi presencia tan solo un par de metros antes de chocarse contra mí, deteniéndose en seco a escasos centímetros.

Tiene la respiración agitada, no sé muy bien si por el susto o por el hecho de ser yo quien está delante de ella. La repaso de arriba abajo rápidamente. Lleva unas mallas deportivas celestes y la sudadera gris de Keens, el pelo recogido en una cola tirante y trenzada. Su cara

31

está perlada de sudor, sus mejillas rojas y sus ojos azules entornados. Qué pecado ser tan jodidamente guapa, pero tan frígida.

—¿Qué haces tú aquí? —me espeta tras quitarse un auricular, imitando mi postura y cruzando los brazos en el pecho.

—Yo iba a hacerte la misma pregunta, Barbie patinadora.

Sus bonitos labios, gruesos y rosados, se fruncen. Me gusta saber que me soporta tan poco como yo a ella. Pero no me gusta imaginarme esos labios en una situación muy diferente a la que estamos.

—Sal de mi vista. —Es todo lo que dice, poniéndose los AirPods y alejándose de mí.

No pienso patinar con ella aquí, así que la sigo y me interpongo una vez más en su camino. La rubita me esquiva con una agilidad envidiable, pero yo también sé moverme sobre los patines, así que me planto otra vez en medio, forzándola, ahora sí, a detenerse. Esta vez se quita los auriculares y los guarda en el bolsillo de su sudadera antes de hablar, notablemente agitada.

—¿Qué coño pasa contigo?

—Necesito que te largues —respondo, señalando con la cabeza la salida. Ella suelta un bufido que me resulta de lo más divertido.

—Va a ser que no.

—A ver cómo te lo explico, *princesa*. —Doy un paso adelante, ella no retrocede y eso me hace sonreír un poco—. Tengo que entrenar, y no pienso hacerlo contigo pululando por aquí. Me estorbas.

—Pues te esperas a que yo termine, o te jodes. —Alza la barbilla para mirarme, ya que soy más alto que ella.

—Estás en mi pista, la pista de los Wolves. Eres una intrusa a la que se le ha permitido patinar aquí, tus privilegios de niña de mamá se han quedado en el otro pabellón.

Arruga la frente, probablemente molesta por tener que discutir conmigo. Yo, de repente, me estoy divirtiendo mucho.

—Yo también soy una Wolf —protesta, hablando en singular de los Wolves—. Y tu entrenador me ha dado un pase para poder venir cuando me dé la gana.

—Me parece estupendo, pero si le preguntamos al entrenador Dawson quién tiene preferencia para usar la pista, ¿a quién crees que elegirá? —Arqueo una ceja, sus ojos azules se entrecierran—. ¿A la *pobre diabla* a la que ha acogido de mala gana o al capitán de su propio equipo?

Sasha me fulmina con la mirada, pero no replica porque sabe que llevo razón.

—No te des con la puerta al salir —añado.

Ella me dice algo en lo que supongo que es ruso, imagino que nada bonito, antes de patinar hacia la salida de la pista. Yo sonrío ante mi victoria, despidiéndome de ella con la mano cuando se gira para echarme un último vistazo.

No suele caerme mal la gente, de hecho, siempre me llevo bien con todo el mundo. Pero Sasha Washington se vio envuelta en todo lo que pasó con Allison y Nate, y por eso no quiero verla ni en pintura. Cuando Jordan y yo fuimos a hablar con la ex de nuestro amigo por lo que hizo, tanto Sasha como su amiga estaban ahí. La patinadora se metió por medio gritando que nos callásemos de una vez, así que, mientras Jordan se enfrentaba a Allison y Riley, yo me peleaba con Sasha. Ni siquiera recuerdo lo que nos dijimos, solo que hubo gritos e insultos.

Desde entonces, Sasha y yo solo nos hemos cruzado unas cuantas veces. No la odio, eso significaría que me importa, pero no me gusta.

Cuando ya estoy completamente solo, hago un par de ejercicios de calentamiento por toda la pista. Después cojo mi stick y un par de discos, y empiezo a practicar el control mientras patino lo más rápido que puedo. El disco se me escapa en más ocasiones de las que me gustaría admitir. Joder, no puedo perder tantísimo la coordinación de mis movimientos.

Vuelvo a repetir el ejercicio una y otra vez, zigzagueando por toda la pista. Hasta que no estoy satisfecho con el entrenamiento, hora y media después, no paro. No puedo conformarme con ser únicamente muy bueno si quiero llegar lejos. Tengo que ser espectacular. Y no estoy seguro de si lograré serlo.

Cuando vuelvo a casa, Nate está tirado en el sofá viendo algo en la tele.

—Hey —saluda—. ¿Ahora estabas entrenando?

—Sip.

—Pero si el entrenador nos ha machacado esta tarde, tío.

Me acerco y me dejo caer a su lado. En la pantalla están retransmitiendo un partido de hockey antiguo. Me sorprende que no esté viendo una película mala para volver a la carga con los artículos. Spencer y él van a seguir este año trabajando en equipo para el *K-Press*, que cuenta ya con una barbaridad de seguidores.

—Tengo que dar lo mejor de mí —respondo. Nate abre la boca para reprochar, pero yo le interrumpo porque ya sé lo que va a decir—. Puedo con todo, tranquilo.

Este año tengo que llevar adelante las clases, los entrenamientos oficiales, los que hago por mi cuenta, y echar unas cuantas horas en el trabajo. Además de seguir supervisando a Nick y Ana, aunque ahora tenga ayuda, y asegurarme de que Morgan está bien. Mis amigos creen que no voy a poder con todo, pero llevo así toda la vida. Ya descansaré cuando mi familia también pueda hacerlo y tenga la vida que se merece.

—¿Sigue en pie lo del sábado? —me pregunta, cambiando totalmente de tema. Doy gracias por tener a mis chicos y que me conozcan tan bien.

—Si os viene bien, sí. Quiero vuestra opinión.

—Por supuesto.

Durante el año pasado y todo el verano he estado guardando cada mes parte de mis ingresos fijos y del sueldo del restaurante para poder comprarme un coche de segunda mano. He estado dos cursos dependiendo del de Jordan o del de Dan, mi antiguo compañero, pero pretendo ir más a menudo a casa, y no puedo seguir pidiendo prestados coches a otras personas. El sábado he quedado con el dueño de uno que me ha gustado bastante para ir a verlo, y quiero que Jordan y Nate me acompañen para que me den su opinión.

—Ah, ¿sabes con quién he tenido un encontronazo antes? —le digo.

—Sorpréndeme, mi amor.

—Con Sasha Washington. —Nate hace una mueca al oír su nombre.

—¿Otra vez?

—Estaba entrenando cuando he llegado y no quería irse.

—Y la has echado.

—Por supuesto que la he echado —chisto, encogiéndome de hombros—. Tengo suficientes cosas en mente como para tener que lidiar con la Barbie.

—Pues reza por no tener que coincidir demasiado a menudo con ella —ríe Nate, y es que a él ya no le afecta en absoluto nada que tenga que ver con su historia con Allison. Ha pasado página, pero yo sigo enfadado con esas arpías por lo que le hicieron.

—Si vuelvo a ver a esa condenada en nuestro territorio, me la como.

Aúllo de broma, provocando que Nate ría.

—¡Cuidado con el lobo! —bromea, dándome un golpe en el brazo que yo le devuelvo. Ambos iniciamos una pequeña lucha de puñetazos.

—A veces simplemente pienso que sois gilipollas por naturaleza. —Ameth está en la entrada, negando ligeramente con la cabeza—. Paso de vosotros.

CAPÍTULO 5
Sasha

No tengo ni puñetera idea de qué hace Brooke. Es decir, la estoy viendo perfectamente, pero no me entra en la cabeza cómo puede bailar como una *stripper* sin importarle en absoluto estar rodeada de gente.

Lleva unos vaqueros y un corsé amarillo y blanco que hace contraste con su piel marrón. Su pelo ondulado, moreno con reflejos castaños, se mueve al compás mientras se menea frente a ese jugador de fútbol que no para de manosearla.

Allison y Riley llegan a mi lado y me ofrecen una cerveza. La rechazo. No puedo beber alcohol, sigo una dieta muy estricta desde pequeña que no me permito romper, así que me aferro a mi botella de agua. Brooke suele decirme que no solo soy deportista, sino también universitaria. Está convencida de que mi madre ha absorbido toda mi juventud y me he convertido en una señora aburrida.

—Parece una zorra —comenta Riley, mientras mira a Brooke bailar. Allison suelta una risita y ambas chocan sus cervezas como si hubiesen dicho algo ingenioso.

—Está bailando —protesto de inmediato, y les lanzo una mirada cargada de odio. Puede que lo que está haciendo mi amiga me choque porque es algo que yo no haría, pero eso no les da derecho a decir burradas sobre ella.

—Como una zorra —repite Riley y se encoge de hombros.

—Como le da la gana —rebato, ella resopla.

—Ay, Sasha, de verdad, qué estirada eres siempre —se burla Allison.

—Solo estamos bromeando.

—¿Alguien se ríe de verdad con vosotras? —digo con una tranquilidad fría y cortante. Escucho «bah, déjala» mientras me alejo.

El problema de Allison y Riley es que creen que son divertidas por ir con esa actitud de chicas malas. No lo son, nunca lo han sido. Cuando las conocí el primer año fueron ellas las que se acercaron a mí para ser mis amigas y, como no conocía a nadie, me pareció guay. El problema es que nunca me han caído bien, pero llevamos conviviendo juntas tres años y ya me he acostumbrado a lo estúpidas que son. Me limito a ignorarlas lo máximo que puedo. Menos mal que tengo a Brooke, que se pegó a mí como una lapa en cuanto vio que «las dos arpías», como las llama ella, me intentaban fichar en su grupo.

Yo soy directa, pero me da tanta pereza la gente que no suelo discutir. Brooke, en cambio, salta a la primera oportunidad. El caso es que a Allison y Riley les da exactamente igual que se les diga que ni son graciosas ni son buenas personas.

Me abro paso entre la gente, aunque no llego muy lejos antes de que Brooke me agarre del brazo para detenerme.

—Hey, ¿estás bien?

—Sí. —Enarca una ceja, pidiendo más información—. Allison y Riley.

—Ugh. ¿A quién criticaban ahora?

—A ti. —Si hay algo que Brooke valora, es la honestidad.

—Bah, ignóralas como hago yo. Son unas infelices. —Un simple asentimiento por mi parte es suficiente para ella—. ¿Vamos a bailar?

—Creo que voy a irme.

—Sash, venga ya —protesta, haciendo un puchero con el labio inferior. Abro la boca, pero se adelanta antes de que hable—. ¿No puedes divertirte un rato?

El único motivo por el que estoy aquí es porque de camino a casa, cabreada porque el imbécil de Diego Torres me ha echado de la pista, Brooke me ha llamado totalmente borracha. Necesitaba saber que estaba bien, así que me he quedado aquí hasta comprobar que el pedo se le ha bajado un poquito y es totalmente consciente de lo que está haciendo. Pero este fin de semana es el campeonato local de Newford, y debería estar descansando para entrenar mañana.

—Me estoy divirtiendo.

Brooke hace una mueca, mirándome de arriba abajo antes de negar.

—No te lo tomes a mal, cielo, pero tienes esa cara de asco habitual. No hay nada en ti que indique que te estás divirtiendo.

—Me divierto internamente.

—¿Por qué soy tu amiga?

—Porque soy divertida —respondo, Brooke suelta una carcajada.

—Tienes muchas cualidades, pero divertida no es una de ellas. Anda, quédate un rato más.

—Pero si estás perfectamente acompañada por ese jugador de fútbol.

—Ah, sí. Puede que me lo acabe tirando. Pero ahora quiero estar contigo. Venga, vamos.

Habría cedido (a regañadientes) si mi madre no me hubiera escrito para recordarme el programa de mañana. Aprovechando que ni los lobitos ni el equipo de patinaje entrenan los fines de semana, nos toca intensivo. Brooke protesta cuando le digo que tengo que irme, pero ya está acostumbrada y promete que va a estar bien acompañada y que me avisará cuando llegue a casa. A la nuestra o a la de él.

La fiesta era en una de las hermandades cercana a la nuestra, así que tan solo tengo que caminar unos minutos por la calle hasta llegar a la enorme mansión. En el salón está Jenna, que me saluda con la mano, acompañada por Silvia y Amanda. No tengo relación con ninguna, excepto con Jenna porque compartimos clases. Son agradables. De hecho, Amanda discutió el año pasado con Allison y Riley cuando se enteraron de que era amiga de Spencer. Le prohibieron hablar con ella, a lo que Amanda les respondió que se fuesen a la mierda y la dejasen en paz. Me alegra que Amanda les plantase cara a esas dos. Además, conocí a Spencer cuando ella y Nate me entrevistaron para el *K-Press*, y no me cayó mal. Está claro quiénes son las que tienen el problema aquí, pero allá ellas.

Me doy una ducha antes de acostarme, para intentar relajarme y prepararme para el fin de semana intensivo que me espera de la mano de Tanya Petrova.

CAPÍTULO 6
Sasha

Vomito la comida al completo.

Esta mañana entrené antes de ir a clase dos horas, sumadas a las otras dos de ahora. Ensayar coreografías sin parar me tiene hecha polvo. El pasado fin de semana (ya que las competiciones duran dos días) tuve el campeonato de Newford en el que quedé primera, pero aún me queda el del condado, el estatal, el regional, el nacional y el ISSC. No voy a tener tiempo ni de respirar si no solo quiero mantener mi puesto ganado el año pasado como campeona del estado de Nueva Inglaterra, sino ser también la campeona de Estados Unidos y del mundo entero.

Llevo todo el día repitiendo los saltos y giros de casi todas las coreografías una y otra vez sin parar, ignorando el dolor de cuerpo, hasta que este ha dicho basta. He tenido que salir corriendo de la pista, con los patines puestos, para llegar al cuarto de baño y echarlo todo.

Todavía estoy inclinada en el váter cuando escucho las pisadas de mi madre, claramente con los patines aún puestos, acercarse.

—No podemos perder el tiempo, Aleksandra —protesta. Yo me levanto, dirigiéndole una única mirada cuando paso por su lado en dirección al lavabo para enjuagarme la boca. Como no respondo, sigue hablando—. Si vas a vomitar la comida cada vez que entrenes, no comas.

Mis ojos se encuentran con los de ella en el reflejo del espejo. Mi madre enarca una ceja ante mi falta de reacción y chasquea los dedos para llamar mi atención. No le digo que he vomitado porque estoy exhausta por culpa de sus entrenamientos en los que lleva mi cuerpo al límite. No le digo que, cuando entreno yo sola, veo el doble de resultados que cuando lo hago con ella porque voy a mi ritmo. No le digo que paso hambre por culpa de la dieta que sigo desde hace tantos años. Que si dejase de comer para no echar la poca comida que hay en mi estómago, probablemente me desmayaría tras el primer salto. Lo único que hago es asentir.

—Ya estoy bien. Podemos seguir.

Una hora después me permite parar para ir a comer algo. No me quejo cuando solo me deja alimentarme con una sopa de verduras y un poco de fruta. Me ruge el estómago después de dos días entrenando a muerte y comiendo lo mínimo. Mi madre siempre me ha llevado a los mejores médicos, incluyendo una nutricionista deportiva. Pero llevo un tiempo en el que la cantidad de comida no me es suficiente, ya que entreno el triple que antes y mi cuerpo necesita más energía de la que recibe actualmente.

Pero no me quejo.

Para mi madre, que cumpla mi dieta es muy importante porque sin ella no podría mantener el estado físico de una deportista en el que hemos estado trabajando toda la vida. Sin un ápice de grasa, con músculo y fuerza especialmente en mis piernas. Pero su exigencia ha llegado al punto en el que prefiere que no coma si eso significa que voy a rendir mejor. Está desquiciada y no se da cuenta.

Volvemos a la pista para entrenar y me limito a ignorar el dolor de estómago.

—Quiero el doble *axel* impoluto —me grita mientras practico una de las coreografías. Cuando lo hago y aterrizo, pierdo el equilibrio y me tambaleo durante una milésima de segundo antes de seguir patinando—. ¡No, no y no! ¡Otra vez! ¡La cabeza arriba, Aleksandra! ¡Arriba!

Podría decirle que sabe perfectamente que alzar tanto la barbilla es lo que me provoca el desequilibrio, pero vuelvo a callarme. Le doy lo que quiere: un doble *axel* impoluto.

—Voy a probar con el triple *axel* en lugar del doble —le digo, y me acerco a ella. Niega de inmediato.

—No estás preparada para introducirlo en ninguna coreografía.

—Llevo años realizando el triple *axel* a la perfección —protesto, ella ríe. Aprieto los dientes con fuerza para no contestarle de mala manera.

—¿Cuántas patinadoras han logrado hacerlo a la perfección en un campeonato, Aleksandra?

—Si tan solo me dejases int…

—No estás preparada para introducirlo en ninguna coreografía —repite, y esa es su última palabra.

El resto del entrenamiento consiste en gritos y más gritos. Voy demasiado rápido, voy demasiado lento, no soy suficientemente elegante, mi *lutz* no tiene la fuerza adecuada, el impulso no es bueno, tengo que levantar más la barbilla, tengo que sonreír más, pero también menos para no dar la impresión equivocada. Todo lo que sé que hago bien, para ella no es suficiente. Por eso, cuando terminamos por hoy, no me marcho a ningún lado.

—No sé si me gusta o no que entrenes más tiempo —dice mi madre cuando le anuncio que puede irse. No es porque esté preocupada por mi cansancio—. Necesitas seguir practicando, pero tú sola coges manías difíciles de corregir. Limítate a lo básico, Aleksandra, no hagas saltos y giros que luego tenga yo que mejorar.

Cuando era pequeña, en mi familia solo mis abuelos maternos (los únicos que conocí y aún viven en Rusia) y mi padre me llamaban Sasha, mi diminutivo. Yo tenía seis años cuando mi padre decidió largarse de Newford, donde vivíamos, a Nueva York, dejándonos atrás. No le culpo, comprendí años después que se alejaba de mi madre, no de mí, porque vivir con ella era una tortura. Sigue cuidándome, aunque él tiene una nueva vida en Manhattan con Eric, su actual marido. Que se fuese con un hombre tras el divorcio no le sentó muy bien a mi madre, que ya estaba resentida.

Desde el momento en que mi padre se marchó, mi madre prohibió a mis abuelos que me llamaran Sasha, aunque estuviésemos en continentes diferentes. Pero mis conocidas lo hacían, ya que yo me presenté siempre a todo el mundo como Sasha porque era el nombre con el que me identificaba. Aleksandra era la persona que mi madre estaba moldeando, Sasha era algo más libre.

Por eso, cada vez que me llama Aleksandra me armo de autocontrol para no gritarle que deje de hacerlo. Al fin y al cabo, cuando estoy con ella sí que soy esa muñeca creada a su imagen y semejanza.

Una vez sola, descanso durante un rato antes de volver a patinar. Uso toda la rabia que siento en mi interior para descargarla sobre el hielo. Cada grito, cada crítica, cada queja lo proyecto en mis movimientos.

Todos y cada uno de mis saltos son perfectos, mis aterrizajes elegantes, mis movimientos coordinados. Repito el doble *axel* una y otra vez, asegurándome de que no vuelvo a desequilibrarme. No lo hago porque la inclinación de mi cabeza es la adecuada esta vez.

Realizo también el triple *axel*, uno de los saltos con mayor dificultad en el patinaje. La primera vez me sale regular, me tiembla un poco la pierna en la que aterrizo. La segunda vez, no llego a completarlo porque me falta fuerza al impulsarme. La rabia me puede porque esto es únicamente culpa del cansancio, el hambre y el dolor de cuerpo que tengo, porque siempre me sale bien. A la tercera lo consigo aunque me dan calambres. El resto de las veces es coser y cantar, así que repito la coreografía desde el principio. Me preparo para cambiar el doble *axel* por el triple, tal y como quería. Cojo aire, tenso el cuerpo y me impulso para saltar en el ai...

—Tú otra vez.

Pierdo totalmente la coordinación, tropiezo y caigo al suelo. Suelto un par de palabrotas mientras me incorporo, dolorida. Diego Torres está de brazos cruzados a unos metros de mí, sobre sus patines, con una sonrisa burlona.

—¿Eres gilipollas? —espeto con rabia—. Podría haberme lesionado.

—No es mi problema.

—*Govnó**.

—*Malparida*.

Ni él sabe qué he dicho yo ni yo qué ha dicho él, pero es más que evidente que nos hemos insultado. No aguanto a este tío desde aquel día que entró en mi casa dando voces y tuve que mandarle callar. Ese día estaba siendo una mierda para mí. Mi madre me había sometido a mucha presión esa semana, acababa de perder el ISSC y eso significó soportar sus regañinas y gritos. Y mi padre había venido a verme solo para que yo le decepcionase, aunque él lo negase.

Sé que hubo muchos insultos de por medio con Torres aquel día y, después de eso, cuando nos hemos encontrado ha sido para mirarnos con asco o despreciarnos. Me cae mal desde aquel mismo instante, y no me apetece tenerlo delante ahora mismo.

Lo ignoro mientras empiezo a patinar de nuevo, pero él vuelve a hacer lo mismo que el otro día: plantarse delante de mí para cortarme el paso. Con lo que probablemente será un metro ochenta de altura y

---

* Mierda. Como insulto: eres un mierda.

casi noventa kilos de puro músculo, me vuelve a bloquear. Es rápido, no me extraña siendo jugador de hockey, pero le falta la agilidad que a mí me sobra, por lo que lo sorteo sin mucha dificultad.

—Bueno, Barbie patinadora, ya está bien con las tonterías —dice, de nuevo frente a mí.

Lleva puesto un chándal gris de los que tan bien les quedan a los tíos como él, pero nunca lo admitiré en voz alta. No me gusta que Diego Torres esté tan bueno. De piel morena, por su sangre latina, y ojos marrones oscuros. Recuerdo haberle visto rapado totalmente el año pasado, pero ahora su pelo ha crecido. Tiene un pendiente en una oreja, otro en la nariz y unos labios bonitos por los que suelta veneno contra mí cada vez que me habla. Es una pena que alguien tan sumamente guapo sea tan gilipollas, la verdad. Quizá si no le odiase (y tuviese tiempo) me permitiría tontear con él.

—El único que hace tonterías eres tú. Haz el favor de dejarme en paz, tengo que terminar mi coreografía.

—Y yo tengo que empezar mi entrenamiento —reprocha—. Así que largo.

—No pienso tener la misma discusión que el otro día, no voy a irme hasta que termine.

—No pienso dejarte terminar. —Sus ojos brillan. ¿Quién se cree que es?

—Ya lo veremos.

Vuelvo a patinar. Se interpone en mi camino. Lo esquivo. Vuelve. Así una y otra vez durante los siguientes minutos. El imbécil suelta una risa cuando ve que me detengo en seco y lo intento asesinar con la mirada.

—Bien. Tú lo has querido.

Le rodeo de nuevo y patino hacia la salida de la pista.

—Nos vemos, *bonita*.

Sonrío para mí misma. Pobre, cree que ha ganado esta ronda. El otro día no hice nada al respecto porque estaba cansada y no me apetecía discutir ni seguir entrenando. Pero hoy, a pesar del cansancio, quiero terminar esta maldita coreografía. Y, aunque hubiese terminado ya, solo por la rabia y por molestarle, igualmente, no me habría ido.

Por todo el pabellón hay repartidos extintores de diferentes tamaños. Cojo uno pequeño y vuelvo a la pista. Torres no se percata de mi presencia mientras patina, calentando. Esta vez soy yo la que se interpone en su camino, haciendo que tenga que detenerse de golpe para no chocarse conmigo.

Primero me mira a los ojos y abre la boca para decir algo, pero la cierra en cuanto ve el extintor en mis manos, arrugando la frente antes de reaccionar.

—¿Qué…?

No le doy tiempo a decir nada más. Lo rocío entero de nieve carbónica y lo rodeo para llenarlo de arriba abajo al completo, evitando la cara que, aun así, se le ensucia por completo.

Cuando paro, soy yo la que está sonriendo de manera triunfal. Torres es un muñeco de nieve que me mira incrédulo.

—Ups. Y, ahora, si me disculpas, tengo que terminar de entrenar.

Dejo el extintor a sus pies, alejándome con una sonrisa en el rostro.

CAPÍTULO 7
Torres

La mataría ahora mismo si no fuese porque tengo espuma en absolutamente todos lados. Ni siquiera puedo insultarla porque se me llena la boca y tengo que toser. Intento limpiarme los ojos, consiguiéndolo solo a medias. Puedo ver a Sasha alejarse de mí para seguir, como ha prometido, con su entrenamiento. El mío ha terminado mucho antes de empezar.

La dejo ganar esta batalla porque sé que será la última vez que lo haga. Suelto un gruñido mientras me dirijo a la salida. En los vestuarios, me lavo la cara para no morirme de una intoxicación, pero mi ropa es un desastre. Es mejor que me vaya a casa para darme una buena ducha.

Cojo mis cosas y salgo del pabellón. Frente al coche, vuelvo a maldecir. El trato de ayer con el tío que vendía este Toyota antiguo salió de escándalo. Ahora tengo mi propio coche, pero voy a estrenarlo llenándolo de espuma de extintor. Genial. Juro que esa maldita diabla no va a salirse con la suya. Voy a devolvérsela.

Llego a casa y entro con intención de ir directo a la ducha, pero no llego muy lejos.

—¿Qué narices…? —Nate me mira desde la mesa del salón con los ojos como platos. A su lado, Spencer intenta aguantar la risa. Están frente al ordenador, imagino que con algún artículo—. *Papi*, se te han ido las cosas sexuales de las manos. ¿Qué ha pasado?

—Sasha Washington es lo que ha pasado.

—Necesito más información, colega, tengo una imagen en la mente que no me gusta.

—Enhorabuena, Dieguito, has vuelto a ganar la competición de muñecos de nieve —se burla Spens con esos labios rojos de niña mala.

—Me encantaría decir que esto forma parte de alguna experiencia sexual, pero no. Esta ha sido la forma de Sasha de decirme que no pensaba irse de la pista de hielo esta vez.

—Has intentado echarla de nuevo, y te ha rociado con…, ¿qué es eso?, para que te fueses tú, ¿no?

—Me ha rociado con un extintor —protesto, intentando quitar inútilmente espuma de mi cuerpo. Nate y Spencer estallan en carcajadas—. ¿Os parece divertido?

—Me parece extremadamente divertido —dice Spens, señalándome con la palma de la mano—. Ha apagado ese fuego tuyo de la manera más inteligente.

—Sigue riéndote, *muñequita*, y verás.

—Uh, qué miedo.

Voy a por ella. Recorro la distancia que nos separa, pero, en cuanto se percata de mis intenciones, se levanta de la silla para alejarse de mí. Yo la persigo por todo el salón mientras Nate me vitorea.

—Por favor, píllala —dice. Cuando Spencer pasa por su lado, él la traiciona agarrándola los segundos suficientes para que yo la envuelva entre mis brazos, lanzándonos con fuerza a ambos sobre el sofá. Spencer chilla entre risas mientras la embadurno.

—¡Sois unos críos! —protesta, intentando apartarme sin éxito.

—Así aprenderás a no burlarte de la gente, Spencie. —Me quito espuma de la ropa para restregársela con las manos por la cara y el pelo—. ¿A que ya no es tan divertido?

—Es muy divertido, te lo aseguro. ¿Una chica rebelándose contra Diego Torres y no cayendo ante sus encantos? Vendo mi alma al diablo a cambio de esta historia.

—Tú tampoco sucumbiste, pero imagino que eso es por el mal gusto que tienes, no porque seas una estirada.

—Consuélate como quieras. —Me da una palmadita en el hombro antes de que me aparte. Le revuelvo el pelo una última vez, ella me da un manotazo.

La evolución de Spencer ha sido increíble. Llegó cubierta de oscuridad y autodestrucción, y ahora sonríe muy a menudo. Spens es feliz, y yo me alegro de ser su amigo. Además, desde que se mudó aquí el año pasado Jordan está más alegre también. Sigue siendo el tipo a ratos serio y siempre cuadriculado que lleva siendo desde pequeño, pero está lleno de vida. Y Nate está tan sumamente colado por ella que parece un crío con un caramelo.

—Voy a quitarme toda esta porquería.

—Frótate bien, que tendrás espuma hasta en los huevos —grita Nate cuando ya estoy saliendo del salón.

Sis
Podemos cenar juntos?

Yo
Claro, en casa o fuera?

Sis
En casa, estoy saliendo de la consulta y voy. Cocinas algo?

Yo
Marchando.

Yo
Me rajo del plan :(

Jordansito
Salir a cenar y tomar unas cervezas hoy no va a cambiar tu rendimiento en la pista, Torres. Lo prometo.

Nate Bro
Venga ya, *papi*. Mañana a primera hora estamos en clase sobrios y listos para entrenar por la tarde con 0 resaca.

Yo
No es por eso. Iba a ir, de verdad. Mor me ha dicho que quería cenar conmigo.

Nate Bro
Entonces estás exento de tus obligaciones con nosotros.

Jordansito
Pero nos debes una buena noche.

Yo
Cuando quieras, guapetón ;)

Jordansito
Cómeme la polla.

Yo
De nuevo, cuando quieras.

Si no fuese porque Jordan es mi mejor amigo, sería totalmente mi tipo. Aunque alguna vez me había sentido atraído por tíos, y de pequeño jugando a verdad o atrevimiento me enrollé con uno, nunca me había molado uno de verdad, hasta este verano. Siempre había pensado que era hetero, pero creo que era más que evidente que no.

Durante el verano, iba a entrenar casi todos los días a la pista pública de la ciudad. Había un chico trabajando en la cafetería con el que me llevé bien desde el primer momento. Empezamos a hablar, una cosa llegó a la otra y, *boom*, follamos en su casa. Sorpresa, Diego, eres bisexual, puedes continuar con tu vida.

El caso es que imaginarme con Jordan me da asco porque es como si fuese mi hermano, pero, de no serlo, me habría fijado en él sin dudarlo.

Morgan llega antes de que la cena esté lista.

—¿Qué tal, cara de ameba? —me pregunta al abrir la puerta, dándome un beso rápido en la mejilla.

—Muerto de hambre, *culicagada*.

—Normal, solo comes pasto de ganado. Dime que vamos a cenar como personas normales.

En realidad, la dieta del entrenador es bastante buena y consistente la mayor parte del tiempo, solo que me gustaría estar comiendo todo el rato lo que me diese la gana sin preocuparme de los abusos, y también me gusta mucho quejarme.

—A ti te estoy haciendo ensalada de pollo y un poco de sopa de tomate. Yo sigo con la dieta, que tenemos el primer partido el viernes.

Se sienta en uno de los taburetes de la cocina para mirarme mientras termino con la comida. De repente está muy callada, lo que me pone en alerta de inmediato. Sé cuándo mi hermana está intentando encontrar las palabras adecuadas para decir algo. Le doy conversación para que se relaje hasta que consiga decírmelo.

—¿Qué tal van las clases?

Morgan me cuenta un poco acerca de cómo está yendo su inicio de curso, aunque hay algunas cosas que ya sabía porque hablamos todos los días. Me habla de sus nuevas compañeras de clase, y de que sigue teniendo varias asignaturas con las chicas de siempre. Hay una asignatura que detesta este curso, pero las demás le encantan. Yo también le cuento cómo van los entrenamientos, y lo mucho que odio a la patinadora chalada.

—¿Cómo ha ido la consulta de hoy? —pregunto cuando terminamos de cenar, mientras ambos recogemos la cocina. Morgan se queda totalmente quieta unos segundos, después deja un plato en el fregadero y suspira. Tarda un par de segundos más en alzar la vista para mirarme. Yo dejo lo que estoy haciendo para prestarle atención.

—Me está costando —confiesa, y noto cómo se le quiebra ligeramente la voz—. Llevo bien la dieta de la nutricionista y la psicóloga me está ayudando también, pero me está costando, Diego. Como lo que debo y no puedo dejar de tener esa sensación de hambre irreal. Sigo pegándome atracones a solas. —Inspira hondo y aparta la mirada, negando—. Y me cuesta horrores controlar las ganas de ir al cuarto de baño para vomitarlo todo. No se va la sensación de culpa, Diego, no se va.

Las lágrimas empiezan a rodar por sus mejillas, partiéndome el alma en dos. De un paso estoy frente a ella, abrazándola contra mi pecho.

—Lo estás haciendo bien —murmuro, acariciando su espalda con ternura—. Ya sabes que después de una recaída lleva su tiempo volver a estabilizarse. Pero lo estás haciendo genial, Morgan.

Mi hermana asiente, sollozando ligeramente.

—Me gustaría que me acompañases a las consultas —termina diciendo, y alza la cabeza para mirarme—. Creo que no puedo hacerlo sola.

—Lo que necesites, hermanita. Vamos a salir juntos de esto, ¿vale?

—Te quiero un montón, mono piojoso. Por si no te lo digo a menudo.

—Y yo a ti, mierda seca.

Ver a mi hermana así me destroza. Su bulimia comenzó unos años antes de que nuestra madre muriese. Fue muy duro cuando nos dimos cuenta y el tratamiento fue difícil para todos, especialmente para ella. Pero tras un par de años, consiguió mantenerse estable otros dos. Cuando mamá murió, Morgan tuvo su primera recaída. Desde entonces, ha tenido altibajos continuos de los que ha conseguido salir con mucho esfuerzo. Llevaba casi un año totalmente estable antes de lo del curso anterior.

Este verano ha sido duro. Mi padre no ayudaba con la situación, sino que la empeoraba insultando a Morgan, creando situaciones en casa horribles. Pero teníamos que estar ahí por Nick y Ana. En más de una ocasión hemos pensado abandonar el campus para volver a casa, pero es inviable entre los entrenamientos, las clases, las prácticas ocasionales de Morgan… Es mejor ir que estar allí todo el tiempo. Además, mi padre adora ponerse gallito cuando estoy cerca. En verano no había más remedio que aguantar, pero no puedo someter a Nick y Ana a vivir esas peleas todo el año.

Mor y yo ponemos una película en el salón. Ameth llega a casa poco después y se une a nosotros, contando que ha dejado a los demás chicos bebiendo cerveza como si fuesen vasos de agua. Aun así, sé que mañana van a estar todos en clase a su hora, listos para ponernos las pilas después en el entrenamiento y cumplir nuestro objetivo esta temporada.

CAPÍTULO 8

Sasha

En Newford hay una tienda de tres plantas dedicada exclusivamente al patinaje sobre hielo. Aquí es donde siempre renuevo mi equipo y donde me compro los trajes para las competiciones. Y eso es lo que he venido a hacer. Necesito trajes nuevos para cada uno de los campeonatos, no puedo repetir ninguno o daría mala imagen. Así que voy a ver si encuentro alguno para los más cercanos.

—¿Qué tal este? —pregunta Brooke, mostrándome un conjunto dorado—. Es precioso.

—Lo es —admito, pero no me acerco a verlo mejor—. Cógelo, puede servirme. Pero para el nacional y el ISSC quiero llevar los colores de Keens.

No puedo mentir, adoro esta universidad. Mi madre no quería que estudiase una carrera después del instituto, quería que me dedicase exclusivamente al patinaje. Esta fue una de las pocas veces en toda mi vida que le planté cara: o me dejaba estudiar y patinar, o me iba con mi padre a Nueva York. No accedió de inmediato, pero lo conseguí. La Universidad de Keens me ha dado algo que no tenía: un respiro. Ni siquiera conservo una sola amiga del instituto, porque jamás la tuve. Tuve compañeras y compañeros toda la vida con los que salía de vez en cuando, pero después de graduarme no mantuve contacto con nadie. El patinaje ocupaba todo mi tiempo. Ahora sigue haciéndolo, quitándome incluso más, pero al menos tengo una amiga, Brooke, y dos objetivos: ganar el ISSC para poder ir a las Olimpiadas, y graduarme para tener un plan B al que me gustaría no tener que recurrir pronto. Quiero ser patinadora el máximo tiempo posible y después entrenadora. No quiero ser lo segundo antes de lo pensado, eso significaría que el patinaje no ha ido bien. Y como esta universidad me está dando algo de vida, quiero llevar sus colores en las competiciones más importantes.

—Yo me encargo. —Brooke se queda con el traje y se pone a inspeccionar la tienda a la vez que yo.

Hay muchísimos de color azul, pero no consigo dar con el tono adecuado. El azul de Keens es precioso, con una tonalidad acero que le distingue por encima del resto de las universidades. Combinado con el gris y el blanco le da la elegancia que tanto me gusta.

Miramos todos y cada uno de los conjuntos, hasta que Brooke grita:

—¡Lo tengo! —Hace una pausa—. Corrijo: ¡los tengo!

Me acerco a ella, que tiene una sonrisa radiante, mientras alza un traje en cada mano. Joder, sí que los tiene. Uno de ellos es exactamente del azul de Keens, con pedrería en todo el cuello, pecho y en la falda de vuelo, degradándose desde el azul hasta el plata. Es de manga a la sisa, cerrándose en el cuello.

El otro es un *body* blanco forrado en gasa plateada transparente. Tiene un escote recto que se une a unas mangas anchas, con elástico en las muñecas para que no se muevan, y los hombros al aire. Hay pedrería de plata por los bordes superiores del cuello y de los hombros.

—Son preciosos —admito sin poder dejar de contemplarlos.

—Pruébatelos.

Los dos me quedan como un guante. El azul es una maravilla, pero es que no tengo palabras para describir cómo queda puesto el plateado.

—Vaya. —Es lo que dice Brooke al verme—. Pareces una princesa, Sasha.

—Creo que es de los conjuntos más bonitos que he tenido nunca —confieso. Ella se acerca para echar un vistazo a la etiqueta, haciendo una mueca.

—Vale cuatro mil dólares, madre mía. Ya puede hacerte ganar la competición. —Me encojo de hombros—. Paga la campeona olímpica Tanya Petrova, ¿no? —se burla, haciéndome alzar ligeramente las comisuras de los labios—. Pues adelante.

Como si la hubiésemos invocado, mi teléfono suena. Suspiro al ver su nombre en la pantalla.

—Dime, mamá.

—¿Dónde estás, Aleksandra? Tu entrenamiento empieza en cinco minutos.

—Te dije que venía a comprarme trajes.

—¿Cuándo? ¿Cómo vas a comprarlos sin que yo te los vea? ¿Con quién estás?

—Con Brooke, mamá.

—Con la depravada —murmura mi amiga.

Hay una pausa silenciosa en la que me la imagino poniendo una mueca. Mi madre no es la persona más abierta y tolerante del mundo. Al ser una mujer rusa viviendo en Estados Unidos, lo primero en lo que se fijó al conocer a Brooke fue en su piel. Le hizo un interrogatorio que mi amiga soportó con humor, aunque debería haber mandado a mi madre a la mierda. Cuando le preguntó por sus orígenes para comprender su color de piel (es que fue surrealista), Brooke le explicó con tranquilidad que su padre biológico era negro y su madre blanca. Sus padres adoptivos son un hombre de Gangneung, Corea del Sur, y un hombre de Islamabad, Pakistán. La cara de mi madre fue un espectáculo cuando escuchó eso, su mente no lo procesaba e incluso la llamó depravada cuando Brooke añadió que era bisexual. Yo solo quería salir de allí porque no podía dejar de pensar en cómo se estaría sintiendo mi amiga, y porque me estaba dando una vergüenza ajena impresionante. Pero lo que me dijo cuando me disculpé más tarde fue: «Estoy acostumbrada a la gente intolerante, lo mejor que puedo hacer es sonreírles para que rabien». No me pareció justo, pero es su manera de enfrentarse a la vida y no soy nadie para cambiarla.

—Ya. —Es lo que tiene que decir al respecto—. Mañana entrenamos doble para recuperar el tiempo perdido de hoy. Y quiero ver esos trajes, Aleksandra. Tienes que ir perfecta, no me vale la mediocridad.

—Sabes que odio a tu madre, ¿verdad? —dice Brooke cuando ya he colgado. Lo ha escuchado todo.

—No te culpo.

—¿Vas a echarle coraje algún día, Sasha? —Suspira, yo no respondo. Me meto de vuelta en el probador para cambiarme. Ella sigue hablando—. No puedes seguir toda la vida bajo su sombra. Sabes perfectamente que te iría mejor sin ella.

No la corrijo. Vivir tras la estela de mi madre implica demasiadas cosas. Por un lado, sus exigencias son inhumanas. Quiere que sea tan buena como lo fue ella, pero a veces me limita. Soy tan buena como mi madre cuando patino sola, incluso mejor. Porque me permito aprender de los errores, porque tengo constancia y sé hasta qué límites puedo llevarme. Ella solo me machaca y me grita…, pero es por mi bien. Quiere el triunfo tanto como yo.

Brooke no sigue con el tema, sabe perfectamente cuándo he decidido terminar una conversación y cuándo estas no llevan a ningún sitio.

Después de encontrar todos los vestidos que necesito y pagar más de diez mil dólares por ellos y unos cuantos cientos por complementos, vamos a cenar al centro de la ciudad. Esta tienda está fuera del campus, aunque no muy lejos, por lo que aprovechamos antes de volver a casa.

Vamos a un italiano, donde Brooke se pide una pizza que huele de maravilla y de la que no puedo apartar los ojos. Solo he comido pizza una vez. Fue en el instituto, en el cumpleaños de una compañera de clase. Recuerdo que, acostumbrada a las dietas, me dolió mucho el estómago al día siguiente, pero me dio exactamente igual. Después de eso no volví a probarla porque mi madre empezó a controlar de forma más estricta mi peso y mi dieta.

Mataría por comerme una maldita pizza, especialmente teniendo en cuenta cómo me ruge el estómago mientras la miro e ignoro mi pasta rellena de espinacas que, aunque esté buenísima, no me apetece comer.

—¿Quieres? —pregunta Brooke, enarcando una ceja a pesar de que conoce mi respuesta. Niego de inmediato, centrándome en mi plato—. Al menos hoy comes comida de verdad.

Durante la comida me cuenta un par de ideas que tiene para nuevos diseños, haciendo que me olvide un rato del patinaje, de mi madre y de todo.

No es muy tarde cuando volvemos a casa, así que cambio el conjunto de hoy por un vestido de una pieza de manga larga y falda de vuelo de color azul y las deportivas. Dejo el Maserati, cortesía de papá, aparcado donde está y echo una carrera hasta el pabellón.

La puerta principal está cerrada, pero sé que no estoy sola al ver la luz de los vestuarios encendida. Genial. Caliento en el vestuario y me pongo los patines antes de ir a encarar a mi mayor perdición.

Torres está patinando a toda velocidad de una punta a otra de la pista, con un stick en las manos, controlando el disco. Cuando llega al extremo, gira con fuerza para repetir lo mismo, esta vez haciendo zigzag entre los conos que ha repartido por el hielo. No me sorprende ver lo bueno que es, de hecho me molesta tener que admitir que alguien a quien odio, y pertenece a los lobitos de hockey que tan poco me gustan, sabe lo que hace en esa pista. El hielo es mi territorio, nunca me ha gustado compartirlo.

Cuando pasa el último cono, frena de una manera tan brusca que le desequilibra en el giro. Tiene que detenerse unos segundos para recuperar la coordinación y el control del disco antes de seguir patinando en dirección contraria. Suelta unas cuantas palabrotas tanto en inglés como en español antes de continuar. Ha sido un fallo minúsculo que cualquier otra persona diría que no tiene importancia, pero yo sé que, para él, como habría sido para mí, ese error le puede costar un partido entero. Ha perdido segundos, estabilidad, control e incluso su concentración, y lo sabe.

Y yo no puedo desaprovechar esta oportunidad.

Suelto una risa mientras entro en la pista, patinando con indiferencia cerca de él. Diego suelta un bufido cuando me ve, negando.

—He venido a una hora distinta a los otros días precisamente para no tener que encontrarme contigo —rabia, señalándome con el stick—. Y aquí estás.

—Pobrecito —me burlo, y finjo un puchero para ocultar que me pone nerviosa que me señale de esa forma tan autoritaria—. No pagues conmigo tu inestabilidad como jugador.

—Estoy entrenando —protesta, volviendo a retomar lo que estaba haciendo.

—Por lo que he visto, no muy bien.

Clava sus ojos del color del café en los míos cuando se detiene a escasos centímetros de mí, con la frente arrugada por el desagrado que le causo. No es justo que, además de guapo, también huela bien. El mundo está muy mal repartido. Hoy lleva un chándal negro, pero va en manga corta. Todos los tatuajes de sus brazos quedan a la vista, yo aparto la mirada inmediatamente de ellos, clavándola donde antes: en sus ojos.

—No me toques las narices, *niña*. Déjame entrenar en paz.

Mi respuesta es empezar a patinar, haciendo el zigzag que él estaba haciendo, hacia atrás.

Sorprendentemente, hoy estoy de buen humor. No he visto a mi madre en todo el día, me han entregado un examen con muy buena nota, estoy satisfecha con los trajes que he comprado, he pasado tiempo con Brooke y me he alimentado de algo más que de aire y agua. Por eso decido jugar un poquito más.

—Yo tengo campeonatos que ganar y, visto lo visto, tú, partidos que perder. Es mejor una retirada a tiempo, *volk**, de esa manera harás menos el ridículo.

—No sé si eres así de insufrible porque te aprietas demasiado las trenzas o porque te diste un golpe de pequeña —me espeta con todo el descaro del mundo, yo me crispo unos segundos—. Pero está claro que tienes el éxito demasiado subido a la cabeza.

—El éxito es éxito. Se consigue cuando estás preparada y lo persigues día y noche. No tengo nada subido a la cabeza, solo soy consciente de mis capacidades y de lo que valgo.

Torres ríe burlón y se acerca a mí, al final de los conos. Su cercanía, aunque nos separen unos pasos, me hace apretar los dientes.

—¿Alguna vez alguien te ha rechazado? —pregunta de golpe, yo frunzo el ceño. Torres se acerca un poco más y yo aguanto la respiración—. Porque tienes el ego de una persona a la que nunca le han dicho que no a nada.

Podría repetirle que tengo el ego de una persona que es consciente de lo que vale, dejarle claro que jamás he permitido que se me menosprecie. En cambio, lo que hago es alzar la barbilla y susurrar:

—¿Y a ti? ¿Alguna vez te han rechazado?

—Jamás —responde de inmediato, su voz suena firme y clara. Yo trago saliva porque ha inclinado la cabeza hacia adelante y tan solo nos separan unos centímetros. «Por el amor de Dios, Sasha».

Sus ojos se desvían un segundo, me mira de arriba abajo con esa sonrisa estúpida que hace un pequeño y minúsculo rasguño en el muro de hielo que me rodea. No. No puedo permitir esto. Jamás en mi vida me he distraído, nada me ha condicionado nunca, y este imbécil no puede ser la excepción. Puede que me atraiga de una forma que llevaba sin sentir demasiado tiempo, pero sigue siendo un maldito lobo con un ego que podría colisionar con el mío.

—Tienes hasta que vaya a por mis auriculares para recoger toda esta mierda —le digo de repente, señalando los conos. Él no responde cuando patino hacia atrás para poner distancia entre nosotros.

Atravieso el pasillo de vuelta a los vestuarios y rebusco en mi bolsa hasta dar con ellos. Pero, cuando me doy la vuelta, me llevo un susto

---

* Lobo.

de muerte. Torres está apoyado en la puerta semiabierta con una sonrisa triunfal en su rostro.

—Que disfrutes, *pobre diabla*. Podrás salir cuando termine de entrenar.

Y, dicho eso, cierra la puerta tras él. Escucho el clic de la cerradura antes de llegar hasta ella. Aun así, intento abrir la puerta, en vano. El muy hijo de puta me ha encerrado en el vestuario.

—¡Serás mal nacido! *Natyanut' glasz na zhopu*!*

Pero mis gritos lo único que deben de estar haciendo es divertirle, así que paro y maldigo en voz baja con toda la rabia hasta que me desahogo. Intento abrir desde dentro con mi llave, pero el desgraciado ha dejado la suya puesta, de manera que estoy totalmente atrapada. Dios, esta me la va a pagar.

No sé cuánto tiempo voy a estar aquí encerrada, así que al menos intento aprovechar el tiempo. Me quito los patines y me vuelvo a calzar las zapatillas. Estoy más de una hora en el vestuario, pero al menos entreno todo lo que puedo. Y, mientras tanto, solo pienso en lo mucho que odio a Diego Torres.

---

* ¡Te voy a romper la cara!

CAPÍTULO 9
Torres

El entrenamiento de hoy ha sido una paliza, pero es que el primer partido de la temporada es mañana y me he dado cuenta de que el entrenador lleva razón: vamos mal. Somos un equipo muy bueno, pero el inicio de temporada siempre es duro porque hay jugadores nuevos y tenemos que adaptarnos los unos a los otros. Además, venimos de pasar el verano haciendo nada (aunque no sea mi caso), y eso también se nota.

Si no nos ponemos las pilas vamos a empezar la temporada muy mal. Sé que a algunos de los chicos les da igual que no lleguemos este año a posicionarnos entre los mejores equipos, aunque la mayoría sí que le da importancia por distintos motivos. Pero para mí es totalmente diferente. No es únicamente que me importe, sino que lo necesito. Necesito que seamos los mejores. Y si quiero que mi equipo vaya bien, yo tengo que ser el mejor. Confían en mí, soy su capitán.

Mañana toca entrenar muy temprano antes de las clases, así que hoy algunos chicos del equipo y yo nos hemos permitido venir a Joe's juntos (por supuesto que me salto la dieta por un perrito caliente de Joe's) para reponer fuerzas. Es ridículo cómo se ve el minúsculo local con diez jugadores de hockey en él, pero Joe parece encantado.

—Tío, ¿cómo no sabía de la existencia de este sitio? —pregunta Ray Rogers, nuestro portero titular. Aunque más bien está intentando hablar mientras tiene la boca completamente llena de comida.

—Como el entrenador se entere, nos mata —aporta Ben.

—El único que sigue la dieta de verdad es Torres. —Adam me señala con la cabeza, haciendo que todos me miren.

—Deberíais seguirla por el bien del equipo —digo—, pero la verdad es que hacerlo es una puta mierda.

—Vaya ejemplo, capitán. —Nate me da un golpe en el brazo al que yo respondo con la mayor de mis sonrisas antes de darle un gran bocado a mi perrito caliente.

Mientras comemos, Lucas Armstrong nos cuenta que lleva viendo a un chico desde finales del año pasado y que ahora están empezando a salir en serio. Lucas no se ha atrevido jamás a salir del armario. Dice que su familia es muy tradicional, y no es capaz de dar el paso de decirles que es gay. El problema es que ocultar su sexualidad significó reprimir sus sentimientos en su día a día durante toda su vida. Pero el año pasado leyó el artículo que Spens y Nate hicieron para el *K-Press* en el que entrevistaban a Ameth y este contaba su experiencia siendo un chico negro homosexual en Estados Unidos y, además, deportista. Leer su historia hizo que Lucas diese el salto al vacío que tanto miedo le daba, liberándole de muchísimas cadenas. Ahora es hasta capaz de hablar con nosotros abiertamente de su vida privada. Con sus padres aún no ha dado el paso, pero poco a poco.

Ameth tuvo problemas en casa por ese artículo. Los primeros meses desde su publicación, en los que se volvió viral, llegó a su familia. Le dijeron que ellos le quieren tal y como es, pero que la historia había llegado a sus amigos de la comunidad religiosa y algunos les habían retirado la palabra. La respuesta de Ameth fue: «Si os dejan de hablar porque vuestro hijo ama a quien le da la gana, tan amigos vuestros no serían, y no han comprendido en absoluto el mensaje de libertad que según vosotros promueve vuestra comunidad».

Yo crecí en una familia religiosa. Mi madre era cristiana practicante tanto en Colombia como aquí en Newford, siempre iba a misa y rezaba varias veces al día. Nunca nos impuso sus creencias a ninguno de mis hermanos, simplemente dejaba que nuestra fe se formase sola y nos invitaba a acompañarla siempre que quisiéramos. Durante años yo también fui creyente. Hasta que perdí toda la fe cuando mi madre enfermó, luego murió, y me encontré tan solo con mis hermanos. A veces me gustaría creer en Dios para tener algo a lo que aferrarme, pero me di cuenta hace demasiados años que en lo único que debo tener fe es en mí mismo y en mis hermanos. Nadie va a hacer nada por nosotros, nadie va a ayudarnos.

Vuelvo a la conversación que está teniendo lugar en la mesa porque empezamos a hablar de este primer partido. Pedimos otra ronda de perritos mientras repasamos las estrategias que hoy hemos acordado con el entrenador. Tras un rato, los chicos se van yendo y solo quedamos Nate, Jordan y yo. Aunque Jordan es como si no hubiese estado presente en toda la comida. Ha intervenido lo justo en las conversaciones, aunque sé que ha estado prestando atención. Pero no ha parado de mirar su teléfono móvil.

—Jordan —digo, cuando Nate y yo le hacemos una pregunta y no hay respuesta por su parte. Tres veces repetimos su nombre, sin reacción alguna. Nate y yo nos miramos. No necesitamos palabras para saber lo que queremos decir.

—Jordan —repito, de nuevo en vano—. ¡Jordan!

Esta vez sí que alza la vista de su teléfono, dejando de teclear para prestarnos atención. Se da cuenta de que le estamos mirando fijamente, de que Nate y yo tenemos nuestro tercer perrito caliente por la mitad, y él solo le ha dado un bocado al suyo, que es el segundo.

—¿Qué pasa? —tiene la cara dura de preguntar, dejando el móvil a un lado y volviendo al mundo real.

—¿Con quién hablabas? —pregunta Nate.

—Con nadie.

—¿Cómo puedes delatarte de esa forma tan cutre, *papi*? —le digo yo—. Invéntate algo, tío, y te creeríamos, pero no digas «con nadie».

—La primera opción habría sido una mentira —apunta Nate, negando con el dedo—. Pero ese «con nadie» también lo es. ¿Qué hemos dicho de la honestidad, Jordie?

—No me hagas hablar, Nate —se defiende, intentando desviar la conversación—. No eres el más indicado.

—¿Quién es «nadie»? —insisto yo, alzando las cejas varias veces. Jordan resopla—. Vamos, Jordansito, queremos saber quién te tiene tan entretenido.

No insistiríamos si fuese cosa de una vez, pero no lo es. Jordan se ha pasado todo el verano enganchado al móvil, algo raro en él. Supusimos que tenía un ligue de verano de los que se acaban al volver a la universidad, y por eso no nos contaba nada. Pero desde que empezó el curso sigue pegado al teléfono, y nosotros aún no hemos visto a ninguna chica.

—Es solo una amiga —resopla, dándole un bocado a su perrito.

—No se está tan pendiente de las amigas como tú lo estás de esta. Tiene que ser algo más. —Nate no se da por vencido.

—No es nada más. Solo somos amigos.

—Ya. —Me cruzo de brazos, entrecerrando los ojos para inspeccionarle—. No me lo trago.

—Sois muy pesaditos —dice—. ¿No tenéis cosas mejores que hacer?

—Vamos a averiguar quién es la misteriosa chica —le aseguro—. Cueste lo que cueste.

Perdemos el primer partido de la temporada.

Los ánimos en el vestuario están por los suelos, solo se oyen gruñidos mezclados con el ruido de los equipos mientras nos desvestimos y guardamos todo.

No hemos jugado mal, no puedo quejarme de que hayamos hecho un mal trabajo en el hielo, pero podría haber sido mejor. Los Terriers de Boston han sido mejores. Y yo no he estado a la altura de mi equipo. Joder.

Durante una milésima de segundo, mientras estoy en la ducha, las palabras de la última conversación que tuve con la estirada de Sasha Washington vienen a mi mente: «Yo tengo campeonatos que ganar y tú, partidos que perder». Recuerdo que me dijo que era un jugador inestable, que mi entrenamiento no estaba yendo bien. Una inseguridad increíble acude a mí porque tengo que darle la razón. No he sido capaz de controlar mi cuerpo en determinadas ocasiones y eso me ha hecho perder el disco o fallar un tiro. La rabia bulle en mí porque escucho sus palabras una y otra vez en mi mente con esa voz que tanto odio y esa sonrisa de superioridad que me encantaría borrarle en algún momento. Y ni siquiera puedo echarle la culpa a ella por haber jodido mis entrenamientos previos al partido porque no hemos vuelto a coincidir. Sería más fácil si pudiese culparla.

—Está claro que necesitamos mejorar —nos dice el entrenador cuando nos reunimos tras el partido, una vez duchados—. Chicos, tengo esperanzas en vosotros este año, pero no podéis dormiros, o van a patearnos el culo otra vez, ¿me oís?

—Sí, entrenador.

—Estupendo, pues ya basta de lloriqueos, habéis tenido mi dosis de entrenador comprensivo y ahora toca mano dura. El lunes os quiero a primera hora en la pista, ¿entendido?

—Sí, entrenador.

—El próximo partido es en tres semanas contra los de Hartford, quiero las pilas cargadas para entonces. —Nos señala uno a uno—. Nada de alcohol entre semana, nada de alcohol en exceso los fines de semana. No quiero fiestas, no quiero drogas, no quiero lesiones por hacer el tonto, no quiero comida basura. Sé que el único que está siguiendo la dieta es Torres, así que este año las cosas van a cambiar. —El entrenador Dawson se cruza de brazos, sentándose en el borde de su mesa para que le prestemos toda la atención. Es un buen tío, empático, pero con mano dura. Dice que nos odia a todos, pero en realidad nos adora—. Vais a pasar cada quince días por revisión nutricional, os quiero en plena forma. Se os van a hacer pruebas médicas, así que antes de iros me firmáis unos papeles. Y habrá control de drogas aleatoriamente muy a menudo. No voy a pasaros ni una este año, si estáis aquí es porque de verdad os tomáis el hockey en serio. Si esto va a ser solo un juego para pasar el tiempo mientras vivís vuestra vida universitaria y ligáis con chicas, ya sabéis dónde está la puerta. ¿Entendido?

Hay unos segundos de silencio antes de que yo lo rompa, acompañado de inmediato por mis compañeros.

—Sí, entrenador.

El domingo voy con Morgan a casa para pasar el día con Nick y Ana, con los que hablamos todos los días por teléfono. Carolina, la niñera que contratamos a principios de verano y que estamos pagando a medias Mor y yo con nuestros ingresos mensuales, nos tiene informados igualmente del día a día de nuestros hermanos.

Carolina vino a conocerlos primero para ver si congeniaba con ellos y se adaptaban. Le explicamos la situación de mi padre para que supiese a qué se enfrentaba por si quería no coger el trabajo, pero quiso hacerlo por el bienestar de Nick y Ana. Se nota que le gustan los niños y se preocupa de verdad por ellos, y eso nos alivia. Mi padre no puso ningún problema cuando le dijimos que mis hermanos iban a tener una niñera, cosa que ya le habíamos advertido alguna que otra vez. Para él eso significaba poder estar más tiempo fuera de casa sin preocuparse por sus hijos, no tener que darles de comer ni encargarse de nada más. Lo dijo como si se hiciese cargo de verdad de ellos, y no fuesen los Pérez, los vecinos de al lado, los que les echaban un ojo.

Tanto los padres de Nate como la familia de Jordan se han ofrecido más de una vez para cuidar a mis hermanos, pero no podemos permitirlo. Querían a mi madre mucho y sé que lo harían gustosos, pero, al final, cuidar a dos niños que no son tuyos es una carga con la que no queremos que nadie más lidie. Daniela y Benito Pérez viven en el edificio de al lado, y ya nos sentimos mal porque cuiden a Nick y Ana tantísimas veces. Según ellos no es nada, ya que así sus dos hijos están entretenidos, pero la situación se estaba alargando demasiado.

Gracias a Carolina hemos podido liberar a los Pérez de tener que estar con ellos a diario, y Mor y yo podemos estar tranquilos porque están atendidos. El año pasado podíamos estar más pendientes de ellos, aunque fuese imposible estar aquí todos los días por la universidad, pero este año tenemos que estudiar más, yo tengo que entrenar el doble, y Morgan necesita ir a sus consultas más a menudo.

Aparco frente al edificio que cada día me da más asco. Es gris, de tres plantas con seis viviendas en cada una. Se pueden ver los pasillos porque no son cerrados, sino que tienen barandillas que dan al exterior. No puedo esperar a que llegue el día en que mis hermanos puedan vivir en una buena casa, en un barrio mejor. No podemos sacarlos de ahí al no tener la custodia, y mi padre no quiere irse a un sitio mejor porque no tiene cómo pagarlo. Subimos a la segunda planta y uso mis llaves para entrar en el apartamento sin llamar.

—¡Diego, Morgan! —No podemos poner un pie dentro antes de que nuestros hermanos acudan a nosotros para envolvernos en un abrazo.

—¿Cómo están mis granujillas? —digo en español, dándole un beso a cada uno.

Ana lleva ya el pelo por debajo de los hombros, rizado de forma salvaje. Es la viva imagen de nuestra madre, es imposible no pensar en ella cada vez que la miro. Hoy se ha puesto unos pantalones vaqueros y el jersey rojo que le regalamos por su cumple número doce. Nick, en cambio, lleva sus rizos largos perfectamente peinados, con un par de mechones frontales recogidos en pequeñas coletas. Se ha puesto un vestido azul marino con leotardos y sus Converse blancas favoritas. Él también se parece a mamá, pero tiene muchos rasgos de nuestro padre.

—Qué guapos os habéis vestido —dice Morgan—. ¿Preparados para ir de compras?

—Os estaban esperando impacientes. —Alzo la vista hacia Carolina, que se levanta de la mesa del comedor, repleta de libros, apuntes y bolígrafos—. Han terminado los deberes en tiempo récord.

—Mientras Mor os ayuda a recoger y preparar todo, yo voy a hablar un poco con Carol, ¿vale? —les digo a mis hermanos.

Aunque me escribe o me llama todos los días, me hace un resumen de toda la semana. Carolina descansa dos días sueltos en los que se asegura de dejar comida preparada para los niños e instrucciones para lo que necesiten. Me cuenta que mi padre no está dando problemas. Ella se lleva a mis hermanos a su casa, en lugar de quedarse aquí, aunque hay días que no lo hace para que los niños no pasen tanto tiempo fuera de su entorno, por muy malo que este sea. Dice que mi padre de vez en cuando se mete con alguno de ellos, lo que me enfurece. Nunca ha sido alcohólico, su problema siempre ha sido el juego, pero ahora bebe, ya esté en casa o gastándose el dinero como siempre en apuestas. Carol asegura que no se ha puesto violento nunca, que tan solo ha gritado alguna vez antes de pasar de todos.

Nick y Ana van bien en el colegio. No está muy lejos de aquí, así que van y vienen solos todos los días. Están alimentándose en condiciones y, por primera vez en mucho tiempo, puedo ver que la casa está ordenada, aunque Carolina no tiene la obligación de encargarse de ello. ¿Cómo no se nos había ocurrido antes contratar a una niñera? Habríamos estado mucho menos agobiados. Pero, en fin, lo hemos hecho ahora y es lo que importa.

No preguntamos dónde está nuestro padre a las diez de la mañana, nos da igual. Carol se va tras despedirse, recordándoles que mañana los verá tras el colegio. Después, los cuatro ponemos rumbo al centro comercial.

Cuando estamos juntos, no hablamos de nuestro padre. Si hay algo importante que contar, sí, pero el resto del tiempo intentamos olvidarnos de él. Así que hablamos toda la mañana de cómo está siendo el inicio del colegio para ambos, de sus asignaturas favoritas, de Carolina. Nosotros también le contamos cosas de Keens y respondemos a todas sus preguntas.

—Me encantaría ir a verte jugar algún día —dice Ana, con una montaña de ropa entre los brazos mientas nos dirigimos a los probadores.

64

—Le preguntaremos a Carol si le apetecería traeros a algún partido —sugiero—. ¿Os parece?

—Yo quiero una sudadera de los Wolves —indica Nick—. La azul.

—Yo la gris. Y quiero ver a los demás.

—Visteis a Jordan y Nate hace un par de semanas —les recuerda Morgan.

—Ya, me refiero a Spencer —replica Ana—. Es una chica muy guay. Y Ameth me cae muy bien, pero Spencer más.

—Se lo haremos saber a Spens, no te preocupes, *Terremoto*. —Seguro que eso no sube para nada su ego, qué va.

Morgan y yo nos sentamos en el sillón frente a los probadores mientras Nick y Ana empiezan a probarse ropa. Ambos han pegado un buen estirón durante el verano, así que van a tener que renovar armario. Nos hacen un buen desfile de conjuntos, descartando algunos y quedándonos con otras prendas.

—¿Os gusta este vestido? —pregunta Nick, saliendo del probador con uno muy bonito. Finge ser una camisa blanca de manga larga, y encima un vestido de tirantes anchos con cuadritos blancos y negros, aunque es una única pieza.

—A mí me gusta —responde Ana, examinándole—. Estás guapo.

—A mí también, *Calabaza* —digo, usando su mote cariñoso, y Mor asiente a mi lado.

—¿Me dejarán ponérmelo para ir al colegio?

—¿Por qué no iban a dejarte, cielo? —pregunta Morgan.

Nick se muerde el interior de la mejilla con nerviosismo, esquivando nuestra mirada. Ana suspira.

—Díselo.

—¿Ha pasado algo? —pregunto, intentando no fruncir el ceño para aparentar estar lo más tranquilo posible.

—El otro día fui con vestido al colegio —empieza Nick, relatando con soltura. Mis hermanos han tenido que crecer demasiado rápido, así que parecen mucho mayores de lo que son—. Y me regañaron.

—Le obligaron a cambiarse de ropa —continúa Ana, ya que Nick parece algo cohibido—. Le dieron un chándal del equipo de fútbol y le dijeron que, o se cambiaba, o llamaban a papá y le expulsaban.

Ahora sí que frunzo el ceño. ¿Otra vez? Por desgracia, esta no es una ocasión aislada. A Nick siempre le ha gustado vestir de una manera que, según algunas personas, no es apropiada para un niño.

—¿Por qué no nos habíais dicho nada antes? —pregunta Mor con la voz suave.

—A Nick le daba vergüenza.

—No hay nada de lo que avergonzarse —prosigue mi melliza—. Nick, ¿tú ibas cómodo con el vestido? —Él asiente con timidez—. ¿Qué te dijeron exactamente? ¿Te acuerdas?

—Que los chicos no podemos llevar ropa de chica —explica, jugando con las mangas del conjunto que se ha probado—. Que yo no podía ir a clase con un vestido de flores. Pero Olive llevaba uno parecido y a ella no le dijeron nada.

Me encantaría decirle a mi hermano que a la mierda con todo y todos. Que se ponga los vestidos que le dé la gana, que desafíe a quien se lo prohíba. Me gustaría hacerle entender que la sociedad es una mierda y que va a enfrentarse a gente cerrada de mente por el resto de su vida, que esto solo es el comienzo y que tiene que luchar por sus ideales. Pero no creo que mi discurso sea ahora el más adecuado, por eso dejo que sea Morgan la que controle la situación. Al fin y al cabo, es ella la que va a ser psicóloga y sabe cómo lidiar con los problemas.

—No pasa nada si los chicos se ponen ropa de chica —explica, agarrando a Nick de las manos mientras él la mira fijamente—. De hecho, la ropa es para todos, solo que para algunas personas es más fácil separarla en ropa de chico y ropa de chica porque no son valientes ni comprensivos. Diego y yo llamaremos al colegio para hablar con el director, ¿de acuerdo? Le diremos que si Olive puede llevar vestidos de flores, ¿por qué Nicholas Torres no? A ver si conseguimos solucionar esto.

—Gracias, Mor —dice Nick, aunque no sonríe. De hecho, su semblante está algo serio y aprieta los dientes, imagino que por el dolor de la situación. Le da un abrazo a Mor y después otro a mí. A nuestro lado, Ana le da una palmadita para llamar su atención.

—Dile lo otro.

Inmediatamente la expresión de Nick cambia.

—¿Hay algo más que quieras contarnos? —pregunto con cuidado—. Sabes que no pasa nada, puedes decirnos cualquier cosa.

—Yo… —Nick vuelve a negar mirando a Ana, que suspira, y después nos mira a nosotros—. Otro día.

—Nick…

—Otro día. —Esta vez es Ana la que dice eso. Nos mira y le señala con la cabeza—. Hoy no.

Si hay algún otro problema que les esté afectando, necesito saberlo. No puedo dejarlo pasar, pero, al igual que Ana es muy extrovertida, Nick es muy tímido, y sé que presionarle cuando ha dejado claro que no es el momento, puede sentarle mal. Prefiero preguntarle a diario cómo está y si necesita hablar hasta que se sienta preparado para decirlo, antes de obligarle a hacerlo ahora.

—De acuerdo. Venga, cambiaos de ropa que vamos a comer a ese restaurante colombiano que tanto nos gusta.

Mientras los dos están en los probadores, Mor y yo hablamos.

—No sé cómo enfrentarme a estas cosas —le confieso, bajando la voz—. Mi primer impulso es plantarme en el colegio para discutir con esa gente.

—El mío también —dice—. Pero cuando se trata de ellos dos no podemos actuar como los hermanos mayores enfadados porque han hecho daño a los pequeños.

—Lo sé. Tenemos que ser adultos, actuar como sus tutores —suspiro, pasándome una mano por la cara—. Como lo haría mamá.

—No sabemos cómo lo haría ella. —Morgan clava sus ojos marrones en los míos, y puedo ver en ellos la misma nostalgia que siento yo—. Pero creo que estaría orgullosa de nosotros.

—¿De verdad, Mor?

Intento no pensarlo demasiado porque no quiero verme en un bucle de inseguridad que me consuma, pero a veces es imposible apartar esos pensamientos de mí. ¿Estaría nuestra madre realmente orgullosa de nosotros? ¿De mí? A veces no sé si hago lo suficiente, o si lo que hago es lo correcto. Pienso en demasiadas ocasiones que quizá lo que tendría que hacer es dejar la universidad (o no haberla empezado nunca) para dedicarme única y exclusivamente a mis hermanos mientras trabajo. Otras veces creo que lo estoy haciendo bien, porque no podría mantenernos con un trabajo básico toda la vida, y tener la titulación de Ingeniería Aeronáutica y ser jugador de hockey nos hará la vida mucho más fácil. No sé si soy capaz de llevar todo adelante, aunque presuma ante mis amigos de que sí. Dudo porque mis estudios no me apasionan, pero los necesito. Dudo constantemente.

Pero Mor está ahí, con la cabeza despejada a pesar de sus problemas, trayendo luz siempre a los remolinos de oscuridad que vienen a mi mente a menudo. Acuna mi rostro entre sus manos y esboza una pequeña sonrisa sincera que me cala.

—De verdad lo pienso, Diego. Mamá no podría estar más orgullosa de nosotros. De ti, del hombre en que te has convertido y el hombre que llegarás a ser. No lo dudes.

Si lo prometiese, mentiría. Pero al menos puedo disfrutar del resto del día con mis tres hermanos sin comerme mucho la cabeza. Simplemente disfrutando de mi familia.

CAPÍTULO 10
Sasha

El lunes tengo que compartir pista con el equipo de patinaje sobre hielo. El campeonato del condado es en dos semanas, así que Roland Moore ha decidido que sus Wolves entrenen un par de horas este sábado y el que viene aparte de lo que ya hacen entre semana, quitándome a mí espacio y tiempo.

Mi madre no está contenta en absoluto, y se lo hace saber a Roland cuando una de sus chicas se cruza por tercera vez en mi camino.

—¡Ya está bien! —le grita, acercándose adonde él está—. Roland, si eres incapaz de hacer que tus alumnas comprendan que solo pueden usar la mitad de la pista, voy a hacer que te despidan.

—Mi equipo está intentando hacer coreografías individuales y por parejas en la mitad de espacio, Tanya —protesta—. Es normal que se salgan del límite sin querer.

—No es normal que una patinadora no sepa controlar su cuerpo ni cuándo frenar y girar.

Mi madre también entrena a ese equipo, pero a la vista está lo que le importan. Lo único que hace es observar un par de veces en semana las clases de Roland para luego criticar todo, decir las mil cosas que, según ella, hacen mal las patinadoras, y cobrar por ello a fin de mes. Estoy segura de que a la mitad del equipo no le ha mirado jamás a la cara.

—Nos queda poco para terminar —vuelve a decir él—. Sasha puede patinar el resto de la mañana sin problema.

—Yo decidiré cuándo entrena Aleksandra —masculla mi nombre con rabia, mostrando lo mucho que odia que me llamen Sasha.

Mi madre se desliza de vuelta a nuestra mitad de la pista, indicándome con un único gesto de mano que continúe con la coreografía. Esta vez nadie se me cruza y puedo terminarla sin problemas, porque yo sí sé controlar mi cuerpo para no salirme de mi zona.

—Eso ha sido una basura —dice mi madre cuando me detengo. No lo ha sido. Mejorable, sí, pero no una basura—. Vuelve a repetirla. Levanta más la cabeza, Aleksandra, que no parezca que estás pendiente del hielo. Quiero más impulso en el *salchow* y que tus brazos no se queden muertos en el doble *axel*.

Repito todo tal y como ella dice, aunque sigue sin estar contenta.

—Extensión, rotación y aterrizaje, por el amor de Dios. No es tan difícil, niña. Repite.

—Me gustaría intentar el triple…

—Ni se te ocurra terminar esa frase —me interrumpe, señalándome con un dedo acusador—. No estás preparada.

No me da opción, vuelve a ordenarme que repita la coreografía. Finalmente, el equipo de patinaje termina su entrenamiento, dejándome la pista al completo para mí. El entrenador Moore se queda con una de sus alumnas charlando al borde, ambos mirándome cuando paso por al lado. No es la primera vez que me usa como ejemplo para algo, es normal siendo la campeona estatal, así que los ignoro por completo mientras continúo con mi trabajo.

Hasta que, en una de las ocasiones, los escucho hablar. Y cuánto desearía que hubiesen estado hablando de mí.

—Estás muy guapa hoy, Valerie.

Hago un círculo para no alejarme de ellos, que no me están prestando atención. Ambos están de lado, el entrenador Moore muy cerca de Valerie, una chica morena buena patinando. Tiene una expresión de notable incomodidad por la cercanía de Roland, aunque fuerza una sonrisa.

—Podríamos tomar algo para seguir hablando de la competición.

No saques conclusiones precipitadas, Sasha. No me gusta ese tío, nunca lo ha hecho. Siempre me he sentido incómoda a su alrededor por la forma en que me habla y me mira, pero eso no significa nada. Hay personas que son espeluznantes y ya está. Pero mi instinto me dice que me mantenga alerta con él.

—Yo… —Valerie da un paso atrás—. Tengo que estudiar este fin de semana… Nos vemos el lunes en la pista, entrenador Moore.

—Por supuesto.

Su sonrisa es asquerosa a más no poder. No vuelve a decirle nada a la chica, deja que se marche con la vista clavada en ella. Entonces se gira hacia mí y me saluda con la cabeza.

—Nos vemos, Sasha.

No respondo, simplemente le observo mientras se va. No pienso quitarle el ojo de encima a ese baboso.

—¿Te divierte perder el tiempo? —grita mi madre desde el otro lado de la pista—. ¡No vas a ganar nada distrayéndote!

Mi madre me deja libre a la hora de comer. Le digo que por la tarde tengo que ayudar a las Kappa Delta con la organización de futuros eventos para que me deje en paz el resto del día. Pero la realidad es que, después de comer, vuelvo a la pista.

Tras entrenar durante un rato, me reafirmo: estoy más que preparada para introducir el triple *axel*. Tendría el oro asegurado en todas las competiciones si realizase el ejercicio a la perfección, quizá plata si flaquease en algo, cosa que no podría aceptar.

Si mi madre tan solo me permitiese mostrarle que puedo hacerlo, nunca más me dejaría hacer un *axel* doble, porque eso no da el oro frente a un triple. Pero no quiere darme ni siquiera la oportunidad, y es por su propio orgullo. Tanya Petrova perdió el oro de las últimas Olimpiadas en las que participó por culpa de un triple *axel* fallido. Su carrera terminó en ese mismo instante, ya que no solo no logró completar el salto, sino que la caída fue tan escandalosa que se rompió rodilla y tobillo. Nunca más pudo volver a patinar profesionalmente, y eso fue lo que la destruyó por completo. Ahora paga sus frustraciones conmigo y ni siquiera lo admite.

Vuelco toda la frustración que siento en mis movimientos, ensayando las tres coreografías del campeonato del condado una y otra vez. La última finaliza con una pirueta *camel* y una vertical en la que giro y giro a toda velocidad, hasta detenerme en seco en el centro de la pista. Parece que libero la rabia que siento en cada vuelta, hasta que me detengo, con la respiración agitada, y me topo con su mirada.

Inspiro hondo, intentando que el aire vuelva a mis pulmones… bajo el escrutinio de Diego Torres. Está apoyado en la pared de la pista como si fuese el rey del hielo, con los brazos cruzados sobre una sudadera gris de los Wolves. Deseo fuertemente que mantenga el hocico cerrado, pero no tengo esa suerte.

—Acabas de darle una paliza al hielo.

No tengo ganas de discutir, lo más inteligente sería coger mis cosas e irme, ya que he terminado de entrenar. Pero no me da la gana que este tío tenga la última palabra siempre y que, además, me ponga tan nerviosa en su presencia. Tengo que controlar eso como sea.

—La misma que os dieron a vosotros el viernes.

Entrecierra los ojos a la vez que descruza los brazos y patina en mi dirección. Yo intento que mi cuerpo no reaccione ante él.

—Eres una víbora —masculla, yo tan solo me encojo de hombros—. ¿No te cansas de soltar veneno, Barbie?

—No te creas especial —replico, fingiendo que me limpio las uñas para no tener que mirarle a la cara mientras se detiene frente a mí—. No eres solo tú. Me molesta la gente en general. Especialmente las personas que no tienen ningún tipo de aspiración en la vida.

—Yo tengo aspiraciones en la vida.

Alzo la vista para clavarla en él, que enarca una ceja.

—Pero a ti te odio porque eres imbécil.

Hace lo último que me esperaba: se echa a reír. Parpadeo porque su risa no solo es hipnótica, sino que me confunde. ¿Por qué se ríe?

—No sé si me caes mal por lo insoportable que eres o si me hace gracia lo insoportable que eres —me suelta.

Este es tonto.

—Tú estás fatal.

—*Reina*, me encantaría entrenar. Si has terminado, por favor, mueve ese bonito culo hacia la salida.

Que mueva ese bonito cu… ¿Qué? Me quedo mirándole más tiempo del que se considera normal, hasta el punto en el que él mismo me hace saber que es raro el tiempo que llevo parada.

—¿Esa cara de acelga es porque te está dando algún tipo de ataque o…?

—Te odio —le digo, él pone los ojos en blanco. Se me traban las palabras porque no sé realmente qué decirle, el muy gilipollas me ha puesto nerviosa con ese comentario estúpido—. Y por lo menos yo sé lo que hago sobre unos patines.

Hace una mueca y sonríe de una forma en la que claramente está diciendo: «Claro que sí, maldita loca», por lo que decido irme de ahí antes de que termine estampándole la cabeza contra el hielo o, peor, seguir demostrando que su presencia me afecta de algún modo.

—¡Y no me mires el culo, gilipollas! —grito mientras patino hacia el exterior. Una risa es lo último que escucho antes de largarme de allí.

Roland Moore no le quita el ojo de encima a Valerie. No lo ha hecho en los días que llevo observándole, y estoy de los nervios. Al quedar menos de dos semanas para que empiece el regional, el equipo de patinaje está entrenando el doble, por lo que coincidimos durante un rato en la pista todos los días. Eso me preocuparía porque afecta a mi propio entrenamiento si no fuese porque estoy más pendiente de Roland que de lo que estoy haciendo.

—No puedo más contigo —me dice mi madre, acercándose a mí. Patina con una elegancia tan fría que podría congelar por sí misma la pista derretida tan solo tocándola con sus cuchillas. Tanya Petrova no patina sobre hielo, posee el hielo—. ¿Qué se supone que estás haciendo? ¿Crees de verdad que vas a conseguir buena puntuación en el regional y nacional si estás buscando mariposas en el aire?

—Creo que el entrenador Moore se propasa con alguna de sus alumnas —respondo, ella lo único que hace es chistar.

—Te da exactamente igual lo que haga el resto de la gente, Aleksandra. Céntrate en tu vida.

Podría destrozarme todos los dientes ahora mismo de lo fuerte que los aprieto. Ni siquiera sé por qué lo he intentado. No me creyó la primera vez, cuando se trataba de mí, no sé por qué iba a creerme ahora, cuando se trata de gente que le importa menos que yo.

—Quita esa cara ahora mismo y muévete. Tienes que seguir trabajando muchísimo.

No puedo seguir pendiente de Valerie y Roland porque su entrenamiento termina y el equipo se marcha. Tendré que buscar un hueco para hablar con esa chica y saber si de verdad está pasando algo o me he vuelto paranoica. Intento apartar de mi mente esos pensamientos y centrarme en mí, dándole a mi madre lo que quiere. No está satisfecha cuando terminamos.

—No quiero que sigas entrenando por tu cuenta, estás cogiendo demasiadas manías. —Antes siquiera de que se me ocurra replicar, ella continúa—: Sigues bajando la cabeza, no alzas los brazos lo suficiente en los giros, te mueves del sitio en la pirueta baja y te pierdes tras el segundo triple *toe*.

—Pero entrenando por mi cuenta es como mejor trabajo mis errores —replico.

—Estás perdiendo el tiempo. Te estás agotando de más y no rindes lo suficiente conmigo. Estoy cansada de corregirte lo mismo cada día y ver cómo no mejoras, sino que empeoras. No quiero que vuelvas a la pista sin mi supervisión de aquí al regional, Aleksandra, ¿me has entendido?

Dios, estoy tan harta de que me hable así. Brooke tiene razón, ¿hasta cuándo pienso soportar esto? Pero es... complicado. No puedo enfrentarme a mi madre así como así, mucho menos aún con las competiciones a la vuelta de la esquina. Pero sí puedo discutir de vez en cuando.

—Entrenar sola está ayudándome, mamá. Me viene bien practicar a mi ritmo para centrarme en lo que tengo que mejorar y...

—Tonterías —interrumpe—. Solo estás echándote a perder.

—Si tan solo me permitieses...

—La respuesta es no, Aleksandra.

—No sabes qué iba a decir.

—Lo sé perfectamente. No vas a intentar el triple *axel* en ninguna de las coreografías, y punto.

—Pero...

—*Ya skazal net*!* —grita con una firmeza que hace que me tense, apretando los puños a los lados de mi cuerpo—. No vuelvas a pedírmelo jamás. Ahora vete, nos vemos mañana a las seis. Ni se te ocurra volver a pisar la pista hasta mañana, y procura cenar y desayunar algo que seas capaz de mantener en el estómago.

Es imposible describir la impotencia y la rabia que siento ahora mismo. De verdad, no consigo darle forma. Solo quiero gritar y dar puñetazos a cualquier cosa hasta agotarme por completo y quedarme afónica. Pero, como siempre, no lo hago. Inspiro hondo intentando tranquilizarme mientras sigo a mi madre fuera de la pista. Nos cruzamos con el entrenador Dawson en el pasillo que lleva a los vestuarios.

---

* ¡He dicho que no!

Mi madre no se molesta en saludarle, yo tan solo le echo un vistazo antes de que él se dirija a mí.

—Sasha, hola. —Me detengo un poco confusa—. ¿Has pensado en mi propuesta?

Ahora sí que estoy confusa.

—¿Qué propuesta?

El entrenador pasea su vista de mi madre, que se ha detenido unos pasos por delante, a mí. Al ver mi ceño fruncido comprende que de verdad no tengo ni la más remota idea de qué me está hablando.

—Te he visto patinar últimamente —explica—. Y eres espectacular. Mis chicos perdieron el partido del otro día porque les falta algo más de disciplina sobre el hielo, y controlar más sus movimientos. Le propuse a tu madre que me echaras una mano para enseñarles un par de cosas si no interfería en tu entrenamiento.

—Y te dije que no, Anthony —dice antes de que yo pueda hablar—. Aleksandra no puede perder el tiempo con esos… animales tuyos.

—Esperaba que fuese ella la que me dijese si está interesada o no —le dice el entrenador Dawson a mi madre, haciendo que me dé un ligero tirón en la comisura de mis labios.

—La respuesta es no —repite—. Vamos, niña.

El entrenador pone los ojos en blanco antes de volverse hacia mí.

—¿Qué me dices? Sería solo cuando estuvieses libre. Me gustaría que les enseñases algo de control para que puedan llevarse la liga este año.

Hay dos motivos por los que me niego a hacerlo. El primero: porque, aunque me joda, mi madre lleva razón y no puedo perder el tiempo. Necesito centrarme totalmente en mí y en mis competiciones. Y el segundo: no tengo interés ninguno en que los lobitos de hockey ganen la liga. Por mí como si quedan los últimos, no puede darme más igual.

—No puedo tener distracciones —le digo al entrenador, que frunce los labios y asiente al comprender mi negativa.

—Si cambias de idea, ya sabes dónde encontrarme.

Mi madre y yo seguimos nuestro camino, yo en silencio, ella mascullando.

—Aquí la gente se cree que podemos estar a disposición de todo el mundo. Qué cara más dura. A ver si arreglan de una vez nuestra pista para que podamos entrenar sin que nos estorben y molesten todo el rato.

Sigo escuchando cómo se queja de absolutamente todo mientras me quito los patines, los limpio y los guardo en mi bolsa.

—Recuerda, Aleksandra, no quiero que pises la pista sola otra vez —me dice, con su bolsa ya en el hombro para marcharse—. Tengo menos de dos semanas para arreglar… —Me señala con la palma de la mano—. Bueno, a ti. Tenemos mucho trabajo, así que procura dormir en condiciones para tener energía mañana. Te he dejado ser mediocre demasiado tiempo y has agotado mi paciencia, Aleksandra. Mañana empieza el entrenamiento duro. Adiós.

Y se va.

Tenía dos claros motivos por los que rechazar la propuesta del entrenador Dawson. Totalmente válidos y de decisión propia. Pero tengo solo uno por el que aceptarla: hacer algo que mi madre no quiere que haga. Estoy tan cabreada que ahora mismo haría *puenting* solo por molestarla. Pero no quiero que monte un espectáculo solo por desafiarla, así que lo haré en secreto por la satisfacción de saber que voy a estar desobedeciéndola.

Cuando termino, busco al entrenador en su despacho, que alza la vista en cuanto entro.

—Lo haré, pero con una condición: que mi madre no lo sepa.

Él sonríe y asiente con complicidad.

Además, se me acaba de ocurrir el segundo maravilloso motivo por el que hacer esto quizá sí que sea una buena idea: voy a poder hacerle la vida imposible a Diego Torres.

CAPÍTULO 11
Torres

Tiene que ser una broma.

Cuando el entrenador ha dicho que unas veces por semana íbamos a tener a una persona de refuerzo para entrenar de forma distinta pensaba en algún antiguo alumno. John Garroway, fichado por los Dallas Stars en su segundo año de carrera. Miguel Fernández, de los Boston Bruins, el mejor goleador que ha habido en esta universidad jamás. Sam Carson, portero titular de los Pittsburgh Penguins. Cualquiera de los que pasaron de los Wolves de Keens a un equipo de la NHL por ser brillantes.

No ella.

Sasha Washington se desliza sobre el hielo de una punta a otra de la fila con lentitud, observando a cada uno de arriba abajo. Su expresión ante dieciocho jugadores de hockey que le sacan dos cabezas y totalmente equipados es de pura indiferencia mientras nos repasa.

—Si me sigues mirando así voy a malinterpretarte, rubita —bromea Peter con una sonrisa socarrona. Algunos de los chicos le ríen la gracia.

—Haz el favor, Smith —le regaña el entrenador, callándolos a todos.

La Barbie no dice nada, tan solo le mantiene la mirada a Peter unos segundos hasta que este la aparta, incómodo. Después continúa su escrutinio. Tiene que alzar la barbilla aún más cuando llega a Ameth. Ella no medirá más de uno sesenta y cinco, así que la estampa es divertida. Después pasa a Nate, al que no le dedica más de dos segundos (no sé si eso es bueno o malo, la verdad), y luego le toca a Jordan, que simplemente alza una ceja y la mira con la misma pasividad. Luego sus ojos azules se encuentran con los míos cuando se planta delante de mí.

Lleva varias trenzas en el pelo, recogidas hacia atrás para que no le molesten al patinar. Son tan tirantes que no entiendo cómo no le duele la cabeza, aunque probablemente sean los peinados que se hace los que la vuelven tan estirada.

Sonrío de medio lado cuando me repasa de arriba abajo y vuelve a alzar la vista, para que crea que esta situación me divierte. En realidad, un poco sí lo hace. No quiero que ella sea nuestra persona de refuerzo, no la soporto, pero sé que ella a mí me soporta aún menos, y eso puede ser divertido.

Termina de examinarnos a todos y suelta un largo suspiro.

—Bien. Veamos si cuidáis vuestro patinaje igual que vuestro físico. —Se desliza de nuevo frente a nosotros hasta llegar al centro. Señala con un solo gesto, ligero y firme, a Peter—. Tú, el que se cree gracioso. Patina de un extremo a otro de la pista, frenando en seco cuando estés a un metro de distancia de la pared. Ida y vuelta dos veces. A ver si así no me malinterpretas.

Los chicos ríen, pero esta vez burlándose de Peter, que mira al entrenador en busca de apoyo. Pero este se encoge de hombros y le indica con la palma de la mano que la pista es toda suya.

Todos observan cómo Peter va y viene, yo miro cómo Sasha niega una y otra vez.

—Siguiente.

Lo único que hace es negar, como si hubiese entrado en piloto automático. Solo cambia el gesto cuando Adam Peterson se traba y no frena a tiempo, chocándose con el cristal. Sasha se pellizca la nariz y suspira pesadamente. ¿Es lo único que sabe hacer, negar y suspirar?

Soy el último en hacer la «prueba». Puedo notar cómo me taladra con la mirada mientras patino, aunque eso no hace que me desconcentre. Por nada del mundo me permitiría bajar la guardia delante de alguien tan superficial, menos aún teniendo en cuenta que le caigo igual de mal que ella a mí.

Cuando termino tan solo aparta su visita de mí y se dirige al entrenador.

—Quiero verlos jugar.

Así que eso hacemos. Nos dividimos en dos equipos y jugamos un pequeño partido de entrenamiento para que la niñita nos observe como animales en un zoológico.

—No voy a negar que son buenos patinadores —le dice al entrenador Dawson una vez terminamos, como si no estuviésemos presentes—. Pero son unos brutos. No tienen ni idea de cómo controlar su cuerpo al cien por cien. Eso es lo que les hace perder tiempo y coordinación. Los segundos que pierden mientras frenan y se recuperan para continuar son los que le van a robar la victoria en cada partido.

—Entrenador, no tiene ni idea de lo que habla —reprocha John. Los murmullos me hacen saber que algunos chicos más están de acuerdo con él—. Nuestra coordinación es buena y somos rápidos, no perdemos tiempo.

Solo que sí que lo hacemos. Es cierto que cuando vamos a toda velocidad y queremos cambiar el trayecto o girar, perdemos segundos al frenar. Es una de las cosas que he estado trabajando por mi cuenta, aunque ya no estoy seguro de si estoy obteniendo los resultados que pensaba.

—Os falta anticiparos a vuestro propio cuerpo, controlar la fuerza que vais a ejercer en el movimiento para estar preparados y no perder el tiempo.

—No tengo ni idea de qué acabas de decir —continúa John. Sasha le mira como si fuese tonto del culo.

—Ese es precisamente el problema —reprocha—. Que no tenéis ni idea. Y si queréis que no se vuelvan a reír de vosotros, haréis lo que yo os diga.

Enseguida empieza el debate, ya que el equipo comenta en voz alta lo que opinan respecto a ella, formando un corrillo que excluye a Sasha e incluso al entrenador.

—Se cree que por ser guapa puede hablarnos así —bufa Peter, algunos asienten con él.

—No pienso escuchar a una patinadora —añade Lucas, cruzándose de brazos—. Ella tan solo sabe dar saltitos y vueltas, no tiene ni idea de lo que es golpearse contra otros tíos y llevar el control del disco.

—A mí me da igual lo que hagamos, pero no quiero volver a perder otro partido —dice Mike.

—Pues yo creo que es buena idea —se pronuncia Ameth, haciendo que todos le miremos—. Esa chica es la mejor patinadora de Keens por algo.

Por lo que tengo entendido, de toda Nueva Inglaterra, no solo de Keens.

—Exacto: es patinadora, no jugadora de hockey.

—¿Y nosotros no patinamos? —responde de vuelta, haciendo que Peter se calle—. Pienso que puede enseñarnos algo. Para ser patinadora hay que tener un control brutal sobre el hielo, y está claro que ella lo tiene y a nosotros nos hace falta mejorarlo.

—¿Capi? —pregunta Ray, esperando que yo aporte algo.

Quiero mandar a Sasha Washington a paseo porque no me apetece pasar tiempo con ella, mucho menos siguiendo órdenes. Quiero decirle que no la necesitamos, que somos los Wolves de Keens y estamos preparados para la liga. Pero, por mucho que me joda, y lo hace, lleva razón. Tenemos que mejorar. No puedo ser el capitán que mi equipo merece si no admito cuándo no estamos dando lo mejor de nosotros, cuándo no estoy dando lo mejor de mí. La he visto patinar, y sé que sabe de lo que está hablando y que ella lo controla a la perfección. Necesito que ganemos los siguientes partidos, necesito llegar a las semifinales, a la Frozen Four. Y para mí el equipo es mucho más importante que el odio que pueda sentir por ella. Así que suspiro y digo:

—Quizá podamos aprender algo de ella.

Algunos protestan en respuesta.

—Torres, tío.

—Si el capitán lo dice, John, es lo que hay —interviene Jordan, encogiéndose de hombros.

Mientras los chicos siguen protestando miro a Nate, a mi lado.

—¿A ti te parece bien?

—¿A mí? Claro, me parece también buena idea.

—Lo digo porque como es amiga de Allison...

—Me da igual. —Nate niega—. Yo no tengo nada que ver con Allison ya, y esto es por el equipo. No te preocupes por mí, hermano.

—Está decidido —sentencio. Rompemos el círculo y miramos adonde Sasha y el entrenador hablan.

—¿Ha terminado vuestro pequeño recreo? —inquiere él.

—No puedo estar perdiendo el tiempo —habla Sasha, con esos aires de superioridad—. Si no vais a querer mi ayuda, decídmelo ya para que continúe con mis entrenamientos. Yo sí tengo interés en ganar mis campeonatos.

—Dios, ahora entiendo por qué le cae mal a Torres —se queja Ben, aunque con un tono divertido.

—Queremos tu ayuda —digo yo, atrayendo su atención hacia mí. Una ceja rubia, delgada y bien perfilada se enarca en respuesta—. Queremos ganar.

—Bien.

—Tampoco es como si hubieseis podido elegir —añade el entrenador Dawson, con una sonrisa con la que dice claramente: «Sois unos pringados ingenuos, pero yo me divierto viéndoos»—. La decisión la tomaba yo, pero me alegra ver que habéis sido inteligentes.

—Entrenador, está invalidando sus conocimientos —protesta Peter de nuevo, pero él levanta un dedo para mandarlo callar.

—Ser un buen entrenador implica aceptar cuándo puedes aprender aún más de otra persona, Smith.

—Bueno, ¿empezamos? —pregunto cuando Peter resopla una vez más como un caballo.

—He visto suficiente por hoy —responde Sasha—. Yo tengo que entrenar, así que olvidadme el día de hoy, y mañana empezamos.

Voy a protestar que nuestro entrenamiento aún no ha terminado, que no puede echarnos. Pero el entrenador está de acuerdo y nos manda a los vestuarios.

—No pienso tener piedad —añade Sasha, alzando la voz ligeramente mientras desfilamos por su lado para salir del hielo.

Un solo vistazo a sus ojos, a su sonrisa de superioridad y esa fachada de hielo, y sé que no está mintiendo: va a destrozarnos.

CAPÍTULO 12
Sasha

No ha sido una buena idea.

El campeonato del condado es la semana que viene y no puedo estar perdiendo el tiempo con unos jugadores de hockey que no me caen bien y que me importa bien poco si ganan o pierden sus partidos. Sé que voy a quedar primera igualmente, la coreografía del programa libre es demasiado buena para una competición tan poco importante, pero necesito ensayar todas las de las demás. Siempre me ha dado igual la atención de la gente, yo patino para mí, pero voy a necesitar que se fijen en mí para estar en boca de todo el mundo si quiero que los jueces me presten atención de verdad y me puntúen como me merezco en el nacional y en el ISSC. No sería la primera vez que alguien se lleva menos puntos de los merecidos porque los jueces no tenían interés alguno en mirar su programa.

—Ha sido una idea brutal —responde Brooke cuando se lo cuento, y da una palmada en mi cama. Está tirada en ella con todos sus diseños alrededor mientras yo intento terminar un trabajo de clase desde el escritorio—. ¿Se te ha ocurrido a ti solita? —Antes de que responda, continúa—. Por supuesto que no, solo has aceptado la propuesta del entrenador porque… ¿Por qué, exactamente? Quiero oírlo de tu boquita en vez de adivinarlo yo.

—Porque… Porque me apetecía hacer algo nuevo —miento, y ella se parte de risa.

—Sí, ya. Sasha Washington haciendo algo por placer. —Arqueo ambas cejas y Brooke me imita en respuesta—. ¿Qué? ¿Acaso es mentira? Jamás haces nada por ti.

—Eso es mentira.

—Dime algo que te guste hacer. —Abro la boca—. Aparte de patinar. —La vuelvo a cerrar y ella me señala con la mano como diciendo «ahí lo llevas»—. No te he visto en estos años hacer nada que no sea patinar, Sash.

—Paso tiempo contigo —protesto—. Incluso salgo de fiesta.

—Pero eso es porque te obligo.

—No es verdad. Es porque me gusta hacerlo. —Suspiro ante su cara de no creerme—. Lo digo en serio. Hasta el salir de fiesta me gusta, aunque no lo parezca. Es solo que no sé… No sé disfrutar, ¿vale?

—Lo sé, y no me parece justo para ti. Lo primero es que deberías disfrutar el patinaje por encima de todo, y no lo haces por culpa de tu madre. Y también por ella es por lo que no te permites hacer otras cosas.

—No es como si tuviera tiempo para hacer nada más.

—Porque tu madre absorbe todo tu tiempo. Dime, si entrenases a tu ritmo, sin ella, ¿tendrías más tiempo libre?

Me lo pienso unos segundos. ¿Lo tendría? ¿O me llevaría tan al límite como estoy haciendo ahora?

—No estoy segura. Quizá.

—Vale, ahora tengo dos preguntas. Una: ¿de dónde vas a sacar tiempo para entrenar a los Wolves? Y, dos: ¿por qué has aceptado hacerlo? Y que sepas que estoy totalmente de acuerdo con la decisión.

—Es solo algunas veces entre semana, así que de momento este mes me escaquearé de entrenar con mi madre tantas horas los días que correspondan con la excusa del festival de otoño y Halloween. —Hoy es 1 de octubre, y las hermandades organizan a mitad de mes un festival que más bien es una fiesta que dura un fin de semana en el que se va recorriendo las distintas casas para emborracharse—. Y he aceptado porque me he dado cuenta de que si siguen perdiendo partidos, el estatus de Keens bajará. Y eso afectará a todos los deportes y, por ende, a mí. —Brooke me mira con cara de acelga, así que termino resoplando y confesando—. Vale, también he aceptado porque me apetecía. Bueno, no. Sí. No sé. Es decir, no quería hacerlo porque no me caen bien los jugadores de hockey y porque no puedo perder el tiempo. Pero me apetecía poner en práctica mis conocimientos con este grupo, son como un desafío. Y porque sé que mi madre no quiere que lo haga.

—Ahí lo tienes. —Brooke ríe, encogiéndose de hombros—. Menos mal que estás abriendo los ojos. Me parece estupendo el motivo por el que lo haces, me hace feliz ver que por una vez en tu vida tomas una decisión sola que te gusta, pero he de admitir que mi motivo favorito es joder a tu madre.

No puedo evitarlo, se me escapa una risa.

—Bueno, y también porque sé que así Diego Torres va a sufrir. Es mi venganza.

—Ojalá te quisieras vengar comiéndole la boca —resopla, y yo noto cómo me sonrojo, por lo que me giro para que no se dé cuenta—. ¿Tú has visto de verdad cómo está el tío? Estoy harta de que le odiemos. ¿Podemos dejar de odiarle ya?

—Tú no tienes que odiarle por nada, Brooks.

—Si tú le odias, yo le odio, amiga. —Me giro para que me vea poner los ojos en blanco—. Aunque podríamos parar solo por la cara que tiene, por favor.

Pensar en su cara me hace morderme el interior de la mejilla para intentar que el rubor no acuda de nuevo a mí. ¿Qué narices pasa conmigo?

—Es un prepotente viviendo en una nube, no me cae bien. Le cogí asco cuando entró en casa y se puso a gritar el primer año, y así sigue.

—A ver, motivos tenía —le defiende. Se incorpora en la cama para sentarse y apoyarse en mis seis almohadas, hundiéndose entre ellas—. Allison acababa de humillar a su mejor amigo. Nosotras no teníamos nada que ver ahí, no entiendo por qué acabamos metidas en la discusión.

—Porque estaba teniendo un día de mierda y me tocó las narices que entrase como si fuese el rey de Keens dando voces, y cuando le pedí que se callara me gritó a mí y empezamos a discutir.

Cuando Allison hizo el numerito ridículo con Nate, tuvimos un encontronazo. Recuerdo aquella noche porque fue cuando Brooke y yo nos cercioramos de lo malas personas que son Allison y Riley y de que solo íbamos a estar alrededor de ellas por conveniencia, no porque fuesen nuestras amigas. Allison avergonzó y se rio de Nate en la fiesta de nuestra casa. Brooke y yo estábamos sentadas en uno de los sillones cuando todo el mundo se marchó, y las dos arpías se sentaron frente a nosotras a presumir de lo ocurrido y burlarse.

Estaba abriendo la boca para decirle a Allison y Riley que se callasen de una puta vez, cuando Diego Torres y el otro amigo entraron como locos en nuestro salón. Empezaron las voces y a mí ya me dolía la cabeza lo suficiente como para aguantar más gilipolleces, por mucha razón que pudieran tener los lobitos de hockey. Me enfrenté al tal Torres mientras el otro discutía con Allison, gritándole que se callara de una vez y se largara.

—Sigo pensando que menuda tontería.

—¿Por qué le defiendes? —bufo.

—Porque está muy bueno.

Sí, lo está. Pero eso no cambia nada.

—Eres increíble.

—Lo sé. —Esboza una amplia sonrisa de orgullo—. Por lo que a mí respecta, he dejado de odiar a mi amigo Diego. Cuando puedas, me lo presentas.

El fin de semana es duro. Tengo que entrenar muchísimas horas con mi madre, más de lo habitual. No está satisfecha al cien por cien con mi trabajo, pero ha determinado que valdrá para el regional (ya que a los campeonatos del condado y el estatal no les damos apenas importancia), pero que ni de broma puedo ir tan verde al nacional. Ni siquiera tengo tiempo de fijarme en Valerie y el entrenador Moore cuando compartimos pista, pero, por lo poco que he visto, no ha vuelto a pasar nada raro. Quizá sí que fuese mi imaginación al fin y al cabo.

Hoy lunes entreno antes de ir a clase a primera hora de la mañana, una vez más antes de comer, y más horas después. Cuando me quito los patines para descansar un poco, tengo los pies hinchados y con ampollas de la paliza que me estoy dando desde que empezó el curso, pero especialmente esta última semana.

Mi madre entra en el vestuario y me echa un rápido vistazo, hablando mientras va a lavarse las manos al lavabo.

—Espero que te cuides esos pies —dice—. O tendrás que patinar con dolor.

Por supuesto que sí.

—Lo haré.

—Vete a casa ya, no te entretengas. Mañana a la misma hora. —Esa es su despedida antes de salir del vestuario y dejarme, por fin, a solas.

Mi cerebro desconecta totalmente cuando el silencio me rodea, como si me hubiese quitado un peso de encima. Me permito disfrutarlo unos minutos antes de ponerme en pie para mojar una toalla pequeña y envolver mis pies en ella durante un rato. Suspiro de alivio. El dolor no desaparece, pero mengua y con eso tengo suficiente.

Escucho jaleo en el pasillo, así que recojo mis cosas y me vuelvo a poner los patines, ignorando el dolor punzante que siento al apretarlos de nuevo. Me pongo en pie y salgo, cruzándome con todo el equipo de *Homo sapiens*. Las risas cesan cuando me ven, y sé que me detestan lo mismo que yo a ellos. Me da igual, tengo mis motivos para estar aquí y caerles bien no es uno de ellos.

Camino entre los chicos, abriéndome paso bajo su atención, sin mirar a nadie a la cara.

—Os quiero en la pista en cinco minutos. Traed los conos.

Cuatro minutos y treinta segundos. Cuarenta. Cincuenta. Cinco minutos.

Ni uno de los lobitos aparece en la pista.

Cinco minutos y cuarenta segundos.

Torres entra en el hielo, seguido de Nate y el rubio con el que comparto clase. Van totalmente equipados, con los cascos en las manos y cargando los tres los conos.

—Llegáis tarde.

—No se pone la equipación en cinco minutos —me responde el rubio guapo.

—¿Y tú eras?

—Jordan Sullivan.

—Jordan —repito, cruzando mis brazos en el pecho—. No pienso perder el tiempo esperándoos.

—Pues no lo pierdas, Barbie —interviene Torres, dejando los conos en el suelo—. Puede que vayas a sernos de ayuda, pero eso no implica que tengamos que soportar tu mal humor.

—Ni te molestes —le dice Jordan, pero soy yo la que no se molesta en responder. Nate, en medio de los dos, suelta un suspiro y me mira.

—¿Qué hacemos con los conos?

Tardo unos segundos en desviar mi mirada de Torres a él, para luego señalar la portería.

—Ponlos en fila frente a la portería con una distancia de tres pies entre ellos.

El resto del equipo llega, junto al entrenador Dawson, que se queda fuera de la pista.

—Son todo tuyos —me dice—. Tienes permiso para hacerles llorar. Maravilloso.

—Bien. —Me giro hacia los chicos, que se han colocado, imagino que por costumbre, en fila—. No pienso ocultar que no me gustáis, así que me dan igual vuestras vidas, y tampoco me importa mucho vuestra liga. Pero si os siguen machacando, Keens pierde prestigio y eso significa que al final también me afectaría a mí, y me niego. —Sueltan algún que otro bufido que me hace sonreír—. Así que, sí, estoy aquí por motivos egoístas, pero voy a hacer lo posible para que no dejéis en ridículo a esta universidad.

Hago una pausa en la que veo cómo intercambian miradas y algunos se debaten entre, probablemente, mandarme a la mierda o no. Una negación por parte de su capitán hace que vuelvan a prestarme la atención sin abrir la boca.

—Después de veros el otro día, tengo claro qué es lo que hay que trabajar con vosotros —prosigo—. Equilibrio, coordinación y control. No del disco, eso ya vi que lo lleváis bien, sino de vuestro propio cuerpo. No sirve de nada si sois buenos pero torpes.

En realidad, son muy buenos, aunque me cueste admitirlo. Después de observarlos fijamente y fijarme en sus movimientos, se nota que están volcados en este deporte, que saben lo que hacen y que el entrenador Dawson lleva años ahí por algo. No se limitan a patinar detrás de un disco y ya, como pensaba, sino que trabajan muchas otras cosas. Pero no son perfectos, y mi objetivo es mejorar sus habilidades lo máximo posible. Al menos, hasta que me convenzan de que decir en voz alta que son buenos no es un insulto a los verdaderos profesionales.

—Para calentar vais a ir de un lado a otro de la pista levantado las rodillas hasta el pecho, alternando la pierna. Quiero el pecho erguido y la cabeza bien alta.

Uno tras otro van haciendo el ejercicio sin ningún tipo de dificultad. Me fijo en quién es capaz de seguir una línea recta todo el rato, haciendo que las cuchillas de los patines sigan el mismo curso cada vez que cambian de pierna. La mayoría no consigue la rectitud completa. Tan solo Torres, cómo no, Jordan y otros dos chicos están cerca de lograrlo a la perfección.

—Bien. No está mal, pero tenemos que trabajar la rectitud —les digo cuando terminan.

—¿Para qué? Nunca patinamos en línea recta en los partidos —protesta uno de ellos.

—Porque si no sabes ir en línea recta, no sabes patinar —le respondo.

—Esa es tu opinión.

—Peterson. —Es todo lo que necesita decir el entrenador para que se calle.

—Patinar en línea recta es más difícil que hacer giros y zigzag. Y no hablo de ir hacia adelante en una misma dirección, sino de deslizar los patines en el mismo lugar tras levantarlos, sin romper la trayectoria. Quien consigue hacerlo a la perfección tiene un total dominio de su cuerpo. Así que ese es nuestro principal objetivo.

No es tan difícil de entender, vaya.

—Ahora quiero que repitáis el mismo ejercicio, pero haciendo el zigzag en los conos.

Ahora es cuando empieza mi diversión.

Uno a uno comienzan el ejercicio.

El tal Adam Peterson es el primero, perdiendo el equilibrio en un par de ocasiones y teniendo que detenerse para no caerse de culo. Una sonrisa de satisfacción acude a mi cara cuando, al terminar, me mira como si tuviese la esperanza de que yo no lo hubiese estado mirando a él. Exactamente de la misma forma en que un niño pequeño mira a su madre tras hacer algo por lo que sabe que van a regañarle.

—Si supieses patinar en línea recta, eso no pasaría —le digo, él suelta algo parecido a un quejido de molestia.

De nuevo, son solo los mismos cuatro de antes los que realizan el ejercicio sin apenas dificultad. No lo dominan, pero saben corregirse a tiempo para no parecer que van a caerse de un momento a otro.

—Reducid la distancia de los conos a un pie y medio —ordeno. Una vez hecho, prosigo—: Ahora repetid el ejercicio. No quiero que os detengáis para intentar coger equilibrio. Si lo hacéis, falláis.

La distancia es tan pequeña que los veo dudar. En metros, la distancia es de medio metro, mientras que antes era de uno. Y teniendo en cuenta que estos jugadores son enormes y van totalmente equipados...

Veo cómo van cayendo. De los siete que lo han intentado hasta ahora, ninguno ha llegado al cuarto cono. Unos han perdido el equilibro y se han caído al intentar recuperarlo de manera brusca, otros se han detenido al perder la coordinación. El caso es que no puede hacerme más feliz ver cómo fallan, dándome la razón. Ameth, a pesar de ser el más alto de todos, es el que mejor lo hace hasta el momento. Llega al quinto cono antes de tropezarse. Después va Nate, que falla donde su amigo. Jordan llega hasta el antepenúltimo, el octavo, antes de perder la coordinación. El último, de nuevo, es Torres. Se acerca hacia donde estoy, junto al primer cono, con esos ojos marrones clavados en los míos.

—Capitán —le digo con burla.

Aparta la mirada para centrarse en el zigzag, yo me coloco a su lado para ir siguiéndole, como he hecho con los otros chicos, observando sus movimientos.

No se descoordina en los primeros conos, sube y baja las rodillas mientras realiza el zigzag sin problema. Mierda. En los últimos baja un poco la velocidad porque hay un momento en el que casi pierde el equilibrio, pero se recompone de una forma tan rápida y fácil que los demás probablemente no se hayan dado ni cuenta. Yo sí lo hago, con la esperanza de que tropiece antes de llegar al final.

No lo hace. Termina el ejercicio, levantando la cabeza para mirarme con superioridad y retarme a decir algo. Aprieto los dientes con demasiada fuerza mientras se acerca a mí y se detiene a escasos centímetros. Aguanto la respiración unas milésimas de segundo. Se quita el casco, lo que me hace tragar saliva porque su cara perlada de sudor es un espectáculo, y alza la comisura de los labios con lentitud.

—Jaque, *princesa*.

No puedo evitar responder porque me niego a que me mire con esos aires, con su ego por delante, con esa cara de satisfacción que me pone enferma.

—Demasiado lento.

—Yo la veo mucho ladrar, pero poco morder —interviene el payaso del otro día, el que se cree gracioso—. No estaría mal que demostrases algo antes de seguir criticándonos.

Mis ojos vuelven a mirar los del capitán una vez más antes de reír con sarcasmo.

—Mirad y aprended —digo alto y claro. Patino hacia el inicio del recorrido, veo cómo Torres se queda exactamente al final, a unos centímetros del último cono, con los brazos cruzados. Y entonces empiezo a patinar.

Me resulta tan sencillo serpentear entre los conos subiendo las rodillas que yo sola me lleno de satisfacción. Esto es un ejercicio básico que aprendí de pequeña, mucho antes de empezar a hacer piruetas y saltos. Hasta que no aprendí a deslizarme en una perfecta línea recta, mi madre no me enseñó nada. Aumento la velocidad llegando al final, controlando mi cuerpo para no desequilibrarme en ningún momento. Llego al final, deteniéndome en seco a medio centímetro de Torres. Nuestra ropa se roza por la cercanía, mi aliento entrecortado se une al suyo, pero ninguno de los dos se aparta.

Esta vez soy yo la que sonríe.

—Mate, *kapitan**.

Él se muerde el labio para contener una sonrisa, y yo me largo de ahí antes de que mi mente se nuble por culpa de este imbécil.

---

* Capitán.

CAPÍTULO 13
Torres

Si todo el equipo es capaz de controlar sus ganas de asesinar a Sasha Washington, es probable que aprendamos algo de ella. Pero es que la tía es totalmente insufrible. Guapa e insufrible. Es egocéntrica, antipática y estirada, y ha hecho que los tres últimos entrenamientos con ella fuesen una tortura para mis chicos. Todo le parece mal, nos mira con caras de asco y no mide sus palabras a la hora de decirnos qué tenemos que mejorar.

Pero sabe lo que hace.

Y por eso, y porque me divierte sacarla de sus casillas, tengo que aguantar. Porque sé que puede ayudarnos, y nosotros necesitamos ser mejores. Yo necesito ser mejor. Soy el capitán, deberíamos ser el entrenador y yo quienes corrigiésemos a los demás, no ella. Pero si el entrenador ha confiado más en Sasha que en mí para que el equipo mejore... Joder, ¿no soy lo suficientemente bueno?

El entrenamiento de hoy ha sido intenso, la semana que viene tenemos el segundo partido y necesitamos ponernos las pilas ahora que muchos de los entrenamientos fuertes han desaparecido para dar lugar a los que el entrenador Dawson llama «los de técnica», con Sasha.

Vuelvo a casa para estudiar un rato, uniéndome en el salón a Ameth y Nate, que hacen lo mismo. Llega la hora de irme a trabajar, así que me marcho al restaurante St. James. Dejo el coche en el aparcamiento de trabajadores y entro por la puerta trasera para ir directo a los vestuarios. En la taquilla siempre tengo dos o tres trajes limpios por lo que pueda pasar, así también puedo lavarlos y tener de repuesto. El traje consiste en unos pantalones negros que cuestan demasiado dinero, una camisa blanca y un chaleco negro encima, además de una ridícula pajarita y una placa con mi nombre y apellido.

—Hey, Diego. —Uno de mis compañeros, Hari, entra en el vestuario aún vestido de calle—. ¿Hasta qué hora estás hoy?

—Hasta las nueve, pero mañana me toca cierre.

Hari hace una mueca, odia el cierre tanto como yo porque eso significa que tenemos que limpiar todo el restaurante y nunca salimos a nuestra hora.

—Igual que yo. No veo el día de dejar este trabajo.

En realidad, aquí no se está mal. Entre compañeros hay muy buen ambiente porque la mayoría somos gente joven, y nuestro encargado y la jefa son buena gente y muy comprensivos con los estudiantes. Lo único malo es la clientela. No toda, por supuesto, pero la gente que viene aquí tiene mucho dinero y pocos modales. Son las típicas familias ricas que te miran por encima del hombro, dejan una mierda de propina y ponen siempre mil problemas. Un cliché, vaya. Yo me limito a atender todas mis mesas lo mejor que puedo para que el tiempo pase rápido y ya.

La noche de hoy es horriblemente mala, así que al acabar, a pesar del cansancio, tengo aún más ganas de ir a patinar para poder desfogar. Me da igual que sea tarde y que me pese el cuerpo, tengo que hacerlo. Me cambio de nuevo y me subo en el coche con Imagine Dragons de fondo para intentar no venirme abajo.

Cuando llego, el pabellón está abierto. Solo quiero entrenar un rato e ir a acostarme, aunque si la princesita está aquí, por lo menos puedo divertirme un rato. Pero cuando paso por la puerta que da a la pista, escucho voces. ¿No es Sasha la que está en la pista o es que está acompañada? Asomo la cabeza para echar un vistazo. Sí que es ella, pero no está sola. La veo patinar bajo las instrucciones a gritos de su madre.

Es imposible no observar sus movimientos, aun desde esta distancia es innegable que lleva toda la vida bailando en el hielo. Coge impulso para realizar un salto con varios giros que hace que me ponga en tensión unos segundos, hasta que aterriza y continúa. Qué pasada. Pero Tanya Petrova no parece pensar lo mismo, ya que se pone a gritar.

—¿Qué narices ha sido eso, Aleksandra? —¿Aleksandra? ¿Así es como se llama de verdad?—. ¡Una basura es lo que ha sido! ¡Mañana empieza el campeonato del condado! ¿Eso es lo que pretendes hacer en una competición sin importancia? ¿Y qué vas a hacer en las que importan, rodar por el hielo?

Sasha no responde. Simplemente mira a su madre unos segundos antes de realizar de nuevo el mismo ejercicio.

—¡Muy flojo! ¡Otra vez!

Le hace repetir el ejercicio un total de ocho veces. En todas le grita algo distinto, nunca conforme, y es cuando me doy cuenta de lo cruel que es esta mujer. Ya de lejos, sin hablar con ella, podías intuir que es regia y fría, una excampeona con la fama subida a la cabeza y mal temperamento. Pero no es solo eso, sino que también parece mala persona.

—¡Sube la cabeza!

Cuando lo dice una tercera vez, Sasha frena en seco y se planta frente a ella.

—No puedo subir más la cabeza —reprocha—. Si lo hago, pierdo el equilibrio.

—Pues aprende a equilibrarte con la cabeza alta, Aleksandra, porque es horrible llevarla tan baja, parece que estás pendiente del hielo y no de tu cuerpo.

—Eso no…

—Repítelo.

Sin decir nada más, obedece. Puedo ver la tensión en todo su cuerpo, totalmente rígido ahora.

—Pareces una escoba. ¡¿Es que no me escuchas?! ¡Para! —Sasha no para, sigue patinando, y eso hace que Tanya vaya hacia ella, agarrándola de un brazo con fuerza para detenerla. Ella no se inmuta, simplemente la mira como si fuese una ráfaga de aire que se ha cruzado en su camino. Yo, en cambio, arrugo la frente—. Te he dicho que pares. ¡No tienes ni idea de nada! —Sacude su brazo—. Deja de hacer las cosas como te da la gana, no vas a ser nadie en la vida si no obedeces y aprendes de mí.

Espero contestación de la chica que siempre tiene algo que decir, algo que criticar o algo de lo que burlarse. Pero solo hay silencio por su parte. Respira agitadamente, con sus ojos azules clavados en los de su madre.

—Suficiente por hoy —dice Tanya—. No te aguanto. Mañana aquí a las cinco, después de entrenar nos vamos a Burlington para el campeonato. Ni se te ocurra seguir patinando hoy, ¿me oyes?

—Sí. —Es todo lo que responde.

Tanya no se despide, tan solo patina hacia el exterior de la pista, y esa es mi señal para largarme de ahí. Me meto en los vestuarios de invitados porque, por alguna razón, en lugar de usar esos, las dos patinadoras utilizan el nuestro cuando vienen, imagino que porque es más grande. Cuando la escucho irse es cuando yo voy a ponerme mis patines. A la que no escucho ni veo es a Sasha, y su bolsa sigue en uno de los bancos, así que me imagino que no ha sido muy obediente.

Voy hacia la pista y, efectivamente, ahí sigue. Por supuesto, está patinando.

Hoy lleva unas mallas de un verde pastel, a juego con un top del mismo color. En la pista siempre hace algo de frío, pero una vez empiezas a entrenar y a sudar, te asfixias de calor. Me gusta fijarme en la ropa de la gente, Morgan y yo siempre jugábamos a puntuar los conjuntos de las personas, por lo que aprendimos algo de moda. Lleva el pelo rubio recogido en una cola que ha trenzado y se mueve a un lado y a otro mientras recorre el hielo.

Tenía pensado entrar e interrumpirla, pero entonces algo llama mi atención: está llorando. Se seca las lágrimas con impotencia sin dejar de entrenar con una furia que puedo sentir porque comprendo a la perfección. No se da cuenta de mi presencia, así que la observo descargar su rabia desde el borde. Sasha realiza unos cuantos giros y saltos. El último lo hace con tantísimo impulso que no logra aterrizar a tiempo, y cae con bastante fuerza.

Entro a la pista y patino hacia ella, que suelta un grito de impotencia a la vez que golpea el hielo. Joder, cómo odio entenderla ahora mismo. Me planto frente a ella, que da un respingo y me mira, secándose las lágrimas que inundan su rostro, totalmente rojo, con rapidez. Le tiendo una mano sin siquiera pararme a pensar que no la aguanto.

—Vamos, arriba —le digo, pero ella chista y se incorpora por su cuenta, ignorándome.

—Déjame en paz.

Ahora recuerdo por qué no me cae bien.

—Te estaba ofreciendo ayuda.

—Pues no necesito tu ayuda.

Me mira de arriba abajo con desprecio, así que me cabreo.

—Pues vete a la mismísima mierda, *estúpida*.

Me hace un corte de mangas antes de reanudar lo que estaba haciendo. Reconozco los movimientos de antes y, de nuevo, salta y se cae. Esta vez no grita, solo se pone en pie y vuelve a la carga. Yo la observo mientras caliento alrededor de la pista. La tercera vez también falla. Sentada en el suelo coge aire y lo suelta con brusquedad, llevándose las manos a la cara mientras niega.

—No va a salirte si practicas en ese estado —le digo sin detenerme. Alza la vista para seguirme con la mirada.

—No tienes ni idea.

—No sé sobre patinaje, pero sé lo que es entrenar estresado y bajo presión, y es lo peor que hay. Te autoboicoteas sin darte cuenta y al final es peor para tu cuerpo y tu mente.

—Llevo toda mi vida entrenando de esa forma, así que no necesito tus consejos.

—Por la forma en que te has tragado el suelo de culo las últimas tres veces, yo diría que sí. —Me cruzo de brazos, deteniéndome para mirarla desde arriba—. ¿Tu madre siempre te grita de esa forma?

—No es asunto tuyo.

No, no lo es, pero sé lo que se siente cuando uno de tus padres te trata como una mierda y no tienes con quién hablarlo. No es que de repente quiera ser su amigo, pero no me cuesta nada mostrar algo de empatía.

—Ya. Los padres no llevan siempre la razón, ¿sabes? No hay que tragarse sus mierdas solo porque somos sus hijos.

Sasha frunce el ceño y se pone en pie, acercándose lo suficiente para encararme.

—¿Y tú qué mierda sabes? No tienes ni idea de lo que estás hablando, no vengas a darme una *pep talk* para sentirte tú mejor.

Claro que no sé de lo que estoy hablando. Tan solo tengo un padre de mierda que nos complica la vida a todos y para el cual somos basura humana. Pero qué sabré yo.

—Tranquila, que yo me siento perfectamente. Tan solo intentaba no ser un estirado de mierda como tú, Aleksandra —pronuncio su nombre con retintín, y ella de inmediato me señala con un dedo.

—No me llames así.

—¿Por qué no? Es tu nombre, ¿no?

—Nadie me llama así.

—Por lo que se ve, tu madre sí. ¿Aleksandra es tu primer nombre y Sasha el segundo, pero por rebeldía no lo usas?

Me mira como si fuese idiota, pero responde.

—Aleksandra es mi nombre. Sasha es su diminutivo.

Esa sí que es buena.

—Pero si son dos nombres distintos —replico, ella sigue mirándome con esa cara de asco.

—¿Adónde quieres llegar?

—¿Cómo va a ser Sasha el hipocorístico de Aleksandra si son dos nombres individuales?

—¿*Hipocoqué*? Pero ¿de qué hablas, tío?

—Hipocorístico. Así se les llama a los diminutivos de los nombres. ¿Desde cuándo un nombre es diminutivo de otro nombre?

—Sigo sin saber de qué narices hablas. En Rusia muchos nombres tienen diminutivo. Igual que aquí. De Alexander, Alex. O como tu amigo, de Nathaniel, Nate. ¿Lo pillas? ¿O es que en español no hacéis también eso?

—Por supuesto que sí. Pero los diminutivos no existen por sí solos. Bueno, desde hace un tiempo sí, pero el caso es que si te llamas Jesús, tu hipocorístico es Chechu. Pero nadie se llama Chechu únicamente. Bueno, ahora sí, pero ese no es el caso. O de Francisco, Paco. Nadie se llama Paco en su documento de identidad porque no es un nombre, es un diminutivo —omito decir de nuevo que ahora sí se puede, a nuestra generación no le ha pillado este cambio—. Sin embargo, tanto Aleksandra como Sasha son nombres, ¿lo pillas?

Hay unos segundos de silencio en los que su cara es todo un poema. Está tan confusa que ni siquiera sé qué puede estar pasando por su cabeza. Hace el amago de hablar varias veces, pero termina negando ligeramente y volviéndome a mirar con esa expresión de chalada. Finalmente, dice:

—¿Te caíste de la cuna de pequeño o algo? No te molestes en responder. Ni siquiera sé cómo hemos llegado a esta conversación. Me largo.

La verdad es que estoy muerto de risa por dentro, pero consigo no reírme y parecer una persona seria. O eso creo. El caso es que Sasha se aleja de mí aún negando como si fuese el único gesto que sabe hacer, ya que cuando estoy en su presencia solo la veo negar, poner cara de asco o ambas a la vez.

—Oye —la llamo, se detiene y me mira por encima del hombro—. Puedes terminar de entrenar si quieres.

No sé por qué le ofrezco eso. No es como si ella hubiese sido la persona más agradable del mundo..., pero la entiendo. El hockey es lo único que tengo mío de verdad, no sé qué sería de mí si mi padre lo jodiese también, aunque siempre le oigo quejarse de que estoy haciendo el imbécil y no voy a llegar a ningún lado. Por lo que veo, el patinaje lo es todo para Sasha, y si su madre es así con ella siempre…

—¿Por qué? —pregunta, y noto la desconfianza en su voz.

—Porque sé que mañana tienes un campeonato.

—Ya he terminado por hoy.

Se queda unos segundos callada sin dejar de mirarme, como si fuese a añadir algo más, pero no lo hace. Solo asiente ligeramente antes de girarse y seguir alejándose. Supongo que es su manera de mostrar agradecimiento.

—¡Espero que pierdas y hagas el ridículo! —le grito cuando está saliendo de la pista. Su respuesta es un corte de mangas que me hace reír.

CAPÍTULO 14
Sasha

Me miro en el espejo. El traje de terciopelo rojo es precioso. De manga larga, pero con la espalda al aire e infinidad de piedras plateadas que van desde el cuello a mi ombligo formando un triángulo invertido, y por los volantes de la falda. Me he maquillado con unas sombras a juego, los labios con *gloss* y bastante colorete para realzar mis pómulos. Brooke me ha hecho dos trenzas pegadas que empiezan en la nuca y terminan en lo alto con dos moños. Son elegantes y bonitas, sin dejar ni un solo pelo fuera de su sitio.

—Estás guapísima —me dice, mirándome tras de mí en el espejo.

La competición es en Burlington, a menos de cuarenta y cinco minutos de Newford, aquí en el condado de Chittenden. Es una ciudad grande y universitaria, y Brooke ha venido a verme a pesar de que le dije que no lo hiciera porque mi madre iba a enfadarse. De hecho, creo que está aquí más por ese motivo que por apoyarme, y me parece estupendo.

La clasificación del viernes fue estupenda, al igual que el programa corto de ayer. Hoy es el largo y no hay ni una sola persona compitiendo que pueda superarme. Mi única contrincante digna cada año es Charlotte Solberg, una chica noruega que compite todo el año en Estados Unidos, pero participará en el ISSC (porque llegará) por su país natal, Noruega.

Mi madre entra en los vestuarios y esquiva al resto de las chicas hasta acercarse a nosotras. A pesar de que ya me vio con el traje puesto y puso doscientas quejas, lo vuelve a hacer. Me mira de arriba abajo y hace una mueca.

—Te hace una cintura horrible ese traje, no sé cómo pudiste comprarlo.

No me hace una cintura horrible, me queda precioso.

—Está estupenda —contradice Brooke.

—Ya. —Mi madre señala la puerta con la cabeza—. Puedes irte, Brittany.

—Brooke —corrige con una sonrisa falsa en la cara. Me mira a mí y pone los ojos en blanco—. Mucha mierda, Sash. Vas a hacerlo genial.

Mi madre sigue a Brooke con la mirada hasta que la ve salir del vestuario, y vuelve a fijarse en mí.

—Vas a perder puntos por tu aspecto, Aleksandra. Procura hacer la coreografía perfecta para que no te afecten.

Intento ignorar todo lo que me dice desde ese momento hasta que, por fin, me toca salir a la pista. Lo que realizo es una coreografía sencilla, pero bien estructurada. Lo hago con tranquilidad y firmeza, confiando en mí misma. Cometo un par de errores, cosa que no habría sucedido si determinados ejercicios los hubiese hecho a mi manera, y no en la forma en que mi madre me obliga. He perdido puntos, pero no ha sido por mi culpa, aunque ella intentará hacerme creer que sí.

Cuando salgo del hielo, lo único que recibo por su parte es una mirada desaprobadora. Intento no pronunciar palabra mientras vamos hacia el área del *kiss and cry*. En el programa corto de ayer obtuve 59,69 puntos, por lo que si quiero ganarle a Charlotte, que ahora mismo va en primer lugar, tengo que obtener más de 80 puntos en el programa libre.

El encargado de leer las puntuaciones de los jueces recuerda la que obtuve ayer antes de pasar a la de hoy. Primero dice los puntos adquiridos por componentes artísticos y, en cuanto dice los puntos de técnica, sé que he ganado. En la pantalla aparece la suma total: 89,07 que, junto a lo de ayer, me colocan como campeona del condado de Chittenden un año más con 148,76.

Pero, por supuesto, no puedo disfrutar ni un segundo del triunfo.

—¿Ves? —dice mi madre—. Habrías obtenido más si tu aspecto fuese el adecuado.

—No es verdad —me atrevo a replicar, porque estoy demasiado contenta como para que me arruine el momento—. Y mi puntuación es buenísima.

Frunce el ceño con sorpresa, no esperaba que le replicase y me gusta la satisfacción que se siente al pillarla por sorpresa.

—Tu puntuación podría haber sido mejor —determina.

La discusión no llega a empezar porque Brooke se acerca a nosotras y me rescata, envolviéndome en un abrazo enorme del que me quejo hasta que me suelta.

—¡Has estado fantástica! Dios, Sash, qué maravilla es verte patinar.

—La verdad es que estoy contenta con el resultado.

—Y por eso nunca vas a llegar a lo más alto —interrumpe mi madre—. Eres una conformista, Aleksandra.

No lo soy. Quiero llegar a lo más alto, alcanzar el éxito, cruzar los límites. Pero sé reconocer una derrota, y sé reconocer una victoria. Sé cuándo me he superado a mí misma o cuándo podría haberlo hecho mejor. Y hoy he dado lo mejor de mí y he conseguido una puntuación acorde a mi actuación.

—Ni caso —dice Brooke, pasando su brazo por mis hombros para tirar de mí—. Bueno, señora Petrova, que me llevo a Aleksandrita a celebrar el triunfo. No nos llame.

Mi madre la mira como si fuese una loca, y se dirige a mí.

—¿Vas a irte con esta… —repasa a Brooke de arriba abajo, y sé que se contiene por no llamarla de nuevo «depravada»— persona? Tenemos que entrenar para el estatal, ¿o es que piensas conformarte también?

¿Está de coña? Ni siquiera a mí se me había ocurrido entrenar hoy por mi cuenta, no después de haberlo hecho esta mañana durante horas, y competir el fin de semana. Necesito un respiro antes de volver a la carga mañana. El estatal no es hasta dentro de dos semanas.

—Es que le hemos preparado en casa una sorpresa todas las hermanas y yo —responde Brooke como si nada—. No pretenderá que dejemos colgadas a todas las chicas de la sororidad, ¿verdad? Se molestarían mucho con Sasha.

Mi madre sigue mirándola con un asco impresionante que a mi amiga le es indiferente. Alterna la vista entre ambas, sopesando en su cabeza si prefiere que entrene una vez más hoy, o que mantenga un estatus con las Kappa Delta.

—Bien —dice al fin—. Pero mañana te quiero a primera hora en el hielo. Me vuelvo ya a Newford, procurad no entreteneros por el camino.

—Por supuesto —sonríe Brooke.

Cuando mi madre se ha ido, enarco una ceja de manera interrogante.

—No me llevas de vuelta a Newford ya, ¿verdad?

—Ni de puta coña, chica, nos vamos de fiesta aquí en Burlington.

Brooke me lleva a un local del centro de la ciudad lleno de estudiantes de la Universidad de Vermont. Hoy sí me apetece estar aquí junto a Brooke, celebrando mi victoria y olvidándome de todo durante tan solo unas horas.

—¿Quieres beber algo? —me pregunta cuando llegamos a la barra—. Yo solo voy a pedirme una cerveza, que conduzco.

—Una gaseosa —me animo. Brooke me mira como si le acabase de pedir veneno.

—De verdad que tienes el alma de una persona mayor. —Mira a la camarera que espera nuestra orden y esboza una amplia sonrisa en la que ella sin duda se fija—. Una cerveza para mí y una gaseosa para mi abuela.

La camarera me echa un vistazo y se ríe antes de guiñarle un ojo a la capulla de mi amiga. Una vez bebidas en mano, me arrastra a una zona de la pista para bailar. Hoy no me limito a ser una estatua que mira a todo el mundo divertirse, sino que me permito hacerlo yo también.

—Esa es mi chica —dice Brooke al verme bailar al ritmo de «Umbrella» de Rihanna.

Justo después, empieza a sonar «Don't Cha», de The Pussycat Dolls, y ella chilla a la vez que yo sonrío inmensamente. Amamos a las Pussycat. Tenemos una coreografía para casi todas sus canciones. De hecho, yo tengo varias coreos sobre el hielo con su música, pero mi madre nunca me ha dejado enseñárselas porque considera que son canciones obscenas por las que los jueces jamás se fijarían en mí profesionalmente.

Me dejo llevar, exprimiendo cada segundo porque sé que no volveré a estar de tan buen humor hasta dentro de mucho tiempo, es lo habitual en mí.

No sé en qué momento Brooke nos une a un grupo de chicas y chicos que se lo están pasando de miedo junto a nosotras. Un chico rubio de ojos verdes me sonríe y baila frente a mí antes de atreverse a hablarme.

—¿Estudiáis aquí?

—En Keens.

—¡Mola! Soy muy fan de los Wolves de baloncesto, siempre nos machacan. —Veo que se queda esperando a que muestre algo de interés, pero la verdad es que me da igual. Él continúa—: Juego al baloncesto con los VCats. Bueno, soy Alan. ¿Cómo te llamas?

—Sasha.

—Espera. —Una de las chicas del grupo interviene, mirándome con los ojos muy abiertos—. Eres Aleksandra Washington, ¿verdad? Ya decía yo que me resultabas familiar. Te he visto patinar hoy, has estado increíble. —Sonrío ligeramente mientras habla—. Soy Kat Amish. He competido también, pero he quedado decimosegunda.

—¿Aleksandra? —pregunta el tal Alan—. ¿No era Sasha?

—Aleksandra es mi nombre y Sasha mi diminutivo. Prefiero Sasha.

Alan frunce el ceño.

—¿No son dos nombres totalmente distintos?

Me cambia la expresión de inmediato porque, en cuanto dice eso, el gilipollas de Diego Torres me viene a la cabeza preguntando lo mismo. ¿Es en serio? Nadie lo había cuestionado nunca, hasta que viene el lobo de las narices a hacerlo, y ahora será un no parar.

—No en Rusia. —Es todo lo que respondo. Él parece conforme, porque se encoge de hombros y sigue bailando junto a mí.

Pero no se calla. El tío es muy guapo y se nota que no es tonto, sino bastante inteligente, pero me está contando su vida y no me interesa lo más mínimo. Hace una pausa para ir al cuarto de baño, así que la chica de antes, la patinadora, se acerca a mí.

—Alan está hablando sin parar, ¿verdad? —Mi expresión debe de contestar a su pregunta, porque ríe—. Se pone nervioso cada vez que habla con una chica que le llama la atención y habla sin parar. Le has gustado, así que va a seguir haciéndolo hasta que se arme de valor para lanzarse, o lo hagas tú.

Hace tiempo que no me enrollo con nadie, estoy siempre tan centrada en el patinaje que no me permito disfrutar de los chicos a menudo. También es cierto que soy muy exigente, pero, como decía, Alan es guapo e inteligente. No como Torres, que es arrebatador y sexy, que su sola presencia impone y quita el aliento, sino… guapo. Sin más.

¿Y por qué narices estoy pensando en Diego Torres? Joder, maldita sea. No puedo tenerle en mi cabeza a todas horas, por el amor de Dios. Por eso, cuando Alan empieza a hablar de nuevo sin parar, yo me inclino para besarle. Él me agarra por las caderas con suavidad, como si le diese vergüenza o incluso miedo apretarme contra él, mientras sus labios siguen el ritmo de los míos sin atreverse a tomar el control.

Siempre pasa lo mismo. Los tíos se sienten intimidados por mí, algo por lo que no puedo culparles porque, según Brooke, siempre les estoy mirando como si fuese a arrancarles la yugular de un momento a otro solo por dirigirse a mí. Cada vez que me he enrollado o acostado con alguien he hecho todo el trabajo. Les da miedo hacerse con el control por si me cabreo o me molesto o yo qué sé, así que se limitan a seguir mi ritmo. Y eso me aburre. Necesito que alguno tenga iniciativa, que me sorprenda, que me toque sin creer que voy a romperme o a insultarle por hacerlo. Necesito esa pasión que nunca he tenido.

Y que probablemente nunca tenga.

CAPÍTULO 15
Torres

Aparco el coche frente al edificio. Nate y yo salimos, aún hablando del artículo en el que él y Spencer están trabajando ahora, ya que van a cubrir el festival de otoño que organizan las hermandades del campus el fin de semana que viene. Hemos ido los dos años anteriores, así que este no vamos a perdérnoslo. Además, el viernes tenemos partido, así que será un fin de semana para celebrar la victoria por todo lo alto. Porque vamos a ganar.

Subimos hasta el piso de Jordan, y Nate abre con su juego de llaves sin llamar. Voy a ponerme a gritar el nombre de Jordie como un loco para que sepa que hemos llegado, cuando escuchamos su voz desde el salón.

—Halloween no va a ser lo mismo sin ti por aquí —le está diciendo a alguien. Con una única mirada, Nate y yo nos damos entender que hemos llegado a la misma conclusión: está hablando con la misteriosa chica que le tiene todo el día enganchado al teléfono.

Los dos nos escondemos muy pegados a la pared para intentar escuchar la conversación sin que Jordan se percate de nuestra presencia.

—¿Qué narices estáis haciendo? —susurra una voz tras nosotros, acercando su cara a las nuestras por detrás, metiéndose entre ambos. Nate y yo damos un respingo que provoca que Spencer ría en voz baja.

—Queremos saber quién es la novia secreta de Jordan —respondo, señalando hacia el salón.

—Tú tienes que saberlo —dice Nate, mirando a su chica—. Vives con él.

—¿De verdad? —pregunto con incredulidad, mirando a mi amigo—. Han estado casi todo el verano juntos, Spens vive aquí con él... ¿y no se te había ocurrido preguntarle antes?

Nate enarca una ceja.

—¿Se te había ocurrido a ti?

—A lo mejor sí —respondo y chisto con desaprobación. Spencer nos mira con esa expresión de estar pasándoselo pipa por lo idiotas que piensa que somos—. Bueno, cuéntanoslo, *muñeca*.

—No hay ninguna novia secreta, idiotas.

—Sí que la hay. Lleva meses enganchado al teléfono y con secretismos —dice Nate.

—Pues si la hay, no tengo ni idea de quién es. Pero ahora mismo no está hablando con ninguna novia misteriosa, estamos haciendo videollamada con Trinity, pero yo he ido al servicio y al salir os he encontrado con vuestra película montada.

Nate y yo resoplamos a la vez con abatimiento. Adiós a descubrir por fin quién es. Tendremos que seguir investigando. Apartamos rápidamente este tema de nuestra mente, porque nuestra amiga está al teléfono y es muy difícil hablar con ella por el cambio horario y porque está siempre ocupada en Europa, así que los dos salimos corriendo para saltar el sofá y dejarnos caer cada uno a un lado de Jordan.

—¡Trin! —gritamos a la vez en perfecta sincronía.

Jordan nos mira de la misma forma que hace su hermanastra.

—Estaban espiando —le dice ella.

—Pero si los he escuchado entrar —responde Jordan, y permite que yo le quite el teléfono mientras le ignoramos. Spens se va del salón tras volver a reírse.

—¿Cómo está mi chica favorita? —le pregunto a Trinity, que sonríe al otro lado de la pantalla. Esa cara bonita que tiene y esa sonrisa radiante alegran el día a cualquiera—. Te echo mucho de menos.

—Y yo que pensaba que tu chica favorita era Spens —protesta.

—*Mami*, hay Torres para todas y lo sabes.

Nate me arrebata el teléfono y lo sujeta de forma que los tres estemos en pantalla.

—¿Cómo estás? Pero de verdad, no me sirve el «bien» diario del chat.

—Agotada —suspira Trin—. Ya sabéis que, aunque esté con la beca, aquí hay muchos gastos, así que trabajo en el establo para intentar cubrirlos.

La familia de Trinity es… peculiar. Su relación con ellos no es muy buena, especialmente porque su hermana es el ojito derecho de

105

la familia y se llevan a matar. Nuestra amiga intenta no depender económicamente de ellos como puede.

—Bebe agua, Trin, no te deshidrates —me burlo, ella me saca la lengua—. En serio, ¿qué tal los establos, Luci y la gente?

—Los establos son una pasada, lujo total. Lucifer está más tranquilo que al principio, y menos mal. Y la gente... Pues bueno. El mundo de la equitación es igual allí que aquí.

—Que son todos unos pijos estirados, ¿no? —dice Nate, haciéndonos reír.

—No todos, pero sí la mayoría. Hay unas cuantas chicas muy agradables con las que salgo de vez en cuando a pasear por el bosque, o a tomarnos algo por las noches. Pero el ambiente es igual de... —Se encoge de hombros—. No sé... Raro. La equitación es lo mío, pero este mundo no.

—Te queda poco para volver —la anima Jordan—. Después de Navidad ya estás aquí.

Hay unos segundos de silencio en los que Trinity mira la pantalla fijamente. Después dice:

—No vuelvo para el principio del segundo semestre.

—¿Qué? —preguntamos Nate y yo a la vez. Jordan se queda en silencio, mirando la pantalla fijamente.

—Me han ofrecido quedarme un poco más. Hay un curso en enero y casi todo febrero que me gustaría hacer, así que vuelvo al terminar.

—Son dos meses más —dice Nate—. ¿Te apetece estar allí de verdad?

—Sí y no. Quiero volver a casa porque aquí me siento sola, pero no puedo desaprovechar esta oportunidad.

—Espero que llegues a tiempo para la final de la Frozen Four —reprocho y, aunque es en broma, me pondría triste que no viniese.

—¿Cuándo es?

—Este año la han adelantado más de un mes. Son el 4 de marzo las semifinales y el 6 la final.

—Genial. Allí estaré totalmente equipada para apoyar a mis Wolves. Bueno, contadme cositas vosotros.

Spencer entra de nuevo para despedirse de Trinity y de nosotros, ya que ha quedado con mi hermana para comer e ir de compras. Se despide de Nate con un beso, así que le hago puchero hasta que me planta a mí uno en la frente antes de insultarme y largarse.

Los tres nos quedamos un rato más hablando con Trin, aunque Jordan apenas participa, de repente está muy serio. Cuando colgamos con nuestra amiga, hace de comer para los tres un wok de verduras y arroz.

—Oye, ¿volviste a quedar con la chica de la otra vez? —le pregunta Nate a Jordan.

—¿La del Mixing House? —inquiero, ellos asienten.

—Sí —responde Jordan—. Volvimos a vernos una vez más, pero… no es mi tipo.

El otro día estábamos los tres con Ameth, Spencer y Mor en el Mixing House sentados para comer. Había unas chicas unas mesas más allá que no paraban de cuchichear y mirar hacia nuestra mesa. Al final una se levantó y se acercó para pedirle a Jordan el teléfono. Lo que hicimos todos los demás fue una bomba de humo impresionante, marchándonos para que comiesen ellos dos. Al final Jordan fue a la residencia de la chica y se acostaron.

—Era bastante mona —digo, Nate asiente para secundarme.

—Sí, era guapa y el sexo fue bueno —explica—. Pero sin más. No me generaba interés suficiente como para conocerla más.

Nuestro Jordie solo ha tenido novia una vez, Martha, los dos últimos años de instituto. Se querían bastante, pero Jordan prefería quedarse en Newford al acabar el instituto y ella se quería ir ya no me acuerdo adónde, así que lo dejaron poco antes del baile de graduación. Más bien ella le dejó a él, rompiéndole el corazoncito. Desde entonces Jordan solo ha tenido líos de una noche (o dos), pero nada más. Ni novias ni rollos.

Ponemos una serie de fondo mientras comemos, y después jugamos un rato con la PlayStation a ese juego de carreras que tanto le gusta a Ben, el hermano pequeño de Jordan.

—¿Cómo sigue Mor? —pregunta Jordan. No hablamos a diario de Morgan, sabemos cuándo es apropiado y cuándo no estar tratando un tema continuamente, y a ella no le gusta que lo hagamos con su problema, así que lo respetamos.

—Es complicado —respondo—. He empezado a ir con ella una vez por semana a las consultas, quiere que esta vez esté presente. Está siendo de nuevo difícil, pero está poniendo todo de su parte.

—Por lo que veo está comiendo con normalidad, ¿no? Sale con nosotros y con Spencer a menudo, como siempre —dice Nate, yo asiento.

—No ha cambiado su alimentación y sigue disfrutando. En lo que tiene que trabajar es en el motivo por el que come, y cómo se siente al respecto. Le han dicho que la mejor manera de enfrentarse a esto después de haber pasado varias veces por aquí es hacer vida normal, pero sin olvidarse del tratamiento. Ha empezado a comer controlando las cantidades por parte de los doctores. A veces los platos son abundantes para que vea que no pasa nada si come mucho, y otras veces los platos son más pequeños, para que comprenda que se puede equilibrar y controlar el hambre y la necesidad de darse atracones. Le está costando, pero al menos ya no me miente. Si ve que lo está pasando mal o que está teniendo problemas, me llama. Y luego se lo cuenta en la consulta a los doctores. Y eso es un paso muy grande teniendo en cuenta que siempre ha ocultado cosas de este tema.

—Sé que no podemos ayudar, pero si necesitas lo que sea, dínoslo.

—Lo sé. Solo pido que, si veis algo raro, me aviséis.

—Cuenta con ello —sentencia Jordan, cerrando el puño para que lo choque con él.

—Ameth pregunta si seguimos aquí —dice entonces Nate, mirando su teléfono.

—Dile que mueva el culo, de la cena se encarga Torres.

CAPÍTULO 16
Sasha

—¡A calentar! —les digo a los chicos cuando llegan al hielo con caras largas, antes de que ninguno pueda abrir la boca.

Repiten varias veces el ejercicio base con el que deberían lograr patinar completamente rectos en algún momento. También practican saltos laterales y saltos cruzados. Yo les indico sin piedad en qué fallan y qué tiene que mejorar cada uno, analizando sus movimientos con lupa.

En tan solo este tiempo ya he logrado sacar a la luz la debilidad de cada uno. Debilidades de las que ni ellos mismos son conscientes hasta que se las menciono. Ray, el portero titular, tiende a girar la cabeza ligeramente hacia el lado que pretende cubrir. Si los otros equipos ven las grabaciones de los partidos y se dan cuenta de ese detalle, marcar gol les resultaría mucho más fácil. Henry, delantero suplente, tiende a echar todo su peso en la pierna derecha, desviándose sin darse cuenta y dejando su lado izquierdo expuesto. Lucas es lento de reflejos. Ameth es previsible. A Nate le falta potencia de tiro. Y Torres es demasiado rápido y necesita controlar su cuerpo para que eso no sea una desventaja.

De cara al partido del viernes tienen mucho que mejorar, y mi objetivo es que sean conscientes de ello.

—¿Cuál es el lema de la Universidad de Keens? —pregunto.

—*Lupus non timet canem latrantem* —responde Jordan con serenidad—. «Los lobos no temen a los perros que ladran».

—Pues ahora mismo parecéis cachorros de chihuahua. No sé a qué esperáis para demostrar que sois lobos de verdad.

Con eso doy por concluido el entrenamiento.

Se van de la pista cuando llega el equipo de patinaje sobre hielo. Yo me quedo, tan solo calentando mientras ellos están aquí, y sin quitarle un ojo de encima a Roland Moore, que no hace nada sospechoso hoy. Cuando el equipo termina y, por fin me quedo sola…, no me quedo sola.

Bufo en cuanto veo a Torres entrar en la pista.

Él me ignora con una sonrisa irritante plantada en la cara. En lo único que puedo pensar mientras calienta y yo sigo con lo mío es en que la última vez que estuvimos solos en la pista fue después de que viese cómo mi madre me machacaba. Me ofreció su ayuda cuando me caí repetidas veces, y yo solo lo rechacé de malas maneras.

Soy consciente de que su intención era buena. Sé que, por poco que lo soporte, estaba pensando como un deportista, y podía comprender (o por lo menos hacerse una idea) la frustración que estaba sintiendo. Pero para mí fue humillante. Mi madre me acababa de destrozar, me puse a llorar y a patalear en el hielo, me caí y le grité. Humillante se queda corto.

Por eso evito mirarle mientras patinamos, cada uno a lo suyo. Hasta que su cuerpo no solo entra en mi campo de visión, sino que entorpece mi camino.

—Te has cruzado —reprocho.

—Te has cruzado tú. —Se encoge de hombros como si no tuviese importancia, con falsa inocencia.

—Yo estaba antes en la pista, así que no. No vuelvas a cruzarte en mi camino.

Lo hace, por supuesto que lo hace. Cuando me ve coger impulso para realizar un salto, se mete por medio, obligándome a detenerme.

—¡¿Es en serio?! —Me acerco a él echando humo, pero vuelve a sonreír, poniéndome de los nervios—. ¿Eres gilipollas o qué te pasa?

—Qué boquita, *princesa*. ¿Sabe tu madre que hablas así?

—Mira, idiota, no me vaciles. Bastante tengo con verte cuando os entreno, como para que sigas molestando cuando yo lo hago.

—Eres tú la que ha aceptado entrenarnos —me recuerda, mirándome directamente a los ojos. Nunca, jamás en mi vida, he roto el contacto visual con nadie. Ahora lo hago, porque mantenerle la vista a Diego Torres parece hasta más difícil que ganar las Olimpiadas—. Nosotros no te queríamos.

—Está claro que os hace falta —protesto.

—Dudo que seas alguien que hace las cosas desinteresadamente. —Da un paso adelante para encararme, yo no retrocedo, sino que alzo la barbilla más y trago saliva—. Así que supongo que ganas algo haciendo esto. ¿Mami está al tanto de tus actividades extraescolares?

Bingo. Mi expresión cambia durante tan solo unos segundos, pero sé que son suficientes para que se dé cuenta de que estoy ocultándole no solo mis entrenamientos nocturnos a mi madre, sino el tiempo que paso con los Wolves. Lo noto en su mirada, lo noto en su sonrisa: sabe que tiene el poder, sabe que tiene el control ahora mismo. Y sabe que eso me asusta.

—Sí —respondo como si nada.

—Mentirosa.

Entrecierro los ojos y acorto aún más la distancia entre nosotros. Si yo puedo oler su perfume embriagador a la perfección, él puede oler el mío, dulce y caro.

—¿Vas a chivarte, *krysa**? ¿Como si tuviésemos diez años?

—Me resulta más placentero guardarme esa información de momento —contesta, sin quitar esa expresión de «me da igual todo»—. Y que te remuevas por dentro sin saber si voy a usarla en algún momento.

—Sí, seguro que no duermo por estar pensando en ti.

Me arrepiento de inmediato de las palabras que he usado, porque la picardía acude a sus labios. Me mira de arriba abajo, lentamente. Sus ojos me desnudan, y mi mente, en algún lugar recóndito está diciendo «ojalá».

¿Ojalá? ¿Cómo que ojalá? No. Ni hablar. Arrugo la frente porque lo que Torres debería provocarme es repulsión. ¿Cuántas veces tengo que decir que me cae mal para que mi cuerpo no me traicione? Aunque esta vez haya sido mi cabeza. No puede darse cuenta de lo que estoy pensando, bajo ningún concepto puede saber que su físico desata algo en mí. Por eso digo:

—Ugh. —Me alejo de inmediato—. En tu vida.

—Tú te lo pierdes. —Él se encoge de hombros con parsimonia.

—Podré vivir sin eso, créeme.

Le miro de arriba abajo sin entender por qué sigue aquí. ¿No puede largarse y dejarme en paz? Con él aquí no puedo concentrarme.

—¿Por qué sigues aquí?

—Porque tengo que entrenar.

---

* Rata.

—Ya, y yo estaba haciéndolo hasta que me has interrumpido. Vete.

—Nop.

—¿No? ¿Qué quiere decir «no»?

Enarca una ceja.

—Quiere decir que no. Mira, *diabla*, los dos tenemos campeonatos que ganar y estamos perdiendo el tiempo. Tú ve a tu bola y yo a la mía.

—No quiero patinar contigo aquí —reprocho—. Necesito toda la pista, y sin mirones.

—La pista es lo suficientemente grande para los dos. Y no pienso mirarte, no me interesan en absoluto tus saltitos. He venido a entrenar, no a verte a ti.

Un «psh» escapa de mis labios. Ni siquiera sé en qué momento tomo la decisión, pero digo:

—Procura no cruzarte en mi camino de nuevo.

Dicho esto, empiezo a patinar.

Torres también empieza su entrenamiento, y me doy cuenta de que se centra en la corrección de los errores que le he ido resaltando. Repite algunos de mis ejercicios y yo, en lugar de entrenar al máximo, le presto atención. Me pilla mirándole en más de una ocasión, pero no aparto la vista, no puedo darle otra victoria.

Un rato después, Torres decide hacerme rabiar. Es como un niño pequeño que no puede estar sin hacer trastadas, porque se cruza en mi camino en un par de ocasiones, hasta que exploto y le insulto en inglés y ruso.

Él termina de entrenar antes, así que me molesta una vez más patinando con pereza en medio de mi camino. Protesto, acercándome para darle un empujón con el que no consigo nada.

—¿Se suponía que eso tenía que hacerme algo? —se burla.

—Eres insufrible. Vete ya de aquí.

—¿Vas a seguir patinando?

—¿Algún problema?

—Ninguno. Hasta mañana, Barbie.

—Por desgracia.

En el entrenamiento del martes, los *Homo sapiens* están haciendo lo que quieren y me tienen harta. El graciosillo de siempre no para de hacer el imbécil junto a otros dos mientras los demás realizan los ejercicios. Hay quien parece no tener ganas ni de vivir, mucho menos de ganar el partido, así que patinan como si les costase vivir. Para mi sorpresa, lo confieso, los únicos que de verdad están centrados son Torres, sus dos amiguitos inseparables y otros cuatro chicos. El entrenador me ha dejado sola con ellos mientras atendía una llamada en su despacho, y parece ser que no se me respeta de la misma forma cuando estoy sola.

El payaso empieza a hacer el ejercicio en el que tienen que girar y parar en seco continuamente, pero sin dejar de hacer el tonto. Ya me he hartado de este tío. Me planto en su camino, no se da cuenta, y estiro la pierna ligeramente. Se tropieza cuando gira, y cae de boca en el hielo.

Inmediatamente los otros dos dejan de reírle las gracias y centran su atención en mí, que me cruzo de brazos mientras se incorpora, aún confuso.

—¿Qué cojones haces? —pregunta, encarándome.

—No estoy aquí para ver cómo vuestras tres neuronas juegan entre ellas —respondo—. Mi tiempo vale oro como para que me hagáis perderlo.

—Eres una creída —me responde—. ¿Quién te piensas que eres?

—La persona que está corrigiendo vuestros fallos, que no son pocos.

—Lo primero, bonita, es que la mayoría de nosotros no te queremos aquí —dice esperando que yo retroceda. No lo hago—. Nos has dado ¿qué?, ¿cinco clases? Si es que se le pueden llamar así, claro. Lo único que haces es menospreciarnos y criticarnos.

—No estoy aquí para adularos —replico, alzando la barbilla para mirarle a los ojos—. Para eso ya tenéis a vuestro séquito de fans. Yo estoy para ayudaros a ganar la liga de este año, y para eso tenéis que mejorar todos.

—Te importa una mierda la liga.

—Me importa el prestigio de mi universidad.

—Ni siquiera te importamos nosotros, no sabes ni cómo me llamo, pero señalas todos mis fallos sin cortarte un pelo.

—Porque tienes demasiados —ataco, manteniéndome en mi lugar sin achantarme ni un segundo por la forma en que empieza a invadir mi espacio—. Cuando mejores y merezcas que resalte algo positivo, me aprenderé tu nombre.

—Eres una zorra.

—Peter.

La voz de Torres se impone antes de que pueda responderle a este pedazo de gilipollas. Se acerca a nosotros, con la vista clavada en su colega. Está serio, no hay ni rastro de la burla que siempre le acompaña.

—Has terminado el entrenamiento por hoy.

—¿Por qué? ¿Porque a esta gilipollas se le ha plantado en las narices que nos puede ningunear?

—Porque hoy no estás centrado —responde con el tono bajo—. Porque lo digo yo, que soy tu capitán. Y porque le has faltado el respeto a Sasha.

Eso me sorprende. ¿Qué más le da a él? Seguro que con sus amiguitos están siempre haciendo bromas asquerosas y llamando a las chicas de todo.

—¿Me vas a decir que...?

—Peter —interrumpe—. Nos vemos mañana. Vete a casa y haz algo de ejercicio para compensar.

—Torres, tío...

—No me hagas repetírtelo una tercera vez.

Su voz suena imponente, firme. Nadie del equipo dice nada, tan solo observan la escena, la autoridad con la que su capitán, sin alzar la voz, pone a este imbécil en su lugar. Tampoco soy capaz de abrir la boca, porque hasta yo me siento intimidada por él en este momento. Intimidada y excit... No. No, Sasha, no. Haz el favor.

—Bien. —El chaval me echa una mirada de odio antes de recoger sus cosas y largarse malhumorado. Después, Torres se gira hacia el resto del equipo y habla.

—Si no queréis tomaros el entrenamiento en serio, decídmelo. Perdimos el primer partido y vamos de camino a que pase lo mismo con los demás. El año pasado nos fue muy bien a pesar de que no llegamos ni a semifinales, me niego a que este vaya peor cuando deberíamos ser mejores. Sé que se han ido chicos al graduarse, que es mi primer año como capitán y que hay jugadores nuevos. Pero nos conocemos, joder. Somos buenos, sabemos lo que hacemos y, ahora, gracias a Sasha, también sabemos lo que tenemos que mejorar y cómo hacerlo. A mí tampoco es que me guste mucho la situación, pero sé que nos hace falta. No quiero enfadarme ni ponerme serio de más, para eso tenemos un entrenador. Pero si pertenecéis al equipo es por algo, y los Wolves tenemos este año un objetivo, y sacrificios que hacer para conseguirlo. Si no estáis dispuestos a llegar hasta el final con todo lo que conlleva, ya sabéis dónde podéis dejar vuestra equipación. Hay muchos estudiantes deseando ser un lobo. Así que, u os tomáis esto en serio, u os largáis. ¿Entendido?

—¡Sí, capitán! —grita Nate. Jordan y Ameth lo secundan antes de que lo hagan los demás chicos.

—Pues a entrenar —ordena, después se gira hacia mí—. Continúa, por favor.

Es la primera vez, desde que lo conozco, que Diego Torres no me parece un absoluto imbécil.

Le permito a mi mente admitir que me ha puesto cachonda.

Mi madre cree que las horas en las que estoy entrenando a los Wolves estoy en realidad estudiando o fortaleciendo mis lazos con las Kappa Delta. Por eso, cuando termino con ellos, apenas tengo treinta minutos para irme y volver a tiempo de mi entrenamiento de hoy.

Acabo igual de harta que siempre, con la cabeza saturada por los gritos y correcciones de mi madre, con pinchazos por todo el cuerpo, y no lo suficientemente satisfecha. Y, como siempre, me quedo en el hielo cuando ella se va.

Para cuando llega Torres, estoy exhausta. Pero no pienso irme y hacerle creer que le estoy dejando la pista libre. Sigo patinando, pasando por su lado dedicándole una única mirada. Él tampoco dice nada, comienza su calentamiento.

No puedo evitarlo, me fijo en él. No porque me interese, lo de antes ha sido un lapsus que no volverá a repetirse, sino porque quiero analizar una vez más cómo entrena cuando lo hace en solitario. Sé mejor que nadie que no se patina igual cuando nadie está pendiente de lo que haces que cuando tienes público.

Repite uno de los ejercicios de esta mañana, totalmente absorto en sus pensamientos, con los AirPods puestos. Se vuelve a dar cuenta en más de una ocasión de que le estoy mirando, porque la sutileza no es lo mío y no me molesto en disimular. Él sigue practicando, aunque pierde el equilibrio siempre en el mismo punto. Dejo que lo repita unas cinco veces más antes de intervenir.

—Lo piensas demasiado —digo, pero no me oye, así que patino hasta donde está y me planto frente a él. Se para en seco y se quita un auricular, enarcando una ceja—. Lo piensas demasiado. Estás muy pendiente de tus pies, mirando hacia abajo, eso es lo que te desequilibra.

Torres saca la funda de los auriculares del bolsillo de la sudadera para guardar ambos.

—Si no miro, no sé lo que estoy haciendo —responde.

—Cuando conduces, ¿te miras los pies para usar los pedales? —Suelta una pequeña risa y asiente, como si acabase de comprender a lo que me refiero—. Son movimientos automáticos. Si los piensas demasiado es cuando tu cuerpo se bloquea y se traba. Tienes que hacerlos con la mayor naturalidad posible.

—Vale.

Vuelve a intentarlo, pero mira de reojo los patines a pesar de que sé que intenta no hacerlo, y se tropieza una vez más.

—No mires —le regaño.

—Lo intento —protesta. La siguiente vez vuelve a fallar. Y la siguiente. No consigue mantener la vista en alto, por inercia mira hacia abajo para intentar controlar el movimiento de sus pies con la cabeza y no con el cuerpo.

—Vamos a ver —suspiro—. Mírame a mí.

Torres clava sus ojos en los míos, tiene unas pestañas largas que me encantaría arrancarle. No es justo que este capullo tenga esas pestañas y yo tenga que echarme rímel para que se parezcan en algo a las suyas.

—¿Y bien? —inquiere.

—Repítelo. Patina, pero no dejes de mirarme en ningún momento.

—¿Tengo que mirar esa cara de rancia sin más remedio? —Enarca una ceja y yo le saco el dedo corazón como toda respuesta—. Lo tomaré como un sí. Venga, Aleksandrita, enséñame.

—No me llames así.

—¿No es ese tu nombre?

—Es Aleksandra. Y tampoco quiero que me llames así. Mi nombre es Sasha.

—Creo que estás un poquito confusa con todo esto de tener cuarenta nombres de pila.

—Y yo creo que estás zumbado y que con la lengua metida en el paladar estás más guapo.

A Torres se le escapa una pequeña risa traviesa, y sé que va a volver a darle la vuelta a mis palabras en este instante.

—Estoy muy guapo con la lengua metida en sitios que no son mi paladar.

Hago una mueca de inmediato que no hace que el cosquilleo en mi estómago desaparezca.

—Eres un cerdo —protesto, su sonrisa se ensancha.

—De eso se trata, *princesa*. Si no, ¿qué gracia tendría?

No respondo porque estoy intentando alejar de mi cabeza imágenes que no quiero tener. Es que no lo soporto.

—¿Patinamos o qué? —dice entonces—. Deja de distraerme.

—Definitivamente eres la persona más tonta que he conocido jamás —resoplo con pesar, pero me centro de nuevo en lo que estábamos haciendo—. Mírame y haz el ejercicio.

Él asiente y empieza a patinar hacia adelante, yo lo hago hacia atrás, alternando entre mirar sus pies para ver qué está haciendo y sus ojos para comprobar que no deja de mirarme. Veo que su intención es bajar la vista, así que chisto.

—Mírame.

—Te estoy mirando.

—Pues no dejes de hacerlo.

Consigue avanzar sin trabarse porque está centrado en mí y no en sus pies. De primeras es torpe y le cuesta cogerle el truco, pero tras un par de intentos lo logra sin dificultad.

—Tienes razón —dice cuando nos detenemos.

—Por supuesto que tengo razón. —¿Qué se pensaba?—. Repite el ejercicio ahora tú solo.

Esta vez no falla, pero le hago repetirlo unas cuantas veces más para asegurarme de que su coordinación es la adecuada. Le corrijo y rectifica de inmediato hasta que consigue lo más cercano a lo que yo podría considerar la perfección, pero no se lo digo.

—Bien, ya lo tienes.

—¿Eso es un cumplido?

—En absoluto. —Sí lo era, pero no pienso admitirlo—. Ahora déjame entrenar.

Empiezo a patinar, pero Torres lo hace de forma paralela, impidiéndome realizar mis ejercicios.

—¿Qué?

—Podrías ser más amable con mis chicos —me dice.

—Paso.

—No esperes entonces que te defienda la próxima vez que pase algo como lo de hoy —replica, aún patinando junto a mí. Yo le miro con desdén.

—No te había pedido que lo hicieses. Y no tendría que ser necesario si tus lobitos no fuesen unos críos.

—Mis lobos están estresados, eres una desconocida no muy simpática que lo único que hace es dar órdenes y criticarles. Sabemos que si no nos ponemos las pilas vamos a perder, pero tú nos lo recuerdas cada día y eso solo nos pone más nerviosos.

—Llorando no se llega a ningún lado —protesto, girando para esquivarle y alejarme de él, pero rápidamente se interpone en mi camino y me obliga a desviarme, colocándose de nuevo a mi lado—. Si queréis ser alguien en esta vida tenéis que esforzaros y aceptar las críticas, no ir dando pena.

—Las críticas pueden darse de distintas formas, Sasha. Y las tuyas no son las mejores.

—Las mías son efectivas. —Me detengo en seco y él hace lo mismo, así que nos encaramos—. En solo cinco lecciones habéis dejado de ser patos borrachos a solo patos mareados. Soy buena en lo mío. Patinando y enseñando. No pienso dejar que me digas cómo tengo que hacer mi trabajo.

Una risa seca llena de burla escapa de su boca, después niega lentamente.

—Por supuesto que no. ¿Cómo podría criticar los métodos de Aleksandra Washington, hija de Tanya Petrova? Al fin y al cabo tus métodos son iguales que los suyos, ¿no?

—No se te ocurra compararme con...

—No quería insinuar eso —me corta, rectificando—. Lo siento. Simplemente no entiendo por qué sabiendo que eres buena, y sabiendo que este puede ser tu futuro, no te lo tomas con más calma.

—No sé tomarme las cosas con calma.

—Y mis chicos no sabían patinar en línea recta, y ahora aguantan más que antes. Todo se aprende. Si no quieres que nadie te compare con Tanya Petrova, no seas Tanya Petrova.

Y dicho eso me guiña un ojo y se va. No soy capaz de decirle que no quiero que nadie se atreva jamás a compararme con mi madre, porque no soy igual que ella. No lo soy. No lo soy. No quiero serlo.

No duermo en toda la noche porque las palabras de Torres resuenan en mi cabeza una y otra vez, atormentando mis pensamientos.

No soy como Tanya Petrova. No quiero ser como Tanya Petrova.

CAPÍTULO 17
Torres

El campus vuelve a estar completamente de color naranja. El otoño está presente con temperaturas aún agradables, las hojas de los árboles que no han sido retiradas cubren los caminos y el césped de Keens. La decoración de Halloween está por todos lados aunque estemos a día 13, pero no soy nadie para criticarlo porque los chicos y yo tenemos nuestros disfraces desde principios de mes.

Cuando entro en clase, Sean ya está sentado, con la misma cara de sueño que yo. Anoche dormí como el culo por el estrés del partido del viernes, así que me he tomado un café antes de salir de casa y llevo otro en la mano para ver si me espabilo. Desde hace unos días me duermo en clase, y no puedo permitir que siga ocurriendo. Si he aprobado toda mi vida es porque retengo la información de lo que se explica en clase a la primera y luego solo tengo que estudiar un poco para repasar. Pero si me duermo en clase... No tengo más tiempo para dedicarle a los estudios.

—Hola, amorcito —saludo, Sean me guiña un ojo.

—Dime que vas a ir a esto. —Me enseña un panfleto que tiene en las manos, me siento y le echo un vistazo.

—¿El festival de otoño de las hermandades? Por supuesto que sí, ¿por quién me tomas?

—Ah, no sé, como te ha dado la tontería esa de volverte recatado y no sales de fiesta como antes... —Sean se encoge de hombros, burlándose de mí.

—*Papi*, me estoy centrando en el hockey, pero sigo siendo Diego Torres. Nadie va a impedirme disfrutar de este fin de semana de fiesta. Además, el viernes jugamos, habrá que celebrar la victoria.

Se inclina hacia mí y baja ligeramente la voz.

—Becca Monroe está muy interesada en saber a qué hermandad irás. —Señala con la cabeza a una chica morena unas filas más abajo que habla con tres más—. Llevo un par de días enrollándome con su amiga Wendy, y anoche me lo preguntó.

—Pues habrá que saber en qué hermandad estará Becca para saludarla. —Enarco las cejas un par de veces, provocando que Sean ría—. Aún no sé si los chicos querrán hacer ruta por varias o quedarnos en una sola.

Como si les hubiese invocado, empiezan a hablar en el grupo de «K-Wolvies». Spencer ha mandado la foto del mismo panfleto que tengo delante.

Spencie
Mi amiga Amanda dice que nos pasemos el viernes por su hermandad y nos cuela gratis.

Sis
Cuál es???

Spencie
Kappa Delta.

Big A
No puede ser... jajajaja.

Spencie
Qué???

Jordansito
Es la hermandad de Allison.

Y la de Sasha. No sabía que Amanda era una Kappa Delta, la verdad es que no le pega nada estar rodeada de gente como Allison, Riley o Sasha. Amanda ha salido unas cuantas veces con nosotros, es compañera de Spencer desde el año pasado y es bastante agradable y divertida.

Nate Bro
Tenéis que dejar de creer que, porque Allison exista, hay que modificar nuestra vida.

Si a los demás os da igual, podemos ir sin problema.

Podría pensarse que la que puede tener problema en ir sea Spencer, ya que al fin y al cabo Allison es la ex de su chico. Pero tienen una relación tan sana, con buena comunicación y seguridad en ellos mismos, que el tema de los ex no es algo que les cause inseguridades.

Sis
Por mí guay, Amanda es genial.

Big A
Me apunto.

Yo
Pase y alcohol gratis??? De cabeza.

—De momento, después del partido vamos a ir a las Kappa Delta —informo a Sean—. El resto del fin de semana ya veremos.

El festival de otoño se supone que consiste en un fin de semana de reuniones y actividades para que todo el mundo conozca la función de las hermandades, visiten las casas y se cree un ambiente de unión e inclusión. Eso es lo que defiende la universidad. Evidentemente, cualquier parecido con la realidad es pura coincidencia. Para los estudiantes, el festival de otoño es un fin de semana de fiesta por todo lo alto, ruido y alcohol en el que Keens hará la vista gorda.

Peter no abre la boca durante el entrenamiento. Sasha nos machaca, pero nadie dice ni mu. Espero que sea porque tienen dos dedos de frente y más respeto que el que tuvo ayer Peter, y no sea únicamente por miedo a que les diga que abandonen el hielo. Hoy el entrenador vuelve a supervisarnos, uniéndose a Sasha a la hora de decir que parecemos sacos de patatas con patines. Estupendo, ahora recibimos el doble de críticas.

El ejercicio final es el mismo que estuve haciendo anoche y, tal y como me ocurría a mí, los chicos se tropiezan continuamente por mirarse los pies. Sasha no les corrige de inmediato, tan solo niega mientras, uno a uno, fallan.

—Dejad de pensar en lo que estáis haciendo —dice al fin—. Os tropezáis porque os miráis los pies en lugar de simplemente patinar.

Les pasa como a mí. A pesar del consejo, siguen fallando. Pero ella dice una y otra vez lo mismo desde donde está, aparentemente sin ninguna gana de repetir lo que hizo conmigo anoche.

—Podrías ayudar —le reprocho. Su mirada celeste me observa unos segundos antes de poner los ojos en blanco y volverse hacia los chicos.

—Repetid el ejercicio, pero mirándome a mí todo el rato. No bajéis la vista aunque creáis que vais a caeros o aunque no sepáis muy bien lo que estáis haciendo. Saldrá solo, creedme.

Vuelve a mirarme y arquea una ceja como queriendo decir: «¿Satisfecho?». Yo le guiño un ojo, ella niega y sigue con el entrenamiento.

Todo el equipo consigue realizar el ejercicio después de casi una hora. Esta vez, cuando abandonamos la pista, los chicos parecen contentos y motivados, no humillados.

Yo vuelvo más tarde, como siempre. Sasha ya está en el hielo. Mientras caliento, ella realiza unos ejercicios que, por sus expresiones y bufidos, no le están saliendo como le gustaría. Tropieza en varios saltos, maldiciendo en voz alta. Vuelve a hacer uno de esos con muchos giros, pero no aterriza bien y se cae, rodando por el hielo de forma bastante aparatosa.

—¡Joder! —grita. Me acerco al ver que no se incorpora de inmediato.

—¿Estás bien?

—¡Perfectamente! —Da un golpe en la pista, sin mirarme.

—No lo parece.

—No te he preguntado.

Inspira hondo antes de ponerse en pie, pero le falla el cuerpo y da un traspié. La agarro del brazo justo a tiempo, antes de que se caiga de culo otra vez. Tarda unos segundos en orientarse, mirar mi mano alrededor de su brazo, y soltarse de un tirón.

—Déjame en paz.

—Solo intento ayudar.

—¿Te lo he pedido? —Nuestros ojos se encuentran unos segundos y puedo ver que los suyos están llenos de lágrimas que se esfuerza en no derramar—. Lárgate, *volk*, lo digo en serio.

—Yo también voy a entrenar —protesto, ella suelta aire, como si intentase tranquilizarse.

—Lárgate —repite.

—No.

—Mira…

—No voy a irme —repito yo—. No entiendo por qué no podemos compartir la…

—¡No te quiero aquí!

—¿Por qué no podemos simplemente…?

—¡Porque es humillante! —grita, y se le rompe la voz. Se gira para que no la vea, llevándose las manos a la cara. Yo patino hasta colocarme frente a ella, que baja las manos y alza la cabeza, abatida con orgullo—. Es humillante que me veas fallar.

—Todos tenemos días malos, Sasha.

—Yo no puedo permitírmelos.

—¿Y crees que yo sí? —niego—. Todo el equipo depende de mí. Toda mi vida depende de mis días buenos. Pero también los hay malos, y no podemos evitarlo.

—Se pueden evitar practicando hasta ser excelente.

Se me escapa una pequeña risa y ella me mira con confusión.

—Se es excelente a base de equivocarse. Y hasta los mejores fallan de vez en cuando.

Asiente, pero no estoy muy seguro de que mis palabras le sirvan de algo. Sasha es exigente, demasiado, no creo que un par de ánimos la consuelen. Pero si por lo menos se tranquiliza, es algo.

—Si quieres seguir practicando no voy a estorbar —prometo.

Ella decide volver a intentarlo. Sigue realizando el mismo salto una y otra vez. A veces lo completa (lo supongo porque no insulta al aire) y otras sigue fallando. Me fijo en que cuando le sale bien es cuando no está haciendo nada más que centrarse en el salto. Cuando falla es porque está realizando algún tipo de coreografía, y ahí es donde imagino que está la dificultad.

Yo debería estar entrenando también, pero la verdad es que solo puedo mirar cómo patina. Sasha es ágil, elegante, rápida. Sus piernas son firmes sobre los patines, su cuerpo acompaña a la perfección cada movimiento. Es normal que el entrenador pensase que podemos aprender de ella. El único problema es que está muy tensa. Si tan solo se soltase un poco, si se dejase llevar, estoy seguro de que le sería más fácil patinar.

—Estás muy rígida —le digo.

—No te he pedido opinión —responde al pasar por mi lado, aunque su tono no es tan cortante como otras veces.

—Pareces el palo que tienes metido por el culo, es normal que te caigas cuando saltas.

Se detiene y se acerca a mí con cara de pocos amigos.

—Eso que intento hacer es un *axel* triple. Es el salto más difícil del patinaje sobre hielo. Tengo menos de un segundo para realizar tres vueltas y media y caer a la perfección. Hay muy pocas patinadoras que han logrado hacerlo de manera impoluta en coreografías. A mí me sale sin problema de manera independiente, pero si lo incorporo a la coreografía me cuesta que salga como quiero.

Suelta aire al terminar de hablar, como si se hubiese quedado en la gloria.

—Cuando saltas de forma individual estás relajada —le indico—. Como si confiases en que el salto va a salir a la perfección. Cuando intentas incorporarlo en la coreografía estás rígida. Vas con miedo, das por hecho que no va a salirte, y por eso fallas. Tu cabeza hace que tu cuerpo falle.

—Eso no es verdad.

—Es como te lo digo.

—No tienes ni idea de patinaje sobre hielo.

—Y tú no tienes ni idea sobre hockey, y estamos aprendiendo de ti. —Me cruzo de brazos, esperando que me contradiga—. Sé lo que es patinar con miedo y fallar por eso.

—No tengo miedo.

—Lo tienes. No de patinar, sino de fallar. Y eso te está bloqueando. Te voy a dar exactamente el mismo consejo que me diste tú ayer: no lo pienses. Haz el salto sin más, no lo calcules, no pienses que no va a salirte. Hazlo con la mente en blanco, pensando en el siguiente ejercicio en lugar de en ese. Confía en ti.

Abre la boca para volver a protestar, pero parece pensárselo mejor y la cierra. Aparta la mirada de mí un único segundo antes de traerla de vuelta a mis ojos. Después se encoge de hombros, dándose por vencida.

—Prueba.

Sorprendentemente, me hace caso. Se quita la sudadera, quedándose con un top deportivo del mismo color que las mallas, rosa. Primero realiza el salto una única vez, puedo contar los tres giros en el aire que le dan nombre. La verdad es que es alucinante, hay que tener una fuerza increíble para impulsarse de esa manera, girar tres veces y caer donde quieres. Encima no se le mueve ni un solo pelo del moño apretado que lleva.

Después empieza una coreografía. Puedo notar el momento en que todo su cuerpo se tensa, segundos antes del salto, haciéndola fallar de nuevo.

—Lo estás pensando —le digo. Mascula algo que no entiendo y vuelve a intentarlo, sin éxito—. Sasha, es igual que cuando yo me miraba los pies, lo piensas demasiado.

—¡Ya lo sé! —admite con furia, pasándose una mano por la frente perlada de sudor, y respirando de manera agitada—. Ya lo sé.

—Vale, bien. Mírame.

—¿Qué?

—Que me mires.

—Te estoy mirando.

Sonrío, ya que es exactamente lo que yo dije ayer.

—Pues no dejes de hacerlo. —Me alejo para colocarme a unos metros de donde estoy viendo que realiza el salto—. Voy a quedarme aquí. Mírame todo el rato, céntrate en mí y no en lo que estás haciendo. Justo como me pediste a mí.

—No va a funcionar —gruñe—. Llevo haciendo esto toda la vida, y mi problema no es ni la rigidez ni pensar demasiado.

—Hazlo.

—Solo para que me dejes en paz.

Sasha patina alrededor de la pista, repitiendo la coreografía con sus bonitos ojos celestes fijos en mí. Su cuerpo se tensa en el mismo punto que antes, pero no tanto. Aun así, falla.

—Repítelo.

Me hace caso. Vuelve al principio, pero esta vez le hablo mientras patina.

—¿Cuántas horas al día patinas? Siempre estás en el hielo.

—Entre tres y cinco horas si tengo clase —responde sin detenerse, sin dejar de mirarme—. Entre seis y ocho si no. Y entre nueve y doce si hay campeonato a la vista.

—Es físicamente imposible entrenar entre seis y doce horas en un mismo día. Te acepto hasta ocho si no vas a clase, pero ¿hasta doce? No tienes día suficiente para hacerlo.

—Créeme, hay día de sobra para hacerlo.

Hace un giro, acercándose al momento del salto.

—¿Alguna vez descansas?

—Cuando duermo.

—¿Cuántas horas duermes?

—Unas seis si tengo clase. Unas cinco si no. Entre tres y cuatro si hay campeonato a la vista.

Me parece surrealista. ¿Cómo está esta chica en pie con esos horarios? Es imposible que tenga energía para hacer esto todos los días sin dormir lo suficiente y cansándose tantas horas. Su cuerpo tiene que estar destrozado. Espero que al menos tenga una dieta en condiciones adecuada a lo que trabaja.

—¿Y no estás cansada?

El momento del salto llega. Su cuerpo se prepara para hacerlo, pero esta vez no está pensando. Su vista sigue clavada en mí, y responde:

—Todo el tiempo.

Después se impulsa y realiza los tres giros en el aire con facilidad, para después caer y patinar hasta frenar a unos centímetros de mí, intentando recuperar la respiración y empapada en sudor. Yo esbozo una amplia sonrisa, cruzándome de brazos.

—Pensabas demasiado.

—Pensaba demasiado —jadea, asintiendo con incredulidad. Tarda menos de un minuto en recomponerse y cambiar todos sus gestos y su expresión. De nuevo vuelve el ceño fruncido, el cuerpo tenso y la mirada de desconfianza—. Esto ha sido cosa de una vez, no va a volver a repetirse.

Se me escapa una carcajada.

—¿El qué? Sasha, te he ayudado con un ejercicio, no hemos follado.

Se ruboriza. Sasha Washington se ruboriza cuando escucha palabras sucias. Eso me divierte. Ella intenta ocultar su reacción de inmediato, así que me señala con un dedo acusador.

—No vuelvas a interferir en mis entrenamientos.

—Estás fatal, lo sabes, ¿verdad?

—Nunca más, ¿entendido?

—¿Lo del entrenamiento o lo de follar?

Hace una mueca que me resulta hasta mona.

—En tus sueños, *neudachnik**, en tus sueños.

—Si necesitas que te ayude a entrenar para tus competiciones, ya sabes dónde encontrarme. Quizá te haga falta para no perder —provoco.

—No necesito tu ayuda para nada.

—O para follar —añado. Ella suelta un chistido antes de girarse y dirigirse hacia la salida, aún sonrojada.

—¡Ojalá perdáis el partido del viernes!

—¡Y tú rómpete una pierna en la próxima competición! —contesto, intentando aguantarme la risa.

---

* Perdedor.

CAPÍTULO 18
Sasha

No hay forma de escaquearme del festival de otoño. Las Kappa Delta tenemos que estar presentes en las fiestas para dar imagen. Además, cada día del fin de semana pringan unas, «trabajando» en la fiesta.

Miro mi armario lleno de ropa con detenimiento. Tengo muchísimas prendas, prácticamente todas de marca y de un gusto fino y exquisito, a pesar de que casi nunca me arreglo, de hecho hay mucha ropa con la etiqueta aún colgando. Paso tanto tiempo entrenando que voy en ropa deportiva todos los días (bonita y de calidad, sí, pero no deja de ser ropa de deporte). Ni siquiera suelo vestir con ropa de calle ya para clase, no me da tiempo de estar cambiándome cada dos por tres entre entrenamiento y entrenamiento. Así que hoy me apetece arreglarme, estrenar algo bonito y olvidarme durante una noche del patinaje y del chándal.

Cojo un vestido corto color champán de satén y tirantes, con un escote pronunciado pero discreto, y unos tacones finos a juego atados a los tobillos con cordones. Me maquillo con una sombra de purpurina que resalta mis ojos, y bastante máscara de pestañas. Un poco de colorete marrón, y los labios a juego. Me suelto la trenza que tenía recogida en un moño, así que mi pelo rubio cae en cascada con unas ondas magníficas. Una cadena de oro fina y unos pendientes a juegos son el toque final.

No soy consciente de lo mucho que echaba de menos arreglarme hasta que veo el resultado final en el espejo. ¿Hace cuánto que no me visto así? Cada vez que hago planes con Brooke intento vestirme con mi ropa de calle y no la de deporte, pero hacía mucho que no me ponía guapa de verdad para una fiesta.

Llaman a mi puerta y abro, estaba a punto de salir. Brooke abre la boca de inmediato de tal forma que podrían entrarle moscas sin problema. Me da un repaso y silba.

—Perdona, estoy buscando a la aburrida de mi amiga Sasha, ¿la has visto por aquí?

—Todavía me pongo el pijama —bromeo.

—¡Ja! Que te lo crees tú. ¿Sabes lo que echaba de menos verte a ti?

—Siempre soy yo —protesto, aunque sé que no es del todo cierto.

—Ya. Tú, tú. No Sasha la patinadora, sino la Sasha que compaginaba tener vida y patinar. Hace cosa de un año que no la veía, ¿te suena?

—Lo pillo, Brooke.

—Vamos a beber, amiga mía. —Engancha su brazo con el mío para avanzar por el pasillo—. Ah, ¿a que no sabes quiénes han llegado mientras te arreglabas? —Arqueo una ceja para que siga hablando—. Los lobitos. Todo ese equipo de macizos está ahí abajo ahora mismo.

El corazón me da un vuelco estúpido y sin sentido.

—¿Todo?

—Bueno, solo algunos. Está el buenorro de Torres, que es una pasada, con sus amigos. Entre ellos Nate. Y algunos más del equipo.

—¿Nate ha venido a nuestra casa?

—Lo sé. ¿No te mueres de ganas de ver la reacción de Allison cuando se dé cuenta?

—¿Todavía no le ha visto? Si parece tener un detector para ese chico.

—Es que se ha ido con Riley hace un rato a comprar más vasos y aún no han vuelto.

Dios, sí que me muero de ganas de ver su reacción. Allison está totalmente obsesionada con ese chico. Lo ridiculizó porque se dio cuenta de que estaba colándose demasiado por él, y Riley no paraba de meterse con ella por eso. Prefirió complacer a la arpía de Riley a dejarse llevar por lo que estaba sintiendo, y metió la pata hasta el fondo. Es un hecho que Allison no es una buena persona, pero con Nate parecía que iba a ser distinta. Spoiler: no lo fue. Encima, desde que se dio cuenta de que él pasó página, y lo que sentía era indiferencia y no odio ni dolor, se propuso molestarle. No soportaba saber que él ya no pensaba en ella. Cuando se enteró de la existencia de Spencer, se murió de rabia. Creo que ya ha asimilado que lo suyo con Nate es una historia que tuvo su final hace mucho, pero sigue pendiente de él allá donde vaya, intentando llamar su atención.

La música retumba por toda la casa y, cuando llegamos abajo, es imposible hablar con Brooke si no es a gritos. Todo está a rebosar, con la gente bailando o jugando alrededor de las mesas de billar, *beer pong* y demás. Hace calor aquí dentro.

—Vamos a intentar socializar un poco —me dice Brooke, señalando con la cabeza a unas cuantas de nuestras hermanas—. Por cierto, han ganado el partido de hoy.

Sonrío ligeramente, aunque borro la expresión cuando Brooke saluda a nuestras compañeras.

Amanda, Jenna (con la que comparto clase), Silvia y Priya están junto a las mesas de bebidas. Las tres últimas están sirviendo alcohol como anfitrionas esta noche. Otras chicas atienden diferentes mesas. Vamos rotando, mañana nos toca a Brooke, Amanda y a mí.

—Pero bueno, Sasha —dice Jenna cuando nos acercamos—, estás de escándalo.

—Hacía tiempo que no te unías a nosotras —añade Priya—. Me alegra que lo hayas hecho hoy.

—Me apetecía despejarme un poco —contesto.

—Normal, el patinaje te tiene absorbida… ¿Cuándo es la siguiente competición? —pregunta Amanda.

—El fin de semana que viene.

Reconozco a Spencer Haynes entre la multitud, acercándose a nosotras. Lleva un top rojo a juego con sus labios, un pantalón negro y Converse. El pelo recogido en una larguísima cola negra que se menea a un lado y a otro mientras camina con seguridad y egocentrismo.

—Hey —saluda cuando llega donde nosotras.

—Has venido —responde Amanda. Claro, la ha invitado ella—. ¿Quieres algo de beber?

—Una cerveza. —Spencer me mira y miente—: Me alegra volver a verte.

—Lo mismo digo —miento también. No es por nada, esta chica no me cae mal, pero me es indiferente que esté aquí.

Va a presentarse a Brooke, pero una chica guapísima, de piel morena y pelo casi negro ondulado, se acerca con una radiante sonrisa que me es familiar.

—¿Puedes no desaparecer sin avisar? —le dice, y después nos mira a las demás. Tiene los ojos marrones delineados y los labios pintados de marrón—. Soy Morgan. ¿Os unís a un *beer pong*?

—Nosotras tres tenemos que quedarnos aquí —responde Jenna, señalándose a ella, Silvia y Priya—. Pero id las demás.

—Yo pas…

—Por supuesto —me interrumpe Brooke. Morgan se centra en ella y sonríe.

—No nos conocemos.

—Brooke. Un placer.

—Encantada. —Después me mira con una mirada interrogante—. Creo que sé quién eres tú. Sasha, ¿verdad?

—Solo le hace falta un poquito de confianza para volverse más simpática —se burla Brooke cuando ve que mi respuesta es un ligero asentimiento. Aunque está completamente mintiendo.

Morgan y Spencer echan a andar. Las seguimos, arrastrada por la traidora de mi amiga, que me da un codazo.

—Es la hermana de Torres —me dice—. No sabía que es guapísima. ¿La has visto? Está más buena que él, creo que voy a pasar del lobito.

—Eres imposible.

Spencer se detiene para esperarnos y se coloca a mi lado, dejando que Brooke avance con Morgan, a quien ahora le veo el parecido con su hermano. Amanda se une a ellas.

—Dicen los chicos que les estás dando una buena paliza.

—Son unos quejicas.

Ella ríe.

—Nate dice que han ganado hoy gracias a ti. Que sigue faltándole potencia en el tiro, pero que ha conseguido marcar un gol gracias a haber controlado su cuerpo mejor. O algo así.

No lo niego, me sorprende que Nate, o alguno de los chicos, haya podido decir eso. Solo hemos tenido unas cuantas sesiones, pero han sido intensas y yo misma he podido ver mejoría en estos neandertales. Pero no sé si la suficiente como para que ellos sean conscientes del avance y, además, lo reconozcan.

—¡Amanda, *preciosa*!

La voz de Torres es inconfundible. Todos sus amigos están alrededor de una mesa de *beer pong*, mirándonos llegar. Torres le da un beso en la coronilla a Amanda, que es muchísimo más bajita que él.

—Gracias por invitarnos, estamos celebrando la victoria en tu honor.

—Déjale algo de espacio personal —protesta su hermana, empujándolo con la palma de la mano—. En plural: déjanos espacio, *huevón*.

—Morgan, por favor, un respeto a tu hermano mayor —responde él, frunciendo el ceño.

—Mayor de qué, cara de ameba, si somos mellizos.

—Pero yo nací primero.

—Eso te convierte en el pequeño. Yo existí primero.

—¿Lo dice quién?

—Lo digo yo.

—Sois los dos igual de gilipollas —interviene Jordan, jugando con una pelota de ping-pong entre sus manos—. ¿Jugamos o qué?

—Amanda, Brooke y Sasha se unen a nosotras —dice entonces Spencer. Me había mantenido unos pasos atrás, oculta entre ellas. Si no me habían visto antes, ahora lo hacen, ya que todas las miradas se dirigen hacia mí. Yo paseo la mía entre ellos con la cabeza bien alta, hasta que me detengo en él.

Torres me mira de arriba abajo como siempre hace, con lentitud. Yo hago lo mismo. Cuando tiene la boca cerrada es, como dice Brooke, una pasada. Estoy segura de que su presencia intimida a mucha gente solo por su aspecto físico. Metro ochenta de músculo, ojos profundos y oscuros, pómulos que hasta yo envidio. Lleva una camiseta negra con cuello de pico y manga corta que deja ver sus tatuajes. Tiene los dos brazos llenos y algunos le asoman en el pecho, donde descansa una cadena plateada que hace juego con el pendiente de la oreja y el de la nariz, que suele quitarse para entrenar.

Me analiza de tal forma que, durante los segundos que dura el escrutinio, se me olvida que estamos rodeados de gente. La música suena por encima de nosotros, hasta que hay un carraspeo que nos obliga a romper el contacto visual. Es Ameth el que rompe el hielo.

—Me pido a Sasha en mi equipo. —Creo que todos le miramos con el mismo desconcierto. Él se encoge de hombros—. No pienso escogeros antes que a ella, perdedores. Ya me habéis quitado a Spencer. Seguro que hace que mi equipo gane.

—¿Con quién voy? —pregunta Spencer.

—*Con papá* —le responde Torres, agitando el pecho como si se tratara de un baile.

133

Me siento incómoda ahora mismo. No estoy segura de que nadie me quiera aquí, solo Brooke, y es por eso por lo que me quedo. Se forman dos equipos, uno a cada lado de la mesa. Torres tiene de su lado a Spencer, Jordan, Brooke y Nate. Ameth nos tiene a Morgan, Amanda y a mí. Me quedo lo más atrás posible para que me ignoren mientras juegan, pero no me permiten aislarme. Brooke acaba de tirar la pelota y ha acertado en el vaso, así que suelta un grito de alegría y señala a Ameth.

—Lo siento, campeón.

—Espero haber hecho bien dándote un voto de confianza —dice Ameth cuando llega mi turno—. Espero de verdad que el *beer pong* se te dé mejor que relacionarte con la gente, porque si no nos van a tumbar.

—Me las apañaré —respondo.

Lanzo y acierto, así que le digo a Brooke que beba. Dos turnos después, Spencer cuela la bola y me señala, pero yo niego.

—No bebo alcohol.

Todo el mundo bufa a la vez, yo me ahorro decir en voz alta que quizá tengan un problema de alcoholemia que hacerse mirar.

—Pues elige a alguien que beba por ti —me dice. Miro a Amanda, ya que es la única persona en mi equipo que conozco. No necesita que le diga nada, asiente con la cabeza y coge el vaso en mi lugar para bebérselo de un trago.

Después de un rato jugando me doy cuenta de que Ameth llevaba razón: nos van a tumbar. Bueno, no a mí, que estoy perfectamente bebiendo agua, sino al resto del equipo.

CAPÍTULO 19
Torres

Cuando terminamos el segundo curso la primavera pasada fue cuando tomé la decisión de centrarme más en el deporte y los estudios, y menos en las fiestas y las chicas. Se nota que llevo meses sin beber como lo hacía antes porque, al igual que la última vez, el alcohol hace efecto en mí demasiado deprisa, así que tengo que bajar el ritmo.

—¿Ya estás pedo? —me pregunta Jordan de manera burlona, yo chisto—. Tío, no me lo puedo creer.

—Que no estoy pedo, solo contento.

—Pues venga, que te toca.

Cuando acierto la bola, los ojos de Sasha se entornan, clavados en mí. Sabe perfectamente que, aunque todos sus vasos se los estén bebiendo los demás, estoy yendo a por ella. En cambio, yo sí me estoy bebiendo todos sus aciertos, ya que está claro que me está devolviendo la jugada. Abro los brazos y me encojo de hombros con inocencia tras este nuevo acierto.

—Ups… ¿A quién puedo elegir para que beba? —pregunto, el equipo contrario resopla. Miro a Nate, junto a mí, que ríe—. ¿A quién elijo, Nate? ¿A Ameth?

—Me parece buena opción —me sigue el rollo. Miro ahora a Jordan.

—No estaría bien elegir a Amanda, que nos ha invitado hoy. ¿Elijo a mi hermanita, que parece estar muy ausente?

—Sí que está bastante distraída —comenta Jordie con malicia. Todos nos hemos dado cuenta de que Morgan y Brooke no han parado de tontear desde que han llegado. Aunque es recíproco, ya que ella tiene la lengua afilada y le responde de vuelta a cada insinuación.

—A ver, trío de tontos, que no tenemos toda la noche —protesta Ameth, cogiendo una de las bolas de ping-pong.

—Yo sí que la tengo —responde Mor. A nuestro lado, Brooke suelta una pequeña risa con malicia.

—Venga ya, Dieguito. —Spencer me da un golpe en el brazo—. Todos sabemos que vas a elegir a Sasha porque os lleváis mal y bla, bla, bla. Hazlo ya para que le desvíe el vaso a otra persona.

—Están jugando a ver quién la tiene más larga —añade mi hermana.

Esbozo una sonrisa gatuna ante ese comentario y miro de inmediato a Sasha, que eleva las cejas hasta que se da cuenta de que estoy pensando una guarrada por el comentario de mi hermana. No necesito decirlo en voz alta, se ruboriza de inmediato y aparta la visita. Yo río y nuestras miradas vuelven a cruzarse.

—Todo tuyo —digo, señalando el vaso.

Ella se lo pasa directamente a Ameth.

—Habría sido gracioso ver a Sasha borracha —dice Nate—. A ver si se le escapaba de qué manera va a machacarnos el próximo día.

—O a lo mejor se volvía divertida —me burlo, intentando picarla.

—No vais a tener el placer —responde como si nada.

—¿Nunca te has emborrachado?

Abre la boca para responder, pero a Brooke se le escapa una carcajada.

—Solo una vez en toda su vida. Y fue, aunque no os lo creáis, un accidente.

—¿Cómo se pone pedo una persona por accidente? —pregunta Mor, mirándola con diversión. La Barbie se encoge de hombros.

—El año pasado hicieron ponche en uno de los eventos de las Kappa Delta y se suponía que no llevaba alcohol. Nuestra compañera Riley se lo echó sin avisar y todas nosotras y las invitadas acabamos fatal. El ponche original era tan dulce que nadie notó la diferencia.

Entonces recuerdo algo que se me había olvidado por completo: Sasha y Brooke son amigas de Allison y Riley. No sé cómo había podido olvidar eso, cuando es precisamente el motivo por el que Sasha y yo no nos llevábamos bien en primer lugar.

—Riley creyéndose graciosa, como siempre —dice entonces Brooke, su tono de desagrado me sorprende.

—Sois amigas, ¿no? —decido preguntar.

—Compañeras de hermandad —aclara Sasha, yo frunzo el ceño.

—No somos amigas —añade Brooke de inmediato—. No son buenas personas.

—Pero estabais al tanto de lo que me hicieron —dice Nate. No suena a reproche, más bien creo que solo quiere entender su relación con ellas, como me pasa a mí, porque ahora mismo estoy confuso.

—No sabíamos nada —responde Sasha, cruzándose de brazos de forma que el escote de su vestido se abre ligeramente. De inmediato aparto mi mirada de ahí—. Y no estuvimos de acuerdo cuando nos enteramos.

—Pero estabais aquí con ellas cuando nosotros vinimos a hablar con Allison —prosigue Jordan, y sé que no soy el único con un cacao en la cabeza.

—Eh…, sí —Brooke arruga la frente, como intentando recordar lo sucedido—. Acabábamos de dar una fiesta, Sasha y yo estábamos hablando en un sofá y luego vinieron ellas alardeando de lo sucedido. Fue ahí cuando les dijimos que no nos parecía bien y nos enfrentamos a ellas por primera vez.

—Vamos a ver… —Hago una pausa, poniendo en orden mis pensamientos. Miro a Sasha, que frunce el ceño—. Si no estabais de acuerdo, ¿por qué te pusiste a gritarme como una loca?

—Yo no me puse a gritar como una loca —protesta con cara de pocos amigos—. Estaba cansada y enfadada con el mundo por distintos motivos, lo que menos me apetecía es que entraseis en mi casa como orangutanes dando voces.

—¿Me estás diciendo que no me gritabas por defender a Allison?

—¿Cómo iba a defender a Allison?

—Pensaba que erais amigas.

—A ver que nos aclaremos —interrumpe Spencer, que suelta una risa incrédula—. Vosotras no os lleváis bien con esas dos y Sasha no estaba defendiendo a Allison cuando discutió con Torres. ¿Me estáis diciendo que Torres y Sasha se llevan cayendo mal desde entonces por un malentendido? —Spencer mira a Amanda—. ¿Conocías esta movida?

—Me acabo de enterar de la mitad, y eso que vivo en esta casa —responde.

Le doy vueltas a mis recuerdos en la cabeza, ahora no parecen reales tras escuchar la versión de Sasha. ¿De verdad le cogí manía a esta chica por algo que realmente no estaba pasando? ¿Por un malentendido? ¿Nos habríamos llevado bien desde el primer momento de haber sabido lo que pasó de verdad? Quizá los entrenamientos con ella fuesen distintos.

—Yo no le he odiado en ningún momento por un malentendido —aclara Sasha, y me señala con la cabeza—. Simplemente me cae mal porque me cae mal.

—Ah, claro, porque eso tiene mucho sentido —suelta Nate.

—Estoy seguro de que en su cabecita eso tiene todo el sentido del mundo —bromeo, porque después de descubrir todo esto solo puedo tomarme la situación con humor.

—Menuda fantasía —añade Brooke con una carcajada—. ¿Así que ahora todos somos amigos?

—No —responde Sasha, haciendo una mueca.

—Sí —respondo yo a la vez. Los dos nos miramos, yo con una sonrisa divertida, ella con la frente arrugada como una pasa—. Venga, *princesa*, si sabes que en el fondo me adoras.

—¿De verdad hay alguien en este planeta que adore esa prepotencia tuya? —me ataca, yo río y me acerco a ella, que alza la barbilla con altanería.

—Todo el mundo.

—Lo dudo. Eres un incordio.

—No dices eso cuando estamos solos en la pista.

A pesar de que me conocen y los chicos saben que estoy bromeando, se unen a esto y sueltan algún que otro silbido y algunos «uh» que hacen que Sasha me fulmine con la mirada y dé un paso hacia mí, recortando la distancia entre nosotros. Coloca un dedo en mi pecho y su boca se tuerce ligeramente cuando las mejillas se le encienden.

—Deja de insinuar cosas así —protesta.

Rodeo su muñeca para tirar de ella hacia mí. Sasha pierde ligeramente el equilibrio y su pecho se apoya en el mío durante unos segundos, los que tarda en recuperarse. Da un paso atrás, aunque no la suelto.

—No puedes odiarme sin motivo eternamente —digo, y entonces la suelto. Ella vuelve a retroceder.

—Puedo, y lo hago.

Después de eso, le dice a Brooke algo, que es quien se despide de todos diciendo que nos vemos más tarde, y ambas se marchan.

Sasha nunca me ha gustado, aunque fuese por un malentendido. Para mí resultaba divertido sacarla de sus casillas y tomarme a broma todo lo que tuviese que ver con ella, porque no me importaba absolutamente nada, y me daba igual lo que pensase de mí.

Por eso no entiendo por qué ahora, mientras la observo menear el culo alejándose, enfundada en ese endiablado vestido, me molesta que ella sí que me odie a mí.

—Pues se ha quedado buena noche. —Es todo lo que comento. Nate me tira una pelota de ping-pong como respuesta.

—¡Torres, *bro*! —Sean se acerca a la mesa de billar en la que estamos ahora. No viene solo, tiene un brazo alrededor de Wendy, nuestra compañera de clase con la que estaba enrollándose—. ¿Hay sitio para cuatro más?

Dos chicas más, Becca y una que no conozco, vienen con ellos.

—Nosotras nos vamos a bailar un rato —anuncia Spencer, señalándose a ella, Mor y Amanda—. Podéis tomarnos el relevo.

—Ya habéis oído a Spencie —digo, chocando un puño a modo de saludo con Sean. Después miro a las chicas—. ¿Qué hay, *muñequitas*?

—Uf, ya empieza. —Mor hace una mueca y me señala mientras pasan por mi lado—. No os dejéis engatusar, chicas.

Por supuesto que van a dejarse engatusar. Becca me mira con una falsa timidez, jugando con uno de sus mechones morenos. Sonríe ligeramente y yo le devuelvo el gesto, acercándome a ella.

—Becca, Becca, Becca…, ¿jugamos al billar?

—Vas a tener que enseñarme, Torres, se me da muy mal.

Oh, claro que sí.

CAPÍTULO 20
Sasha

—Puedes irte con ella, yo me voy ya.

Brooke resopla y aparta la vista de Morgan, al otro lado del salón. Está junto a Spencer, Amanda y otro grupo de chicas que no conozco.

—Quiero estar contigo —responde.

—No, no es cierto. Quieres estar con Morgan, pero te quedas conmigo porque crees que eres mala amiga si eliges echar un polvo a entretenerme. No lo eres si yo misma prefiero que te vayas con ella a que estés aquí. En serio, Brooke, ya estoy cansada, no pinto nada aquí.

—Es la primera vez en muchísimo tiempo que te has molestado en arreglarte para una fiesta —protesta—. Quieres estar aquí, pero si te dejo sola vas a desaparecer.

—Ese es mi problema, no puedes dejar tu vida de lado por mí.

—Eres mi amiga, Sasha. Por mucho que te cueste creerlo, prefiero disfrutar contigo las pocas ocasiones que podemos.

—No nos estamos divirtiendo.

—Lo estábamos haciendo hasta que has decidido volver a levantar ese muro de hielo tuyo —suspira—. Sé que te lo estabas pasando bien, y hemos descubierto que ese odio extraño que había entre Torres y tú no tiene ningún fundamento. ¿Por qué no has podido seguir disfrutando de la noche?

—¿En qué idioma tengo que decir que mi odio hacia Diego Torres no es sin fundamento? ¿Es que mis motivos no le sirven a nadie? Vino a mi casa dando gritos, es un lobo de hockey y odio lo que representa, además de que su actitud me pone de los nervios. Para mí, son suficientes motivos—. Me cae mal y punto.

—¿Y por qué no has parado de mirar en su dirección en todo este rato?

Mierda. Sin pensarlo, vuelvo a mirar hacia donde está. Torres se sitúa tras una chica morena muy guapa para hacer lo que absolutamente todos los tíos hacen cuando quieren follar: enseñarle a jugar al billar. Ella ríe por algo que ha dicho antes de que ambos se inclinen sobre la mesa, totalmente pegados.

—¿Ves?

De inmediato, me giro hacia Brooke, que tiene una expresión de picardía en el rostro.

—No estaba mirando hacia allá.

—Sí lo estabas haciendo.

—No.

—Sí.

—Brooke.

—Sasha.

Resoplo, mi amiga ríe.

—No entiendo por qué me lo niegas como si no te conociese. Estabas mirando cómo *papi* Torres tontea con esa tía.

—No lo llames así, por favor —protesto, haciendo una mueca.

—¿Por qué no? Es un *papi*. Y te mola.

—¿Qué? No. ¿Qué dices?

—Sasha, estás todo el día quejándote de él y de lo muchísimo que lo odias, pero te lo llevas comiendo con la mirada toda la noche. No hay nada de malo en admitir que Diego Torres te pone cachonda. A mí me pone cachonda. Probablemente su hermana me ponga más cachonda aún, pero el caso es que a ti te pone cachonda él y no lo quieres admitir.

—Si dices «cachonda» una vez más dejo de ser tu amiga.

—Tan solo admítelo.

—No pienso admitir nada, Brooke.

Un nuevo vistazo hacia donde él está me hace chistar. La chica ha rodeado su cintura, y él juega con un mechón de su pelo con parsimonia. Imagino que es mi pelo el que toca, que ese brazo fuerte, que ahora atrae a la morena hacia él, es a mí a quien abraza.

—No me jodas, Sasha.

Inspiro hondo y fijo la vista en los ojos oscuros de mi amiga.

—Diego Torres me pone cachonda —digo sin pensar, y me arrepiento de haberlo confesado cuando Brooke se echa a reír.

—¿Y por qué no te lo follas? Estoy segura…

—No —determino—. No sigas. Me atrae físicamente, pero le sigo odiando. Así que olvídate.

—Veng...

—¿Vas a ir a hablar con Morgan o vas a seguir metiéndote conmigo para ocultar que estás cagada de miedo? —ataco, haciendo que cierre el pico de inmediato. Sonrío, satisfecha, y elevo una ceja para instarla a que responda—. Ve.

—Chicas. —Priya nos interrumpe, con expresión preocupada—. Allison y Riley van derechitas hacia el grupo de Nate.

Voy a preguntar qué nos importa, pero Brooke se nos adelanta.

—No me pierdo esta mierda. Vamos.

—Van bastante borrachas —explica Priya, que nos encabeza—. Jenna y Silvia están intentado detenerlas, pero estoy segura de que van a montar un espectáculo.

La misma mierda de siempre. ¿Es que tienen cinco años?

Cuando llegamos a la mesa de billar, ellas ya están ahí.

Allison y Riley le plantan cara a Jordan y Torres, que se han puesto en guardia. Solo están ellos, Nate, otro chico que no conozco y una chica que está pegada a él. No hay ni rastro del resto del grupo ni de la chica que tonteaba con Torres.

—Esto se pone interesante —comenta Brooke.

—Estáis en nuestra casa —está diciendo Riley—. Son nuestras normas.

—Mírala, es como una niñita pequeña —se burla Torres—. Quiere lo que no tiene.

—La mesa de billar es nuestra —sigue Allison—. Así que despejadla.

—Es una fiesta —dice Nate sin molestarse en mirarla, inclinado sobre la mesa con el palo entre los dedos para darle a una bola—. Esperad vuestro turno.

—Creo que no comprendes lo que digo. —Allison se acerca a él, que se incorpora y la encara, obligándola a dar un paso atrás. Nate es muy guapo, tan grande como sus compañeros y con unos ojos azules increíbles que intimidan notablemente a su exnovia.

—Creo que eres tú la que no se está enterando de nada. No queréis jugar al billar, sino molestar. No vamos a irnos a menos que llames a la policía del campus para que nos saquen de aquí a patadas. Coged vuestra estupidez y largaos a otra parte, vuestra hermandad es lo suficientemente grande para no volver a cruzarnos en toda la noche.

—Ay, de verdad, ¿ya estáis otra vez con esta mierda? —interviene Brooke, que a veces creo que se alimenta del conflicto con ellas dos. Me dan tanta pereza que paso de meterme en peleas con ellas, pero a mi amiga le encanta debatir.

—¿No tienes nada mejor que hacer, Brooke? —increpa Allison—. Súbete a bailar como una guarra a una mesa o fóllate a alguien.

A la mierda la pereza. Doy un paso al frente, captando la atención de estas dos idiotas. Nadie se mete con mi mejor amiga.

—Sois ridículas —les digo—. Intentar llamar así la atención de un tío para el que sois más molestas que una mosca es patético. ¿Cuándo vais a crecer?

—¿Y a ti quién te ha dado vela en este entierro, Sasha? —Allison chista.

—Queremos la mesa de billar —repite Riley—. Vivimos aquí y ellos no, es tan sencillo como eso.

—Resulta que Brooke y yo también vivimos aquí. Y estamos jugando con ellos.

—Mentira.

—Idos a llorar a otra parte —interviene Brooke—. Aquí nadie os está prestando atención.

—Os estáis equivocando de bando. —Riley nos señala a ambas—. Ya hablaremos. Vamos, Al, tengo sed.

Ambas se marchan fingiendo tener algo de dignidad.

—¿Qué narices acaba de pasar? —Spencer llega, acompañada por Morgan y Ameth.

—Allison y Riley. —Es la respuesta de Jordan, que parece ser suficiente. Todos se ponen a hablar entre sí, incluyendo a mis compañeras de sororidad. Sin embargo, Torres se acerca a mí con una sonrisa.

—Para caerte mal, bien que has intervenido —dice socarrón, yo pongo los ojos en blanco.

—Estaba defendiendo a Brooke.

—Has peleado también por la mesa de billar —me recuerda.

—No me gusta que se salgan con la suya.

—Ya...

—¿Qué ha pasado? —la chica morena aparece a nuestro lado y se acerca a Torres. Viene acompañada de otras dos que se unen a los demás. Pero ella se detiene junto a nosotros dos—. ¿Torres?

—Nada de lo que preocuparse —responde, y le guiña un ojo.

La chica sonríe de inmediato ante ese gesto, y no la culpo. Menos aún después de haber admitido ante mi amiga lo que este imbécil provoca en mí.

—En ese caso, ¿seguimos jugando? —La chica se acerca a él y coloca una mano en su pecho con descaro. Torres sigue su trayectoria mientras le acaricia, pero después sus ojos marrones se posan en mí y la comisura derecha del labio se le eleva ligeramente.

—¿Juegas? —me pregunta. Su ligue me da un repaso de arriba abajo. Yo niego, alejando de mí pensamientos que no deberían de existir.

—No. Me voy a dormir.

Y eso hago, porque ya he tenido suficiente vida social para todo el mes.

CAPÍTULO 21
Sasha

Este fin de semana es el estatal. Mis dos coreografías no tienen ni un fallo, pero mi madre los saca en cada movimiento que realizo. Puedo escuchar a Brooke decirme una y otra vez que le plante cara de una vez, o quizá es mi subconsciente el que me lo dice. No puedo plantarle cara por el maldito contrato que me hizo firmar.

Me limito a lo mismo de siempre: intentar complacerla y adaptar mi coreografía a los movimientos que ella quiere.

Las clases de la mañana se me hacen eternas, y me tomo más cafés de los que debería para mantenerme en pie. Estoy agotada. El fin de semana del festival de otoño me ha dejado sin fuerzas. El sábado y el domingo entrené muchísimas horas y tuve que asistir a las fiestas de las Kappa Delta para ayudar con la organización y el servicio, acostándome a las tantas y madrugando demasiado. Intento comer bien a mediodía, pasando por casa para prepararme un plato en condiciones que me dé fuerzas para entrenar.

Llega la hora de ir a la pista a entrenar a los Wolves. Los chicos entran en el aula y se sientan mientras charlan entre ellos. Aquí es donde crean las estrategias, donde ven los partidos anteriores para fijarse tanto en sus faltas como en las debilidades de los demás. Y eso es justo lo que vamos a hacer hoy, con el entrenador Dawson sentado al final de la sala para escucharme e intervenir cuando sea necesario.

Torres es el último en entrar, con esa sonrisa burlona habitual plantada en su cara y la vista clavada en mí hasta que se sienta en primera fila. Se hace el silencio cuando me planto frente a ellos para dar instrucciones. Sin embargo, antes de que lo haga, uno de los chicos, Adam, habla.

—Eh, Sasha, ¿viste la paliza que le dimos a los de Hartford?

Sí, lo vi. El sábado por la noche, antes de irme a dormir, me puse el partido para analizar a los chicos a fondo.

—Eso es, no nos dijiste nada el viernes en la fiesta —añade Ben. Ni siquiera sabía que ellos también estaban allí, pero es cierto que no saqué el tema, y ellos tampoco. Fue Spencer la única que me dijo algo al respecto.

—¿A eso lo llamáis dar una paliza? —respondo entonces, y las sonrisas se borran de los rostros de los chicos que estaban empezando a venirse arriba—. Estuvisteis totalmente descoordinados. No jugasteis de pena, de hecho pude ver mejorías en varios de vosotros. No fue un buen partido. Ganasteis porque el otro equipo jugó aún peor.

—Tú sí que sabes cómo desmotivar a alguien —comenta Torres, yo me cruzo de brazos y me apoyo en el escritorio.

—No voy a mentir. Ganasteis, sí, pero no os voy a decir que estuvisteis estupendos cuando no fue así. Eso solo aumentaría vuestros egos y os confiaríais para el siguiente partido.

—No tienes que mentir, pero podrías decir las cosas de otra forma.

Cuando lo miro, lo único que puedo pensar es en cómo la chica de anoche se pegaba a él y se reía de sus comentarios mientras en mi cabeza se libraba una batalla.

—No pienso repetir más veces que no estoy aquí para regalaros los oídos.

Lo he dicho en un tono más borde del habitual. Y todo porque solo puedo pensar en Torres con esa chica. *Blyat**!

—Nos hemos levantado con el pie izquierdo, ¿eh? —bufa Torres. Bueno, mejor que piense que estoy de mal humor a lo que de verdad pasaba por mi cabeza.

—Empecemos —respondo. Enciendo el proyector para poner el partido del viernes—. Aquí. —Lo pauso y señalo al número 60, Jordan—. Si tan solo te hubieses desplazado ligeramente hacia la izquierda en lugar de quedarte estático, habrías bloqueado ese tiro. —Jordan mira la pantalla y luego a mí, asintiendo con comprensión—. Tienes buenos reflejos, la mayoría los tenéis, pero debes adelantarte a los movimientos del contrario. No basta con pensar en los tuyos, adivina los de los demás.

---

* ¡Mierda!

—Gracias —responde, así que continúo. Esta vez señalo al 22, Torres. Antes incluso de que le diga qué ha hecho mal, lo hace él.

—Tendría que haber calculado la distancia de freno con antelación para no desequilibrarme y haber hecho un tiro limpio. Habría marcado gol si no hubiese perdido esos segundos estabilizándome.

Bien. Es justo lo que iba a decir. Continuamos durante unos treinta minutos antes de salir a la pista e intentar corregir los errores de cada uno.

El tiempo se me pasa volando y, cuando terminamos, me invade una sensación extraña. Me siento bien. Estoy contenta porque la mayoría ha sido capaz de corregir sus fallos, me han escuchado e incluso he estado satisfecha con el resultado. Eso es: satisfacción. Porque me gusta de verdad hacer esto, entrenar y buscar las formas de mejorar.

No soy capaz de recordar la última vez que me sentí útil más allá de mí misma como patinadora. Toda mi vida me he centrado únicamente en patinar, ya que es mi pasión, pero sentía que me faltaba algo más...

Que exista la posibilidad de estar encontrando ese algo... es aterrador.

—¿Preparada para el fin de semana?

Torres me da un susto de muerte cuando aparece tras de mí. Le escucho por encima de la música que sale de mis auriculares porque ha colocado su cabeza al lado de la mía para que me percatase de su presencia. Me detengo y guardo los AirPods porque ya he aprendido que es tontería intentar escuchar música cuando él está por aquí.

—Como siempre —respondo, girando la cabeza ligeramente. Nuestros rostros están muy cerca, pero ninguno de los dos cede, a ver quién aguanta más sin apartarse. Su olor me embriaga, es fuerte y dulce a la vez, con un toque afrutado.

—¿Vas a hacer el triple *axel*?

No niego que me sorprende su pregunta.

—No.

—¿Por qué?

—Pues porque no.

Me giro para encararle, alzando la barbilla para intentar compensar la diferencia de altura. Nunca se quita los pendientes cuando entrena por su cuenta, tan solo para los entrenamientos oficiales y los partidos. Hoy lleva un aro en la nariz en lugar del brillante diminuto que suele llevar. Y de su oreja izquierda ha desaparecido el aro, dando lugar a una pequeña cruz que cuelga. No entiendo por qué es tan atractivo y todo le queda bien, no es justo.

—Pensaba que lo tenías dominado, aunque el otro día no te saliese tan bien como querías. Fue un mal día, pero podrías hacerlo igualmente.

Doy un paso atrás para alejarme y poder mirarle mejor. Se ha quitado la sudadera para entrenar, por lo que la camiseta de manga corta deja a la vista sus tatuajes. Tiene muchísimos, uno de los brazos está casi lleno, mientras en el otro se pueden apreciar huecos vacíos.

Me cabrea a niveles estratosféricos su existencia. ¿No podía ser feo y maleducado? No, tiene que tener ese físico y, encima, parece que es buen tío y todo. Preferiría no estar descubriendo eso último y seguir creyendo que es un puto gilipollas.

No puedo tener distracciones, y él tiene todas las papeletas de ser una. Por eso, si sigo fingiendo que le odio, quizá él me odie a mí y todo será mucho más fácil.

—Pero ¿a ti qué más te da? —le suelto, intentando sonar cabreada aunque no lo esté.

—¿Qué pasa? —Me mira con una expresión divertida—. Tú nos corriges a nosotros, ¿y yo no puedo hablar de tu patinaje?

—No.

—No —repite. Yo empiezo a patinar para alejarme de él, pero se coloca a mi lado y me sigue por toda la pista—. A veces parece que tienes un palo metido por el culo.

—A veces me gustaría pegarte con un palo —respondo de inmediato, él ríe aunque yo no le encuentro la gracia.

—¿Es por tu madre?

—¿Qué?

—El motivo por el que no haces el triple *axel*. ¿Es por ella?

Frunzo el ceño.

—No, no es por ella —contesto con rapidez—. Es decir... Es cierto que no me deja hacerlo, pero es porque cree que no estoy preparada. No es como si me lo estuviese prohibiendo. —Lo miro—. Tan solo no me deja demostrarle que sí puedo hacerlo.

—Entonces sí es por ella.

—No. Quiero decir…

—¿Te sientes capaz de hacerlo? —pregunta, yo asiento—. ¿Lo harías si ella te diese el visto bueno?

—Sí.

—Porque estás preparada.

—Por supuesto que lo estoy.

—Entonces te está frenando —suelta.

¿Qué? No. Me detengo en seco, procesando sus palabras. Mi madre no me está frenando. Es estricta, me lleva al límite y no confía en mí, vale, lo admito. Pero… No, no es cierto.

—No hables de mi madre —protesto, negándome a seguir con la conversación. Él abre la boca para decir algo, pero yo le interrumpo—. No me conoces, no la conoces a ella ni conoces nuestra relación.

—No pretendía… Tan solo es lo que pienso, juraría que no tenías buena relación con ella y eso te estaba afectando.

—¿Yo me meto en tu relación con tu madre?

La alegría se esfuma de su rostro, todo su semblante se pone serio y de inmediato sé que he dicho algo que no esperaba.

—Mi madre está muerta —responde.

Joder. Mierda. Oh, joder.

Si no he querido seguir con la conversación es porque la cabeza me va a mil por hora por culpa de lo que ha dicho, y porque hablar con él de cómo me siento y qué pasa en mi vida no es lo que quiero si mi intención es que su presencia no me afecte. Pero ahora mismo me siento como una mierda, me acabo de buscar que de verdad me odie y no era mi intención ser cruel.

—Lo siento —me apresuro a decir—. No tenía ni idea.

Espero su respuesta. Espero algún insulto, una bordería o un «vete a tomar por culo», pero no es eso lo que sale por su boca.

—No, soy yo el que lo siente. He sido muy brusco al decirlo. —Se pasa una mano por el pelo y aparta la vista, nervioso—. Tampoco quería inmiscuirme en tu vida, lo siento.

Me confunde. Diego Torres me confunde, maldita sea. Y no puedo quedarme callada.

—No lo entiendo —confieso, y sus ojos marrones vuelven a mí—. No he sido amable contigo jamás. Ni con tus amigos. Te odio y nunca he querido ser tu amiga, ahora la cago de esta manera… ¿y me pides perdón? No lo entiendo.

—Lo de ahora no había forma de que lo supieras, no me conoces. Y precisamente por eso es por lo que no te tengo en cuenta lo demás. Yo tampoco te conozco a ti, así que no sé los motivos por los que has decidido odiarme. Menos aún teniendo en cuenta que empezamos con mal pie por un malentendido. Quizá nos merezcamos otra oportunidad.

Intento no reír. ¿Está estudiando psicología o se dedica a escribir frases motivadoras para alguna empresa?

—¿Otra oportunidad? —pregunto.

—No sé nada de ti, Barbie, tan solo conozco esa fachada tras la que te escondes.

—¿Me odias si te pido que dejes de hablar como si te hubieses escapado de *Querido John*?

Torres suelta una carcajada.

—Odio esa película.

—Yo también. Pero de verdad que parece que estás citando frases de ella. Prefiero que me odies, te lo digo en serio.

—Mira, Sasha. Parece ser que nos vas a entrenar durante un tiempo porque está funcionando. —Torres empieza a patinar a mi alrededor, yo le voy siguiendo con la mirada—. Y vamos a seguir coincidiendo los dos solos en el hielo. No ganamos nada llevándonos mal, más bien nos hace perder el tiempo. ¿Qué te parece una tregua? Podemos empezar conociéndonos.

No quiero conocerlo. No puedo distraerme.

Pero nunca antes había deseado tantísimo acercarme a una persona.

Se detiene de nuevo frente a mí, con una pequeña sonrisa, y extiende una mano, esperando que se la estreche.

—Soy Diego Torres.

No sé por qué lo hago…, pero lo hago. Rodeo su mano con la mía, él cierra sus largos dedos alrededor, provocando que un calambre me recorra de arriba abajo, y la sacude a modo de saludo. Me estoy arrepintiendo de esto en cuanto respondo:

—Sasha Washington.

CAPÍTULO 22
Torres

—No quiero que se lo digáis a Sasha, pero llevaba razón —dice Lucas cuando entramos al vestuario tras el entrenamiento. Peter le da una colleja de inmediato.

—No vuelvas a decir eso en voz alta. Esa bruja puede estar escuchando.

—Me da igual, no había jugado tan bien en mi vida.

En el entrenamiento de hoy Sasha nos ha visto jugar un partido bajo las órdenes del entrenador Dawson. Después nos ha resaltado qué mejorar, centrándose únicamente en un aspecto por persona. El entrenador está más que satisfecho con ella, porque aporta una visión distinta a la suya, completando sus conocimientos profesionales.

—Sasha no me gusta demasiado —afirma Jordan, aunque ya lo sabíamos—, pero es una realidad que nos está ayudando. Aprender de ella me está dando nuevas perspectivas que no se me habrían ocurrido para aplicarlas en el trabajo.

Jordan lleva desde principio de curso ayudando al entrenador del equipo local de hockey infantil de Newford. Va dos veces por semana, cobra por ello, se lo pasa bien y está cogiendo práctica para más adelante.

—No me puedo creer que hayáis caído —protesta Peter, sentándose en uno de los bancos con desgana. Los chicos se ríen, así que me mira en busca de auxilio—. Torres, tío. Tú la odiabas, dime que estás conmigo en esto.

—Nunca la he odiado, *papi*.

—Vaya, que no estás conmigo.

—Nop.

—Pienso saltarme la dieta hoy por esta traición. —Me señala con un dedo acusador, haciendo que todos volvamos a reír.

—Dame un besito, anda. —Voy hacia él, que se levanta rápidamente para huir de mí—. No te hagas el duro, *mi amor*, dame un beso.

—No confío más en ti, capitán, aléjate de mí.

—Chicos. —No tengo que decir más, Nate y Jordan se despliegan para arrinconar a Peter, con sonrisas enormes mientras los demás vitorean y aúllan para darle emoción. Cada uno le agarra de un brazo, yo me acerco mientras repite una y otra vez que hemos cometido traición. Agarro su cara con las dos manos, y le planto un beso en la frente sudada. Es asqueroso, pero me da igual—. Deja de llorar, anda. Buen trabajo hoy, chicos. —Les hablo a todos, dejando a Peter en paz—. Nos vemos mañana.

Esta noche soy el primero en llegar. El equipo de patinaje se marcha y me encuentro en la pista completamente solo, impaciente sin saber muy bien por qué. Coloco unos cuantos conos delante de una de las porterías, cojo mi stick, el disco, y empiezo a entrenar con Imagine Dragons sonando a través de los auriculares. Concretamente «Believer», mi canción favorita.

No la escucho llegar, pero sería imposible no percatarse de su presencia cuando se cruza en mi camino, patinando como si nada. Hoy va entera de negro, un moño trenzado en lo alto de su cabeza.

Me detengo para quitarme los auriculares y guardarlos. También me deshago de la sudadera, porque estoy sudando. Patino para dejar ambas cosas fuera de la pista, poniendo mi atención en Sasha, que no deja de mirarme.

—Tus conos me molestan para entrenar —me dice mientras recojo el stick del suelo y juego con el disco. Esta vez no hay prepotencia en su voz, sino diversión.

—Estoy seguro de que eres capaz de esquivarlos.

—¿Vas a realizar tiros a portería? Porque tendré que esquivar los conos, el disco y a ti.

Me acerco a ella, girando en el último segundo sin perder el control del disco. Sasha da una vuelta sin quitarme la mirada. Me encojo de hombros.

—¿No eres capaz de enfrentarte a un par de obstáculos?

Reconozco en sus ojos el brillo de alguien que se enciende cuando le retan a hacer algo que pueden llevar a cabo a la perfección. Esa excitación por callarle la boca a la otra persona, por demostrar que no se debe subestimar a alguien.

—Tú a lo tuyo, *volk*, que yo voy a lo mío.

—Por supuesto, *diabla*.

Así lo hacemos. Sasha se pone los auriculares para ensayar una coreografía, y yo sigo con mi entrenamiento de hoy. Cada vez que pasa por esta parte de la pista me esquiva sin perder la elegancia. Yo también me adapto, frenando en los momentos oportunos, reconduciendo el disco o calculando el tiro a portería para no interferir en su camino.

He de admitir que me quedo más de una vez embobado mirándola. Sasha es preciosa (y está muy buena, para qué negarlo), todo en ella grita peligro, es la clase de chica que con esa cara y esa actitud podría arruinarte la vida en tan solo un parpadeo. Pero quiero creer que no es por eso por lo que la miro fascinado, sino por la forma en que patina. Desprende éxito por cada poro de su piel, lleva grabado en la frente el triunfo, la recompensa de alguien que lleva toda la vida sacrificándose por lo que le gusta. Sería imposible no darse cuenta de que todos sus movimientos han sido perfeccionados a lo largo de los años, que lo que hace no es más que una repetición automática pero perfectamente calculada de algo que ya es innato en ella. Es estilosa, seductora, fascinante. Admirable.

Parece que ha terminado, porque se planta ante mí y guarda los auriculares, con el rostro perlado en sudor, pero cada pelo de la cabeza en su lugar.

—He ganado.

Estoy tan atontado fijándome en cómo sube y baja su pecho a causa de la respiración agitada cuando se quita la sudadera, quedándose en top, que me cuesta reaccionar.

—¿Qué?

—Que he ganado. He entrenado a la perfección contigo aquí.

Su sonrisa de satisfacción es la de alguien que conocía el resultado antes siquiera de intentarlo.

—Bueno, yo he tenido que esquivarte un par de veces para que no me tragases, *princesa*, así que no te vengas arriba.

—Seguro que sí.

—¿Cuánto tiempo llevas patinando? —pregunto. Parece pillarle por sorpresa mi interés, así que se pone a dar vueltas a mi alrededor mientras se decide a responder. Parece que nuestro nuevo comienzo puede ir bien.

—Toda la vida.

—Desarrolla tu respuesta. ¿Cómo empezó todo?

Sasha se encoge de hombros. Como no deja de patinar, yo hago lo mismo.

—Mi madre empezó a patinar muy joven. Rápidamente se convirtió en la mejor de toda Rusia, y con diecisiete años ganó sus primeras Olimpiadas. A los veintiuno, las segundas, para ese entonces era insuperable. Tenía patrocinadores por todo el país, los representantes se peleaban por ella, su cara estaba en todos los medios, las patinadoras rusas querían ser como ella… Era un icono. Un año después conoció a mi padre y, a los veinticinco, después de ganar las Olimpiadas por tercera vez, se quedó embarazada de mí sin buscarlo. Mis abuelos maternos (no conocí a los paternos) son muy tradicionales, así que le negaron la opción de abortar, que es lo que ella quería hacer.

Sasha hace una pausa en la que parece volver a la realidad, mirándome como si no supiese en qué momento ha empezado a contarme todo eso.

—Sigue —le digo, patinando frente a ella—. Por favor.

—Por culpa del embarazo tuvo que interrumpir su entrenamiento y su dieta de deportista, perdiendo masa muscular y fuerza. No había pasado ni una semana desde que nací cuando retomó el patinaje. Pero durante esos meses de parón había perdido a todos los patrocinadores, su entrenador se negó a «perder el tiempo con ella», y se vio completamente sola. Una entrenadora de Estados Unidos le dijo que estaba dispuesta a apostar por ella, que valía demasiado como para dejarla de lado. Así que mis padres y yo nos mudamos a Newford cuando no tenía ni dos meses. —Evita el contacto visual conmigo en todo momento, limitándose a patinar, estirando su cuerpo para desentumecer los músculos. Yo hago lo mismo, escuchándola con atención—. Durante unos años se extralimitó muchísimo, su intención era volver a ganar las Olimpiadas representado a Rusia para demostrar que seguía valiendo y que ya no necesitaba al país que le había abandonado para triunfar. Su entrenadora le dijo que no estaba preparada todavía, pero no le hizo caso. Tampoco la escuchó cuando le dijo que realizar un triple *axel* en competición cuando sus tobillos no estaban fortalecidos tras el embarazo, a pesar de que yo ya tenía tres años, era un riesgo muy grande. Por supuesto que realizó el triple *axel*, lesionándose de inmediato al aterrizar. Solo tenía veintinueve años cuando su carrera terminó.

Ahora sí me mira, yo enarco una ceja.

—Es una historia estupenda, Sasha, pero te he preguntado por la tuya.

—Mi madre tuvo que dejar el patinaje para siempre, así que se convirtió en entrenadora. Me puso unos patines en los pies en cuanto pude calzarme el número más pequeño que existía, y empezó a vivir su sueño a través de mí.

Algo que nunca he entendido es cómo se puede ser tan egoísta como para hacer que los hijos vivan los sueños frustrados de los padres. Es increíble la de gente que se desvive por un deporte o una carrera simplemente porque es lo que sus padres quieren o quisieron hacer, pero no pudieron. Si los hijos están de acuerdo, no hay problema, pero si eres infeliz con lo que estás haciendo y solo sigues adelante por no defraudar a tus padres…, no es justo. Privar a tus hijos de sus pasiones porque quieres que lleven a cabo las tuyas es puro egoísmo.

—Adoras el patinaje —supongo. Sasha asiente—. Pero no la forma en que lo gestionas.

—Soy exigente —confiesa, aunque ya me había dado cuenta de ese detalle—. Quiero la perfección absoluta, pero a mi ritmo y a mi manera. No soy tonta, sé que necesito una entrenadora como mi madre, pero me gustaría que me escuchase alguna vez en lugar de gritarme.

—Te estás quedando estancada por su culpa.

Sasha se detiene en seco e inspira hondo. Yo me detengo a poca distancia de ella, hasta que es capaz de mirarme. Su expresión no dice mucho, es fría como un témpano. Parece pensar, tal y como lo hizo ayer antes de que se enfureciese. Fue como si su cerebro hiciese clic cuando le planteé lo que creía que estaba sucediendo, como si ella no lo hubiese planteado nunca.

—No puedo admitirlo en voz alta —responde al fin.

—No tienes por qué hacerlo.

Sin embargo, duda. Veo cómo juega con sus dedos, nerviosa, abriendo y cerrando la boca sin atreverse a decir algo. Le doy su espacio hasta que se anima a hacerlo.

—Mi madre no es buena persona —dice—. Es demasiado estricta y se preocupa más por cómo patino que por cómo estoy. No estoy muy segura de que me quiera, creo que nunca lo ha hecho. Me lleva al límite, me exige demasiado... Pero tengo el patinaje gracias a ella.

—Los padres nos dan la vida y no por eso se la debemos —contesto, ella me mira con esos enormes y preciosos ojos azules con atención—. Puede que ella te metiese en este mundo, pero no por eso le debes tu carrera y tu futuro.

—Yo... No sé.

Verla dudar es terrible. Es evidente que Sasha tiene más miedo de enfrentarse a los problemas de lo que pensaba. Pero al menos se ha abierto y me los ha contado, lo que hace que la vea más humana.

—No me gusta estar así —añade de repente—. No me gusta sentirme... —niega, como si no se atreviese a decirlo en voz alta—. Sentirme...

—Puedes decirlo —la animo—. No hay nada de malo en ello. No eres conformista, Sasha, no hay nada malo en admitir lo que ambos sabemos que estás pensando.

—No me gusta sentirme frenada —suelta—. Y mi madre me está frenando.

Un largo suspiro de alivio se escapa de sus labios. Su vista se clava en mí y, de repente, se le escapa una risa nerviosa. Se lleva una mano a la boca, como si no pudiese creer lo que acaba de decir. Vuelve a reír, me señala y niega antes de que unas lágrimas se le escapen. De inmediato se las seca y suelta aire con fuerza mientras asiente.

—No puedo creerme que haya dicho eso.

Soy yo quien ríe ahora, me acerco a ella y pongo ambas manos en sus hombros para que se tranquilice. Nuestros ojos se encuentran y un escalofrío recorre mi espina dorsal cuando ella imita el gesto y coloca sus manos en mi cuerpo. Las pone en mi pecho, cierra los ojos unos segundos para tranquilizarse y vuelve a abrirlos. Hay un mar de emociones en ellos, una tormenta que se calma poco a poco.

—Respira —le digo, Sasha lo hace.

—Nunca antes me había atrevido a aceptar esa verdad. Brooke lleva diciéndomelo muchísimo tiempo y siempre lo he negado.

—Siempre hay un momento para todo. Ahora que lo has aceptado, quizá puedas buscar una solución.

—No. —Su voz es firme, cargada de miedo. Se aparta de mí mientras niega con la cabeza—. No puedo. No lo entiendes, yo…

—Sasha —interrumpo—. Tranquila. Encontrarás el momento adecuado.

—¿Para qué?

—Para atreverte a ser tú misma.

CAPÍTULO 23
Sasha

Entreno durante horas y horas la coreografía, perfeccionándola. Torres llega un rato después, entrena durante una hora, y luego finge seguir haciéndolo mientras no me quita el ojo de encima. Si yo no lo estuviese mirando a él no me daría cuenta, así que maldigo y me fuerzo en concentrarme.

—Te toca a ti —digo cuando estoy satisfecha con el entrenamiento y puedo relajarme un poco.

No puedo negar que me sorprende que esas palabras hayan salido de mi boca. Quizá a estas alturas no debería sorprenderme, está claro que siento interés por él. Lo que pasa es que nunca antes me había interesado nadie. Sexualmente sí, aunque el sexo sea una parte muy secundaria, incluso terciaria, de mi vida. Pero interés real por conocer a una persona... Eso es nuevo.

—¿Qué me toca?

—Contarme tu historia. ¿Por qué juegas al hockey?

Torres sonríe de medio lado y empieza a patinar a mi alrededor. Yo le conté ayer mi historia, empecé a hablar antes siquiera de haberme dado cuenta de que lo estaba haciendo. No me habían preguntado antes por qué patino, y tuve la necesidad de soltarlo todo. Por la noche no dormí absolutamente nada por culpa de la revelación que tuve y en la que no quiero pensar ahora mismo.

—Mis padres se mudaron de Barranquilla a Newford cuando mi hermana y yo teníamos tres años —empieza—. Vivíamos en un barrio horrible hasta que pudimos permitirnos comprar una casa en uno de los mejores barrios de la ciudad, cuando Morgan y yo teníamos ocho años y Ana acababa de nacer. No conocíamos a nadie ni en el colegio ni en el barrio. Después conocí a Nate y Jordan, que se convirtieron muy rápido en mis mejores amigos. Cuando empezamos el instituto, los tres nos apuntamos por hobby al equipo de hockey para pasar más tiempo juntos. Pero para mí fue a más con el paso de los años: se convirtió en una pasión. —Escucho su historia con interés mientras ambos patinamos en círculos por la pista como finalización de nuestro entrenamiento—. Vi que era bueno, que me llenaba de verdad estar sobre el hielo. Supe que mi objetivo era jugar con los New Jersey Devils con solo trece años.

—¿Sigue siéndolo? —pregunto cuando veo que hace una pausa.

—Sí. Aunque también me gustan los New York Rangers, son mi segunda opción.

—Así que quieres ser jugador profesional. No juegas solo por el postureo universitario.

Torres ríe ligeramente y niega con la cabeza.

—Eso es lo que tú quieres creer de mí, pero no. Quiero dedicarme a esto, por mí y por mi familia. —Arqueo una ceja pidiendo más información, pero él se encoge de hombros—. Esa es una historia para otro momento, *princesa.* Todavía no estamos en ese punto de nuestra relación, tenemos que intimar más primero.

Me guiña un ojo y yo noto cómo las mejillas se me encienden.

—No hagas eso —protesto y miro hacia otro lado para que no me vea.

—¿El qué?

Ni siquiera sé muy bien lo que ha hecho. No puedo decir que se haya insinuado, porque no es cierto. Tampoco que esté tonteando conmigo, por lo menos no en serio. Pero no es la primera vez que suelta un comentario así que hace que por la noche me cueste dormir porque solo puedo imaginarme qué pasaría si a Torres le atrajese de la misma forma que él a mí.

—¿El qué, Sasha?

Me doy cuenta de que no he respondido, pero tampoco puedo hacerlo porque, de repente, me choco con él. Torres se ha puesto delante de mí y ha frenado en seco, por lo que me estampo contra su pecho. Consigo mantener el equilibrio, pero la necesidad de alejarme de su cuerpo con urgencia hace que lo pierda, por lo que tiene que agarrarme por la cintura para que no me caiga de culo.

Cojo aire cuando nuestros cuerpos se pegan y noto su mano en mi piel, ya que llevo un top que deja mi vientre y la parte baja de mi espalda al aire. Me tengo que agarrar a sus hombros para tener algo de control sobre mí misma. Los ojos café de Torres miran los míos. Primero uno, después otro. Luego bajan lentamente hasta mis labios y a mí se me corta la respiración. Miro su boca, y la mano que me sujeta se aferra a mi cintura con más ahínco.

—Suéltame —susurro cuando consigo que la voz acuda a mí.

—Voy.

Tarda unos segundos que se me hacen eternos. Su mano abandona mi piel, y es cuando me doy cuenta de lo cálida que era, ya que me da un escalofrío en cuanto deja de tocarme. Yo también lo suelto y doy un paso atrás para no volver a perder el equilibrio. Siento frío, pero mi cuerpo está ardiendo.

Un silencio incómodo se instala entre nosotros y no sé muy bien cómo romperlo. Agradezco que sea él quien lo haga, comenzando a patinar.

—¿Vas a intentarlo este fin de semana? —pregunta como si nada. Yo decido colocarme de nuevo a su lado—. El triple *axel*.

—No lo creo —respondo, tratando de volver a ubicarme.

—¿Querrías hacerlo?

—Sí. Pero si mi madre no me lo permite…, no puedo hacerlo.

No le hablo del contrato. No puedo contárselo. Tan solo dos personas conocen su existencia: mi padre y Brooke.

—Supongo que las posibilidades de que te deje hacerlo son muy bajas.

—Inexistentes —suspiro—. Midori Ito, Tonya Harding y Elizaveta Tuktamysheva son algunas de las pocas patinadoras que hicieron historia gracias al triple *axel*. Mi madre quiso ser una más y eso arruinó su carrera. No va a permitir que la mía se arruine por intentarlo.

—Eso no tiene sentido, lo haces igualmente cuando no te ve. Entiendo que no es lo mismo llevarlo a cabo estando sola que en una competición, con la presión de los jueces y el público, pero estás acostumbrada a eso.

—Es complicado —concluyo, y él asiente.

—Comprendo. Pero quizá deberías plantearte intentarlo.

—No lo haré.

Casi lo intento. Casi intento el triple *axel*.

Estaba segura de que iba a realizarlo a la perfección, estaba mentalizada... y, entonces, mi mirada se ha cruzado con la de mi madre, que observaba mi coreografía analizándola, criticándola, mejorándola en su cabeza. Me he venido abajo. Aunque el triple *axel* me hubiese salido, ella habría dicho que no había conseguido más puntuación porque no ha sido un salto bueno. Que, si pienso desobedecerla, tomará medidas.

Así que no lo he hecho.

—Vamos —me dice cuando salgo de la pista, señalando la zona del *kiss and cry* con la cabeza—. ¿Y tú dices estar preparada para hacer un triple en competición? El segundo doble ha sido horrible, Aleksandra. ¿Y el triple *toe*? Mejorable. El aterrizaje del *lutz* del principio ha sido poco elegante, y tu cabeza estaba abajo en la mayoría de las piruetas, especialmente en la de *ángel*.

No respondo porque no quiero chillar, y es de lo único que tengo ganas ahora mismo. Sé que en parte lleva razón, podría haber sido mucho mejor, haber conseguido más puntos, haber destacado más. Pero no con sus correcciones.

Una vez sentadas, finge lo mejor que puede. No sonríe porque no es propio de ella, pero tampoco me critica frente a las cámaras que nos apuntan y la gente que nos está mirando mientras esperamos los resultados.

Los 83,5 puntos que conseguí ayer en el programa corto fueron menos que el año pasado, pero confío en el resultado del programa libre. Ahora mismo Charlotte Solberg va en primer lugar y la única persona que puede superarla soy yo, que he sido la última en patinar.

Los puntos de los componentes artísticos aparecen en pantalla a la vez que se anuncian por megafonía: 39,6. Sonrío ligeramente con satisfacción, pero mi madre carraspea con disgusto. Después dicen los puntos por técnica: 36,33 y suman todas las puntuaciones.

Un total de 159,43 puntos me colocan en primera posición y me otorgan, un año más, el título de campeona estatal. Los aplausos de la multitud camuflan los murmullos de desaprobación de mi madre.

Los flashes de las cámaras me siguen mientras me dirijo de vuelta a la pista junto a Charlotte y la patinadora que ha quedado en tercer lugar para subir al podio. Ellas dos hablan y se felicitan, pero yo solo las miro unos segundos antes de dejar de prestarles atención. No tengo amigas en este mundo, nunca se me ha permitido tenerlas y tampoco he tenido interés en socializar.

Nos entregan nuestros premios, nos hacemos unas fotos oficiales y respondo las preguntas de algunos reporteros antes de dar por finalizada la competición e ir a los vestuarios. Cuando me cambio y salgo cargada con mi bolsa de deporte y la bolsa en la que llevo el ramo de flores y el trofeo, mi madre ya me está esperando.

—Espero que no estés satisfecha con los resultados de hoy, Aleks…

Sus palabras me entran por un oído y me salen por otro cuando me fijo en una persona que se acerca por el pasillo con un ramo de flores en la mano. Él esboza una amplia sonrisa y abre los brazos para que acuda a ellos. Por supuesto, lo hago.

—¡Papá!

Suelto las bolsas y me envuelve en un gran abrazo que disfruto al completo. Lo veo poco y, absolutamente nadie aparte de él y Brooke, me da abrazos.

—Has estado espléndida, Sasha, cielo. —Me da un beso en la coronilla antes de que me separe para mirarle. Está como siempre, con el pelo rubio repeinado hacia atrás, los ojos azules llenos de vida y una barba bien cuidada. Lleva un traje impoluto de color azul marino, aunque no le importa que se lo esté arrugando.

—No sabía que ibas a venir hoy.

—¿Cómo no iba a venir a ver el estatal? Siento no haber podido venir a los otros campeonatos ni haberte visto ayer, estoy hasta arriba de trabajo, pero no podía perderme el programa libre.

Mis padres se conocieron en Rusia, mi padre fue allí por negocios y fue de esos amores a primera vista (hoy sigo sin comprenderlo). Mi abuelo paterno tenía un negocio de venta de coches de lujo que mi padre lleva ahora. Se quedó en Moscú por mi madre, ampliando el negocio en Rusia, y volvió a Estados Unidos con mi madre cuando ella quiso hacerlo.

—Me alegra que hayas venido. ¿Cómo está Eric?

Eric es su marido desde hace casi diez años. Me cae muy bien, aunque no tengamos mucha relación, pero siempre se ha preocupado por mí, es amable y quiere a mi padre con locura.

—Está bien, te manda recuerdos.

Me tiende el ramo, que acepto poniendo los ojos en blanco.

—Sabes que ya me han dado un ramo de flores.

—Pero no de peonías.

Las peonías son mis flores favoritas. Mi padre siempre me las ha regalado en las competiciones desde que soy pequeña. A veces blancas, para decirme que me quiere o disculparse por no habernos visto en un largo tiempo. A veces rosas, como símbolo de poder y belleza. A veces rojas, para recordarme que soy fuerte y desearme éxitos. Otras veces las mezcla, hoy son blancas. Aunque mis favoritas siempre han sido las azules.

—Gracias —respondo, aceptando el ramo.

Un carraspeo nos hace girarnos. Mi madre está de brazos cruzados con una de sus cejas finas alzada con disgusto.

—Gabriel —dice.

—Tanya.

—¿Qué haces aquí?

—Ver cómo mi hija compite.

Mis padres son el gran ejemplo de un matrimonio fracasado que sigo sin saber cómo pudo funcionar en algún momento. Ahora se odian. Mi padre la detesta a ella porque sabe que no es una buena madre conmigo, mi madre lo detesta a él porque la dejó.

—Ya ha competido, puedes irte.

—En realidad iba a preguntarle si le apetecía cenar conmigo.

—No —responde ella por mí—. Aleksandra está a dieta.

Una dieta que:

1. Me está matando de hambre porque no como lo suficiente en comparación con el ejercicio que hago.

2. No está supervisando ni ella ni un nutricionista especialista.

3. Me he empezado a saltar porque desmayarme por culpa del hambre es peor que comer cuando no debería.

—Estoy seguro de que nos las apañaremos —responde. Y me mira—. ¿Sash?

—Por supuesto.

—Aleksandra, mañana entrenamos temprano.

—Yo la acerco después al campus, Tanya —le dice él, porque estamos en Montpelier, capital de Vermont, a unos cuarenta minutos de Newford—. Puedes aparcar tus… «manías» a un lado durante un rato y dejar a nuestra hija en paz. No me hace falta estar aquí para saber que la estás atosigando.

—No estás aquí, así que no inventes estupideces, Gabriel. Aleksandra no está para perder el tiempo.

—Sasha —reprocha en voz alta, recalcando mi nombre con lentitud— puede decidir por ella sola.

Mi madre me mira esperando que recule y diga que lleva razón, que no puedo salir a cenar con mi padre. Pero no le veo a menudo, le echo de menos y... estoy harta. De su control, de sus críticas, de sus exigencias. De ella.

—Me voy a cenar con papá —contesto de golpe—. Mañana a primera hora estaré en la pista, no te preocupes.

Siento una punzada en el estómago cuando me mira como si hubiese cometido un delito de traición. Pero no es remordimiento lo que siento, sino satisfacción. Por haber tomado una decisión por mí misma sin tener que mentir, por no haber cedido ante lo que ella quiere.

¿Esto es a lo que se refiere Brooke cuando dice que el día que me enfrente a ella voy a respirar de verdad? Porque una pizca de aire se cuela en mi pecho, y nunca antes había sucedido.

CAPÍTULO 24

Torres

Me estoy empezando a ahogar. Me siento atrapado en un frasco que se está llenando poco a poco, haciendo que me falte el aire antes de que me ahogue por completo.

El viernes por la noche estuve estudiando hasta tarde porque en los últimos trabajos y exámenes he bajado las notas. Empecé el curso de maravilla, como siempre he hecho, pero he dado un bajón en las últimas semanas y mi media de notable y sobresaliente está siendo de notable, peligrosamente cerca de seguir bajando.

El sábado fui con Mor a ver a nuestros hermanos y pasar el día juntos. Sé que Nick y Ana se están callando algo, fue más difícil despedirse de lo habitual, pero nunca se me ocurriría presionarles para que me contasen qué está pasando. Morgan y yo les hacemos saber que estamos ahí para ellos cuando lo necesiten. Saber que puede haber algo que les preocupe me tiene nervioso, y no paro de pensar en ello.

El domingo fui al gimnasio con Jordan, ignorando cómo Spencer nos decía que estábamos chalados por ir un domingo al gimnasio, pero el entrenamiento es necesario para rendir en la pista. Por la tarde me permití despejarme si no quería volverme loco, y me acerqué al Cheers con Sean a tomar algo en una doble cita en la que me encargué de dejar muy claro que, en realidad, no era una cita. Becca no pareció tener problema con eso, porque terminamos enrollándonos en su coche antes de ir a su residencia y pasar la noche follando. Dije que iba a reducir mi vida fiestera y sexual, no que iba a desaparecer por completo. Y de momento tengo mi vida sexual y social bastante equilibrada. O casi. Echo de menos las fiestas cada fin de semana con mis amigos, ligar con las chicas cada día y no tener que preocuparme por demasiadas cosas. Pero estoy bien, tengo unos colegas estupendos con los que puedo hacer mil cosas que no sean emborracharnos, y no necesito estar con alguien cada noche para sentirme bien. Ya me ayuda mi mano derecha a aliviarme cuando siento que no puedo más.

Ahora estoy en clase, tomando apuntes mientras Becca me lanza miraditas un par de filas más abajo. Le guiño un ojo, aunque no tonteo demasiado con ella porque no quiero darle falsas esperanzas, a pesar de que todo quedó claro entre nosotros ayer. Y porque tengo que prestar atención en clase si quiero mantener la maldita beca.

La profesora Edison está explicando un nuevo trabajo que no sé cuándo voy a poder hacer cuando mi teléfono empieza a vibrar. Frunzo el ceño de inmediato al ver el número, ya que lo reconozco al instante: el colegio de mis hermanos. Me pongo en pie y me disculpo, saliendo del aula.

—¿Sí?

—¿Señor Torres? Soy el director Wilson. Le llamaba porque ha habido un incidente con Nicholas y Ana y necesitamos que acuda al centro lo antes posible, ya que no podemos ponernos en contacto con su padre.

Me encargué de que los contactos de emergencia de mis hermanos fuésemos Morgan y yo, pero el colegio está en la obligación de llamar primero al tutor legal. Como mi padre es imposible de contactar, siempre terminan llamándome a mí.

—¿Qué ha sucedido?

—Sus hermanos han causado un alboroto y se han peleado con otros alumnos. Le estaremos esperando, por favor, acuda lo antes posible.

Inspiro hondo varias veces tras colgar el teléfono. Mis hermanos no son problemáticos, nunca se han metido en peleas. Sí es cierto que son muy protectores el uno con el otro y demasiado maduros para su edad, pero eso hace que se protejan mutuamente, no que se metan en problemas.

Echo a andar hacia fuera del edificio mientras tecleo.

Yo
Nick y Ana se han peleado.

Te recojo en 10 minutos en el aparcamiento de tu edificio.

Después informo a Sean de que guarde mis cosas, y voy a por mi coche.

—¿Qué ha pasado? —me pregunta Mor cuando la recojo, dejando todas sus cosas atrás y sentándose a mi lado.

—No tengo ni idea, no me han querido decir mucho por teléfono.

—Tú también sientes que nos están ocultando algo, ¿verdad? —pregunta—. Creo que tiene que ver con Nick. Es como si quisiera contarnos algo, pero siempre recula en el último momento. Ana le está protegiendo, así que ella sabe qué es. Me da miedo que puedan estar teniendo problemas en casa o en el colegio.

—Quiero creer que si estuviesen teniendo problemas en casa lo sabríamos. Quizá les está costando más vivir con él, ahora que son más mayores y comprenden de verdad la situación.

—Menos mal que contratamos a Carolina. —Morgan suspira y apoya la cabeza con fuerza en el asiento del coche—. Los chicos necesitaban a alguien como ella mientras terminamos de estudiar.

—Tengo de verdad la esperanza de que si estuviese pasando algo grave, ella se habría dado cuenta.

Cuando llegamos al colegio, Nick y Ana están sentados en la sala de espera de la secretaría, separados. Nos miran en silencio, supongo que evaluando lo cabreados que estamos por haber tenido que venir. Les guiño un ojo y veo que Ana se relaja, pero Nick se remueve en el asiento, nervioso.

—¿Qué ha pasado? —pregunta mi hermana, pero el director Wilson sale de su despacho, interrumpiéndonos.

—Señor Torres, señorita Torres, por favor, pasen. Siéntense. —Él hace lo mismo, al otro lado de la mesa. Es un hombre de no más de cincuenta años, rubio, con alguna que otra cana que se camufla, de ojos azules y gafas cuadradas—. Gracias por haber acudido tan rápido.

Miro de reojo a Mor, que asiente. No necesitamos hablar para entendernos, me está diciendo que tome las riendas de la situación. Ella siempre prefiere escuchar y hablar únicamente en el momento adecuado, mientras yo gestiono lo demás.

—Gracias por habernos llamado —respondo—. Nuestros hermanos no suelen meterse en problemas, ¿qué ha sucedido?

—Tengo entendido que en clase Nicholas ha insultado a unos compañeros. Ha sido castigado a la hora del recreo, pero aun así ha terminado envuelto en una pelea con los mismos compañeros. Ana María intervino al ver la situación, formando parte del alboroto.

Por la forma en que narra la situación tengo claro que está omitiendo información, así que decido intentar conseguir los máximos detalles posibles.

—¿Dónde están esos niños?

—¿Perdón?

—Los niños a los que supuestamente mi hermano ha insultado y con los que luego se ha peleado.

El señor Wilson parece desconcertado.

—Están en clase.

—Entiendo. —Cruzo una pierna por encima de la otra, aunque soy plenamente consciente de dónde está la atención del director: en los tatuajes que asoman por las mangas subidas de mi sudadera, en el pendiente de mi nariz y en el de mi oreja—. ¿Y sabe cuál ha sido el inicio de la pelea, por qué mi hermano supuestamente ha insultado a estos chicos y luego les ha agredido?

—Los chicos me han dicho que Nicholas ha empezado a insultarles sin motivo —explica, y yo tenso la mandíbula para contener las ganas de saltar sobre él. Nick no es así, conozco a mi hermano.

—¿Y Nick qué ha dicho?

—Esperaba que nos contase su historia ahora.

Tardo unos segundos en responderle porque necesito tranquilizarme. No es la primera vez que el señor Wilson se inclina a favor de personas blancas y en contra de personas racializadas. Los Pérez, cuyos hijos asisten a este colegio, han sufrido más de un comentario fuera de lugar por parte del director, aludiendo a su nacionalidad mexicana. Fue hablando con ellos cuando supimos que hay más personas en este colegio que, por su color de piel, han sufrido algún tipo de discriminación en clase, y el director no ha hecho nada. Sabiendo eso me huelo por qué ha castigado a mis hermanos y no a los otros niños, y si le sumamos que le dijo a Nick que no podía venir a clase con vestidos... Pues estoy demasiado furioso.

—Escuchan y creen la historia de los otros niños sin sus padres delante, pero mis hermanos nos necesitan a nosotros presentes para que su opinión se tenga en cuenta. No quiero sacar conclusiones precipitadas, pero desde luego mi primer impulso es hacerlo.

—Señor Torres, en ningún momento he querido…

—Sí, sí ha querido, señor Wilson. Pero ya que estamos aquí, por favor, me encantaría oír lo que Nick y Ana tienen que contar. Conozco muy bien a mis hermanos, y lo que usted está insinuando no es algo que ninguno de ellos haría sin un motivo de peso.

—No estoy insinuando…

—Con el debido respeto, lo está haciendo.

No responde, tan solo se levanta para abrir la puerta y hacer entrar a mis hermanos, a los que les dejamos sentarse en las sillas que Mor y yo estábamos ocupando.

—¿Qué ha sucedido? —les pregunto yo. Ellos intercambian una mirada antes de hablar. Es Nick quien lo hace.

—Unos compañeros se han metido conmigo. —Me aguanto las ganas de gritarle al director lo cretino que es—. Me he defendido porque la profesora Sanders no les ha dicho que parasen. Me han castigado solo a mí, y en el recreo han venido a insultarme de nuevo y a meterse con mi ropa, así que le he dado un manotazo a uno de ellos. Después todos me han venido a pegar, así que yo les he pegado.

Nick aparta la mirada de mí en cuanto termina su relato. Yo me giro hacia el director.

—Mi hermano se estaba defendiendo de unos abusones —le digo.

—Eso no es lo que los otros chicos han contado, señor Torres.

—¿Pero por qué cree la otra historia en lugar de esta? ¿Cómo sabe que quien miente es Nick, y no los otros chicos?

—El otro grupo eran cinco con la misma versión, Nicholas es solo uno y Ana María es su hermana, así que…

—Los abusones se mueven en grupo y se protegen los unos a los otros —replico, intentando no alzar la voz. Veo cómo Morgan se controla también, inspirando hondo—. Si no es capaz de averiguar quién dice la verdad y quién miente, castigue a las dos partes involucradas en esta historia, no a quien usted elija como chivo expiatorio. No es justo.

—¿Qué es lo que te estaban diciendo esos niños, Nick? —pregunta entonces Mor, haciendo que le miremos. Nick niega haciendo una mueca, buscando refuerzo en Ana, que hace el mismo gesto para indicarle que esta vez no está de acuerdo.

—Díselo —le anima. Nick juega nervioso con las manos sobre la falda de tul que lleva hoy puesta sobre unos pantalones vaqueros.

—Estaban diciendo que soy un maricón y que debería morirme.

Me hierve la sangre. De repente todo mi cuerpo se pone en tensión y me pitan los oídos. Incluso se me nubla la vista de la rabia. Aprieto los puños con muchísima fuerza, inspirando un par de veces con profundidad antes de dirigirme al director.

—Tienen diez años —le acuso—. Diez. ¿Qué clase de educación están recibiendo para realizar ese tipo de comentarios?

—Señor Torres, le garantizo que en este centro no toleramos ningún tipo de violencia verbal o física. —Se intenta excusar, pero yo solo escucho gilipolleces porque sé que sí lo tolera—. Si llego a saber lo que había ocurrido de verdad, lo habría gestionado de otra manera. Por otro lado, si Nicholas se vistiese como los demás niños, podríamos evitar este tipo de situaciones.

Morgan me salva de acabar hoy en comisaría respondiendo por mí al señor Wilson.

—¿Perdón? ¿Qué tiene que ver la forma en la que viste mi hermano con que los otros niños sean unos intolerantes? —El director va a decir algo, pero ella no le permite replicar—. Nick puede venir a clase con la ropa que le apetezca. Estamos supuestamente en un país libre, y no se está incumpliendo la normativa de vestimenta de ninguna manera. El problema no es la ropa que lleve mi hermano, es que algunos de sus alumnos son unos abusones y usted está haciendo la vista gorda. Le advierto que si esto vuelve a suceder tomaremos medidas legales y se abrirá una inspección, señor Wilson. No vamos a permitir que nuestros hermanos estén en un ambiente peligroso para ellos.

Probablemente no podríamos conseguir eso ni con todos los recursos del mundo, pero parece que el director se traga la amenaza, ya que se hunde ligeramente en su silla y asiente.

—Siento de verdad lo sucedido. Prometo que investigaré lo ocurrido a fondo y tomaré medidas contra los otros niños.

Mentiras y mentiras. No va a hacer nada.

—Y nunca más volverá a comentar nada acerca de la ropa que usa ninguno de nuestros hermanos, señor Wilson, porque eso sería un delito en contra de la libertad de expresión muy grave contra menores de edad.

—Sí, señorita Torres, por supuesto.

—¿Hay algo más que quiera decirnos? —pregunto, él niega—. Estupendo. Nick y Ana han terminado por hoy, nos los llevamos a casa. Espero que tenga un buen día, señor Wilson, gracias por todo.

Los cuatro mantenemos silencio mientras abandonamos el colegio, incluso cuando subimos en el coche y empiezo a conducir. Nos detenemos frente a un parque en el que hay una heladería que nos encanta. Bajamos, pedimos helados y nos sentamos en una de las mesas de pícnic. Es entonces cuando rompo el silencio.

—No habéis hecho nada mal. —Mis tres hermanos me miran—. Me habría gustado que no hubieseis tenido que llegar a las manos, pero comprendo que ha sido para defenderos. *Calabaza*, ¿sabes lo que los chicos quieren decir cuando te llaman maricón?

Nick parpadea, sorprendido por mi pregunta. Después asiente de manera afirmativa.

—Que me gustan los chicos. Pero no entiendo qué hay de malo en eso, creía que no pasaba nada por ser maricón, pero los niños lo usan para insultarme. No quería pelearme, de verdad, pero me estaban agobiando…

—Por supuesto que no hay nada de malo. Hay gente que no comprende que ser homosexual es lo más natural del mundo, así que usa palabras que no deberían de ser insultos como si lo fueran para intentar avergonzar a la gente y hacer daño, especialmente cuando alguien gay no es masculino —explico intentando usar palabras que comprendan—. Ameth es gay, lo sabéis, ¿verdad?

—Sí. Ameth es genial —dice Ana.

—Y a mí me gustan las chicas y los chicos. Soy bisexual, aunque me haya dado cuenta hace muy poco —les recuerdo, ellos asienten—. Y a Morgan le gustan las chicas.

—Cada persona tiene sus gustos —responde Nick.

—¿Os acordáis cuando os dije que a veces a la gente le hace falta comprender un poco más lo que está ocurriendo a su alrededor? Se necesita tiempo para que algunas personas logren entender que su realidad no es la verdadera. Eso no les da derecho a intentar hacerle daño a los demás, pero hay que ser conscientes de que existen las personas intolerantes para intentar alejarse de ellas.

—Yo no sé si soy gay —responde entonces Nick—. No sé si me gustan las chicas o los chicos. Pero no sé qué me pasa.

Ambos nos miramos una milésima de segundo antes de centrar nuestra atención en él. Sabíamos que algo pasaba, pero no el qué.

—No me gusta hacer lo que hacen los demás niños de mi edad —continúa, y veo cómo Ana le da la mano bajo la mesa de pícnic y se la aprieta para darle valor, creyendo que no nos damos cuenta—. Me dan ganas de llorar cuando la gente me llama Nick, pero me gusta cuando me llamáis *Calabaza*. Me gusta ver cómo las niñas se hacen trenzas en el patio, y prefiero jugar con ellas a la pelota que con los niños, es más divertido. Me gusta vestir como ellas y no como los chicos. El primer día de clase, la profesora Waters se pensó que era una niña, y me gustó. Pero entonces otra chica le dijo que era un niño, todo el mundo se rio y me sentí mal. Carolina el otro día nos maquilló a Ana y a mí después de ver una peli, y me sentí muy guapo. Carol dijo que parecía un rey... Pero es que yo no quería ser un rey, quería ser una reina.

—Nick quiere ser una chica —finaliza Ana—. Y cree que eso está mal.

Tengo que sorber por la nariz porque he empezado a llorar sin darme cuenta. Nick siempre ha mostrado más interés por lo que podrían considerarse juguetes y ropa de niña, aunque en casa jamás hemos diferenciado entre los estereotipos de azul y camiones para Nick, rosa y muñecas para Ana. Compartían todos los juguetes. Pero sí le gustaba lo que la sociedad consideraba para chicas, en lugar de lo que se considera para chicos. Cuando empezó a elegir su ropa, se fijaba en lo que Ana o Mor llevaban, en lugar de en mí. Y antes no le daba importancia, pero ahora que sé esto, me doy cuenta de lo imbécil que he sido: llevaba mucho tiempo cambiando su expresión cuando usábamos su nombre, pero sonriendo si usábamos su mote.

Estaba todo ahí, frente a nuestras narices, y no nos habíamos dado cuenta. Nick... No, Nick no, ha dicho que le duele ese nombre. *Calabaza*. *Calabaza* no quiere ser una chica, como dice Ana, *Calabaza* es una chica. Y su mente está confusa porque está pasando por esto sin tenernos a su lado, sin hacernos preguntas.

Esta vez es Mor la que me aprieta la mano a mí bajo la mesa. Yo le devuelvo el apretón, haciendo un gesto con la cabeza para que hable ella.

—Mi vida, ¿comprendes qué es lo que estás sintiendo? —le pregunta. *Calabaza* niega—. Es normal. Cuando nacemos, el mundo nos dice si somos chicas o chicos, pero eso no siempre se corresponde con la realidad. A alguna gente le han dicho toda su vida que son chicos, pero en realidad son chicas, o al revés. Entiendo que es confuso al principio, pero quiero que sepas que no hay nada malo en ti.

—Me siento perdid... perdido —solloza entonces, veo cómo se le acumulan las lágrimas en los ojos y se me rompe el corazón.

—Diego y yo te vamos a ayudar a encontrarte, ¿vale, *Calabaza*? Puedes contarnos con tranquilidad qué sientes y qué necesitas, porque estamos aquí para ayudarte y explicarte lo que quieras. Además, podemos ir a hablar con un profesional, alguien que se sienta como tú, si te apetece.

No quiero ni imaginarme qué tiene que estar pasando por su pequeña cabeza ahora mismo. Diez años, solo tiene diez años, aunque razone como alguien de doce o trece. ¿Qué estará sintiendo? ¿Qué creerá que está ocurriendo? Me parte el alma pensar que está sufriendo, que no llega a comprender la situación. Pero vamos a ayudarle todo lo posible, somos una familia unida y nos cuidamos entre nosotros.

—*Calabaza* —digo, extendiendo una mano por encima de la mesa para agarrar la suya—. Sé que ahora mismo todo es confuso, pero Mor y yo queremos estar aquí para ti, apoyarte y facilitarte la situación. Tengo unas preguntas para ti. Si quieres y puedes responderlas, genial. Si no, no pasa nada, ¿vale? Poco a poco. —Asiente, apretando mi mano—. ¿Te gustaría más ser una chica que un chico?

Sé que la pregunta no está correctamente formulada. Da igual «lo que le gustaría», es lo que es. Pero necesito que comprenda lo que le estoy preguntando sin asumir al cien por cien la situación, no querría confundirle por un error.

—Creo que sí —responde—. Sí, Diego.

—Bien. ¿Te gustaría que siguiésemos dirigiéndonos a ti en masculino, o prefieres el femenino o el género neutro?

—¿Qué es el género neutro? —pregunta Ana.

—Hay personas que no se sienten cómodas si se les habla en femenino o en masculino porque no son chicos ni chicas, son chiques —explico—. A esas personas se les llama no binarias, así que para referirse a elles se les trata en neutro, con la e, como acabo de hacer. ¿Lo entendéis?

Ambos asienten con comprensión.

—Yo… —Los nervios vuelven a apoderarse de *Calabaza*, que aparta la mirada.

—No tienes que responder si no lo tienes claro —le recuerdo, apretando su mano y captando su atención de nuevo—. No pasa nada.

—No es eso… Me da vergüenza —admite—. Quiero que os dirijáis a mí como una… como una chica.

—No hay de qué avergonzase —le recuerda Morgan—. Y si en algún momento cambias de opinión, es normal. Vamos a hacer todo lo que esté en nuestra mano para ayudarte a estar cómoda, ¿vale?

Calabaza sonríe de una forma tan real y tan amplia que se me derrite el corazón. Ana le da un gran abrazo y le premia por su valor. Morgan y yo nos levantamos para sentarnos con ellas. Yo envuelvo a mis tres hermanas, besando la coronilla de cada una de ellas y recordándoles lo mucho que las quiero.

CAPÍTULO 25

Sasha

Halloween llega con muchísima rapidez.

He pasado la semana de la misma forma que todas las demás: entrenamiento por la mañana, clases, entrenamiento extra, entrenamiento a los Wolves y entrenamiento individual.

Entrenamiento, entrenamiento, entrenamiento. Esa palabra bombea en mi cabeza como si de un momento a otro fuese a estallar. Estoy agotada, pero es que el regional y el nacional son muy importantes y necesito que todas las coreografías sean perfectas.

Le dije a Brooke que no pensaba hacer nada el día de Halloween, así que me sorprendo a mí misma cuando decido que sí que voy a disfrutar del día de hoy. Me lo tomo todo de descanso, mi madre no rabia porque sabe que voy a estar con las Kappa Delta. Todas nos hemos disfrazado conjuntamente de lo mismo: de hadas. Llevamos un tutú, medias y camisetas llenas de brillantes. También unas alas, una varita y mucho maquillaje de purpurina. Yo me he recogido el pelo en una cola ondulada. Voy entera de celeste, Brooke de lila.

—Halloween ya no da miedo —protesta mientras sacamos de las cajas las galletas. Algunas chicas han cocinado galletas temáticas para venderlas durante el día en el campus, así que las estamos colocando a lo largo de la mesa. Hay un montón de puestos de distintas cosas, y muchísima gente ya merodea por aquí disfrazada, siguiendo la tradición de Keens: un disfraz por el día, otro por la noche—. Ahora todas vamos de algo ridículo, como hadas, o de algo versión zorrona.

—No pensaba que tuvieses un problema con eso.

—Y no lo tengo. Son sexis y me parece estupendo, pero no dan miedo. En Halloween habría que pasar miedo.

—¿Y por qué no te vistes de algo que dé miedo esta noche? —pregunto.

—Pues porque quiero ir zorrona y sexy.

Brooke se ríe cuando la miro como si estuviese zumbada, encogiéndose de hombros con inocencia.

Algunas de nuestras hermanas se unen a nosotras en este turno, y enseguida estamos ocupadas despachando galletas de mantequilla con forma de calabazas, fantasmas, murciélagos… Hay un momento en el que se escucha jaleo, y veo a la gente que está en la cola girarse para reír después. Me asomo para ver qué está pasando, y entonces veo un montón de tiburones corriendo de un lado a otro.

No necesito contarlos porque sé de inmediato que son dieciocho los que hay. Todo el equipo de hockey se ha puesto un disfraz de tiburón, y encima sus respectivas camisetas para identificarse. Es imposible no fijarse en el número 22, ya que es el que se está entreteniendo en correr y chocarse con todos sus compañeros. Torres incluso derriba a algunos y, en menos que canta un gallo, los dieciocho tiburones están haciendo un sándwich humano sobre las hojas naranjas del césped.

—Son fantásticos —se ríe Brooke a mi lado, yo resoplo de inmediato, borrando lo que creo que era el inicio de una sonrisa de mi rostro.

—Son imbéciles.

—Son divertidos, te guste o no.

No le digo si me gusta o no, la realidad es que no quiero responderme ni a mí misma.

Los tiburones se ponen a correr de un lado a otro de nuevo, sembrando el caos por el campus armando un tremendo jaleo. Soy incapaz de dejar de mirarlos por muy tontos que me parezcan. La verdad es que Torres y yo nos hemos llevado bastante bien esta semana. Hemos entrenado respetando nuestro espacio e incluso hemos hablado. No mucho, ya que intento no distraerme, pero es demasiado fácil tener una conversación con él, excepto cuando suelta comentarios que hace que me suban los colores. Hasta dice que me he relajado con los Wolves y soy más suave con ellos.

Poco después veo a dos chicas acercarse a nosotras, ambas disfrazadas de animadoras completamente cubiertas de sangre falsa. Como Brooke no se ha dado cuenta, le doy un codazo.

—Morgan Torres viene hacia aquí.

Ella enseguida alza la vista, dejando lo que está haciendo y carraspeando ligeramente.

—¿Estoy bien? —pregunta.

—¿Acabas de preguntar eso? ¿Tú? —Si hay una persona con la autoestima por los cielos, es Brooke. Jamás la había visto dudar, pero parece ser que hay una primera vez para todo—. Estás estupenda, Brooks. Ya veo que el enamoramiento por el otro Torres se te ha pasado rapidito.

—Diego sigue siendo el tío más bueno de todo el campus —reprocha sin mirarme, ya que tiene la vista clavada en la animadora—. Pero prefiero mil veces a su hermana.

—¿Qué hay, chicas? —saluda esta cuando llega a nuestro puesto, deteniéndose especialmente en mi amiga—. Estáis preciosas.

—¿Tú crees? Quiero decir... Ya. —Brooke ríe ligeramente—. Aunque deberíamos de dar miedo, ¿no? Es Halloween. Todas las chicas de la hermandad vamos de hadas, qué gilipollez, ¿verdad? —Vuelve a reír y yo la miro atónita—. Pero supongo que vamos guapas. Vosotras también, estáis cañón. Respetuosamente, no de forma babosa.

Tengo que callarla con un codazo que le hace detenerse de inmediato e inspirar hondo cuando consigue cerrar el pico.

—¿Está bien? —me pregunta Spencer, aunque su expresión es divertida.

—No ha dormido mucho —respondo, ella asiente.

—No he dormido mucho —repite Brooks, a lo que Morgan ríe.

—Me llevo unas galletas de fantasma —le dice. Mi amiga asiente con la cabeza, pero no se mueve, así que tengo que intervenir de nuevo y volver a clavar mi codo en sus costillas para que reaccione—. ¿Qué hacéis esta noche, vais a salir?

No me puedo creer de verdad que la chica con más verborrea, que engatusa a absolutamente todo el mundo y siempre tiene algo que decir, esté boqueando como un pececillo. Madre mía, sabía que Morgan le había gustado desde el primer momento, pero es mucho peor de lo que pensaba.

En cualquier otra ocasión yo no habría respondido, habría dejado que fuese Brooks quien siguiese la conversación mientras yo me limito a asentir, pero tengo que salvarle el culo o me sentiré como una mierda más adelante, así que decido responder.

—Sí.

Definitivamente tienes don de gentes, Sasha Washington.

—Nosotras vamos a ir a la fiesta del Mixing House y luego nos trasladaremos a alguna fraternidad —explica Morgan—. ¿Queréis venir?

No. En absoluto. Tengo que madrugar.

—Claro —miento, porque ahora mismo me estoy preparando para llevarme el trofeo a la mejor amiga del mundo. A Brooke se le escapa una leve carcajada con la que casi se ahoga—. Procuraré que duerma algo antes de esta noche.

—Desde luego le vendría bien —provoca Spencer, aunque su sonrisa me hace ver que sabe tan bien como yo lo que le pasa a la amiga que no reconozco ahora mismo.

—Dadnos vuestros teléfonos —añade Morgan—. Así os mandamos toda la info más tarde.

Dejaría que solo Brooke le diese su número si no fuese porque, visto lo visto, no puedo fiarme de ella y garantizar que la lie, así que también le doy mi teléfono.

Después las chicas se van, y veo cómo Brooke suelta todo el aire de golpe y me mira como si se acabase de despertar de un trance.

—Brooks, ¿me estás vacilando? ¿Qué narices acaba de pasar? ¿Qué ha sido eso?

—Yo qué sé. —Se rasca la nuca con cara de avergonzada—. ¿Tan mal he estado?

—Espero que estés de coña. —Se me escapa una risa—. Ha sido patético.

—¿Tú crees?

—Muy patético.

Brooke y yo nos miramos unos segundos antes de estallar en carcajadas.

—No me puedo creer que hayas accedido a salir con ellas esta noche por mí —me dice, dándome un abrazo cariñoso—. ¿Se te está derritiendo ese corazoncito de hielo?

—Todavía puedo echarme atrás si te pasas de listilla.

—Y una mierda, bonita, no puedes dejar que vuelva a hacer el ridículo. Esta noche salimos con Morgan y Spencer.

—No sabes la ilusión que me hace —digo con ironía.

A lo lejos, los tiburones juegan a ser luchadores de sumo, y yo pongo los ojos en blanco.

CAPÍTULO 26

Torres

Creo que nunca vamos a superar los disfraces del año pasado, cuando fuimos los Vengadores en Halloween y todo el mundo se fijó en nosotros. Este año somos las Tortugas Ninja y la temporada está haciendo que la gente nos conozca más, así que disfrutamos de atención continua todo el rato.

El Mixing House está a rebosar y los chicos y yo no hemos parado de saludar a gente. Ahora estamos Nate, Jordan y yo junto a la barra pidiendo unas bebidas. Ameth está en la pista bailando con Jackson, y algunos chicos del equipo también andan por aquí.

—Ahí están las chicas —anuncia Jordan. Me giro para ver a Morgan y Spencer acercarse a nosotros. Mi hermana lleva una capa roja y una cestita que deja muy claro de qué va disfrazada. Spencer lleva unas orejas y un disfraz también currado. Caperucita y el lobo nos miran entre risas, examinando también nuestros disfraces.

Literalmente llevamos un disfraz de tortuga que compramos por internet. Yo soy Leonardo, con el antifaz azul, Jordan es Michelangelo, de naranja, Nate es Raphael, de rojo, y Ameth es Donatello, de morado.

—Las Tortugas Ninja —dice Spencer. Mira a Morgan, nos vuelven a mirar y estallan en carcajadas—. No entiendo cómo se os ocurren siempre los disfraces, de verdad.

—Somos más ingeniosos que vosotras, *muñecas* —les guiño un ojo. Spens me lanza un beso antes de acercarse a Nate para besarle.

—¿Sabes si esa patinadora a la que tanto adoras está por aquí? —me pregunta Mor.

Finjo que no me he preguntado lo mismo desde que he llegado. ¿Se permitirá Sasha un descanso y aparecerá por la fiesta? No es como si quisiera verla… Bueno, a quién voy a engañar, sí que quiero. Nuestra relación es distinta desde que ella ha dejado de odiarme y ha permitido que empiece a conocerla poco a poco (muy poco a poco). No estoy seguro de que seamos amigos, pero ahora el tontear de broma con ella no solo me gusta porque la pongo nerviosa, sino porque lo disfruto de verdad.

—No —respondo al fin—. ¿Sabes si viene?

Mi hermana ríe ligeramente.

—Las he invitado a venir. Brooke me cae muy bien. —Esbozo una sonrisa pícara que le hace poner los ojos en blanco—. No empieces, Diego. —Elevo ambas cejas repetidas veces—. Diego, para. —No paro—. Vale, me mola Brooke, ¿contento? Me gustaría conocerla más.

—Me parece bien, hermanita.

Los cinco nos terminamos uniendo a Ameth y su novio. Bailamos y bebemos durante un rato (yo solo estoy bebiendo cervezas sin alcohol, porque estoy cumpliendo, no como en el festival de otoño, que se me fue de las manos), hasta que dos personas entre la multitud llaman mi atención.

No puede ser verdad.

Intento aguantarme la risa mientras contemplo sin dar crédito los disfraces de Sasha y Brooke. Las dos van vestidas de Barbie, Brooke va de rosa chillón, y Sasha lleva un conjunto turquesa con complementos rosas y calentadores de colores. Se ha hecho una coleta alta y puesto un flequillo falso. No me lo puedo creer, de verdad, es demasiado.

—Anda, ahí están —dice Morgan a mi lado, que también se ha percatado de su presencia—. ¿Me acompañas a saludar? —Niego porque si Sasha me ve riéndome me va a matar, pero ella ya me ha agarrado del brazo y tira de mí—. Hazle este favor a tu hermana, anda, que me da vergüenza.

—Tú no tienes vergüenza —protesto, pero dejo que me arrastre entre la gente—. Y nunca la has tenido a la hora de ligar.

—Ya, pues ahora sí la tengo.

Es Brooke la que se da cuenta de que estamos acercándonos, dándole un codazo nada disimulado a su amiga, que se gira y me repasa de arriba abajo en cuanto me ve.

—Habéis venido —evidencia mi hermana—. Vais guapísimas.

Yo no puedo aguantarlo más, estallo en risas sin poder dejar de mirar a Sasha. Ella suelta un bufido y mira a su amiga.

—Te dije que estos disfraces no eran buena idea.

—¿Es que el de Barbie patinadora estaba pillado? —me burlo, Sasha resopla.

—No te aguanto. ¿Y tú de qué vas, de ornitorrinco payaso?

Brooke y Morgan deciden pasar de nuestra conversación y quedarse en su burbuja.

—De Tortuga Ninja.

—Ya.

—Nosotras vamos a dar una vuelta —anuncia entonces Brooke, y mira a Sasha de esa forma en la que las mujeres se dicen mil cosas sin necesidad de palabras, abriendo los ojos un par de veces e inclinando la cabeza. Ella vuelve a gruñir, pero asiente, abatida—. Ahora os buscamos.

Mi hermana me regala una sonrisa inocente antes de despedirse con la mano y largarse. Cuando ya se han alejado bastante, Sasha habla.

—Vamos.

—¿Vamos? ¿Adónde?

—A seguirlas.

—¿Para qué? —La curiosidad me está matando—. Son mayorcitas.

—Brooke me ha pedido que me quede cerca por si entra en pánico y la caga. —Ante mi expresión de desconcierto, resopla—. No lo entenderías.

Empieza a abrirse paso entre la multitud, en dirección adonde las chicas han ido. Echo un rápido vistazo a mis amigos: Ameth se está enrollando en medio de la pista con Jackson, Nate y Spencer bailan juntos, y no hay ni rastro de Jordan.

—A jugar a los espías pues. —Echo a andar tras ella, evitando fijarme demasiado en cómo le quedan los *leggings* del disfraz. Sasha tan solo me dedica una mirada cuando me coloco a su lado en la esquina de la discoteca en la que ha decidido plantarse para espiar a mi hermana y su amiga. Después de unos minutos en los que lo único que se escucha entre nosotros es la música del local, hablo—: ¿Vamos a estar así toda la noche, Barbie?

—Hasta que me asegure de que Brooke se comporta como una persona normal.

—Vale, pues voy a por algo de beber.

Cuando vuelvo, veo que se ha acomodado en una de las mesas, aún con la vista fija en las dos chicas. Me siento junto a ella y le doy una botella de agua. Ella frunce el ceño mirándola durante unos segundos, después a mí, de nuevo a la botella y otra vez a mí.

—¿Qué haces?

—Invitarte a una copa. Bueno, en el sentido figurado —respondo, sonriendo con inocencia.

—¿Por qué me has traído una botella de agua?

—Porque no bebes alcohol, y quería invitarte a una copa. —Ella arruga la frente como si no comprendiese nada—. Sasha, por el amor de Dios, es una maldita botella de agua. No está envenenada, no le he escupido y no intento acostarme contigo. Si la aceptas no vamos a terminar follando en el baño, tranquila, ni mucho menos casarnos.

Creo que eso que veo en sus labios es un amago de sonrisa, y puedo asegurar que se sonroja, aunque lleva tanto rubor por el disfraz que se confunde.

—A menos que quieras —añado, dándole un golpe con mi hombro al suyo. Ella me mira unos segundos antes de carraspear y coger la botella, y ahora sí puedo asegurar que se ha sonrojado.

Intento apartar la imagen de nosotros dos enrollándonos aquí mismo para después levantarnos e ir al cuarto de baño. ¿Qué narices…? ¿En qué momento he empezado a pensar en esas cosas con ella?

—Gracias —dice, y me saca de mis pensamientos inesperados. Sasha mira mi cerveza y me señala con la cabeza—. ¿Bebiéndote eso es como pretendes ser un jugador estrella?

—Es sin alcohol —protesto.

—Sigue sin ser adecuada.

—Hago muchas cosas que no son adecuadas, *princesa*, y estoy seguro de que tú también.

Sasha pone los ojos en blanco y desvía la vista hacia donde están las chicas, pero yo sigo hablando.

—No bebes alcohol, vale. Seguro que sigues una dieta estricta, pero me juego lo que quieras a que te la saltas de vez en cuando.

—Jamás —responde tajante, sin mirarme.

—¿Nunca nunca? Ni siquiera un refresco, un batido, una pizza, una hamburguesa… —Ahora sí que me mira, pero soy incapaz de descifrar su expresión. Es una mezcla entre… ¿pena? y molestia.

—Jamás —repite.

—Te saltas entrenamientos de vez en cuando —prosigo, determinado a encontrar algo que no sea «adecuado».

—Nunca en mi vida he faltado a un entrenamiento por pereza.

—Te quedas hasta tarde viendo series de Netflix.

—No recuerdo cuándo fue la última vez que vi una serie. O una película.

La miro… No sé cómo la miro, la verdad.

—¿Estás bien? ¿Necesitas ayuda? Parpadea dos veces si necesitas ayuda.

—¿De verdad nadie te dice lo idiota que eres?

—Soy encantador.

—Ya —dice, pero sonríe de manera burlona. Me adora, lo sé—. Lo que tú digas.

—Bueno, déjame seguir. Mmm… —Me doy unos toquecitos en la boca fingiendo pensar. Sus ojos azules como el cielo se posan en ella unos segundos antes de volver a pasar de mí—. Has ido despeinada alguna vez a entrenar.

Se le escapa una carcajada y niega con la cabeza.

—Nunca verás un pelo de mi cabeza moverse de su sitio.

—Me estás poniendo muy nervioso —protesto. ¿Esta chica es humana? De verdad lo pregunto, estoy empezando a dudar—. Algo tiene que haber. Seguro que te has enrollado a escondidas con algún entrenador o algo así.

Ahora tengo toda su atención sobre mí, pero la diversión que mostraba ahora ha desaparecido por completo, y su rostro está serio. Aprieta los dientes antes de responder.

—Ni se te ocurra, jamás, volver a insinuar eso.

Su voz suena ligeramente ahogada, y es por lo que no se me pasa por la cabeza ahondar en el tema. Pero no quiero que la conversación termine de forma tan tensa, así que sigo hablando.

—Sasha… Eres virgen, ¿verdad?

Me mira como si fuese gilipollas, con absolutamente toda la cara enfurruñada.

—¿Habría algo de malo si así fuera? —pregunta.

—En absoluto, pero necesito encontrar algo.

—Pero ¿algo de qué? Es que ni siquiera sé a qué narices estás jugando, Torres. —Mi nombre pronunciado por ella suena desesperado, lo que me gusta aún más.

—Intento demostrar que no eres un robot programado, sino una persona normal y corriente que ha hecho alguna vez algo que alguien podría considerar no adecuado.

Sus ojos me examinan, su boca está ligeramente abierta intentando formar alguna palabra, pero es incapaz y termina chistando.

—No soy virgen —responde, de la manera en que los padres ceden ante los niños pequeños solo para que se callen.

—¿Ves? Ahí está. —Doy un golpe en la mesa con alegría, como si hubiese ganado algo, y me inclino ligeramente hacia ella, que ni se inmuta—. Dependiendo de a quién le preguntes eso es muy pero que muy inadecuado.

Sasha examina mi rostro con parsimonia sin apartarse.

—No conviertas el sexo en algo inadecuado —me advierte, y yo suelto una carcajada—. Y no me llames así.

—El sexo tiene que ser inadecuado, Sasha Washington. Si no, ¿dónde está la gracia?

—El sexo es solamente sexo, Diego Torres.

Ahora sí que la miro como si estuviese chalada.

—No acabas de decir eso. —Se me escapa una risa tonta cuando se encoge de hombros. Me deslizo en el banquillo donde estamos sentados para acercarme más a ella, y apoyo el codo en la mesa para reposar mi cabeza en el puño y prestarle toda la atención del mundo—. Si de verdad piensas que el sexo es solo sexo, no has disfrutado jamás como te mereces.

Sasha traga saliva y aparta la vista unos segundos antes de volver a centrarse en mí. Esos ojos se clavan en los míos como puñales traicioneros.

—¿Qué sabrás tú?

Vuelvo a reír.

—Por lo que se ve, mucho más que tú.

—Ya, claro. —Sasha deja de prestarme atención una vez más, pero enseguida recula y me vuelve a mirar—. Ahora resulta que eres el dios del sexo, el empotrador máximo que hace que todas las chicas se corran solo con mirarlas.

—No, *princesa*, no. —La sonrisa no se me borra de la cara, y tampoco ciertas imágenes de la mente—. Pero disfruto de él todo lo posible, y me aseguro de que la chica, o chico —recalco, ella enarca una ceja, pero sigo hablando—, que esté conmigo también lo haga. En el sexo solo se necesita una cosa para que funcione, Sasha, y es complicidad. ¿Se encuentra con todo el mundo? No. Pero no cuesta nada hablar, entenderse para que vaya bien. Eso que aparece en las pelis y series que no ves de gente enrollándose y empotrándose y todo saliendo perfecto es un claro ejemplo de cómo intentan vender lo que no es. Se necesita comunicación. —Me inclino un poco más hacia adelante, de modo que nuestros rostros están a tan solo unos centímetros y no tengo que alzar la voz para que me escuche sobre la música—. Y una vez que eso existe…, se te tiene que erizar la piel con cada caricia, tienes que temblar con cada roce de los labios de la otra persona por tu cuerpo, tienes que sentir la desesperación de querer más de inmediato. El sexo tiene que ser inapropiado. Salvaje. Sucio. —Me acerco un poco más, con mi propia piel reaccionando a lo que digo de forma traicionera—. Muy sucio.

Sasha desvía sus ojos únicamente unas milésimas de segundo para mirar mis labios, y yo hago lo mismo inconscientemente, para volver a mirarnos a los ojos de inmediato. No entiendo por qué ambos hemos dejado de respirar, ni siquiera soy consciente de ello hasta que cogemos aire a la vez, nuestras respiraciones sincronizadas y nuestros alientos a centímetros de unirse.

Tampoco sé cuándo he empezado a ser consciente de su belleza. Quiero decir, siempre he sabido que Sasha es espectacular. Me fijé en ella la primera vez que la vi, cuando Nate y Allison empezaron a salir y coincidimos en alguna fiesta. Me sentí atraído físicamente por ella desde el minuto uno, pero tan solo nos vimos un par de veces antes de que todo estallase y llegase el famoso momento confusión-malentendido tras la ruptura. A pesar de que su belleza es innegable, toda la atracción que pude sentir por ella se esfumó. Y ahora, por arte de magia, parece haber vuelto.

Nuestros rostros están tan cerca que, con que uno de los dos se mueva un centímetro, nuestros labios se tocarían. Y eso no sería buena idea, ambos lo sabemos. Pero durante unos segundos, tan cortos que no puedo estar seguro, creo ver que Sasha acorta la distancia. Su labio inferior roza el mío menos de una milésima de segundo antes de que retroceda y me deje con la duda de si quizá me lo he imaginado.

—En ese caso —murmura entonces, pero tiene que carraspear antes de continuar—. Soy un robot que siempre ha hecho lo adecuado.

Me alejo para poder mirarla mejor, con cada nervio de mi cuerpo rabiando por haberle hecho creer que iba a suceder algo que quizá solo estaba en mi mente.

—Ay, *pobre diabla* —susurro, intentando tomar el control de nuevo—. Si tan solo te dejases llevar.

Atrapa su labio inferior con los dientes antes de negar y girar la cara para observar la multitud.

—¿Dónde están? Genial, las hemos perdido.

—¿Hemos? Yo no estaba vigilando a nadie, las has perdido tú solita. —Abre la boca para protestar, pero la interrumpo con una risa—. Sasha, que son mayorcitas. Seguro que están bien, déjalas que se diviertan. Estoy segura de que si Brooke hace algo vergonzoso por lo que crea que debe ser rescatada, Mor le hará sentir cómoda. Créeme, conozco a mi hermana.

Parece pensar unos segundos, y finalmente asiente, apoyando la espalda en el respaldo como si se diese por vencida.

—De todas formas, me voy pronto, mañana entreno a primera hora.

—¿De verdad? Pero si no tienes el siguiente campeonato hasta finales de noviembre, ¿no?

—¿Y qué? No puedo parar de entrenar. Y, ¿cómo lo sabes?

—Me lo dijiste el otro día.

—Creí que no te acordarías. —Se sorprende.

—Claro que me acuerdo. ¿De verdad no te tomas ni un día de descanso?

—No puedo hacerlo, tú mejor que nadie deberías saberlo —responde antes de llevarse la botella a los labios para beber.

—Sasha, no te puedes hacer ni una mínima idea de lo autoexigente que soy —le digo, porque soy plenamente consciente de que me llevo al límite con absolutamente todo y que eso me está empezando a pasar factura—. Estudio, trabajo, cuido de mi familia y estoy centrado en el hockey. Mis dos primeros años aquí es cierto que no estuve tan volcado en mi futuro, pero este me lo estoy tomando muy en serio. Te parecerá que estoy todo el día de fiesta, pero la verdad es que antes salía casi todos los días, me emborrachaba y no cumplía las órdenes del entrenador. Ya solo salgo de vez en cuando, apenas bebo y estoy siguiendo todas las reglas del equipo. Este año, aunque me gustaría dar más de mí, sé que estoy haciendo todo lo que puedo para llegar donde quiero. —Me mira fijamente, esperando que llegue a algún punto—. Lo que quiero decirte es que puedes tomarte un día libre sin problema y no va a pasar nada. Vas a seguir siendo la mejor patinadora de todo el estado de Vermont pasado mañana.

Todo en su rostro indica que está dándole vueltas a mis palabras y pensando cuál es la respuesta adecuada. Tarda un poco en hablar.

—No puedo.

—Pero ¿quieres? —De nuevo, confusión en su expresión ante la misma pregunta que le llevo planteado un tiempo—. Si pudieses elegir, ¿qué harías?

La botella de agua cruje ligeramente cuando la aprieta entre sus manos. Aparta la mirada para centrarse en la gente que baila y canta al ritmo de la música, como si su respuesta se encontrase en algún lado oculto del local.

—Me divertiría hoy —confiesa, girando la cara para volver la vista a mí—. Me quedaría hasta tarde, quizá incluso probaría la cerveza. Y mañana me pasaría la mañana durmiendo. ¿Sabes cuántos años han pasado desde la última vez que dormí más de seis horas? Lo he olvidado. —De repente empieza a hablar de carrerilla, como si de verdad necesitase soltar todo eso, como si mi pregunta hubiese detonado algo—. Me pasaría el día viendo películas, o me engancharía a esa serie de la que Brooke lleva hablando tantos años. Comería lo que me apeteciese, y no me quitaría el pijama en ningún momento. Y al día siguiente iría a entrenar descansada, con ganas, y a mi ritmo. —Inspira hondo y suelta todo el aire que puede antes de encogerse ligeramente de hombros—. ¿Es tanto pedir?

Mirándola ahora no veo a la mujer antipática, dura y sin sentimientos que siempre había pensado que era. Tan solo veo a una chica que está agobiada por cumplir las expectativas de alguien más, por miedo y autoexigencia. Veo que está tan perdida como yo me siento en muchas ocasiones, y que tan solo necesita respirar. No justifico su actitud conmigo y con los Wolves al principio, no soy partidario de defender que una persona te trate mal por estar pasándolo mal, pero sí que encuentro la explicación a por qué es como es y por qué actúa de esa manera. Aunque, en este momento, aquí y ahora, creo ver a la Sasha de verdad.

—Tan solo estás pidiendo ser una persona normal —respondo—. Puedes ser deportista y tener vida. Es lo que estoy haciendo yo. Mis amigos dicen que podría relajarme más, y es cierto, pero se puede compaginar todo si se hace bien.

Sasha me mira con atención, como si estuviese analizando mis palabras, como si le importasen. Pero sé que es imposible que alguien con las ideas tan fijas se plantee lo que acabo de decir, creo que el momento de antes se me ha subido a la cabeza y quiero pensar que de verdad le importa lo que digo. Pero estoy seguro de que ella ni siquiera considera la opción de que seamos amigos en algún momento.

—No puedo hacerlo —dice—. Simplemente... no puedo.

Y lo entiendo, de verdad, pero no me parece justo.

—Tengo una idea. —Sonrío, ella hace una mueca porque sabe que no le va a gustar lo que va a salir por mi boca—. Mañana finge que estás mala, no vayas a entrenar. Te espero a las doce en mi casa, puedo hacer comida colombiana y estar todo el día tirados en el sofá viendo esa serie. ¿Qué te parece?

Se lo piensa durante unos instantes en los que insisto con la mirada. Sé que va a decir que no, pero por lo menos quiero que sepa que existe la posibilidad si algún día quiere escapar y refugiarse lejos del hielo. Sé lo que es amar algo con tanta fuerza, pero necesitar a veces esconderte de eso mismo. Finalmente, responde:

—Vale.

—¿Vale? —me sorprendo.

—Vale. Iré.

—Es difícil de creer que vayas a hacerlo de verdad —me burlo, intentando adivinar si se está quedando conmigo o va en serio—. No me lo creeré hasta que estés allí de verdad.

—Pues te tendrás que tragar tus propias palabras, *volk*. Dame la dirección.

—¿Eso significa que hoy Sasha Washington va a estar de fiesta hasta tarde y beberse una cerveza?

—Sí a lo de quedarme hasta tarde, no a la cerveza. Estoy bien con el agua de momento.

—Genial. Pues en ese caso... Espera aquí un segundo.

Voy hacia donde está el DJ y le pido una canción antes de volver a la mesa. Justo la ponen cuando llego. Sasha abre los ojos como platos y me mira horrorizada cuando «I'm a Barbie Girl» de Aqua empieza a sonar.

—No puedes estar en serio —protesta, yo simplemente río y le tiendo una mano—. Te prometo que te odio con todo mi corazón, no pienso levantarme de aquí.

—Por supuesto que vas a hacerlo, Barbie.

—He dicho que no, es ridículo y vergonzoso.

—¿Y?

—Que no.

—¡Sasha! —Brooke y mi hermana llegan junto a nosotros—. Es nuestra canción, vamos a bailar.

—No lo es —sigue protestando.

—Vamos de Barbie, Sash, claro que lo es. Venga, levántate.

Suelta algo parecido a un gruñido cuando su amiga tira de ella y la arrastra hasta la pista.

—¿Qué estás haciendo, hermanito? —me pregunta Morgan, cruzándose de brazos con una sonrisa traviesa.

—¿Qué estoy haciendo?

—Nada, tú sabrás.

—Pensaba que estabas ocupada con Brooke.

—Y lo estaba, hasta que he visto la… situación que tenías con Sasha y hemos tenido que prestaros atención. ¿Qué ha sido eso?

—¿Qué ha sido qué? —Mi hermana me mira de forma amenazante para que no juegue con ella. Utiliza la carta de «soy tu hermana melliza, no puedes ocultarme nada» para hacerme hablar.

—Casi os besáis.

—Casi nos… ¿qué? —Se me escapa una risa. Sí, aún puedo notar el roce de sus labios contra los míos, pero eso no ha sido ni de lejos un casi beso. Ha sido mi imaginación—. No, Mor.

—Os estábamos mirando. Estabais a esta distancia —junta dos dedos para mostrarme lo cerca que estábamos Sasha y yo—, y ella se ha acercado más a ti, pero se ha cagado en el último momento.

—No se ha cagado en ningún último momento, Morgan, no iba a besarme.

—¿Y por qué no la has besado tú?

—¿Y por qué tendría que haberlo hecho?

—Porque le gustas. Y porque te gusta.

—No le gusto. Y a mí tampoco, solo me atrae.

—Pues lo mismo es.

—No voy a besarla, hermanita, eso sería muy mala idea. —Me cruzo de brazos para dejar claro que no admito reproches. Ella me ignora.

—Mala idea es quedarse con las ganas de algo —suelta, yo pongo los ojos en blanco—. Y precisamente por eso te dejo aquí solito con tu dilema, porque no voy a ser yo quien se quede con las ganas de nada.

—¿Adónde vas? —pregunto, aunque ella ya se está alejando.

—¡A besar a Brooke!

CAPÍTULO 27
Torres

No sé en qué momento se me pasó por la cabeza pensar que anoche tuvimos alguna clase de... acercamiento. Si en algún momento pensé que la atracción física era mutua y que casi pasó algo, me equivoqué. Por lo menos en lo último.

Hoy me levanté temprano para ordenar la casa, ya que anoche todos nos fuimos bastante tarde de la fiesta. Del Mixing House, mis amigos y yo fuimos a una fraternidad, y Mor arrastró a Brooke y Sasha con nosotros. Sasha cumplió su palabra y se quedó hasta tarde.

Quizá por eso pensaba que hoy también iba a cumplirla.

He cocinado arepas, papas rellenas, ensalada agridulce y un par de cosas más, pero he terminado guardándolo cuando he comprendido, a las dos de la tarde, que Sasha no iba a venir.

Creer que Sasha iba a dejar de lado su mundo por un momento ha sido un error. Quizá yo sí lo haría porque en mi vida hay muchas cosas y prescindir de alguna durante un día sería totalmente factible. Podría no ir al gimnasio un día, podría no salir de fiesta, podría quedar más tarde con mis amigos. No dejaría de ir a ver a mis hermanas por nadie. No dejaría de perseguir mi futuro por nadie. Por eso puedo entender que ella no deje el patinaje para pasar un día con nadie, mucho menos conmigo. Aunque sí tenía la esperanza de que quisiera compaginarlo con algo más.

Está claro que me equivocaba.

Paso el resto de la tarde estudiando y adelantando trabajos, ya que mañana tengo que currar por la tarde después del entrenamiento. Siento cómo todo se me cae encima al ver la cantidad de trabajo que tengo que hacer. A lo mejor no debería haber salido ayer y debería haberme quedado estudiando cuando sé que mis notas están bajando. Pero tenía tantas ganas de sentirme… normal.

Hago todo lo posible y no me permito distraerme hasta que termino los trabajos y he retenido toda la información que no he podido memorizar en clase porque he estado toda la semana quedándome sopa. Después recojo mis cosas y salgo, agobiado, en el momento en que Nate y Ameth entran en casa.

—Oh, Dios, qué bien huele —dice Nate—. ¿Has cocinado?

—Hay cena de sobra en la cocina, servíos. —Es todo lo que digo antes de salir y empezar a correr por el campus en dirección al único lugar que puede despejarme.

CAPÍTULO 28
Sasha

He perdido la cuenta de cuántas horas llevo hoy patinando.

A pesar de que ayer volví a casa muy tarde, a primera hora de la mañana estaba en la pista, incluso antes que mi madre. Necesitaba desfogar en el hielo para no pensar en lo que casi pasó anoche. En lo que casi hice.

Casi besé a Diego Torres.

Lo tenía ahí a mi lado, susurrándome esas cosas que encendieron mis mejillas. Me habló de sexo salvaje, inapropiado y sucio, me lo susurró al oído... y yo caí como una estúpida.

Quizá pueda echarle las culpas al tiempo que llevo sin acostarme con nadie. ¿Cuándo fue la última vez? ¿En verano? ¿Antes? No lo recuerdo, porque ni siquiera fue memorable. He tenido polvos buenos y polvos malos, pero ninguno de esos tíos me ha puesto tan cachonda como Torres lo hizo anoche con tan solo palabras. Su voz baja, su olor, su boca a centímetros de la mía...

Por primera vez en mi vida, perdí el control. Lo recuperé a tiempo. En cuanto mis labios rozaron los suyos supe que no podía cometer una gilipollez así. Porque besar a Torres no habría sido para echar un polvo y ya, como he hecho siempre. Sé que me engancharía porque he cometido el error de empezar a conocerle, de permitir que me caiga bien. Me eché atrás en el último segundo porque recordé que, si quiero ganar el ISSC e ir a las Olimpiadas, no puedo tener distracciones.

Mi madre me ha machacado durante toda la mañana no solo física, sino también psicológicamente. Lo de siempre, vaya, solo que esta vez lo he agradecido porque he podido tener la mente centrada únicamente en el patinaje. Después hemos hecho una breve pausa para comer, y hemos continuado un rato más. Ni siquiera me he permitido descansar cuando se ha marchado, he seguido en el hielo a pesar del cansancio y el dolor de pies porque necesitaba practicar absolutamente todo lo que he hecho hoy con ella, pero a mi manera.

Ensayo una vez más las coreografías del regional y del nacional, centrándome especialmente en las de los programas libres. En una podría meter perfectamente un triple *axel* en el medio, en otra al final, haciendo así que la atención de todo el mundo del patinaje sobre hielo estuviese en mí para el ISSC, donde volvería a hacerlo, pero con una coreografía más compleja. El doble *axel* me sale como siempre: impoluto, perfecto, elegante. Estoy empezando de nuevo esta última coreografía, cuando me percato de que ya no estoy sola en el hielo.

Aguanto la respiración unos segundos cuando mi mirada se topa con los ojos marrones de Torres, que tan solo me dedica un segundo de atención antes de ignorarme por completo y ponerse a entrenar.

No debería de sentirme mal, pero lo hago. No debería afectarme que me ignore, pero me afecta.

Torres se quita la sudadera tras calentar. Lleva una camiseta azul de los Wolves que marca cada músculo de sus brazos tatuados. Me pregunto qué serán sus tatuajes, si simplemente le gustan o tendrán un significado especial. Ambos nos cruzamos en el hielo, pero no se molesta en decir nada y no me mira ni una sola vez.

Continúo con mi coreografía y me preparo para intentar el triple *axel* al final. Las piernas me arden y me tiemblan de dolor, mi cuerpo me está pidiendo que pare ya, pero no le hago caso. Sigo patinando y, cuando llega el momento, salto.

No consigo los tres giros, pierdo la coordinación en el aire y caigo sobre el hielo, aunque consigo aterrizar sobre los patines. Me tambaleo, pero recupero el equilibro rápidamente. Suelto un quejido porque me he hecho daño en el tobillo, pero, como tantas otras veces, un poco de hielo y crema especial lo solucionarán. Me dan pinchazos por todo el cuerpo y siento que van a fallarme las piernas de un momento a otro, así que decido dejarlo por hoy.

Voy a salir de la pista, pero entonces echo otro vistazo involuntario a Torres. Esta vez sí me mira, pero no se detiene. Me dispongo a salir, pero entonces pasa por mi lado con una fuerza y velocidad que hace que me tambalee por culpa del cansancio que llevo encima.

—Aparta —suelta con rabia, yo le miro con incredulidad.

—Tienes…

—No se te ocurra dirigirme la palabra —interrumpe y frena en seco para mirarme, no muy lejos de donde estoy parada. Su expresión es seria y dura bajo la barba recortada, su mirada profunda y cargada de reproche—. Vete y déjame entrenar en paz.

—¿De qué vas? —suelto sin pensar. Sí, está claro que está enfadado, y no tengo tiempo ni ganas de lidiar con ello, pero siento que tengo que defenderme. No me responde, tan solo ríe con sarcasmo y sigue patinando—. Te he hecho una pregunta.

—Y yo te he dicho que no me hables.

—Mira, si te pasa algo…

—No me pasa nada, Aleksandra.

—No me llames así —protesto—. Si estás enfadado conmigo…

—No estoy enfadado contigo —vuelve a interrumpir—. Sino conmigo, por haber pensado que podíamos llevarnos bien.

—No seas dramático —le digo, y patino hacia donde está, ya que se está alejando poco a poco. Siento que mi cuerpo me va a traicionar en cualquier momento, porque me duele cada centímetro, pero intento mantenerme firme—. No he podido ir, no veo por qué deberías ponerte así.

—No has podido ir —repite.

—No tenía elección. Tú no lo entiendes, es…

—Es complicado —termina por mí—. Sí lo entiendo, créeme. Y sí tenías elección, pero comprendo a la perfección que no te enfrentes a lo que sea que está sucediendo en tu vida. Pero mandarme un mensaje para avisar no era algo que podías o no podías hacer. Es algo que no has hecho porque no te ha dado la gana.

Bueno, ahí no puedo discutirle. No fue porque no me dio la gana, fue porque… porque… Yo qué sé, no se me ocurrió, no pensaba que de verdad iba a estar esperándome, ni que iba a estar molesto conmigo por no aparecer. De verdad no pensaba que le iba a molestar.

—Ahora vete y déjame entrenar tranquilo —añade.

Esta vez no le detengo cuando empieza a patinar de nuevo, tan solo me quedo ahí parada unos segundos porque mis piernas me duelen tanto que se niegan a responder. Me cuesta deslizarme por el hielo, siento como si me estuviesen clavando mil agujas o los tobillos se me fuesen a partir de un momento a otro.

De golpe, tengo la vista nublada y me cuesta avanzar hacia la puerta de la pista. Se me taponan los oídos y, cuando estoy a punto de llegar, veo todo negro y caigo en redondo.

—Sasha. Sasha.

Noto unas palmadas en mi mejilla, por lo que protesto.

—Abre los ojos.

Lo hago con pesar, parpadeando varias veces hasta que me ubico.

—Dime que no te has dado en la cabeza.

Estoy tirada en el hielo, entre los brazos de Torres, que palpa toda la parte trasera de mi cabeza en busca de alguna reacción.

—Te has desmayado —dice.

—Solo me he mareado.

Me incorporo con su ayuda y me llevo una mano a la cabeza. No me la he golpeado, pero me duele igualmente. Aunque más me duelen los pies. Tengo que irme a casa para curármelos cuanto antes. Intento ponerme en pie, pero se me escapa un chillido de dolor que me hace caer de nuevo entre los brazos de Torres, que me agarra con fuerza. Esta vez caigo sobre su regazo y no sobre el hielo.

—¿Qué te duele? —pregunta, yo niego porque es tontería que se preocupe por mí cuando en realidad está enfadado—. Sasha.

Sus ojos marrones son una maldita perdición, porque me hacen hablar.

—Los pies.

—Vamos a quitarte los patines.

Asiento y dejo que me coja en brazos como si no pesase nada en absoluto. Sus brazos me rodean por la cintura y por detrás de las rodillas, él mantiene el equilibro sobre el hielo sin problema y patina hasta la salida. Una vez fuera me carga hasta los vestuarios a pesar de que le digo que no es necesario.

Aprovecho que va mirando hacia adelante para observar su rostro desde esta distancia. ¿Qué sentiría si su barba rozase mi mejilla? ¿Qué habría pasado si lo hubiese besado anoche? ¿Qué pasaría si lo besara ahora para pedirle perdón?

Agradezco llegar al vestuario, ya que puedo apartar esas tonterías de mi mente. Torres me deja con delicadeza en el banco y, una vez

196

más, sentir cómo sus manos se alejan de mi cuerpo me dejan con una sensación de vacío enorme.

Se arrodilla, pero niego de inmediato. No pienso humillarme de esta manera.

—Puedo quitármelos yo —digo. Nos aguantamos la mirada unos segundos hasta que finalmente asiente y se incorpora para sentarse frente a mí.

Me quito los patines con mucho cuidado, estoy viendo las estrellas a causa del dolor. Tengo los calcetines llenos de sangre, aunque no es una visión nueva para mí. Torres tiene el ceño fruncido cuando alzo la vista unos segundos antes de quitármelos.

Tengo alguna que otra raja y unas cuantas ampollas en bastante mal estado.

—No me extraña que no pudieses ni ponerte en pie —murmura, aún con un tono reticente porque sigue enfadado conmigo.

—No es nada nuevo. Cuando llegue a casa me curaré. —Suspiro. Aunque me cure, voy a estar dolorida unos cuantos días—. Voy a llamar a Brooke.

—Está con mi hermana —me informa. Cierto, me lo ha dicho antes, hoy iban a tener una cita—. Yo te llevo a casa.

—No es necesario. Puedo llamar a un Uber.

Torres se quita sus patines y se pone en pie.

—Puede que esté enfadado contigo, pero no soy un capullo. Yo te llevo.

No, no lo es. Y qué no daría por que lo fuera. Si Torres fuese el capullo que en un principio creía que era, todo sería mucho más fácil. Podría odiarle. Podría no desearle.

—Gracias —termino murmurando.

Intento calzarme mis zapatillas tras ponerme unos calcetines limpios, pero el dolor no me lo permite. Siseo cuando vuelvo a intentarlo y, en un abrir y cerrar de ojos, me veo de nuevo en sus brazos.

Suelto una exclamación de sorpresa antes de agarrarme con fuerza. Torres me ha cogido a mí y ha cogido mi bolsa.

—Puedo andar —digo.

¿Cuántas veces van ya en las que Torres me ha visto en mis peores momentos? Ha visto cómo mi madre me reducía casi a cenizas, cómo me he tragado el hielo demasiadas veces, cómo he gritado y llorado de impotencia… Y ahora esto.

—Por supuesto que sí. —Es su respuesta, con un deje burlón. No protesto porque es mentira: no puedo andar. Aun siendo llevada en brazos me arden los pies.

Llegamos hasta su coche, un Toyota gris sencillo. Si me hubiesen preguntado hace mes y medio qué coche diría que tiene Diego Torres, habría respondido algo muy distinto a la realidad. Le pega algún deportivo, quizá hasta un todoterreno enorme con el que pasearse por el campus para engatusar a las chicas.

Me deja en el asiento del copiloto con cuidado y me mira unos segundos. Me sonrojo, esta vez avergonzada, y aparto la vista. Él cierra la puerta y rodea el coche para subirse. Arranca y pone la calefacción, ya que el frío ha llegado a Newford tan de repente como siempre. Torres echa a andar en silencio, roto únicamente por una canción de Imagine Dragons que suena muy baja.

—No te vendes los pies —dice de repente—. Cuando te los cures déjalos que les dé el aire, no los vendes.

Podría decirle que lo sé. Que llevo años curándome los pies y solo me los vendo si tengo que volver a calzarme los patines, cosa que hoy no va a volver a pasar. Pero me callo, porque agradezco que me esté dirigiendo la palabra cuando no tendría por qué.

—De verdad no creí que fuera a importarte —suelto yo de golpe, unos minutos después. Me mira de reojo, sin perder la carretera de vista—. Lo siento.

Puedo contar con los dedos de una mano las veces que me he disculpado a lo largo de toda mi vida. Pocas veces he tenido necesidad de hacerlo. Hoy es una de esas veces que sé que es necesario pedir perdón.

—Gracias —responde él—. Por disculparte.

De nuevo, silencio. Soy yo quien lo rompe esta vez.

—Nunca me has dicho qué estudias.

—Nunca me has preguntado. —Sonríe ligeramente, pero continúa hablando—. Ingeniería Aeronáutica.

Eso sí que ha sido inesperado.

—Vaya. ¿Te gusta? ¿O prefieres el hockey?

—El hockey es mi vida —dice—. Pero necesito un plan B. Mis hermanas dependen de mí, necesito una carrera que me garantice un futuro económicamente prometedor. Se me da bien porque soy buen estudiante, pero no me gusta. Y esta es la primera vez que lo admito en voz alta.

—Estudiar algo que no te gusta debe ser agotador por muy buen estudiante que seas.

Ya lo es estudiar algo que sí te gusta, como es mi caso. No le pregunto por qué sus hermanas dependen de él, no quiero ser intrusiva.

—Lo es. Últimamente siento que me ahogo.

—Tienes futuro en el hockey, Torres —le digo. Él aparca frente a mi casa y me mira—. Tu futuro está en una pista.

—No puedo apostar todas mis cartas al hockey. ¿Y si no sale?

Veo la duda en sus ojos. El miedo en su voz. Y le comprendo. Le entiendo a la perfección porque es exactamente lo que yo siento, precisamente ese es el motivo por el que yo estoy estudiando para ser entrenadora. Porque nunca se sabe si puedo lesionarme, y necesito un plan B. Y me aterroriza la idea de que mi sueño pueda terminar antes de lo normal.

—No he dicho que tenga que ser como jugador. Se puede estar en la pista sin estar literalmente en ella. Jugando sin jugar.

Es un buen capitán. Tiene paciencia con sus lobos y acepta todas mis correcciones y órdenes cuando le entreno. Estoy segura de que también sería buen entrenador.

—Estoy becado —suspira tras unos instantes, cuando comprende lo que quiero decir—. No puedo cambiarme de carrera.

—Estoy segura de que sí.

Apoya la cabeza en el asiento y niega, pero no añade nada más. Después me vuelve a mirar.

—¿Y tú qué estudias?

—Gestión Deportiva. Aunque tengo muy pocas asignaturas por el patinaje.

—Es lo mismo que estudia Jordan. ¿Quieres ser entrenadora?

—Yo también necesito un plan B —respondo y me encojo de hombros—. Pero a mí el mío me gusta.

Probablemente no necesitaría sacarme la carrera para entrenar el día de mañana si triunfo en el patinaje durante más años, menos aún cuando haya ido a las Olimpiadas. Pero nunca se sabe, necesito algo seguro.

De nuevo, silencio entre los dos. Decido que es el momento de irme, así que agarro mi bolsa y abro la puerta. Veo que él hace lo mismo, así que niego.

—No pienso dejar que me cargues también hasta la casa.

—No puedes andar, Sasha.

—No voy a humillarme más, Torres —confieso—. No delante de las Kappa Delta.

Sabe lo crueles que pueden llegar a ser algunas chicas, sabe quiénes viven aquí.

—Lo entiendo.

—Gracias. —Bajo del coche, él baja la ventanilla y yo me asomo—. Y gracias por traerme.

Una bonita sonrisa aparece en sus labios. No es arrogante ni burlona, es sencilla y natural. Por lo menos durante unos cortos segundos. Después la malicia acude a ellos.

—Pienso decirle al equipo que has admitido que soy un jugador excelente. —Tiene la cara dura de decir.

—Yo no he dicho eso en ningún momento —bufo, Torres ríe.

—Has dicho que tengo futuro en el hockey.

—No es lo mismo.

—Sí lo es.

—No.

—Sí.

—Eres un incordio, *volk*. —Pongo los ojos en blanco—. Retiro las gracias que te he dado y todo lo dicho.

—Ya no puedes negar lo que esa boquita tuya ha dicho, *pobre diabla*.

Resoplo por toda respuesta y vuelve a soltar una carcajada. Me giro para que no vea que estoy sonriendo inconscientemente, y me dirijo hacia la puerta de casa ignorando el dolor agónico que siento en los pies. Cuando abro, miro atrás. Torres se despide con la mano antes de arrancar y marcharse.

Mientras me curo, solo puedo desear que ojalá hubiese sido el maldito capullo que pensaba que era.

CAPÍTULO 29
Torres

El doctor Sander me explica con todo detalle cuál está siendo el progreso de Morgan. Después de la recaída el año pasado, volver a estabilizarse ha sido algo complejo. Mor ha pasado un verano complicado en casa con nuestro padre, así que la recuperación ha sido lenta. Pero el doctor está contento con cómo está gestionando lo sucedido, así que me quedo tranquilo. Me dice en qué tengo que fijarme, los pequeños detalles que me pueden hacer saber si hay algo que va mal si fuese el caso, y qué hacer si eso sucediese para que mi hermana no se cierre en banda y se deje ayudar. Pero, por el momento, todo parece correcto.

Una vez termina de hablar conmigo, le indica a Morgan que entre a la consulta. Me pide que me quede como las veces anteriores, que escuche todo lo que trabaja con el doctor Sander porque lo prefiere así a tener que ser ella la que me lo cuente luego. Es más sencillo para Mor, y no le genera ansiedad ni malestar. Cuando terminamos, ambos nos subimos en mi coche de vuelta al campus.

—¿Diego? —me dice cuando echamos a andar.

—¿Sí?

—Lo siento.

Frunzo el ceño y la miro de reojo unos segundos antes de volver a prestar atención a la carretera.

—¿Por qué?

—Por esto. Por mi… trastorno. Bastante tienes con lo que lidiar a diario como para que yo sea también parte del problema.

No puedo tener esta conversación mientras conduzco, así que me paro en el primer aparcamiento que veo y detengo el coche para mirar a mi hermana a la cara.

—Jamás vuelvas a pedir perdón por algo que tú no puedes controlar, Morgan. —Sus ojos marrones como los míos me miran con tristeza—. Estás haciendo un esfuerzo impresionante por luchar con tu propia mente, que es la que intenta jugártela, como para que te sientas mal por ello. Lo que estoy es orgulloso de ti, *culicagada*.

Sonríe ligeramente, pero se encoge de hombros.

—Llevas cuidándonos a las tres desde que mamá murió sin haberte venido abajo ni una sola vez —dice, y me da un vuelco el corazón porque no le he contado que sí me estoy viniendo abajo para no preocuparla—. Lidias con nuestro padre, te haces cargo del control de las cuentas, del colegio de nuestras hermanas, de la gestión de Carolina. Estudias, trabajas y juegas al hockey. Y ahora también me supervisas a mí. Me gustaría ser tan fuerte como tú y estar ahí para todo como tú haces.

—Morgan. —Agarro su rostro entre mis manos, obligándola a mirarme para que me escuche con atención—. No podría hacer nada de esto sin ti. Estás ahí para cuidar de *Calabaza* y Ana cuando yo no puedo hacerlo, eres partícipe de todo, y eso, aunque no lo creas, es estar ahí. Puedo estar tranquilo si algún día no tengo fuerzas, porque sé que te tienen a ti. Estás lidiando con un trastorno alimentario complicado mientras sacas una media de sobresaliente en tus estudios, y haces prácticas hasta con pacientes que están en el mismo punto que tú sin venirte abajo. ¿Cómo te atreves a pensar que no eres fuerte? —Suelto su cara con cuidado y le coloco el pelo tras las orejas—. Además, déjame decirte algo: no tienes por qué serlo. Se nos permite ser débiles, Mor, somos personas. Y está totalmente bien. El problema es que nuestras hermanas dependen ahora mismo de nosotros, y por eso tenemos que hacer un esfuerzo mayor. Pero somos dos, no pasa nada si alguno tiene días malos.

Recojo una de las lágrimas que caen por sus ojos, ella sonríe y aprieta la mejilla contra mi mano con ternura.

—Siempre das consejos muy buenos —responde—. Pero nunca te los aplicas. A veces me gustaría que todo fuese más sencillo, porque siento que en unos años te vas a arrepentir de no haber disfrutado de la universidad.

—Estoy disfrutando de la universidad —aclaro de inmediato, porque es cierto. O por lo menos, lo era hasta el mes pasado—. Este año no estoy saliendo tanto ni vagueando, pero estoy disfrutando.

—Tienes ojeras —insiste—. Tú nunca has tenido ojeras. Y los chicos dicen que no quedas tanto con ellos como antes.

—Lo sé —suspiro. Jordan y Nate me lo han dicho ya un par de veces, pero también sé que lo comprenden—. Tengo que estudiar y entrenar muchísimo.

—Te estás exigiendo demasiado, Diego.

—Estoy bien —prometo, aunque sea mentira—. De verdad. Puedo con todo. Te tengo a ti, a los chicos, al equipo… Lo único que quiero es que las niñas y tú seáis felices.

—¿Y tú?

—Yo ya lo soy.

Cuando cumplamos veintiún años, el 14 de noviembre del año que viene, las cuentas de ahorros se desbloquearán completamente y tendremos acceso a ellas. Con lo que nos hemos ahorrado de universidad gracias a nuestras dos becas podremos comprar una casa, o por lo menos pedir una hipoteca. Y, si consigo mi objetivo, al terminar el curso del año que viene tendré un buen contrato de hockey que me permita luchar por la custodia de mis hermanas. Una vez estén bajo mi cargo total, podré descansar.

—Te quiero muchísimo —me dice y me abraza con fuerza—. Pero necesito a mi hermano entero.

—Lo estoy, Morgan. Y yo también te quiero.

El entrenador tiene cero piedad con nosotros el miércoles, y lo agradezco. El viernes tenemos partido en casa y no podemos perder.

Hoy Sasha no nos entrena, nos observa desde las gradas. ¿Cómo estarán sus pies para que no se haya calzado los patines? Cuando terminamos, se acerca al entrenador Dawson para hablar de lo que supongo ha sido nuestro entrenamiento. Al salir de los vestuarios tengo intención de hablar con ella para ver cómo está, pero ya se ha marchado. Por la noche no me encuentro con ella en la pista, y el jueves tampoco la veo.

El viernes me centro únicamente en el partido. Los Wolves estamos preparados, y lo demostramos machacando al equipo contrario. Por supuesto que cometo errores en el hielo y veo cuáles cometen mis compañeros, pero hemos jugado muy bien, y estoy contento. Puedo con todo, puedo seguir así.

Los chicos y yo celebramos en el vestuario la victoria, aullando y pasando chupitos de la botella que tenemos escondida siempre, pero yo esta vez no bebo. Carolina ha traído a mis hermanas a ver el partido, así que voy a cenar con ellas y Mor.

—¿De verdad no te vienes de fiesta? —me pregunta Mike.

—¡Venga, *papi*! Hemos jugado de puta madre —añade Peter—. Ni siquiera Sasha va a poder quejarse.

Eso lo dudo mucho, estoy segurísimo de que va a resaltar cada uno de nuestros fallos sin piedad, pero prefiero no recordárselo a nadie.

Cuando salimos del pabellón, mi familia y Carol están charlando con Spencer, que lleva puesta una camiseta con el número de Nate. *Calabaza*, Ana y Mor llevan el mío. Mis hermanas pequeñas salen corriendo cuando me ven, lanzándose a mis brazos.

—¡Has jugado superbién! —me dice *Calabaza*, sonriendo con una felicidad contagiosa.

—Me alegra que os haya gustado el partido. Estáis guapísimas las dos, dadme un beso enorme.

—Nos ha peinado Carol —me aclara Ana.

—Pero bueno, ¿a quién tenemos aquí? —dice Jordan, llegando adonde estamos junto a Ameth—. Dame un abrazo, renacuajo —le dice a *Calabaza*, que me mira rápidamente con pánico unos segundos antes de abrazar a mi amigo, que se da cuenta de su reacción. Después abraza a Ana.

—Pero si son mis Torres favoritos —dice entonces Nate, que se une a nosotros junto a Ameth—. ¿Habéis visto cómo hemos ganado?

Noto la incomodidad de *Calabaza* cada vez que Jordan o Nate se refieren a él en masculino. Tan solo aparta la vista unos segundos, pero es suficiente para saber que no está a gusto en la conversación. Joder, tendría que haber hablado con los chicos antes, pero no estaba seguro de si me correspondía a mí hacerlo. Sí, son mis mejores amigos y nos lo contamos todo, pero no me sentía cómodo explicando la situación de *Calabaza* sin su consentimiento.

—Chicos, un momento —interrumpo, y le hago un gesto a mi hermana para que me siga. Nos apartamos unos metros y me agacho para mirarla—. ¿Estás bien?

—No saben que no soy un chico —me dice en voz baja.

—No era decisión mía contárselo —le explico—. ¿Quieres hacerlo?

—Son Nate y Jordan —dice ella por toda respuesta—. Me quieren como soy, ¿verdad?

—Por supuesto que sí.

Miramos hacia donde está el grupo, Ameth se acaba de unir y está saludando a Ana.

—Quiero decírselo —responde entonces.

—Estupendo.

Volvemos con los demás, y entonces Ameth saluda a *Calabaza*.

—¿Cómo está mi campeón favorito?

Mi hermana me mira y yo le doy la mano para transmitirle tranquilidad. Ella me aprieta con fuerza antes de mirar a mis amigos.

—Chicos —comienza con duda—. En realidad, no soy un campeón. —Me aprieta con más fuerza e inspira hondo antes de seguir hablando—. Soy una campeona. Soy una chica.

Jordan, Nate y Ameth se miran unos segundos antes de volverse hacia mí y después hacia ellas. Nate se arrodilla frente a *Calabaza* y sonríe.

—Gracias por contárnoslo. —Abre los brazos y envuelve a *Calabaza* en ellos, que ríe ligeramente—. Disculpa que no me haya dado cuenta.

—No pasa nada —murmura ella, soltando mi mano. Puedo ver cómo todo su cuerpo se relaja.

Jordan le revuelve el pelo, ignorando su protesta, y la abraza también. Ameth le choca el puño con cariño.

—Hey, ¿os importaría no ser tan sumamente lentos? —pregunta Mor, acercándose—. Me estoy muriendo de hambre.

—Es culpa de *Terremoto* y *Calabaza*, que no paran de entretenernos —me burlo—. Ya voy, adelantaos un segundo.

Cuando los cuatro nos quedamos solos, me miran con curiosidad.

—Lo siento, tendría que habéroslo contado antes —me excuso—. Pero he estado liado buscando un terapeuta al que llevar a *Calabaza* para que la ayude a llevarlo, y…

—Eh —interrumpe Jordan—. No «tenías» que contárnoslo, no hay nada que contar. Pero a mí me habría gustado saberlo para no haber estado dirigiéndome a ella en masculino durante este rato. Estaba incómoda y no sabía por qué.

—Nos lo confesó hace casi dos semanas, ha estado teniendo problemas en el colegio e intentando comprender por qué se sentía como se sentía.

—¿Cómo no has acudido a nosotros? —pregunta Nate—. Como dice Jordan, no es como si hubiese algo que contar, pero siempre te empeñas en llevar todo tú solo, cuando nos tienes aquí para lo que necesites.

—Lo sé, lo siento. Pero la decisión de contarlo tenía que tomarla ella, no yo.

—Llevas razón. —Jordan me da una palmada en la espalda—. Pero estamos aquí, Torres. Somos hermanos, no lo olvides.

—Jamás.

—¿Has encontrado ya un terapeuta? —pregunta entonces Ameth, yo niego—. Conozco a uno para niños, si quieres puedo pasarte el teléfono.

—¿Es bueno?

—Mucho. Lo conocí en una de las reuniones del grupo a favor de los derechos LGTBIQ de Newford al que pertenezco, y se desvive por su trabajo.

—Pues hablaré con él. Gracias, tío.

No podría tener mejores amigos.

CAPÍTULO 30
Sasha

No logro comprender qué dice, pero escucho las voces de mi madre desde aquí. Ha venido de una reunión con la decana Lewis, el entrenador Roland Moore y el entrenador Dawson hace un rato, y se han encerrado los tres en el despacho nada más llegar. Llevan ahí desde entonces, y solo la escucho a ella alterada.

Estoy en la sala de al lado, que se ha habilitado para que la gente de patinaje sobre hielo pueda realizar sus entrenamientos fuera del hielo. Finalmente oigo movimiento, la puerta abrirse y cerrarse, y poco después mi madre entra aquí como un torbellino, maldiciendo en ruso una y otra vez. Yo la dejo en paz porque hablarle ahora sería convertirme en una diana, sigo calentando hasta que se tranquiliza.

—Tenemos que reorganizar nuestros horarios —me dice, negando con la cabeza para expresar su indignación.

—¿Por qué? —pregunto, ya que no me hace gracia tener que cambiar mi calendario.

—La decana Lewis ha tenido una idea «maravillosa» —explica con sarcasmo—. Para celebrar el 85.º aniversario de la Universidad de Keens, quiere organizar un festival, y que os encarguéis de todo las patinadoras y los jugadores de hockey. —Suelta un gruñido, pasándose una mano por su pelo rubio perfectamente recogido—. ¿Es que no entiende lo estúpido que es?

—¿Por qué me ha metido a mí también? —protesto—. No formo parte del equipo de patinaje.

—Porque, palabras textuales, «eres Sasha Washington, la mejor patinadora de Vermont, hija de Tanya Petrova». —Vuelve a ponerse a insultar en ruso y me mira fijamente—. Sigue entrenando, Aleksandra, tengo que pensar cómo vamos a organizarnos.

Esa es toda la información que recibo, y sé que no va a contarme nada más hasta que a ella le dé la gana. También sé a la perfección por qué si la decana le ha pedido que nos involucremos en algo, no la ha mandado de paseo. Que mi madre esté aquí, en Keens, ayudando al equipo de patinaje, le da un caché a la universidad insuperable. Pero podrían estar perfectamente sin ella si se convirtiese en un problema. Mi madre siempre alardea del valor que tiene, pero es plenamente consciente de que si prescinden de ella en algún momento, su vida de lujos acabaría. Ahora mismo tiene un buen sueldo, un horario en condiciones y hace lo que le da la gana. Si se marchase de Keens, lo más probable es que tuviese que entrenar de verdad a algún equipo para mantener su estilo de vida. Aquí hace lo que quiere y tan solo trabaja dos veces por semana. Sabe que necesita este puesto más de lo que Keens la necesita a ella, y eso no puede ni negarlo ni admitirlo en voz alta.

Patinar hoy es mucho menos doloroso de lo que ha estado siéndolo toda la semana. Tuve que hacerlo a pesar del dolor y las heridas, fingiendo estar perfectamente para que mi madre no se diese cuenta, aunque me tuve que escaquear de entrenar a los lobitos porque era incapaz de ponerme los patines, así que les observaba desde las gradas. Tampoco he podido entrenar por las noches sola, me he limitado a las sesiones con mi madre para que mis pies se curen. Aún siguen dolidos y con heridas, pero, al menos, ya no se me escapan las lágrimas cuando patino.

Más tarde consigo averiguar en qué consiste el festival, mi madre me da un dosier antes de irse. La decana quiere que durante noviembre preparemos las actividades que se realizarán en el mes de diciembre y parte de enero en el campus. La universidad celebra en Navidad su 85.º aniversario, así que quieren hacer algo especial.

Durante el Festival de Hielo se llevarán a cabo diferentes eventos con puertas abiertas para cualquier persona que quiera venir, e invitaciones a antiguos alumnos y de otras universidades del país. La temática no solo será navideña, sino que se hará especial mención a los dos deportes estrella de este año: el hockey y el patinaje, de ahí que se llame Festival de Hielo. Es por eso por lo que la decana quiere que seamos nosotros quienes organicemos todo siguiendo sus directrices y bajo la supervisión de una organizadora. Estoy segura de que a ningún entrenador le hace gracia encargarse de esto cuando hay competiciones para las que entrenar, pero habrán aceptado a regañadientes, al contrario que mi madre, que se ha encargado de dejar clara su postura.

Yo no estoy segura de cómo me siento al respecto.

Hace unos meses habría dicho que era una locura, que no podía perder el tiempo en esas gilipolleces. Pero también pensaba eso de entrenar a los Wolves, y ahora resulta que, aunque no me caigan demasiado bien, me gusta hacerlo. Voy bien en clase gracias a mis horarios reducidos, y es por eso por lo que puedo permitirme pasar tantas horas en el hielo, tener de vez en cuando unos minutos de vida social con Brooke y entrenar a los chicos de hockey.

Si además participo en este proyecto, podré librarme de las tonterías de las Kappa Delta, y mi madre no tendrá más remedio que reducir las horas de entrenamiento con ella, pudiendo así seguir o incluso ampliar las mías sola. No me interesa en absoluto ser parte de este festival, pero solo veo ventajas, así que no voy a ser yo la que se queje esta vez.

Me quedo un rato más patinando tras prometerle a mi madre que solo iba a practicar movimientos y no saltos. El equipo de Roland llega, empezando a distribuirse por la pista, reduciendo mi espacio. Resoplo, aunque realmente me da igual porque no quiero entrenar delante de él y que luego le vaya con el cuento a mi madre. Me dedico únicamente a deslizarme sobre los patines y perfeccionar técnica y posición del cuerpo mientras él da clase a sus alumnas y alumnos.

Me fijo en algo que ya antes llamaba mi atención, pero siempre he estado tan centrada en mi propio entrenamiento que nunca me había parado a examinar. Roland se acerca a las chicas para corregir sus posturas, tocando sus cuerpos más tiempo de lo que yo consideraría necesario. En cambio, a los chicos no les pone una mano encima, solo les da indicaciones. Todos mis sentidos se alteran cuando, tras un rato, confirmo que así es, y que no me lo he imaginado. A ellas las toca, a ellos no.

Mientras su equipo practica por toda la pista, llama a Valerie para que se acerque a él, y no aparto la vista de ellos. Roland se acerca demasiado a ella para hablarle. Se inclina más de la cuenta y veo que le susurra. Valerie tan solo agacha la cabeza y asiente ligeramente un par de veces. Se me eriza la piel por la repulsión que siento y por los recuerdos que vienen a mi mente. Nadie, absolutamente nadie, debería pasar por esa situación.

No puedo intervenir de manera directa porque, a ojos de cualquiera, lo que está sucediendo es que un entrenador le está dando consejos a su alumna que parece algo tímida. Pero yo sé lo que estoy viendo, y ahora tengo la total seguridad de que no me imaginé nada las otras ocasiones.

Cuando Valerie vuelve a patinar veo mi ocasión. Me dirijo a ella como si yo siguiese a lo mío, haciendo un giro cuando estoy a su altura en el que choco con ella, y ambas tropezamos cayendo al hielo.

—¿Estás bien? —pregunto, pero antes de que responda, especifico—. Roland Moore. ¿Te está incomodando?

Valerie me mira con una ligera sorpresa. Parece pensárselo mientras me levanto lentamente del suelo y le tiendo la mano, pero finalmente niega.

—No tengas miedo si es así, Valerie.

—El entrenador tan solo me da buenos consejos y se preocupa por mí —murmura, aceptando mi ayuda para incorporarse.

—Si en algún momento se sobrepasa… Estoy aquí, ¿vale?

Valerie asiente y yo no insisto, porque entiendo lo complicada que puede ser la situación. Roland se acerca a nosotras y chista.

—Sasha, por favor —protesta—. Ten cuidado con mis chicas.

No soporto a este tío y tengo que fingir que ha sido un accidente, así que pongo mala cara.

—Dile a tus alumnas que no se metan en medio de mis entrenamientos —respondo—. Ya he terminado por hoy, la pista es vuestra.

Dicho eso, me largo, echando un último vistazo a Valerie, que vuelve a patinar bajo las órdenes de Roland.

CAPÍTULO 31

Torres

Hay opiniones muy diversas acerca del Festival de Hielo. Algunos de los chicos, como Ameth, tienen ganas de participar, otros preferirían arrancarse un brazo antes que formar parte de esto. Jordan y Nate piensan como yo: es algo que va a quitarnos tiempo, pero también puede ser divertido y es tontería enfadarse, ya que tenemos que participar sí o sí. Además, la decana permitirá flexibilidad con los trabajos y exámenes que tengamos, lo que me tranquiliza.

El equipo del entrenador Moore se compone de ocho chicas y tres chicos, supongo que algunos competirán de manera individual y otros por parejas. Están ya sentados en grupo en las gradas cuando llegamos los Wolves y hacemos lo mismo. Sasha y su madre son las últimas en llegar. Sasha no saluda a nadie porque, recuerdo, su madre no sabe de su actividad extraescolar con el equipo. Pero su mirada glacial se posa en mí y juraría que aprecio un atisbo de sonrisa cuando pasa por mi lado, antes de sentarse tras de mí. Su madre se queda al frente, con los entrenadores.

—Ya estamos todos, ¿verdad? —pregunta la supervisora, que no tengo ni idea de quién es. Es una mujer joven con una sonrisa enorme—. Soy Natalie Porter, y voy a estar al frente de la programación del Festival de Hielo. Vamos a hacer que este año todas las actividades navideñas que ya se llevaban a cabo sean algo más especiales, además de añadir algunas más para celebrar el aniversario de Keens. —Nos mira a todos de manera general, puedo notar lo emocionada que está con esto—. Estoy muy contenta con que vayáis a encargaros, vuestros entrenadores me han dicho que sois estupendos. No habría nadie mejor para formar parte de este proyecto que quienes vivís en el hielo. Hay mucho trabajo por hacer, así que he creado varios dosieres con las actividades, y cuántas personas se necesitan para llevar a cabo cada uno. Todos participaréis en la organización de unas cuantas actividades, y he pensado en repartirlas y así podemos resolver las dudas que haya.

El reparto está muy equilibrado. En la mayoría trabajamos todos juntos, teniendo distintas tareas.

—Falta la última —dice la señorita Porter, echando un vistazo al dosier que aún no ha repartido—. Esta es la que más ilusión me hace, a ver qué os parece: el Baile de Hielo. Hemos querido organizar un baile de invierno.

—¿Con rey y reina como en el instituto? —pregunta John con burla, pero la señorita Porter niega con la cabeza.

—Sería imposible con tantos alumnos.

Contengo una risa y Nate, a mi lado, hace lo mismo. Ambos miramos a Jordan, sentado en la fila de atrás, que pone los ojos en blanco. Él fue el rey del baile en nuestro último año de instituto, junto a la chica más popular, Martha. Fue bastante tenso porque habían cortado una semana antes.

La señorita Porter reparte las tareas del baile, que parece ser el evento que más tiempo nos va a llevar organizar.

—¿Quiénes son los capitanes de cada equipo? —pregunta entonces.

—Diego Torres es el capitán de los Wolves de hockey —responde el entrenador, señalándome con la cabeza.

—En cambio, los Wolves de patinaje no tenemos capitán, somos un equipo, pero se trabaja de forma individual o por parejas —contesta el entrenador Moore.

—Entiendo, pero había una chica, la señorita Washington si no me equivoco, cuyo patinaje destacaba, ¿no es cierto?

—Es la mejor patinadora de todo el estado —confirma Tanya Petrova, señalando a Sasha. No puede ser más falsa. Presume de su hija en público, pero luego la machaca sin piedad.

—Estupendo. —Nos mira a ambos—. Me gustaría que vosotros dos coordinaseis todas las tareas y seáis quienes habléis conmigo para lo que necesitéis en nombre de todos los demás. Además, vamos a estar colaborando con *La Gazette* —señala con la palma de la mano a Nate, que sonríe, pero después nos mira y pone cara de que no tenía ni idea de esto—, sería estupendo que hablaseis con Ethan para concertar algunas entrevistas.

—¿Señorita Porter? —le llama Tanya—. Aleksandra no puede tener tanta responsabilidad, nuestros entrenamientos…

—La decana Lewis ha dado el visto bueno —le interrumpe ella de una manera sutil y calmada—. Hable con ella si tiene algún problema.

—La decana sabe perfectamente que no podemos perder el tiempo en estas tonterías. Aleksandra necesita entrenar, no participar en una actividad estúpida y…

—Mamá —protesta ella. Creo que todos los presentes nos volvemos para mirarla. Tiene el ceño fruncido y está totalmente rígida, con una expresión seria.

—Cállate —le reprocha Tanya, llevando la atención de vuelta a ella. Yo sigo mirando a Sasha, que traga saliva e inspira, apretando los labios.

—Ahora entiendo muchas cosas —me susurra Nate, yo asiento.

—Y, encima, mezclarse con… —Nos señala y pone cara de asco—. Estos.

—No sé muy bien qué quiere decir, entrenadora Petrova, pero no me gusta ni un pelo —le responde el entrenador Dawson—. Nosotros también tenemos mucho que entrenar para esta temporada, y no nos estamos quejando. Al final el proyecto forma parte de la universidad, y hay que hacer honor a ella. A ser posible, sin faltarle el respeto a nadie.

—De nuevo —la señorita Porter mira a Tanya con una sonrisa inmensa—, si tiene algún problema, hable con la decana Lewis.

—¿Hemos terminado? —pregunta.

—Casi, aún falta…

—Estupendo. ¿Aleksandra? Levántate, te quiero en la sala de entrenamiento en dos minutos, ya llevamos mucho retraso hoy.

Sasha no se levanta. Su mirada se cruza con la mía durante medio segundo cuando me giro hacia ella de nuevo. Todos le prestan atención. Veo cómo aprieta los puños sobre sus piernas, y comprendo el debate que se está llevando a cabo en su interior.

—Me gustaría…

—No te he preguntado lo que te gustaría.

Por su expresión, la propia Sasha se sorprende cuando suelta:

—Nunca lo haces.

—¿Disculpa? —Tanya parpadea con sorpresa—. Muévete, Aleksandra.

213

—Quiero quedarme a escuchar el resto. Podemos entrenar dentro de un rato.

Tanya suelta una carcajada indignada.

—¿Entrenar en un rato? ¿Quién te crees que eres para elegir cuándo entrenar, niña? Levántate ahora mismo y mueve toda esa estupidez hasta la pista, insolente. —Sasha abre la boca para replicar, pero su madre la señala con un dedo firme—. Ni se te ocurra volver a protestar. Levántate ahora mismo para entrar y dejar de ser tan sumamente mediocre. Vamos, no me hagas repetirlo.

Sasha aprieta tantísimo los dientes que puedo oírlos rechinar. Se ha hecho un silencio a nuestro alrededor que jamás había escuchado. Nadie se atreve a respirar. Solo ella, que intenta controlar cómo se le ha acelerado la respiración. Su pecho sube y baja con rapidez.

Venga, Sasha, imponte de nuevo. Quiere hacerlo, lo sé. No hay ni una sola persona presente que lo dude ahora mismo tras ver en vivo y en directo cómo trata Tanya Petrova no solo a su patinadora estrella, sino a su propia hija.

Pero no lo hace. Sasha se acobarda y finalmente se pone en pie, baja las gradas sin decir ni una sola palabra más. No mira a nadie, tan solo alza la barbilla con altanería y se marcha sin ni siquiera esperar a su madre, que la sigue sin añadir nada más.

—No pienso quejarme de cómo nos trata Sasha nunca más —murmura Peter, sentado justo delante de mí.

CAPÍTULO 32

Sasha

—Si vuelves a vomitar, vas a tener que empezar a desayunar agua.

Me enjuago la boca en el lavabo, notando aún el ardor en el estómago y con las lágrimas saltadas por las arcadas. Estoy tan enfadada que no puedo callarme.

—Necesito ir a un nutricionista de nuevo.

—¿Para que te vuelvas a poner gorda? Ni hablar, no podrías patinar correctamente.

Jamás he estado gorda. Solo que hace un par de años mi madre se empeñó en que había cogido peso porque empecé a desarrollar más músculo en brazos y piernas. Llevo toda la vida con dietas y haciendo mucho ejercicio, sumado a mi constitución natural. No quiero ni pensar qué sentiría alguien con la autoestima baja si escuchase decir a mi madre que estoy gorda y viesen mi cuerpo delgado. Cuánto daño pueden hacer esas palabras solo porque ella está obsesionada.

—No estoy comiendo bien, mamá —continúo, pero ella niega para restarle importancia.

—No exageres, Aleksandra. En la vida hay que llevar a cabo sacrificios si se quiere triunfar. Venga, vuelve a la pista.

Es una tontería continuar la conversación, no va a llevar a ningún lado. Después de que el otro día me marchara avergonzada de la reunión con la señorita Porter, mi madre me machacó en el entrenamiento. Decía que el primer paso para ser una estrella era respetar a mis superiores, a mi entrenadora en concreto, así que me hizo trabajar el doble como castigo por haberme atrevido a reprocharle en público. Y hoy ha sido más de lo mismo, un entrenamiento al límite.

Vuelvo a la pista, tal y como me pide, y entreno sin emitir un solo sonido de queja o dolor a pesar de que siento que voy a desplomarme.

Cuando terminamos y salgo del pabellón, el campus está lleno de vida. La mayoría de las clases están a punto de comenzar, de hecho yo debería ir a las mías, pero, por primera vez desde que tengo uso de razón, elijo voluntariamente faltar. No puedo, sencillamente no puedo. Siento cómo me pesan los párpados, me duele la cabeza y el cuerpo no para de darme calambres. No puedo marearme otra vez, no puedo hacerme eso. El estómago me ruge, así que, de nuevo, por primera vez, le escucho. Escucho lo que mi cuerpo me pide.

Saco el móvil para mandarle un mensaje a Brooke mientras echo a andar hacia el Mixing House.

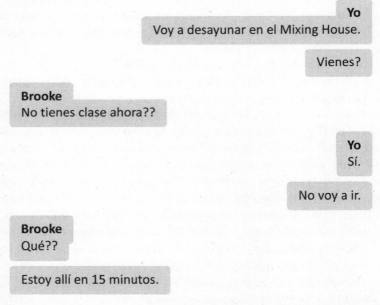

Tarda exactamente catorce minutos en entrar por la puerta. Me he sentado en una de las mesas cuyos asientos son alargados, con un respaldo enorme que impide que se vea a las personas de las mesas contiguas. Brooke me mira con expresión de sorpresa, pero antes de decir nada busca a la camarera.

—Ya he pedido para las dos —le digo, así que vuelve a centrarse en mí.

—Contexto. Ahora.

216

No es un secreto que no soy la persona más abierta del mundo y que, aunque Brooke me conozca, no le cuento todos mis problemas. Por eso me pienso si decírselo o no, pero después de lo del otro día... Creo que es tontería ocultárselo porque, si esto sigue pasando, acabará enterándose y se enfadará por no haberlo sabido.

—Llevo un tiempo vomitando cuando entreno —confieso, ella suelta un resoplido.

—¿Cuando entrenas o cuando entrenas con tu madre?

—Sabes la respuesta.

—Joder, Sash —niega y da una pequeña palmada en la mesa. Hace una pausa porque nos traen el desayuno antes de continuar—. ¿Y qué coño vomitas, si no te metes apenas comida en el cuerpo? No puedes seguir así, se te va a ir la cabeza de un momento a otro, y tu salud está en peligro. Joder, si te acabas de saltar las clases por primera vez en tu vida.

—Ya lo sé.

—Tu madre está acabando contigo. Ya no solo con tu carrera, cosa que sabes perfectamente, sino contigo.

—Lo sé —repito—. No quería verlo, pero ahora lo hago, ¿vale?

Brooke lleva diciéndomelo mucho tiempo, y yo he estado defendiendo a mi madre de manera enfermiza porque de verdad creía que quería lo mejor para mí. Nunca lo ha querido. Y en el último año aún menos, que es cuando he empezado a darme cuenta. Fue cuando Torres también me lo dijo cuando mi cerebro hizo clic. Cuando comprendí que mi amiga no exageraba y que yo no estaba loca, sino que de verdad mi madre estaba siendo el problema. Ella me frena, ella me daña.

—Ser consciente del problema no sirve de nada si no buscas una solución. Y algo me dice que no vas a buscarla.

—No puedo ir a un nutricionista sin permiso —le recuerdo. Ella vuelve a bufar, resoplar y negar a la vez, completamente cabreada.

Cuando cumplí dieciocho años, mi madre me hizo firmar un contrato. En él quedaba establecido que ella tenía el control absoluto de todo lo que afectase a mis entrenamientos, con una duración de diez años. Si mi madre se enterase de que he decidido ir a un nutricionista sin su permiso...

—Iba a decir que tu madre jamás te demandaría, pero estamos hablando de Tanya Petrova. Por supuesto que demandaría a su propia hija.

—Al final ese sería el menor de mis problemas, sé que mi padre le pagaría, pero no quiero involucrarle. El problema grande es que puede arruinar mi carrera por puro orgullo, y no puedo permitir eso.

—Estoy tan harta de esta mujer —protesta mi amiga. Ya somos dos.

—Cuéntame tú —pido, cambiando de tema—, ¿cómo vas con la señorita Torres?

—No te haces ni una idea de lo nerviosa que me pongo en su presencia, Sasha —responde de inmediato, y yo suelto una carcajada. Sí, sí que lo sé—. Nunca me había pasado. Bueno, con Cameron solía ponerme un poquito nerviosa porque fue mi primer novio serio y todo eso, pero desde él... Morgan me gusta mucho. Y creo que yo a ella también.

—Pero si os habéis enrollado ya.

—Ya, pero no sé si esto va solo de enrollarse.

—Qué inesperado. —Sonrío—. Brooke Ha-Neul Rafeeq colada por Morgan Torres cuando decía que iba a pasarse la universidad retozando con unos y otras.

—Parece mentira que a estas alturas no sepas que mi palabra no hay que tomársela en serio, Sasha Washington.

Ambas reímos, pero entonces su cara de enamorada desaparece y da paso a la de amiga mala influencia.

—¿Y el señorito Torres? Desde que os lleváis bien y habéis superado vuestra primera pelea de enamorados se te ve distinta.

—No nos llevamos bien ni estamos enamorados —protesto—. Solo nos toleramos porque pasamos muchas horas juntos.

—Pero si te gusta, Sasha, qué me estás contando.

—¿Otra vez vamos a tener esta conversación? No me gusta, me atrae.

—Es lo mismo.

—No es lo mismo, Brooke.

—No veo la diferencia —insiste, burlona. Sé que lo hace para tocar las narices, pero me desespera.

—Vamos a ver —gruño, y alzo la voz inconscientemente—. Me follaría a Diego Torres, ¿vale? Hasta ahí lo tenemos claro. Pero no saldría con él.

—¿Y eso por qué?

Suelto un chillido porque esas palabras no han salido de la boca de Brooke, sino del mismísimo Diego Torres, que asoma su cabeza desde la mesa de detrás de mi amiga, que abre los ojos como platos del susto.

No me lo puedo creer. No me lo puedo creer. No me lo puedo creer.

No ha podido escucharme. Por favor, que no me haya escuchado.

Aunque su sonrisa endiablada dice todo lo contrario. Con el corazón a mil por hora, pregunto:

—¿Cuánto has escuchado?

—Solo la parte de que follarías conmigo —dice con toda naturalidad, y noto cómo toda la cara me arde. No-puede-ser. Torres sonríe ampliamente y yo siento que me quiero morir ahora mismo—. ¿Pero por qué no saldrías conmigo?

—¿Tú saldrías conmigo? —le suelto, tirando la pelota a su tejado.

—Dios, no. Seguro que me asfixiarías mientras dormimos.

Lo último que necesitaba ahora es imaginarme durmiendo junto a él, joder.

—Pues eso —digo como toda defensa.

De repente, Brooke, hasta ahora en silencio, estalla en carcajadas. Yo la miro como si estuviese zumbada, y la fulmino con la mirada.

—Esto es culpa tuya —mascullo.

—No he sido yo quien ha gritado que se quiere follar a Diego Torres —dice muerta de la risa, y el susodicho se une a sus risas.

No me puedo creer que de verdad esto esté pasando. ¿Hay algún cuchillo a mano para poder clavármelo en la tráquea ahora mismo? O clavárselo a ellos dos, mejor.

—Me piro de aquí —suelto, y me pongo en pie. Cuando lo hago, veo que Torres no está solo, sino que Jordan y Nate le acompañan. También se están riendo, solo que con algo más de disimulo.

—Eh, Barbie, espera —me llama Torres, pero yo le fulmino con la mirada—. No puedes soltar eso y marcharte.

—Por supuesto que sí.

Eso hago, salgo de ahí echando leches. Brooke tarda unos segundos en salir del local, imagino que porque ha pagado la cuenta, pero aún está riéndose.

—No puedo creerme lo que acaba de pasar —dice.

—¿Tú no puedes creértelo? —Me llevo una mano a la cara, abochornada a más no poder—. Brooks, esos tres acaban de escucharme decir que me follaría a Torres.

—¿Y qué? No es ninguna mentira. ¿Sabes la de pasos que acabas de ahorrarte? Ahora podéis hacerlo directamente.

Hago un gesto en el aire como si la estuviese estrangulando.

—No voy a poder mirarlo a la cara ahora.

—Sasha, jamás has tenido vergüenza por nada —me dice, esta vez hablando en serio—. Ha sido divertido, pero no dejes que esto te amargue. Levanta la cabeza como siempre haces y finge que no te ha afectado que lo haya escuchado.

Asiento. Tengo que hacerlo porque ahora él tiene el poder.

Y yo nunca antes lo había perdido.

CAPÍTULO 33
Torres

Un año más. Un año menos.

Eso es lo que para mí significa mi cumpleaños. Un año más: Mor y yo cumplimos mañana veinte años. Un año menos: nuestras cuentas se descongelarán en cuanto tengamos veintiuno, tan solo quedarán unos meses para graduarnos y, si todo va bien, trabajar en lo que queremos. Un año menos para poder cuidar de mi familia como es debido.

Hoy es sábado 13 de noviembre, así que, como los años anteriores, hemos organizado una fiesta en casa. Mañana pasaremos el día con nuestras hermanas.

Mor y yo le hemos prohibido a nuestros amigos que nos regalen nada después de lo del año pasado. Joder, nos pagaron hotel y vuelos a las chicas y a mí para ir a Nueva York porque sabían que era un sueño para todos y, aunque tengamos dinero, no nos podíamos permitir gastarlo. Pero, por supuesto, no nos han hecho ni caso. Nos han regalado un vale para ir mañana al restaurante colombiano que tanto les gusta a *Calabaza* y Ana.

Hoy sí que me permito desfasar un poco, mandando a paseo la dieta del entrenador y mis propias restricciones. Hablo con un montón de gente, mucha que ni siquiera conozco, y bebo sin remordimientos.

—Eh, *papi*, tu novia está aquí —me dice Nate con sarcasmo y una sonrisa burlona pintada en la cara antes de largarse.

Ayer, después de que escuchase lo que dijo Sasha, no volví a verla. Ni siquiera me atreví a escribirle (le pedí su número a mi hermana) para que viniese hoy a mi cumpleaños, por miedo a que creyese que iba a burlarme o algo, así que fue Mor la que le dijo a Brooke que se trajese a Sasha. No pensaba que fuera a venir. Pero está aquí. Y no tengo ni idea de por qué estoy nervioso.

—Pero si es mi cuñado favorito —me dice Brooke—. Feliz cumpleaños, colega.

—Muchas gracias —respondo, nos damos un abrazo y aprovecho para susurrar—. ¿Va a apuñalarme con algo?

Brooke ríe.

—Probablemente.

—Perfecto.

Cuando rompemos el abrazo, la veo.

Sasha está a unos pasos, enfundada en un vestido verde oscuro de manga larga, un poco por encima de la rodilla, que parece costar una fortuna. Lleva un escote elegante y sensual, todo su pelo rubio cae por sus hombros, liso. Lleva purpurina en los ojos y sus pestañas largas y negras enmascaran esos ojos celestes. También lleva un *gloss* marrón brillante que hace que sus labios parezcan más carnosos. Los mismos labios que ayer dijeron que follaría conmigo.

Los mismos labios que me he imaginado toda la noche alrededor de mi polla después de haber recorrido todo mi maldito cuerpo.

Sasha también da un buen repaso a mi outfit: pantalones beige, jersey blanco y deportivas blancas. Su escrutinio dura menos que el mío, terminando con su vista clavada en mis ojos.

—Me piro —dice Brooke antes de desaparecer. Sasha la fulmina con la mirada, pero su amiga la ignora. Al final, acorta la distancia entre nosotros.

—Felicidades. —Es todo lo que dice. Yo intento contener una carcajada, en vano.

—Espero que hayas venido con un regalo, *princesa*.

—Por supuesto… —responde y sonríe— que no.

Doy un paso que elimina todo el espacio que nos separa. Mi pecho casi roza el suyo, y Sasha alza la barbilla para mirarme a los ojos.

—Se me ocurre algún que otro regalo que podrías darme.

—A mí no se me ocurre por qué querría dártelo.

—Porque ayer dijiste alto y claro que follarías conmigo —susurro. Noto cómo su respiración se agita, yo intento controlar la mía. Sasha entrecierra los ojos ligeramente.

—Dije, y cito, que «me follaría a Diego Torres», no que vaya a hacerlo.

Inspiro hondo, e ignoro cómo mi cuerpo reacciona al oír esas palabras salir de nuevo de su boca. Ayer me divertí de lo lindo cuando la escuché, Nate y Jordan no daban crédito, y ver su sorpresa fue de lo más divertido. Pero ahora… ahora estoy excitado.

—Tú te lo pierdes, Barbie —susurro, ahora es ella la que ríe.

—Convéncete a ti mismo, *volk*.

Sus labios brillantes se burlan de mí antes de dar un paso atrás, sin perder la compostura. Después se aleja y se pierde entre la multitud que ya se está empezando a formar en el salón.

—Espectacular —oigo a mi lado. Spencer está apoyada en la otra puerta, con los brazos cruzados—. Acaba de burlarse de ti con las propias palabras que estabas intentando usar en su contra.

—Me ha dado de mi propia medicina —admito.

—Veo que lo que dicen Nate y Jordan es cierto.

—¿Qué dicen esos dos exactamente?

—Que Sasha y tú os estáis llevando extrañamente bien.

—Nos toleramos porque compartimos pista demasiado tiempo, y ahora tenemos que trabajar codo con codo en el festival.

—No parece de las que… toleran. —Miro a Spencer, enarcando una ceja. Ella pone los ojos en blanco—. No la estoy juzgando, lo sabes perfectamente. Solo estoy comentando lo que me transmite.

—No es como pensaba —confieso—. Es totalmente distinta. No es mala, tan solo está…

—¿Atrapada? —Asiento, Spens sonríe ligeramente—. Me lo imaginaba, da el perfil. Conozco la sensación a la perfección. ¿Cuál es su traumita? Todas las personas que hemos estado ahí tenemos el trauma que desencadena todo.

—Su madre. Es una arpía y no la deja avanzar como a ella le gustaría. La está reprimiendo y es incapaz de enfrentarse a ella.

—Pobre. Yo tuve que enfrentarme a mí misma, pero ella tiene que hacerlo consigo y con su madre —suspira y se encoge de hombros para finalizar la conversación—. En fin, que hoy no follas.

—¿Cómo que no?

—Con ella desde luego que no.

—Ryan Wallace, el *quarterback* de fútbol me ha tirado la caña antes —le hago saber, pero Spencer ríe.

—Ese tío es hetero, Diego.

—Eso hemos dicho todos alguna vez —le guiño un ojo—. Bueno, muñequita, es mi cumpleaños y deberíamos estar borrachos y liándola. Somos el alma de las fiestas, vamos a demostrarlo.

Spens y yo nos unimos a Jordan, Nate y Ameth a jugar al *beer pong* contra otros chicos del equipo. Hoy más que nunca echo mucho de menos a Trinity, que me llamó esta mañana para felicitarme por adelantado. Sin ella por aquí todo es distinto, aunque siga igual. Nos falta una persona, y eso se nota.

Un rato después, cuando considero que todos llevamos la cantidad de alcohol en el cuerpo que hace que te apuntes a cualquier cosa, me pongo en el centro de la sala, llamando la atención de los presentes.

—Vamos a jugar a una cosa que vi el otro día en TikTok —anuncio, obligando a la gente a despejar la zona de baile—. Necesito que hagáis parejas.

—No puede salir nada bueno de aquí —escucho decir a Spencer, a la que hago un corte de mangas y ella me enseña la lengua.

Mi hermana se une a nosotros, acompañada de Sasha y Brooke, y empieza a reírse de inmediato.

—¿De verdad vamos a jugar a eso? —pregunta, y yo asiento. Fue ella la que me mandó el vídeo.

—Tonto número uno empieza a revolucionar todo —añade Ameth, con quien hago equipo.

—Traed todas las bolas que tenemos para el *beer pong* —digo—. Las de repuesto también. Vale, os explico. Una persona tiene que quedarse de pie mientras sujeta a la otra por los pies. Las bolas se lanzan al centro, y cada equipo tiene que coger las máximas posibles.

—¿Nos vas a convertir en cepillos de barrer? —pregunta Nate, pero suelta una risa—. Me apunto.

—¿Esto no era un juego de niños con hipopótamos que se peleaban para tragarse bolas? —pregunta Ameth—. Hungry Hippos o algo así.

—Efectivamente. Venga, vamos a jugar por turnos, que somos muchos.

Ameth va a sujetarme a mí. Jordan a Nate. Brooke a Morgan. Hacemos un total de ocho parejas para la primera ronda. Spencer se niega en redondo, quedándose junto a Sasha, ambas mirándonos como si fuésemos a tirarnos en paracaídas sin paracaídas.

—¡Tonto número dos y tonto número tres ganan esta ronda! Enhorabuena, sois los más borricos de todos —anuncia Spencer, aplaudiendo a Nate y Jordan, que han conseguido arrastrar con ellos más bolas que nadie. Los dos chocan sus pechos antes de marcarse un baile-cito de la victoria.

Pasamos el resto de la noche jugando a distintas cosas y bailando. La Barbie y Brooke se unen a nosotros casi todo el tiempo porque Morgan las arrastra, pero apenas hablamos. Yo disfruto de nuestro cumpleaños con mis amigos, celebrando tenerlos.

Me sorprende ver a mi padre en casa. Las últimas veces que he venido no estaba aquí, se encontraba trabajando en el bar o gastándose el dinero que gana, así que supongo que tiene el día libre.

Está sentado en el sofá, viendo la tele con una bolsa de patatas y una cerveza. Me mira cuando entro, haciendo una mueca.

—Pero mira a quién tenemos aquí —masculla en español—. El hijo pródigo. ¿Vienes a ver a tu viejo?

—Vengo a por las niñas, nos vamos a comer.

—Por supuesto. Llévate a esos niños de mi vista un rato, así puedo meneármela en paz.

Tengo que apretar los puños con toda la fuerza que soy capaz para no partirle la cara ahora mismo. Le analizo, y siento únicamente repulsión por el hombre que tengo frente a mí. Lleva el pelo moreno despeinado, y sus ojos marrones están algo vidriosos. Las que más se parecen a mi padre son Morgan y *Calabaza*, ya que Ana y yo tenemos los rasgos de nuestra madre. No es muy alto, y antes no tenía esa barriga cervecera en la que apoya la bolsa de patatas.

Tengo muy pocos recuerdos buenos con mi padre. Desde que tengo consciencia, ha sido una persona horrible. Nunca nos cuidó, pero tampoco nos molestaba. Ha sido siempre un inútil que tenía a su servicio a su esposa y sus hijos, sin participar en sus vidas. Fue cuando murió mi madre cuando su indiferencia se volvió algo más, ya que empezó a odiarnos. Nunca nos ha tocado un pelo, jamás ha sido agresivo físicamente con nosotros, pero sus palabras nos han hecho mucho daño a lo largo de los años. Si *Calabaza* y Ana siguen aquí es única-mente porque mi padre no es violento con ellas, tan solo las ignora completamente. Si alguna vez se atreviese a tocarlas, me daría igual que los Servicios Sociales las alejasen de nosotros hasta que pudiése-mos cuidarlas: se irían de aquí de inmediato. Pero mi padre las deja más o menos vivir, y Carolina ahora es la mejor ayuda que podemos tener.

Ignoro la forma en que se ríe cuando no cedo a su provocación, yendo a la habitación de las niñas. Llamo, ya que les instalé un pestillo para emergencias. Ambas se lanzan a abrazarme cuando me ven.

—¡Diego!

—¿Cómo están mis preciosas? ¿Tenéis hambre?

—Mucha —responde *Calabaza*—. Feliz cumpleaños, Diego.

—Felicidades, te quiero un montón —añade Ana.

—Venga, poneos los zapatos, que Mor está esperando en el coche.

Echo un vistazo a la habitación mientras se calzan. Aquí antes había cuatro camas. Cuando mi madre se fue y tuvimos que vender la casa, esta fue la mejor opción. No nos sirvió de mucho tener las cuentas llenas de dinero, en aquel entonces no podíamos acceder a ellas y mi padre tenía el control de la cuenta familiar. Mor y yo teníamos solo catorce años, tampoco sabíamos cómo administrarnos. Así que nos vinimos a vivir al piso más barato que mi padre encontró, en nuestro antiguo barrio, totalmente diferente al lujoso en el que solíamos vivir. Tuvimos que compartir habitación hasta que Morgan y yo nos fuimos a la universidad. En cuanto eso pasó, dejamos todo el espacio posible disponible para ellas.

Salimos de la habitación con la esperanza de que mi padre nos deje en paz, pero eso no sucede. Suelta un bufido y tira una patata al aire.

—Haz el favor de decirle a ese niño que se vista en condiciones —escupe—. Parece un maricón.

—Salid de aquí —les digo, empujándolas hacia la puerta. Miro a mi padre cuando la puerta se cierra tras ellas—. No se te ocurra hablarles así a mis hermanas. No se te ocurra decirles qué hacer o cómo vestirse. Y mucho menos faltarles el respeto. No tienes ningún derecho, ¿me oyes?

—Haré lo que me salga de los huevos —reprocha, eructando—. Para eso son mis hijos. Igual que tú, pedazo de inútil, y la enferma de tu hermana.

Solo necesito dos zancadas para plantarme frente al sofá, agarrarle por la camisa y tirar de él para acercarlo a mí a la vez que me inclino. Estoy a medio centímetro de su cara, que se contrae en una mueca.

—Si no te parto la cara es porque no quiero ser ese tipo de persona ni quiero darles ese ejemplo a mis hermanas. —Doy un tirón, ignorando su quejido. Oigo la cerveza caer al suelo—. Pero, créeme, no dudaré en hacerlo si vuelves a decir algo sobre ellas. ¿Entendido?

Suelta una ligera carcajada.

—Deberíais estar todos con tu madre.

Le suelto de golpe y le doy un manotazo a la bolsa de patatas que aún sostiene, lanzándola a otro lado. Quiero matarlo. Quiero darle puñetazos hasta que se quede sin consciencia, quiero enterrarlo. Sonreiría en su funeral, lloraría de alegría. Pero no puedo hacerlo. Me armo de un autocontrol que siento que puede desvanecerse de un momento a otro, y me alejo.

—Eres basura —espeto, antes de salir de ahí y cerrar tras de mí.

Mis hermanas no están en la puerta, pero las veo junto al coche, con Morgan. Bajo las escaleras y me uno a ellas, esbozando una sonrisa como si nada hubiese pasado.

—¿Quién tiene hambre?

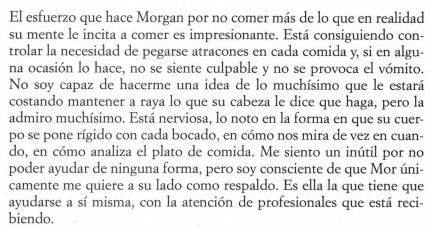

El esfuerzo que hace Morgan por no comer más de lo que en realidad su mente le incita a comer es impresionante. Está consiguiendo controlar la necesidad de pegarse atracones en cada comida y, si en alguna ocasión lo hace, no se siente culpable y no se provoca el vómito. No soy capaz de hacerme una idea de lo muchísimo que le estará costando mantener a raya lo que su cabeza le dice que haga, pero la admiro muchísimo. Está nerviosa, lo noto en la forma en que su cuerpo se pone rígido con cada bocado, en cómo nos mira de vez en cuando, en cómo analiza el plato de comida. Me siento un inútil por no poder ayudar de ninguna forma, pero soy consciente de que Mor únicamente me quiere a su lado como respaldo. Es ella la que tiene que ayudarse a sí misma, con la atención de profesionales que está recibiendo.

—¿Queréis postre? —le pregunto a las pequeñas, que asienten de inmediato.

Ambas nos cuentan que, desde que fuimos a hablar al colegio la última vez, no ha habido problemas. Sí que han vuelto a meterse con *Calabaza* en alguna ocasión, pero los profesores han intervenido esta vez, haciendo que mi hermana se sienta segura en clase. Tampoco han mencionado nada de su ropa.

Hoy lleva puestos unos pantalones vaqueros, unas botas de color lila y un jersey con rosas moradas. Ana va exactamente igual, pero sus botas y las rosas de su jersey son naranjas. Estos conjuntos se los regalamos la última vez que fuimos de compras, y a la vista está lo mucho que les gustan.

Calabaza ha ido dos veces al psicólogo especialista que Ameth me recomendó. Parece contenta de poder hablar con tranquilidad con alguien que la entiende, y pregunta a diario cuándo es la siguiente sesión. Mor y yo fuimos a la primera para conocer al terapeuta y tener una sesión conjunta. A la segunda le llevó Carolina, pero el psicólogo me llamó para hacerme un informe.

—¿Mor, Diego? —nos dice *Calabaza* cuando estamos terminando el postre—. He elegido mi nombre.

El psicólogo me dijo que le había recomendado pensar en quizá buscar un nombre con el que se sintiese cómoda, ya que Nick le hace daño. Él se ha estado refiriendo a ella también como *Calabaza*, y me alegra saber que mi hermana está siguiendo sus consejos porque se siente cómoda con ellos.

—¿Y cuál es? —pregunta Mor.

—Noa.

—Noa —repetimos ambos a la vez.

La mirada de mi hermana es la de alguien a quien le acaban de decir que va a adoptar un cachorrillo.

—Me encanta —digo—. Te pega un montón. Noa. Noa. Noa. Sí, es genial.

—Es precioso —añade Morgan, tendiéndole una mano—. Es un placer, Noa.

Las lágrimas escapan de sus ojos cuando, en lugar de darle la mano, se levanta para darle un abrazo enorme, y después hacer lo mismo conmigo.

Me aseguro de que mi padre está durmiendo la mona antes de que Noa y Ana entren en la casa. Mor también decide venir; ella suele evitar subir para no encontrárselo, pero, sabiendo que está dormido, entra.

Hemos pasado el día fuera, así que preparamos algo de cenar mientras las niñas se duchan y se ponen el pijama. Hay comida en la nevera y el congelador preparada por Carol con etiquetas e instrucciones, aunque a excepción de sus días libres, ella está para servirla. Sobra algo de cena, así que la guardamos junto a la demás.

Nos esperamos hasta que ambas están dormidas antes de volver al campus, con el corazón encogido por tener que dejarlas ahí.

Un año. Tan solo un año más para poder sacarlas de esta prisión.

Solo un año más.

CAPÍTULO 34
Sasha

90,41 puntos en el programa corto, sumados a los 73,25 del programa libre... 163,67 puntos en total.

Hoy no ha sido mi mejor día. Podría haber sacado muchísima más puntuación si tan solo... Si tan solo patinase a mi manera.

—Horrible —dice mi madre entre dientes, mientras finge una sonrisa frente a las cámaras. Yo aprieto el ramo de flores con toda la fuerza de la que soy capaz—. Has estado horrible.

Ahora mismo tengo la puntuación más alta de todas las chicas que ya han competido, por lo que tan horrible no he debido de estar. No he sido magnífica, podría haber sido mejor, pero no he sido horrible.

Las cámaras nos hacen fotos mientras abandonamos el *kiss and cry* para la próxima patinadora. En lugar de marcharnos, mi madre y yo nos sentamos en el espacio reservado para nosotras a observar el resto de la competición. No porque nos interesen, sino porque Charlotte Solberg es la última, y la única que puede ganarme.

Hace una coreografía magnífica que me hace dudar. ¿Me habrá ganado? Ha tenido una pequeña caída que le ha restado puntos, pero aun así dudo.

—Como esa patinadora de tres al cuarto te gane, Aleksandra, olvídate de llegar a ser alguien —murmura a mi lado.

Charlotte no es ninguna patinadora de tres al cuarto, es buenísima. No tanto como yo, pero de no ser porque existo, ella ocuparía mi lugar como campeona en todas las competiciones.

Observo las pantallas cuando se sienta en el *kiss and cry* junto a su entrenadora, que la abraza con cariño. Contengo la respiración mientras dan sus resultados, hasta que se suma la nota final: 163,65 puntos.

Respiro con normalidad en el instante en el que se me proclama de nuevo campeona regional.

La adrenalina y satisfacción que siento cuando salgo al hielo para subirme en el pódium eclipsa los sentimientos de culpa por no haber patinado mejor. Al menos hasta que bajo y salgo de la pista para reunirme de nuevo con mi madre. Entonces la culpa vuelve a mí. No me han ganado por tres centésimas. Si Charlotte no se hubiese caído me habría ganado por mucho más. La culpa no es solo mía, sino de mi madre por no permitirme ser yo. Pero me he permitido distraerme.

He permitido que Diego Torres se convierta en una distracción. Y, si quiero ganar este año el nacional y el ISSC, no puede serlo.

Paso las vacaciones de Acción de Gracias en la casa de mi madre, cerca del campus. Mi padre me invitó a ir a Nueva York, como cada año, pero mi madre me lo prohibió, como siempre. Han sido unos días en los que tan solo la he escuchado quejarse de absolutamente todo, porque no hay nada en este mundo que no le moleste. Lo único que me ha salvado de tirarme por la ventana es hablar cada día con Brooke. Sus padres también viven aquí en Newford, pero en una zona algo alejada de la mía, así que no nos hemos visto en persona.

Volví al campus ayer por la tarde, porque se avecinaba la primera tormenta de nieve de este invierno y me aterraba la idea de quedarme encerrada en casa de mi madre un día más.

Efectivamente, a dos días de diciembre, el campus amanece cubierto de nieve. Mis compañeras Kappa Delta corretean por la casa emocionadas, saliendo al exterior abrigadas hasta arriba.

—¿Has visto cómo está el campus? —me pregunta Brooke, que se asoma a mi habitación desde nuestro baño común.

—Tan solo es nieve.

—Dios, ¿tienes pasión por algo en esta vida, Sasha? —bufa, aunque con el cepillo de dientes en la boca me ha costado entenderla.

—Por patinar. —Esbozo una sonrisa que hace que ella ponga los ojos en blanco.

—Te hace falta disfrutar de las pequeñas cosas de la vida, cariño. Te sorprendería lo bonito que es el mundo.

Brooke pasa demasiado tiempo con Morgan, porque está empezando a sonar como si se hubiese escapado de una película romántica mala, y la única persona que conozco que hable así es Torres. Está clara la influencia.

Termino de vestirme para ir a clase, hoy mi madre ha dicho que tenía reunión con la decana a primera hora para ver qué narices pasa con la pista de patinaje, si la han arreglado ya o cuándo pretenden hacerlo, así que hemos cambiado el entrenamiento a esta tarde, haciéndolo doble porque tengo el nacional antes de las vacaciones de Navidad y, entre medias, una exhibición junto a las patinadoras que quedaron en segundo y tercer lugar en el regional.

Me pongo unos vaqueros calentitos, un jersey marrón *oversize* de cuello alto y botas. Me dejo el pelo suelto y me pongo un gorro. Un poco de sombra de purpurina, rímel, colorete y *gloss* y estoy lista.

Brooke vuelve a entrar en mi habitación, también con vaqueros y un jersey azul. Me mira de arriba abajo y sonríe.

—Te sienta demasiado bien vestirte como una persona normal. Venga, vamos, Morgan nos acaba de invitar a no sé qué competición de muñecos de nieve.

—Tengo clase, Brooks —respondo, cogiendo mi mochila y saliendo con ella del cuarto.

—Es de conocimiento nacional que el primer día que nieva en Newford nadie va a clase.

—¿Saben los profesores eso?

—Por supuesto.

—¿Ponen falta de asistencia o hacen la vista gorda?

—No he querido informarme —sonríe, dándome mi respuesta.

—No voy a faltar a clase.

—Ya lo veremos.

Brooke y yo paseamos por el campus, totalmente blanco y lleno de gente que disfruta de la primera nevada. Ya estaba haciendo bastante frío, pero acostumbrada a estar en el hielo continuamente, donde acabo sudando y con calor, la temperatura para mí es un caso aparte.

—Mira, están ahí —me dice, señalando un grupo de gente a lo lejos. Destaca un chaquetón amarillo chillón, no me hace falta preguntar quién es porque lo sé de inmediato.

No he querido pensar que podía estar por aquí, dudo mucho que si paso tiempo a su alrededor pueda mantener mi nueva promesa de no permitir que me distraiga bajo ningún concepto. Tengo que dejar de pensar guarradas con él, y de momento no lo llevo muy bien. Me escapé de casa un día para ir a comprar un maldito vibrador. Brooke se partió de risa cuando se lo conté porque siempre he dicho que yo no necesitaba un chisme de esos, pero mi cuerpo me estaba traicionando, así que al final me hice con uno.

No hace falta que le diga a mi mejor amiga que llevo desde entonces corriéndome en tiempo récord pensando en el jodido *volk*. Lo sabe, por supuesto que lo sabe.

—Yo sigo hacia las clases, Brooke —digo entonces.

—De verdad te digo que no pasa nada porque te las saltes un día, Sash, no vas a ir a la cárcel.

—Ya me las salté hace unas semanas. —Cuando Torres me escuchó decir lo que no me debería haber escuchado decir.

—¡Brooke, Sasha! —oigo que nos llaman. Morgan está saludando desde donde están, y ahora todo el grupo nos mira.

—Ven aunque sea cinco minutitos —me pide mi amiga. Miro la hora en mi teléfono, y suspiro al ver que aún es temprano y mi clase no empieza hasta dentro de un rato. No tengo que decir nada más, Brooke sabe que ese suspiro significa que ha ganado, así que me engancha del brazo y me arrastra por la nieve hacia donde están los mellizos, Spencer, Nate y Jordan.

Torres esboza esa sonrisa canalla tan habitual.

—Así que os unís a nuestra batalla de muñecos de nieve —dice mientras moldea una bola entre sus manos. Sus ojos se clavan en mí tras repasarme de arriba abajo como siempre hace.

—Yo me voy a clase.

A mi lado, Brooke gruñe.

—Como vuelvas a repetirlo, te prometo que entierro tu cara en la nieve. —Spencer ríe. Después mi amiga me susurra—: No seas cobarde.

Spencer se acerca a un gran montículo de nieve.

—Bueno, Brooke, tú vas con nosotros —señala a Nate y Jordan.

—¿Cuatro contra dos? —pregunta mi amiga—. No parece justo.

Todos estallan en carcajadas como si hubiese dicho lo más gracioso del mundo, hasta que nos señalan una bola de nieve gigante tras los Torres. Es perfectamente redonda, el claro cuerpo de un muñeco de nieve, nada que ver con la otra montaña sin forma.

—Podríamos ser quince contra ellos dos, y aun así perderíamos —comenta Nate.

—A todos se nos da bien algo —dice Jordan—. Unos jugamos al hockey, otros hacen fotografías, otros redactan... Ellos hacen muñecos de nieve.

La bola que Torres estaba moldeando se estampa de lleno en la cara bonita de Jordan. Enseguida se inicia una guerra de la que me aparto.

Jordan derriba a Spencer con una facilidad increíble, y Nate empieza a cubrirla con nieve mientras ella les dice lo gilipollas que son y les amenaza de distintas maneras. Después, los tres chicos se ven envueltos en una batalla de bolas que vuelan sin piedad mientras Spencer, Morgan y Brooke los animan.

—El trío de tontos en su máximo esplendor —se burla Spencer, antes de que vayan de nuevo a por ella, arrastrando a las otras dos por el camino.

Se me encoge un poco el estómago al verlos reír sin parar y disfrutar. Yo nunca he tenido esto. Jamás he participado en un concurso de muñecos de nieve ni en una guerra de bolas. No he tenido amigos ni amigas con los que crear recuerdos como este. Brooke es mi primera amiga, y la conocí en el primer año de universidad. Con ella tengo buenos recuerdos, sí, pero sé que no he disfrutado lo suficiente, que no le he dedicado a ella, mucho menos a mí, el tiempo y atención que merecemos. No soy capaz de recordar cuándo fue la última vez que me reí tantísimo como ellos están haciendo.

Los chicos están ahí, pasándoselo bien como si no tuviesen que sacar adelante las clases y el hockey. Tienen amigos y vida social, y parece que les va bien con todo. ¿Por qué yo no puedo tener eso? ¿Por qué yo nunca he podido compaginar mi pasión con ser feliz? Sí, patinar me hace feliz, pero no de la manera en que me gustaría. No sé cuándo dejé de patinar para complacerme a mí misma. Aunque creo que, en realidad, nunca lo he hecho. Y quiero hacerlo.

Me siento tan mal de repente, que empiezo a alejarme de ahí sin decir nada.

—¡Sash! —me llama Brooke, acudiendo a mi lado—. ¿Estás bien?

—Llego tarde a clase —le digo, restando importancia con un aspaviento de mano—. Luego nos vemos.

No miro atrás ni una sola vez.

Vamos totalmente a contrarreloj. Lo sabíamos desde que se nos repartió el horario, y la señorita Porter nos lo advirtió. Menos mal que al menos este proyecto lo ha organizado entero ella, dejando solo a nuestro cargo la decoración y la organización de aquí al viernes.

El primer evento del Festival de Hielo es una reunión de antiguos alumnos. Se va a habilitar uno de los salones de actos de Keens para llevarlo a cabo.

Los chicos de hockey están terminando de montar el escenario provisional en el que se subirá la decana Lewis a dar un pequeño discurso. A sus pies hay varias cajas con decoración, algunas de las chicas de patinaje están empezando a sacarlo todo para tener claro qué se puede utilizar.

Veo a Torres entrar por la puerta del salón, carpeta en mano como yo. Lleva unos pantalones vaqueros, zapatillas blancas y una sudadera negra con las mangas remangadas, mostrando los tatuajes que ahora parecen ser mi perdición. En cuanto me ve, se acerca a mí.

—El club de música dice que mañana nos confirma quiénes van a actuar —informa—. Spencer viene de camino para hacer un par de fotos y vídeos para el Instagram del *K-Press*.

He de confesarlo, soy muy fan del *K-Press* desde que ellos dos empezaron a subir artículos. Antes no leía ninguna sección, pero Brooke insistió en que sus artículos eran muy buenos, así que empecé a leerlos, especialmente desde que me entrevistaron a mí. Spencer aporta una perspectiva muy fresca al hecho de transmitir información, haciendo que cualquier tema que suela darme igual, me interese. Este año han abierto un Instagram para llegar a más gente de forma más dinámica. No estoy mucho en redes sociales, pero les sigo.

—Mañana nos dan la llave del viejo almacén para ver qué podemos rescatar —le digo yo—. Me han dicho que todo está perfectamente ordenado por años, así que había pensado en hacer…

—Secciones por años —suelta, y automáticamente añade—: Perdona, te he interrumpido, pero es que se me ha ocurrido de golpe. Dime qué habías pensado.

—Justo eso —respondo, confusa. Estoy segura de que mi idea es buena y original, que a él también se le haya ocurrido me sorprende.

Él enarca una ceja, como si tampoco pudiese creer que hayamos pensado lo mismo—. La sala es lo suficientemente grande para decorar las paredes de un extremo a otro por orden cronológico. Ya sea con fotos, anuarios, decoración de eventos pasados...

—Cualquier detalle que les sirva para recordar sus años en Keens —completa, y yo asiento, satisfecha—. Quién me iba a decir que podías tener buenas ideas, *mami*.

—No me llames así —respondo de inmediato. Esa palabra es nueva. Ya me había acostumbrado a las otras dos, pero esa, que sé lo que significa, ha sonado de manera distinta. De una manera que no puedo permitir—. Y no sé de qué te sorprendes, yo sí que no esperaba que tú tuvieses una idea decente.

—¿Te gusta más Barbie? —se burla e ignora lo otro—. ¿O *princesa*?

—No me gusta ninguno, *volk*.

—De acuerdo, Aleksandra.

Si las miradas matasen, ahora mismo Diego Torres explotaría en mil pedazos y ardería hasta que no quedase rastro de él. Mi expresión le debe de parecer divertidísima, porque vuelve a reírse. No puedo controlarme, le doy un golpe con la carpeta que hace que ría más fuerte y yo me cabree más, golpeándole de nuevo.

—Pero bueno, *mami*, ¿desde cuando eres tan agresiva? Y yo que pensaba que querías foll...

Le interrumpo con más golpes de carpeta que hacen que se muera de la risa.

—No se te ocurra acabar esa frase.

Torres me quita la carpeta de un tirón y acorta la distancia entre los dos, manteniéndola en alto para que no pueda recuperarla. Me mira desde arriba y alza las comisuras de los labios.

—Desde mi cumpleaños no hemos pasado tiempo a solas —me dice—. Y eso fue hace dos semanas. No estarás huyendo de mí, ¿verdad?

—¿Por qué iba a estar huyendo de ti? —bufo.

—Quizá porque no puedes controlar la atracción que sientes por mí —susurra, da un paso más hacia adelante e intenta intimidarme, pero no se lo permito a pesar de lo nerviosa que me pongo. Un dedo de su mano libre se posa en mi mejilla, lo desliza por ella, y lo lleva tras mi oreja, como si colocase un mechón de pelo suelto tras ella. Solo que no tengo ningún pelo fuera de su sitio. Lo que sí tengo es la piel de gallina y el pulso acelerado—. Y crees que alejándote va a desaparecer.

—Se te ha subido demasiado a la cabeza lo que dije —protesto, clavando mis ojos en los suyo—. Y precisamente por eso nunca va a pasar.

—No me digas esas cosas tan feas, Sasha.

Pongo los ojos en blanco.

—Como si de verdad te interesase y no quisieras únicamente sacarme de quicio.

Abre la boca para responder, pero entonces alguien nos llama. Nos separamos aún sin dejar de mirarnos, él me devuelve la carpeta y yo intento que mi cuerpo se tranquilice. Malditos estrógenos y testosterona.

Acudimos a la llamada de los chicos, y dejamos organizado hoy todo lo que podemos para que no se nos eche el tiempo encima esta semana. Terminamos bastante tarde, así que recojo mis cosas tras supervisar lo realizado, cuando casi todo el mundo ya se ha marchado, y me dirijo a la salida. Como Torres tiene que supervisar conmigo, al estar «al mando» los dos, también se queda de los últimos, para mi condena.

Miro el reloj, suspirando al ver la hora que es. Mañana tengo entrenamiento muy temprano con mi madre. De aquí al pabellón tardo veinte minutos andando demasiado valiosos, y me niego a saltarme mi entrenamiento en solitario, aunque vaya a dormir una mierda.

—Te llevo —dicen tras de mí. Torres me hace un gesto con la cabeza para que le siga cuando pasa por mi lado y, al ver que no lo hago, se detiene—. ¿No vas a la pista? Te acerco, hace mucho frío y creo que está lloviendo.

—No hace falta.

No puedo encerrarme en un coche con él.

—Prometo no tirarte la caña. —Eso me hace poner los ojos en blanco y reír, pero finalmente le sigo. Prefiero aguantar los minutos que dura el trayecto en coche antes que perder el tiempo andando bajo la lluvia y congelarme.

Cuando subimos veo que tiene libros y apuntes por todas partes, a diferencia del orden que había en el coche la última vez que me subí.

—Perdona el desorden, tengo los finales en nada y estudio en cada hueco que tengo.

—¿Cómo lo llevas? —pregunto.

—Mal. —Torres suspira mientras arranca y enciende la calefacción. Me mira y vuelve a suspirar—. Es la primera vez en toda mi vida que voy mal en los estudios.

Noto miedo en su voz, desesperación. Si no aprueba perderá no solo la beca, sino el hockey.

—¿Te has planteado lo que te dije?

—No —responde de inmediato—. Esa posibilidad no existe.

—Eres el capitán de los Wolves —le recuerdo—. Y, por lo que dices, tus notas siempre han sido buenas. Habla con la decana, quizá no haya ningún problema en cambiarte de carrera.

Silencio. Tan solo me observa mientras piensa antes de encogerse de hombros por toda respuesta. Después sonríe con tristeza, pone Imagine Dragons y arranca.

No hablamos en todo el camino, y no sé qué es peor.

Aparca y entramos juntos al pabellón y a los vestuarios, aunque nos damos privacidad para cambiarnos de ropa, poniéndonos después los patines y yendo también juntos al hielo. Torres y yo nos miramos unos segundos antes de que sea yo quien ponga distancia entre nosotros, empezando a ensayar la coreografía de la exhibición del viernes, que no me preocupa.

—¿En qué consisten las competiciones? —me pregunta cuando la termino por tercera vez, patinando a mi lado.

—¿Por qué te interesa?

—Soy curioso.

—Los campeonatos se dividen en dos partes: programa corto y programa libre —comienzo, los dos patinamos por el borde de la pista para relajar los músculos tras el entrenamiento—. En el programa corto hay que introducir unos elementos obligatorios en la coreografía para que los evalúen, y el programa libre es totalmente libre, y el más importante.

—¿Y cómo se puntúa?

—Es complicado si no estás metido de lleno en este mundo, ya que hay que hacer varios cálculos. Pero básicamente se evalúan una serie de componentes: si el patinaje ha sido bueno, la coreografía, la ejecución de movimientos… y la técnica de los saltos, piruetas… Al final se suma la puntuación del programa corto y del libre.

—Entiendo. ¿Y después del nacional, qué?

—Después me presentaré al ISSC, el Ice Silver Skating Competition, el mayor campeonato a nivel internacional para menores de veinticinco años. Tengo que ganar esta vez.

—Bueno, tienes unos años más para ganarlo si no, ¿no?

—Quiero ganarlo este año, es mi oportunidad de ir a las Olimpiadas. —También significaría demostrarle a mi madre de lo que soy capaz, demostrarme a mí misma hasta dónde puedo llegar. Podría ir a las Olimpiadas el año que viene o volver a intentarlo para las siguientes, pero no puedo retrasarlo más—. ¿Y tú? ¿Qué pasa si los Devils no te fichan? ¿Ni los Rangers?

—Me sorprende que lo recuerdes —confiesa, yo me encojo de hombros—. Son mi plan A y B. Supongo que si no me fichase ninguno de los dos equipos, barajaría lo que hay sobre la mesa. Pero me gustaría no tener que hacerlo, creo que soy lo suficientemente bueno como para acabar con los New Jersey Devils.

—Lo eres.

Torres se detiene, haciendo que yo también pare, y me mira con sorpresa y duda.

—No es la primera vez que me dices algo así. ¿De verdad lo crees?

—Tienes que mejorar mucho algunos aspectos. Pero sabes que eres el mejor del equipo y que tienes potencial. Si yo puedo verlo y admitirlo, cualquier ojeador podrá hacerlo.

—Ten cuidado, Sasha, o pensaré que quieres hacer algo más que follarme.

Esta vez se me escapa una carcajada que no puedo controlar y le contagio a él.

—Ni en tus mejores sueños, *volk*.

CAPÍTULO 35

Torres

Se hace raro después de este tiempo que Sasha no nos entrene en toda la semana. Le ha sido imposible compaginar los entrenamientos con su madre, la organización de la reunión de antiguos alumnos, su entrenamiento personal y el de los Wolves. Lo que sí le ha dejado al entrenador son indicaciones para realizar algunos ejercicios que él nos ha obligado a hacer antes de nuestro entrenamiento normal.

Tampoco la he visto por las noches, porque esta semana he tenido que trabajar todos los días y he tenido que saltarme mi entrenamiento a pesar de que he intentado no hacerlo. Me ha sido imposible, era estudiar o patinar y, teniendo en cuenta lo mal que voy, he tenido que elegir estudiar.

Sasha y yo solo nos hemos visto en la organización del evento, trabajando codo con codo a diario. Ha habido tanto trabajo que no hemos podido estar a solas y mucho menos hablar. Y por hablar quiero decir provocarla, porque me gusta demasiado ver cómo se sonroja y se pone nerviosa por mi culpa.

No puedo dejar de mirarla cada vez que estamos juntos, es como un magnetismo irresistible y contra el que no puedo luchar. Necesito tenerla cerca, necesito observarla. En Halloween pensé que estaba loco, que había malinterpretado la situación… y entonces la escuché decir eso, y supe que de loco no tenía nada. Sasha Washington sí que iba a besarme aquel día. Y yo le habría correspondido.

Y desde que sé que le atraigo no puedo pensar en otra maldita cosa que no sea comerle la boca.

Hoy es su exhibición, que tiene lugar en Montpelier, capital de Vermont, por lo que no va a estar presente en la reunión de antiguos alumnos. Como soy el que tiene que supervisar, me doy una vuelta por la sala para comprobar que todo está correcto. Algunos de los chicos del equipo están barriendo y fregando para que esté impecable, otros revisan que el equipo de música funciona correctamente. La gente de patinaje habla con los artistas del club de música que van a actuar, otros se aseguran de que la decoración está perfecta.

Sasha y yo llevamos a cabo nuestra idea, decorando todo el espacio con las cosas antiguas que encontramos en el almacén. La universidad de Keens celebra su 85.º aniversario, así que hemos realizado un homenaje. Cuando se entra en la sala, se realiza un recorrido en el que se verá, en las paredes y en algunas mesas, recuerdos desde el primer año de la universidad hasta ahora. Hay recortes de periódicos, trofeos, anuarios, fotografías, decoraciones de eventos... Todo ordenado de manera cronológica.

A pesar del estrés se nos ha dado muy bien trabajar codo con codo. Sasha tiene buenas ideas, yo también, y hemos estado de acuerdo en casi todas las decisiones que hemos tomado.

La fiesta empieza a la hora estimada, ya que mucha gente es puntual. Tanto la señorita Porter como la decana Lewis están aquí. La primera está hablando con los tres entrenadores, mientras que la segunda saluda a antiguos alumnos. Es increíble ver cómo en la sala hay gente muy mayor y también gente muy joven, ya que se abarcan ochenta y cinco años de estudios.

Spencer y Nate están juntos tomando fotografías y hablando con distintas personas para su próximo artículo. Jordan y yo estamos con Ameth y algunos de los chicos del equipo bebiéndonos una cerveza sin alcohol.

—No me puedo creer lo bien que ha quedado —comenta Ameth, echando un vistazo a todo—. Pensaba que íbamos a matarnos unos a otros, pero ha salido muy bien.

—Todos lo pensábamos —respondo, chocando mi cerveza con la suya—. Esto es trabajar en equipo, chicos.

Me fijo en que Jordan está totalmente fuera de la conversación que seguimos manteniendo, ya que está venga a escribir en el móvil. Es imposible adivinar por su expresión con quién está hablando, pero teniendo en cuenta que no es alguien que le dedique demasiadas horas al teléfono, puedo suponer que de nuevo es esa chica misteriosa.

—¿Piensas decirnos de una vez quién es? —le pregunto, tirándole una de las chucherías del tarro pequeño que hay en la mesa alta y redonda donde estamos. Él alza la vista de la pantalla y enarca una ceja.

—¿Quién?

—La chica con la que hablas tanto. Llevas meses absorto y no sueltas prenda.

—No tengo nada que contar.

—¿Me estás vacilando? Jordan, nos contamos todo desde pequeños. No me puedo creer que nos estés ocultando que tienes novia, *papi*.

—No tengo novia —responde apresuradamente—. Solo hablo con una amiga.

—¿Y por qué no nos quieres decir quién es? —insisto. Jordan es el más hermético de los tres, no es nada nuevo que no comparta todo con nosotros, pero esto es raro. Las cosas importantes siempre nos las decimos, y que lleve meses pegado al teléfono por alguien me parece importante.

—Porque probablemente esto nunca llegue a nada más —confiesa, suspirando—. Si en algún momento tengo algo que contaros, lo haré.

La frustración en sus palabras hace que no siga preguntando. Como es Jordan con la sinceridad, si no nos ha dicho nada es porque de verdad siente que no es el momento o no debe hacerlo. Confío en él, así que supongo que el tiempo dirá.

La señorita Porter se acerca a nosotros un rato después para felicitarnos por cómo ha quedado todo y el trabajo que hemos hecho en tan poco tiempo, y nos recuerda que el lunes debemos empezar con el siguiente proyecto.

La alarma de mi móvil suena, así que me excuso para ir al servicio. Lo hago, pero al volver no entro de nuevo en la sala, sino que me siento en uno de los bancos del pasillo de la universidad. Saco el teléfono, busco en internet la web oficial y le doy al play al vídeo que se está retransmitiendo en directo ahora mismo.

Una chica está saliendo de la pista en ese momento, dando paso a Sasha, anunciada por megafonía como Aleksandra Washington Petrova. Lleva un traje de color esmeralda con muchos brillos, y el pelo recogido en uno de sus moños tirantes trenzados. Se sitúa en el centro de la pista, y empieza a patinar en el momento exacto en que la música empieza a sonar. No reconozco la canción, pero es demasiado…

sosa. Es alguna versión moderna de música clásica, es bonita, pero no le pega en absoluto a Sasha ni a sus movimientos. Y se le nota en la cara que no está disfrutando.

Reconozco la coreografía de haberla visto ensayarla, aunque siempre realiza varias distintas. Me sorprendo a mí mismo sabiendo cuándo tienen lugar la mayoría de los saltos o giros porque los recuerdo. ¿Tanta atención le presto cuando entrenamos juntos? No debería, eso significa que me distraigo más de la cuenta.

Estoy tan absorto en la coreografía que me llevo un susto de muerte cuando noto que alguien se sienta a mi lado. Nate echa un vistazo a mi móvil y después enarca una ceja y se cruza de brazos, mirándome.

—¿Qué? —pregunto.

—¿Hay algo que quieras decirme? —inquiere él—. Como, por ejemplo, explicarme por qué estás aquí solo viendo a Sasha patinar cuando, según tú, solo te pone.

—Pues… no sé. ¿Me apetecía? —Lo miro casi con horror porque sé lo rara que es la situación ahora mismo. Mi amigo estalla en carcajadas—. ¿Qué?

—Nada, *bro*, nada. —Señala con la cabeza el móvil—. Tengo curiosidad, vamos a verla terminar.

Y eso hacemos. Sasha tiene la respiración agitada cuando termina. La cámara muestra un primer plano de ella, está seria e intenta recuperar el aliento. Levanta la barbilla bien alta mientras sale de la pista, y no necesito que nadie me diga lo que puedo ver en su lenguaje corporal: no está satisfecha con lo que ha hecho.

—Aquí estáis. —Miramos a Spencer, que sale de la sala y se acerca a nosotros—. ¿Qué hacéis aquí fuera, enrollaros?

—Nos has pillado, amor. ¿Te importa irte para dejarnos privacidad?

—Prefiero unirme —bromea y se sienta a mi lado para mirar el teléfono—. ¿Estáis viendo la exhibición de Sasha?

—No preguntes —dice Nate, dedicándole una mirada que solo ellos dos entienden, ya que Spencer ríe y asiente.

—Entiendo. Bueno, yo ya tengo material de sobra para el artículo e Ethan le ha dado el visto bueno, así que me piro a casa que estoy reventada.

—¿Hasta cuándo va a seguir llevando el periódico? —pregunto con burla. Ethan se graduó el año pasado, todo el mundo pensaba que no iba a seguir con *La Gazette*, pero a la vista está que sí.

—Está haciendo el posgrado, así que este semestre va a seguir dirigiéndola él. Pero me está formando para que, cuando volvamos de las vacaciones de Navidad, sea yo quien se quede a cargo de todo el periódico.

Puedo ver la ilusión en su rostro, sonríe con sus labios rojos y esa alegría se refleja en sus ojos color miel. Spencer ha trabajado duro para que sus artículos lleguen a mucha gente, y creo que está feliz con el resultado.

—¿Estás contenta? —pregunto, aunque sé la respuesta.

—Mucho. No sé si estoy preparada, pero supongo que tengo que arriesgarme.

—Esa es mi Spencie. —Le doy un beso en la cabeza antes de revolverle el pelo, haciendo que se queje porque le he destrozado el recogido.

—Bueno, aquí os quedáis. Seguid haciendo lo que quiera que estuvieseis haciendo. —Choca el puño conmigo y luego le da un beso a Nate antes de marcharse. Mi colega se queda con una sonrisa de zoquete mientras la mira alejarse por el pasillo.

—Estás hasta las trancas.

—Estoy loco por ella, hermano.

—Me alegra que estéis juntos —digo—. De verdad, estáis genial y sacáis lo mejor el uno del otro. Os envidio.

—Ya llegará tu momento, *papi*. —Nate me guiña un ojo y señala con la cabeza la puerta—. ¿Volvemos?

Suspiro.

—Debería irme a estudiar.

—Diego. —Cuando uno de mis amigos pronuncia mi nombre así sé que la conversación va a ponerse seria—. Llevas unos meses en los que estás estudiando más de lo que nunca has hecho. —Hace una pausa porque la puerta se abre y Jordan sale.

—¿Qué hacéis aquí?

—Tener una conversación seria, ¿te unes? —pregunta Nate. Jordan asiente y se sienta a su lado, ambos me miran y mi amigo sigue hablando—. Ya te hemos dicho varias veces que estás abarcando demasiado.

—No estoy…

—Lo estás —dice Jordan—. No te hemos visto en la vida estudiar tanto y sacar tan malas notas. Tienes un coco prodigioso y siem-

244

pre has aprobado dedicándole solo un rato a las asignaturas. Estás llevando adelante demasiadas cosas, Torres, y se te están empezando a venir encima.

—¿Cuántas horas duermes al día? —pregunta Nate, yo me encojo de hombros.

—Las suficientes.

—Diego.

—¿Qué?

—¿Puedes no ser tan cabezón? —me pide Jordan—. Sabemos que tu situación no es fácil, pero tienes que ser realista. La universidad, el hockey, tus hermanas, el trabajo, los entrenamientos… Es inviable.

Hasta ahora había conseguido flotar en ese frasco en el que me estaba ahogando. Unas bocanadas de aire, un gran esfuerzo y listo. Pero se ha llenado más, y respirar cada vez está siendo más difícil. Mis amigos lo saben, yo lo sé, pero admitirlo en voz alta significa convertir el problema en una realidad. Y ahora más que nunca puedo entender a Sasha y su dilema.

—Tengo que hacer que sea viable —contesto poco después—. Sabéis que no tengo elección.

—No se trata de tener elección —responde Nate—, sino de lo que puedes abarcar. Si sigues así vas a suspender, y con eso se termina todo. Adiós beca, adiós hockey.

—Por eso no puedo suspender.

—No depende de ti.

—Claro que depende de mí. De las horas de estudio que…

—No tienes más horas, *papi*.

—Las sacaré.

—Diego —la voz de Jordan es firme y está cargada de preocupación—, estamos preocupados por ti. Todos. No pasas tiempo con nosotros como antes, salir de fiesta de vez en cuando no cuenta, sabes a lo que me refiero. Te estamos viendo pasarlo mal, dormir poco y llevarte al límite. ¿Por qué eres incapaz de ver que lo que estás haciendo no es normal?

Sé que tengo una carga sobre mí que no me corresponde. Pero así es, y tengo que sacar todo adelante por mí y por mi familia. No puedo dejar el trabajo si quiero seguir ahorrando para no depender únicamente del dinero de las cuentas. No puedo dejar el hockey, es mi futuro. No puedo dejar los entrenamientos si quiero ser un buen capitán y ponerme bajo el punto de mira de los ojeadores. No puedo dejar de cuidar de mis tres hermanas, eso ni pensarlo. No puedo… Inspiro hondo. Podría dejar la carrera. No dejarla, sino cambiar mis estudios. Lo que me propuso Sasha y no vi como opción, ahora la barajo. ¿Podría hacerlo? ¿Me mantendrían la beca?

—Puede que me plantee cambiar de carrera —termino confesando. Mis amigos sueltan un suspiro de alivio y triunfo que me hace quererlos aún más, porque sé lo preocupados que están por mí—. Solo he dicho que me lo puedo plantear, no que vaya a hacerlo.

—Sabía que odiabas la ingeniería —dice Nate y mira a Jordan—. Me debes veinte pavos.

—Nunca aposté por lo contrario —responde él, mirándole como si fuese imbécil. Nate se encoge de hombros y Jordan me mira—. Creo que no hace falta preguntarte qué elegirías. Todos sabemos que tu lugar está en el hockey.

—Sabes que tienes todo nuestro apoyo, ¿verdad?

—Lo sé —asiento con la cabeza y sonrío ligeramente—. Lo pensaré, ¿vale? Dejad de preocuparos tanto por mí.

—Eso nunca.

CAPÍTULO 36
Sasha

Ni un respiro he tenido el fin de semana. El nacional es en dos semanas y, como estoy perdiendo horas de entrenamiento por el Festival de Hielo, mi madre me las ha aumentado buscando huecos donde no los hay, o quitándome las horas en las que yo entrenaba sola. El sábado y domingo han sido de entrenamiento intenso con muchos gritos y frustraciones, nada fuera de lo habitual.

Jenna, mi compañera de las Kappa Delta con la que comparto clase, se sienta a mi lado justo cuando el profesor entra en el aula. En mitad de la clase, me llega un mensaje al móvil.

Volk
Espero que no nos hayas abandonado.

Yo
Perdona, quién eres?

Volk
Vas a romperme el corazón, *mami*.

Pongo los ojos en blanco.

Yo
No me llames así.

Volk
Vale, Barbie patinadora. Y bien?

Yo
Y bien, qué?

Volk
Vendrás esta tarde a entrenarnos o ya te has aburrido de nosotros?

Yo
Iré, deja de llorar.

Volk
No es que te necesitemos, es que eres más agradable a la vista que el entrenador Dawson.

Yo
Eres insoportable.

Volk
Soy encantador, *princesa*, pero tú solo tienes ojos para el hielo.

Yo
Un consejito: deja de ver pelis románticas de mierda.

Volk
A ti te hace falta ver más pelis románticas de mierda. O pelis, en general.

Yo
Estoy bien así, gracias.

Bloqueo el teléfono, pero entonces vuelve a escribir, cambiando de tema.

Volk
Me han dicho que la exhibición fue genial.

Yo
Sí.

Volk
No estás contenta?

Yo
Solo fue una exhibición.

Volk
Eso no es una respuesta.

Yo
Podría haber ido mejor.

No. No es así.

Yo
Podría haber sido mejor.

Volk
Sabes cómo ser mejor.

Yo
Ya.

La fiesta por lo que veo fue bien.

Volk
De maravilla. La señorita Porter nos felicitó.

Aunque me aburrí bastante sin ti por aquí.

Yo
No te pega ser un mentiroso, *volk*.

Volk
Puedo demostrártelo para que veas que no miento.

No lo hagas, Sasha. No lo hagas, no lo hagas, no lo hagas.

Yo
Cómo?

Imbécil.

Volk
Se me ocurren un par de formas.

Que implican poca ropa y una cama.

Lo has pedido a gritos, bonita. Ahora te aguantas.

Yo
En tus sueños.

Volk
Si tú supieras…

No sigo contestando porque estoy en clase. Y excitarme en mitad de una explicación porque solo puedo pensar en Torres acercándose a mí, mirándome…, no es lo apropiado. Y mucho menos lo es imaginar cómo sería tener sus labios sobre los míos, su lengua en mi boca, su cuerpo desnudo abrazado el mío…

—¿Estás bien? —me pregunta Jenna, a mi lado—. Estás muy roja.

—Sí —respondo, borrando las imágenes de él de mi mente—. Estoy bien.

Los Wolves ya están calentando en la pista cuando llego, lo que me hace mirarlos con sospecha.

—No puedo creerme que haya echado de menos esa cara de amargada —oigo que dice Peter, que tampoco es que se haya molestado en bajar la voz. Me deslizo hacia donde está estirando, deteniéndome frente a él, que alza la vista para mirarme.

—Espero que hoy tengas las pilas cargadas, Peter Smith. Eres el primero en el maravilloso ejercicio que os he preparado.

—No me puedo creer que te hayas aprendido mi nombre —se burla, yo sonrío.

—Siempre lo he sabido.

Patino hacia atrás, al centro de la pista, echando un vistazo a todos los chicos. Torres sonríe de medio lado con los labios cuando mi mirada se posa en él. No pienses en cosas guarras, Sasha, no pienses en cosas guarras.

—Hoy toca velocidad —explico, apartando la vista de él para centrarme. El entrenador Dawson nos observa desde las gradas—. Pero quiero que apliquéis lo que habéis aprendido estos meses. Vais a echar carreras. —Los chicos se encargan de hacerme saber que les gusta la idea con silbidos y comentarios antes de volver a prestarme atención—. Vais a dar una vuelta completa a la pista partiendo desde ahí. —Señalo el centro del lateral izquierdo más pequeño—. Y cuando lleguéis al punto de salida, vais a seguir por el centro de la pista hasta el final, frenando en seco cuando lleguéis a la pared. No quiero que nadie se caiga, se trague la pared o frene antes de tiempo. Gana quien llegue antes, frene más cerca de la pared y con mejor técnica. Venga, Peter. —Le indico con la palma de la mano que se coloque en el lugar de salida—. Y... John.

La sorpresa en su rostro cuando lo llamo por su nombre le dura todo el camino hasta donde le espera Peter. Me sé todos los nombres desde el principio, otra cosa es que no se lo haya hecho saber porque, primero, eso me daba poder y, segundo, no se merecían todavía mi respeto.

Doy la orden de salida y los dos lobos empiezan a patinar lo más rápido que pueden siguiendo el recorrido. Tienen que frenar y girar de nuevo en la meta para cruzar la pista. John se desequilibra por no haber calculado cuándo tenía que frenar, perdiendo unos segundos valiosos en los que Peter le adelanta, ya que ha hecho el giro correctamente. Sin embargo, va tan rápido por las ansias de ganar que no frena a tiempo y se traga la pared cuando llega al final. John, segundos después, se detiene justo a tiempo, ganando la carrera.

—Control del cuerpo —les digo mientras se unen a los demás—. Hay que pensar mientras se patina, calcular los tiempos, conocer nuestro propio peso y el tiempo de reacción. Siguientes.

Voy corrigiendo a todas las parejas, aunque me sorprende ver que más chicos de los que pensaba consiguen realizar el ejercicio.

Cuando empecé a entrenarles en septiembre, todos y cada uno de ellos se habrían caído de culo en el giro y se habrían tragado la pared. Hoy tan solo tengo que corregirles pequeños fallos.

Es el turno de Jordan y Ameth. Jordan es espectacular sobre los patines, calculador y serio. Es tan bueno como Torres, lo único que los diferencia y por lo que creo que su amigo es mejor jugador es porque este tiene afán de competición, ganas de ser el número uno. Jordan, en cambio, se conforma con aprender sin aspirar a ser el mejor de todos. Realiza el ejercicio a la perfección, ganando a Ameth. Sigue siendo algo previsible, por lo que Jordan ha sabido adelantarle en el giro cuando Ameth ha intentado hacer una jugada que todos veíamos venir.

Nate y Torres, aunque se lo toman en serio, hacen el payaso. Se intentan fastidiar el uno al otro entre risas, y los demás chicos se unen al espectáculo. Nate también es muy bueno, pero Torres es más rápido y tiene mejor técnica, así que le adelanta en la recta final como ha estado haciendo todo el rato en la vuelta. Torres frena con una precisión impecable, haciendo que su equipo le aplauda. Patina hacia nosotros y enarca una ceja de manera altiva, como si hubiese querido demostrar algo, por lo que bufo para ocultar que estoy satisfecha con lo que ha hecho.

—Eh, yo quiero ver a Sasha echando una carrera —dice Peter, que de repente parece creer que somos amigos solo porque ya no le insulte. Para sorpresa de nadie, los chicos le secundan.

—¿Queréis que os deje en ridículo o qué? —les pregunto y me cruzo de brazos.

—Alguien está pidiendo que le bajen los humos a gritos —bromea Nate, con esa sonrisa simpática con hoyuelos que suele tener en la cara—. ¿Capitán?

—Oh, por favor —resoplo.

—¿Qué pasa, *princesa*? —Torres se acerca a mí con socarronería, el pulso se me acelera—. ¿Te da miedo perder contra mí?

Se me escapa una carcajada. ¿De verdad cree que puede ganarme? Controlo este ejercicio a la perfección desde que tengo uso de razón, y sé cómo se mueve él sobre el hielo. Podría vencerle con los ojos cerrados. Mi respuesta es un leve asentimiento, curvando la boca hacia arriba con seguridad antes de quitarme la sudadera.

—¡Uh! ¡La cosa va en serio, chicos! —Peter mete cizaña porque está claro que por mucho que ahora lo tolere, sigue siendo el que menos neuronas tiene de todos. Le lanzo la sudadera para que se calle y estiro un poco el cuerpo.

Llevo un vestido con falda de vuelo y manga corta de color negro. No se me pasa por alto el repaso que me da Torres antes de quitarse también la suya, quedándose con una camiseta negra que se le ajusta a cada músculo a la perfección.

—Vas a morder el polvo —le susurro mientras nos dirigimos a la salida. Su sonrisa es increíblemente arrogante cuando me mira y se inclina hacia mí ligeramente.

—Estaría encantado de morder cualquier otra cosa. O de echar ese polvo.

—Deja de decir esas cosas —protesto.

—Me gusta demasiado ver cómo te sonrojas. Además, eras tú la que… —Se calla cuando le fulmino con la mirada, pero ríe y alza las manos en señal de rendición.

—¿Preparados? —oigo a alguno de los chicos decir, no miro quién, porque estoy preparando mi cuerpo mientras Torres y yo nos miramos a los ojos en la línea de salida—. Listos… ¡Ya!

Salgo disparada como una flecha. Tardo milésimas de segundo en alcanzar una velocidad estupenda, pero el maldito Torres se pone a mi altura enseguida. Los dos sabemos cómo impulsarnos, como hacer que nuestro cuerpo se vuelva una pluma mientras los patines se deslizan por el hielo.

Torres me adelanta, después yo le adelanto a él. Y lo repetimos durante toda la vuelta. Puedo escuchar su respiración jadeante, acelerada, de la misma forma en que él estará escuchando la mía. Nunca suelo entrenar de esta forma. Sí que me pongo al límite muchas veces y trabajo mi velocidad, pero no había echado una carrera en mi vida más allá de en algún entrenamiento hace años. Lo que pasa es que esto no es un entrenamiento, es una carrera y es algo personal. No pienso perder delante de todo el equipo de los Wolves, mucho menos contra él.

Nos acercamos al giro, fijo mi vista en el punto exacto en que debo cambiar mi trayecto, y calculo. Freno ligeramente de forma que Torres me adelanta, pero eso me permite girar de manera limpia e impecable y ganar velocidad de nuevo en apenas unos segundos, mientras él se desvía un poco por haber ido a demasiada velocidad, quedando tras de mí. Suelto una carcajada porque la carrera está ganada desde ese preciso instante.

Freno en seco a tan solo unos centímetros de la pared, el hielo chirría bajo mis patines. Torres llega tan solo unos segundos después de mí, perdiendo un poco el equilibro al intentar hacer un frenado como el mío. Los lobos empiezan a reír, aplaudir y silbar, metiéndose con su capitán por haber perdido.

Le encaro con una sonrisa triunfante, intentando recuperar el aliento.

—Controla tu cuerpo —le digo. Él da un paso al frente, mirándome desde arriba por la diferencia de altura, ambos casi pegados, nuestras respiraciones descontroladas—, y quizá puedas llegar a alcanzarme.

—¿Quieres que te diga dónde controlo mi cuerpo a la perfección, *mami*? —susurra, yo inspiro profundamente y alzo la barbilla.

—Deja de llamarme así —masculло, no quiero que sepa lo mucho que me gusta que lo haga—. Y no intentes desviar mi atención con comentarios indecentes para que se me olvide la paliza que acabo de darte.

Torres sonríe y se humedece el labio inferior, captando toda mi atención.

—Pues desvía tus ojos de mi boca, Sasha, o voy a creer algo que no es.

De inmediato alzo la vista, clavándola en sus ojos, que brillan con diversión. Maldita sea, joder. ¿Qué narices me pasa? ¿Cuándo dejé de mantener la compostura?

—No te aguanto —gruño, él me guiña un ojo.

Nos separamos porque todos los chicos acuden a nosotros.

—Menuda bajada de humos —se burla Ameth, dándole una palmadita en la espalda a su amigo—. Y yo que apostaba por ti.

—No mientas —responde Nate—. Jordan y tú habéis dicho desde el principio que Sasha iba a ganar. Yo sí que había apostado por él.

—No entendemos por qué —comenta Jordan, el resto ríe.

—Teniendo en cuenta que Torres ve casi a diario a Sasha patinar, y que ahora resulta que también se traga sus competiciones, lo lógico sería que supiese cómo ganarle —suelta Nate. Jordan carraspea y Ameth le da un codazo, pero ninguna de esas dos cosas hace que no escuche lo que ha dicho.

—Así que Torres se traga mis competiciones —me giro hacia el susodicho, arqueando una ceja.

—Bocazas —le suelta a Nate.

—En realidad solo ha sido la exhibición —se defiende Nate, intentando mejorar la situación.

Hasta yo me giro para mirarle de esa forma que dice «cállate, lo estás empeorando». A Nate parece no importarle mucho, ya que sonríe enseñando todos los dientes como diciendo «ups», y se encoge de hombros.

—Yo creo que mejor me voy.

—Sí —respondo—. El entrenamiento ha terminado por hoy.

Los chicos empiezan a abandonar la pista, pero yo me quedo, mirando a Torres con, esta vez me toca a mí, socarronería.

—«Me han dicho que la exhibición fue genial» —cito su mensaje de texto de esta mañana—. ¿Quién, exactamente? ¿Tú?

—Pse, no te des tanta importancia, Barbie, estaba aburrido.

—Mi exhibición fue durante la reunión de alumnos que estabas supervisando.

—Necesitaba tomar el aire.

—Necesitabas tomar el aire y te pusiste a ver mi exhibición. —Torres se rasca la nunca, ahora soy yo quien tiene la situación bajo control y eso me da un chute de adrenalina después de que él la dominase minutos antes.

—Te dije que me aburría sin ti.

—Y yo te dije que no te pega ser un mentiroso.

Ríe en silencio y se desliza hasta donde estoy. Ambos desviamos la vista un único segundo para comprobar que estamos solos, aunque no estoy segura de por qué lo hacemos.

—Y yo te dije que podía demostrarte que no miento de un par de formas.

Quiero que me lo demuestre.

En realidad, me da igual que lo demuestre o no, solo quiero que me bese.

—Lobo ladrador, poco mordedor —le digo, adaptando el refrán y burlándome, en parte, del lema de nuestra universidad: «Los lobos no temen a los perros que ladran». Da un paso más y yo me armo de valor para no retroceder y demostrarle la forma en que me afecta tenerle tan cerca.

—Otra carrera —susurra, con voz ronca y provocativa—. Si me ganas, dejo de hacer que te pongas tan roja como ahora mismo para

255

siempre. —Me muerdo el interior de las mejillas sin dejar de mirarle—. Si te gano…, te beso.

Se me escapa una pequeña risa nerviosa.

—Acabo de machacarte —le recuerdo—. Así que prepárate para dejar de ser inapropiado conmigo.

Acepta mi desafío, yo acepto el suyo.

Volvemos a la línea de salida. Nos preparamos, contamos hacia atrás… y salimos disparados. Sonrío con orgullo cuando, de nuevo, se repite lo de antes. Torres me alcanza, pero no me supera. La carrera es una repetición exacta de la de antes. Quiero ganar (voy a ganar) porque lo mejor para mí es que deje de provocarme y así pueda olvidarme de él y centrarme en el patinaje. Pero una pequeña parte de mí desearía frenar sin que se diese cuenta para que tomase ventaja y me ganase él a mí.

No, no puedo hacer eso. Tengo que alejarle de mí. Me centro en la carrera, en cómo de nuevo va a coger ventaja en el giro, y en cómo lo voy a aprovechar a mi favor para coger velocidad y ganar.

Solo que no lo hace. No coge ventaja en el giro, sino que aprovecha para estabilizarse, yendo por detrás de mí… y adelantarme.

No doy crédito. ¿Qué narices? Llevo mi cuerpo al límite, cogiendo velocidad, pero no consigo alcanzarle. Torres llega a la meta y frena tan cerca de la pared que cuando yo llego y freno sé que he perdido. No me lo puedo creer.

Le miro con confusión, intentando respirar con normalidad, pero él suelta una carcajada burlona.

—A estas alturas deberías saber que soy un alumno magnífico —me dice, su pecho subiendo y bajando de manera acelerada. Se acerca a mí y no me aparto cuando coloca un dedo en mi barbilla para subirla y obligarme a mirarle desde abajo. Siento vértigo cuando se inclina y nuestros rostros quedan tan cerca que sus labios rozan los míos al volver a hablar—. Y que no solo aprendo rápido a controlar mi cuerpo, sino que también conozco el tuyo. —Se me seca la garganta y cojo aire, siento que me asfixio por culpa de sus palabras—. Por lo menos en el hielo. —Sonríe y levanta más mi barbilla con su dedo, un escalofrío me recorre la columna cuando vuelvo a notar sus labios sobre los míos—. He ganado, así que…

—Lobo ladrador, poco…

Me calla mordiéndome la boca.

Torres me muerde la boca.

Sus dientes atrapan mi labio inferior y tira hacia atrás antes de sustituirlos por su lengua, que se abre paso sin pudor entre mis labios. Jadeo en su boca de la sorpresa, de la excitación, de los nervios.

Los latidos me van a mil por hora y siento cosquillas en el estómago que descienden hasta mi sexo. Joder.

No tengo tiempo de aferrarme a él para profundizar el beso, para saborear bien sus labios y pelearme con su lengua por el control. Torres se aparta de mí y tengo que coger aire con toda mi fuerza para no sentir que me ahogo.

No sé cuánto ha durado este beso, creo que tan solo unos segundos que han pasado demasiado rápido, pero han sido suficientes para destrozar todo mi ser. Sus ojos marrones están vidriosos, su respiración igual de agitada que la mía. Torres y yo nos miramos unos segundos y, cuando mi cuerpo decide dar un paso al frente para volver a acortar la distancia entre nosotros, la puerta del pabellón se abre. Es imposible no escucharla con el silencio que se había formado entre nosotros.

—¿Todavía estáis aquí? —nos pregunta el entrenador Dawson, los dos le miramos—. A descansar, chicos. Nos vemos mañana.

Y se marcha. Torres y yo nos volvemos a mirar, con la tensión envolviéndonos, pero el momento ya se ha roto. Entonces soy consciente de lo que acaba de pasar, y él parece darse cuenta también. No somos capaces de decir nada, así que me armo de valor para ser la primera en irse y terminar con la situación tan incómoda.

Entro en el vestuario, sorprendida de que él me siga. Recogemos nuestras cosas en silencio, mirándonos de vez en cuando, y seguimos en bucle mientras salimos del pabellón. Ambos nos detenemos en la puerta, nos volvemos a mirar, abrimos la boca para decir algo..., pero no decimos nada.

Al final, Torres niega con la cabeza y se marcha en una dirección. Yo voy en dirección contraria cuando mi madre me llama al móvil. No espera a que diga nada, en cuanto descuelgo habla ella.

—La pista de hielo de nuestro pabellón está arreglada. Estamos perdiendo mucho tiempo, así que te veo allí en diez minutos.

—No puedo ir ahora —replico, intentando centrarme en la conversación y no en lo que acaba de pasar en el hielo—. Tengo que estudiar.

—Me da exactamente igual lo que tengas que estudiar, Aleksandra, el patinaje es más importante.

Mi madre solo tiene el legado que dejó antes de lesionarse. Se convirtió en entrenadora por quien era, por lo que había logrado antes de tener que retirarse. Pero yo necesito estudiar por mi futuro, por si no tengo las mismas oportunidades que ella.

—He quedado con mis hermanas —miento—. Si vuelvo a faltar van a enfadarse y echarme de las Kappa Delta.

Silencio al otro lado de la línea. Mi madre de verdad se replantea toda su vida en torno a la popularidad. ¿Qué imagen daría Aleksandra Washington Petrova si la gente se entera de que la expulsaron de una de las hermandades más antiguas de la Universidad de Keens?

—Esta noche, después de la reunión —determina—. No vas a perder más el tiempo. ¿Qué estabas haciendo ahora?

—Comprar ropa deportiva —miento—. Necesito renovar el armario.

Eso la tranquiliza: ropa nueva, imagen impoluta.

—Bien. Nos vemos luego, ya no vas a tener que pisar nunca más ese pabellón mugriento de hockey.

Cuando cuelga, no puedo evitar mirar atrás, al pabellón.

No entiendo por qué de repente me siento tan mal por pensar que ya no voy a entrenar ahí.

—Respira, Sash —me dice Brooke por enésima vez. He entrado a toda velocidad en su habitación tras llegar a casa y le he soltado todo lo que ha pasado. Ahora está intentando procesarlo mientras yo sigo hiperventilando—. Déjame ver si lo he entendido… Torres y tú os habéis besado.

—Sí. No. Algo así. No sé.

—¿Quieres hacer el favor de respirar?

Inspiro hondo, cojo aire varias veces y lo suelto con lentitud hasta que consigo tranquilizarme.

—No nos hemos besado porque no me ha dado tiempo a responder —explico—. Él me ha besado a mí. Me ha mordido la boca, Brooke. Después me ha besado unos segundos y se ha apartado.

—¿Ibas a corresponder?

—Sí. No. No sé.

—Sasha.

Le cuento bien todo lo que ha pasado y cómo ha pasado, y ella lo único que hace es sonreír y dar palmadas de alegría. Me tumbo en su cama y me tapo la cara con su almohada para soltar un grito de frustración.

—No voy a poder mirarle a la cara ahora —mascullo.

—No lo hagas. Mírale la boca y se la comes, fin del asunto.

Le lanzo la almohada, Brooke ríe.

—Vale, ya en serio. ¿Te ha gustado? —Aún noto sus labios sobre los míos, su lengua abriéndose paso entre ellos, sus dientes mordiéndome. Un cosquilleo en mi estómago me hace gruñir por toda respuesta—. Pues ya está, no te comas demasiado la cabeza. Sigue como si nada, Sash, las cosas surgirán solas. Si se tiene que repetir, se repetirá. Si no, pues nada. Te aseguro que Torres te hará saber si él quiere que se repita o no. El caso es: ¿tú quieres?

Vuelvo a gruñir, pero ella me entiende a la perfección.

—Ojalá te lo tires —me dice, antes de lanzarme de vuelta la almohada. No me da tiempo a responder, ya que Brooke se lanza encima de mí y empieza a hacerme cosquillas para molestar. Y la verdad, prefiero no responder.

No sé cuál habría sido mi respuesta.

CAPÍTULO 37

Torres

—¡No vas a conseguir el primer puesto de esta manera, Aleksandra!

Los gritos se escuchan desde antes de cruzar las puertas que dan a la pista. El pabellón de patinaje es similar al de hockey, pero a la vez son completamente distintos. Todo aquí es… soso. No hay decoración más allá de un par de banderas de la universidad y el equipo de patinaje, mientras que el nuestro está lleno de decoración de Keens, de los Wolves y de nuestros logros por todos lados.

Me fijo en las dos personas que hay en el hielo. Sasha está realizando unos giros que me marean solo de verla. Su cuerpo gira como una peonza antes de volver a deslizarse sobre los patines y realizar un salto. Me parecen unos movimientos maravillosos, pero su madre, en el centro de la pista, no parece estar de acuerdo.

—¡No, no y no! Para. ¡Para!

Sasha obedece, intentando recuperar la respiración. Desde aquí puedo notar lo tensa que está, cómo su cuerpo está rígido por completo. Cuando coincidimos en el hielo, siempre comienza con esa rigidez y tensión, hasta que empieza a moverse como ella quiere y se suelta por completo. No la he visto en toda la semana porque ha vuelto a entrenar en su pabellón, no ha entrenado a los Wolves por su campeonato, y por eso mismo ha podido librarse de la organización del mercadillo navideño.

No hemos hablado del beso, pero yo no he podido dejar de pensar en él. Cuando se lo conté a los chicos tan solo dijeron: «Se veía venir» antes de interrogarme para que les contase todos los detalles y saber si quiero que se repita. Claro que quiero que se repita, joder.

Hoy nos toca pasar la mañana juntos en el mercadillo navideño y, viendo que no respondía a mis mensajes, he decidido acudir a ella.

—¿No ves que estás haciendo todo mal? —prosigue Tanya, yo me he sentado en la primera fila de las gradas—. Tus movimientos están siendo flojos, ese giro no ha tenido potencia suficiente y sigues bajando la cabeza.

Sasha inspira hondo, seguramente conteniéndose para no responderle, y repite el ejercicio.

—¡Aleksandra! —Es surrealista cómo la voz de esta señora se te mete en la cabeza. Creo que jamás la he escuchado hablar, tan solo chillar—. ¡Potencia! ¿Es que has perdido fuerza, o qué? ¿Voy a tener que aumentarte las horas de entrenamiento en el gimnasio? Haz el favor de impulsarte con fuerza.

—¡No puedo! —grita entonces, y tanto yo como su madre nos sorprendemos. Vuelve a inspirar hondo, pasándose una mano por el pelo—. ¡No tengo más fuerza!

—Ese giro te salía perfectamente hace unos meses, niña.

—¡Te he dicho que no me estoy alimen…! —Se calla porque su vista aterriza sobre mí, sobresaltándose. Tanya también me mira, así que me pongo en pie y me acerco al borde de la pista—. ¿Qué haces aquí?

—Tenemos que estar en el mercadillo en treinta minutos —respondo, la atención fija en ella.

—¿Tú quién eres? —Tanya me mira de arriba abajo con una cara de asco impresionante. Ambas patinan hacia mí. Tengo las mangas de la sudadera subidas, así que Tanya mira mis tatuajes y vuelve a hacer una mueca desagradable—. Te he hecho una pregunta.

—Diego Torres —respondo, me parece surrealista que me trate como si no me hubiese visto nunca, pero no sé qué esperaba, la verdad—. Capitán de los Wolves de hockey. Estoy a cargo de la organización del Festival de Hielo junto a Sasha.

—¿Este es el chico con el que estás supervisando esa tontería? —le pregunta a su hija como si de repente yo no estuviese aquí. Suelta algo en ruso a lo que Sasha bufa con desacuerdo.

—Tengo que irme —anuncia.

—No hemos terminado de entrenar, Aleksandra.

—Pues habla con la decana.

La sigo cuando sale del hielo hacia el pasillo, donde suelta de golpe todo el aire que al parecer estaba conteniendo.

—Acabo de dejar a mi madre plantada —susurra, mirándome como si hubiese atropellado a alguien.

—Teniendo en cuenta cómo te estaba hablando no sé por qué te preocupas.

Sasha se acerca para seguir susurrando, con la mirada de un cachorro asustado.

—Nunca me he enfrentado a mi madre, siempre he cumplido todas sus órdenes. Y con esta ya van varias veces las que le he replicado y me he salido con la mía.

—¿Tengo que preocuparme porque de repente seas una macarra o algo?

Se pasa ambas manos por el pelo trenzado, agobiada y negando con la cabeza, ignorando mi comentario.

—Tengo que volver ahí.

—No —digo con firmeza, y me acerco más para agarrarle los brazos y forzarla a mirarme. El mero contacto con su piel hace que la mía se erice, pero no es momento de pensar en eso—. Te estaba tratando como una mierda, Sasha, y tenemos cosas que hacer. No has hecho nada malo, no se te ocurra volver ahí porque te sientas culpable.

Asiente y empieza a tranquilizarse. En ese momento su madre sale, suelta un bufido al vernos. Sasha se aparta de mí de inmediato, mirando cómo Tanya se pierde por el pasillo.

—Voy a cambiarme y vengo. Dame quince minutos.

Tarda exactamente quince minutos en volver, vestida con unos pantalones a cuadros en tonos marrones, un jersey marrón clarito y botines. Se ha soltado las trenzas, así que el pelo rubio le cae ondulado por los hombros. Dios, quiero enredar los dedos en él. Los labios que hace unos días mordí brillan debido al *gloss*, y sus párpados tienen unas sombras a juego con el conjunto. Lleva un abrigo y una bufanda en la mano.

—¿Vamos? —dice, obligándome a salir de mi ensimismamiento.

—¿Qué es lo que ha dicho tu madre en ruso de mí?

—Qué egocéntrico.

—¿No era sobre mí?

—Sí —confiesa—. Ha dicho que pareces un delincuente con todos eso tatuajes y pendientes.

Se me escapa una carcajada tan grande que Sasha se contagia, riendo conmigo. Vale, está bien saber que entre nosotros las cosas no van a ser raras después del beso.

—Pues el delincuente y la macarra tienen muchos panfletos que repartir hoy.

El mercadillo navideño tiene lugar alrededor de la pista de hielo al aire libre que han montado, como cada invierno, entre los pabellones de hockey y patinaje, así que apenas tardamos en llegar al lugar. Hoy sábado se ha inaugurado, nuestros compañeros ya deben de estar allí echando una mano en las tareas adjudicadas. A Sasha y a mí nos toca repartir panfletos de las actividades que van a tener lugar todo este mes y el siguiente.

El campus está precioso cubierto de blanco, han limpiado la nieve de los caminos principales. El mercadillo está rodeado por la nieve, pero el paseo está impoluto. Las casetas son de madera marrón oscura, decoradas con adornos navideños rojos y verdes, y detalles como muñecos de nieve y copos. Además, hay carteles del Festival de Hielo por todos lados. Son muy bonitos, pero me habría encantado que los diseñase Trinity, estoy seguro de que habrían sido espectaculares si ella estuviese aquí.

Ya hay bastante gente a pesar de que son las once y solo lleva una hora abierto. Saludamos a mis chicos, repartidos por las casetas y la pista de hielo, y a la gente de patinaje. Comprobamos que todo está bien y no necesitan nada antes de ir a la caseta donde está Jordan.

—Has traído los panfletos, ¿verdad? —pregunto. Él nos da una caja cargada hasta arriba de ellos.

—Aquí están todos, llevaos solo unos cuantos y volved cuando necesitéis más, que pesan bastante. Ah, y la señorita Porter ha traído esto para que os lo pongáis mientras los repartís.

Jordan nos da dos gorros navideños con orejas de elfo y cascabeles. Me encantan. Me pongo el mío de inmediato, sonriendo al móvil de mi amigo, que me hace una foto.

—¿De verdad? —Sasha me mira con la cara arrugada y su gorro en la mano.

—¿Qué? Es divertido, estamos en Navidad.

—Es ridículo, no pienso ponerme esto. —Sasha mira a Jordan, que se encoge de hombros.

—Ha sido la señorita Porter quien lo ha dicho.

Suelta un bufido antes de acceder y ponérselo. No puedo evitarlo, me echo a reír.

—Estás monísima —le digo.

—Procurad que nadie me haga una foto y la suban a redes sociales —responde, como si eso pudiese arruinar su carrera.

—Venga, Barbie navideña, que tenemos mucho que hacer —me burlo, arrancándole un gesto de desesperación que hace reír hasta a Jordan.

—Buena suerte —nos dice.

Los dos nos vamos a la entrada del mercadillo, donde más afluencia de gente hay, y empezamos a repartir panfletos a todo el que entra y sale. Sasha no le dice mucho a nadie, yo le doy conversación a todo el mundo.

—He visto todos tus campeonatos —le confieso mientras seguimos trabajando. Básicamente me he hecho maratón, viendo cada vídeo de este año.

—Define todos.

—Los del año pasado y los de este año.

—¿Por qué? —pregunta ella tras unos segundos, evitando mirarme a los ojos.

—¿Y por qué no?

—Yo qué sé, ¿y por qué sí?

—Pues porque me apetecía. —No entiendo cómo Sasha tiene la piel tan perfecta si se pasa el día poniendo expresiones como la de ahora, arrugando toda la cara—. Cambias muchísimo.

—No entiendo a qué te refieres.

—Patinas de forma completamente distinta en las competiciones y con tu madre a cuando lo haces sola.

—Ya sabes por qué pasa eso. Mi madre quiere que patine de una forma que no se ajusta a mí, y no se da cuenta. Lo que funcionaba para ella a mí no me sirve. Mi cuerpo es distinto al suyo, mi forma de moverme… Incluso lo que valoran los jueces ahora es distinto a cuando ella patinaba. Pero es incapaz de aceptarlo, así que me sigue moldeando a lo que ella quiere.

—Está viviendo su sueño a través de ti, Sasha —le recuerdo. Ella baja la mirada unos segundos, entrega unos panfletos a gente que pasa antes de volver a mirarme y asentir ligeramente—. ¿Tanto perderías si hablases con ella?

—No se habla con Tanya Petrova. Y sí, tengo todo que perder. Sin ella como entrenadora no puedo competir.

—¿No puedes buscarte otra?

Inspira hondo antes de decir:

—Me hizo firmar un contrato cuando cumplí dieciocho. Ella toma todas las decisiones de mi vida profesional.

—Y romperlo supongo que tendría consecuencias.

—Aparte de una indemnización que no puedo pedirle a mi padre que pague, el mundo del patinaje me miraría con mala cara por haber faltado a mi contrato cuando mi madre está considerada una leyenda. No puedo arriesgar mi futuro.

—Lo estás haciendo igualmente.

—Lo sé.

Da por zanjada la conversación girándose para seguir con nuestro trabajo. Tenemos que volver a la caseta de Jordan para coger más panfletos un rato después, regresando a nuestro puesto. El mercadillo está lleno y no paran de llegar estudiantes. A mí ya me ha saludado un montón de gente, aunque mucha no tengo ni idea de quién es. Sean, mi compañero de clase, viene acompañado de Wendy, con quien sigue enrollándose, Becca, con quien me enrollé yo, y más gente. Me saludan antes de seguir su camino.

—Pero qué guapa, Sasha. —Reconocería esa voz desagradable en cualquier lugar. Allison y su perrito faldero, Riley, se plantan frente a Sasha con una sonrisa burlona. Después me miran a mí—. Y tú también, Diego, qué monos.

La respuesta de Sasha es tenderles un folleto.

—Nos has dejado colgadas con la organización de la fiesta de Navidad en la fraternidad —le reprochan.

—Estoy totalmente excusada por participar en esto —responde, encogiéndose de hombros—. No me necesitáis.

Allison da un sorbo al café que lleva en la mano, así que es Riley la que responde.

—Brooke y tú estáis pasando últimamente de nosotras demasiado.

—No me digas. —Sasha se hace la sorprendida con sarcasmo—. ¿Por qué será?

—No eres graciosa, Sasha —responde Allison de mala manera.

—Me lo suelen decir a menudo.

Allison y Riley se miran unos segundos antes de bufar.

—Aquí te quedas.

Pero no se limitan a irse sin más, sino que, cuando pasan por su lado, Allison finge tropezarse y derrama su café sobre Sasha, que chista entre dientes y da un paso atrás.

—Ups, qué torpe soy —se burla la bruja con una pequeña risa que Riley secunda.

—Piérdete de mi vista, Allison. —Es todo lo que Sasha responde entre dientes. Yo doy un paso al frente para decirles algo, pero ella se da cuenta y me lo impide poniendo una mano en mi pecho—. No merece la pena.

Ellas, que le han oído, sueltan un resoplido antes de largarse, y entonces Sasha empieza a quejarse.

—Malditas gilipollas. Es que no las soporto, joder —niega y me mira—. ¿Cómo podías pensar que éramos amigas? Son arpías.

—¿Estás bien?

—Sí. Pero voy al baño a limpiarme, me ha quemado con el jodido café.

Su jersey claro está completamente manchado, al igual que la bufanda y parte del abrigo. Me entrega los panfletos y se dirige hacia los baños públicos que hay junto al mercadillo. Cuando he entregado todo, me acerco a la caseta de Jordan de nuevo, que sonríe sin parar mientras me quito el gorro. Conozco esa sonrisa.

—Ha sido cosa tuya, ¿verdad? —adivino, y él estalla en carcajadas—. Sasha va a matarte.

—No he podido resistirme. Por cierto, ¿dónde está?

Le cuento lo sucedido con Allison y Riley antes de irme en dirección a los baños para comprobar que todo está bien.

—¿Sasha? —digo desde fuera del baño de mujeres, pero no obtengo respuesta.

Entro para ver si está ahí y necesita algo, pero me detengo en seco al verla.

El cuarto de baño es igual que el de los hombres: dos cubículos al final y dos lavabos al principio. Sasha está en los lavabos, lavando el jersey… en sujetador. Por supuesto, lo correcto sería apartar la vista y disculparme por la intromisión, pero, por algún motivo, me quedo paralizado.

—¿Se puede saber qué haces? —me pregunta como si nada, mirándome mientras sigue frotando el jersey bajo el agua.

Carraspeo antes de hablar.

—Quería comprobar si estabas bien.

—Lo estoy, pero no hay manera de sacar la mancha.

—No vas a quitarla así, lo mejor es que lo metas en la lavadora.

—Ya, pero no puedo ir con esa mancha por el campus, y tampoco puedo salir así. —Se señala, y entonces sí que no puedo evitarlo: me fijo en ella.

La piel de Sasha es blanca, pero no pálida, más bien rosada. El contraste con la mía, morena, es bastante grande. Lleva un sujetador de color celeste con encaje que recoge sus pequeños pechos, y a ella parece darle exactamente igual que la vea así ahora mismo, porque no se cubre. Ojalá se cubriese u ojalá fuese capaz de dejar de mirarla al completo, pero no pasa ninguna de las dos cosas.

Besarla no fue mi idea más brillante. Llevo toda la jodida semana con el sabor de sus labios dulces en la cabeza, con el jadeo de sorpresa que soltó clavado en mi mente. No tenía que haberla besado, pero lo hice. Y tenía que haberle vuelto a besar cuando el entrenador se marchó, en lugar de realizar la patética huida que ambos hicimos. Tenía que haberle vuelto a morder los labios y haberle quitado todas las horquillas del pelo para enredar las manos en él. Pero no lo hice. Y ambos sabemos que repetirlo no es una buena idea. Ninguno de los dos queremos distracciones, y nos hemos convertido en una.

—Ten —digo entonces. Me quito el abrigo y lo cuelgo en la percha al lado de donde está el suyo y la bufanda. Después me quito mi jersey gris y se lo tiendo.

Ahora es Sasha quien me mira a mí. Soy consciente de lo que ve, he trabajado mi cuerpo durante muchos años. Mi torso y mis brazos son puro músculo, y ella le está dando un buen repaso a todo, de la misma forma que he hecho yo antes. La he pillado más de una vez mirando los tatuajes, pero creo que nunca antes los había visto al completo, porque nunca he estado ante ella sin camiseta, así que ahora los examina más detenidamente.

—¿Qué significan? —pregunta, carraspeando después ligeramente.

—Nada —respondo—. Son cosas que me gustan.

Un lobo, unas alas, los elementos de fuego, aire, agua y tierra, una brújula, un bosque... un montón de elementos combinados en mis dos brazos.

—Ah.

Doy un par de pasos, acortando la distancia entre nosotros y haciendo así que Sasha me mire a los ojos. Pero vuelve a desviar los suyos a mi cuerpo. Alza una mano de forma dubitativa, sé lo que pretende, pero se echa atrás en el último momento y la baja. Pero yo quiero que me toque. Quiero sentir esos dedos finos en mi piel, así que cojo su mano con delicadeza y la poso en mi pecho, justo donde empieza, o acaba, el tatuaje del brazo derecho.

Sasha abre la palma, y el contacto de su mano fría hace que me estremezca. Cierra los dedos a excepción del índice, y entonces empieza a recorrer los tatuajes. Tengo el brazo derecho completo, pero en el izquierdo hay un montón de huecos esperando a ser rellenados.

—Son muchos —murmura, llegando a mi hombro. Yo asiento—. Te habrán costado una fortuna.

—En realidad no —río—. Me hice el primero a los catorce años, a mi madre casi le da algo cuando me lo vio. Fue poco antes de que ella muriese. —Agarro su mano para llevarla a mi antebrazo, donde hay una palabra que está algo emborronada: «familia» en español—. Me lo hizo un colega gratis porque estaba aprendiendo a tatuar. Es él quien me los ha hecho todos desde entonces, y me cobra lo mínimo —explico—. Morgan y yo siempre aprovechamos los cumpleaños y Navidad para regalarnos algo que durante el año no podemos permitirnos. Ella siempre me regala un sobre con dinero para tatuajes, así que aprovecho y me hago todos los que puedo dentro de ese presupuesto.

—Siempre he querido saber qué se siente al tener un hermano —me dice, su dedo se desliza de nuevo hacia arriba por mi brazo, llega a mi pecho y se dirige al otro, el que tiene huecos—. Al no estar sola.

Seguía el recorrido de su dedo, pero ahora solo puedo mirar su cara. Sus largas pestañas, sus pómulos, su boca.

—En mi caso son mi mayor apoyo —contesto. Ella alza los ojos y se encuentra con los míos. Después, asiente con la cabeza y vuelve a mis tatuajes.

El silencio solo está roto por el sonido de nuestras respiraciones. Por el carraspeo que suelto cuando usa una de sus uñas, no muy largas, para acariciarme.

—Deberíamos…

—No —me interrumpe, y vuelve a mirarme—. No me hagas hablar de eso.

—Sasha…

—Diego.

Es la primera vez que dice mi nombre. No *volk*, ni Torres, sino Diego. Y suena tan bien que pagaría por volver a escucharlo. Pero no dejo que me distraiga de lo que estaba diciendo. Abro la boca para insistir, pero ella me interrumpe.

—No va a volver a pasar. —No niego que sus palabras sean como un jarro de agua fría—. Yo no puedo distraerme y sé que tú tampoco. Olvidémoslo.

No quiero olvidarlo, sino repetirlo. Pero no pienso reprochar, sé todo lo que tiene encima, al igual que yo. Y, por muchas ganas que tenga de dejarme llevar, tiene toda la razón.

—Sin distracciones, pues —respondo.

Un escalofrío le recorre el cuerpo, por lo que, sin decir nada, le paso el jersey. Puedo notar su piel erizarse al contacto con la mía, a mí me sube la temperatura. Sasha deja los brazos completamente muertos, así que los introduzco lentamente por las mangas del jersey sin apartar la vista de sus ojos azules. Mis dedos acarician su piel con una lentitud voluntaria totalmente innecesaria mientras bajo las mangas y noto cómo el pulso se me acelera. Una vez bien puesto, dejo caer los brazos y sonrío ligeramente al ver que no dice ni hace nada.

—¿Todo bien, *mami*?

El jersey le queda enorme, y está guapísima con él.

—Perfectamente —susurra.

—¿Seguro? ¿No quieres decirme nada como que quieres follarme, pero no sali…?

Me da un manotazo en el brazo para callarme y yo estallo en risas. Cojo mi abrigo de la percha y me lo pongo. Subo la cremallera hasta arriba y señalo sus cosas.

—Vamos a por una bolsa para eso y damos un paseo por el mercadillo.

—Gracias —murmura, yo le guiño un ojo.

Los dos salimos del baño y nos dirigimos de vuelta al mercadillo.

—Ah, ¿sabes que lo de los gorros ha sido cosa de Jordan, no de la señorita Porter?

—¿Estás de coña? —pregunta y me mira con indignación—. Voy a matar a Jordan.

CAPÍTULO 38
Sasha

Decir que no he soñado con la forma en que las manos de Torres me acariciaron ayer sería lo más sensato, pero también una mentira. O con la forma en que me besó, o más bien no me besó, porque lo que hizo fue comerme la boca.

Mientras le miro, lo único que puedo hacer es maldecirle por afectarme tantísimo.

Hoy domingo pasamos toda la mañana en el mercadillo navideño enseñando a los estudiantes del campus que se han animado a patinar. Nos vamos turnando y ahora mismo en la pista estamos Torres, Ameth, Peter, dos chicas de patinaje y yo. Uno de los chicos del equipo de patinaje me toma el relevo, así que me siento en una de las mesas del puesto de bebidas calientes junto a la pista y pido un café.

Torres sigue enseñando a un chico que tiene pinta de ser de primer año. Le indica qué pasos seguir con una paciencia infinita, ya que el chico no para de tropezarse y gritar como si fuese a despeñarse por un acantilado. Por suerte a mí me han tocado personas que tenían por lo menos algo de equilibrio y no me han sacado totalmente de quicio.

Nate sustituye a Torres, que sale de la pista y viene hacia mí al verme. Pide un chocolate caliente antes de sentarse enfrente de mí.

—No has decapitado a nadie —apunta, yo le saco la lengua por lo gracioso que piensa que es.

—Y tú tienes más paciencia de la que pensaba.

—Tengo dos hermanas pequeñas y he tenido una infancia ajetreada, la paciencia es la clave de mi supervivencia.

—Pensaba que Morgan era tu única hermana.

—No, tengo dos más. Ana tiene doce años y Noa diez. Son muy inteligentes y demasiado maduras para su edad —me explica.

—Viven aquí en Newford, ¿verdad?

—Sí.

—Con tu padre, supongo.

La expresión de Torres cambia ligeramente unos segundos, son unos pocos, pero los suficientes para que me haya dado cuenta.

—Sí —responde—. Por desgracia.

—¿Por qué?

Lo pregunto porque realmente quiero saberlo. Él conoce mi situación con mi madre, me he abierto sorprendentemente con él, ya que no lo había hecho nunca antes más que con Brooke, y ahora a mí me gustaría saber qué ocurre en su vida, si es que me lo quiere contar.

—Es una larga historia.

Me encojo de hombros para quitarle peso al asunto, ya que es evidente que le afecta y no quiero que se sienta presionado.

—Tengo tiempo.

Torres me observa unos segundos antes de esbozar una media sonrisa y empezar a hablar.

—Mis padres se casaron muy jóvenes en Colombia. Él no venía de una familia muy adinerada y, aunque mi madre sí, decidieron venirse igualmente a Estados Unidos a buscar mejores oportunidades —comienza, recuerdo que parte de eso lo mencionó cuando me habló de por qué jugaba al hockey—. Vivir en Newford no tenía nada que ver con Barranquilla, no podían permitirse un estilo de vida en condiciones a pesar de que mi madre había ahorrado muchísimo dinero trabajando en Recursos Humanos durante el día, ya que se graduó de ello en Colombia, y de camarera por la noche. Nos mudamos a un barrio bastante feo. Mi padre trabajó como obrero y mi madre ascendió rápidamente hasta ser directora de Recursos Humanos en uno de los mejores laboratorios farmacéuticos del país. Tras cinco años pudimos permitirnos mudarnos a un barrio en condiciones.

Recuerdo que fue entonces cuando conoció a Jordan y Nate en el colegio, y ahí empezaron a jugar al hockey.

—Nuestra vida era maravillosa: buena casa, buen colegio, familias amigas con las que hacíamos planes… Entonces mi padre dijo que no iba a trabajar más, que mi madre ganaba lo suficiente para mantenernos a todos. Hasta que no fui más mayor no comprendí que mi padre había sido un mal marido y un mal padre toda su vida. No ayudaba en casa, se quejaba si la comida no estaba hecha cuando él tenía hambre, si la ropa no estaba limpia, si la casa no se había limpiado ese día… No sabía en qué colegio estábamos mis hermanas y yo, ni siquiera supo que jugaba al hockey hasta años después. No venía nunca cuando pasábamos el día con la familia de Nate y Jordan, tan solo los veía cuando les invitábamos a casa. Y encima dejó de ayudar económicamente, por lo que mi madre empezó a trabajar muchísimo más.

Hace una pausa para dar un sorbo a su chocolate, y continúa porque sabe que tiene toda mi atención.

—Morgan… tuvo un problema —dice, y sé que si no cuenta cuál es, es por respeto a su hermana, porque no le corresponde a él contármelo—. Y mi padre, en lugar de ayudar, contribuía a empeorarlo. Se burlaba de ella, se quejaba del dinero que se invertía para intentar solucionarlo. Y luego empezó a atacarme a mí y al dinero que gastaba jugando al hockey. Me enteré de que se había hecho adicto al juego, de que se había fundido todos sus ahorros en casinos y en bares de mala muerte, y empezaba a gastarse el dinero de mi madre y de la familia. —Da otro sorbo y se encoge ligeramente de hombros, apartando la mirada—. Y entonces mi madre murió.

Se me encoge el corazón por la forma en que lo dice, como si hubiese pasado mucho tiempo desde la última vez que lo confesaba en voz alta, que alguien conocía esta historia, que la rememoraba de nuevo. Me siento tan culpable que deslizo una mano por la mesa hasta toparme con la suya, y rodeo sus dedos, calientes a causa del vaso de chocolate en contraste con los míos, ya que me terminé el café hace rato. Torres mira nuestras manos, pero no dice nada ni aparta la suya, tan solo sigue hablando.

—Nos enteramos de que estaba enferma un par de meses antes de que nos dejase. Mor y yo teníamos catorce años, Ana seis y Noa tres. A mi padre lo único que le importó fue que ya no iba a haber ingresos en la casa. —Suelta una carcajada seca, negando—. Cuando se hizo la lectura del testamento todos nos sorprendimos. Mi madre nos había dejado bastante dinero a cada uno y una cuenta familiar con muchos ahorros. Nuestra abuelita le había dejado una fortuna antes de morir años atrás, y ella la guardó casi toda junto a lo que había ahorrado esos años.

»Todos los meses Mor y yo recibimos un pequeño sueldo de nuestras cuentas, pero no tenemos acceso libre a ellas hasta que cumplamos veintiuno. Ese dinero estaba pensado para pagar los estudios de cada uno, pero tanto Mor como yo conseguimos becas completas.

—Pero tú trabajas, ¿no es cierto? —pregunto cuando vuelve a hacer una pausa. Creo que ha comentado alguna vez que trabaja en un restaurante de por aquí cerca de vez en cuando. Asiente, confirmándolo—. ¿Por qué, si no lo necesitas?

—Porque el único dinero al que tenemos acceso es al de la cuenta familiar. A pesar de la muerte de mi madre, mi padre no se hizo cargo de nosotros. Siguió jugando y jugando. No podíamos permitirnos seguir viviendo en nuestra casa, así que la vendimos un año después y volvimos al barrio donde ya habíamos estado antes, a un piso minúsculo para reducir gastos. Mi padre lleva un par de años trabajando en un bar en el que se deja su sueldo, y sacando dinero de la cuenta a montones. De ahí es de donde se paga el alquiler del piso, los estudios de mis hermanas, su ropa, la comida, la niñera... No puedo permitir que mis hermanas se queden sin nada, así que trabajo para ahorrar el máximo dinero posible y darles un futuro en condiciones cuando por fin consiga su custodia.

—¿Están pasándolo mal con tu padre?

—No son felices con él —responde—. Pero él no les está haciendo la vida imposible, ya que pasa completamente de ellas. Se desquita con Mor y conmigo, pero trata a Noa y Ana como si fuesen dos muebles más de la casa.

—¿Cómo hacen para llevar el día a día? Comer, ir al colegio... Si puedo preguntarlo.

—Ana tiene doce años, pero si la conocieses dirías que tiene más. Aprendió a ser independiente muy pronto y a cuidar de ella y Noa. Cuando Mor y yo empezamos la universidad tenían nueve y siete años. Los Pérez, que viven al lado, tienen dos niños de la misma edad y van al mismo colegio, así que se encargaban de ellas por las mañanas. Mis hermanas se iban a casa de ellos a desayunar, los llevaban al colegio y luego volvían y comían también en su casa (por supuesto, les pagábamos, aunque no querían). Durante el primer año de universidad, yo iba casi todos los días a pasar tiempo con ellas y ayudarles con los deberes. El segundo año fue más complicado con los entrenamientos, así que les llamaba constantemente. Daniela y Benito Pérez han sido una ayuda increíble, incluso les enseñaron a las dos a cocinar para una emergencia. Este año contratamos una niñera a principios de verano, aunque nosotros dos estuviésemos en casa, y es ella la que se encarga ahora de mis hermanas, aunque yo voy todo lo que puedo, especialmente para llevar a Noa a sus consultas.

—¿Le pasa algo? —pregunto, preocupada, pero Torres niega.

—Noa es una chica trans. —Esboza una sonrisa, pero se me activan las alarmas.

—No tienes por qué contármelo si ella…

—No —interrumpe—, tranquila. Noa me ha dado permiso para hablar de ello, no le importa.

—Ah. —Le hago un gesto para que continúe.

—Aún es pequeña y está yendo a un profesional que la está ayudando a comprender todo. Yo tan solo necesito un trabajo estable cuanto antes y acceso a las cuentas para poder pedir la custodia de mis hermanas y darles la vida que se merecen, estoy cansado de que vivan a medias.

Me quedo sin palabras. Cuando le conocí, incluso antes, pensaba que Torres era un imbécil, un niñato mimado, egocéntrico y mujeriego que no tenía ni idea de lo que era esforzarse en la vida. Que jugaba al hockey por la popularidad y ya. Pero con el tiempo lo he ido conociendo de verdad y he visto que es buena persona, que no es un cabrón con las chicas, que es paciente y trabajador. Diego y Morgan Torres lo han pasado mal y están estudiando a la vez que se hacen cargo de sus hermanas. No conozco a Morgan, pero creo que puedo decir que sí conozco algo a Torres. Trabaja para asegurarse de que, a pesar de tener dinero guardado, sus hermanas jamás vuelvan a estar en la situación en la que se encuentran ahora mismo. Se machaca a entrenar cada día no porque quiera ser la estrella de los Wolves, el capitán popular, sino porque necesita que los ojeadores se fijen en él, convertirse en jugador de élite y asegurarse así la custodia de las dos niñas. Sus aspiraciones ni siquiera son para él, son para su familia.

Diego Torres es probablemente la mejor persona que he conocido en mi vida.

Noto su mirada sobre mí, probablemente esperando a que diga algo. Así que me recompongo y aprieto ligeramente la mano que aún le agarro.

—¿Les gusta patinar? A tus hermanas.

—Les encanta.

—Me encantaría conocerlas en algún momento.

—¿De verdad? —frunce el ceño, y la verdad es que yo también lo haría si fuese él. No me gustan los niños, bueno, no me gustan las personas en general, así que hasta yo me he sorprendido por decir eso.

—Me gustaría ver si son igual de malas que tú patinando, o si, en cambio, pueden patearte el culo.

Él ríe, lanzándome un poco de nieve que había acumulada en la mesa.

—¿Torres? —pregunto, él arquea una ceja—. ¿Cómo se llamaba?

No tengo que especificar a quién me refiero, lo sabe de inmediato.

—Diana.

—Un nombre precioso.

Esta vez es él quien aprieta mi mano.

CAPÍTULO 39

Torres

El lunes después de clase, todos los que participamos en el Festival de Hielo y nuestros entrenadores tenemos una reunión con la señorita Porter. Quiere repasar algunos aspectos del baile que tendrá lugar la próxima semana, justo antes de las vacaciones de Navidad. Nos dice el presupuesto que tenemos para comprar adornos si no encontrásemos los adecuados en los distintos almacenes de la universidad, y dejamos claras las funciones de cada uno, ya que no tenemos mucho tiempo, pero tiene que salir perfecto. Cuando terminamos, Tanya se lleva a Sasha de ahí prácticamente a rastras.

Después del entrenamiento llamo a mis hermanas para ver cómo están, y voy al piso de Jordan para cenar, ya que vamos a pedir unas pizzas. Spencer y Mor ocupan uno de los sofás, Nate y Jordan otro y Ameth y yo el tercero. Mi pizza es totalmente insípida como la última vez, casi me dan ganas de llorar. Ameth se lleva un trozo de su barbacoa a la boca y no puedo dejar de mirarla, ya que el olor hace que me ruja el estómago.

—¿Quieres? —me pregunta al ver que casi estoy babeando encima de él. Yo niego e inspiro hondo para que el olor a barbacoa me impregne, y rápidamente le doy un bocado a la mía, provocando que todo el mundo se eche a reír.

—¿Qué? Estoy intentando engañar al cerebro. —Les señalo con un trozo—. Esto es lo que deberíais estar haciendo todos.

—Claro que sí —responde Jordan, y se mete casi un trozo entero en la boca para burlarse de mí.

Me fijo en que, mientras cenamos hablando del Baile de Hielo, mi hermana come en silencio. He aprendido a prestar atención y saber cuándo algo va mal, y tengo la sensación de que en este instante Mor

276

no está bien. Siempre participa en todas las conversaciones, y suele terminarse las pizzas. Pero hoy ni siquiera se ha comido la mitad. No digo nada, tan solo la observo disimuladamente para ver cómo se comporta.

Cuando terminamos de cenar, se ofrece a llevarse las cajas a la cocina para despejar el salón. Jordan la ayuda, pero solo vuelve él. Como mi hermana tarda en venir, se me activan las alarmas.

Me pongo en pie y voy a la cocina. Morgan está comiéndose la pizza que le había sobrado, con los ojos empañados.

—¿Mor? —pregunto. Ella se sobresalta cuando me ve.

—Voy al servicio —dice. Deja el trozo de pizza en la caja y me esquiva para ir al baño. Yo la sigo, llegando cuando ya se ha encerrado.

Llamo a la puerta del baño, sin obtener respuesta.

—¿Mor? ¿Todo bien?

Unos segundos después, abre. Mi hermana está llorando, mordiéndose las uñas con nerviosismo.

—Eh, eh —entro, cerrando tras de mí. Agarro sus manos y la miro a los ojos—. ¿Qué ocurre?

—No quiero hacerlo —susurra en medio del llanto, y señala con la cabeza el wáter—. No quiero, Diego.

—Ven aquí.

La guío hacia la bañera, empujando ligeramente sus hombros para que se siente en el borde. Después, yo me siento en la taza del váter, mostrándole así que no tiene acceso a él.

—No quieres hacerlo —repito, ella asiente—. Vamos a intentar que se te quite la necesidad, ¿vale?

El doctor Sander me explicó cómo hacerlo, qué pasos seguir para intentar que su cabeza deje de pensar que tiene que hacer esto para sentirse bien. Lo primero que hago es secar sus lágrimas y pedirle que respire hondo, aunque sigue hiperventilando.

—¿Estaba rica la cena? —le pregunto, Mor asiente—. Has disfrutado, ¿verdad? Yo también, un montón. ¿Has visto que hemos cenado todos lo mismo? —Inspira hondo antes de volver a asentir—. Yo también estoy lleno, probablemente mañana prepare algo ligero para asentar el estómago, ¿quieres que comamos juntos?

—Sí —susurra.

—Genial.

—Me siento hinchada —dice entonces, abrazándose la barriga.

—Necesitas reposar. Vomitando vas a hacerte daño en el estómago y vas a volver a tener hambre.

—He comido demasiado, no debería haberlo hecho.

—Has disfrutado comiendo con el grupo, *mi amor*. Tu alimentación en el día a día está equilibrada, hoy ha sido algo especial y no pasa nada. Lo único malo que ha pasado por comer distinto es que te ha sentado regular al estómago.

—Ahora solo quiero echar toda la comida, Diego. —Solloza.

—El doctor dijo que cuando te sientas culpable por comer demasiado tienes que controlar el querer expulsar esa comida. —Me inclino para apartarle un mechón de pelo y colocárselo tras la oreja—. La única forma de que lo hagas es comprender que te hace daño y saber que no pasa nada por comer mucho en ocasiones determinadas. ¿Cuántos perritos calientes puedo comerme yo cuando voy a Joe's? Más de los que probablemente cualquier médico recomendaría.

—No quiero engordar por comer mucho.

—No pasaría nada si engordases, Mor. —Esbozo una triste sonrisa porque la percepción física que cada uno tenemos nos condiciona, y es muy difícil hacerle caso a lo que los demás te dicen—. Pero si lo haces y no te sintieses bien, buscaremos juntos una solución sana, ¿de acuerdo?

—De acuerdo. —Se recompone secándose los ojos y respirando hondo un par de veces—. Ahora sal, voy a hacer pipí.

—¿Solo pipí? —pregunto. Es inevitable que se me note la preocupación.

—Solo pipí. De verdad.

—Estaré en la puerta.

La espero fuera, pero no escucho nada preocupante. Pido cita con el doctor mientras lo hago, ya que yo no puedo más que intentar ayudarla con comprensión y consejos, pero es él quien debe hablar de verdad con ella.

Mor sale poco después con una sonrisa satisfecha y me abraza.

—Espero que te hayas lavado las manos, ameba flotante.

—Eres un capullo, mono piojoso.

Morgan se queda a ver una película y a dormir con Spencer, así que me quedo tranquilo y me dirijo al pabellón para entrenar.

Practico tanto los ejercicios del entrenador Dawson como los de Sasha durante un rato en el que me siento bastante solo en la pista tras haberme acostumbrado a la presencia de Sasha casi cada noche. Hago tiros a portería, ejercicios de agilidad y, finalmente, trabajo la velocidad, los giros y la movilidad de mi cuerpo, haciendo frenados en seco.

—Si hubieses girado antes la frenada, habría sido más limpia.

Me sobresalto, y me doy la vuelta para toparme con Sasha, que me mira de brazos cruzados con una sonrisa burlona. Estaba tan sumergido en mi mundo y ella ha sido tan silenciosa que no la he visto ni oído llegar.

—¿Qué te trae por aquí, *princesa*? —pregunto, intentando que no se note que me alegra verla en este pabellón.

—Me aburría patinando sin meterme contigo.

Realizo mi escrutinio habitual, mirándola de arriba abajo. Hoy lleva unas mallas de color burdeos y una sudadera blanca, el pelo recogido en un moño alto sin ningún pelo fuera de su sitio.

—Me echabas de menos.

—Ni en tus mejores sueños.

—En mis sueños no nos echamos de menos porque estamos pegados el uno al otro —le digo, sus mejillas se encienden y yo río—. Y sin ropa.

—Deja de decir esas cosas —protesta, pero me divierte demasiado saber que en realidad le encanta que se las diga.

—No finjas que no piensas lo mismo, *mami*. ¿Qué te hago en sueños? Cuéntamelo y yo te contaré lo que me haces tú.

Su boca se entreabre ligeramente para coger aire y se detiene donde está. Yo patino hacia ella, me detengo delante y acerco mi rostro al suyo.

—Cierra la boca si no quieres que te la muerda de nuevo.

La forma que tiene de coger aire me provoca una risa, porque ni siquiera ella misma esperaba reaccionar así. Suelta un bufido, pero sé perfectamente que está recordando la forma en que mis dientes mordieron su labio inferior antes de que mi lengua la saborease. Me encantaría seguir provocándola, viendo si de nuevo cruzamos los límites, pero decido darle una tregua porque llevo un pantalón de chándal que, si me empalmo más, va a dejarle ver cómo me afecta a mí su presencia.

—¿Qué tal los entrenamientos después de lo del sábado? —pregunto para cambiar de tema. Ella tan solo necesita unos instantes para recuperar la compostura.

—¿Te refieres a después de haber dejado a mi madre plantada? —Ríe con sarcasmo—. Horribles. Está haciéndomelo pagar.

—Me gustaría ver las coreografías del nacional —le digo, ella arquea una ceja—. Primero como tu madre quiere que las hagas, y después como tú quieres hacerlas.

—¿Ahora? —pregunta con una inseguridad nada propia en ella.

—Si no tienes nada mejor que hacer…

—Vale. Voy a conectar el móvil al equipo. ¿Le das tú al play?

Salgo de la pista para quedarme junto a la mesa de sonido mientras Sasha calienta y después se coloca en el centro de la pista. Me hace un gesto con la cabeza, y yo pulso el play. La música empieza a sonar por los altavoces y ella comienza a realizar la coreografía del programa corto.

Es preciosa e hipnótica, pero no entiendo cómo su madre no puede ver lo que falla. Imagino que es porque nunca la ha visto patinar de verdad, sola, a su ritmo, y por eso no ve las diferencias. Cuando termina me dice que pase la canción y comienza con el programa libre.

Sasha se desliza sobre los patines con elegancia y agilidad, pero con muchísima rigidez. Su barbilla está tan alzada que da la sensación de que teme mirar hacia el hielo o incluso hacia adelante, y sus brazos están tensos. Por culpa de esa rigidez, el impulso de sus saltos y giros es más flojo de lo que podía ser, recuerdo que era el motivo por el que el triple *axel* le fallaba y, cuando se soltó, consiguió hacerlo a la perfección. Sasha termina la coreografía y en su cara se ve una máscara de falsedad igual a la que he visto en los campeonatos. Tiene que fingir estar satisfecha cuando en realidad no lo está.

—Ha sido horrible —le digo. Deja caer los brazos que tenía alzados sobre la cabeza y patina hacia aquí—. Eres increíblemente buena, Sasha, por algo eres la mejor de toda Nueva Inglaterra, pero podrías ser mejor.

—Lo sé —responde, aún intentando calmar su respiración—. Habría ganado el nacional hace tiempo de hacer las cosas a mi manera. Habría ido a las Olimpiadas anteriores, y ahora tengo que esperar a las siguientes, si es que consigo ganar el ISSC.

—Patina ahora como tú harías la coreografía.

Sasha vuelve a empezar. El cambio es brutal, la rigidez de su cuerpo desaparece casi por completo, no sube tanto la barbilla, se le ve más cómoda y elegante... Los giros tienen mejor estabilidad, los saltos mejor impulso y aterrizaje. Si la coreografía de antes era buena, esta es maravillosa. Pero sigue habiendo una cosa que no acaba de convencerme.

—La música —le digo cuando se acerca—. No la has elegido tú, ¿verdad?

—No, es horrible.

—¿Qué usarías tú?

No responde de inmediato. Se muerde la mejilla interior y aparta la vista antes de encogerse de hombros y confesar.

—«Buttons» para el programa corto.

—¿«Buttons»? —repito—. ¿De las Pussycat Dolls?

—Ajá.

Me echo a reír sin poderlo evitar, haciendo que Sasha me dé con la palma de la mano en el brazo repetidas veces.

—Perdón, perdón, es que me has pillado totalmente por sorpresa. Ahora me muero por ver la coreografía con esa canción. ¿Y para el libre?

—«Lovely» de Billie Eilish y Khalid.

—Me encanta esa canción. Venga, hazlas.

Sasha se coloca en el centro de la pista mientras yo busco la primera canción en el reproductor de música. «Buttons» comienza a sonar, y ella empieza a moverse.

Sus brazos serpentean por encima de su cabeza y después comienza a patinar hacia atrás, moviéndose al ritmo de la música. La rigidez en su cuerpo es ahora totalmente inexistente, no queda ni rastro de ella porque Sasha está disfrutando al completo de realizar esta coreografía. Cuando termina, con una sonrisa, sé que está satisfecha. Ha sido sexy, elegante e increíble. Me indica que ponga la siguiente, y eso hago. «Lovely» comienza, y Sasha vuelve a patinar.

Sus saltos son perfectos, coordinados con la canción a la perfección, sus giros son hipnóticos. Sasha se desliza sobre el hielo como una serpiente que intenta cautivar a su presa. Yo soy la presa ahora mismo, y estoy totalmente cautivado por ella. La canción es preciosa y emotiva, y ella hace que se me encoja el corazón viéndola moverse al compás.

No entiendo por qué se me ha agitado a mí la respiración si es ella la que está patinando. No entiendo por qué salgo al hielo y me acerco hacia donde está, segundos antes de terminar. Sasha se detiene en el centro de la pista y yo merodeo a su alrededor en círculo. Su mirada se clava en la mía mientras sus brazos serpentean nuevamente hacia arriba. No comprendo por qué deslizo una mano por su cintura y, justo en el momento en que la música se detiene, la acerco a mí.

Su pecho sube y baja a causa de la respiración entrecortada. Traga saliva y yo inspiro hondo cuando me percato de que he pegado su cuerpo totalmente al mío. Sus manos bajan, deslizándose por mis hombros y mi pecho, deteniéndose. Yo no la suelto, ella no retrocede. Tan solo nos miramos en completo silencio.

Con mi mano libre acaricio levemente su brazo, colocando después un dedo en su barbilla y alzándola para que me mire, aunque ya lo estaba haciendo.

—Eso ha sido espectacular —susurro. Tengo que hacer un esfuerzo terrible para no pegar mis labios a los suyos.

—Hacía tiempo que no ensayaba con estas canciones —responde ella en el mismo tono de voz, aún intentando recuperar el aliento.

—Deberías usarlas en la final del nacional.

—No puedo.

—Recuerda que es tu futuro, *mami*.

—Recuerda que estoy atrapada, Diego.

Es la segunda vez que la oigo pronunciar mi nombre, y suena igual de bien que la primera. Acaricio sus mejillas sonrojadas esta vez por el esfuerzo con mis nudillos. Sasha suspira ligeramente antes de apretar los labios y fingir que mi contacto no ha tenido ningún efecto en ella. Sigo moviendo mi mano, abriéndola para acaparar con la palma todo su rostro y deslizándola hacia su nuca.

No debería estar haciendo esto. No debería estar sintiendo esto. Esta atracción magnética que no comprendo cuándo se ha creado. Cuando alza más la barbilla para que nuestros rostros se acerquen, esta vez no dudo: es ella la que va a besarme.

Pero entonces, por supuesto, un móvil comienza a sonar. El suyo, que sigue conectado al equipo de sonido, retumbando así por los altavoces y haciendo que nos sobresaltemos.

Los dos nos apartamos de inmediato y, sin decir nada, salimos del hielo. Sasha coge su teléfono, que ha dejado de sonar, y vamos hacia los vestuarios. No hablamos mientras nos cambiamos los patines por las zapatillas, ni cuando salimos del pabellón. Tan solo murmuramos un «hasta mañana» antes de seguir cada uno su camino.

CAPÍTULO 40
Sasha

Torres me recoge en la puerta de mi pabellón después de su entrenamiento. El mío con mi madre ha sido horrible.

Tiene la calefacción puesta, así que me quito el abrigo y la bufanda. Después de lo de ayer no sé muy bien cómo actuar, así que tan solo le saludo y ambos nos quedamos en silencio mientras Imagine Dragons suena.

No comprendo qué sucedió ayer. Patiné como no lo había hecho en mucho tiempo, sentí un chute de adrenalina y emoción muy fuerte. Y entonces él se acercó a mí, después de haberme estado mirando como si fuese a desnudarme de un momento a otro ahí mismo. Y yo no me aparté, no quise hacerlo. El contacto de su cuerpo con el mío y el roce de sus dedos en mi mejilla desestabilizaron todas mis emociones, las mismas que creía tener apagadas desde… siempre. He estado con chicos, he sentido atracción por ellos, pero nada más. Torres lleva alterándome desde el principio. Intento comprender por qué se me eriza la piel cuando me toca, por qué se me agita la respiración cuando se acerca. Por qué sueño con él. Por qué siento estas cosas, cuando nunca antes lo había sentido.

Por qué ayer, a pesar de haberle dicho que no podía repetirse, casi le beso.

El trayecto hasta el centro comercial es corto, pero se me hace eterno porque siento que el aire nos falta a los dos. Torres tamborilea con los dedos sobre el volante al ritmo de «Enemy» mientras la canta en voz baja.

Tras aparcar nos dirigimos directamente a las tiendas de decoración, con la lista de lo que tenemos que comprar para el Baile de Hielo de la semana que viene. A estas alturas ya no me sorprende que estemos de acuerdo en casi todo, Torres tiene buen gusto, y uno muy parecido al mío.

—De esto hay que comprar muchísimas unidades —dice, cogiendo una serpentina de color plateado y enrollándosela en el cuello como una bufanda.

—Tengo apuntado que hacen falta unas cien si son cortas y gordas, o cincuenta si son largas y delgadas.

Creo que Torres ha destrozado mi mente, porque en cuanto digo eso soy yo la que se alarma y le mira de inmediato antes de que diga algo. Tiene una sonrisa cretina en la cara y suelta su broma antes de que yo pueda decirle que no lo haga.

—No puedo mantener la compostura si sigues insinuándote de esa manera, Sasha. ¿Es que no piensas parar? —Se lleva una mano al corazón—. Me siento solo un pedazo de carne para ti.

—Ojalá te ahogases con la serpentina —respondo, atónita ante su estupidez, aunque lo único que consigo es que sonría más.

—O puedes ahogarme tú. ¿Sabes? Tengo un fetiche con aho...

—Dios, cállate —le interrumpo, notando cómo me empiezan a arder las mejillas.

—Me rompes el corazón, *mami*.

—Te voy a romper las piernas.

Con una risa cantarina que suena horriblemente bien zanja la conversación, quitándose la serpentina para añadirla al carrito que ya tenemos casi hasta arriba.

Después tenemos que elegir flores para la decoración, así que vamos a la sección de flores de mentira. Me dirijo sin poder evitarlo hacia las peonías y, aunque no sean reales, las acaricio con los dedos.

—Son muy bonitas —me dice Torres.

—Son mis favoritas. Mi padre siempre me regala un ramo cuando viene a verme, y cambia el color dependiendo de si quiere darme algún mensaje.

—¿Qué significa cada color?

Se lo explico. Rosas para belleza o amor a primera vista. Blancas para timidez, coqueteo o disculpa. Rojas para riqueza, pasión o prosperidad.

—Pero mis favoritas son las azules —termino—. Simbolizan el amor inalcanzable, la lealtad, la libertad, el cielo y el océano.

Torres las mira mientras juego con ellas en mis dedos, y luego sonríe.

—La verdad es que son las más bonitas.

No podemos llevarnos peonías porque no hay suficientes para la decoración, así que no tenemos más remedio que escoger hortensias azules y blancas, que es una elección que nos agrada a ambos.

Cuando terminamos aquí, salimos cargados de bolsas para ir a otra tienda. Vamos hablando de lo que nos sigue haciendo falta cuando algo, o más bien alguien, capta mi atención.

El entrenador Moore está sentado en la terraza interior de una cafetería, en una mesa algo escondida en una esquina. No está solo. Le acompaña Valerie, la chica de patinaje con la que sospecho que intenta sobrepasarse. Ella sonríe tímidamente a algo que él le está contando, tan solo tiene un año menos que yo, aunque parece más joven.

—¿Qué pasa? —me pregunta Torres cuando me detengo en seco, siguiendo mi mirada—. Ah, el entrenador de patinaje. Y..., oye, ¿esa no es una de sus alumnas?

—Sí. Y no me gusta nada.

—¿Crees...?

—Sí —respondo antes de que termine la frase, sin apartar la vista de la mesa de la cafetería—. Llevo viendo cosas raras un tiempo.

—¿Has hablado con la chica?

—Sí, pero o está asustada o es demasiado inocente. Me dijo que el entrenador solo era amable con ella, pero no es eso lo que yo he visto.

Le cuento a Torres las ocasiones en las que me he fijado en que puede haber algo raro, y que el entrenador Moore también ha sido «demasiado amable» conmigo en alguna ocasión, aunque jamás ha cruzado ningún límite.

—¿Hay algo que podamos hacer? —me pregunta entonces, y yo desvío la atención hacia él de inmediato, frunciendo el ceño.

—¿Me crees?

Torres imita mi gesto, como si no entendiese la pregunta.

—¿Por qué no iba a hacerlo?

—La gente suele hacerse la loca con estos temas o directamente no te creen. Es más sencillo que te crea una mujer, pero un hombre...

—Si cualquier persona me dice que cree que otra persona se puede estar sobrepasando con alguien o con una misma, siempre le voy a creer. Lo que no voy a hacer jamás es acusar sin pruebas. Tengo tres hermanas y sé en el mundo de mierda que vivimos, nunca dudaría de su palabra y, por eso, nunca dudaré de la de nadie.

Si tan solo él hubiese estado a mi lado años atrás… Todo habría sido distinto. No puedo evitar que el corazón se me encoja ante el recuerdo y, de repente, las emociones que cerré bajo llave unos años atrás salen a flote. Se me empañan los ojos y las lágrimas se me acumulan, no puedo hacer nada para evitar derramarlas.

—Eh, eh, eh. —Torres se acerca y me obliga a mirarle—. Sasha, si de verdad está pasando algo vamos a averiguarlo, ¿vale?

—No puedo dejar que toque a esa chica —sollozo, él limpia mis lágrimas con sus pulgares con suavidad—. No puedo, Diego, no puedo.

Él parece darse cuenta de que decir su nombre de esa manera desesperada significa algo, porque acuna mi rostro en las palmas de sus manos y clava la vista en mí con el ceño fruncido.

—¿Quieres contármelo? —susurra. Sí. No. Sí. Dios. Solo he vuelto a hablar de lo que sucedió una vez, con Brooke.

—En el instituto, el entrenador de patinaje se propasaba conmigo —suelto de golpe, porque si me lo pienso más no sé si voy a ser capaz de decirlo. Su mirada marrón se oscurece—. Me acariciaba, se me insinuaba, me acorralaba a solas… Mi madre no me creía ninguna de las veces. El director del colegio tampoco. Un día intentó abusar de mí, entró en los vestuarios cuando estaba sola e intentó agredirme sexualmente. —Inspiro hondo porque se me rompe la voz cuando lo digo en voz alta—. Conseguí escapar y, de nuevo, nadie me creyó. Mi madre me dijo que estaba exagerando, que el entrenador Dominic Sanderson era un hombre respetable y yo solo una cría que intentaba llamar la atención.

Arruga la frente.

—Me suena ese nombre.

—Porque hace dos años abusó de otra chica, y esa vez hubo testigos. Fue noticia durante mucho tiempo porque más chicas que habían estado en el instituto anteriormente empezaron a confesar. En total fueron dieciocho las que declararon ante la prensa, diecinueve si yo también lo hubiese hecho, y a saber cuántas más no se atrevieron. Lleva en la cárcel desde entonces.

Torres suelta lo que imagino que es un insulto en español, negando.

—¿Y cómo estás? —me pregunta.

—Ya han pasado varios años.

—No es eso lo que he preguntado.

La manera en que me habla y me mira hacen que de nuevo sienta un pellizco en el pecho. Y sé con total seguridad en este mismo instante que con él puedo sentirme segura. Esbozo una triste sonrisa antes de responder.

—Bien, supongo. Creo que lo he superado, pero dudo mucho que jamás supere que mi propia madre no me creyese.

—Lo siento mucho, Sasha.

—Gracias.

—Te prometo que vamos a llegar al final de este asunto —me dice, yo asiento.

Cuando volvemos a mirar a la cafetería, ni Roland Moore ni Valerie siguen ahí. No podremos resolverlo de un día para otro, pero al menos ya no estoy tan sola. Siento un alivio increíble cuando me percato de que no solo he conseguido hablar de lo que pasó en voz alta una vez más, sino de que, al igual que Brooke, Torres me cree.

Y eso es lo único que habría necesitado unos años atrás.

El entrenamiento del miércoles con los Wolves es hasta divertido.

Obligo a los chicos a patinar al compás de mi música aburrida de competición y, aunque se lo toman bastante en serio, no pueden evitar hacer el tonto. Peter hasta me obliga a bailar con él, aunque termina cayéndose de culo cuando le hago la zancadilla.

Después repetimos el ejercicio de las carreras, donde se ponen competitivos.

Hoy hemos tenido una reunión bastante larga para comprobar qué actuaciones para el baile faltan por confirmar, si estamos de acuerdo en la música elegida, o si falta algo más por comprar. Todavía quedan detalles que ultimar y, teniendo en cuenta que este sábado los Wolves tienen partido y yo tengo el programa corto el viernes y el largo el sábado, todos tenemos que pringar por igual, ya que vamos a nuestros respectivos campeonatos. El día que me preocupa es el sábado, que tengo el programa largo.

No he quitado mi vista de encima del entrenador Moore durante toda la reunión, observándole para ver cuántas veces en ese par de horas ha mirado a Valerie más que a otras personas. Lo ha hecho, vaya que si lo ha hecho. Lo único que ha controlado que me levantase y le cruzase la cara ahí mismo ha sido Torres a mi lado que, cuando ha visto que he empezado a removerme en mi silla por la inquietud, ha colocado una mano sobre mi rodilla. No sé por qué, pero ese gesto me ha relajado.

Por la noche no nos vemos porque mi madre me hace entrenar con ella para recuperar el tiempo perdido. Cuando llego a casa caigo rendida en la cama.

Mañana empieza el nacional y solo por eso me permito faltar hoy a clase, para entrenar con mi madre toda la mañana.

Cada vez que repito las coreografías estoy más disgustada con ellas, especialmente con la del programa libre. No quiero hacerla así, no quiero bailar esta canción. Después de ensayar el otro día como realmente yo quería, esto me sabe a poco. Soy mucho mejor que esto, maldita sea.

Mi propio cuerpo me pesa, me resulta lento por obedecer las indicaciones de mi madre. Estamos un total de cuatro horas por la mañana, hacemos una pequeña pausa para comer algo que no me llena el estómago, y continuamos.

—¡Que levantes la cabeza! —me grita por tercera vez. Yo me detengo en seco, interrumpiendo la coreografía.

—¡No! —La miro, y ella arruga la frente ante mi negativa—. No voy a levantar la cabeza, te he dicho mil veces que eso me desequilibra para el *loop* de después.

—No vas a perder puntos por ser una consentida, Aleksandra. La cabeza bien alta para que seas elegante y no mediocre.

—Soy elegante —aseguro—. Es lo que todo el mundo resalta siempre de mí, y no subir la cabeza tantísimo antes de un salto no va a quitarme eso.

Mi madre me mira como si estuviese viendo un fantasma. Puedo contar con los dedos de una sola mano las veces que le he replicado a mi madre en relación con el patinaje en toda mi vida. Y jamás me he salido con la mía.

—¿Eres tonta, niña? —protesta—. No me digas a mí cómo se patina. Déjate de tonterías y obedece, o volverás a quedar en un puesto de mierda en el nacional, y peor en el ISSC.

Cualquier puesto que no sea el primer lugar para ella es un puesto de mierda. Quizá para mí también lo habría sido meses atrás. No, no quiero quedar ni segunda ni tercera en el nacional de nuevo. Quiero la primera posición, y este año me niego a quedar sexta otra vez en el ISSC. Las próximas Olimpiadas son en dos años, eso me da margen, ya que se elige a la representante el año de antes. Eso quiere decir que, si no gano el próximo febrero, podré volver a intentarlo el siguiente año. Pero no por eso voy a conformarme, quiero ganar ambos años para que no haya ni una sola posibilidad de que me roben el puesto. El ISSC no te garantiza ir a las Olimpiadas, pero lo facilita.

—No puedo patinar como tú quieres que lo haga —replico, sorprendiéndola de nuevo, ya que abre muchísimo los ojos—. Mi cuerpo es distinto, mi coreografía, la música, los patines… Absolutamente todo es distinto a cuando tú patinabas. Tengo que adaptarme a mí y a lo que tengo, no a lo que tú quieres.

Tarda medio segundo en cruzarme la cara de un guantazo.

La última vez que mi madre me pegó fue la última vez que repliqué, antes de empezar el curso. La cara me arde, y tengo que morderme el interior de las mejillas para no ponerme a gritar como una loca e insultarla.

Lentamente la miro, puedo ver la ira en sus ojos azules, que me fulminan.

—No vuelvas a reprocharme jamás, niña. —Alza la barbilla de esa manera que yo también hago cuando intento demostrar algo—. No eres nadie sin mí, ¿entiendes?

Sería mucho más sin ella. Estoy dispuesta a decírselo, a enfrentarme una vez más a su ira por mi bien. Abro la boca para protestar, pero ella chista, silenciándome.

—No quiero oírte hablar —dice—. Repite la coreografía, Aleksandra.

Y ahí se esfuma toda mi bravuconería. No soy capaz de encararla, de decirle todo lo que pienso. Tan solo la miro con todo el odio que siento por dentro… y obedezco.

No me encuentro bien.

He perdido la cuenta de cuántas horas he entrenado hoy con mi madre. ¿Ocho? ¿Nueve? ¿Diez? Solo sé que cuando da por finalizada nuestra sesión y me manda a casa a dormir para mañana, no me encuentro bien.

Estoy en la pista, sola. El sudor recorre todo mi cuerpo, siento la cabeza pesada, y veo alguna que otra lucecita al parpadear que me hace saber que he llegado al límite por hoy. El estómago solo me ruge, y noto pinchazos de vez en cuando por el hambre. No he comido más que la basura insignificante de medio día, y ahora me muero de hambre. Aun así, todavía tengo que practicar un rato más por mi cuenta.

Me cuesta tirar de mi cuerpo cuando vuelvo a comenzar la coreografía, pero no me detengo, no puedo conformarme con el entrenamiento de mi madre.

Ignoro el mareo, el dolor de estómago, el hambre… Lo ignoro todo mientras recorro la pista.

Para la tercera vez que termino la coreografía, estoy llorando. Hacía tiempo que no lloraba de rabia, de desesperación, y eso es justo lo que estoy sintiendo ahora mismo. Mi madre me ha dicho que cenase ligero, le he repetido que no me alimento como debería y que necesito ayuda profesional, y casi me vuelve a dar otro guantazo.

Tengo la cara empapada a causa del llanto que no logro controlar mientras empiezo desde el principio otra vez. Los ojos los tengo empañados y me cuesta ver, pero mi cuerpo se mueve de forma automática a pesar de que me pide a gritos que me detenga.

Se me escapa un quejido lastimero entre sollozos cuando realizo un *lutz* que, al aterrizar, no me hace ningún bien al dolor. Me parece escuchar mi nombre, pero debe ser mi imaginación a causa del estado en que me encuentro, por lo que continúo.

—¡Sasha!

Unos brazos me agarran con fuerza, obligándome a detenerme. Me sobresalto hasta que veo esos ojos marrones tan familiares, y me tranquilizo de inmediato.

—¿Qué ha pasado? —pregunta Torres con calma, sus manos agarrándome por los hombros como si tuviese miedo de que saliese a correr de un momento a otro, su piel caliente contra mi piel helada por culpa del sudor que se ha enfriado—. ¿Por qué estás llorando?

En lugar de secarme la cara, alzar la barbilla con orgullo y decirle que nada como habría hecho en otra ocasión…, dejo que el llanto acuda a mí de nuevo. Torres me suelta y lleva una vez más sus manos a mi rostro para limpiarlo con preocupación. Se quita la sudadera y me la pone, yo no protesto mientras me ayuda a meter los brazos por las mangas.

—Tranquila —susurra, y tira de mí con suavidad. Me dejo llevar, saliendo de la pista. Nos sentamos en las gradas, aunque me cuesta unos segundos ubicarme—. Respira, *mami*, respira.

Lo intento. Controlo mi respiración poco a poco, y dejo de llorar al cabo. La cabeza me va a estallar ahora, me duelen la garganta y los ojos. Suelto un largo suspiro cuando recupero la compostura, y entonces le miro.

—¿Qué ha pasado?

—Estoy atrapada —susurro con la voz rasgada—. No le importo a mi madre, he intentado hacerle saber lo que opino y me ha pegado una bofetada.

Él frunce el ceño, claramente molesto.

—Me duele todo y tengo hambre. Mucha hambre.

—¿Hace cuánto que no comes y cuantas horas llevas entrenando? —Creo que mi silencio responde a su pregunta, porque suspira—. Vamos a cenar algo, venga.

—No hace falta.

—Sí. Imagino que tú también sigues una dieta, así que dime qué te apetece comer.

Me muerdo el labio inferior con toda la fuerza que tengo para no ponerme a llorar de nuevo. Torres agarra mi barbilla con suavidad y me obliga a mirarle.

—Suéltalo —me pide.

Lo hago. Le cuento con toda la rabia que siento lo que mi madre me está haciendo con la comida.

—No puedo más —gruño—. Me estoy muriendo de hambre. Tan solo quiero comer como una persona normal. Ahora mismo me da exactamente igual todo, no me importa la dieta, no me importa lo que debo o no debo comer... Quiero comer. Lo que sea. —Le miro, él me presta toda su atención—. No me he comido una pizza en la vida, ¿sabes? Ni una hamburguesa que valga menos de doscientos dólares. Ni cerveza, ni refrescos, ni chucherías.

—¿Nunca?

—Nunca. Y no sabes lo que me muero por llevarme a la boca comida basura. Quiero probarla, quiero mandar la dieta a tomar por culo aunque sea una vez en mi vida. Quiero... quiero sentirme normal.

Torres no responde, sino que se pone en pie de golpe y me tiende una mano.

—Vamos.

—¿Adónde?

—¿Confías en mí?

Ni siquiera me lo pienso, mi respuesta está clara: sí, confío en él. Agarro su mano para levantarme, y me guía hacia los vestuarios para que pueda cambiarme los patines. Voy a quitarme su sudadera, pero me dice que me la quede puesta, que estoy helada.

—Tengo otra en el coche —añade cuando le digo que va a congelarse él—. Y el abrigo.

Entonces caigo en la cuenta de algo.

—¿Qué haces aquí?

Él frunce los labios y aparta la mirada unos segundos, como si esperase que no me diese cuenta del pequeño detalle de que estamos en el pabellón de patinaje. Me he quedado aquí tras entrenar en lugar de ir al de hockey porque no podía tener distracciones. Enarco una ceja cuando vuelve a mirarme, y Torres se encoge de hombros.

—La pista estaba muy vacía esta noche —responde, pasándose una mano por la nuca—. Teniendo en cuenta que mañana es tu competición, si no estabas allí, estabas aquí.

Sería muy benevolente de mi parte desaprovechar el primer momento en que Diego Torres parece nervioso en mi presencia.

—¿Y? —pregunto—. Tienes partido pasado mañana, ¿no tienes que entrenar?

—Ya he acabado.

—¿Y por qué no te vas a dormir?

Torres me mira unos segundos antes de que su expresión cambie por completo. De repente ya no está nervioso ni incómodo, sino que esa sonrisa malvada acude a su rostro.

—¿Por qué no te vienes a dormir conmigo?

—Porque no quiero —respondo, chistando.

—Tu tercer grado parece decir lo contrario.

—Déjate de tonterías.

—Espero que el día que de verdad quieras meterte en mi cama seas un poco más directa —suelta, y me arde la cara.

—En tus sueños —replico, soltando un bufido que le hace reír.

—Venga, vamos antes de que se te ocurra saltar sobre mí.

—No soy yo quien va por ahí mordiéndole la boca a la gente —se me escapa.

Eso hace que Torres me mire con la boca entreabierta por la sorpresa, pero sin quitar esa sonrisa.

—Si quieres que se repita solo tienes que pedirlo.

—No, déjame, eres idiota.

—Claro que sí, *princesa*.

—Estúpido *volk*.

Los dos salimos del pabellón. Torres se frota los brazos por el frío inhumano que hace fuera, y yo me abrazo aún enfundada en su sudadera gris, que huele a él. Joder, huele de maravilla. Nos subimos corriendo en el coche y pone la calefacción a tope, además de coger la sudadera extra que llevaba y abrigarse.

No pregunto dónde me lleva, y tampoco hablo en todo el trayecto. Tras aparcar me guía hasta un local que grita comida basura solo con ver la fachada roja, blanca y amarilla. Hay un cartel en el que pone «Joe's», acompañado del dibujo de un perrito caliente. Los dos entramos, es un local pequeño con tan solo unas cuantas mesas pegadas a la pared y un par de taburetes en la barra.

—Diego —le saluda el hombre que hay tras la barra. Junto a él, hay un chico algo mayor que nosotros—. Me alegra verte, chico.

—¿Qué hay, Joe? Hey, Junior —saluda, y me señala con la cabeza—. He venido con una amiga.

—Bienvenida. —Me saluda el hombre. Es bastante mayor, alto y delgado con el pelo cano, salpicado por algún mechón moreno. Lleva un uniforme a juego con la estética del local. El chico se parece muchísimo a él, así que asumo que es su hijo.

—¿Sabéis que no ha probado nunca un perrito caliente?

—Eso no puede seguir así —responde Joe—. Marchando unos perritos calientes para Diego y…

—Sasha —termino.

—Y Sasha. Sentaos, chicos.

Nos ponemos en la mesa del fondo, la única libre además de los taburetes.

—¿Vienes mucho por aquí? —pregunto.

—Conozco a Joe desde que soy un crío. Tenía un puesto de perritos calientes en el antiguo parque de atracciones. Iba todas las semanas con los chicos y nuestras familias —explica, con una sonrisa melancólica—. Conforme nos hacíamos mayores íbamos cada vez menos, hasta que un día vimos que había cerrado. Desde entonces Jordan, Nate y yo hemos probado todos los perritos calientes de Newford intentando encontrar alguno que se pareciese a los de Joe, sin éxito. Entonces el año pasado pasamos por la puerta de este local. —Echa un vistazo a nuestro alrededor—. Y descubrimos que Joe llevaba aquí años, y jamás lo habíamos encontrado. Jordan y yo lloramos cuando nos comimos uno de sus perritos calientes después de tanto tiempo.

No puedo evitar sonreír ante su historia y la emoción con que la cuenta.

—¿Qué pasa? —pregunta, y me doy cuenta de que me he quedado mirándole embobada.

—Nada. Es solo que me parece bonito que tengas algo de tu infancia tan importante y que aún te emocione.

—¿No tienes nada parecido?

La pregunta me hace reír antes de negar.

—No.

—Nunca es tarde para crear recuerdos y vivir momentos que en un futuro te haga feliz recordarlos.

—Has vuelto a ver *Querido John* —digo, Torres pone los ojos en blanco.

No dice nada más porque Joe trae los perritos. Huelen de maravilla, y el estómago me ruge como nunca. Se me ha pasado el dolor de cabeza, aunque no me sigo encontrando muy bien. Sin embargo, lo que más me molesta ahora mismo es el hambre, y por eso miro el perrito caliente como si fuese el mayor manjar del mundo.

—Pruébalo.

Soy plenamente consciente de que mañana, o probablemente esta noche, voy a estar muy mala de la barriga por comer comida basura cuando jamás en toda mi vida lo he hecho. Pero ahora mismo me da exactamente igual, ya lidiaré con eso más tarde.

Cojo el perrito y, sin pensármelo, le doy un enorme bocado.

Creo que gimo cuando mastico porque jamás en mi vida había comido algo tan rico. Torres ríe y yo le miro, dando otro bocado casi con desesperación. El hambre se apodera de mí y no puedo evitar devorar el perrito, echándome a llorar cuando mi cuerpo empieza a sentirse saciado y satisfecho con lo que estoy haciendo.

—Esa es justo la reacción que tuvimos Jordan y yo el año pasado —me dice, y lo comprendo a la perfección.

—No me puedo creer que me esté comiendo esto —mascullo con la boca llena. Yo jamás hablo con la boca llena, pero no he podido evitarlo—. Está buenísimo.

—¿Quieres otro?

—Por favor.

—¿Cómo te sientes? —me pregunta mientras esperamos el segundo perrito y me seco las lágrimas.

—Eufórica. Y no es solo por lo rico que está, sino porque estoy…

—Haciendo lo que tú quieres hacer —termina por mí.

Asiento. Estoy haciendo lo que quiero: comerme unos perritos calientes por primera vez en mi vida en lugar de seguir la dieta. Solía disfrutar muchísimo la comida y era feliz con mi dieta cuando un nutricionista la gestionaba, pero hacía tiempo que comer no era un placer, y ahora mismo lo está siendo. Y, por primera vez en días, quizá meses, no tengo hambre, no tengo ansiedad por comer. Por una vez, estoy satisfecha y contenta.

Cuando nos sirven la segunda ronda, no tardo ni dos segundos en morderlo.

—Venga, Sasha, vuelve a soltar ese gemido de antes —me dice Torres en un susurro ronco, sexy.

Esta vez le hago caso, y vuelvo a gemir al probar la comida.

CAPÍTULO 41
Sasha

El nacional se celebra este año en Mánchester, New Hampshire, a tan solo hora y media de Newford. El año pasado fue en St. Paul, Minnesota, y el anterior en Salem, Oregón.

Hay bastante nivel este año, pero no estoy preocupada. Sé que voy a quedar entre las tres primeras, pero me gustaría hacerlo a mi manera.

El programa corto se pasa rápido. Realizo los movimientos obligatorios de la coreografía con la música tan aburrida que mi madre escogió para mí. En el *kiss and cry*, mi cara es seria porque no estoy satisfecha con lo que he hecho. Contenta sí, porque he estado muy bien, pero satisfecha ni de lejos. Mi madre finge una sonrisa frente a las cámaras mientras dan mi resultado.

87,35 puntos, diez más que el año pasado. Entonces sí que sonrío, porque las posibilidades de ganar este año son muy altas.

—Ni por un momento pienses… —comienza mi madre, pero me da un nuevo retortijón.

—Tengo que ir al baño —le digo.

Sabía que los perritos de ayer eran mala idea, llevo todo el día con dolor de estómago y he ido al baño demasiadas veces, pero mereció la pena.

El día finaliza con un entrenamiento por la noche antes de que mi madre me mande a mi habitación de hotel a descansar para el programa libre del sábado. Reviso mis mensajes y veo que Brooke me ha escrito diciendo que mañana vendrá a verme. Le respondo, cuando voy a meterme en la ducha, me entra una llamada.

Se me acelera el pulso cuando veo quién es. No soy capaz de cogerlo. Dejo que el nombre de *Volk* brille en la pantalla hasta que cuelga. Enseguida me llegan unos cuantos mensajes.

Volk
Supongo que estarás dormida.

O patinando.

Espero que estés dormida, la verdad.

Solo quería felicitarte, has estado genial. Tu puntuación ha sido mejor que la del año pasado.

Aunque seguía pareciendo que tienes un palo metido por el culo.

Suerte mañana.

Me echo a reír leyendo sus mensajes. Mientras me ducho, no puedo dejar de pensar en ellos. Y en el hecho de que Torres ha visto mi competición. Sabe que he sacado mejor puntuación que en el nacional pasado porque me dijo que se vio mis vídeos. Y también sabe que no he sido yo misma en el hielo. No sé cuándo este chico ha empezado a conocerme tanto, pero lo hace, y eso me asusta.

Decido responderle.

Yo
Estaba duchándome.

Palo metido por el culo o no...
Hoy he quedado primera.

Volk
Y de qué te sirve eso?

Yo
Hay más posibilidades de ganar mañana.

Volk
Ya. Pero, qué sentido tiene ganar si no te hace feliz subirte al podio?

Miro la pantalla y releo la frase una y otra vez. ¿He sido feliz alguna vez sobre el podio? ¿He sentido que de verdad estaba ahí por mí? Mis medallas, mis trofeos… ¿He ganado alguno siendo plenamente feliz? ¿Estando satisfecha? La respuesta es no. Y odio que lleve razón de nuevo.

Yo
Mañana tenéis entrenamiento y partido, no deberías estar durmiendo?

Volk
Estoy estudiando. El lunes tengo examen.

Yo
Y cómo lo llevas?

Volk
Creo que voy a suspender por primera vez en mi vida.

Yo
Quizá es hora de que te replantees las cosas.

Volk
Mira quién fue a hablar.

Yo
No estamos hablando de mí ahora.

Suerte mañana.

Volk
Acabas de desearme suerte???

Yo
No.

Dislócate el hombro o algo.

Volk
Lo intentaré.

En el programa libre, Charlotte Solberg hace una coreografía magnífica que va a colocarla también en el podio, como era de esperar. Sonríe de oreja a oreja mientras sale de la pista y la gente le aplaude sin parar. Cuando pasa por mi lado me regala una tímida sonrisa antes de apartar la vista de inmediato.

—Eh —digo, llamando su atención. Ella me mira con sorpresa—. Ha sido una coreografía muy buena.

Tarda unos segundos en asimilar mis palabras.

—Vaya… Gracias, Sasha. Nunca antes me habías felicitado.

—No hagas que me arrepienta —respondo, y ella ríe, asintiendo.

—Buena suerte.

—Gracias.

Me coloco en el centro de la pista, rodeada del silencio que se instaura cada vez que alguien va a patinar. Miro a la multitud frente a mí e inspiro hondo mientras coloco mis brazos en la posición inicial. No me fijo en nadie, tan solo dejo que mi vista se pierda entre la gente.

Me preparo para empezar, me conciencio de que tan solo es una coreografía más de la que mi madre va a sacar mil defectos aunque la hayamos ensayado mil veces.

Tan solo es un espectáculo más.

Un día más.

No.

Esta no es la coreografía que quiero hacer.

Esta no es la canción que quiero bailar.

Ya es tarde para cambiar la música, pero la coreografía…

Me tiemblan las manos cuando empiezo a moverlas para modificar la posición inicial. Titubeo un par de veces antes de fijar definitivamente mis manos. Cometo el error de desviar la vista hacia donde está mi madre. Incluso desde aquí puedo ver cómo frunce el ceño y hace aspavientos con las manos para darme órdenes, cabreada. Quizá debería hacerle caso, quizá la final de un nacional no sea el mejor lugar para cometer un acto de rebeldía.

«Recuerda que es tu futuro, mami».

Vuelvo a coger aire, apartando la vista de mi madre.

«¿Qué sentido tiene ganar si no te hace feliz subirte al podio?».

Entonces la música empieza, y yo doy comienzo a mi coreografía como a mí me apetece.

No realizo grandes cambios, no me atrevo a demasiado hoy. Tan solo pequeños detalles que sé que van a darme más puntos y hacer mi programa mejor: la barbilla donde yo quiero, la amplitud de los brazos, el movimiento de mis manos, la forma de coger impulso... No bailo como cuando lo hice delante de Torres con mis canciones, pero tampoco estoy rígida como de costumbre.

Finalizo con una satisfacción increíble por haber realizado esta coreografía de manera un poco más mía. Recibo los aplausos del público mientras intento recuperar la respiración, y empiezo a temblar conforme abandono la pista. De emoción y de miedo.

Mi madre me espera a la salida, pero yo alzo la barbilla (ahora sí) y me encamino hacia el *kiss and cry* sin mirarla, aunque la siento tras de mí. Nos sentamos y miro la pantalla aún tratando de recuperarme. Me tiemblan las manos porque sé lo que me espera cuando salga de aquí, pero, por primera vez en una competición, estoy satisfecha, o casi, de lo que he hecho.

La puntuación de Charlotte aparece en pantalla. Tiene un total de 164,98 puntos, lo que la coloca en primer lugar, seguida de Amelie Emerson, en segundo lugar.

Contengo la respiración cuando mis puntuaciones empiezan a anunciarse.

52,10 puntos en los componentes artísticos, una nota muy buena y más alta de lo que esperaba.

42,20 en la técnica.

Eso hace un total de 94,30 puntos en el programa libre que, sumados a los del programa corto suman... 181,65.

Casi diecisiete puntos más que Charlotte.

—No puede ser —murmura mi madre a mi lado. Yo tampoco puedo creérmelo.

Aún faltan dos coreografías por realizarse, pero es imposible que superen mi nota.

Después de años quedando tercera en el nacional..., acabo de ganar por primera vez. Soy la maldita campeona de Estados Unidos.

La euforia recorre cada rincón de mi cuerpo mientras abandonamos el *kiss and cry*. Mi madre tira de mí hacia el pasillo, con las uñas clavadas en mi brazo. Me obliga a mirarla, y yo le mantengo la vista con una confianza inexistente en mí, preparada para recibir otra bofetada de un momento a otro.

—¿Qué ha sido eso, Aleksandra? ¿Qué narices ha sido eso?

—Eso ha sido pensar en mí por primera vez en toda mi maldita vida.

Ella alza la mano con la expresión descompuesta, sin importarle que el pasillo esté lleno de gente. Pero el guantazo nunca llega, porque mi padre aparece en mi campo de visión, sujetándole la mano.

—¿Qué te crees que estás haciendo, Tanya?

Ella da un tirón para soltarse, yo siento un alivio increíble al verlo. Sabía que estaba aquí, ayer estuve con él un rato, y ha aparecido en el momento oportuno.

—No te metas en cómo educo a mi hija, Gabriel.

—También es mi hija.

—Como si formases parte de su vida.

Eso no es cierto. Mi padre forma parte de mi vida, hablamos a menudo y estamos en contacto, aparte de que le paga a mi madre todos los meses la mitad de mis gastos, y me envía dinero cada dos por tres. Pero yo soy consciente de que él tiene su nueva vida junto a Eric, y no me apetece ser parte de ella. Mi padre y yo nos queremos mucho y solo nosotros sabemos la relación que tenemos.

—Vente conmigo, Sasha.

—Tiene que recoger su premio —interviene mi madre—. Así que Aleksandra no va a ningún lado.

Por desgracia, lleva razón.

—Estoy bien —le digo a mi padre, que se acerca para darme un abrazo—. Te busco ahora.

—Si te toca, me lo dices —susurra, y me da un beso en la coronilla—. Has estado magnífica.

Nunca antes me había sentido tan orgullosa de estar subida en el podio.

Sostengo el trofeo y el ramo de flores con satisfacción mientras nos hacen las fotos. Creo que es la primera vez que sonrío para ellas.

Cuando termino y poso para algunas fotos y respondo a algunos periodistas, salgo al pasillo en busca de mi padre y Brooke, que habrá bajado ya de las gradas.

Ambos están juntos y empiezan a aplaudir y chiflar cuando me ven. Yo corro hacia ellos, siendo envuelta en un abrazo enorme que necesito demasiado.

Cuando me separo, estoy llorando de alegría.

—Estoy muy orgulloso de ti —me dice mi padre, y me seca las mejillas.

—Ha sido tu mejor coreografía —añade Brooke—. No te haces una idea de lo brutal que has estado, Sash.

Tras pasar un rato con ellos y escudarme en mi padre cuando le digo a mi madre que vuelvo a Newford con Brooke, me despido de él.

Poco después mi amiga y yo subimos en su coche.

—Gracias por venir a verme —le digo, Brooke sonríe y me da un ligero empujón.

—Me debes la victoria.

—Por supuesto.

Miro la hora y saco mi móvil a toda prisa, conectándome a la web que emite los partidos de hockey en directo. Brooke suelta una risa.

—¿Vas a ver el partido de los Wolves? —pregunta, yo murmuro un pequeño «sí» mientras miro la pantalla. Los chicos están en mitad del segundo tiempo, pero van perdiendo con mucha diferencia—. Habla más alto, bonita.

—Que sí.

—¿Por algún motivo en especial?

—Únicamente para ver sus avances.

—Por supuesto. ¿Qué número es Nate?

—Ni idea —respondo, mirando cómo uno de los chicos le quita el disco al equipo contrario—. Ah, mira, el 13.

—¿Y Jordan?

—Yo qué sé. —Lo busco entre los jugadores, ya que las camisetas llevan el nombre encima del número—. El 60.

—¿Torres?

—El 22 —respondo de inmediato, y maldigo en cuanto lo hago.

—Únicamente por sus avances —repite Brooke con sarcasmo—. Por supuesto que sí.

—Todavía me bajo del coche y me vuelvo con mi madre —protesto.

—Ya me callo, tú disfruta de tus lobitos.

Pero no disfruto, sino que sufro. Los veo perder el disco, veo cómo le marcan, los veo fallar los tiros a portería. Puedo notar su frustración y el ánimo tan caído que tienen cuando el final del partido se está acercando. Me fijo en Torres que, a pesar de todo, sigue jugando como si pudiesen remontar y ganar.

No lo hacen.

Pierden a pesar de que no han jugado de manera horrible.

—¿Han ganado? —pregunta Brooke, yo niego—. Vaya mierda.

—Van a salir igualmente, ¿verdad?

—Probablemente. Si no salen para celebrar la victoria, salen para consolarse por la derrota. ¿Por?

Solo una mirada hace que me comprenda.

La fraternidad de los Pi Omega Sigma está a rebosar. Brooke y yo hemos hecho una parada por casa para cambiarnos de ropa. Ella lleva un vestido negro ajustado. Yo me he puesto un vestido de diseño al que le acabo de quitar la etiqueta. Es de color burdeos, satinado y corto. Los tirantes son muy finos y el escote drapeado. Lo he conjuntado con unos botines negros para darle un toque más informal, y un abrigo negro y largo encima. Me he tenido que lavar el pelo para quitarme toda la gomina, así que me lo he ondulado. Llevo algo de purpurina en los párpados, y *gloss* en los labios. De complementos, una fina cadena de oro y unos pendientes largos a juego. Me siento guapa, y echaba de menos sentirme así. Hoy me lo merecía.

Nos abrimos paso entre la gente que hay en el jardín, a pesar del frío, y entramos en la enorme casa, donde ya me quito el abrigo. No es difícil ver dónde están los Wolves, les están vitoreando en el centro del salón principal, aunque no sé qué celebran si les han aplastado.

—Allí está Mor —dice Brooke, encaminándose hacia donde están los chicos. Morgan y Spencer están junto a los jugadores.

—¡Es Sasha! —Escucho cuando llegamos, aunque no sé cuál de los chicos lo ha dicho.

—¡Sasha! —Esta vez son varios los que gritan mi nombre, haciendo que los mire. Los chicos vienen hacia mí y me rodean.

—¿Por qué os alegráis de verme? —les pregunto, y ellos enmudecen de inmediato—. Acaban de patearos el culo y os veo demasiado felices. —Los miro uno a uno, poco a poco veo cómo sus ánimos decaen—. Pero hoy no pienso echaros la bronca. —Veo muchas caras de sorpresa, y me aguanto la risa—. Así que disfrutad de vuestras cervezas de consolación, y preparaos para el entrenamiento tan duro al que voy a someteros la semana que viene.

—¿No vas a echarnos la bronca de verdad? —me pregunta Peter con cara de póker.

—Estoy demasiado contenta para hacerlo, pero no me provoques.

—¿Por qué est...? ¡Es verdad! —Peter se lleva una mano a la frente y se gira para mirar a los chicos—. ¡Que ha ganado el campeonato!

Enseguida todos empiezan a vitorear, silbar y dar saltos a mi alrededor.

—¡Sasha campeona del país! —grita John, yo me quedo sin palabras, intentando asimilar que estos chicos se están alegrando de mi victoria—. ¡Hay que celebrarlo!

Nate, Jordan y Ameth se acercan a mí, el primero señala con la cabeza al grupito que empieza a dispersarse en busca de alcohol.

—Se han tragado tu competición ayer y hoy —me dice.

—Lo primero que han hecho los chicos al entrar al vestuario después del partido ha sido buscar el programa de hoy para verlo —me dice Ameth—. Enhorabuena, Sasha.

—Nosotras también te hemos visto —dice Spencer, que se coloca junto a su chico. Mor y Brooke también se acercan—. Ha sido una pasada.

—Gracias —digo de corazón.

—Vamos a jugar a algo, ¿te vienes?

—Sí, ahora voy.

El grupo se marcha, pero yo me quedo donde estoy. Miro a mi alrededor, buscando entre la multitud, pero no lo encuentro.

—Está en el jardín —dicen tras de mí. Me giro para mirar a Jordan—. Ha pedido estar solo un rato, no se ha tomado muy bien la derrota. Quería irse a estudiar, pero le hemos obligado a venir.

—Necesita un respiro —contesto, Jordan asiente con la cabeza—. Va a petar de un momento a otro.

—Desde que hemos salido del hielo ha estado con la cara larga y como un zombi —me cuenta—. No puede soportar el peso de todo a pesar de que se empeñe en que sí.

—¿Por qué me cuentas esto? —pregunto, porque sé que a Jordan no le caigo demasiado bien. Es un chico de pocas palabras, por lo menos fuera de su círculo cercano, así que no veo por qué me dice todo esto.

—Porque creo que te preocupas por él de la misma manera que él se preocupa por ti.

No lo admito en voz alta, tan solo no lo niego.

—Creo que los estudios están acabando con él —digo. Jordan hace una mueca.

—Le hemos dicho que cambie de carrera, pero no hace caso.

—Yo también se lo he dicho.

—¡Jordan! —lo llama Nate por encima de la música.

—Ve —digo—. Yo voy a buscarle.

Atravieso la multitud y voy hacia la puerta trasera de la casa. Hay un jardín enorme con una piscina que ahora está tapada, una zona de barbacoa y mesas alrededor de las que la gente baila y bebe a pesar del frío que hace y la nieve que hay. A mí me recorre un escalofrío, por lo que me pongo el abrigo y me abrazo a mí misma.

Me paseo por el gran jardín hasta que consigo localizar a Torres. Está sentado en un sillón balancín, con una cerveza en la mano, mirando a la nada mientras se columpia lentamente adelante y atrás. Ni siquiera me ve llegar, por lo que directamente me siento a su lado. Es entonces cuando sale de su trance y me mira. Parece sorprendido de verme.

—Sasha —murmura.

—Diego. —Sonríe ligeramente—. Estás hecho una mierda.

Le da un trago a la cerveza, por lo que veo esta vez no es sin alcohol, antes de responder.

—Nos han machacado.

—Eso he visto.

—¿Lo has visto?

—Llevo viendo todos vuestros partidos desde que os entreno —le hago saber.

—Yo también te he visto a ti. Has estado espectacular.

—Gracias.

—Esa no era la coreografía de tu madre —me dice, y me da un empujoncito con el hombro.

—No lo era.

—Tampoco era la tuya. Pero te has atrevido a hacer algo más de tu estilo.

—No tenía sentido subirme en el podio si no lo disfrutaba.

Torres ríe ligeramente.

—Felicidades por el oro, *princesa*. Te lo mereces.

—Gracias —repito, y lo miro. Él vuelve a beber—. Ha sido solo un partido.

—Sabes perfectamente que no se trata del partido —suspira—. Llevabais razón. No puedo con todo.

—Es normal. Lo raro habría sido que hubieses podido, Diego.

Inspira hondo y apoya la cabeza en el asiento. Mueve las piernas para que nos balanceemos y piensa antes de seguir hablando.

—De verdad que creía que iba a poder con todo. Pero soy un mal capitán, estoy siendo mal estudiante y peor amigo, y ahora me aterroriza pensar que también puedo estar siendo un hermano de mierda.

Se le rompe la voz. A Diego Torres se le rompe la voz. Y cuando me mira, veo que hay lágrimas en sus ojos y en sus mejillas. Me apresuro a colocar las manos en ellas y a limpiar las lágrimas con mis dedos.

—No quiero volver a escucharte decir eso —le reprendo—. Sabes que no es verdad. Te estás viendo sobrepasado por la situación, solo eso.

—¿Y qué se supone que tengo que hacer? —pregunta, y solloza. Se me parte el alma al verlo así.

—Por lo pronto vas a no pensar esta noche. Estás bebiendo y agobiado, así que mejor las decisiones las dejamos para mañana.

—No sé qué decisiones tomar —suspira.

—Pues mañana las barajas, ¿vale? Hoy no es el día.

—Vale.

Torres vuelve a centrarse en mí y lleva una mano al abrigo. Lo abre ligeramente con los dedos para mirar el conjunto que llevo debajo, sonriendo al terminar su escrutinio.

—Estás tan guapa que ahora mismo te invitaría a una cerveza —me dice, paseando sus ojos por mi vestido—. Pero dudo mucho que vayas a saltarte tus normas una vez más.

Ni siquiera dudo.

—En realidad… Te acepto esa cerveza.

—Primero perritos calientes y ahora una cerveza… No seré una mala influencia, ¿verdad?

—Eres un dolor de cabeza, *volk*, eso es lo que eres.

—Los dolores de cabeza que podría darte si tan solo me dejaras —susurra. Después se seca por completo la cara, se pone en pie y me tiende una mano.

Yo la acepto y le sigo al interior de la casa. Dejo el abrigo con los demás y nos unimos a su grupo junto a la mesa de *beer pong*. Spencer y Jordan están mirando con diversión a Nate y Brooke, que compiten a ver quién se bebe más chupitos de gelatina en menos tiempo, Morgan y Ameth los animan.

—¿Os estáis poniendo pedo sin mí? —protesta Torres. No sé si me alegra ver que vuelve a ser el de siempre, o me preocupa que sea capaz de fingir con tanta rapidez.

—Así que hoy nos saltamos la restricción de no alcohol y no ligues, ¿eh? —se burla Jordan, mirándome tan solo unos segundos cuando dice lo último. Torres le da un empujón con el hombro.

—¿Después de la paliza que nos han dado? —Alza su cerveza—. Por supuesto. Premio de consolación.

Todos brindamos con él. Yo le doy un sorbo a la cerveza y pongo cara de asco, haciendo que todos rían.

—Te prometo que te acostumbras y luego sabe mejor —me dice Brooke, guiñándome un ojo—. Si no, me la das y me la bebo yo.

No solo me termino esa cerveza, sino que me animo a tomarme los vasos que me corresponden en el *beer pong*. Estamos jugando Jordan, Spencer, Ameth y yo contra Mor, Torres, Brooke y Nate. Está claro que Torres va a por mí, cada vez que acierta me reta a beber, como si estuviese esperando el momento en que diga que no para que su equipo se lleve la victoria.

Hoy es la noche en la que no pienso decir que no a nada.

En mi turno, cuelo de nuevo la pelota en uno de los vasos y sonrío cuando miro a Torres, que enarca una ceja.

—Supongo que la guerra está declarada oficialmente —dice. Yo me he bebido ya cuatro vasos por su culpa, uno por Morgan y otro por Brooke. Él lleva unos cuantos por sus amigos y dos por mí.

—Voy a por ti —respondo.

Gana mi equipo porque contamos con Spencer, que resulta ser una experta en esto. Yo me siento... diferente. Siento la cabeza un poco pesada, pero no me duele. Cuando intento mirar algo fijamente, todo me da vueltas y me cuesta ubicarme, pero me resulta gracioso, así que acabo riéndome. Es la segunda vez en toda mi vida que me emborracho, la primera fue cuando echaron alcohol al ponche sin que nadie lo supiera.

—¿Cómo vas? —me pregunta Brooke, que se engancha a mi brazo mientras andamos, aunque no sé adónde vamos. Yo me río.

—Estupendamente —digo, arrastrando un poco las eses y provocando que mi amiga también ría.

—Ya veo, ya. Venga, vamos a bailar para bajar el alcohol un poco —me dice.

Cuando consigo ubicarme veo que estamos entre la gente que baila en el enorme salón. Todo el grupo está moviendo el cuerpo, así que yo también me uno.

—¿Sasha está bailando? —pregunta alguien con sorpresa. Me fijo y veo que algunos chicos del equipo se han unido a nosotros.

—Guarda esto en tu memoria, porque probablemente no vuelvas a verla así jamás —responde mi amiga—. Y que nadie se lo recuerde mañana si no queréis morir.

Bailo y canto con el resto durante un buen rato, hasta que noto que el alcohol ha desaparecido un poco de mi cuerpo. Soy plenamente consciente de todo lo que pasa a mi alrededor, no como antes, pero aún siento esa pequeña bravuconería dentro de mí que me impulsa a hablar constantemente.

De pronto suena «Beep» de las Pussycat Dolls, y Brooke y yo nos miramos con una conexión inmediata. Torres me está contemplando con una sonrisa divertida mientras muevo mi cuerpo al ritmo de la canción, con Brooke a mi lado haciendo lo mismo, solo que ella tiene la atención de otra Torres. El grupo nos vitorea mientras bailamos, y me dejo llevar por completo. Brooke y yo pegamos nuestras espaldas y comenzamos a descender, mis ojos clavados en los de él, que se lleva una mano a los labios mientras me observa.

Brooke y yo volvemos a ascender, y yo, probablemente por culpa de la embriaguez y lo feliz que me siento esta noche, me acerco a Torres. Bailo frente a él, que sonríe con disimulo. Desvío mi vista únicamente para cerciorarme de que no soy el centro de atención, sino que cada uno sigue a lo suyo. Y así es: Brooke y Morgan se besan mientras bailan pegadas, Spencer y Nate tontean al ritmo de la música y los chicos han hecho un coro para hacer el tonto entre el resto de la gente.

Doy un paso más, acortando la distancia entre Torres y yo como si esto fuese lo normal entre nosotros. Alzo una mano para colocarla en su hombro, y él se deja llevar y me agarra con suavidad por la cintura mientras la muevo de un lado a otro con lentitud. Sus dedos se clavan en mi piel cuando me acerco aún más, de forma que nuestros cuerpos se rozan.

Sé que el alcohol sigue haciendo efecto en él también porque sus ojos están ligeramente vidriosos, y su sonrisa se va borrando poco a poco.

—¿Qué estás haciendo? —me susurra, inclinándose hacia mí.

—Dejarme llevar.

—¿Desde cuándo te dejas llevar? —pregunta, su mejilla casi pegada a la mía. Un escalofrío me recorre de arriba abajo por la cercanía de la que ahora soy consciente, y porque su mano libre asciende hasta rozar mi brazo desnudo, acariciándolo con lentitud.

La borrachera casi ha desaparecido, porque tardo unos segundos en decir lo que pienso en lugar de soltarlo del tirón como habría hecho hace un rato.

—Yo también me lo estoy preguntando.

Torres ríe con suavidad en mi oreja, y yo cierro los ojos porque es el sonido más agradable que he oído nunca. Vale, quizá sí siga un poco borracha. Inspiro hondo, su mano ha dejado de acariciar mi brazo para ascender hasta mi nuca. Juega con mi pelo con parsimonia, acaricia con la yema de los dedos mi cuello, y a mí se me eriza la piel. Coloco mi otro brazo sobre su hombro, de forma que no haya nada que se interponga entre nosotros. La canción ha dejado de sonar hace rato y ahora hay otra a la que no le presto la más mínima atención.

—Sería mucho más fácil si te odiase —murmuro.

—¿El qué?

—Pasar de ti. Que no fueses una distracción.

—No tienes por qué pasar de mí —me dice—. Podemos distraernos juntos.

Se me escapa una risita tonta.

—No, gracias.

Ahora es él quien ríe.

—¿No, gracias?

—No estoy interesada.

—¿Ya se te ha olvidado lo que dijiste en voz tan alta que te escuchó todo el Mixing House? —pregunta, y vuelvo a reír—. ¿O que nos besamos y luego decidiste que era mejor olvidarlo?

—No quiero que se repita —miento. Claro que quiero que se repita, y él lo sabe tan bien como yo.

—¿Ah, no? —Tira de mi cintura, pegándome a él por completo—. ¿Y por qué no me apartas? —La mano que hay en mi nuca me agarra con firmeza, yo suspiro encantada—. ¿Por qué suspiras cuando te toco así? —Se humedece los labios muy sutilmente—. ¿Por qué me miras la boca de esa manera?

—Estás diciendo tonterías —protesto en voz baja.

—Niégalo todo lo que quieras, *pobre diabla*, pero si te besase ahora mismo no te apartarías.

Su seguridad hace que me estremezca, y la bravuconería acude de nuevo a mí durante tan solo un segundo. Soy yo quien tira de él para quedar cara a cara, nuestras bocas a escasos centímetros una vez más.

—Si estás tan seguro, ¿por qué no lo haces?

Torres mueve la cabeza para que sus labios rocen los míos. Mierda. Ese roce tan leve hace que quiera más, que desee que pegue sus labios por completo a los míos. Que me bese de verdad. Espero a que lo haga, pero el momento no llega. Alza la barbilla con socarronería, y dice:

—Porque los dos hemos bebido y, si nos besásemos ahora, tú mañana le echarías la culpa al alcohol y yo me sentiría como una mierda. Así que no pienso demostrar que te mueres por besarme ahora mismo, sino que pienso esperar a que seas tú la que me ruegue que lo haga otra vez.

Dicho eso, se aparta lentamente, acariciando mi cuerpo mientras se aleja, hasta que sus brazos caen. De golpe, me siento vacía y perdida, incompleta. Y, de la nada, me cabreo. Me enfado con Torres por haberme hecho sentir… lo que sea que he sentido. Me enfado porque no haya llegado hasta el final. Me enfado porque se haya apartado. Por eso chisto, haciendo que enarque una ceja.

—En tus sueños, *volk*.

—Cada noche, *mami*.

Me guiña un ojo antes de que el resto del grupo se una a nosotros y nos arrastren a otro juego.

CAPÍTULO 42
Torres

—Me gusta mucho —confiesa mi hermana mientras Noa y Ana merodean por la tienda de ropa—. Hacía tiempo que no me gustaba tanto alguien.

—Me cae bien —respondo, pero hago una pausa para bostezar. No he dormido nada este fin de semana—. Brooke es divertida y se ve buena persona. Si tú estás a gusto, me alegro por ti.

—Voy a contarle lo de mi… bulimia. Si vamos a empezar a salir, creo que debería saberlo.

—Solo tienes que contarlo si te sientes cómoda, Mor, recuérdalo.

—Lo sé.

—¡Aquí están los vestidos bonitos! —anuncia Noa, llamando nuestra atención.

Como regalo adelantado de Navidad, le he prometido a Morgan comprarle el vestido que ella quiera para el Baile de Hielo. No quería gastarse el dinero en un vestido caro para el baile, así que le dije que yo se lo regalaría por Navidad, y accedió.

Mor empieza a mirar los vestidos y coge unos cuantos que le han gustado para probárselos. Yo tengo un traje casi nuevo que me he puesto solo un par de veces, así que me voy a comprar una camisa.

Morgan entra en los probadores, Noa, Ana y yo nos sentamos en uno de los sofás que hay frente a ellos, ya que la zona de probadores está en una sala acogedora. Aún se está cambiando cuando dos personas conocidas entran también.

No se me debería de acelerar el pulso cuando veo Sasha y evita a toda costa que me percate de que ha sonreído ligeramente, pero lo hace.

—Hombre, pero si es mi Torres favorito —saluda Brooke.

—Y yo que pensaba que ese puesto me pertenecía a mí —protesta Mor, saliendo del probador en ese instante con un vestido negro largo y brillante. Brooke la mira con intensidad, sonriendo.

—Con ese vestido, sin duda lo eres.

—Qué fácil jugáis con mis sentimientos —bromeo.

—¿Brooke? ¿Me ayudas a bajarme la cremallera? —le pregunta mi hermana, que tira de ella hacia el probador. Sasha pone los ojos en blanco, yo me pongo en pie para acercarme a ella.

—¿Buscando vestido para el baile? —Señalo con la cabeza los vestidos que sujeta.

—Sí. Brooke se ha hecho el suyo, y yo aún no había tenido tiempo de buscar uno.

No hemos vuelto a hablar desde la fiesta del sábado. De solo pensar en cómo bailamos juntos, sus manos alrededor de mí, las mías sobre ella…

—¿Cómo estás? —pregunta.

Mal. A pesar de que el sábado lo pasé bien después de que ella viniese, no estaba bien. Y ayer me pasé todo el día hecho una mierda. No salí de mi habitación, estudié en la cama a pesar de que el agobio no me permitió retener mucha información. Además, el examen de esta mañana me ha salido fatal. Jamás había sentido pánico haciendo un examen, siempre los he hecho con confianza, sabiendo que iba a sacar sobresaliente. Esta mañana casi me echo a llorar al ver que no sabía responder ni la mitad de las preguntas.

Perder el partido hizo que todo mi mundo se viniese abajo y, que después de haberlo evitado durante tanto tiempo, el frasco terminó de llenarse y yo me ahogué en él. Si no triunfo en lo único que se me da bien…, ¿qué sentido tiene todo?

—Podría estar mejor —termino respondiendo, ya que no me apetece hablarlo ahora mismo. Sasha asiente con comprensión, y entonces mira detrás de mí. Me giro y veo a mis hermanas sentadas en el sofá, que nos miran con curiosidad.

—Sasha, ellas son Noa y Ana, mis hermanas pequeñas.

—Vaya, encantada —dice, acercándose al sofá y sentándose junto a ellas—. Vuestro hermano me ha hablado un montón de vosotras.

Después de hablarle a Sasha de mis hermanas, se interesó por ellas aún más. Le conté lo inteligente que es Ana y el instinto protector que tiene con Noa desde siempre. De que le encanta aprender a cocinar junto a Carol o junto a mí, y jugar con sus muñecas. Le hablé de que a Noa siempre le ha gustado elegir su propia ropa, los puzles complicados y que a los cuatro años decidió que de mayor sería astronauta «para buscar mundos más bonitos».

Sasha habla con ellas durante un rato, yo no puedo dejar de observarla. Hay dos maneras de saber si alguien es buena persona: ver cómo trata a los camareros y ver cómo trata a los niños, independientemente de si le gustan o no. Ahora mismo no tengo queja, sino que me sorprendo al verla interactuar con mis hermanas.

Cuando Brooke y Mor deciden salir de los probadores, ella se pone en pie y coge todos sus vestidos para probárselos.

—Pensaba que no te gustaban los niños —le digo.

—No me gustan las personas en general porque ya sabemos lo mal que se me da relacionarme con la gente —responde, encogiéndose de hombros y provocándome una carcajada—. Supongo que las personas en miniatura son más tolerables. Por cierto… —se detiene—. Solo he hablado cinco minutos con ellas, pero se ve que tus hermanas son inteligentes y educadas. Estás haciendo un buen trabajo.

No sé si lo dice porque de verdad lo piensa o por el bajón que tuve el sábado y todo lo que dije. Quiero pensar que lo cree de verdad, y eso es lo mejor que alguien puede decirme. No puedo evitar pensar que no siempre lo estoy haciendo bien, que soy un hermano de mierda y que no sé hacerlas felices…, pero Morgan y mis amigos me mantienen optimista cuando me dan bajones.

—Voy a seguir con los demás vestidos —anuncia Morgan. Yo me vuelvo a sentar, Brooke se deja caer a mi lado.

—Diego, ¿nos dejas tu móvil? —pregunta Ana, yo se lo tiendo de inmediato. A veces les gusta jugar juntas a un par de juegos que instalaron en mi teléfono, así que se lo presto para que no estén aburridas.

—Bueno, Dieguito Torres —suspira Brooke—. Supongo que no me hace falta preguntártelo a estas alturas, pero sería muy mala amiga si no te obligase a tener «la charla».

—Hace menos de treinta minutos que le he dicho a mi hermana que me caías bien, Brooke, no me hagas cambiar de opinión.

Ella ríe y se cruza de brazos.

—Es muy sencillo, tan solo responde a las preguntas. ¿Cuáles son tus intenciones con Sasha?

—¿Cuáles son sus intenciones conmigo? —pregunto de vuelta.

—Aquí soy yo quien hace las preguntas, guapo. Responde, ¿qué tienes con ella?

—No tenemos nada, Brooke, y lo sabes.

—No, no lo sé. Solo sé lo que veo, pero eso es distinto a lo que vosotros dos veis, porque ya sabemos que las personas implicadas en este tipo de cosas siempre están un poco empanadas, muy cliché todo. Por eso pregunto. Y bueno, porque os enrollasteis y desde entonces solo os miráis como si fueseis a saltar el uno sobre el otro en cualquier momento.

—No pienso negar ni confirmar nada —respondo, Brooke suelta una risa.

En ese momento, Sasha y Morgan salen del probador. Mi hermana con un vestido celeste, Sasha con uno verde. Las dos están espectaculares, pero mi atención se va irremediablemente hacia la patinadora.

—El escote es horrible —le dice Brooke sin tapujos, despachándola con una mano. Después mira a Mor—. Creo que te favorecería más en rojo.

—¿Tú crees? —pregunta mi hermana. Veo cómo se alisa el vestido una y otra vez, y entiendo qué está haciendo porque he aprendido a leer su lenguaje corporal.

—¿Morgan? —la llamo, ella levanta la cabeza de inmediato y, antes de que pueda decir nada, responde.

—Estoy bien —me asegura, y detiene sus manos—. Voy a probarme otro.

Sasha y ella desaparecen detrás de las cortinas sin rechistar. Sé que estaba pensando en cómo le quedaba el vestido, y también sé que lo único que puedo hacer ahora mismo es estar aquí para ella.

—Me da miedo, Torres. Está distinta —dice de repente Brooke—. En estos meses ha cambiado de una manera que jamás esperaba. Se está atreviendo a hacer pequeños cambios en su vida sin volverse loca por ellos, está empezando a pensar en sí misma y su futuro, está… viviendo. Quizá tú no veas la diferencia o te parezca una tontería, pero te prometo que parece otra.

—No tengo nada que ver en eso, Brooke, no lo digas como si yo hubiese hecho algo.

—No creo que tú hayas hecho nada. Pero tu relación con ella, sea la que sea, le está haciendo ver las cosas de otra manera. Por eso te pido…

—Ya —interrumpo, mirándola con comprensión—. Que sean cuales sean mis intenciones, no le haga daño. Que, si le rompo el corazón, me matarás.

Brooke niega.

—En realidad iba a pedirte que tengas paciencia. Es mi amiga y la quiero con locura, pero sé que es complicada. Tan solo… ten paciencia, ¿vale?

No respondo a eso, tampoco sabría qué decir. Para escaquearme de esta conversación, le digo.

—Bueno, Brooke… ¿Qué intenciones tienes con mi hermana?

Jordansito
Voy a comer en el Mixing House, quién se une?

Nate Bro
Vooooooy.

Spencie
No puedo ahora.

Sis
Tengo prácticas hasta tarde, me he traído comida :(

Zanahoria
:(:(:(

Jordansito
Ganas de volver?

Zanahoria
No sabes cuántas…

Big A
Prometo llevarte a casa de mis padres en cuanto vuelvas.

Zanahoria
Te quiero, Ameth.

Nate Bro
Vienes???

Big A
No puedo, os veo mañana.

Jordansito
Papi??

Yo
Iba para casa a estudiar.

Nate Bro
Mueve el culo hasta aquí ahora mismo.

Yo
:(

Nate Bro
Ven a comer y luego estudias.

Yo
Vaaaale.

Voy de camino.

Jordansito
Te voy pidiendo una ensalada insípida?

Yo
Ja, ja. Hay cosas en el menú que respetan
la dieta y no son ensalada, gracioso.

Llego al Mixing House a la vez que Nate, Jordan ya está dentro esperándonos.

—Dicen que no sirven comida para caballos —se burla Jordan cuando nos sentamos, Nate a su lado y yo frente a él.

—Vas a comerte mi puño si sigues haciéndote el graciosillo —reprocho, y él me manda un beso.

—Bueno, ¿vamos a hablar de lo que pasó el sábado o no? —dice, yo suelto un bufido.

—¿Esto es una encerrona?

—Si quieres verlo así… —Nate se encoge de hombros. Los dos me miran fijamente y tengo que poner los ojos en blanco.

—Soltadlo ya.

—Petaste.

—No peté. No me sentó bien perder.

—Diego. —Nate se cruza de brazos, Jordan le imita—. Te hemos visto afrontar derrotas y situaciones malas toda la vida, y sabemos cómo reaccionas a ellas. Hemos perdido otros partidos y siempre finges que no te afecta y usas tu alegría para que nadie se venga abajo y tengan esperanza para el siguiente.

—El sábado te derrumbaste por completo —prosigue Jordan—. Todos tenemos derecho a venirnos abajo de vez en cuando y no hay nada malo en ello. Pero estamos preocupados por ti, lo sabes.

—Siempre nos hemos cuidado entre nosotros, el inseparable Trío de Tontos. —Nate sonríe y nos contagia a los demás—. Hemos estado en las buenas y en las malas, hemos reído, hemos llorado, nos hemos enfadado… Pero siempre juntos.

—¿Por qué ahora no estamos buscando solución juntos a lo que te está pasando? —termina Jordan.

Veo la preocupación de la que hablan reflejada en sus expresiones. La duda, la incertidumbre, la confusión. Comprendo entonces que no solo les he hecho preocuparse por mí, sino por nuestra amistad. Me he cerrado tanto y me he negado a compartir mis problemas de forma que al final le he hecho creer a mis amigos que no quería contar con ellos, cuando es todo lo contrario.

—No quiero aburriros siempre con mis dramas —respondo y resoplan—. Mi situación es siempre la misma, es un bucle en el que no os quiero involucrar.

—Torres, tío —protesta Nate—. ¿Nosotros sí podemos contarte una y otra vez nuestros problemas, pero tú te sientes mal contando los tuyos?

—Tus dramas no son solo tuyos —dice entonces Jordan con calma—. Morgan es nuestra hermana también. Ana y Noa son nuestras hermanas pequeñas también. Las queremos a las tres con locura y nos preocupamos por ellas y por su futuro tanto como tú. Y tú eres nuestro hermano, Torres. Así que déjate de gilipolleces y explota con nosotros de una maldita vez, que para eso somos una familia.

Se me forma un nudo en la garganta porque no aguanto más las ganas de llorar. Llevo todo el curso intentando convencerme de que puedo con todo, creyendo que al día siguiente las cosas mejorarían. Pero no lo han hecho, tan solo han empeorado.

Y ya no puedo más.

Finalmente, exploto.

—Todo está siendo demasiado. —Cojo aire—. Quiero a mis hermanas más que a mi propia vida, pero supervisar que las tres están bien en todo momento es agotador. Ir a las distintas consultas, por mucho que me gusten porque así puedo ayudarlas, es agotador. Comprobar que mi padre no molesta a las niñas y no se gasta el dinero es agotador. El colegio, la niñera, las gestiones... Es agotador. —Hago una pequeña pausa y ellos abren la boca para hablar, pero yo vuelvo a coger aire y continúo—. Mantenerme firme y coordinar al equipo es agotador. Entrenar tantísimas horas es agotador. Pensar que mi futuro está en el hielo y no saber si voy a poder jugar en un equipo profesional es agotador. Ir a clase es agotador. Pensar en la beca constantemente es agotador. Estudiar esta carrera que no me gusta nada es agotador. Hasta no saber qué pasa con Sasha es agotador. Todo es agotador, todo está siendo demasiado.

Respiro de golpe tras haber soltado todo eso de carrerilla, y se me escapa un gemido ahogado que detona en un pequeño llanto que me trago para después soltar una carcajada histérica.

—Creo que lo hemos roto —le susurra Nate a Jordan, que le da un codazo.

—No está mal no poder con todo —dice Jordan—. Tú no has hecho nada mal, es que nadie puede con toda esa carga que tú estás llevando. Necesitas centrarte en tu futuro, en ti. Tienes que ser un poco más egoísta. Si tu sueño es jugar con los NJD, ve a por él. Déjanos que te ayudemos con las niñas, y deja que Morgan también se involucre más. Sabemos que no está en su mejor momento, pero la conozco lo suficiente como para saber que, cuando se recupere y vea que la has sobreprotegido y le has evitado enfrentarse por sí misma a vuestra situación, va a enfadarse muchísimo.

Lleva razón. Me preocupo tanto por Morgan que a veces soy demasiado sobreprotector y la envuelvo en una burbuja cuando sé perfectamente que mi hermana puede con todo sola y, si con algo no puede, siempre me va a pedir ayuda.

—Hemos criado a Ana y Noa —añade Nate—. Estoy seguro de que si un día no tienes fuerzas para ir a casa, se van a alegrar de que vayamos nosotros.

—No es vuestro trabajo —protesto.

—Tampoco el tuyo —me recuerda Jordan—. Pero tu realidad también es la nuestra, y no tienes por qué encararla solo cuando nos tienes a nosotros, a Ameth, Morgan y Spencer.

Asiento con la cabeza. Aún recuerdo cuando éramos unos críos que disfrutaban cada fin de semana en el parque de atracciones y nuestra única preocupación era encontrar mesa frente al puesto de perritos de Joe. Ahora que hemos crecido atesoro esos momentos más que nunca.

—Siento haberos apartado —respondo—. Yo... no quería agobiaros con todo esto. Prometo pedir ayuda si la necesito.

—Más te vale —dicen los dos a la vez.

—He tomado una decisión —les informo—. Lo acabo de hacer ahora mismo, pero lleváis razón y no puedo seguir así. Voy a dejar la carrera.

—Me parece una decisión valiente y acertada —contesta Jordan, Nate asiente con la cabeza pare reforzar sus palabras.

—Tengo que hablar con la decana para ver si me mantiene la beca al cambiar de carrera, y que me explique cómo puedo hacerlo para no echar cuatro años nuevos, sino reducirlos.

—¿Y si no te guardan la beca?

—Pues tendré que pagar la universidad cuando tenga acceso a mi cuenta.

Rezo porque eso no pase. Contaba con ese dinero para el futuro, pero estoy seguro de que sabríamos apañarnos. Al fin y al cabo, mi madre dejó los ahorros pensando en nuestros estudios.

—Estamos aquí para lo que necesites, *papi* —me recuerda Nate, y los tres chocamos los puños.

—Os quiero, idiotas.

El alivio que siento tras haberme desahogado y haber tomado una decisión que va a ser beneficiosa para mí es increíble. Me siento liberado, me he quitado un peso de encima del que no me atrevía a desprenderme. Pienso en Sasha, que también me animó a hacerlo, y sonrío. Me siento bien, estoy contento. Asustado, pero contento.

Terminamos de comer y pedimos un postre. Estamos empezándonoslo cuando Nate suelta de golpe:

—Le he dicho a Spencer que la quiero.

Jordan y yo nos miramos unos instantes sin comprender muy bien a qué se refiere.

—Y... —digo, esperando que continúe.

—Pues que ha sido la primera vez.

—¿Cómo? —pregunta Jordan—. Pero si lleváis casi un año.

—Ya, pero es que no quería decírselo para no agobiarla. Pero el otro día después de acostarnos se lo solté y...

—Se ha agobiado —termina el hermanastro de Spencer.

—No lo sé, pero me da la sensación de que me está evitando desde entonces.

—Nate, ya sabes cómo es —digo—. Quizá necesita procesarlo.

—Quiero a mi hermana con locura, pero el «cómo es» a estas alturas no justifica que evite a Nate por decirle que la quiere. Pensaba que la comunicación entre vosotros era buena.

—Y lo es —responde Nate—. Por eso estoy rayado, porque todo iba de maravilla hasta que le he dicho que la quiero. Quizá debería haber esperado a que ella lo dijese primero en el momento adecuado.

—Dale unos días para ver qué hace y, si no, vuelve a hablar con ella —le aconsejo, aunque no sé si soy el más indicado para hacerlo ahora mismo.

—Eso haré —suspira—. Gracias, tíos.

CAPÍTULO 43
Sasha

Cuando entro en la pista, mi madre ya está esperando con los brazos cruzados. Finjo estar llena de valentía y entro en el hielo como si nada, acercándome a ella.

—Treinta *burpees*. —Es su saludo—. En el hielo. Con los patines.

Sabe perfectamente que calentar haciendo *burpees* (un ejercicio que consiste en hacer una flexión en el suelo, levantarse con rapidez y dar un salto antes de volver a repetirlo) puede provocarme un tirón, y que con los patines es peligroso. Pero esto es solo el inicio de su castigo por lo que pasó el sábado. Como no respondo de inmediato, sino que la miro con el ceño fruncido, insiste.

—¿Te has vuelto sorda, Aleksandra?

Ahora mismo me vendría muy bien estar igual de borracha que en la fiesta de celebración. La valentía que sentí esa noche y en el propio campeonato ahora mismo se ha esfumado, porque empiezo a hacer el maldito ejercicio.

—No sé qué se te pasó por la cabeza para hacer lo que hiciste en el nacional —dice mientras patina a mi alrededor—. Pero eso no va a volver a repetirse, ¿me oyes? Si quedaste primera no fue porque tu coreografía mediocre y mal ejecutada fuese buena, sino porque las demás lo hicieron peor que tú.

—Obtuve 181,65 puntos —le recuerdo, intentando controlar mi respiración entre salto y flexión.

—Les darías pena —responde, como si eso fuese posible en este mundo—. Te repito que no va a volver a pasar nada así. Tenemos un contrato, te guste o no, y si vuelves a incumplirlo no solo la indemnización será enorme, sino que tu carrera estará arruinada. De aquí al ISSC vas a entrenar como yo te diga, sin estúpidas quejas, Aleksandra.

Realizo el último *burpee* cuando dice eso, así que la encaro, tiene una mueca horrible en su cara mientras me observa con repulsión.

—Protesta, niña, y juro que termino contigo.

Sé que lo haría. Sé que preferiría hundirme, acabar con mi carrera y dejarme frente a todo el mundo como una niñata insolente, antes que admitir que se lleva equivocando mucho tiempo. Y no puedo permitirme tras haber quedado primera en el nacional que todo se vaya a la mierda. No puedo desperdiciar ninguna oportunidad, no se sabe dónde puedo estar el año que viene, o si puedo lesionarme. No puedo dejar escapar lo que tengo ahora mismo: el primer puesto de patinaje sobre hielo de todo Estados Unidos, y la posibilidad de una posición magnífica en el ISSC, abriéndome las puertas para ir a las Olimpiadas.

Por eso, con un nudo en la garganta que está a punto de soltarse de un momento a otro y hacerme estallar, asiento. Me guardo las lágrimas que amenazan con salir, me olvido de lo que siento, y empiezo a patinar.

Nunca jamás en mis veinte años de vida había tenido un entrenamiento como el de hoy. He entrenado durante muchas horas más y de forma más intensa, sí, pero hoy ha sido una tortura realizada a propósito. Me duele cada músculo del cuerpo, y creo que los pies están sangrándome de nuevo. No he podido evitar el dolor, pero sí que evito que ella se dé cuenta de que estoy sufriendo. No muestro ni un solo ápice del dolor que estoy sintiendo, ni me quejo ni una sola vez. Tan solo obedezco, hasta que, al terminar una coreografía, da el entrenamiento por finalizado.

Entonces reparo en que alguien nos observa desde las gradas. No me sorprende ver a Torres, de hecho, su presencia calma mi ira.

—¿Otra vez ese chico? —pregunta mi madre, que también le ha visto—. No me gusta que te juntes con él.

—Organizamos juntos el Festival de Hielo —le recuerdo, ella resopla.

—No me gusta su apariencia.

—¿Qué apariencia? —pregunto con la frente arrugada, pues no entiendo qué hay de malo en él. Pero conozco a mi madre lo suficiente para saber qué está pensando.

—¿Qué haces aquí? —se dirige a él, que ha bajado de las gradas y está en la entrada de la pista.

—Sasha y yo tenemos que ir a decorar el salón para el baile —le dice él con calma.

—Qué estupidez —reprocha, pero entonces su teléfono suena, y nos deja solos sin despedirse.

—Veo que no se ha tomado muy bien tu pequeña rebelión —me dice Torres.

—No sé qué haría si se enterase de que sigo entrenando sola por las noches y de que os estoy entrenando a vosotros —suspiro, pasándome una mano por el pelo sudado—. No me apetece comprobarlo.

—¿Y si me chivo?

—¿Y si te corto la cabeza?

—A lo mejor vas a tener que sobornarme para que no diga nada —continúa, acercándose a mí con esos aires de seguridad—. ¿Qué me darías a cambio de no contarle a Tanya Petrova lo que su campeona hace a escondidas?

De nuevo estamos muy cerca, yo más alta a causa de los patines. No retrocedo, sino que acerco mi rostro al suyo un poco más.

—¿Qué tal no contarle al entrenador Dawson que sus lobitos hacen lo que quieren y que he sido testigo en varias ocasiones de cómo su capitán se ha saltado la dieta y la norma de no beber?

Torres ríe ligeramente.

—Está nevando ahora mismo y el salón del baile está un poco lejos de aquí, a lo mejor te vas andando.

—Mi idea inicial era irme andando.

—Entonces me voy. —Me guiña un ojo y hace ademán de irse, pero se detiene cuando resoplo.

—Me cambio rápido y podemos irnos.

—Lo mismo no estoy cuando termines.

Cuando termino, por supuesto que sigue ahí.

Voy a empezar a cortar cabezas de un momento a otro.

No puedo creerme lo que estoy viendo. Los Wolves (no tengo ni idea de dónde está la gente de patinaje) han empezado a decorar el salón con unos adornos horribles que no son los que Torres y yo fuimos a comprar, ni los que rescatamos de otros años. Los que los chicos están colocando son de colorines, para nada acordes a la temática del baile.

—¿Qué narices está pasando aquí? —pregunto. Peter tiene la valentía de acercarse a mí con una sonrisa enorme y una guirnalda de Papá Noel en las manos.

—¡Sasha! ¿Qué te parece la decoración? Va a quedar genial, ¿verdad?

Le quito la guirnalda de un tirón y la arrugo sin ningún miramiento. Peter frunce los labios para contener lo que creo que es una risa que más le vale no soltar o pienso ahorcarle con Papá Noel.

—¿Qué es esto? —escupo, marcando cada palabra con lentitud.

—La decoración del Baile de Hielo, ¿no te gusta? Pensaba que lo habíais elegido Torres y tú.

—Esto no es lo que habíamos elegido y lo sabes perfectamente.

—Esto es lo que tenemos.

Miro a Torres, incrédula, que está demasiado callado a mi lado. Él me mira y se encoge de hombros como si no tuviese ni idea de qué va la cosa.

—No pienso dejar que el baile se lleve a cabo con esa decoración horrible —les digo, señalando el salón—. Ya podéis estar quitándola y buscando la nueva si no queréis que empiecen a rodar cabezas.

Peter estalla en carcajadas, haciendo que algunos de los chicos se le unan.

—Tío, esto se te da fatal —le dice John, lanzándole una bola roja de purpurina que le da en toda la cabeza.

—Así no hay quien gaste una broma —protesta Adam. ¿Era una maldita broma?

—Lo siento, no he podido contenerme. —Peter me mira, yo sigo sin dar crédito—. Es que deberías de haberte visto la cara. ¿Alguien lo ha grabado?

—Venga, anda, ya podéis recoger todo esto —les dice Torres, y yo me giro hacia él.

—¿Tú lo sabías? —Se vuelve a encoger de hombros y alza las manos de forma inocente cuando le doy un golpe en el brazo—. ¿Es que sois anormales? —Vuelvo a pegarle, provocando que todos rían—. ¡Tú! —Miro a Peter, y voy hacia él, pero sale corriendo—. Ven aquí, cobarde.

El muy imbécil corre por toda la sala mientras yo le persigo caminando con la guirnalda de Papá Noel en la mano.

—¡Torres, fue idea tuya, hazte cargo de ella! —grita, y yo me detengo en seco. El susodicho empieza a retroceder con una expresión burlona.

—Voy a por ti —anuncio. En ese momento las puertas se abren y el equipo de patinaje entra cargado de cajas con lo que aprecio que es la decoración correcta. Suspiro de alivio.

—¡Venga, chicos, a decorar! —grita Torres, dando unas palmadas para que todo el mundo se ponga manos a la obra.

El salón está casi terminado. Solo faltan unos detalles, que la señorita Porter dé el visto bueno, y venir por la mañana a hinchar globos para que estén perfectos para por la noche.

Todo el mundo trabaja en equipo, siguiendo las instrucciones que tanto Torres como yo damos. Es un líder nato y todos sus compañeros le respetan, y eso es algo digno de admirar.

Yo estoy ahora en lo alto de una escalera, terminando de colocar una guirnalda plateada, pero me está costando fijar el final.

—¿Necesitas ayuda? —Miro hacia abajo. Torres está sujetando la escalera con una mano. Se ha quitado la sudadera y lleva una camiseta gris de manga corta que deja a la vista todos sus tatuajes—. ¿O sigues enfadada?

—No estoy enfadada —protesto—. Aunque tengas cinco años mentales.

—¿Pero necesitas ayuda o no, *princesa*?

—No hace falta. —Me giro para volver a intentar colgar la guirnalda—. Estoy terminan…

Pierdo el equilibrio antes de terminar la frase. He movido el pie sin darme cuenta y he pisado el borde del escalón, haciendo que me tropiece. Intento agarrarme como puedo, pero no consigo sostenerme… y caigo. Se me escapa un chillido porque desde esta altura lo más probable es que me rompa algo por culpa del impacto. Pero ese impacto no llega o, al menos, no es contra el suelo contra lo que me estampo.

Un cuerpo duro y fibroso amortigua mi caída, y unos brazos fuertes me rodean. Se me sale el corazón por la boca a causa del susto y tengo que cerrar los ojos para asimilar que estoy bien.

—Te tengo —murmura Torres, está sentado en el suelo conmigo entre sus piernas una vez más.

—¿Te has hecho daño? —pregunto, ya que le he caído encima desde una buena distancia.

—Estoy bien —responde—. ¿Y tú?

Asiento, soltando todo el aire que soy capaz. Sin embargo, no soy capaz de moverme. Me tiemblan las piernas por el susto. Si Torres no llega a estar ahí me habría estampado contra el suelo, y me habría lesionado con toda seguridad. Suspiro de alivio, apoyando la cabeza de forma inconsciente en su pecho.

—Tranquila —me dice, y acaricia mi espalda. Es ahí cuando me doy cuenta de que tengo el pulso desbocado.

Soy plenamente consciente de su mano acariciándome por encima de la sudadera fina que llevo, dándome calor. Oigo los latidos de su corazón, rápidos como los míos. Tampoco me había dado cuenta de que tengo una mano apoyada en su pecho, junto a mi cabeza. Hago un poco más de presión, notando sus músculos en mi palma. Torres traga saliva cuando mis dedos empiezan a acariciar su pecho sin motivo alguno, yo inspiro hondo cuando su otra mano me rodea para apretarme más contra él.

Su respiración en mi coronilla me tranquiliza a la misma vez que me altera, y ya no sé si los nervios son por su culpa o por la caída. Alzo la vista porque necesito mirarle, él ya lo está haciendo. Lleva una barba corta y bien cuidada que me apetece acariciar, notar contra mi piel. Sus labios gruesos y bonitos que ahora sé cómo saben, o casi, porque aquel beso no fue suficiente, están ligeramente abiertos, y tengo que controlarme por no llevar dos dedos a ellos para tocarlos. El pendiente de su nariz es, de nuevo, un pequeño brillante, en su oreja está ahora el aro. Sus cejas están ligeramente enarcadas y sus ojos marrones me miran de manera profunda e intimidante.

—Tan solo tienes que pedírmelo —susurra, llevando una mano a mi mejilla para acariciarla, haciendo que me estremezca.

—¿Pedirte, qué?

Que le bese. Me lo dijo en la fiesta: solo volvería a hacerlo si se lo pedía.

Un carraspeo llama nuestra atención, haciendo que miremos frente a nosotros. Uno de los chicos de patinaje nos mira con culpabilidad.

—Lo siento, necesito que echéis un vistazo a…

—Voy.

Me pongo en pie de golpe y me voy con él a supervisar los últimos detalles.

Cuando todo está en orden, la gente empieza a marcharse.

—Vamos al cine —escucho tras de mí.

Me giro y arqueo una ceja.

—¿Qué?

—Me apetece ir al cine ahora —dice Torres con toda naturalidad—, ¿vienes conmigo?

—No.

—¿Por qué?

—¿Y por qué sí?

—¿Y por qué no?

—Nunca he ido al cine.

—Lo sé, *mami*, por eso te lo estoy proponiendo.

Lo miro con la cara arrugada porque no comprendo qué significa eso. Y también porque no entiendo por qué me lo estoy pensando. La Sasha de hace unos meses habría tenido clara la respuesta y no habría dudado ni un solo segundo. No puedo distraerme, no puedo perder el tiempo. En cambio, ahora…

—Vale —acepto.

En el coche, Torres canta «Bad Liar» de Imagine Dragons un poco más alto que las últimas veces, de forma que puedo confirmar que tiene una voz bonita. Aparcamos cerca del cine, pero aun así cogemos los abrigos porque sigue nevando y hace un frío mortal.

Intento que no se me note mucho que observo todo a mi alrededor cuando entramos tras comprar las entradas, que Torres insiste en pagar. He visto cómo son los cines en películas, pero teniendo en cuenta que esa tampoco es una actividad que realizo a menudo… parezco una niña pequeña.

—Voy a pedir unas palomitas —me dice—. ¿Agua?

Asiento y me quedo donde estoy. El cine es una mezcla entre un edificio antiguo con decoración moderna, es raro, pero tiene su encanto. Torres vuelve con palomitas y dos botellas de agua, que me da para que las lleve yo. Entramos en una sala enorme y buscamos nuestros asientos.

—¿Qué se siente en tu primera vez en el cine?

—Te lo diré cuando salgamos, aún es pronto para opinar.

La sala no se llena mucho y la película empieza. Es una comedia romántica que resulta ser bastante entretenida. El caso es que no le presto toda mi atención, ya que estar junto a Torres compartiendo unas palomitas (que pruebo por primera vez en toda mi vida) me distrae.

Nuestras manos se encuentran más de una vez al ir a coger palomitas, ninguno de los dos se disculpa ni se aparta, tan solo nos cedemos el turno en silencio con intercambios de miradas. Nuestros brazos se rozan continuamente en el reposabrazos, haciendo que eso me resulte más entretenido que el romance de la pantalla.

Torres se gira, percatándose de que le estoy mirando otra vez.

—¿Qué ocurre? —susurra, yo niego, volviendo a centrarme en la película. Cinco minutos después, vuelvo a observarle y él se da cuenta. Sonríe de manera socarrona y se inclina hacia mí para susurrar—: ¿Sabes lo que viene la gente a hacer al cine además de ver películas?

Agradezco estar a oscuras para que no pueda ver cómo me sonrojo ante la sola imagen de él y yo metiéndonos mano en el fondo de la sala.

—Shhh. —Es todo lo que respondo.

El resto de la película consigo no desviar mi atención hacia él. Cuando las luces se encienden, vuelve a preguntar:

—¿Qué tal la primera vez?

—Interesante —confieso—. Me ha gustado y no he sentido que haya perdido el tiempo.

—Hacer cosas que se disfrutan nunca es perder el tiempo. Ya sabes que te gusta el cine, ahora solo tienes que venir cuando te apetezca.

Le miro y, sin poder evitarlo, sonrío con sinceridad.

—No eres un hermano de mierda. Ni un mal amigo ni un mal capitán. —Tarda unos segundos en darse cuenta de que esas palabras las dijo él en la fiesta del otro día—. Gracias por traerme.

Él tan solo asiente.

—Venga, que te llevo a casa.

El trayecto es rápido y silencioso, a excepción de la música. Torres detiene el coche frente a mi hermandad y apaga el motor. Lo miro para despedirme, pero él habla primero:

—Voy a cambiar de carrera —suelta, y abro los ojos por la sorpresa—. Mañana tengo cita con la decana por la mañana para hablar con ella.

—Eso es estupendo —respondo, y noto cómo se relaja con mis palabras.

Me cuenta brevemente lo que ha hablado con sus amigos y que está preocupado por lo que le pueda decir la decana. Cuando termina de hablar tiene una expresión radiante en la cara y, durante unos segundos, le envidio. Se ha atrevido a hacer algo que le aterrorizaba porque ha pensado en su futuro. Yo no tengo tanto valor.

Cuando entro en casa, está silenciosa, a pesar de que hay algunas chicas en el salón. Subo las escaleras, pero, antes de entrar a mi habitación, Allison y Riley me abordan. Dios, ¿es que no se separan ni un segundo del día? ¿Van a hacer caca de la manita?

—¿Ese que te ha traído a casa era Diego Torres? —me pregunta Allison.

—Sí.

—¿Por qué?

—No es que sea de tu incumbencia.

Me contengo por no empujarle escaleras abajo tras nuestro último encuentro en el mercadillo de Navidad. Si algo bueno tiene vivir en esta casa es que es tan grande que apenas coincidimos, ya que paso totalmente de las actividades de la hermandad en las que no es obligatoria su participación.

—¿Es que estáis follando? —pregunta Riley.

—De nuevo, no es de tu incumbencia —respondo, me niego a darles la respuesta real, solo por joder—. Buenas noches.

Dicho eso entro en mi habitación y cierro el pestillo. Me doy una larga ducha que me relaja, me pongo el pijama y me acuesto.

Y sueño toda la jodida noche con el maldito Diego Torres.

CAPÍTULO 44
Torres

Estoy hiperventilando.

Hablar con el entrenador fue fácil. Estaba acojonado, pero fue fácil porque sabía que mi decisión iba a parecerle más que acertada. Me dijo que ya era hora de que pensase en mí y estudiase algo en lo que de verdad tenía un futuro prometedor e iba a hacerme feliz. ¿Hasta el entrenador se ha dado cuenta de lo miserable que estaba empezando a ser mi vida? Joder.

Ahora, frente a la puerta de la decana, me va a dar algo. Su secretario me dice que puedo pasar, y tengo que limpiarme las palmas de las manos en los pantalones antes de ponerme en pie porque estoy sudando de los nervios.

—Señor Torres. —La decana alza la vista y me regala una sonrisa cuando entro en su despacho. Es una mujer de unos cincuenta años de la que poca gente puede decir algo malo, ya que gestiona Keens Uni desde hace veinte años a la perfección—. Por favor, siéntese.

—Gracias por atenderme —le digo, y hago lo que me indica.

—Le mentiría si dijese que no sé por qué está aquí, señor Torres —me dice, yo me sorprendo—. El entrenador Dawson se le ha adelantado y, aunque me pidió que no le dijese que habíamos hablado, debo hacerlo porque esto se trata de usted.

—Sabe por qué estoy aquí —digo, y no es una pregunta. La decana asiente y pone frente a mí una carpeta cerrada.

—Este es su historial —me dice, apuntando la carpeta con el dedo—. Es impecable. Sobresalientes en todas las asignaturas, a excepción de los últimos meses, ningún retraso, ninguna falta de asistencia injustificada. Es el capitán de los Wolves de hockey y están jugando muy bien. Como decana no puedo entrometerme en la vida personal de los estudiantes ni tenerla en cuenta a la hora de tomar decisiones, pero conozco su situación y, como madre, he de decir que es admirable la forma en que gestiona las responsabilidades con las que carga. Pero negaré haber dicho esto si lo comenta fuera de estas paredes —me hace saber, yo sonrío ligeramente, aún paralizado—. Está compaginando todo lo anterior con la supervisión y realización del Festival de Hielo, la señorita Porter solo tiene palabras buenas para usted y la señorita Washington.

La decana coge otra carpeta y la coloca encima de mi historial.

—¿Y usted cree que hay alguna posibilidad de que esta universidad rechace su beca por querer cambiar de unos estudios que son magníficos a otros que no solo complementan su carrera deportiva, sino en los que sabemos a la perfección que va a destacar?

Me quedo sin habla. Creo haber entendido correctamente lo que ha dicho, pero no quiero ilusionarme antes de tiempo. Abro la boca para decir algo, pero vuelvo a cerrarla, aterrado.

—Va a tener que trabajar duro, señor Torres —continúa—. Algunas de las asignaturas se le convalidan por pertenecer al equipo. Las más básicas de primer año quizá no tenga que cursarlas si realiza unos exámenes y trabajos que el profesorado le propondrá. Pero si quiere acabar la universidad el año que viene, va a tener que esforzarse el siguiente semestre y el próximo curso.

Se me corta la respiración.

—¿Puedo cambiar de carrera? —murmuro.

—Puede cambiar de carrera.

—¿Y me mantienen la beca?

—Y le mantenemos la beca.

Se me escapa una risa nerviosa y, antes de que me dé cuenta, estoy llorando. La decana esboza una sonrisa y señala la carpeta que había puesto encima de la otra.

—Necesito que firme estos documentos. Puede comenzar las nuevas asignaturas a la vuelta de las vacaciones de Navidad.

—Gracias —digo, secándome las lágrimas entre risas de alegría—. Gracias, decana Lewis.

—Confío en usted, señor Torres —me dice—. De la misma manera que el entrenador Dawson lo hace. Estaba realmente preocupado por usted. Ahora márchese, tendrá muchas cosas que hacer antes del baile de esta tarde.

Le doy las gracias tres veces más antes de salir de su despacho. Una vez fuera, tengo que apoyarme en una pared para no desplomarme. Soy un flan. Inspiro hondo un par de veces, asimilando lo que acaba de pasar.

Puedo cambiar de carrera, me mantienen la beca. Puedo estudiar algo que me guste de verdad, puedo seguir aspirando a un futuro increíble y que vaya a disfrutar.

Por primera vez, siento que puedo con todo. Esta vez de verdad, sin autoengaños.

Por primera vez, siento que el aire llena mis pulmones.

Por primera vez, siento que el frasco se resquebraja. Siento que no me estoy ahogando. Siento que puedo respirar.

Siento que puedo ser feliz.

CAPÍTULO 45

Torres

Jordan y yo llegamos a la misma vez al edificio de la universidad donde se celebra el Baile de Hielo. Ambos llevamos un traje negro y camisa blanca, Jordan se ha puesto corbata, pero yo he decidido pasar de ella y dejar el botón de arriba de la camisa desabrochado, de forma que asoma una cadena de plata que llevo colgada. Los dos vamos juntos hasta el salón, donde ya hay bastante gente. Toda la Universidad de Keens está invitada, por eso se escogió el salón más grande.

La decoración ha quedado espectacular. Predominan el plata y el blanco, con algunos detalles en azul, creando así un ambiente invernal bastante acogedor. En el escenario una chica del club de música canta en directo. Habrá actuaciones durante parte de la noche, antes de que esto se convierta en una fiesta más.

Todo el mundo va muy elegante y no puedo evitar pensar en el baile de graduación de nuestro instituto, en el que Jordan fue coronado rey. Qué recuerdos. Spencer y Nate están cubriendo un artículo sobre el baile, haciendo fotos y hablando con los invitados. Nate también lleva un traje negro, a juego con Spencer, que lleva un vestido negro largo muy elegante con una raja en la pierna que lo hace increíblemente sexy. Lleva el pelo recogido en una coleta alta, y sus labios rojos como siempre. Y, por supuesto, lleva zapatillas en lugar de tacones.

Jordan y yo vamos a la barra a pedir bebidas, donde está Ameth acompañado de Jackson.

—Vaya, vaya, pero si así parecéis formales y todo —nos dice. Él lleva un traje gris que le queda como un guante. Señala mi camisa desabotonada—. Veo que esta noche no vas a terminar con la corbata en la cabeza.

—Eso solo pasó una vez hace dos años —protesto. Tuvimos que arreglarnos para unas entrevistas que nos hicieron por el hockey, y esa noche acabamos todos muy borrachos.

—Contigo nunca se sabe.

—Pero qué guapos que vais todos. —Mor aparece a nuestro lado, con el vestido rojo oscuro que le regalé. Está preciosa y, aunque Morgan se parezca más a nuestro padre, ahora mismo me recuerda muchísimo a nuestra madre—. Todo ha quedado genial, no me puedo creer que lo hayáis decorado vosotros.

—La verdad es que solo hemos seguido las instrucciones de Sasha y tu hermano —responde Ameth—. De Sasha me lo esperaba, pero me ha sorprendido que Torres tenga tan buen gusto.

—Siempre dispuesto a sorprenderos —digo.

Me pregunto dónde está Sasha cuando pasa un rato y no la veo por ninguna parte. Ella siempre es puntual, por lo que el único motivo por el que ha podido no llegar aún es porque su madre la ha forzado a entrenar más de la cuenta.

Intento no pensar en ella, especialmente después de que ayer básicamente le suplicara que me pidiera un beso.

—Qué elegantes. —El entrenador Dawson se acerca a nosotros y nos mira a todos—. Procurad comportaros. —Me señala con el vaso que lleva en la mano—. No quiero corbatas en la cabeza, no tenéis quince años.

Todos ríen, pero yo solo pienso en una cosa.

—Entrenador, deme un abrazo —le pido, él pone cara de asco—. Venga, sé que me adora.

—Ni se te ocurra, Torres —me advierte, pero yo me acerco a él.

—Estaba preocupado por mí, no quiera negar ahora lo evidente.

Él bufa y da un paso atrás.

—Todavía puedo echarte del equipo, chico.

—Haga el favor de darme un abrazo y no sea tan gruñón —protesto, abriendo los brazos.

—Ahí está Brooke, ahora nos vemos —escucho entonces a mi hermana, y me detengo en seco. Donde va Brooke, va Sasha.

Miro hacia la puerta, Brooke acaba de entrar al salón con un vestido morado muy llamativo. Mi hermana la saluda con un beso, y las dos le hablan a alguien que no puedo ver. Entonces se apartan.

Bajo los brazos y el entrenador aprovecha para escaquearse.

Y la veo.

Sasha lleva un vestido plateado que brilla mientras camina. Tener hermanas que hablan de ropa conmigo me permite apreciar el conjunto a la perfección. La parte de arriba es como un corsé ajustado lleno de pedrería que recoge sus pechos en un escote elegante pero sexy. Los tirantes son muy finos, también con piedras plateadas. La falda cae suelta desde la cintura hasta los tobillos, haciendo que parezca una maldita princesa. Lleva unos tacones finos a juego, y un collar ajustado en el cuello. Se ha recogido el pelo en un moño, pero no uno de esos apretados que lleva a diario, sino suelto y lleno de rizos, de los cuales algunos le caen sueltos por la cara. El maquillaje es discreto y sus labios brillan por el *gloss* de un tono marrón.

Estoy sin habla mientras se acerca a mí, analizándome de pies a cabeza. Sasha se detiene a unos pasos y arquea una ceja.

—Reacciona, idiota —me dice Jordan, dándome un codazo antes de largarse.

Aun así, tardo en reaccionar. Parpadeo un par de veces antes de recobrar la compostura y dar un paso adelante bajo la atenta mirada de Sasha.

—Estás… —comienzo, pero vuelvo a quedarme sin palabras. Joder, Diego, espabila.

—Cierra la boca o van a entrarte moscas, *volk* —me espeta, sacándome de mi trance y haciéndome reír.

—Es que me he quedado asombrado con lo mal vestida que vas, *princesa* —respondo, y Sasha esboza una amplia sonrisa que le hace lucir hasta más guapa si eso es posible.

—Pues anda que tú, que parece que vas a la ópera.

—Por lo menos yo no parezco una bola de discoteca.

—Ni yo un pingüino.

—Llevo un traje normal y corriente, no un frac —apunto, y ella pone los ojos en blanco—. Lo he hecho.

—¿El qué?

—Me he cambiado de carrera.

Le cuento brevemente lo hablado con la decana, ella me escucha con una sonrisa minúscula.

—Te lo dije —se regodea.

—Señorita Washington, señor Torres. —Nuestra conversación se ve interrumpida por la señorita Porter, junto a nosotros—. Quería daros la enhorabuena por el trabajo que habéis hecho. Todo ha quedado precioso y la organización es exquisita. Hacéis muy buen equipo.

Sasha y yo nos vemos envueltos durante un buen rato en un aluvión de elogios por parte del profesorado de la universidad e incluso alumnos. Hasta la decana Lewis nos felicita antes de ser llamada al escenario para dar un discurso.

Todo el mundo deja lo que está haciendo para prestarle atención, así que Sasha y yo hacemos lo mismo, al fondo de la sala detrás de todos. Yo, mientras la decana habla, observo a la chica que tengo junto a mí. Sasha también me mira continuamente, como si quisiera decir algo o en su cabeza estuviese teniendo lugar la misma batalla que en la mía.

De forma plenamente consciente, aunque en contra de la voluntad de la parte de mi cerebro que me pide ser racional, doy un paso hacia la derecha para estar más cerca de ella. A pesar de que la calefacción está alta, noto cómo se le pone la piel de gallina cuando con mi mano acaricio ligeramente su brazo. El cuerpo de Sasha se acerca más a mí y mi corazón se salta un latido. Mi dedo meñique asciende con lentitud, y sigo el recorrido hasta que llego a su hombro desnudo. Cuando alzo la vista, sus ojos azules me están mirando de una forma que no consigo descifrar.

Veo cómo su pecho sube y baja tras inspirar cuando aparto la mano. Sasha mira mis labios unos segundos antes de volver a mis ojos. Niego, atormentado por esta situación y la tensión que existe ahora mismo entre nosotros. Vuelvo a levantar la mano, pero entonces Sasha se aparta.

—No —murmura. Pero antes de que pueda decir algo, la señorita Porter toma el relevo de la decana. No quiero prestarle atención, pero tengo que hacerlo cuando escucho nuestros nombres.

—...en especial a Diego Torres, capitán de los Wolves de hockey, y Sasha Washington, la campeona nacional de patinaje sobre hielo. Han hecho un trabajo estupendo y, por eso, el primer baile va a ser en honor a ellos. Un fuerte aplauso.

Todos los presentes aplauden y «Lovely» de Billie Eilish y Khalid empieza a sonar. Me resulta curioso que sea la misma canción que a Sasha le gustaría usar en el hielo, y con la que me quedé embobado viéndola patinar. Los invitados empiezan a emparejarse para bailar, Sasha y yo intercambiamos una mirada. Veo que da un paso para echar a andar, pero la detengo. La agarro por la muñeca y tiro con suavidad de ella hacia mí, dando a la vez un paso adelante.

—Suéltame —susurra, yo niego.

—Baila conmigo —pido. Sus ojos celestes se entrecierran y alza la barbilla con altanería—. Es tu canción.

Ahora sí la suelto, preparado para que me ignore y se marche, pero no lo hace. Sasha se acerca a mí y dirige sus brazos a mis hombros para enroscarlos. Yo sonrío de medio lado y llevo mis manos a sus muñecas porque necesito el contacto físico con ella tanto como respirar ahora mismo. Mis dedos acarician con firmeza sus brazos desde las muñecas hasta el codo. Después subo, ignorando cómo coge aire con fuerza para no perder la razón, y llego hasta sus hombros. Una vez ahí empiezo a descender por sus costados, hasta que llego a la cintura y me detengo ahí.

Tiro de su cuerpo con suavidad para pegarlo al mío, sintiendo un cosquilleo en el estómago. Sasha y yo bailamos al compás de la música y nos mezclamos con el resto de los presentes que disfrutan de la canción. Yo no puedo dejar de mirarla ni un solo segundo.

Mezclo los recuerdos de ella patinando con esta canción, con los de nosotros bailando aquí y ahora. De repente, su canción ya no es su canción. De repente se ha convertido en nuestra canción.

Contemplo sus ojos perfilados, que parecen más grandes y alargados a causa del maquillaje. Sus pómulos marcados, sus labios brillantes y entreabiertos. Quiero besarlos, maldita sea, quiero besarlos otra vez. Trago saliva, pero por nada del mundo se me ocurre apartar la vista de ella por miedo a que desaparezca. Paso demasiado tiempo con ella para saber que un parpadeo es suficiente para que se marche sin que me dé tiempo a detenerla.

Mis dedos presionan ligeramente su cintura y Sasha coge aire a la misma vez que yo. No puedo evitarlo, sigo aferrado a ella con una mano, pero la otra la levanto para acariciar su mejilla.

Entonces parpadeo y Sasha niega cuando la canción está llegando a su fin.

—No puedo con esto —murmura.

Desenrosca sus manos, da un paso atrás y huye de aquí. Se dirige hacia la salida, pero voy tras ella porque sería un imbécil si no tratase de detenerla. Todo el mundo está bailando la siguiente canción, nadie nos va a echar en falta.

Sasha sale al pasillo, alejándose de la zona instalada como ropero, y yo la sigo. No necesito llamarla para detenerla porque lo hace ella misma cuando se percata de mi presencia. Se para en seco y se gira, señalándome con un dedo.

—¿Qué narices es esto, Diego?

Oír mi nombre de sus labios lo único que hace es atraerme más, cuando no debería. Me encojo de hombros antes de responder.

—Creo que es más que evidente, Sasha.

—No. —Niega con la cabeza y empieza a pasear en un círculo minúsculo imaginario—. Es desesperante. Es confuso. No está bien.

Río ante eso último como si fuese un chiste.

—¿Por qué no está bien?

—Porque no. —Su mirada glacial se clava en mí cuando deja de andar. Se acerca unos pasos y vuelve a señalarme—. Porque yo no debería de tener este cacao mental en mi cabeza. No debería buscarte con la mirada allá donde voy, no debería estar pendiente de ti cuando patinas si se supone que yo estoy entrenando, no debería querer que llegue cada noche para verte en el hielo. Debería estar centrándome en mí, no pensando en ti, maldita sea.

Acorto la distancia, asimilando sus palabras con un cosquilleo que me recorre todo el cuerpo. Que admita lo mismo que yo siento en voz alta hace que me acelere. Y que, al igual que ella, me confiese.

—¿Y crees que a mí me gusta sentirme así? —replico y siento un nudo en el estómago—. Tenía bien claro que no iba a dejar que nada me distrajese de mis objetivos y, en cambio, aquí estás.

—¿Yo te distraigo? —pregunta con confusión, alzando la voz—. ¡Tú eres el que está trastocando mi cabeza! Me miras como si fueses un maldito lobo acechando a su presa. Me tocas y mi cuerpo arde con cada jodida caricia, para que luego te apartes sin más, dejando que las llamas se consuman. ¿A qué narices juegas, Torres?

No doy crédito a lo que oigo. Siento furia en mi interior por culpa de cada palabra que Sasha dice.

—¿Yo estoy jugando? Un día me odias y al otro me bailas como si quisieras que te follase ahí mismo. Un día dices que no podemos volver a enrollarnos, pero al otro estás a punto de volverme a besar tú a mí. Dices que te estoy trastocando, pero ¿qué hay de ti? Tú eres la que me mira como si fueses a saltar sobre mí de un momento a otro para probablemente después decir que ha sido culpa mía. Tú eres la que me sigue el juego a cada instante.

—¡Porque no sé cómo detenerlo! —grita, y se pasa una mano con desesperación por el pelo. Yo gruño, y me doy cuenta de que estamos a centímetros de distancia.

—¿No sabes o no quieres? —pregunto, y entonces se calla. Sasha niega una, dos, tres veces y abre la boca para decir algo, pero no pronuncia palabra—. Yo también odio esto, *mami*.

—No me llames así.

—Te gusta cuando te llamo así.

—Por eso no quiero que lo hagas.

Río con suavidad y alzo su barbilla con mis dedos para que me mire.

—Quizá estamos convirtiendo esto en un problema mayor de lo que es.

De nuevo, niega. Da un paso atrás, apartándose, luego otro, y vuelve a deambular en círculos.

—No puedo tener distracciones.

—Ya es tarde para eso —le digo—. Pero si crees que esto —nos señalo— puede estar afectando a nuestra carrera… Quizá lo mejor es que no volvamos a vernos. Tú entrenas en tu pista, yo en la mía. No sigas entrenando a los Wolves, y nos repartiremos el resto de las tareas del Festival de Hielo para no coincidir.

—Sí —responde de inmediato, sin dejar de pasearse—. Sí, es lo mejor.

—Bien.

—Genial.

Nos miramos unos segundos antes de que un bufido escape de mis labios. Sacudo la cabeza sin poder dar crédito de la situación. Ya está, la solución al deseo que sentimos el uno por el otro es no volver a vernos. Queremos centrarnos en nuestro futuro, y pasar tiempo juntos lo está dificultando.

—Bien. Hasta luego —me despido, confuso y abatido por esta discusión sin sentido. Me giro para marcharme, y entonces la escucho suspirar.

—Torres.

La miro y alzo una ceja.

—Te dije que todo sería más fácil si te odiase.

—Pues ódiame —respondo—. Puedo hacer que me odies si es lo que quieres.

—Hazlo —dice, y antes de tener que pedirle que especifique un poquito más, continúa—. Bésame. Quiero odiarte y, si me besas, estoy segura de que lo haré.

No pienso pedirle que lo repita, la he oído alto y claro. Si el precio por besarla de una puta vez es que después me odie, me parece justo.

Acorto la distancia entre nosotros, coloco una mano en su nuca y la atraigo hacia mí. Nuestros labios se estampan con brusquedad y siento cómo el mundo a nuestro alrededor se paraliza. Sasha abre la boca y yo no desperdicio su invitación. Esta vez sí. Esta vez la beso como si de verdad el fuego fuese a consumirnos de un momento a otro, como si tan solo tuviéramos unos segundos. Ambos gemimos cuando introduzco mi lengua en su boca con rudeza, y empujo su cuerpo con el mío hasta que chocamos con la pared. Sasha enreda sus manos en mi pelo, atrayéndome más hacia ella, suplicando que la devore con ese gesto.

Y yo lo hago. La devoro como si no hubiese un mañana, haciendo que el *gloss* de sus labios sabor a cereza desaparezca por completo. La reina del control deja que sea yo quien lleve las riendas, acomodándose a cada uno de mis movimientos, siguiendo el ritmo de cada beso. Me aparto unos segundos para ver cómo esos ojos brillan a causa del deseo, nuestras respiraciones están alteradas y siento que mi pulso está desbocado. Tira de mí, pidiendo más, y yo llevo mis labios a su cuello. Ella levanta la barbilla para darme espacio mientras beso cada zona de piel desde su cuello hasta su escote mientras acaricio sus brazos, su cintura, su pecho.

Es Sasha quien me obliga a levantar la cabeza y volver a sus labios. Esta vez ella dirige, es su lengua la que se abre paso entre mis labios. Gruño en su boca cuando me muerde el labio inferior con brusquedad y le da exactamente igual, porque sigue besándome.

Estoy demasiado excitado, y se lo hago saber pegándome más a ella, que gime, y toma el control nuevamente. Nuestro beso es sucio, desesperado y bruto. Y eso me vuelve loco.

Sasha rompe el beso y me aparta, empujándome por el pecho. Le cuesta trabajo respirar y sus labios están tan hinchados y rojos como deben de estar los míos. Apoya la cabeza en la pared, cierra los ojos y niega.

—Esto no era lo que tenía que pasar —susurra.

—Tú me has pedido que te bese —le recuerdo. Abre los ojos, y los clava en los míos, mandando así una descarga eléctrica a cada rincón de mi ser.

—Porque pensaba que así iba a odiarte.

—¿Y no lo haces?

—Sí —confiesa—. Pero no en la forma en que quería.

Sasha coloca dos dedos en mis labios y los acaricia antes de que yo me lance de nuevo a su boca. Ella corresponde, y entonces oigo un carraspeo muy cerca. Nos separamos y miro a mi izquierda para ver a Jordan con los brazos cruzados.

—La señorita Porter os está buscando —nos dice.

Sasha me aparta, abandonado la pared en la que la tenía acorralada, y carraspea.

—Voy hacia allá.

Pasa por al lado de Jordan sin ni siquiera mirarle, sin tan solo mirar atrás, y se pierde por el pasillo. Yo miro a mi amigo, que enarca una ceja.

—¿Qué? —pregunto.

—Nada. Solo que quizá deberías esperar a no estar empalmado para entrar ahí.

Maldigo y llevo una mano a mi entrepierna dolorida.

—¿No vas a preguntar nada?

—¿Qué tengo que preguntar? He sido testigo de cómo le metías la lengua hasta la campanilla, creo que todo está bastante claro.

—Pues yo lo veo más confuso aún.

—Eso, *papi*, es un problema que solo vosotros dos podéis resolver.

O quizá simplemente lo acabamos de empeorar.

CAPÍTULO 46
Sasha

He huido como una cobarde.

Después de hablar con la señorita Porter, antes de que Torres llegase, he huido.

No podía quedarme ahí después de lo que he sentido con ese beso. No tengo ni idea de si para él esto es solo atracción o algo más, pero tengo muy claro que a mí nunca me ha latido el corazón de esa manera.

Me he asustado y he tenido que irme.

No he sido capaz de esperar un Uber, he echado a andar por el campus en dirección a mi casa. Ni siquiera el frío es capaz de despejar mi mente. Está empezando a nevar, me refugio aún más en mi abrigo, pero mi mente sigue a mil por hora.

No puedo dejar de pensar en los labios de Diego devorándome, los míos buscándole con desesperación. Nuestras lenguas en sintonía. Por fin, su barba corta rozando mi piel. Su cuerpo contra el mío. Sus manos…

Por Dios.

Mi teléfono suena, rompiendo con el silencio que hay a mi alrededor. Ya es de noche, aunque las farolas alumbran cada camino del campus. Saco el móvil del bolso y suspiro de alivio al ver que es Brooke.

—Dime.

—¿Dónde estás? No te encuentro por ningún lado —dice mi amiga.

—Me he ido.

—¿Que te has…? ¿Por qué? ¿Estás bien?

—Sí —miento—. No. No sé.

—Sash…

—Nos hemos besado.

—Otra vez —recalca ella, yo río de puro estrés.

—Otra vez. Y he huido. No podía mirarle a la cara.

—Sasha… —Escucho cómo el murmullo de fondo se va apagando poco a poco hasta que no se escucha nada, por lo que supongo que ha salido de la sala del baile—. ¿Por qué te comes tanto la cabeza? Torres te gusta, os habéis enrollado y parece que eso es un problema. ¿No debería ser algo bueno? Chica, por fin estás haciendo algo que te apetece aparte de patinar.

—No lo sé. No sé cómo gestionar esto, Brooke. No sé compaginar las dos cosas, nunca he tenido vida más allá de la pista, y yo… —Niego aunque no pueda verme, llevándome una mano a la cabeza—. No lo sé. No sé nada.

—¿Dónde estás? Voy para allá.

—No. Estoy entrando en casa —vuelvo a mentir—. Tú disfruta de la noche, yo voy a dormir.

—No quiero que estés sola.

—Quiero estar sola. Por favor —insisto—. Estoy bien, de verdad.

—De acuerdo. —Brooke suspira—. Llámame si lo necesitas, ¿vale? Podemos hablar por la mañana si te apetece.

—Gracias.

—Te quiero, Sash.

—Y yo a ti.

Cuelgo y sigo andando. No me apetece ir a casa, donde probablemente las chicas estén dando una fiesta, ya que solo unas cuantas han venido al baile. No quiero ver a nadie, así que voy hacia el único lugar que sé que me dará algo de tranquilidad.

Uso mi código para entrar, voy hacia el vestuario, y cambio los tacones por los patines. Ni siquiera me cambio de ropa por la de deporte que tengo en la taquilla para emergencias. No voy a entrenar, solo a despejarme.

El vestido no arrastra gracias a la altura de los patines, pero igualmente sostengo la falda para que no me moleste al deslizarme por el hielo. El silencio es abrumador y mi cabeza solo grita y grita. Voy hacia la mesa donde está el cable adaptador para poner música, engancho mi teléfono y pongo mi *playlist* favorita.

La música empieza a sonar por los altavoces, y yo tan solo doy vueltas con tranquilidad alrededor de la pista. ¿Cuánto hace que no patino así? Sin presión, sin entrenar, solo por gusto.

«Lovely» comienza un rato después, y se me escapa un jadeo. Esta es la canción que hemos bailado. Mi canción, que ahora no me pertenece solo a mí.

No sé cuántas veces suena en bucle después de haber seleccionado que se repita una y otra vez. Esto no sirve para despejarme, solo para comerme aún más la cabeza. ¿Por qué? ¿Por qué no podía haberme limitado a seguir odiándole? ¿Por qué tuve que conocerlo?

Cuando decido que es suficiente, vuelvo al vestuario. Me cambio los patines por los tacones, me lavo las manos y me echo un poco de agua en el cuello. Me miro en el espejo y no sé muy bien quién es la chica del espejo.

Me siento de maravilla con este vestido. Es precioso, y lo he pagado con la tarjeta de mi madre, por lo que me da exactamente igual la fortuna que ha costado. Si se da cuenta, no se quejará porque prefiere que me gaste su dinero en ropa cara con la que dar buena imagen a ir a un especialista que controle mi dieta.

Mi maquillaje es discreto y elegante, y hacía siglos que no llevaba el pelo tan bonito. Me siento bien, me siento yo...

Pero a la vez no. Porque la Sasha que me mira en el reflejo no es la misma de hace tres meses. La que soy ahora mismo ha vivido cosas nuevas y está aterrorizada intentado lidiar con lo que eso supone.

Y no sé si estoy preparada para ser esa Sasha.

Cojo mis cosas y veo que tengo varios mensajes y llamadas perdidas. Todas de Torres.

> **Volk**
> Te has ido?

> Sasha, en lugar de huir podríamos hablar.

> Esto ya ha acabado y la gente se va de fiesta.

> Yo me vuelvo a casa.

Me fijo en que han pasado horas desde que me fui del baile. A pesar de ser miércoles, todo el mundo ha salido de fiesta porque hoy era el último día de clase y mañana empiezan las vacaciones de Navidad.

Salgo del pabellón decidida a volver a casa a pesar de que no quiero hacerlo. Por eso no me sorprendo cuando mi cuerpo me lleva en otra dirección.

Podría irme ahora mismo. Podría dar media vuelta y fingir que no he venido hasta su casa.

Quizá mañana pueda fingir que no quiero nada de esto, que no le deseo.

Hoy me dejo llevar.

Me planto frente a la puerta y llamo al timbre. No pasan ni dos minutos antes de que alguien abra y yo empiece a entrar en pánico.

Aún lleva el pantalón del traje que tan bien le queda. La camisa también, pero está completamente abierta y puedo ver su pecho y sus tatuajes. Abre los ojos con sorpresa cuando me ve, como si de verdad no contemplase la opción de que apareciese aquí en algún momento.

Una sonrisa se empieza a formar en sus labios, pero me niego a verla. Me acerco a él y estampo mis labios en los suyos. Nunca antes había sentido vértigo, pero estar en sus brazos cuando me rodea con ellos se le parece bastante.

Torres me besa con hambre. Tira de mi cuerpo para que entre en casa y cierra la puerta, estampándome contra ella después. Jadeo en su boca cuando sus manos acarician mis brazos con firmeza, yo llevo las mías a su pecho. El contacto frío le hace sisear y apartarse para mirarme a los ojos.

—¿Quieres subir? —me pregunta en un susurro.

Podría negarme, podría irme de aquí y fingir que nada de esto ha pasado. Pero quiero más. Así que asiento.

Torres me agarra de la mano y me conduce hacia las escaleras. Todo está a oscuras y en silencio, a excepción de alguna luz, por lo que imagino que los chicos no están en casa. No pregunto por qué él está aquí y no de fiesta con ellos, no quiero saber la respuesta.

Subimos y entramos en una habitación iluminada con varias lámparas pequeñas. Todo es de color blanco y gris, y está muy ordenado. Cierra tras de mí, y entonces me giro para mirarle. Sus ojos brillan de la misma manera en que probablemente lo hacen los míos: con deseo, con inquietud, con inseguridad.

Da un paso al frente y, a pesar del temblor que recorre mi cuerpo, no retrocedo.

—Has huido —murmura—. No te tenía por una cobarde, *mami*.

—Estoy aquí ahora, ¿no? —protesto, intentando con todas mis fuerzas aguantarle la mirada y no apartarla.

—¿Por qué estás aquí, Sasha?

Mi nombre pronunciado por él suena distinto, raro. Me fascina.

—No lo sé —confieso.

Avanza más hasta quedar a centímetros de mí, consumiendo todo el aire de mi alrededor.

—¿Quieres comer algo? —pregunta.

—No.

—¿Beber?

—No.

—¿Quieres ver una película?

—No.

Torres ríe ligeramente, yo me pongo más nerviosa aún.

—¿Quieres dormir?

—No.

Su dedo se coloca en mi barbilla y la alza, su mirada café clavada en mí, sus comisuras alzadas.

—¿Qué quieres hacer entonces, *princesa*?

Le beso por toda respuesta.

Le echo las manos al cuello y las suyas no tardan en encontrar mi cuerpo. Aún sabe al ponche de frutas que hemos servido en el baile. Diego me muerde el labio inferior antes de sustituir los dientes por la lengua, que me lame antes de introducirse en mi boca. Gimo porque profundiza el beso agarrándome la cara con las manos.

Mis uñas recorren su pecho por debajo de la camisa abierta, que no tardo en quitarle. La dejo caer el suelo y me permito sobar toda su piel. No puedo creerme que esté haciendo esto, pero ahora mismo no pararía ni por un millón de dólares.

Rompe el beso y aprovecho para recuperar el aire que me falta. Me mira de arriba abajo como si no lo hubiese hecho nunca, haciéndome arder de desesperación.

—Estás preciosa con ese vestido —dice—. Pero lo quiero fuera ahora mismo.

Giro sin atreverme a romper el contacto visual. Es él quien lo hace porque localiza la cremallera y va directo a ella para bajarla. Sus dedos acarician mi espalda desnuda conforme la tela va desapareciendo, y un escalofrío me recorre de pies a cabeza.

Me saco los tirantes con cuidado y después dejo que el vestido caiga al suelo. Tan solo llevo un tanga diminuto, por lo demás estoy totalmente expuesta ante él. O de espaldas, más bien.

Siento su pecho pegarse a mi espalda desnuda, sus manos me rodean y se posan en mi vientre para tocar cada rincón y subir hasta mis pechos. Echo la cabeza hacia atrás, apoyándola en él. Torres me besa el cuello mientras me manosea con firmeza, pero con una lentitud abrumadora.

Un gemido abandona mi garganta cuando me muerde la oreja y después ríe ligeramente en ella. Sus manos bajan hasta mi cintura y me obliga a girarme. Después me empuja con cuidado hasta el borde de la cama.

—Siéntate —me ordena, y bajo ningún concepto se me ocurriría desobedecer.

Torres me contempla desde arriba, se muerde el labio inferior y se pasa una mano por la cara antes de arrodillarse frente a mí. Cojo aire cuando tira de mi tanga hacia abajo y lo desliza por mis piernas. Cuando estoy completamente desnuda frente a él, me abre las piernas y se coloca entre ellas.

—Necesito escucharte decir que quieres esto —me dice, sus dedos paseando por mis muslos—. O voy a volverme completamente loco.

—Quiero esto —consigo decir. Él se inclina hacia adelante y me roba un único beso.

—Dime que me deseas —susurra. Gruño, pero, aun así, le doy lo que me pide porque me siento valiente.

—Te deseo, Diego Torres.

—Lo sé, se lo gritaste a todo el Mixing House —se burla, y me vuelve a besar para evitar que proteste.

Acaricia mi entrada, haciendo que contenga toda la respiración mientras inicia un descenso por mi cuerpo: mi cuello, mis pechos, mi barriga, mis muslos… Después, con tranquilidad, Torres agarra mis piernas y se las coloca en sus hombros, dejándome totalmente expuesta ante él.

Siseo cuando su lengua me lame, provocando que todo mi cuerpo hormiguee. Me come como si fuese un festín, como si fuese lo único que va a probar en días. No puedo evitarlo y me agarro a su pelo. Él gruñe cuando tiro de él, pero no se detiene, su lengua sigue jugando ahí abajo. Echo la cabeza hacia atrás y me retuerzo cuando lleva un dedo a mi clítoris. Con la mano libre, me sujeta contra la cama para que no me mueva, apoyado en mi vientre.

Su barba me roza los muslos, ¿cuántas veces he soñado con sentirla?, y yo no puedo apartar la vista de él y lo que está haciendo. Hasta que empiezo a temblar. Hasta que la excitación va a más y su boca, junto al dedo, hacen que mis piernas se conviertan en flanes.

Voy a correrme. Y por cómo mi cuerpo reacciona y por los sonidos que salen de mi garganta, él también lo sabe. Su boca se detiene, pero su mano no. Torres me mira con una sonrisa traviesa y se relame los labios brillantes. No puedo más. Cierro los ojos con fuerza y arqueo la espalda porque no puedo más.

—Mírame, *mami* —dice.

—Te estoy mirando, *volk* —protesto, abriendo los ojos de nuevo.

—Pues no dejes de hacerlo.

Me corro. Con un gemido desesperado me dejo llevar mirando a Torres a los ojos, que brillan con malicia. Él se vuelve a inclinar y me lame una vez más, provocándome un suspiro ahogado, antes de apartar mis piernas con cuidado e incorporarse. Yo me quedo tumbada, con las piernas colgando, intentando recuperar el aliento. Una vez de pie, me mira desde arriba y ríe.

—¿Todo bien?

—Podría haber sido mejor —me burlo, porque sabe perfectamente que todo está estupendamente.

—¿Ah, sí?

Se sube a la cama como un lobo acechando, de rodillas, y me roba un beso.

—Túmbate en las almohadas —me ordena—. No he acabado contigo.

CAPÍTULO 47
Torres

Sasha hace lo que le digo sin dejar de mirarme con esos ojos azules que ahora tienen un brillo diferente. Sus mejillas están rojas, su cuerpo desnudo frente a mí, y su sabor aún está en mi boca. No desearía estar en ningún otro lugar ahora mismo más que en este dormitorio, en esta cama, con ella.

Se pone de rodillas y lleva las manos a mi cinturón. Me lo desabrocha junto a los pantalones, y tira de ellos hacia abajo. Me incorporo para quitármelos por completo, incluyendo los bóxeres. Sus ojos bajan hasta mi polla, totalmente empalmada por su culpa. Le doy unos instantes para que diga que no quiere continuar, estoy preparado para que se asuste, coja sus cosas y salga huyendo de nuevo. Pero no lo hace, tan solo alarga su mano y rodea mi polla con ella, haciéndome suspirar de alivio.

Sasha me empieza a masturbar, pero siento que voy a explotar de un momento a otro, por lo que una paja no es lo más indicado ahora mismo.

—Si quieres que te folle, no sigas —le pido.

Ella mueve su mano un par de veces más antes de detenerse. Lleva sus manos a mis hombros y me atrae para que la bese. No puedo creerme que estemos haciendo esto y, a la vez, no creo que debiéramos estar haciendo otra cosa.

Sasha se tumba en las almohadas y yo sobre ella sin dejar de besarla. No puedo dejar mis manos quietas, su cuerpo me pide constantemente que lo acaricie por si en algún momento se esfuma. Las suyas exploran toda mi piel desde mi espalda hasta mi culo, que agarra con fuerza cuando mi polla roza el lugar donde antes tenía mi lengua. Sasha jadea cuando succiono su labio inferior y después lo lamo.

—Condón —murmura entonces, aún en mi boca.

Yo sonrío y me incorporo. Me levanto para abrir el cajón de la mesita y sacar un condón. Pero cuando voy a volver a la cama, tropiezo con los pantalones. Mi pie se queda enganchado en el cinturón, por lo que me agacho para cogerlo y soltarlo. Voy a soltar el cinturón, pero entonces un pensamiento acude a mi mente y alzo la vista para mirar a Sasha de manera interrogativa. Ella frunce el ceño, me mira a mí y luego mi mano… y ríe. Sasha ríe, desnuda en mi cama.

—Me lo tomaré como un sí —digo, acercándome a la cama con el cinturón en la mano. Me subo de rodillas y separo sus piernas para colocarme entre ellas—. Levanta los brazos.

Me reta con la mirada, aunque su expresión es juguetona. Me hace creer que no va a hacerlo, pero finalmente levanta los brazos por encima de su cabeza y coloca una muñeca sobre otra. Si pudiese empalmarme más, lo habría hecho en este mismo instante.

La reina del control me lo cede, dejando que le ate las manos con el cinturón. Ella no deja de mirarme mientras lo hago, tampoco cuando abro el condón y me lo pongo.

—Vas a conseguir lo que tanto querías —me burlo, inclinándome hacia adelante—. Follar conmigo.

—Te crees muy divertido —responde, y se remueve un poco—. Haz el favor de venir aquí de una maldita vez, *volk*.

—A tus órdenes, *pobre diabla*.

La acaricio primero, comprobando lo mojada que está. Después me coloco en su entrada, Sasha arquea ligeramente la espalda y abre las piernas. Me deslizo dentro de ella con suavidad pero con firmeza. Primero un poco, luego otro más y retrocedo. Ella gruñe cuando hago eso último, y se muerde los labios cuando vuelvo a empujar. Retrocedo una vez más y Sasha me mira con desesperación, removiéndose por no poder usar las manos. Sonrío con diversión cuando veo lo que provoco en ella, por lo que sigo jugando. Un poco hacia adelante, un poco hacia atrás.

—Diego —gruñe, y levanta las caderas.

No necesito más, oír mi nombre es suficiente. Me clavo en ella de un empujón, haciendo que ambos gimamos a la vez, creando así la melodía más bonita del mundo.

Beso sus pechos y muerdo uno de sus pezones mientras comienzo a moverme a un ritmo rápido y fuerte. Los sonidos que se escapan de su boca se unen a los que se me escapan a mí con cada movimiento. Estoy dentro de ella, joder. Estoy acostándome con Sasha. Dejo un camino de besos por su pecho y su cuello, hasta que vuelvo a su boca, a la que soy adicto.

Sasha mueve sus caderas para buscar una postura que le dé más placer, y sé que lo consigue en cuanto enrosca las piernas alrededor de la parte baja de mi espalda, y las aprieta con fuerza. Puedo notar cómo sus paredes se contraen a mi alrededor, arrancándome un gruñido. No voy a aguantar mucho más.

—Sasha —murmuro.

Sus manos pelean con el cinturón que la tienen inmovilizada, su cara está roja y su expresión es jodidamente sexy. Siento que en cualquier momento voy a estallar, por lo que me aseguro de que ella también acabe.

A mis embestidas las ayudo de nuevo con un dedo que presiona el clítoris de Sasha. Ella me hace saber cómo le gusta por sus expresiones y gemidos. Me gustaría que se corriese así, pero no soporto no tener sus manos sobre mí, por lo que me inclino para soltar el cinturón y liberarla.

De inmediato, ella se incorpora. Tengo que detenerme porque me empuja. De alguna forma consigue sentarme en la cama y sentarse ella encima de mí sin que tenga que salir de su cuerpo. Entonces Sasha empieza a montarme, y yo no puedo más que acompañarla. Enredo las manos en su pelo, destrozando el bonito peinado que llevaba y ya había empezado a soltarse.

Sasha se mueve sobre mí de una forma que hace que pierda la cordura. Una de sus manos está enredada en mi pelo, la otra clavada en mi hombro, y de solo pensar en que cuando terminemos va a soltarme, siento pánico. No quiero que se aleje de mi cuerpo, encajamos demasiado bien.

No aguanto más, la beso con fuerza cuando noto que voy a correrme, y lo hago con unos pequeños espasmos y gemidos que ahogo en su boca. Sasha no se detiene, sigue moviéndose sobre mí hasta que ella también termina.

Después baja la intensidad hasta detenerse por completo, con un suspiro exhausto. Apoya su frente en la mía, los dos tenemos la respiración descontrolada e intentamos tranquilizarnos poco a poco.

Acaricio su espalda con lentitud, después su pelo.

—Dijiste que nunca vería un pelo de tu cabeza fuera de su sitio —murmuro, enredando las manos en él una vez más mientras recuerdo sus palabras—. Yo diría que ahora mismo está bastante despeinado.

Sasha se aparta ligeramente, sin moverse de dónde está, para mirarme.

—Es imposible que nadie nunca te haya dicho que eres insoportable —dice, y yo me río.

—Y yo que pensaba que te habías rendido ante mis encantos —protesto.

Pone los ojos en blanco antes de incorporarse. Soy yo quien sale de ella, pero siento igualmente una sensación de vacío increíble. Sasha se levanta de la cama y la observo mientras busca el diminuto tanga que llevaba.

—Necesito ir al baño —dice.

No tarda nada en volver, así que después voy yo para tirar el condón, limpiarme y hacer pis. Cuando vuelvo, está recogiendo el vestido del suelo.

—¿Te vas? —le pregunto, y maldigo que se me haya notado tanto en la voz cuál espero que sea su respuesta.

—¿Debería quedarme? —pregunta, yo me encojo de hombros.

—Podríamos ver una peli. No tenemos por qué hacer que esto sea raro.

Se lo piensa durante unos instantes en los que me mira fijamente. Termina asintiendo y dejando el vestido donde estaba. Yo me pongo unos calzoncillos limpios y un pantalón de pijama largo. Saco una camiseta azul de los Wolves y se la doy. Sasha la mira unos segundos antes de decidirse y ponérsela.

Le queda enorme, casi por las rodillas, pero está jodidamente preciosa con ella. Intento apartar de mi mente el pensamiento de que nunca antes le he dejado a ningún ligue una de mis camisetas. Tampoco les he pedido que se queden después de follar, ni nadie lo ha propuesto.

Me acerco a ella, que se está soltando las horquillas del pelo.

—¿Quieres algo? —pregunto—. ¿Tienes hambre?

—No, solo agua.

—Vuelvo ahora mismo. Métete en la cama si quieres.

Bajo a la cocina para coger unas botellas de agua y una bolsa de snacks. Al subir me sorprende ver que me ha hecho caso y se ha metido bajo la colcha de la cama y acomodado en las almohadas. Cojo el mando de la tele que hay colgada en la pared, un regalo de Dan, nuestro antiguo compi de piso, que se compró una mejor y desechó esta, y me tumbo a su lado.

—A ver, ¿qué te apetece ver? —pregunto tras encenderla.

—Sorpréndeme, no tengo ni idea de qué ve la gente con vidas normales.

Su comentario me hace reír y ella también suelta una carcajada. Miro el catálogo para elegir alguna peli, hasta que una serie me llama la atención. *Gossip Girl.*

—¿Esta no es la que decías que Brooke te recomendaba y te apetecía ver? —asiente, así que le doy al play—. Pues ya tenemos plan.

Sasha me mira de una forma que no soy capaz de descifrar antes de sonreír. Después se inclina hacia mí y me da un beso rápido antes de centrar la atención en la pantalla.

Los dos nos acomodamos en la cama, abrimos la bolsa de snack que ella prueba por primera vez, y terminamos abrazados. Sasha se acomoda en mi pecho y yo la rodeo con el brazo.

Nos tragamos cuatro capítulos de la serie antes de que caiga rendida y se quede dormida abrazada a mí. Poco después caigo yo.

Pero cuando en algún momento de la madrugada me despierto y noto la cama vacía, sé que el día de hoy se ha acabado. Cuando enciendo la lamparita y veo la camiseta doblada a los pies de la cama, y no hay rastro de su vestido ni de ella por ningún lado…, sé que ha huido.

Y esta vez no estoy seguro de si es para siempre.

CAPÍTULO 48
Sasha

Las vacaciones de Navidad me dan un respiro mental.

Bueno, no del todo, ya que las estoy pasando en casa de mi madre, y no sé hasta qué punto eso es sano. En realidad, no es sano de ninguna manera. Me despierta muy temprano para ir a entrenar al pabellón de la universidad aprovechando que vive cerca del campus, dependo de ella para comer y no tengo ni un minuto al día libre. Tan solo cuando ella tiene cosas que hacer puedo dedicarle tiempo a estudiar o hablar con Brooke.

Sabe lo que sucedió después del baile. Después de haber pasado la mejor noche de mi vida, volví a huir. Estaba dormida en los brazos de Torres, me desperté y mi cabeza se puso a darle vueltas a todo lo que ocurrió. Me acosté con él. Y lo disfruté demasiado. Pero me asusté, me agobié y me tuve que ir. Salí de su casa a hurtadillas y volví a la mía. Brooke llegó poco después, por lo que exploté con ella y le conté todo.

Mi amiga me apoya, pero no está de acuerdo conmigo. Dice que estoy siendo una cobarde, pero es que no sé ser otra cosa.

—¿Te arrepientes? —me preguntó.

—No. Ni mucho menos.

Quizá respondí demasiado rápido, porque mi amiga sonrió como un demonio.

—Quiero decir... Ha sido una pasada, ¿vale? Lo admito. Pero no debería haber pasado, Torres es una distracción y ahora todo va a ser incómodo entre nosotros. Es lo último que necesitaba.

—Sash... Tienes que encontrar el equilibrio entre tu vida profesional y tu vida personal que, hasta ahora, había sido totalmente inexistente. Te estás agobiando porque por primera vez tienes interés en algo más allá del patinaje y no sabes cómo equilibrar la balanza. Pero créeme, puedes.

—Ya, pero no quiero.

—¿De verdad?

No respondí porque le habría mentido.

He soñado todas y cada una de las noches con él. He usado mi vibrador nuevo demasiadas veces porque en todo lo que he podido pensar estos días es en su lengua entre mis piernas, sus manos por todo mi cuerpo, en cómo me folló y en cómo le follé yo a él. No puedo creerme aún que me haya acostado con Diego Torres. Si alguien me lo hubiese dicho hace unos meses me habría desternillado de la risa, o probablemente me hubiese cabreado. Yo, enrollándome con un jugador de hockey. Un jugador del hockey al que llevo detestando desde el primer curso de universidad.

Pues ahora no solo resulta que me he tirado al capitán de los Wolves, sino que ya no le odio, y me masturbo pensando en él. Maravilloso, Sasha. Espléndido.

Nunca le he dedicado más de una hora total diaria a mi Instagram, tan solo lo uso para subir cosas del patinaje de manera profesional, ya que tengo miles de seguidores, muchísimos más desde que soy campeona nacional. Debería tener un agente que lleve mis redes sociales, pero mi madre siempre dice que eso puede dañar mi imagen. No sé cómo, la verdad, porque precisamente tener un agente que suba fotos por mí y responda mensajes me ayudaría a mejorar mi imagen. El caso es que estas vacaciones le estoy dedicando demasiadas horas a Instagram, y no precisamente creando contenido, sino viéndolo. No he parado de ver a Torres disfrutar de la Navidad junto a sus hermanas y sus amigos. Nate y Jordan han estado en casi todas sus fotos y vídeos, a veces ellos tres solos, a veces acompañados por Noa y Ana, otra niña pequeña y otro niño que no conozco. También hay mil fotos con Morgan, y alguna que otra con Spencer y Ameth.

Vuelvo a mirar mi teléfono, los mensajes que me ha enviado durante esta semana y que he ignorado por completo. El primero es de la mañana después del baile.

Volk
Te fuiste sin decir nada.

Sash...

Deberíamos hablar de lo de anoche.

Nunca me había llamado Sash. Los siguientes mensajes han sido en distintos días de estas vacaciones.

Volk
Han sacado en Netflix una serie de patinaje sobre hielo que seguro que vas a odiar.

Feliz Navidad, *princesa*.

Parece que alguien está un poquito rayada.

Sasha, no hagas de esto una catástrofe.

Por lo menos podrías responder algo.

Mensaje recibido.

Ni siquiera sé qué mensaje le quería dar, pero quizá sea mejor así. No quiero hablar con él, estoy confusa y tengo que centrarme en sobrevivir a los entrenamientos de mi madre. Y no puedo hacerlo con la cabeza hecha un lío.

Lanzo el móvil bien lejos de mí y termino de arreglarme. Hoy es Nochevieja y, como cada año, mi madre y yo salimos a cenar con las pocas amigas que tiene (que tenga una ya me parece demasiado) y sus hijas insoportables, sin maridos.

Me he puesto un vestido largo de color champán, de tirantes y escote corazón. Tacones y joyería a juego, y el pelo suelto con ondas elegantes. No tengo ni idea de a qué restaurante vamos, pero me da exactamente igual, ya que pienso hacer lo mismo que todos los años: fingir que escucho y sumirme en mis pensamientos, asintiendo de vez en cuando.

Mi madre, por mucho que la odie y tenga siempre cara de asco, es muy guapa. Tiene todavía un cuerpo atlético y pocas arrugas a causa del bótox. Su pelo sigue igual de rubio que siempre por el tinte, con una melena un poco por debajo de los hombros. Se ha puesto un vestido azul marino que le hace parecer más joven.

—Procura comportarte, Aleksandra —me avisa.

—¿No lo hago siempre? —replico, y ella me fulmina con la mirada.

El restaurante St. James está cerca del campus. Nunca antes había venido, pero sé que es bastante popular entre la gente pudiente. Está a rebosar y hay cola en la puerta, pero mi madre se la salta, dando su nombre en la entrada. Una camarera nos da la bienvenida y nos acompaña a nuestra mesa.

Una de las amigas de mi madre, Marissa, ya está ahí con su hijo Marc, un par de años mayor que yo. Poco después llegan Amber y Karen con sus respectivas hijas, Lia y Elise. Evito lo máximo posible el contacto físico cuando todas empiezan a darse besos y abrazos para saludarse. Esta gente no me cae bien, son exactamente el tipo de personas que deberían verse sin dinero para comprender un par de cosas en la vida. Nos sentamos y yo cojo la carta para poder ignorar a todo el mundo.

—Buenas noches y Feliz Año, familia. Me llamo Hari y voy a ser su camarero esta noche. —Se presenta un chico que tendrá mi edad, de piel oscura, pelo negro bien peinado hacia atrás y una barba corta, pulcra y bien cuidada—. ¿Puedo tomarles nota de qué van a beber?

Entre risas y sin mirar al camarero a la cara, piden las bebidas. Yo por lo menos me digno a mirarle a la cara cuando me toma nota.

—Gracias —murmuro.

Cuando sirve las bebidas, saca un teléfono y un lápiz táctil.

—¿Saben ya qué van a cenar?

—No —responde mi madre, haciendo un aspaviento con la mano para despacharlo. El resto de la mesa ríe como si hubiese hecho algo supergracioso.

—Les dejo unos minutos —responde el chico. Un rato después vuelve. Mi madre resopla, y es Karen quien le despacha esta vez, provocando que todas vuelvan a reír.

—Qué pesado el indio este —comenta entonces mi madre. La miro de inmediato con molestia por el comentario fuera de lugar, pero no se inmuta. De nuevo, carcajadas que me hacen sentir incómoda.

El chico vuelve, y ahora es Amber quien se dirige a él.

—A ver, morenito. Me entiendes si hablo, ¿verdad? —dice, pronunciando cada palabra con una lentitud insultante—. No sabemos qué vamos a comer todavía. Cuando lo sepamos, te llamaremos. ¿Me has entendido?

Hari la mira con los dientes apretados y una templanza envidiable.

—Sí, señora.

Cuando por fin se deciden a pedir, lo hacen con una mala educación que no me sorprende.

—Bueno, Sasha —Karen se dirige a mí—. Enhorabuena, eres la campeona de patinaje de todo el país.

—Gracias. —Es todo lo que respondo, ya que no me interesa entablar conversación.

—Fue una coreografía muy bonita —dice Elise, su hija—. Qué divertido tiene que ser que tu madre sea tu entrenadora.

Me controlo para no reír, pero una pequeña carcajada se ahoga en mi garganta y tengo que toser para disimular. Mi madre ha debido de darse cuenta, porque me mira como si quisiera matarme.

—Aleksandra no estaría donde está sin mí —dice, y yo tengo que morderme la mejilla por dentro para no tirarle mi vaso de agua a la cara. Hipócrita mentirosa.

Nos traen la comida poco después. Cuando Hari termina de servir, Marc llama su atención con un chasquido de dedos.

—Eh —le dice, y señala su plato—. Había pedido la carne con la salsa aparte. Llévatela.

—Lo siento mucho —se disculpa—. Ahora mismo se lo cam…

—Cállate y haz tu trabajo —le dice. Yo no doy crédito.

Hari se larga a toda prisa, y Marissa, la madre de Marc, resopla.

—Estos inmigrantes no se enteran de nada.

—Estamos rodeadas —secunda mi madre, y yo alucino. ¿Es que se le ha olvidado que ella es rusa y también es inmigrante en este país?

—Qué horror —dice Karen—. He pedido la carne poco hecha y está al punto. ¿Dónde está el indio ese?

—En realidad —dice una voz tras de mí que hace que se me erice la piel de golpe y todos mis sentidos se pongan alerta. Me asusta saber que reconocería su voz en cualquier lugar—, Hari es de Bangladesh.

No puedo apartar mis ojos de él, con el corazón a mil por hora, cuando pasa por mi lado y le sirve a Marc.

—Aquí tiene su plato, sentimos mucho las molestias.

Después rodea la mesa y se coloca junto a Karen.

—¿Me permite su plato? Ahora mismo le traigo la carne tal y como usted la ha pedido.

Cuando le retira el plato a Karen, alza la vista y sus ojos se clavan en los míos. Me quedo sin respiración de inmediato. Lleva un traje negro impoluto, distinto al que se puso para el baile. Se ha peinado hacia atrás con cuidado y no hay rastro de los pendientes de su oreja y nariz, tampoco de los tatuajes que se ocultan bajo la ropa. Es guapo hasta decir basta y odio la atracción que siento por él hasta en esta situación.

—Mi nombre es Diego y voy a ser su camarero por el resto de la noche —dice antes de irse. Yo le sigo con la mirada hasta que lo pierdo de vista. Me doy cuenta cuando me centro en mi plato que hasta la respiración se me ha acelerado, e intento calmarme empezando a comer.

—Genial, y ahora un mexicano. ¿Es que no hay ni un americano que vaya a atendernos? —pregunta Amber, y suelta un resoplido. Me contengo por no saltar y corregirle. Me encantaría decirle que Torres es colombiano, y que Latinoamérica está en América, pero sería desperdiciar saliva.

—Pues estaba muy bueno —dice Lia a mi lado en voz baja, riendo con Elise.

—Es un camarero —protesta Marc, que pone los ojos en blanco.

—Me sirve para un rato —le responde de vuelta.

—Qué estándares más bajos, Lia. Deberías aspirar a alguien con dinero y planes de futuro.

De nuevo, mi intento de aguantarme la risa fracasa. Los tres me miran y Marc frunce el ceño.

—¿Qué te hace tanta gracia, Sasha?

«Que no tengas ni idea de que Torres probablemente llegue mucho más lejos en la vida que tú», pienso.

—Nada —respondo—. Sonaba como si te estuvieses describiendo a ti mismo.

Marc se encoge de hombros y les dejo enfrascados en su conversación, ignorándoles.

Poco después veo a Torres acercarse con el plato de Karen.

—Aquí tiene, señora, siento la confusión. ¿Es todo de su agrado? ¿Desean pedir algo más? —pregunta, dirigiéndose a todos los presentes. Sin embargo, nadie le presta atención, ya que siguen con las risas.

—Os ha hecho una pregunta.

No me puedo creer que esas palabras hayan salido de mi boca. Al parecer, el resto tampoco, ya que enmudecen y me miran con sorpresa. Torres enarca una ceja sin moverse de donde está.

—Aleks...

—A mí me gustaría otra botella de agua, por favor —pido, interrumpiendo a mi madre, y una sonrisa amenaza con aparecer en el rostro de Torres.

—Por supuesto —responde—. ¿Algo más?

—Una copa de vino —dice Elisa. Como nadie más habla, Torres asiente y se marcha.

—¿Se puede saber qué ha sido eso? —espeta mi madre, sin importarle dónde estamos. Yo la miro, dejando el tenedor en el plato.

—Estamos en un restaurante —le digo, ignorando su expresión de cabreo—. Un camarero nos ha hecho una pregunta y nadie ha respondido. Y seguramente luego terminaríais quejándoos de él.

Las caras de asombro de las siete personas sentadas a la mesa me hacen preguntarme el porqué de sus reacciones. Y me paralizo cuando lo entiendo. Yo era así. Hasta hace unos meses, yo era como ellas. Quiero creer que nunca le he faltado el respeto a nadie ni he sido maleducada con otras personas por el motivo por el que lo hacen estas personas, pero sí he sido antipática con muchísima gente por el simple hecho de que siempre he odiado cualquier interacción social. Me horroriza pensar que en algún momento alguien haya podido creer que soy como mi madre, sus amigas y sus horribles hijas. Me horroriza pensar que he podido de verdad ser como ellas.

—No te at...

—Necesito ir al servicio —vuelvo a interrumpir a mi madre, y me retiro de la mesa para ponerme en pie y huir de ahí.

Atravieso el restaurante en busca de los servicios, que están enfrente de la entrada del personal a cocina. Voy al lavabo para lavarme las manos y refrescarme la nuca y la frente, ya que siento que estoy ardiendo. No solo estoy enfadada por estar aquí perdiendo el tiempo con esta gente insoportable, escuchando sus gilipolleces, sino que estoy nerviosa.

La presencia de Torres me altera. Saber que está aquí, habernos visto después de lo que pasó y de que no le haya respondido ni a un mensaje... Dios, no puedo creerme cómo me siento. En tres días volvemos a la universidad, tenemos que seguir con lo que queda del Festival de Hielo y el entrenamiento a los Wolves, y no tengo ni idea de cómo van a ser las cosas entre nosotros.

Me miro en el espejo y casi no me reconozco cuando lo hago. No quiero estar aquí, me siento hasta ridícula vestida así por muy guapa que me vea. Quiero quitarme el vestido, ponerme ropa de deporte, hacerme un moño trenzado, coger mis patines e ir al hielo, sola, a dejar de pensar. Pero cuando pienso en mí patinando, una imagen no deseada viene a mi mente: no estoy sola en la pista, sino que Torres también entrena junto a mí. Suelto un gruñido de frustración, mirando a la desconocida del espejo una última vez antes de salir del baño.

No llego muy lejos, ya que alguien me agarra del brazo y tira de mí. Suelto un pequeño grito de sorpresa cuando cruzo una puerta junto al baño y esta se cierra tras de mí. Estoy en un almacén, pero no le presto la más mínima atención, ya que mi espalda toca la pared y un cuerpo me acorrala. Torres me mira con esos ojos oscuros y profundos de arriba abajo antes de alzar la vista a los míos.

—¿Nadie te ha dicho que estás horrible con ese vestido, *princesa*? —dice con burla e, inevitablemente, sonrío.

—¿Y a ti nadie te ha dicho que estás ridículo con el pelo así?

—No has respondido a mis mensajes —directo al grano, sin rodeos.

—No lo he hecho.

—¿Por qué?

—¿Por qué debería?

—Porque pensaba que a estas alturas nos entendíamos —murmura y acerca su cara a la mía, haciendo que suspire—. Y porque te escabulliste de mi cama como un ligue cualquiera.

Se me corta la respiración. ¿No soy un ligue cualquiera? ¿Entonces qué soy? Dios, no. No, no, no. No puedo dejar que esto suceda, no puedo dejar que le importe ni que él me importe a mí. No puedo gestionarlo todo, no sé hacerlo.

Entro en pánico.

—Quizá tu error haya sido pensar que no soy un ligue cualquiera.

Torres suelta un bufido.

—Y una mierda, Sasha.

—Nos hemos acostado, Diego —digo, e ignoro con todas mis fuerzas el efecto que lo que ha dicho tiene en mí—. No fue nada memorable, así que supéralo.

Por el amor de Dios, vimos cuatro capítulos de *Gossip Girl* abrazados, maldita sea.

Torres aprieta los dientes y aparta la vista unos segundos. Después frunce los labios y asiente, apartándose de mí.

—Bien —dice—. Tengo que seguir trabajando.

Me tomo su respuesta como mi invitación a apartarme de la puerta. Lo hago, con un nudo en la garganta, y ambos salimos del almacén. Torres no dice nada antes de meterse por la puerta del servicio que había visto antes, y yo vuelvo a mi mesa.

No le miro ni una vez mientras nos atiende durante el resto de la noche. No puedo hacerlo. Me dedico a comer en silencio, ignorando a todo el mundo y respondiendo con monosílabos cuando se dirigen a mí.

—Ya sé por qué me sonaba ese chico —dice de pronto mi madre, que chista—. ¿No es uno de los jugadores de Anthony Dawson? Con el que organizas el estúpido festival, el delincuente ese.

Miro a mi madre fijamente, pensando si merece la pena la discusión o no.

—No es un delincuente, es el capitán de los Wolves de hockey.

Al parecer, sí, merece la pena.

—Está lleno de tatuajes y pendientes —protesta, hablándole a sus amigas—. Y no es de por aquí. No es mi culpa pensar así de él.

Las mujeres ríen para darle la razón.

—Sí, sí lo es —salto, atrayendo su atención sobre mí—. Estás juzgando a una persona por su apariencia sin conocerla, y mencionas su origen diciendo que no es de por aquí como si tú sí lo fueses.

—Aleksandra —me riñe, soltando sus cubiertos y mirándome como si me hubiese vuelto loca—. No se te ocurra volver a hablarme así.

—Sasha, cielo —dice Amber, pero no la miro—. No te enfades, bonita. Tu madre solo está preocupada por ti, por lo que dice pasáis tiempo juntos, ¿no? Entiende que no le guste.

—No hay nada que entender.

—Tiene pinta de ser una mala influencia —añade Karen, lo que aumenta mi enfado.

—Lo es —confirma mi madre, la cabeza me va a explotar—. Se la ha llevado en mitad de los entrenamientos alguna que otra vez sin importarle lo que yo dijese. No me gusta nada ese… chico.

—Desde luego —secunda Marissa—. Tu preocupación es totalmente normal.

—Como les decía antes a las chicas —interviene entonces Marc, como si alguien le hubiese dado vela en este entierro—, ese tipo es un simple camarero mexicano, pobretón y sin aspiraciones. Y si encima tiene tatuajes… Por Dios, qué horror.

Me hierve la sangre con cada palabra que sale de su boca.

Doy un fuerte golpe en la mesa con el puño, haciendo que los platos y vasos tiemblen. Todas se callan y sueltan exclamaciones de sorpresa. Antes de que nadie se queje, hablo yo.

—Se llama Diego Torres. —Es lo primero que aclaro—. Ese chico se llama Diego Torres.

Inspiro hondo, intentando controlarme para no seguir, pero es misión imposible, ya he explotado.

—Ese «tipo» es colombiano —corrijo, mirando a Marc. Después miro a Elisa que, aunque no ha abierto la boca, se ha reído de todo, al igual que Lia—. Trabaja aquí sin tener ninguna necesidad de hacerlo para que a sus hermanas jamás les falte de nada. —Miro a Karen—. Está estudiando en la que, os recuerdo, es una de las mejores universidades del país, totalmente becado y con una media de sobresaliente. —Miro a Marissa—. Es el capitán del equipo de hockey y es tan bueno que probablemente termine jugando para los New Jersey Devils o los New York Rangers. —Miro a Amber—. No es un delincuente y no es una mala influencia, sino todo lo contrario: es el ejemplo a seguir de sus tres hermanas. —Por último, miro a mi madre, que tiene la ira reflejada en el rostro y una promesa de acabar conmigo reflejada en los ojos. Pero la rabia que yo estoy sintiendo ahora mismo es mayor que el miedo, por lo que prosigo—: Igualmente podría ser un don Nadie, que al menos al final del día tendría una familia que le quiere y le apoya en todo lo que hace.

Suelto todo el aire de golpe cuando termino de hablar, e intento recuperar la compostura.

—Aleksandra Washington Petrova —gruñe mi madre, y esa es la gota que colma el vaso.

—Suficiente. Me voy.

Me pongo en pie con brusquedad y señalo a mi madre de una manera que jamás había hecho.

—Y es Sasha. Sabes lo mucho que detesto que me llames Aleksandra y aun así lo haces. Mi nombre es Sasha, para que te quede claro.

Dicho eso, suelto la servilleta de tela con rabia y me doy la vuelta para largarme. Es entonces cuando me doy cuenta de que todas las mesas de nuestro alrededor nos están mirando porque he montado un buen numerito. Incluso los camareros han paralizado su trabajo para prestarnos atención. Y ahí, junto a la mesa que había detrás de mí, está Torres, mirándome como si no se creyera lo que acaba de oír. Yo sí que no puedo creerme que acabe de presenciar todo lo que he dicho.

Echo a andar con la cabeza a punto de estallarme.

—Sasha... —susurra cuando paso por su lado, pero yo niego sin poder mirarle a la cara.

—No es el momento.

Salgo del restaurante, abrigo en mano, y la ola de frío me golpea de una forma dolorosa que acepto porque necesito calmar el fuego que quema cada rincón de mi piel. Respiro hondo un par de veces antes de abrigarme y parar al primer taxi que pasa. Entro en mi casa aún con los nervios a flor de piel, me desnudo y voy directa a la ducha para intentar que el agua me relaje.

Cuando salgo, me pongo el pijama y me dejo caer sobre la cama. Cojo mi teléfono y veo que, además de quince llamadas perdidas de mi madre, tengo un mensaje.

Volk
Con que nada memorable, eh, *mami*?

Esta vez, sí respondo.

Yo
Cállate, *volk*.

Y suelto una carcajada antes de cerrar los ojos.

CAPÍTULO 49
Torres

La Navidad en casa ha sido igual de horrible que todos los años. Carolina ha estado de vacaciones, así que Mor y yo nos hemos hecho cargo de todo estos días, como siempre. Ana y Noa han estado felices por estar en familia, pero mi padre ha hecho que cada día esa felicidad se esfumase. Pasa absolutamente de nosotros, no quiere tener nada que ver con sus hijos, pero cuando Mor o yo estamos en casa, se dedica a molestar. Lo único que hace es echarnos en cara que estamos gastándonos su dinero (como si él hubiese ganado algo del dinero que nuestra madre nos dejó) en estupideces como médicos para Morgan, ropa para las niñas y cosas así. Noa nos ha pedido que no le contemos nada sobre ella, mi hermana pequeña no necesita que mi padre le caliente la cabeza con sus mierdas, suficiente tiene con escucharle decir barbaridades.

El día de Navidad, los padres de Nate nos invitaron a los Sullivan y a nosotros a comer allí. El año pasado lo hicimos por primera vez en muchos años en casa de Jordan, y este año hemos repetido. Mis hermanas jugaron todo el día con Clare, la hermana de Nate, y Ben, el hermano de Jordan.

El día de Nochevieja tuve que trabajar en el restaurante, así que Morgan se quedó con las niñas e hicieron juntas una cena especial que disfrutaron solas, ya que mi padre no apareció durante todo el día. Uno de los ejercicios que el doctor Sander le ha recomendado a Mor es cocinar para más de una persona, servirse un único plato e intentar no repetir, quedándose en la mesa hasta que todo el mundo termine, participando en las conversaciones. Eliminar los atracones y la culpa a la hora de comer es muy complicado, pero Morgan lo está haciendo muy bien.

Anoche volvimos al campus y hoy hemos retomado las clases. Los profesores me ponen al día de las asignaturas que voy a empezar a cursar en Gestión Deportiva, y me alivia saber que va a ser mucho más fácil de lo que esperaba porque son temas que controlo a la perfección. Voy a poder recuperar mucho tiempo perdido sin problema este verano.

Después de clase voy al piso de Jordan, para comer con él y Nate. Ninguno de los dos ha llegado aún, así que inspecciono la cocina y empiezo a cocinar.

—Joder, qué bien huele —oigo que dice Jordan tras abrirse la puerta de casa, después ambos entran en la cocina.

—Pensaba que íbamos a pedir comida china —protesta Nate, pero se le van los ojos hacia lo que estoy cocinando.

—Ni hablar, tenemos partido en diez días, así que mientras comáis conmigo vais a respetar la dieta —respondo.

—Si llego a saber que la dieta podía oler tan bien, no me la estaría saltando tan a menudo.

—Pues espera a probar la comida.

Nos sentamos en la mesa grande del salón. Hablamos de lo que hemos hecho durante las fiestas cuando no hemos estado juntos. Nate, de repente, salta:

—¡No os lo dije! Spencer me dijo que me quería.

Jordan y yo nos reímos.

—¿Para sorpresa de quién? —pregunto.

—Se agobió un poco cuando se lo dije, pero porque ella estaba pensando cómo decírmelo primero y le chafé todo el plan —nos cuenta, y yo me alegro muchísimo por él. Spencer y Nate están hechos el uno para el otro y estaban destinados a estar juntos desde que Jordan estableció su estúpida regla.

—¿Y tú tienes algo nuevo que contar? —me pregunta entones Jordan.

Saben lo que pasó con Sasha. Se lo conté a la mañana siguiente, también saben lo que pasó en el restaurante.

—No hemos hablado. Y dudo mucho que quiera hacerlo.

—Estoy seguro de que vais a tener mil oportunidades para hablar —dice Nate.

—Dale tiempo —añade Jordan.

—Está bien saber que ya no os cae mal.

—Nos caía mal por el mismo motivo que a ti —me recuerda Jordan—. Y está claro que fue un malentendido. Y sí, no es la persona más abierta y simpática del mundo, pero no es mala. Sasha tiene sus demonios, como todos.

—Es distinta a cuando empezó a entrenarnos —dice Nate—. No nos mira por encima del hombro ni nos grita. Ahora parece que se preocupa de verdad por nosotros. —Me mira—. Por ti.

—Estoy confuso —suspiro—. Tampoco sé adónde pretendo llegar hablando con ella sobre lo que pasó.

—Nunca te has rayado por una tía. —Asiento ante la afirmación de Nate.

—Pero tampoco te habías permitido conocer a nadie más allá de una noche —completa Jordan.

Lleva razón. Me he acostado con Sasha, pero antes ya nos habíamos enrollado. Antes habíamos forjado una amistad peculiar, nos habíamos empezado a conocer de verdad. Conozco a un montón de gente en el campus porque soy una persona sociable, pero mis únicas amigas llevan siendo mucho tiempo Trinity y mi hermana, y Spencer desde el año pasado. Sasha es la primera chica que puedo considerar como una nueva amiga, la primera que he conocido porque de verdad me ha apetecido... La primera con la que quizá quiera algo más, porque no puedo sacarme de la cabeza nuestros besos.

No seguimos hablando del tema porque tampoco hay mucho más que decir. Pasamos el resto de la tarde juntos, porque a veces lo único que uno necesita es pasar tiempo con sus amigos para recargar las pilas.

Sasha está en la pista cuando llego. En la del pabellón de hockey, no en la de patinaje. Está calentando, así que me uno a ella.

—¿Qué haces aquí? —pregunto. Antes creía que era porque le gustaba pasar tiempo conmigo, pero después de lo que pasó no lo tengo tan claro.

—Hay menos posibilidades de que mi madre sepa que entreno sin ella si lo hago aquí —responde, sin mirarme directamente a la cara.

—¿Cómo ha ido la Navidad con ella?

—Horrible.

No añade nada más y sigue sin mirarme.

—¿Y después de lo que pasó en el restaurante?

—Más horrible todavía.

Cuando se desliza sobre los patines para empezar a entrenar, la detengo. La agarro del brazo sin apretar, y la atraigo hacia mí. Cuando Sasha alza la cabeza para mirarme, yo aprieto los dientes con toda la fuerza que soy capaz.

En la mejilla derecha tiene una pequeña herida, y todo su alrededor está algo morado. Me inunda la rabia, por lo que tengo que inspirar hondo antes de hablar.

—¿Qué ha pasado? —Se encoge de hombros, pero yo insisto—. Sasha.

—No le gustó mi espectáculo en el restaurante, así que al llegar a casa me lo hizo saber. Llevaba la mano llena de anillos, así que la bofetada fue un poco más escandalosa de lo que debería haber sido.

Paso el pulgar con mucho cuidado cerca de la zona amoratada, como si así pudiese curarla. Sasha cierra los ojos unos segundos antes de dar un paso atrás y apartarse.

—¿Por qué me defendiste si sabías que iba a tener consecuencias? —pregunto entonces, patinando junto a ella cuando comienza a moverse.

—Porque no me gustó lo que estaban diciendo.

—No tendrías que haberlo hecho, no me importa nada de lo que dijeron.

—Pero a mí sí —espeta, haciendo que un cosquilleo me recorra todo el cuerpo, y acto seguido niega—. Da igual. Olvídalo, ¿vale?

Suelto una risa seca.

—¿Como tú has olvidado lo que pasó?

—No quiero hablar de ello, ya te lo dije.

—Explícame por qué.

—Porque no hay nada que hablar.

—A mí me parece que sí.

Sasha se detiene en seco y me encara con una mirada glacial.

—¿Quieres hablar? Bien, vamos a hablar. Acostarnos fue una estupidez —empieza, y yo siento como si me clavase un puñal al decir eso—. Nos dejamos llevar por esta atracción incoherente que hay entre nosotros y fue un error. Tengo muchas cosas en la cabeza, así que no puede volver a pasar. ¿Entendido?

A la mierda lo de intentarlo, Sasha acaba de cargarse mi inten-ción de ver qué podía haber entre nosotros. Intento que no se note lo mucho que me ha afectado lo que ha dicho, así que simplemente frun-zo los labios y asiento antes de responder.

—Entendido. No volverá a pasar.

Si esto es lo que quiere, yo no puedo hacer nada para cambiarlo. Lo que tendría que hacer es pensar como ella, asumir que fue un error y entre nosotros solo hay un deseo que puede controlarse perfecta-mente porque no somos animales.

—Bien —determina.

—Ahora que todo está aclarado, ¿vas a dejar de huir de mí? Las cosas no tienen que ser raras entre nosotros, somos adultos, *princesa*. La gente folla todo el tiempo.

Sasha sonríe tan solo un poquito antes de aceptar.

—De acuerdo.

Los dos empezamos nuestro entrenamiento. Me fijo en que la co-reografía de Sasha es distinta a lo que he estado viendo hasta ahora, más parecida a la que hizo con la canción de las Pussycat Dolls. Voy a preguntarle, pero entonces una voz aguda retumba en el pabellón.

—¡Aleksandra!

Sasha se detiene en seco y mira hacia la puerta, donde su madre nos observa con una cara de horror impresionante, como si nos hu-biese pillado asesinando bebés. Aunque probablemente eso le hubie-se horrorizado menos. Entra en el hielo con zapatillas, dirigiéndose hacia su hija.

—¡Lo sabía! Sabía que este delincuente iba a traer problemas. —Me señala, pero yo ni me inmuto ante sus palabras—. Y sabía que seguías entrenando por tu cuenta. ¿Es que no te quedó claro lo que te dije?

—No queda nada para el ISSC, tengo que entrenar —se defiende Sasha, pero su madre llega hasta ella y la señala. Ese gesto me alerta, por lo que me acerco a ellas y me coloco junto a Sasha sin importarme la forma en que Tanya Petrova me mira.

—Tienes que entrenar conmigo, Aleksandra. Te dije que no que-ría que entrenases sola, o luego tendría que corregirte demasiadas co-sas. Vas a ser una incompetente toda tu vida si no me obedeces.

—Está llamando incompetente a la campeona de Estados Unidos —intervengo, y oigo cómo Sasha contiene la respiración unos segun-

369

dos—. Creo recordar que ganó por realizar una coreografía que no se ajusta a sus ideales.

—Cállate, niño, no tienes ni idea de lo que hablas —espeta, y mira a su hija—. Vámonos de aquí ahora mismo.

—No —dice ella—. Voy a acabar de ensayar y mañana estaré a mi hora en nuestro entrenamiento.

—Nos vamos de aquí ahora mismo, Aleksandra. No me hagas repetírtelo.

—¿O qué? —pregunto cuando veo que Sasha no responde, probablemente porque está preparada para ceder—. ¿Va a dejarle la otra mejilla igual que la derecha?

A Tanya se le enciende toda la cara de pura rabia, y aprieta los puños a los lados de su cuerpo.

—Mira, estúpido insolente, como vuelvas a hablarme así…

Saco mi teléfono del bolsillo del chándal mientras me insulta, y se lo enseño.

—Si no se va de aquí ahora mismo, voy a llamar a la seguridad del campus para decirle que se ha colado en el pabellón y nos está amenazando.

Ella suelta una risa nerviosa.

—Podría decir lo mismo y teniendo en cuenta que yo entreno en esta universidad, saldrías perdiendo.

—Tengo permiso del entrenador Dawson para estar aquí —reprocho—. Y teniendo en cuenta que soy el capitán del equipo de hockey con un historial impecable, y Sasha tiene un golpe en la mejilla… No sé yo quién saldría perdiendo aquí, señora Petrova.

Alterna su mirada entre Sasha y yo, para finalmente soltar un bufido.

—Mañana a las cinco de la mañana en la pista —le dice a Sasha, que se encoge de hombros como si esa hora fuese la habitual.

Después, Tanya se marcha y Sasha suelta un suspiro de alivio impresionante.

—No me puedo creer que la hayas echado —dice, y se pasa una mano por la cara antes de soltar una carcajada—. ¿Por qué me siento tan bien?

—Porque te estás dando cuenta de que plantarle cara te hace bien.

—Dijiste que nunca habías usado ser jugador de hockey en tu beneficio —me acusa con diversión.

370

—Es la primera vez que lo hago y, sinceramente, no me puedo creer que haya funcionado. —Se me escapa una carcajada—. Habríamos tenido las de perder si llega a llamar a seguridad. Aunque tengamos permiso para estar aquí, probablemente habríamos pasado la noche en la comisaría de la universidad hasta que el entrenador Dawson corroborase que es cierto. Espero no haberte metido en muchos problemas por eso.

—Me da igual. No iba a irme de aquí de todos modos, así que los problemas iba a tenerlos igualmente. —Hace una pausa, mirándome detenidamente—. Gracias por dar la cara por mí.

—Soy un delincuente, *mami*, llámame cuando lo necesites.

CAPÍTULO 50
Sasha

Brooke mira mi mejilla entrecerrando los ojos cada dos por tres, como si estuviese asesinando mentalmente a mi madre. Ayer cuando vio el moretón y la herida se puso hecha una furia, no me habría sorprendido en absoluto si hubiese ido a buscar a mi madre en ese momento. Está convencida de que podría romper el contrato con mi madre si *«alegases las doscientas formas en las que te maltrata, Sasha»*, pero yo creo que ha visto demasiadas veces series policíacas, ya que en este mundo no me harían caso. No me lo hicieron cuando un tío intentó abusar de mí, no me lo harían si dijese que mi propia madre me exige demasiado y me castiga si no le doy lo que quiere.

—Estoy totalmente en contra de que no se vuelva a repetir lo de la noche del baile —me dice cuando la pongo al día de mi conversación nocturna con Torres. Está nevando y las dos vamos abrigadas hasta arriba mientras caminamos por el campus en dirección a las clases. Me ha recogido en el pabellón después de entrenar para ir juntas a nuestros respectivos edificios, ya que desde que gané el nacional la gente me para para hacerse fotos conmigo y eso me agobia—. ¿De verdad que no te apetece que vuelva a suceder?

Por supuesto que me apetece, ese es el maldito problema. Si no quisiera que se repitiese no tendría este cacao mental, los límites estarían claros. Pero he tenido que trazarlos porque no tengo nada claro, porque tengo que centrarme en mi futuro y no en un chico.

—No —miento, y ella bufa porque sabe que lo hago.

—Cuando pensaba que estabas empezando a vivir por fin...; *boom*, de vuelta al cautiverio de vida que estabas llevando.

—Eres una exagerada, Brooke. Estoy haciendo cosas: entreno a los Wolves y he participado en el Festival de Hielo.

—Y te has tirado al capitán buenorro de esos lobos a los que detestabas y ahora adoras, que no se te olvide.

—No los adoro —protesto.

—Lo haces.

—Que no, ¿de dónde te sacas eso?

—¿Puede ser porque te conozco? Antes solo despotricabas sobre todos los jugadores y ahora te tragas los partidos por placer y te alegras cuando ganan. Adoras a esos lobitos igual que al líder de la manada, aunque no lo quieras aceptar en voz alta.

—Lo que tú digas.

—Siempre llevo razón. —Brooke me da un beso en la mejilla antes de despedirse para entrar en su edificio—. Nos vemos luego, sé buena.

—Eso debería decirlo yo.

No adoro a estos pringados.

Vaya, ni de broma.

—¿Por qué Sasha parece que va a estornudar de un momento a otro? —pregunta Peter, que pasa por mi lado mientras les observo realizar los ejercicios.

—No sé, tío, a lo mejor va a hacerlo —le responde John.

—¿Ha vuelto la Sasha amargada? —pregunta de nuevo Peter.

—No, por favor, no estoy preparado.

—Estáis tentando mucho a la suerte —les dice Ameth—. Os va a machacar en cuanto salga del trance.

Tardo unos minutos más en regresar a la pista, mi cabeza solo piensa en las palabras de Brooke mientras seguía a cada jugador con la mirada.

—Smith y Adams. —Peter y John me miran con unas caras de susto que casi me hacen reír—. Sentadillas en movimiento. —Los demás ríen, así que señalo a los que más cerca tengo, que son Torres y Nate—. Vosotros también.

—Pero si no hemos dicho nada —protesta Torres con una sonrisa de falsa inocencia en el rostro.

—Para cuando lo hagáis.

Está siendo complicado hacer como si nada hubiese pasado con Torres después de la conversación de anoche. Noto cómo sus ojos me buscan cuando no soy yo quien le está mirando, y sigo sin tener ni idea de cómo gestionar esto a pesar de haber dejado claro que entre nosotros no hay nada ni puede haberlo.

Más tarde, en la reunión que tenemos para organizar el último evento del Festival de Hielo, también me cuesta concentrarme. Tener a Torres sentado a mi lado solo hace que mi cuerpo esté en tensión. La señorita Porter nos felicita una vez más por cómo salió el Baile de Hielo y el resto de los eventos, y dejamos establecidas unas pautas para la demostración sobre hielo de la semana que viene.

Los siguientes días transcurren como si de verdad nada hubiese pasado. Torres y yo volvemos al punto antes del baile, mucho antes incluso. Nos vemos por la noche en el pabellón de hockey y ensayamos por separado, pero con esa coordinación que hemos ido obteniendo con el tiempo en la que ninguno molesta al otro, tan solo nos esquivamos.

—Estás ensayando muchas coreografías diferentes —me dice el viernes mientras entrenamos.

—Cuatro —respondo, y lo comprende de inmediato.

—Las de tu madre para el programa corto y el programa libre, y las tuyas.

—Solo por si acaso.

Solo por si me da otra vez la vena rebelde y decido mandarlo todo a la mierda y hacer lo que me dé la gana en el ISSC. Esta semana con mi madre está siendo de las peores. Entrenamos más horas que nunca, no me deja respirar ni un segundo y controla todos mis movimientos.

Para cuando llega el miércoles, estoy exhausta. Entreno con mi madre cuando aún no ha salido el sol, después voy a clase (lo que también es un suplicio porque coincido con Jordan, Ameth y ahora Torres en alguna asignatura, pero no me permito distraerme), como algo rápido y vuelvo a la pista. Casi todos los días los chicos de hockey, la gente de patinaje y yo tenemos que ver cómo va la organización del próximo evento. Algunos días sigo entrenando a los Wolves, y por las noches practico por mi cuenta. Tengo ampollas en los pies como nunca antes las había tenido, y las heridas están haciendo que cada día me duela más ponerme los patines. Los músculos de mi cuerpo arden con cada movimiento que realizo dentro y fuera del hielo, y tengo unas ojeras que jamás antes había visto en mi rostro. Y eso, sumado a que mi alimentación sigue sin ser la más adecuada, me convierte en una zombi humana.

—No puedo más. —Me planto, deteniéndome en seco—. Necesito comer algo.

—¿Para qué? —pregunta mi madre, que niega—. Repite la coreografía y después podrás comer. Y tú eras la que quería hacer un triple *axel.* —Suelta una carcajada—. Con esa actitud jamás lo lograrás.

Esta semana he vuelto a pedírselo en tres ocasiones, en ninguna me ha dejado terminar las frases. Llevo ensayando el triple *axel* en mi coreografía todo este tiempo y ya me sale a la perfección, pero no me deja mostrárselo. A estas alturas no necesito su aprobación, pero sigo buscándola porque de ello depende mi futuro.

Cuando por fin terminamos, voy a los vestuarios cojeando. Me quito los patines únicamente para ver que mis calcetines están llenos de sangre una vez más. Me levanto y voy al lavabo para empapar una toalla, fijándome en mi aspecto. Estoy demacrada.

Ya llevaba perdiendo algo de peso estos meses por culpa de la alimentación y el ejercicio extremo, pero esta semana lo noto más que nunca. Los pómulos se me marcan más que de costumbre, y algunas de mis mallas de deporte se me resbalan porque se me han quedado algo grandes. Brooke me lo ha dicho con sutileza, y sé que hasta Torres se ha dado cuenta por la forma en que me analiza cada noche, pero no ha comentado absolutamente nada.

Me limpio los pies con cuidado y me cambio todas las tiritas antes de calzarme las deportivas. Más tarde entreno a los Wolves, aunque el cansancio hace que no pueda centrarme lo suficiente. Estoy dando instrucciones cuando se me nubla ligeramente la vista y tengo que agarrarme a la primera persona que pillo, que resulta ser Jordan. Me mira con el ceño fruncido, y yo me suelto rápidamente.

—He perdido el equilibrio —me excuso, continuando con mi tarea. Él no comenta nada.

Esa noche, cuando Torres y yo estamos en la pista, me pasa lo mismo. Solo que esta vez no tengo en quién apoyarme, y me caigo al suelo tras un salto. En menos de dos segundos, Torres acude a mí y se agacha.

—¿Estás bien?

—Sí, mal aterrizaje —respondo.

—Una mierda, Sasha —bufa—. Llevas días que pareces una muerta viviente.

—No es verdad.

—Esta mañana te has mareado —reprocha. Jodido Jordan, chivato.

—Estoy bien.

—No lo estás.

—No es de tu incumbencia —le suelto, porque no necesito que me recuerde lo que ya sé. Queda menos de un mes para el ISSC, y esto es lo que hay. Tan solo tengo que asegurarme de dormir y comer correctamente los días previos a la competición.

—No seas estúpida —dice, pero yo le ignoro porque su preocupación por mí es algo con lo que no puedo lidiar ahora mismo—. No estás bien.

—Estoy perfectamente.

Al día siguiente apenas puedo mantenerme en pie. Después de mi entrenamiento, tenemos que decorar todo el pabellón para el evento del sábado, lo que nos lleva unas cuantas horas. Los Wolves juegan mañana, así que todo se queda listo hoy. Observo más tarde su entrenamiento con Dawson y hago tan solo un par de apuntes a alguno de los chicos. Por la noche, vuelvo al hielo.

Cada paso que doy hace que me dé un calambre por todo el cuerpo.

Torres no aparta la vista de mí a pesar de que yo intente ignorarle con todas mis fuerzas, y eso me pone nerviosa porque sé que puede ver a través de mi fachada, y sé que sabe lo que me ocurre ahora mismo, pero no dice nada.

Con cada salto y giro que realizo me encuentro peor y peor. Se me revuelve el estómago a pesar de no tener nada en él, y cuando termino la coreografía que estaba realizando siento que voy a vomitar. No, no lo siento. Voy a vomitar.

Tengo que salir a toda velocidad del hielo y correr con los patines puestos por el pasillo, intentando no matarme, para entrar en los vestuarios y llegar al váter a tiempo. En cuanto me arrodillo, echo todo. «Todo» resulta ser únicamente bilis ácida y lo poco que he comido hace unas horas. Se me escapan las lágrimas mientras vomito, y sollozo ligeramente cuando noto que alguien se arrodilla a mi lado y me acaricia la espalda con suavidad.

—No puedo recogerte el pelo porque llevas uno de esos peinados que te estrujan el cerebro —susurra Torres en un intento de tranquilizarme. No puedo evitarlo y río—. ¿Ya?

Asiento y me ayuda a incorporarme y llegar hasta el lavabo para lavarme la boca y toda la cara. Después me conduce hasta un banco y me obliga a sentarme. Yo estoy tan débil que me dejo hacer. Torres se quita sus patines y se calza las zapatillas antes de arrodillarse frente a mí y empezar a quitarme los míos.

—Estoy bien —consigo decir por fin—. Puedo hacerlo yo.

—Si te agachas a quitarte los patines estoy seguro de que vas a desmayarte, *princesa*, así que déjame a mí.

No protesto porque lleva razón. Observo cómo poco a poco me descalza, y coge aire con fuerza cuando ve mis pies. De nuevo, los calcetines tienen sangre por las heridas y ampollas que se habrán reventado.

—Eres increíble —me dice, y no en un buen sentido—. No te muevas.

Torres se pone en pie y vuelve unos minutos después con varias toallas mojadas, una seca y un botiquín. Se sienta a mis pies y me quita los calcetines. Yo no puedo hacer absolutamente nada más que mirarle embobada, ya que siento que todo me da vueltas y me duele hasta parpadear.

Retira las tiritas que se han despegado por culpa de la sangre, y comienza a limpiar las heridas con una de las toallas. Se me escapa un siseo cuando aplica antiséptico, él me agarra el pie con suavidad cuando mi intención es retirarlo, continuando con la curación.

—No tengo ni idea de cómo te mantienes en pie —reprocha con calma—. Ni siquiera yo los tengo tan destrozados.

No me sale la voz para responder, tan solo trago saliva y aprovecho que él está concentrado en limpiar mis heridas y taparlas con nuevas tiritas para contemplarle.

Diego Torres es el hombre más guapo que jamás haya visto. Lleva el pelo moreno despeinado por haber estado entrenando, lo que le da un aspecto desenfadado muy atractivo. El pequeño pendiente de su nariz solo le da más encanto, y el de la oreja le queda de maravilla. La barba oscura está perfectamente cuidada, como siempre. Solo puedo ver parte de sus tatuajes, ya que se ha remangado la sudadera un poquito nada más. Sus dedos, ásperos por los callos de jugar al hockey, acarician con cuidado mis pies cuando los venda por encima de las tiritas y me ayuda a calzarme las zapatillas.

Cuando esos ojos marrones se alzan para mirarme a la cara, aguanto un sollozo. No porque me duelan los pies, que lo hacen, sino porque me duele el alma. No comprendo en qué momento este chico ha conseguido tener tanto poder sobre mí. Me replanteo tantas cosas mientras nos miramos que me asusto y, aun así, llevo mi mano a su mejilla para acariciarla. Torres cierra los ojos unos segundos e inspira, apartándose después y poniéndose en pie.

—No juegues conmigo —me dice, y yo no soy capaz de responder una vez más—. Venga, te llevo a casa.

Me ayuda a ponerme en pie y coger mis cosas, se asegura de no soltarme ni un solo segundo desde los vestuarios hasta su coche. Antes de arrancar escribe a alguien con su móvil, y descubro a quién ha sido cuando se detiene frente a mi hermandad. Brooke está en la puerta y acude a por mí de inmediato.

—Voy a hacerte la cena y no quiero ni una sola queja —me dice, y yo asiento. Después mira a Torres—. Gracias, Diego.

Tan solo miro hacia atrás para ver cómo se mete en el coche y se marcha, dejándome hecha un lío y cansada en los brazos de mi amiga.

Me quedo dormida por la mañana. Cuando me despierto, tengo cuarenta y ocho llamadas perdidas de mi madre y treinta mensajes. Me he saltado nuestro entrenamiento y las clases. Estaba tan cansada anoche que no he escuchado la alarma, ni me ha alterado el ruido que siempre hay en esta casa teniendo en cuenta que vivimos doce personas. Madre mía.

Lo primero que hago es escribirle a mi amiga.

> **Yo**
> Me he quedado dormida.
>
> Me la voy a cargar.

Brooke
Te he intentado despertar y estabas en una dimensión paralela.

Descansa hoy, Sash.

Yo
Mi madre me va a matar.

Brooke
Te diría que le digas que estás enferma, pero seguro que le da exactamente igual.

Yo
Voy a llamarla.

Brooke: Suerte :(

Al primer timbrazo, mi madre responde.

—¿Se puede saber de qué vas, Aleksandra? ¿Dónde te has metido?

La verdad, me sorprende que no se haya presentado ella misma en la hermandad para buscarme. Si no lo ha hecho es porque sabe que montar un espectáculo ante las Kappa Delta no es lo más inteligente.

—Me he quedado dormida.

—¿Que te has quedado dormida? —Suelta un bufido—. ¿Se puede saber a qué hora te acostaste? No estarías entrenando otra vez por tu cuenta, ¿verdad?

—No —miento—. Solo estaba cansada.

—No puedes estar cansada —me reprocha con tono indignado—. El ISSC es en menos de un mes.

Inspiro hondo intentando decidir si merece la pena o no discutir. Decido que sí, ya que al menos por teléfono no puede abofetearme.

—Estoy cansada porque me llevas al límite, entreno demasiadas horas, duermo poco y no me alimento como debería.

—Te has vuelto una quejica, Aleksandra —responde—. Te quiero en el hielo en media hora.

—No.

379

—¿No?

—No. Hoy voy a descansar porque tengo los pies en carne viva y mañana es la exhibición del Festival de Hielo. Necesito que los pies dejen de sangrarme si quiero participar en el ISSC sin desmayarme en mitad de la pista.

—Alek…

—¡Y te repito que no me llames Aleksandra! —grito, y entonces cuelgo el teléfono, soltándolo en la cama como si ardiese.

Madre mía, madre mía, madre mía.

Acabo de gritarle a mi madre después de haberme vuelto a rebelar. Voy a morir. Mañana cuando me vea va a arrastrarme por el hielo y cortarme en pedacitos para después gritarle a mis restos lo mediocre e inútil que soy a sus ojos.

Llamo a Brooke al borde de un ataque de ansiedad. Sale de clase para cogerme el teléfono y tranquilizarme. Me dice que en cuanto termine esa clase vuelve a casa para pasar el día conmigo, aunque me niegue.

Y eso hace. Brooke se cambia de ropa para ponerse cómoda y las dos nos apalancamos todo el día en mi cama, algo que llevaba sin hacer… yo qué sé cuánto tiempo. Por la tarde sale del cuarto y yo aprovecho para buscar en mi ordenador el partido de los Wolves que está a punto de comenzar, hoy jugaban fuera de Keens.

—Lista —anuncia cuando vuelve, con un bol enorme lleno de palomitas.

Me echo a reír. Quiero mucho a mi amiga, aunque no se lo diga tanto como debería. Las dos nos volvemos a acomodar mientras el partido empieza y absorbe toda mi atención.

Los Wolves dominan el partido nada más comenzar, poseyendo el disco y esquivando al equipo contrario. John Adams está jugando como delantero extremo en lugar de Ameth que, aunque sea titular, parece ser que han reservado para la siguiente parte del partido. Nate, delantero central, le pasa el disco y John lanza a portería, pero el portero contrario lo detiene.

—¡Rapidez! —le grito a la pantalla, frustrada—. Buen tiro, John, pero hace falta más rapidez.

Brooke a mi lado ríe, pero no dice nada mientras se lleva un puñado de palomitas a la boca.

Me percato de que los reflejos de Lucas Armstrong, defensa, ya no son lentos. Con cada entrenamiento ha ido mejorando y en cada partido he visto el cambio, pero hoy puedo ver definitivamente que sus reflejos son casi impecables, a diferencia de hace unos meses, que eran lentos.

Ray Rogers, el portero, ha dejado de inclinar la cabeza hacia el lado que quiere cubrir, así que ya no es previsible e impide que el disco se le escape tantas veces como antes, haciendo un trabajo muy bueno como portero.

Los chicos van ganando, y en la segunda mitad del partido noto un cambio en ellos. Ya no solo van a ganar, sino a machacar al equipo contrario. Van a recuperar el partido perdido de la última vez.

La potencia de tiro de Nate ha mejorado una barbaridad, y tan solo falla un par de tiros, ya que los demás los marca de manera limpia. Y el control del cuerpo de Torres es envidiable. Si ya era bueno cuando empecé a entrenarle, ahora es imparable. Parece el rey de la pista con esos movimientos seguros, la forma en que se desliza como si supiese que hoy va a triunfar y nadie va a impedírselo. Y demuestra que así es. Sus frenadas son espectaculares, precisas. Se convierte en una flecha sobre el hielo, y calcula a la perfección cada movimiento. No hay ni rastro del Torres que se echó a llorar porque perdió un partido y no se veía capaz de liderar a su manada. La persona que está jugando ahora mismo es consciente de sus capacidades, y es feliz.

Meto la mano en el bol de palomitas de forma inconsciente y como un buen puñado sin importarme que vaya a dolerme el estómago más tarde. Necesito picar algo durante los últimos minutos del partido, donde Torres posee el disco. Esquiva a los defensas del equipo contrario con agilidad, patina hacia la portería y se detiene en seco justo a tiempo para lanzar el disco, despistar al portero y marcar gol.

Los Wolves ganan gracias al trabajo en equipo que han realizado, con muchos puntos de diferencia. Lo celebran en la pista con aullidos y el apoyo de quienes han ido a verlos.

—¡Sí! —grito yo, celebrando con ellos y llevándome más palomitas a la boca. Cuando miro a Brooke, su teléfono está apuntándome y ella sonríe con maldad. La señalo de forma amenazante—. Borra eso de inmediato.

—Ni hablar, bonita.

—Brooke.

—Tengo la prueba de que Sasha Washington ha disfrutado de algo más que el patinaje, no pienso deshacerme de ella. Pienso usar este video para recordártelo toda la vida y para demostrar que adoras a esos chicos y, en concreto, a su capitán.

—No adoro a nadie —protesto, y ella sonríe, señalando su teléfono.

—Las pruebas dicen lo contrario.

—Te prometo que como ese vídeo vea la luz, te mato.

—Aish, qué miedo das —se burla, y yo le lanzo unas cuantas palomitas a la cara.

No adoro a esos chicos, maldita sea, y mucho menos a su capitán.

CAPÍTULO 51
Sasha

El último evento del Festival de Hielo es una exhibición del equipo de patinaje y los Wolves. Al ser en sábado, se ha organizado una jornada de actividades durante todo el día. Antes de la hora de la comida, las patinadoras tendrán su momento de esplendor en el hielo. Después de comer, por la tarde, los Wolves jugarán entre ellos un pequeño partido, y más tarde las tres clasificadas del nacional realizaremos nuestras coreografías ganadoras.

Se ha invitado a Charlotte Solberg, que quedó segunda, y a Amelie Emerson, que quedó tercera. Charlotte viene desde Essex, un pueblo cerca de Burlington, y Amelie desde Bismarck, Dakota del Norte.

Hoy me libro de entrenar con mi madre porque tengo la suerte de que se ha ido a solucionar unos asuntos durante el fin de semana, aunque me ha dejado claro que no se me ocurra entrenar por mi cuenta, pero sí calentar e ir al gimnasio del pabellón para que no «se me atrofien los músculos». Me ha gritado una barbaridad de cosas por teléfono por el plantón que le di ayer y cómo la desafié, pero eso es problema de la Sasha de mañana.

El pabellón de patinaje está a rebosar, hay muchísima gente que ha venido a ver las exhibiciones, alumnos y profesores. Torres y yo damos un par de vueltas completas alrededor de la pista, por fuera, para comprobar que todo está en orden.

—¿Cómo te encuentras? —me pregunta mientras caminamos entre la gente que busca dónde sentarse.

—Bien —respondo, intentando no recodar lo vulnerable que me sentí hace dos días, cuando lo tenía arrodillado ante mí, cuidándome—. Gracias por lo del otro día.

—Deberías replantearte tus horas de entrenamiento, *mami*, no es normal cómo te encontrabas.

—Fue algo puntual —me defiendo.

—No, no lo fue. Deja de intentar engañarme a mí también como si no conociese ya tu estilo de vida.

—El ISSC está a la vuelta de la esquina, en cuanto haya pasado podré volver a la normalidad.

—¿Y qué normalidad es esa? —insiste—. Desde que te conozco lo único que haces es torturarte, Sasha.

Me detengo para mirarle a los ojos.

—El patinaje es mi vida.

—Y el hockey la mía —casi gruñe—. Y no por eso llevo mi cuerpo al límite ni soporto que me maltraten. Ya has visto lo mal que me ha ido extralimitándome, no hagas tú lo mismo.

Aparto la mirada cuando dice eso. Torres está al tanto de los abusos que sufro por parte de mi madre, pero también sabe que no puedo librarme de ellos hasta que ese maldito contrato llegue a su fin.

—No quiero hablar de esto.

—No quieres hablar de esto, no quieres hablar de lo nuestro… ¿Hay algo de lo que te gustaría hablar?

Frunzo el ceño, ante su reproche. «¿Lo nuestro?». Torres suspira y se pasa una mano por la cara, negando después.

—Lo siento, olvídalo.

—Ya.

Terminamos de comprobar todo y vamos a sentarnos donde están los chicos del equipo. Spencer, Morgan y Brooke también están ahí. Nos sentamos detrás de todos, en la fila que hay libre, y observo en silencio la exhibición que acaba de comenzar.

Miro a Valerie cuando llega su turno, aunque desvío la atención de ella a Roland Moore, que la mira a unos metros de nosotros. Cuando termina y sale, el entrenador Moore se inclina para decirle algo en el oído, y puedo ver cómo ella se tensa unos segundos antes de asentir y caminar junto a él. Estoy a punto de ponerme en pie cuando veo que no salen de la zona, si no que se sientan en las gradas con los demás alumnos de Moore.

Una mano se posa sobre mi muslo, y alzo la vista de inmediato. Torres se inclina ligeramente hacia mí para susurrar.

—Tranquila. Si vemos algo raro, vamos detrás de ellos. Pero juntos, ¿vale? —asiento—. Juntos, *princesa*, no se te ocurra hacer esto sola.

A pesar de que vuelvo a asentir, y su atención está de nuevo en la pista, no retira la mano de donde la ha colocado. Siento el calor que irradia a través de las medias, ya que llevo vestido, y no puedo pensar en otra cosa que no sea en su palma tocando mi muslo. En todo lo que me hizo cuando estábamos en su cama. La mano de Torres aprieta ligeramente mi pierna, y yo la miro para ver cómo esos dedos largos me acarician como quien no quiere la cosa. Me remuevo cuando un escalofrío recorre todo mi cuerpo, y escucho una pequeña carcajada a mi lado.

—¿Todo bien, *mami*? —susurra con esa voz cautivadora.

—Todo perfecto —respondo con el mismo tono.

Pero Diego Torres no se conforma con lo que sea a lo que está jugando, porque desliza la mano a lo largo de toda la parte superior de mi pierna. Llega a la rodilla, la acaricia y vuelve al muslo en un bucle desesperante.

Agradezco que las personas más cercanas a nosotros estén a unos cuatro o cinco asientos de distancia, y que nuestros amigos en la fila de abajo estén concentrados, o bien charlando, o bien mirando el espectáculo, porque así puedo disfrutar de esta sensación sin que nadie se dé cuenta de que lo estoy haciendo. Nadie, excepto él.

—No me gustaría que esto se convirtiese en un error —murmura entonces, y se reclina en el asiento. Alzo la vista para mirarle a los ojos, que arden de intensidad de la misma manera que lo hace todo mi ser.

—¿Qué?

—Esta atracción incoherente que hay entre nosotros —susurra, y entiendo sus palabras al momento, ya que fui yo quien las dijo cuando decidí ponerle freno a todo esto— no tiene sentido.

Y dicho eso, aparta su mano. Siento un vacío de golpe, como si me hubiese arrancado una parte de mi cuerpo. Tengo que apretar los dientes para contenerme, pero entonces sonríe burlonamente, y le espeto.

—Te odio.

—No lo dudo.

Charlotte Solberg y Amelie Emerson llegan a Keens a la hora de comer, y somos Torres y yo quien nos encargamos de recibirlas y acompañarlas a comer.

—Sasha, no tuve la oportunidad de felicitarte como es debido —me dice Charlotte cuando acudimos a su encuentro—. Estuviste espléndida.

—Tú también —respondo de vuelta, y su sonrisa es sincera cuando la felicito, cargada de sorpresa como la primera vez que la elogié. Después miro a Amelie—. Y tú, Amelie. Enhorabuena a las dos.

—Yo soy Diego Torres —se presenta entonces mi acompañante. Charlotte le mira unos segundos fijamente antes de responderle.

—¿Sasha me acaba de felicitar? —oigo que le susurra Amelie a Charlotte, con sorpresa y creyendo que no la escucho. Ella ríe por toda respuesta.

Los cuatro nos dirigimos hacia el Mixing House haciendo un rápido tour por el campus. Torres es el guía, yo me mantengo a su lado en silencio mientras explica qué es cada edificio y alguna que otra anécdota, como cuando en primer curso él y los otros dos estúpidos se pillaron tal borrachera que amanecieron tirados en el césped, junto a la estatua del fundador de Keens.

Nos sentamos y pedimos la comida, yo agradezco que Torres sea tan sociable porque así yo no tengo que serlo, tan solo asentir de vez en cuando o comentar algo para no parecer maleducada. Además, estar en silencio me permite observar con atención. Y no se me pasa por alto la manera en que Charlotte mira a mi compañero.

—¿Y tú qué estudias, Diego? —le pregunta con una sonrisa encantadora, con sus labios pintados de rosa.

—Gestión Deportiva —responde y sonrío levemente cuando noto la manera en que lo dice, con orgullo, feliz—. Pero estoy intentando llegar a ser jugador de hockey profesional.

—Qué bien —sigue ella—. ¿Y tienes hermanos?

—Tres hermanas. Una melliza y dos pequeñas.

—Así que eres el hombre de la casa. —La forma en que lo dice, inclinando la cabeza ligeramente hacia un lado me molesta. No sé por qué, pero lo hace—. Yo tengo una hermana mayor, pero está en Noruega. Me siento muy sola sin ella. Especialmente desde que corté con mi novio.

—Vaya, no me digas que estás soltera.

Puaj. Suelto un resoplido y Torres me mira con una ceja enarcada, pero yo le ignoro. Se pasan toda la maldita comida tonteando. Amelie y yo los miramos alternativamente como si fuese un partido de tenis, las dos con la misma cara de asco. No me puedo creer que Torres esté tonteando tan descaradamente con ella estando yo delante. Es decir… Que no es como si se tuviese que cortar, a mí me da igual. Que haga lo que quiera, vaya. Es solo que… Suelto un bufido, porque no comprendo qué narices le pasa a mi mente, por qué me tiene que afectar lo que haga.

—¿Te pasa algo, Sasha? —me pregunta Torres, y entonces me doy cuenta de que han oído el bufido.

—Nada, cosas mías. Deberíamos irnos ya —comento, interrumpiendo una conversación entre ellos que de verdad que no quiero oír.

—Es cierto.

El muy cretino se ofrece a llevar la bolsa de Charlotte, que se la da con una pequeña risa. Nos dirigimos hacia el pabellón y nos dirigimos hacia los vestuarios.

—Tu bolsa. Nos vemos ahora —se despide Torres, y le guiña un ojo a Charlotte. ¿Es en serio? Siento una punzada en el pecho que me hace chistar, por lo que me largo, entrando en el vestuario. Amelie y Charlotte me siguen poco después.

—Qué bien me ha caído Diego —dice ella—. ¿Desde hace cuánto sois amigos, Sasha?

—No lo somos —escupo. Desde luego, ahora mismo no lo considero mi amigo, estoy demasiado molesta.

—Ah. Pues es fantástico.

«Ya lo sé», quiero decirle, pero me muerdo la lengua con cuidado de no envenenarme.

Nos cambiamos para la exhibición, repartiéndonos por el vestuario aunque las patinadoras estemos más que acostumbradas a vernos desnudas, patinadores incluidos. Yo me pongo un traje negro, elegante con aberturas en mis caderas y brillos por todos lados. Me hago una trenza que recojo en un moño, y me maquillo ligeramente.

En el momento en que salimos del vestuario, los Wolves también lo hacen del suyo, con sus equipaciones ya preparadas para su partido ficticio.

—¡Sasha! —Peter se detiene frente a mí, quitándose el casco—. Ala, qué guapa estás. Mirad, chicos, hoy sigue teniendo la misma cara de mala hostia que últimamente, pero su ropa brilla un montón.

—Te doy dos segundos para desaparecer de mi vista —le digo, y los chicos sueltan una carcajada.

—Ya nos lo llevamos —dicen algunos, tirando de él. Yo no puedo evitar sonreír un poquito también con diversión. Hasta que Torres se detiene frente a mí, y mi sonrisa se esfuma.

Lleva su equipación de hockey al completo, la azul, y el casco en la mano. Me mira de arriba abajo de la misma forma que siempre y, esta vez, me siento desnuda. Alzo la barbilla para que no note el efecto que tiene en mí, y la comisura derecha de sus labios se alza ligeramente.

—Pareces una bola de discoteca —se burla.

—Y tú, un saco de boxeo.

Torres ríe y debo de estar muy sensible hoy, porque ese sonido me produce un cosquilleo en el estómago que me cabrea más de lo que estoy. Y más me cabrea aún no saber por qué narices estoy enfadada. Joder.

—Qué bien te sienta la equipación —dice entonces Charlotte tras de mí. Me aparto aguantando un resoplido. No me cae mal, ella es genial, pero hoy me está molestando todo lo que sale por su boca.

—Y tú estás muy guapa, *preciosa* —le responde él. Algo en mí chilla por dentro de frustración cuando le habla en español de esa forma seductora.

No quiero seguir escuchando esta conversación, así que me abro paso entre los chicos y cruzo el pasillo en dirección a la pista. Tomo asiento junto a Brooke, Spencer y Morgan. Charlotte y Amelie se nos unen minutos después.

Una de las chicas de patinaje es la encargada de anunciar por megafonía que el partido de los Wolves está a punto de comenzar. Les invita a entrar en la pista, y el público vitorea. Los chicos se dividen en dos equipos, unos con la equipación azul y otros con la gris.

Me insulto a mí misma por estar demasiado pendiente del número 22 durante todo el partido en lugar de prestar atención a cada jugador para corregir errores más adelante. Es el equipo del capitán de los lobos el que gana el juego, como no podía ser de otra forma.

Los chicos se despiden mientras salen del hielo. Torres levanta su camiseta para secarse el sudor de la cabeza, dejando a la vista sus abdominales. Joder. No debería estar pensando en lo bueno que está, maldita sea. Lo odio. Pasa por nuestro lado y se da cuenta de que le estoy prestando atención, por lo que su sonrisa de triunfo pasa a ser de orgullo, y yo pongo los ojos en blanco. Todos se van hacia los vestuarios, y los encargados de preparar la pista lo hacen, dejando un margen para que los chicos se cambien de ropa y puedan estar presentes en las exhibiciones finales. La gente aprovecha para tomarse un descanso.

Cuando llega el momento, Amelie, Charlotte y yo nos colocamos a los pies de la pista. Es Amelie quien empieza, ya que quedó tercera en el nacional. Hace la misma coreografía que en el programa libre, recibiendo vítores al finalizar. Después va Charlotte, que es impecable sobre el hielo, elegante y con buena presencia. Todo el mundo le aplaude al finalizar. Llega mi turno y caigo en que es la primera vez que voy a patinar frente a un público sin mi madre presente. Sería el momento ideal para llevar a cabo una de mis coreografías, pero no lo hago porque lo acordado era realizar la del nacional. Hay prensa grabando, no puedo arriesgarme a formar un escándalo a las puertas del ISSC.

Mi mirada se clava involuntariamente en Torres, sentado ahora en primera fila junto al equipo, cuando me coloco en el centro de la pista. Empiezo a moverme, sabiendo que su atención está sobre mí, y eso me llena de satisfacción. Nuestros ojos se encuentran más de una vez mientras vuelo por el hielo, contenta de poder patinar de nuevo con algunos de mis movimientos. Sin embargo, cuando termino, de nuevo en el centro, esos ojos marrones ya no están sobre mí. Torres se ha puesto en pie y está apoyado en la pared lateral de las gradas, con Charlotte a su lado. Los dos están hablando y riendo, y yo de repente veo todo rojo. Noto una furia en mí que no sé de dónde sale, y el corazón me va a mil por hora.

Me molesta, me molesta muchísimo que estén tan cerca, que estén riendo juntos. Me dirijo hacia el exterior de la pista sin quitarles el ojo de encima, y veo cómo Charlotte toca el brazo de Torres de manera coqueta. ¿Por qué le gusta, maldita sea? Quiero decir… Joder. Es normal que le guste. Torres es un maldito dios griego. Está guapísimo con esa camiseta del equipo y el pantalón de chándal gris que tanto me gusta. Tiene una sonrisa espectacular, esos ojos penetrantes… Y una personalidad arrolladora. Es completamente normal que a Charlotte le guste, pero ¿por qué tiene que gustarle?

Si tan solo a él no le gustase ella de vuelta… Pero eso es imposible. Charlotte es adorable, con esos rizos castaños y sus ojos oscuros. Es amable, simpática y una gran patinadora. No me extraña que a Torres también le guste ella, no puedo culparle. Pero a mí me molesta.

Y cuando salgo de la pista y me acerco adonde están, me tiemblan las manos de la rabia.

—Me encantaría acompañarte a los vestuarios, Diego —oigo que le dice Charlotte con sensualidad.

No puedo evitarlo, suelto un bufido y empujo a Torres con el hombro cuando paso por su lado, haciendo que me mire con el ceño fruncido. Lo ignoro y salgo. No me detengo hasta llegar a los vestuarios. Lo primero que hago es quitarme los patines y calzarme las zapatillas. Después, suelto un pequeño grito de rabia y empiezo a pasear por toda la estancia.

¿Por qué? ¿Por qué, por qué, por qué? ¿Por qué me siento así? No debería estar enfadada, fui yo quien le dijo que debíamos olvidarnos de lo que había sucedido, soy yo la que siempre le dice que no somos amigos. Soy yo la que le dijo que todo fue un error, una estupidez.

Soy yo la que mintió como una bellaca.

Me llevo las manos a la cara con frustración, porque no quiero estar sintiendo esto, no quiero tener que aceptar lo que todo mi cuerpo intenta decirme desde hace tiempo. No puedo.

—¿Qué narices ha sido eso? —escucho tras de mí. Me giro de inmediato para ver a Torres cerrar la puerta tras él con pestillo.

—¿El qué? —pregunto con desinterés, fingiendo que no ha pasado nada y que no estoy a punto de entrar en crisis por tenerlo frente a mí cuando mi cabeza está hecha un lío.

—No te hagas la tonta, *mami*, sabes bien de qué hablo.

Esa palabra, esa maldita palabra.

—¿Por qué no te vas? Estoy segura de que Charlotte te está esperando en los otros vestuarios, Diego.

Me regodeo pronunciando su nombre, como si fuese una palabrota. Él lo nota y suelta una risa falsa.

—Así que es eso. —Camina hacia mí lentamente y abre los brazos—. Estás celosa.

—¿Celosa? Por favor. —Mi voz ha sonado tan aguda que me ha delatado.

—Estás insoportable desde que Charlotte y Amelie han llegado. No sabía qué te pasaba hasta que me has llevado por delante hace unos minutos. Tan solo necesitaba asegurarme de que llevaba razón.

—No sé de qué me hablas, deja de decir estupideces.

—Deja de tomarme por tonto, Sasha. —Su voz es dura y firme mientras sigue acercándose adonde estoy. Yo retrocedo un par de pasos para poner distancia entre nosotros.

—Me voy.

—Te aseguro que no vas a irte de aquí hasta que hablemos.

—No tenemos nada de lo que hablar.

—¿Quieres dejar de portarte como una niñata? —espeta, alzando la voz, yo me quedo paralizada en el sitio porque su expresión es de puro enfado, y creo que nunca le había visto mosqueado por nada—. He respetado tu decisión de no hablar de lo que pasó, he hecho como si nunca hubiese sucedido, y mantengo la compostura cada día a pesar de que me sigues mirando de esa forma. Pero lo de hoy ha colmado el vaso. ¿Qué narices pasa contigo, Sasha?

Quiero volver a mentirle y decir que no me pasa nada, pero sus ojos me taladran, me analizan con cada paso hacia mí que da como si fuese un lobo cazando. Y eso debe trastocar mi mente aún más, porque digo:

—Nunca has tonteado conmigo así.

Su risa es incrédula y se detiene donde está, en mitad del vestuario, mientras que yo estoy cerca de la pared.

—Llevo haciéndolo desde el primer día —confiesa—. Al principio era únicamente para molestarte, pero sabes perfectamente que hace mucho tiempo que es en serio.

—No es verdad.

—Piensa lo que te dé la gana, *princesa*. De todas formas, ¿qué más te da? —Vuelve a dar un paso adelante, yo no me muevo—. ¿Qué pasa si tonteo con Charlotte o cualquier otra? ¿Hay algún motivo por el que no debería hacerlo?

No respondo. Si digo que no, estaría mintiendo y él lo sabría de inmediato. Si digo que sí, estaría cediendo a esa voz de mi cabeza que me dice lo que está pasando, pero yo no quiero creerla.

—¿Te ha comido la lengua el gato? —se burla, volviendo a dar un paso hacia mí.

—No tengo nada que decir —protesto.

—No vas a decirme qué es lo que narices te ocurre, ¿no? —Un paso más.

—No. —Retrocedo.

—No voy a volver a preguntar, Sasha. ¿Qué pasa contigo? ¿A qué ha venido lo de antes? —Otro paso. Retrocedo una vez más, y entonces mi espalda choca con la pared. Torres se planta frente a mí y me acorrala con su cuerpo.

—No quiero hablar.

Diego Torres ha llegado a su límite o, más bien, yo he acabado con su paciencia. Su cuerpo aprisiona el mío contra la pared, y da un golpe no muy fuerte con la palma de la mano junto a mi cabeza. Contengo la respiración cuando esos ojos me observan con una ira que también me cabrea a mí, porque si alguien tiene que estar molesta soy yo por estar sintiendo todas estas cosas sin sentido.

—Nunca quieres hablar —dice—. Me pides que olvide que follamos, que no volvamos a hablar del tema. Y yo lo hago a pesar de que me muero por repetirlo desde aquel día. —Ahogo un suspiro—. Tu pista ya está arreglada y aun así vienes a la mía a entrenar cada noche sabiendo que yo voy a estar ahí. Me dices que eres un ligue más, pero me defiendes delante de tu madre y toda esa gente como si fuésemos más que eso. —Aguanto su mirada como una campeona a pesar de que estoy temblando como un flan—. Me alejas de ti porque te quieres centrar en el patinaje, porque soy una distracción, pero te pones celosa si tonteo con una tía, te pones de mal humor y hasta me empujas. —Se le escapa una pequeña risa que hace que desvíe la atención a sus labios durante unos segundos. Esos malditos labios traicioneros—. No hay quien te entienda, eres una *pobre diabla* que está jugando con mi mente, y no sé hasta cuándo voy a poder soportarlo.

Quiero empujarlo para apartarlo de mí, pero también quiero agarrarle de la camiseta para pegarlo más a mi cuerpo. Quiero cruzarle la cara por ponerme en esta situación, pero también quiero besarle por haber despertado en mí sentimientos que creía no poder sentir. Quiero gritar, quiero huir y quiero quedarme, todo al mismo tiempo.

—Tengo curiosidad por la forma en que me odias —prosigue al ver que no respondo. Coloca un dedo en mi frente y la acaricia con cuidado, empezando a bajar por el lateral. Toca mi mejilla, mi nariz, siguiendo el recorrido de sus dedos con los ojos. El corazón se me va a salir del pecho, la respiración se me acelera y noto un hormigueo en determinadas zonas de mi cuerpo que hace que sienta que voy a perder la cordura de un momento a otro—. Cuando nos besamos dijiste que creías que ibas a odiarme.

—Y te dije que lo hacía —consigo decir, recordando nuestra conversación. Torres asiente y su dedo roza mi mentón. Después sube y toca mis labios descaradamente. No tengo ni idea de qué se apodera de mí, pero los abro ligeramente y él aprovecha para acariciarlos con parsimonia. Un tirón en el vientre hace que me atreva a ir más allá, y muerdo su dedo. Torres sisea, y ese jodido sonido hace que todo mi cuerpo reaccione.

Estoy excitada. Y por la forma en que él se aprieta más contra mí, sé que también lo está.

—Pero no en la forma que querías —me recuerda—. Dime, Sasha, ¿de qué forma me odias?

Su dedo toca mi lengua y a mí se me escapa un gemido que debería avergonzarme, pero no lo hace. Lo único que pienso ahora mismo es en las ganas que tengo de que ese dedo, todos sus dedos, toquen otra parte de mi cuerpo.

—Te odio por hacerme esto —mascullo, una mezcla entre rabia y deseo. Torres desliza su mano hacia abajo, pasándola por mi cuello y apretándolo ligeramente antes de bajar por mi pecho. Se me pone la piel de gallina cuando deja la mano quieta entre mis pechos, porque lo único en lo que estoy pensando es en las ganas que tengo de que los agarre con fuerza—. Te odio por hacerme temblar.

Se inclina hacia adelante y susurra:

—Sigue.

Y sigo.

—Te odio por excitarme. —Ríe ligeramente y posa sus labios en mi barbilla, haciéndome suspirar. Los desliza hacia abajo, por mi cuello, yo alzo la barbilla para facilitarle el trabajo. Un jadeo se escapa de mi boca cuando noto su lengua, húmeda y cálida, en mi cuello—. Te odio por hacerme desearte. —Me da un pequeño mordisco y tengo que agarrarme a su pecho para no caerme, ya que mis piernas son pura gelatina—. Te odio por hacerme pensar que puede haber algo más en mi vida que el patinaje. —Torres se detiene unos segundos antes de continuar, lamiéndome con lentitud—. Te odio por haberme enseñado qué se siente cuando te recuerdan que estás viva. —Un nuevo mordisco por su parte, un nuevo gemido por la mía. Sus manos vuelven a empezar a acariciar todo mi cuerpo, y la mente se me nubla—. Te odio por…

No me permite terminar. Sus labios se estampan contra los míos, silenciándome.

De repente, toda la lentitud con la que estaba actuando desaparece. Torres agarra las manos que tengo posadas en su pecho con la suya, y me alza los brazos por encima de la cabeza, haciéndome su prisionera. Su boca devora la mía con un hambre voraz, y gime.

Dios mío.

El beso es húmedo y sucio porque Torres no me está besando, me está devorando. Yo le beso de vuelta, pero es él quien tiene todo el control sobre mí, y no tengo intención de arrebatárselo porque ahora mismo ni siquiera soy capaz de pensar con claridad.

Me revuelvo bajo su agarre mientras nuestras lenguas chocan, y él se pega más a mí. Gimoteo cuando noto su erección pegada a mi cuerpo, y él sisea cuando vuelvo a moverme, friccionando así su cuerpo y el mío.

Torres muerde mi labio inferior antes de romper el beso y mirarme a los ojos. Los suyos brillan con deseo y eso me enloquece. Me relamo los labios, removiéndome con lentitud para seguir rozándonos. Él se acerca para lamerlos sin miramientos, volviendo a separarse.

—Estás jodidamente sexy con ese traje —murmura, y yo sonrío con altivez.

—Y tú estás increíble con la camiseta del equipo —respondo de vuelta, y me armo de valor—. Pero estarías mejor sin ella.

—Quítamela.

No tiene que pedirlo dos veces. En cuanto me suelta las manos, las llevo hacia él. Acaricio su cuerpo por encima de la ropa, y después bajo hasta el dobladillo de la camiseta para subirla. Se la quito y la dejo caer al suelo porque necesito tocar esos abdominales con urgencia. Su piel morena contrasta con la de mis manos cuando las paso por todo su cuerpo. Los tatuajes de sus brazos me saludan una vez más, yo recorro la tinta con lentitud, fascinada.

La forma en que me mira hace que la lujuria se intensifique, así que esta vez soy yo quien le besa a él, atrayéndolo por la nuca. Me separo para tomar el control y empujarle para que empiece a retroceder. Cuando la parte trasera de sus rodillas tocan el banco, comprende lo que quiero y se sienta. Yo me siento a horcajadas sobre él, que me agarra por el culo para pegarnos. Mi sexo roza su erección y siento mil calambres por todo el cuerpo, así que me lanzo de nuevo a su boca. Torres suelta un sonidito que me vuele loca cuando le beso de la misma manera que él. Sus manos acarician todo mi cuerpo por encima del traje de competición, y yo empiezo a moverme sobre él de manera casi inconsciente. Es mi cuerpo quien busca estar en contacto con el suyo, pero soy yo la que suspira cuando le noto de nuevo en mi zona más sensible.

Diego Torres podría follarme ahora mismo si quisiera. Otra vez.

Aceptar eso es lo que me lleva a armarme de valentía y levantarme de su regazo a pesar de sus protestas. Cuando me arrodillo frente a él, intenta ponerme en pie de nuevo.

—Sasha —dice, pero yo niego.

—Quiero hacerlo.

—No t...

—Por una vez, Diego, cállate —le ordeno, llevando mis manos a la cintura de su pantalón. Él sonríe y alza las manos en señal de rendición, sin oponer ningún tipo de resistencia cuando tiro hacia abajo de los pantalones y la ropa interior.

Ahogo una exclamación cuando su miembro queda expuesto, grande y duro por mi culpa. Quizá debería decirle que no he hecho esto nunca. Que mi experiencia sexual ha consistido en unos cuantos polvos rápidos porque hasta eso me parecía perder el tiempo, hasta que vino él. Sin embargo, para sorpresa de nadie, no me apetece hablar. Así que me dejo llevar.

Su polla en mi mano es suave y está caliente, como cada rincón de mi piel. Torres gime cuando empiezo a masturbarle, yo no puedo dejar de mirarle la cara mientras lo hago. Sus ojos se clavan en los míos y se muerde el labio inferior, haciendo que el deseo que siento por él se incremente. Ser consciente de que le estoy dando placer me vuelve loca. Y por eso quiero más. Ya tendré tiempo de arrepentirme más tarde, si es que lo hago.

Inclino mi cabeza hacia adelante y le escucho coger aire.

Cuando paso mi lengua por toda su longitud, sisea lentamente. Después, me la meto en la boca y comienzo a hacerle una mamada.

—Oh, Dios —murmura, llevando una mano a mi cabeza y reclinándose en el banco—. Cuidado con los dientes —susurra cuando le rozo sin querer con ellos.

Me aparto un segundo únicamente para pedirle:

—Guíame.

Torres parece comprender de inmediato por qué se lo pido, porque asiente. Vuelvo a introducirme su miembro en la boca, y dejo que me guíe tal y como le he pedido. Su mano en mi cabeza es la que me indica cuándo subir y bajar. Su otra mano se cierra alrededor de la mía, que sujeta su polla, y comienza a masturbarse en mi boca con mi propia mano.

Cada vez que su miembro roza el interior de mis mejillas o el cielo de mi boca, gimo sin poder evitarlo. Madre mía, estoy excitada a más no poder. Noto mi ropa interior húmeda, y siento calambres en mi vagina que tengo que calmar apretando las piernas. Jamás imaginé que hacer esto pudiese ser tan satisfactorio para la persona que lo hace, pero así es. Estoy disfrutando de la misma manera que lo está haciendo él.

Torres gruñe de forma ronca y sus dedos en mi cabeza se vuelven firmes. Mis labios parecen estar en el lugar que debían haber estado hace tiempo, y juego con mi lengua en la medida de lo posible.

—Madre mía, *mami* —suspira—. Mírame. Por favor, mírame.

Eso hago.

Su mirada está nublada y su expresión es de puro placer. Tiene los labios entreabiertos mientras pequeños jadeos se escapan de entre ellos. Me vuelvo loca cuando su cuerpo empieza a temblar, y yo me uno a sus gemidos de placer.

—Voy a correrme —dice, y me obliga a apartarme. Me relamo los labios mientras él se masturba aún dirigiendo mi mano. Un gran espasmo sacude su cuerpo, y vuelve a gruñir en el momento en que se corre en su vientre—. Joder.

Joder. Eso digo yo. Joder.

Torres mira a su alrededor y sé lo que busca, así que cojo una pequeña toalla que hay dentro de mi bolsa, a su lado. Se la doy y se limpia a conciencia antes de ponerse en pie, subirse la ropa y tirar de mí. Me besa, y su mano va hacia mi centro. Cuando me toca, suspiro en su boca.

—Es mi turno —susurra—. Voy a hacer que te corras otra jodida vez.

Asiento. Estoy deseando sentirle en mi interior de todas las formas posibles, que me diga guarradas al oído mientras cumple mis fantasías recientes.

—Tengo que quitarme el traje entero —explico.

Pero, cuando voy a hacerlo, alguien llama a la puerta.

—¡Sash! —Es la voz de Brooke—. ¿Estás ahí?

—Shhh —me dice Torres, colocando un dedo en mis labios—. Deja que se vaya.

—Si estás con mi supercuñado, que sepáis que la señorita Porter os está buscando para hablar con vosotros. —Vuelve a llamar—. No quiero preguntar por qué habéis cerrado el pestillo. Bueno, en realidad sí quiero, pero como vivimos juntas ya me lo contarás luego. Siento cortaros el rollo, pero es que además la gente está empezando a irse y los lobitos y vuestras dos invitadas vienen hacia aquí.

Suspiro, dejando caer la cabeza hacia atrás. Todo el fuego que había a nuestro alrededor se acaba de extinguir de golpe.

—Ya salimos.

La oigo reír.

—Vente conmigo a casa —me dice Torres—. Terminemos lo que hemos empezado.

—¡Ni hablar! —grita Brooke desde el otro lado—. ¡Me prometiste ayudarme con mis diseños esta noche! Lo siento, Dieguito, sabes que te adoro, pero vais a tener que esperar a mañana.

—Brooke, ahora mismo me pareces un grano en el culo —protesta él, pero suspira resignado. Vuelve a mirarme y me señala—. No vas a escaparte de una conversación después de esto.

—Me lo imaginaba.

—¿Te veo mañana, o vas a huir, *princesa*?

—Me ves mañana, *volk*. No seas dramático.

—Contigo nunca se sabe.

Pongo los ojos en blanco y él me besa. Correspondo antes de que tengamos que separarnos, con un suspiro abatido.

—Ha sido increíble —me susurra, depositando un beso en mi cuello—. Espero que lo hayas disfrutado.

—¿No me conoces? ¿Cuándo he hecho algo por amor al arte? —respondo—. He disfrutado, Torres, te lo aseguro.

—Bien.

Me da un último beso antes de coger la toalla sucia, hacer una bola con ella para llevársela y abrir la puerta. Brooke está ahí, con una sonrisa de oreja a oreja.

—Ahora mismo me caes muy mal —le dice, pero ella señala la entrada como toda respuesta. Los chicos vienen por ahí—. Solo un poco.

—Claro que sí, guapetón.

Torres me guiña un ojo antes de dirigirse a su vestuario, y entonces Brooke me arrastra con ella de nuevo hacia el mío.

—Vas a contarme todo con pelos y señales —dice, yo resoplo—. Por la cuenta que te trae, Sasha, espero que no omitas ni un solo detalle.

—Luego en casa —respondo—. ¿Yo tenía que ayudarte con tus diseños?

—Nop. —Se encoge de hombros—. Pero sabía que de un momento a otro ibas a entrar en pánico, así que he decidido rescatarte antes de que montases un numerito con él por comerte la cabeza.

La miro de hito en hito, parpadeando sin poder creerlo. De repente, estallo en carcajadas. No me puedo creer que mi amiga me conozca tan bien.

—Te quiero —le digo, abrazándola, y ella se queda rígida. Me aparta y me mira a los ojos con el ceño fruncido.

—Ahora sí que estoy preocupada. Cámbiate y vámonos a casa, necesito saber qué te ha hecho ese hombre para que esas palabras salgan de tu boca.

CAPÍTULO 52
Torres

Riley me abre la puerta y resopla cuando me ve.

—Vengo a ver a Sasha —le digo y, sin esperar una invitación, la esquivo y entro en la enorme casa.

—Qué bajo has caído —intenta burlarse—. Aunque no sé de qué me sorprendo, al final la basura se junta con la basura.

—No te entiendo cuando hablas —le digo en español, dirigiéndome hacia las escaleras. No sé cuál es su habitación, pero tampoco es difícil adivinarlo. Todas las puertas tienen adornos y recortes, la suya tan solo tiene un vinilo de unos patines. Llamo con los nudillos tres veces.

—¿Quién es? —pregunta al otro lado.

—*Papi* Torres —bromeo—. Traigo el desayuno.

Abre y alzo la bolsita que traigo en la mano con dos cafés y un par de rosquillas, ella ríe.

—¿Qué haces aquí? —pregunta, pero me invita a pasar. Lleva puesto su outfit habitual: mallas de deporte azules y una sudadera a juego.

La habitación es amplia y minimalista. Hay una gran cama en el centro con sábanas blancas, y un escritorio a la derecha con un ordenador, un par de archivadores y un lapicero. Tiene una estantería llena de trofeos y medallas, y esa es toda la decoración.

—¿La verdad? Tenderte una emboscada. No me fiaba de que volvieses a huir antes de hablar.

—No tenía pensado huir —reprocha, y se sienta en el borde de la cama. Yo voy junto a ella y le doy la bolsa del desayuno. Echa un vistazo dentro—. Nunca me he comido una rosquilla.

—Lo suponía, por eso he traído dos sabores distintos, a ver cuál te gusta más.

Me mira con sorpresa antes de sacar un de las rosquillas, la de glaseado. La analiza como si fuese la cosa más rara del mundo, y le da un bocado. Sasha gime al masticar y ese maldito sonido hace que me excite, recordando los de ayer.

—No sabes cómo me gustaría que tu boca estuviese en otro sitio en lugar de ahí, *princesa* —suelto sin más, y ella se atraganta. Tose un par de veces y se le encienden las mejillas. Sonrío con satisfacción—. Cómo me gusta provocar eso.

—Si me ahogo y muero sí que no vamos a hablar de nada —protesta cuando consigue aclararse la garganta.

—Pues vamos a hacerlo antes de que mueras —asiente y yo nos señalo—. Esto. Nosotros. ¿Qué es? ¿Qué hay?

—Le estás haciendo esa pregunta a una persona que, por si se te ha olvidado, no tiene ni idea de cómo socializar. No sé manejar ningún tipo de relación con las personas, Torres.

Eso quiere decir que voy a tener que ser yo quien lleve el rumbo de esta conversación, aunque esté igual de perdido que ella.

—Vale. —Cojo uno de los cafés y doy un sorbo antes de continuar. Sasha me ofrece de la rosquilla que está mordiendo, así que doy un bocado mientras pienso—. Está claro que tú estás centrada en el patinaje, quizá demasiado, y yo en el hockey y en mil cosas más. Tú me consideras una distracción —Sasha se encoge ligeramente de hombros, bebiendo—, y yo podría pensar lo mismo de ti. Pero a mí todo lo que ha pasado entre nosotros no me ha parecido una distracción, *mami*. —Alza la vista y nos miramos fijamente. Sus mejillas vuelven a sonrojarse—. No se puede negar la química que hay entre nosotros.

Sasha no responde, así que me imagino que está de acuerdo conmigo, o si no protestaría. Está claro que no sabe cómo manejar la situación, me sorprende que ayer fuese tan sincera mientras besaba su cuello y la acariciaba.

—Nos atraemos, de eso no hay duda —continúo—. Y pasamos mucho tiempo juntos. Ahora que ha terminado el Festival de Hielo, quizá podríamos invertir ese tiempo en nosotros.

—Ahora que ha terminado el festival, ese tiempo lo necesito para prepararme para el ISSC —responde.

—Si dedicas un minuto más al día a entrenar, vas a terminar en un hospital, Sasha.

—Qué exagerado eres.

No, no lo soy. Pensaba que yo era exigente hasta que la conocí a ella. No está mal volcarse en tu pasión, pero la veo día tras día darlo todo de una forma en la que no disfruta, obedeciendo a su madre y perdiendo la salud por el camino. Sus pies están destrozados, su alimentación es insuficiente, y cualquier día va a terminar ingresada por sobrepasarse. Pero sé que da igual cuántas veces se lo diga yo o se lo diga Brooke, es ella misma la que tiene que poner límites.

—Mira... —continúa, y veo que va a levantar el muro de nuevo entre nosotros de un momento a otro—. No tengo ni idea de qué hacer, ¿vale? Ni siquiera estoy segura de querer pararme a pensarlo. El ISSC está a la vuelta de la esquina y no puedo tener la cabeza hecha un lío.

—Lo entiendo —respondo. Me incorporo y me pongo en pie para marcharme, porque supongo que aquí termina la conversación. Sin embargo, ella me agarra de la mano con sus dedos fríos y me impide irme.

—Y si no admito que entre nosotros hay... algo, si lo niego y te digo que deberíamos olvidarnos de todo lo que ha pasado, perdería la cabeza. —Alza la barbilla para mirarme, yo de pie y ella sentada—. Creo que lo más inteligente es que tú te centres en el hockey, ya mismo es la Frozen Four, y yo me centre en el patinaje. Pero si nos apetece dejarnos llevar... —Se encoge de hombros—. No voy a huir de nuevo.

—Quieres que seamos follamigos —digo con una expresión divertida, especialmente cuando se abochorna y aparta la vista tras asentir—. A mí me parece bien.

—Bien.

Me inclino para agarrar su rostro entre mis manos y besarla. Sus labios me reciben con ganas. Dios, jamás había disfrutado tanto de enrollarme con alguien. Las ganas que tengo de volver a estar entre sus piernas me consumen.

Mi teléfono suena, haciendo que ella se aparte con los ojos vidriosos y los labios húmedos.

—Cógelo.

—No, voy a colg... —Cuando saco el teléfono y veo quién me llama, maldigo—. Tengo que cogerlo, lo siento.

Descuelgo de inmediato, alejándome unos pasos de Sasha.

—Vera —saludo—. ¿Todo bien? Hoy es domingo.

—Hola, Diego —me dice mi gestora—. No importa, tenía que informarte.

Antes de que me diga nada, ya sé qué va a contarme.

—Ha vuelto a sacar dinero, ¿verdad?

—Bastante —suspira—. Cinco mil quinientos, para ser exactos.

Me cabreo, porque eso son unos seis o siete meses de colegio de Ana y Noa, y no va a usar ese dinero para cuidar a sus hijas, sino para apostarlo y perderlo. Menos mal que Morgan y yo ahorramos todo lo que podemos de nuestro «salario» mensual, y a eso le sumo lo que gano en el restaurante.

—Gracias, Vera. Hablaré con él, aunque ya sabes que es inútil.

—¿Cómo va todo? Recuerda que puedes llamarme cuando lo necesites.

—Te lo agradezco. Te llamo en estos días y hablamos, ¿vale?

—Estupendo. Cuídate, Diego.

—Lo mismo digo.

Cuando cuelgo, la rabia que siento es tan grande que tengo que detenerme unos segundos para cerrar los ojos con fuerza y pensar con claridad. Aguanta, Diego, queda poco. Queda muy poco. Puedo hacerlo.

—¿Va todo bien? —pregunta Sasha tras de mí. Suelto un suspiro pesado y niego antes de girarme.

—Morgan se ha llevado mi coche a su cita con Brooke —le digo—. Tienes coche, ¿verdad?

—Sí.

—¿Te importaría acercarme a la ciudad?

—Voy a ponerme las zapatillas.

Salimos de la casa cinco minutos después y Sasha me guía hasta su coche. Me quedo flipando cuando lo veo, porque a qué persona a la que le gusten los coches no se le caería la baba con el Maserati Levante que conduce. No es de los más lujosos de la marca, pero es un coche precioso de color negro con un motor V6 desarrollado junto a Ferrari, aceleración de cero a cien en unos cuatro segundos.

Sasha enarca una ceja cuando me ve babear por ese trasto, y me enseña la llave.

—¿Quieres conducir?

—¿Puedo?

—Solo es un coche. —Se encoge de hombros y se sitúa en la puerta del pasajero, por lo que yo lo rodeo y voy hacia la del conductor.

Recuerdo entonces que me contó que su padre trabaja con coches de lujo, así que no es tan raro que tenga este Maserati, aunque valga casi lo mismo que estudiar en Keens.

Arranco y disfruto unos segundos en los que contemplo el interior antes de marcharnos.

Sasha no me pregunta adónde vamos ni qué ha pasado. No me fuerza a hablar, pero yo quiero que sepa por qué estamos adentrándonos en este barrio descuidado.

—La que me ha llamado antes es mi gestora —explico—. Ella administra todas nuestras cuentas desde que murió mi madre. Y me avisa cada vez que mi padre saca sumas de dinero muy grandes de la cuenta familiar, que de ahí se cubren los gastos del piso y mis hermanas.

—Tu padre ha sacado mucho dinero —deduce, yo asiento con la cabeza.

—Estoy harto de él.

—Estoy segura de que podrás olvidarte de él muy pronto —me tranquiliza.

Aparco frente al bloque de pisos y me conciencio durante unos segundo antes de bajar del coche. Sasha me sigue, pero yo la detengo.

—No puedes acompañarme.

Conociéndola, tan solo esperaba que aceptase. Pero Sasha me sorprende al acercarse a mí, ponerse de puntillas y darme un beso en la comisura de los labios. Mi cuerpo reacciona con un cosquilleo antes desconocido, ahora cada vez más habitual cuando estoy con ella.

—Intento no tardar —murmuro a escasos centímetros de su boca. Después me alejo y le guiño un ojo antes de darme la vuelta para ir hacia el edificio.

Mis hermanas no están, Carolina iba a llevarlas hoy a su casa a ver unas pelis y jugar durante todo el día. Mientras subo las escaleras, mi enfado aumenta cuando pienso en eso. No soy yo quien está criando a mis hermanas. Mi idea de hoy era pasar unas horas con Sasha antes de dedicar el resto del día a estudiar, pero no puedo evitar pensar si en realidad donde tenía que estar es aquí, con Noa y Ana. Intento que la culpa no me afecte, intento pensar en lo que me dijeron Nate y Jordan: yo también necesito un respiro, yo también necesito vivir. Pero nada de esto, nada de esta sensación, de culpa, de tristeza, existiría si mi padre se comportase como tal. Si él fuese de verdad un padre, ellas llevarían una vida en condiciones y Morgan y yo podríamos terminar la universidad con tranquilidad.

Con esos pensamientos en mente, abro la puerta de casa. Sin embargo, no hay nadie. La casa está oscura, ni rastro de mi padre. Gruño porque solo hay un lugar en el que pueda estar. Vuelvo a bajar para reunirme con Sasha.

—No está aquí —le explico, y subimos al coche. Conduzco un par de manzanas y aparco frente al bar en el que trabaja. Le pido a Sasha que me espere de nuevo. Entro.

Es un bar de mala muerte que huele demasiado a alcohol y tabaco. No son ni las doce y ya hay bastante gente empinando el codo. No tengo que buscarlo, está sentado exactamente donde siempre, en un rincón oscuro del bar con otros hombres. Me acerco con paso decidido y me planto a su lado. Los seis hombres están riendo, jugando una partida de cartas con dinero, tabaco y algunos otros objetos en el centro de la mesa. Él levanta la mirada vidriosa, y deja de reír tan solo un segundo cuando me reconoce, volviendo a hacerlo para ocultar lo que pueda estar pensando de verdad.

—Hombre, Diego, hijo mío —dice—. ¿Has venido a jugar con tu *viejo*?

—Tenemos que hablar —respondo con seriedad.

—Pablo, qué hijo más serio tienes —le dice uno de los hombres, haciendo que todos rían—. ¿Por qué no te sientas, chico? Ha pasado tiempo desde le última vez que te vimos por aquí.

Ignoro a todos los presentes.

—Levántate —le ordeno a mi padre.

—Tú a mí no me dices lo que tengo que hacer, muchacho —responde en español, poniéndose en pie. Yo enarco una ceja porque, aunque no haya sido queriendo, ha hecho lo que le he pedido. Él cae en la cuenta y suelta un bufido, lanzando las cartas a la mesa con furia—. Iba a ganar esa partida.

—¿Con esas cartas? —echo un vistazo a las que acaba de soltar—. Lo que ibas es a perder todo el dinero que has sacado hace un rato.

—¿A qué has venido, Diego? —pregunta, dando un paso. Le saco bastante, ya que mi padre no es muy alto, así que no me amedrento ni retrocedo—. ¿Dónde te has dejado a la mosquita muerta y enferma de tu hermana?

—Ni se te ocurra mencionarla —rujo, clavando mis ojos en los suyos—. Vámonos de aquí, tenemos que hablar.

—No tengo nada que hablar contigo. Si no has venido a echar una partida con tu padre, puedes irte por donde has venido.

No me aguanto. No me ha provocado tanto como ha hecho en otras ocasiones, pero no me aguanto. No puedo seguir firme, manejando esta situación con la cabeza fría y como lo haría un adulto responsable. No soy un adulto responsable, soy un tío de veinte años que no aguanta más.

Le doy un puñetazo en la mandíbula. Le pillo tan por sorpresa que se cae de culo de vuelta en la silla en la que estaba sentado, pero no le doy tiempo a reaccionar. Le agarro de la chaqueta que lleva, le levanto y tiro de él para arrastrarlo por todo el bar bajo la atenta mirada de tíos que no evitan nada. Salgo a la calle y le suelto con brusquedad, él se tambalea antes de ubicarse y reaccionar.

—Esto me lo pagas, hijueputa —dice con sangre en el labio, acercándose a mí. Intenta lanzar un puñetazo que esquivo porque sus años de pelea terminaron hace mucho.

—No se te ocurra ponerme una mano encima —le advierto—. O juro que te arruino la existencia.

—¿Y qué vas a hacer? ¿Llamar a la policía? Corre, llama. A ver qué pasa con Nicholas y Ana si me detienen.

Noto fuego en mi interior, rabia e impotencia porque lleva razón. Si él no está para hacerse cargo de Noa y Ana, los Servicios Sociales los llevarían a una casa de acogida y, con total seguridad, los separarían. Si no he acabado con mi padre a día de hoy, es por eso. No es un hombre agresivo, tan solo un fantasma en la vida de mis hermanas, es por eso por lo que todos aguantamos hasta el día que consiga su custodia.

—No, pero puedo sacar todo el dinero de la cuenta familiar y dejarte sin nada —amenazo. Voy totalmente de farol, no puedo dejarle sin nada o sería yo quien tendría problemas, ya que la cuenta está a su nombre también.

—Ese dinero es mío —gruñe. Me encantaría reír, pero lo que hago es encenderme más.

—¿Tuyo? ¡¿Tuyo?! Ese dinero era de mi madre —le señalo de manera acusadora—. Ese dinero lo ganó ella y lo ahorró porque sabía que se estaba muriendo. Tú sabías que se estaba muriendo. —Tengo

405

que hacer una pausa porque se me corta la voz, pero continúo porque necesito soltar todo, aunque no sea la primera vez que le echo cosas en cara—. Y no la ayudaste. No trabajaste para que ella pudiese hacerlo menos, no te hiciste cargo de tus hijos cuando sabías que de un momento a otro ibas a ser el único que nos quedase. Te estás gastando el dinero que ella nos dejó para salir adelante. Si no fuese porque Morgan y yo estamos estudiando con una beca, ya nos habrías arruinado a todos.

—Eres un quejica —escupe entonces él—. Sois unos quejicas. Tu hermana Morgan está enferma, tu hermano Nick es un maricón, tu hermana Ana es como si no existiera y tú crees que vas a ser alguien en la vida sobre unos patines. En mis tiempos y los de mis padres los hombres trabajábamos todo el día mientras las mujeres cocinaban y criaban a los hijos. Pero tu madre quería ser una «mujer moderna» y trabajar. Quería ser independiente, así que la dejé ser independiente.

—¿Dejaste de trabajar porque ella quería hacerlo? —pregunto indignado, esta conversación nunca la habíamos tenido.

—Trabajar era lo que yo tenía que hacer, no tenía sentido seguir haciéndolo si ella iba a ganar dinero.

—Jamás cuidaste de ninguno de nosotros.

—Ese no era mi trabajo —dice con toda la tranquilidad del mundo.

La ira hace que avance hacia él con los puños cerrados.

—Venga, Diego, vuelve a pegarme. Demuestra lo mucho que me odias. Al final del día soy yo quien está en esa casa y se asegura de que Nick y Ana no duerman en la calle. ¿Qué hacéis tu hermana y tú mientras tanto?

No merece la pena seguir la discusión, por muchas ganas que tenga de pegarle otro puñetazo. Niego con la cabeza y me dispongo a largarme, cuando entonces me percato de que no estamos solos.

Sasha está a unos metros, apoyada en el coche, mirándonos a ambos. Me acerco para largarnos de aquí, pero entonces mi padre comete el error de soltar una risa y decir:

—Así que ahora te dedicas a juntarte con zorras ricas. Resulta que las atraes, hijo. Tu madre era una zorra, tu hermana lo es y la pequeña lo será, y ahora resulta que te estás follando a otra.

No hay ni un solo motivo por el que tuviese que decir eso más que para cabrearme. Y lo consigue, vaya si lo consigue. Me doy la vuelta y voy hacia él. No le doy tiempo a apartarse, le suelto un puñetazo, tumbándole. Mi padre me hace la zancadilla cuando voy a alejarme, haciendo que caiga sobre él. Ahora soy yo quien no puede esquivarlo y recibo un buen golpe en la cara. Sé que me ha roto la ceja cuando noto un hilo de sangre en la cara, y esta gotea sobre la suya, también llena de sangre porque yo le he roto el labio. No me aparto, sino que le agarro de la chaqueta para inmovilizarlo debajo de mí.

—Escúchame bien, pedazo de mierda —mascullo—. He llegado al límite de mi paciencia. Si vuelves a insultar a mis hermanas o a mi amiga, te mato. Si vuelves a sacar dinero para gastarlo en tus apuestas, te mato. Si mis hermanas me dicen que las has mirado mal, te mato. Si me entero de que no se sienten a salvo en casa contigo, me da igual que los Servicios Sociales las separen durante el tiempo que me queda para poder luchar por su custodia, voy a ir a por ti. ¿Me explico? —Le zarandeo—. Me da igual que las ignores. De hecho es una orden: ignóralas. No quiero que las mires o que respires cerca de ellas. Viven contigo porque no hay más remedio, pero no interactúes con ellas. ¿Me has entendido?

—Sí —murmura, intentando zafarse de mí. Le suelto y me pongo en pie, mirándole con todo el asco que siento.

—Bien.

Sasha no dice nada cuando me reúno con ella, solo echa un vistazo a mi ceja y me señala el coche con la cabeza.

—Vamos —dice, y esta vez conduce ella.

CAPÍTULO 53
Sasha

Torres no se molesta en limpiarse el hilo de sangre que le cae desde la ceja hasta el cuello y que ahora está seca. Tan solo mira al frente, con la respiración aún acelerada mientras conduzco de vuelta al campus. Lo que acabo de presenciar ha sido una versión de Torres que no conocía. Este chico está lleno de rabia y dolor bajo esa fachada de alegría que siempre muestra. He oído todo lo que han hablado y tengo claro que su padre no es una buena persona.

Lo primero que hace es sacar el teléfono y llamar a una chica llamada Carolina, creo recordar que es la niñera de las niñas. Le pregunta si pueden dormir Ana y Noa hoy en casa de ella, que ha discutido con su padre y no quiere que lo pague con ellas. Cuando cuelga, cierra los ojos.

—¿Cómo estás? —pregunto tras unos minutos prudentes. Torres tarda un poco en responder, soltando un suspiro de pesar.

—No muy bien —confiesa—. Siento que hayas tenido que presenciar eso.

—Siento que tengas que pasar por eso —rectifico yo—. ¿Es siempre así?

—Depende. Casi nunca está en casa, así que cuando voy a ver a mis hermanas no siempre me lo encuentro. Y cuando está a veces decide provocarme y a veces simplemente pasa de todo.

—No es que quiera meter el dedo en la herida, pero... ¿no te preocupa que ese hombre viva con las niñas? ¿No te da miedo?

—Mi padre es una mierda de persona —responde sin miramientos—. No le importamos, no se hace cargo de nada, se gasta el dinero, apuesta y bebe. Pero no es agresivo, nunca lo ha sido. Le pierde la boca, ya que lo que le gusta es provocarnos y meterse con nosotros, pero nunca nos ha levantado una mano. Bueno, él y yo sí que nos hemos dado puñetazos alguna que otra vez, pero ya me entiendes. —Hace una pausa antes de continuar—. Mis hermanas no peligran con él, es lo único que me hace no abandonar los estudios y el hockey. Si supiese que hay una mínima posibilidad de que no estén a salvo…, lo dejaría todo.

—No es justo —digo. Nadie tendría que dejar su vida, sus sueños, por un motivo así.

—Lo sé. —Torres me mira, yo tan solo lo hago unos segundos para no distraerme—. Gracias por traerme. ¿Te importaría dejarme en casa?

—No. Hay que curarte esa herida.

—Puedo curarme yo, o cualquiera de los chicos.

—Tú me curaste los pies —rechisto—. Así que te vienes a mi casa.

—¿Cómo podría negarme a semejante invitación indecente?

Cosas indecentes son las que se me vienen a mí a la cabeza cuando entramos en mi dormitorio y se sienta a los pies de mi cama. Le digo que se quite la camiseta, ya que se ha manchado. Arrastro la silla de escritorio para sentarme frente a él tras coger el botiquín, e intento que la vista no se me desvíe mientras busco lo que necesito.

No lo consigo.

El cuerpo de Torres es la cosa más apetecible del mundo. Nunca antes había deseado tocar un torso como lo hago ahora, pasar mis dedos por cada tatuaje e incluso lamer esos abdominales marcados.

—La herida está aquí, *princesa*, pero podemos pasar de ella y montárnoslo ahora mismo —me dice, y yo levanto la vista de inmediato. Él se está señalando la ceja, pero sonríe cuando ve mi nerviosismo. Imbécil.

No respondo, cojo lo necesario para desinfectar la ceja y sonrío ligeramente cuando sisea por el escozor.

—Si duele, te aguantas —le digo, y vuelvo a limpiar la herida.

—Si me haces daño, no voy a poder estar en plenas capacidades —susurra de esa manera seductora que me eriza la piel.

Noto calor de inmediato al imaginarme su cuerpo sobre el mío, dentro de mí. Siento que me estoy consumiendo por las ganas de que Torres me arrastre hasta mi propia cama y no me deje salir de ella.

Cuando termino de desinfectar la herida, limpio la sangre que recorre su rostro, presionando la gasa para que salga bien. Sus ojos están sobre mí, y noto su aliento tan cerca que me da un pellizco en el pecho. Solo Diego Torres consigue ponerme nerviosa, y lo maldigo por ello.

No puedo evitar que mi vista viaje de nuevo a su cuerpo cuando ya he eliminado todo rastro de sangre de su cara. Sus tatuajes me piden a gritos que los toque, así que eso hago. Dejo la gasa a un lado y llevo mis dedos a su brazo izquierdo, donde un león me recibe. Voy subiendo poco a poco, acariciando cada tatuaje y fijándome en ellos más de lo que lo hice el otro día. Son de distintos tamaños, unos más grandes y otros diminutos, pero no hay ni un milímetro de piel sin tinta entre cada dibujo. Los dos brazos están llenos de detalles: los elementos de fuego, aire, agua y tierra, el león, un bosque, un ojo de Horus, unas alas, un barco, una brújula, un sol, una luna, un lobo, una serpiente…

Torres se mantiene en silencio, siguiendo mis manos, mientras toco cada rincón de sus brazos y sus pectorales, donde terminan los tatuajes.

—Me gustan —confieso en voz baja, y una pequeña risa sale de sus labios.

—A mí me gusta que me toques así.

Le miro a los ojos y puedo ver en ellos las mismas ganas que tengo yo. Torres se muerde el labio inferior cuando arrastro mis uñas lentamente por su cuerpo, tomando así una decisión. Voy desde los pectorales hacia su vientre, pero no tengo tiempo de ir más lejos, porque entonces él toma el control.

Se pone en pie de golpe y agarra mis muñecas para tirar de ellas y pegarme a su cuerpo.

Nuestras bocas se buscan, y no tardan ni medio segundo en encontrarse. Sentir sus labios en los míos de nuevo es un subidón de adrenalina mucho mayor que el que siento en el hielo, y jamás pensé que eso fuese posible. Mis manos se enroscan alrededor de sus hombros desnudos para atraerlo más hacia mí, su lengua se abre paso en mi boca para reclamarme de una forma ruda y firme.

Todo mi cuerpo reacciona cuando me empuja con el suyo hacia la cama hasta que ambos caemos en ella. Torres tan solo se separa de mí para permitir que me acomode en las almohadas, después se vuelve a colocar sobre mí y su boca busca nuevamente la mía. Jadeo cuando sus manos se abren paso bajo mi sudadera y acarician mi vientre sin ningún tipo de duda, mientras yo tiemblo bajo su peso sin saber muy bien qué hacer. La seguridad de Torres me abruma, el ser yo quien se siente intimidada por él en esta situación, y no al revés, hace que el cerebro me cortocircuite.

—¿Estás bien? —me pregunta entonces, tras apartarse de mí y me percato de que he dejado de respirar unos segundos. Torres se detiene por completo a la espera de una respuesta que no llega—. Sasha, ¿quieres que pare, o solo estás colapsando?

—Estoy colapsando —consigo decir, y él ríe ligeramente.

—¿Quieres decirme por qué?

—Porque no estoy acostumbrada a no tener el control —confieso, las palabras salen de mi boca como si llevase mucho tiempo aguardando para decirlas—. Porque, aunque he estado con chicos, me siento como una novata contigo y no sé qué hacer.

La mano de Torres, quieta en mi barriga, asciende un poco más, yo suspiro.

—¿Quieres tomar el control? —pregunta con lentitud sin dejar de acariciarme—. ¿Quieres que te lo ceda, *mami*?

A pesar de todo, tengo muy clara mi respuesta.

—No.

—¿Quieres que pare?

—No.

—Mírame.

Sus ojos marrones se clavan en los míos.

—Te estoy mirando.

—Pues no dejes de hacerlo —murmura y una pequeña sonrisa de tranquilidad se dibuja en sus labios cuando yo también sonrío.

Me besa y tira de mi sudadera hacia arriba, separándonos poco después para quitármela junto al sujetador. Torres se detiene para mirar mis pechos, mordiéndose el labio inferior con una lascivia que me pone muchísimo. Sus dos manos acarician ahora con parsimonia mi vientre y suben hasta mis tetas. Él las rodea y me arranca un gemido cuando no solo las aprieta, sino que se inclina para besarlas de esa forma tan sucia. Yo juego con mis dedos en su pelo mientras su lengua se pasea de mi cuello a mi pecho, en sincronía con sus caricias. En el momento en que muerde uno de mis pezones y sus ojos se dirigen a los míos mientras lo hace, sé con toda seguridad que, si se detiene, lo mato.

Si Diego Torres no me folla ahora mismo, lo mato.

La piel se me eriza cada vez que su boca va de un lado a otro, torturándome. Para cuando agarra la cintura de mis mallas y tira hacia abajo, estoy muy mojada. Y él se da cuenta en cuanto me toca por encima de la ropa interior.

Tira de mi tanga hacia abajo, quedándome así completamente desnuda ante él, que no pierde detalle de mi cuerpo. Torres reparte una vez más besos por mi pecho y va descendiendo hasta mi barriga, su barba me hace unas cosquillas placenteras. Se detiene y se arrodilla ante mí con una sonrisa canalla que me excita más si eso es posible. Clava sus ojos marrones en los míos y lleva dos dedos a mi entrada. Tengo que morderme el labio cuando los desliza arriba y abajo, sin introducirlos y sin dejar de mirarme.

—Y tú que decías que esto solo iba a pasar en mis sueños.

—Me provoca. Aguanto las ganas de asfixiarlo con una almohada porque ahora mismo lo único que puedo hacer es jadear—. Y ya van dos.

—Cállate —consigo murmurar.

Sin dejar de tocarme, Torres besa mis muslos, haciendo que me remueva bajo él por la excitación anticipada de lo que sé que viene.

—Última oportunidad para echarte at...

—Cállate —repito.

—A tus órdenes.

La lengua de Torres me arranca un gemido en cuanto me lame, lento y con cuidado, pero con una firmeza y seguridad que hacen que tenga que agarrarme a su pelo con una mano y a las sábanas con otra. Un dedo se une a su lengua, introduciéndose en mi interior, y hace que ambas formas de placer se sincronicen a la perfección.

—Diego —susurro entre jadeos cuando sus dientes y lengua rozan mi clítoris para más tarde sacar el dedo de mí y llevarlo ahí. El murmura un «¿mmm?» sin detenerse—. Ni se te ocurra parar.

No lo hace, me devora y me acaricia hasta que mis piernas empiezan a temblar y a mí se me ahogan los ruidos de placer en la garganta. Se separa para mirarme a los ojos, que me lloran a causa de las sensaciones que estoy experimentando, pero sin dejar de tocar mi clítoris.

—Córrete para mí, *mami* —me pide como si eso fuese todo lo que desea en esta vida.

Lo hago segundos después, con el cuerpo ardiendo y como un flan a causa del orgasmo que llega después. Torres se recrea unos minutos más antes de incorporarse y acercarse a mí, relamiéndose los labios.

—Pídeme que te folle, Sasha —suplica entonces. Besa mi cuello y yo suspiro, asintiendo con la cabeza para que lo haga, solo que eso no le basta—. Pídemelo.

—Hazlo —gruño, agarrando su rostro para atraerlo hacia mí y besarlo.

Aún lleva puesto el pantalón de chándal, por lo que su cuerpo sobre el mío no están en contacto de la forma en que me gustaría. Torres me besa y se aprieta contra mí, mis tetas aplastadas contra su pecho y su erección presionando en mi vulva.

—Pídemelo —repite en medio del beso. Soy yo la que lo rompe para que me mire, mis uñas acarician su barba y a mí me cuesta respirar por la desesperación que siento ahora mismo.

—Fóllame, Diego. Por favor.

—Por supuesto que sí, *princesa.*

Se incorpora para quitarse los pantalones. Antes de desnudarse por completo busca su abrigo y saca de él la cartera. Coge un condón y entonces sí que se baja los calzoncillos. Su polla está tan dura como el otro día y, aunque me apetezca lamerla de nuevo, lo que ahora mismo necesito es tenerla dentro de mí o voy a enloquecer. Por eso miro con agonía cómo se pone el condón antes de volver a la cama conmigo.

Torres se arrodilla entre mis piernas y las manosea antes de obligarme a encogerlas sobre mi vientre para quedar totalmente a su merced. Coloca su miembro en el lugar indicado, y nuestros ojos se encuentran en el momento en el que empuja y se desliza en mi interior con una embestida firme. Nuestro gemido de placer se sincroniza. Agarro las sábanas cuando empieza a moverse, ya que no llego a tocarlo a él y necesito aferrarme a algo para no perder la cabeza. Nunca jamás había estado tan cachonda. Nunca antes había sentido que podía deshacerme en un momento así. Nunca había deseado que el momento no llegase a su fin, sino todo lo contrario. Ahora daría todo lo que tengo por que Torres jamás saliese de mí.

Una de sus manos se aferra a mis caderas mientras nuestros cuerpos se mueven al compás para que ambos disfrutemos, la otra sube por mi barriga hasta mis pechos y después a mi cuello. Torres no aprieta con suavidad, me agarra con fuerza, sin llegar a hacerme daño, y sus embestidas se vuelven más fuertes.

413

—No te haces una idea de cómo deseaba esto —mascula, y yo me agarro al brazo que hay en mi cuello con ambas manos—. Joder, Sasha. Estás muy apretada, maldita sea.

Con la mano libre estira mis piernas para que pueda rodearle con ellas. Él se acerca más a mí y, sin soltarme, me besa con brusquedad. Por nada del mundo quería que me besase de otra forma. Ahora mismo no quiero un beso delicado, caricias suaves o dulzura. Ahora mismo deseo lo que está haciendo: que me folle duro, que devore mi boca hasta desgastar mis labios y que agarre mi cuerpo como si jamás fuese a romperse. Nuestras lenguas pelean en mi boca, sus manos tocan todo mi cuerpo, las mías el suyo, y en ningún momento nos detenemos, ni siquiera cuando la cama chirría como si fuese a romperse de un momento a otro. Al diablo la cama. Torres me hace completamente suya y yo le hago completamente mío entre gemidos que se pierden en nuestras bocas.

Se separa un poco, arrastrando nuestra saliva. Yo lamo sus labios para limpiarlos, haciendo lo mismo con los míos después. Nunca algo tan asqueroso me había excitado tanto.

—Voy a correrme —anuncia en un susurro ronco.

Me besa una vez más antes de llevar la mano de vuelta a mi clítoris para estimularlo mientras me penetra ahora más rápido. Voy a estallar por segunda vez de un momento a otro, y él lo sabe. Torres se corre con un gruñido, temblando a causa de la liberación, pero no se atreve a detenerse. Sigue dentro de mí, follándome y acariciándome a la vez hasta que yo también alcanzo el clímax.

Cierro los ojos e intento recuperar la respiración cuando él sale de mí. Me siento vacía, pero satisfecha. Torres deja caer la cabeza, apoyando la frente en mi pecho para recuperar la compostura también. Cuando ambos parecemos habernos calmado, nos miramos.

—Como se te ocurra decir que esto ha sido un error voy a volverme loco —me dice, y suelto una carcajada.

—No hagas que me arrepienta, y no lo diré —respondo.

—En ese caso voy a dejar que proceses lo que acaba de pasar y a comprobar más tarde que no has entrado en pánico otra vez.

Quiero pedirle que no se vaya, pero me doy cuenta de lo que está haciendo, así que no se lo pido. Torres quiere que asimile que acabamos de acostarnos de nuevo, dejarme mi espacio para decidir si voy a huir o voy a aceptar lo que quiera que sea esto que tenemos.

—De acuerdo. Voy a darme una ducha.

Ambos nos incorporamos y él coge el condón para tirarlo, siguiéndome al baño. Pero cuando abro la puerta, no está vacío. Brooke casi se cae hacia adelante. Intenta disimular con un carraspeo, pero lo hace de pena. Además, nos mira a ambos sin vergüenza alguna, aún desnudos.

—¿No estabas en clase? —le reprocho.

—Estaba —responde—. Pero he salido antes y al llegar me he encontrado con vuestro espectáculo.

Torres ríe tras de mí, y Brooke le regala una sonrisa mientras le contempla.

—Os lo habéis pasado bomba, ¿eh?

—Brooks, no sé si a mi hermana le va a hacer gracia que me estés mirando así —le dice él con diversión.

—Pues tápate, chico, que una tiene ojos en la cara.

—Brooke —pronuncio su nombre como una invitación a marcharse, ella lo entiende a la primera, ya que va hacia la puerta del baño que conecta con su dormitorio.

—Quiero todos los detalles —me dice—. Aunque visto lo visto y por lo que he oído puedo imaginármelos yo sola.

—Vete —le digo, y pongo los ojos en blanco. Se despide de nosotros antes de cerrar tras ella.

—Voy a vestirme y me piro, que parece que tus planes para hoy son muy divertidos. —Torres tira a la basura el condón que aún tenía en la mano y se acerca a mí. Me quita el pelo de la cara y se pega a mi cuerpo—. No te comas demasiado la cabeza, ¿vale? Nos lo hemos pasado bien, piensa en eso. Lo demás se irá viendo.

Asiento y dejo que me bese. Después él se viste y se despide guiñándome un ojo. Yo intento hacer lo que me pide y no comerme mucho la cabeza bajo el agua fría de la ducha, sin mucho éxito.

—¡Sasha, date prisa, bonita! —grita Brooke desde su habitación, y sé que no tengo escapatoria.

CAPÍTULO 54

Torres

El día de después de acostarme con alguien nunca había sido distinto a un día más. En mi primer año de universidad fui un golfo, soy incapaz de recordar a todas las chicas con las que estuve. El segundo año lo pasé más tranquilo, seguía ligando, pero con algo de moderación, y este tercer año el sexo ha sido escaso porque tengo demasiado en la cabeza. Y nunca el día de después había sido importante. Ni mis ligues buscaban conmigo una conversación ni yo pretendía dársela. Tan solo hubo algunas excepciones, alguien que quería más de lo que le había prometido, pero siempre dejé las cosas claras y jamás me comí la cabeza.

Hasta hoy.

Después de lo de ayer me pasé el día dándole vueltas. Me distraje a mediodía comiendo con mi hermana, contándole lo que había pasado con nuestro padre y, más tarde, lo sucedido con Sasha otra vez. También lo hablé con Jordan y Nate. El caso es que no paro de pensar en ella, en lo bien que nuestros cuerpos encajan, lo mucho que ambos disfrutamos, y las ganas de repetir que tengo. Esto es lo último que necesitaba, es justo lo que pretendía evitar…, pero también sé cómo gestionarlo. Mi madre se aseguró de que supiese afrontar mis emociones, de que no me diese miedo o vergüenza sentir. Nate y Jordan son mis mejores amigos porque tuvimos una educación similar, en contraste a otros tíos con los que hemos compartido clase a lo largo de nuestra vida que iban de machitos y no sabían que la masculinidad frágil pasó de moda hace demasiado.

De lo que no estoy seguro es de que Sasha vaya a ser capaz de lidiar con lo sucedido de la misma forma que yo. Quise darle espacio ayer porque, mientras yo estoy asimilando que quiero seguir enrollándome con ella, Sasha seguramente esté buscando mil excusas para no volver a hacerlo aunque se muera de ganas. Preferí no agobiarla para que piense sin estar bajo presión, aunque me aterre cuál pueda ser su decisión.

Sasha es la primera en llegar a la pista por la noche. Ya está ahí, entrenando, cuando yo entro en el hielo. Se detiene frente a mí, con la respiración agitada y unas gotas de sudor en su frente por el esfuerzo, aunque me encantaría que fuesen por otro motivo.

—Hola —saluda.

—¿Me has echado de menos, *princesa*? —bromeo.

—Ni un poco, *volk*.

La manera en que las comisuras de sus labios se alzan ligeramente me hace saber que miente.

—No has huido —evidencio, ella se encoge de hombros.

—No tendría mucho sentido, teniendo en cuenta que me buscarías.

Me acerco un poco más a ella, que alza la barbilla con altanería para mirarme a los ojos.

—No te buscaría si no quisieras que lo hiciese —respondo, y agarro su barbilla con dos dedos. Sus ojos azules se mantienen fijos en los míos—. Así que voy a asumir, a menos que me digas lo contrario, que esta noche vas a pasarla conmigo.

Sasha ríe ligeramente.

—He tenido un día horrible —murmura—. Mi madre me ha machacado y, antes de que digas nada, tengo que aguantar hasta que termine el ISSC para poder descansar. También me ha hecho prometerle que no iba a volver a entrenar por mi cuenta hasta que finalice el campeonato y que no iba a hablar más contigo, ya que eres una mala influencia.

—¿Se lo has prometido? —pregunto con diversión, ella asiente—. Es evidente que le has mentido, ya que estás aquí y estamos hablando. —Vuelve a asentir—. Por casualidad, ¿le has prometido también que no ibas a enrollarte conmigo?

—No.

—Bien.

Estampo mis labios contra los suyos, Sasha no tarda ni un segundo en corresponder, aferrándose a mi sudadera. Nos besamos con una intensidad que evidencia que nuestra atracción y el deseo no desaparecieron ayer tras sucumbir a ellos.

—Dime que vas a pasar la noche conmigo —murmuro aún en sus labios—. No tiene por qué significar nada.

—Iré contigo —responde, yo lamo su labio inferior y lo muerdo—. Pero no me quedaré a dormir.

—Me basta.

Por ahora.

La semana pasa a una velocidad de locos.

No he podido patinar por las noches porque me ha tocado trabajar, pero sí he visto a Sasha en los entrenamientos con el equipo. No me molesto en fingir que nada ha pasado entre nosotros, la tensión es demasiado grande y todo el mundo se ha dado cuenta de que somos algo más que amigos. Sasha está de buen humor, y eso es en lo que primero se fijaron los chicos.

El lunes sí que vino a casa conmigo, aunque se escabulló después de acostarnos. Nadie ha dormido nunca conmigo, es una regla que pusimos Jordan, Nate y yo para no complicar las cosas con los ligues y, sin embargo, le pedí que se quedara otra vez. No lo hizo el lunes, ni el miércoles me dejó quedarme a mí. Y hoy viernes dudo que se quede, aunque vayamos a pasar toda la tarde juntos.

Todos los años vamos al lago Izoa a patinar. Ya fuimos en diciembre el Trío de Tontos, Spencer, Mor y yo, así que hemos decidido repetir. En esta ocasión, Ameth también viene, que no pudo la última vez, y he convencido a Sasha y Brooke para que se unan.

Spencer y Jordan pasan a recogernos por casa. Morgan ya viene en el Jeep de Spens, así que nos repartimos. Me subo con ellas dos, y Nate y Ameth con Jordan. Después vamos a la hermandad de las Kappa Delta y recogemos a Brooke y Sasha, que se suben en el Jeep.

—Si muero hoy, la culpa será tuya. —Es el saludo de Brooke, que me señala, tras besar a mi hermana y acomodarse en la parte de atrás junto a Sasha y a mí.

—Si yo sigo viva, estoy segura de que nadie va a morir hoy —responde Spencer, que se pone en marcha siguiendo a Jordan—. De hecho, los que siempre acaban en el suelo son el Trío de Tontos porque lo único que hacen es, sorpresa, el tonto.

Sasha, a mi lado, ríe. Yo me inclino hacia ella.

—¿No me saludas?

—Hola.

—Así no —susurro en su oreja. Ella se remueve y mira a las chicas, nerviosa—. Dame un beso.

—No.

—*Mami.*

—Hay gente —susurra, fulminándome con la mirada.

—Cuando estamos solos y tengo mi lengua entre tus piernas no eres tan tímida, *princesa* —digo eso en el momento exacto en que la canción que iba sonando termina, por lo que todas las chicas me escuchan. Spencer ríe ligeramente y Morgan carraspea. Sasha me da un codazo y después un manotazo, resoplando.

—Te odio.

—Miente —reprocha Brooke, y se inclina hacia adelante para meter la cabeza entre los dos asientos delanteros, obligando a Sasha a pegarse a mí para molestarla—. No os hacéis una idea de cómo *no* le odia.

—No estoy segura de querer saberlo —responde mi hermana.

—No te hagas la santa, Mor, tú y yo hacemos cosas peores.

—Brooks —protesta ella, provocando que riamos.

—No me puedo creer que se pusiese tan nerviosa cuando la estaba conociendo —le digo a Sasha—. No parecía ella.

—Ese es su encanto —responde.

No tardamos demasiado en llegar al lago. Spencer nos deja en la zona alta del bosque Izoa, donde comienza la pista, y se marcha para recoger a los otros tres a la zona baja, donde está el lago. Han aparcado allí para que, al realizar el descenso, tengamos un coche con el que volver a la zona alta y recoger el de Spencer, que se queda aquí. De esta manera nos ahorramos unas cuantas caminatas con el frío.

Mientras esperamos a los demás, Morgan, Brooke, Sasha y yo atravesamos el bosque completamente nevado. La parejita va delante y nosotros nos quedamos más atrás, contemplando todo con fascinación.

—No me puedo creer de verdad que nunca hayas venido aquí —le digo a Sasha.

—Llevo escuchando hablar de este lugar desde antes incluso de empezar la universidad —responde—. Pero patinar fuera de la pista siempre me había parecido una irresponsabilidad por si me hacía daño.

—Llevas muchos años sin vivir, has sido una *pobre diabla* todo este tiempo.

—¿Qué significa eso?

—¿El qué?

—Lo que acabas de decir. No paras de llamarme así en distintos contextos.

—¿Pobre diabla? —Asiente y lo repito en inglés—. Tiene muchos significados, la mayoría negativos. Pero cada vez que me he referido a ti no ha sido para insultarte, sino para resaltar que eras una persona infeliz, que se hacía daño a sí misma, desgraciada… También es una canción muy famosa de reguetón en la que el contexto es el mismo.

—Me tomaría eso como un insulto si no fuese porque es cierto —suspira, acomodando la bolsa de deporte que lleva al hombro—. No quiero seguir siendo una *pobre diabla*. Ni la Barbie patinadora.

Se me escapa una risa y paso mi brazo por sus hombros para caminar así, atrayéndola hacia mí. Ella no se queja.

—Dejaste de ser la Barbie patinadora hace tiempo. Quizá te quede un poco para dejar también de ser una pobre diabla, pero esta Sasha —pongo un dedo de la mano libre sobre su pecho— no tiene nada que ver con la que conocí hace casi cinco meses.

Sasha me mira y entonces hace algo que me sorprende: rodea mi cintura con su brazo para que ambos vayamos enganchados el uno del otro, y sonríe. Yo no puedo evitarlo, me inclino para darle un beso.

—Era por aquí, ¿verdad? —pregunta Morgan un poco más adelante, señalando el camino entre los árboles a nuestra derecha.

—Sí, queda poco para llegar.

Poco después el inicio de la pista de hielo está ante nosotros. Hay un par de grupos que se están preparando para tirarse por ella, así que nosotros nos sentamos en un tronco para equiparnos con los patines.

Estamos en mitad del bosque, donde el lago Izoa se congela cada invierno para formar esa pista natural tan espectacular. Cuando vienen los demás y todos estamos listos, empezamos el descenso. El río helado está rodeado por pinos cubiertos de nieve que a veces crean una cúpula sobre nosotros. Jordan y Ameth dirigen al grupo, seguidos por Nate y Spencer, que ya patina algo mejor que la primera vez. Después vamos Sasha y yo y, por último, Morgan y Brooke.

En total son casi cuatro kilómetros de descenso que se pasan demasiado rápido cuando te estás divirtiendo. Spencer, aunque ya haya hecho esto más de una vez y patine en ocasiones con Nate, se tambalea en más de una ocasión.

—¡Cuidado con la de la mala fama, que nos asesina a todos! —grito, por lo que ella me hace la peseta y, acto seguido, se cae de culo. Todos estallamos en risas, deteniéndonos a su alrededor para ayudarla.

—Es posible que no puedas usar tu parte del cuerpo más preciada en un tiempo si sigues haciéndote el gracioso —me dice, yo hago puchero.

—Me partes el corazón, *muñequita*.

Brooke también se cae más de una vez, arrastrando a mi hermana con ella por la fuerza con la que se agarra.

—Vamos a abrirnos la cabeza por tu culpa —protesta Mor, aunque se está riendo—. Yo sola no puedo contigo.

—Anda, os ayudo —se ofrece Ameth—. Hoy es tu día de suerte, Brooke, voy a enseñarte a patinar, dado que Morgan es una instructora horrible.

—Perdóname por no ser un armario empotrado —protesta, y deja a su chica en manos de Ameth.

—No es por ofender, Mor, pero me siento más segura ahora.

Morgan se agacha para coger nieve del borde, y le lanza una bola.

—Anda, seguid vosotros —nos dice Ameth—. Prometo no dejar que nadie se abra la cabeza.

Los seis seguimos el descenso sin ellos tres, que van a tardar más en llegar. Sasha patina con su agilidad y elegancia habitual.

—¿Estás disfrutando? —le pregunto.

—Mucho. Nunca antes había patinado con tanta libertad —me dice, acomodando su bufanda blanca—. Es increíble.

—Te echo una carrera —le propongo, y en sus ojos veo ese brillo ambicioso que tanto me gusta.

—¿Hasta el final? Queda bastante.

—No, la carrera final es de los chicos y mía. A más o menos medio kilómetro hay un banderín de referencia, hasta ahí.

—Perfecto. ¿Preparado? —Sasha se coloca en posición y sonríe—. Vas a morder el polvo, *volk*.

—Voy a echarte un polvo después de esto, *mami*, que es distinto. ¿Lista?

A pesar de que se sonroja, grita:

—¡Ya!

Los dos salimos disparados como flechas, esquivando a Jordan, Nate y Spencer, que nos animan vitoreando. Sasha va en cabeza la mayor parte del tiempo, adelantándome si la sobrepaso en algún momento. Está segura de que va a ganar, como siempre, pero en estos meses ha sido muy buena entrenadora y he aprendido bastantes cosas. Por eso, cuando veo la bandera acelero y controlo mi cuerpo mientras ella se olvida de todo. Tan solo la rebaso y gano por medio segundo, pero llego antes que Sasha, que se detiene y me mira boquiabierta.

—No acabas de ganarme.

—Por supuesto que acabo de ganarte.

—Esto solo demuestra lo bien que se me da corregir los errores que teníais —chista, y se cruza de brazos—. Soy buenísima.

—A alguien se le están subiendo los humos por haber perdido.

—¡El último paga la cena! —oigo, y entonces Nate y Jordan pasan por nuestro lado a toda velocidad.

—Te veo ahora, *princesa*, tengo otra carrera que ganar —le guiño un ojo y cojo carrerilla para realizar el último tramo de descenso echando una carrera con mis amigos.

No tardo en alcanzarlos y, enseguida, el juego sucio empieza. Nos empujamos con los hombros y nos tiramos de la ropa para intentar retrasarnos. Se puede ver ya el final, el gran lago Izoa nos espera a unos metros, con gente patinando que ya ha realizado el descenso o no se ha atrevido a hacerlo.

—No pienso perder otra vez —protesta Nate, que poco a poco se va quedando atrás.

—Pues prepárate para llorar, *papi* —respondo, haciéndole un saludo militar.

Esta carrera también la tengo ganada, al igual que las últimas. Sin embargo, cuando estamos a punto de llegar al lago, Jordan me rebasa, llevándose la victoria. Se detiene una vez en la meta, yo llego poco después y me detengo en seco. Nate, en cambio, se choca con nosotros a propósito.

—¿De verdad ha ganado Jordie? Joder, Torres, ahora no va a haber quien lo aguante.

—¿Y yo qué hago? Haber ganado tú.

Jordan sonríe, triunfante, y se cruza de brazos.

—No eres el único que ha aprendido algo de Sasha.

Después de patinar, vamos al piso de Jordan y pedimos unas pizzas. Me sorprende que Sasha acceda a venir, y me reconforta ver que participa en las conversaciones. Mor y Brooke son las primeras en irse, Sasha decide quedarse para dejarlas solas. Más tarde se marcha Ameth y, cuando terminamos una partida de cartas un rato después, le digo a Sasha que la acompaño a casa.

—Me he divertido hoy —me dice mientras caminamos en el frío de la noche en dirección a su hermandad. Se nos escapa vaho de entre los labios debido a que la temperatura ahora es distinta a la de esta tarde.

—Me alegra oír eso. Es agradable ver cómo ya no tienes un palo metido por el culo.

Sasha ríe y me da un empujoncito con el hombro.

—No tientes a la suerte, conmigo nunca se sabe.

—No cr... —me callo cuando veo algo que llama mi atención. Sasha me mira interrogante y yo señalo con la cabeza a una pareja sentada en un banco, más adelante. Al igual que yo, ella los reconoce al instante.

—¿Qué narices? —Tira de mí para escondernos detrás de un coche y observar.

Valerie, la patinadora, y el entrenador Roland Moore están hablando, pero la postura de él es invasora. Está inclinado hacia ella, tiene un brazo en la espalda del banco y una mano en su muslo. Valerie tiene la cabeza gacha y sonríe con timidez a algo que él le está diciendo. Es repugnante saber que se está aprovechando de ella, que no muestra ni un ápice de comodidad en su postura.

—No puedo ver esto —susurra Sasha—. Seguro que Valerie piensa que solo está siendo amable, o que le debe algo.

El entrenador aparta un mechón de pelo de la cara de la chica, y se inclina para intentar besarla. Valerie echa la cabeza hacia atrás para evitarlo y alza una mano para pedirle que no lo haga, pero él vuelve a insistir.

—Tengo que intervenir. —Sasha se incorpora, pero yo tiro de su brazo para que vuelva a agacharse.

—¿Y qué vas a hacer? —pregunto—. Solo vas a ponerle sobre aviso y no vas a hacer que esto pare. Es mejor ser inteligentes. Me he quedado sin batería, ¿tienes tu móvil?

—Sí.

—Hazles fotos, necesitamos pruebas de lo que está pasando para poder amenazarle.

Eso hace, toma varias fotos mientras Roland Moore le sigue insistiendo a Valerie.

—No la deja en paz —susurra Sasha—. No podemos dejar que le haga nada.

—Llevas razón, hay que ayudarla.

Pero antes de que salgamos de nuestro escondite, Valerie se pone en pie y le dice algo al entrenador con nerviosismo. Después señala hacia un lado y se despide con la mano. Moore la mira mientras se aleja y después se va en dirección contraria.

—No me fio de él —me dice Sasha, yo asiento.

—Vamos a asegurarnos de que llegue a casa.

Los dos salimos juntos de nuestro escondite y vamos tras Valerie. Conseguimos alcanzarla poco después, y fingimos habernos encontrado con ella por casualidad.

—¡Valerie! —saludo—. Qué coincidencia.

—¿Qué haces por aquí? —pregunta Sasha con ninguna delicadeza. Como carraspeo, rectifica—. Ya es tarde, ¿vuelves a casa?

—Sí —responde ella con timidez—. Había salido a dar una vuelta.

—¿Tú sola? —insiste Sasha, que me hace resoplar. Valerie asiente—. Te acompañamos, no vaya a ser que a algún acosador le dé por seguirte.

Niego porque no he conocido a persona menos sutil en este mundo. Sé lo que está haciendo, intentando que Valerie diga algo al respecto del entrenador o muestre estar asustada, pero secundo lo que ha dicho antes: probablemente esta chica piense que le debe algo.

Durante el resto del camino soy yo quien habla con ella, ya que si dejo que lo haga Sasha es posible que Valerie salga huyendo. Le pregunto por sus estudios y cómo va el patinaje hasta que la dejamos junto a la residencia en la que vive. Después, Sasha y yo volvemos hacia su hermandad.

—Gracias —me dice cuando estamos en la puerta.

—¿Por qué?

—Por llevarme hoy a patinar con tus amigos, por la cena y por ayudarme con Valerie. —Sasha se encoge de hombros—. No eres como yo creía.

—Tú tampoco.

Da un paso adelante y alza el rostro para que la bese, así que eso hago. No es un beso tierno ni dulce, pero tampoco agresivo como cuando estamos en la cama. Es profundo y firme, cargado de deseo.

—¿Subes? —pregunta en mi boca.

—No vas a dejar que me quede esta noche, ¿verdad?

—No.

—Entonces lo mejor es que me vaya a casa —susurro, y le doy otro beso—. Nos vemos mañana, *mami*.

—Hasta mañana, *volk*.

CAPÍTULO 55
Sasha

De camino al entrenamiento de por la tarde, mi teléfono suena. Teniendo en cuenta que solo hay tres personas en el mundo que me llaman (bueno, ahora cuatro), no es muy difícil adivinar quién es por descarte.

—Hola, papá —saludo al descolgar.

—Hola, cielo. ¿Cómo estás?

—Hasta arriba, como siempre, pero bien. ¿Y tú?

—Preocupado —confiesa—. ¿Todo bien con tu madre?

—Como siempre —repito, frunciendo el ceño.

—¿Cómo tienes la mejilla?

Me detengo en seco cuando pregunta eso, mirando al cielo, hoy nublado, y soltando un largo suspiro. Voy a matar a Brooke.

—Estoy bien, papá, han pasado varias semanas de eso.

—Lo sé, Sasha, no te he preguntado antes porque sabía que ibas a cabrearte con Brooke si lo hacía.

Y es cierto. Si me hubiese preguntado antes, con el bofetón de mi madre reciente, me habría cabreado con ella por habérselo contado. En realidad, ahora mismo también estoy cabreada, pero supongo que no tanto.

—Te repito que estoy bien. Fue algo puntual, la cabreé demasiado —digo.

—No se te ocurra justificarla, Sash —protesta él, y puedo imaginarlo al otro lado del teléfono frotándose los ojos—. Necesito que me cuentes estas cosas. Si tu madre te está sobreexplotando tengo que saberlo.

—Mientras el contrato con ella esté vigente no podemos hacer nada —le recuerdo.

—Si te está maltratando sí podemos, maldita sea. —La angustia en su voz me hace titubear. Me conoce lo suficiente, porque insiste—: Cuéntamelo, Sasha.

Hace unos meses no lo habría hecho. Habría mentido y dicho que estoy bien, que no pasa nada. Pero ahora… ¿Por qué tengo que mentir? ¿Por qué tengo que seguir justificando todo lo que me hace?

—No puedo más —confieso, y le cuento a mi padre todo.

Cómo me trata, cómo se niega a llevarme a un nutricionista, cómo se sobrepasa, cómo me amenaza…

—Sasha, mi vida… Sabía que tu madre era horrible, he estado casado con ella, pero no tenía ni idea de que la situación era tan grave. ¿Por qué no me lo habías dicho?

—No lo sé.

—Voy a investigar qué podemos hacer, ¿vale? Esto no va a quedarse así, hija, me niego a que sigas con ella.

—Tengo que ganar el ISSC, papá —le recuerdo—. Puedo aguantar hasta entonces.

Resopla al otro lado de la línea. No puedo verme involucrada en un escándalo como lo sería romper mi contrato con ella poco antes de la competición. Tengo que aguantar hasta entonces y, después, ya veré qué hago.

—Ya veremos, Sasha, no estoy de acuerdo con esa decisión.

Prefiero no discutir, mi padre siempre está ahí para mí cuando lo necesito y sé que solo está preocupado. Por eso cambio de tema y le pregunto por Eric. Hablamos de su trabajo y de mis clases hasta que llego al pabellón y me despido de él.

Mi madre aún no ha llegado, así que me pongo los patines y voy a la pista para ir calentando. Roland Moore está ahí con todas sus alumnas. Le miro con todo el desprecio que soy capaz, y comienzo mi calentamiento sin quitarle ojo de encima. Lo único que siento cuando le miro es repulsión.

Soy tan poco disimulada que se da cuenta de la forma en que le fulmino con la mirada cada vez que paso por su lado. A la séptima vez, se interpone en mi camino para que me detenga.

—Sasha, bonita, ¿va todo bien?

—No se te ocurra llamarme así —le espeto, tuteándole porque soy incapaz de mantener el decoro. Él frunce el ceño.

—¿He hecho algo para ofenderte?

Yo en lo único que puedo pensar es en aquel entrenador que se intentó aprovechar de mí. Pensar que Valerie está pasando por lo mismo me hierve la sangre.

—Sí. —A la mierda, no puedo contenerme, no puedo callarme—. ¿Cuántos años le sacas a Valerie, Roland? ¿Quince? ¿Veinte? En el año en el que estamos eso no sería un problema si no fuese porque es tu alumna, y porque es más que evidente que estás llevando a cabo un abuso de poder.

El entrenador Moore aprieta los dientes y frunce los labios unos segundos antes de responder.

—No tengo ni idea de lo que estás hablando.

—Valerie quizá esté muy asustada para contarlo, pero yo no.

—Te repito que no sé de qué estás hablando, Sasha —insiste—. No se te ocurra insinuar algo así, podrías hundirme la vida por una mentira como esa.

—Tengo fotos —me mofo—. Del viernes por la noche. ¿Te suena? Si no dimites, voy a enseñárselas a la decana. Tu vida te la estás arruinando tú mismo.

Su expresión cambia por completo. Me mira con una mezcla entre odio y miedo, pero mantiene su versión porque admitirlo en voz alta podría ser un error muy grave para él.

—Por última vez, Sasha: no tengo ni idea de lo que estás hablando.

—Eres repugnante.

—¡Aleksandra! —oigo tras de mí, e inspiro hondo para no perder los nervios—. ¿Qué haces ahí parada? Ponte a calentar ahora mismo.

No digo nada más, ignoro a Roland y patino hacia mi madre.

—El entrenador Moore está abusando de una de sus alumnas —le digo. Ella pone los ojos en blanco y chista.

—¿Otra vez con esa tontería? Por el amor de Dios, Aleksandra.

—Tengo pruebas —insisto—. Les hice fotos, mamá. Está abusando de Valerie.

—Claro que sí, hija. —Hace un gesto con la mano para quitarle importancia a mis palabras—. ¿No crees que si ese fuese el caso esa chica ya habría dicho algo?

¿Me está vacilando?

—Si está asustada, no. Si cree que le debe algo, no. Valerie es una víctima y tenemos que ayudarla.

—Aleksandra, deja de decir estupideces —me ordena con firmeza. Yo aprieto los puños, pero no soy capaz de callarme.

—¡¿Cómo puedes seguir sin creerme?! —grito, aunque bajo mi voz de inmediato para no llamar la atención de nadie—. No me creíste cuando estaba en el instituto e intentaron abusar de mí. Hizo falta que sucediese algo grave y detuviesen al entrenador para que vieses que no mentía y, aun así, dudo mucho que pienses que de verdad pasé por aquello. Te estoy diciendo que tengo pruebas de que está acosando a una alumna, ¿y no eres capaz por lo menos de pensar que es cierto?

No necesito que responda para conocer su respuesta. Su mirada y su expresión de desprecio hablan por sí solas. A mi madre le da exactamente igual lo que tenga que decir, y le importa aún menos lo que pueda estar pasándole a alguien que no tiene nada que ver con ella.

—Ponte a patinar ahora mismo. —Es lo que dice. Yo chisto, negando, sin poder creerme cómo se puede ser tan inhumana.

Hago caso a sus instrucciones porque pelear con ella es inútil. Patino durante más de una hora, aunque mi atención está casi todo el rato sobre el entrenador Moore y sus alumnas. Mi madre me regaña más de una vez, yo simplemente hago lo que pide.

Cuando terminamos el entrenamiento estoy exhausta, pero cabreada con el mundo. Soy la última en abandonar la pista, ya que el equipo de patinaje se fue hace muchísimo rato. Voy a los vestuarios, abro mi taquilla y… No. No, no, no. Mi bolsa está abierta y las cosas de dentro están revueltas. Sé perfectamente qué ha pasado sin tener que pensarlo, así que rebusco con desesperación para encontrar mi móvil. No ha podido hacer nada, tengo desbloqueo con código y es imposible que Roland se lo sepa…, ¿verdad?

Comprendo mientras vacío toda mi bolsa que, efectivamente, no ha conseguido desbloquear el móvil. Por eso me lo ha robado. Se lo ha llevado y no puedo demostrarlo porque dentro del vestuario no hay cámaras y las del pasillo solo muestran quién entra en los pasillos, no en cada vestuario. Roland Moore se ha llevado mi maldito teléfono porque yo le he dicho que tenía fotos. He sido tan idiota al contárselo que ahora me he quedado sin las pruebas que tenía contra él. Ahora no solo es que no tenga nada, sino que va a ser imposible volver a pillarle en una situación así, porque va a estar alerta.

Sasha, eres una maldita gilipollas.

CAPÍTULO 56
Torres

Ameth se abre paso entre los jugadores del equipo contrario, que se achantan cuando sus casi dos metros de altura y toda esa masa muscular se plantan en su camino. Ni siquiera tiene que hacer un pase, se ha quedado completamente solo frente a la portería, así que lanza y marca gol.

Toda la gente que hay en las gradas apoyando a los Wolves gritan y silban cuando ven que nuestro marcador va sumando y sumando sin parar.

El equipo contrario se hace con el control del disco y uno de sus delanteros va directo hacia nuestros defensas. Ahora mismo están en pista Lucas y Jordan, que se preparan para evitar que se acerquen a la portería. Jordan usa el viejo truco de fingir que va hacia un lado e ir hacia el otro, bloqueando así al extremo contrario y quitándole el disco. Cuando ve que estoy solo, me lo pasa.

Esquivo a los jugadores que intentan hacerse con el disco, y se lo paso a Nate hasta que consigo despejar mi zona y me lo manda de vuelta. Tengo la respiración agitada por el juego, pero la controlo lo mejor posible para que ni mi propio aliento me distraiga. Patino hacia la portería con rapidez con un mejor control sobre mí mismo del que jamás he tenido. Esquivo a los defensas, tiro y el disco se cuela entre las piernas del portero, marcando un nuevo gol que nos lleva a la victoria con muchísima diferencia.

Cuando la multitud estalla una vez más en vítores y aullidos, yo lo celebro con mis compañeros sobre el hielo. Mi equipo y yo nos juntamos para aullar y abrazarnos porque este año estamos arrasando en la temporada. Quedan únicamente dos partidos antes de la semifinal, y no puedo estar más contento con nuestros resultados. Este año hay posibilidades de llegar a la final y, si seguimos así, podríamos hasta ganar.

La sensación que invade mi cuerpo mientras saludamos a los que han venido a vernos es el motivo por el que juego al hockey. Estoy lleno de orgullo por mis colegas y por mí mismo, y estoy feliz por haber encontrado algo que me gusta de verdad y estar llegando tan lejos. No quiero que esta sensación desaparezca nunca. Ahora mismo siento que puedo con todo. Ahora mismo me siento seguro.

Los chicos y yo abandonamos el hielo y vamos a los vestuarios a cambiarnos. Mientras nos turnamos para ducharnos, saco la botella de alcohol de las victorias de mi taquilla, y nos bebemos unos cuantos chupitos para celebrar el pedazo de partido de hoy. El entrenador Dawson entra, pero no nos molestamos en ocultar lo que estamos haciendo porque estamos demasiado contentos. Ni siquiera guardamos silencio, sino que algunos de los chicos van hacia él y le obligan a unirse a nuestra celebración.

—¡Entrenador! —grita John—. ¿Ha visto que pedazo de partido? No puede criticar ni una sola cosa, hemos estado espectaculares.

El entrenador sonríe y pone los ojos en blanco.

—Alguna cosilla hay —responde—, pero no voy a ser yo quien diga que habéis jugado mal.

—¡Ni siquiera Sasha puede hacerlo! —replica Peter, cuya relación de odio con Sasha ha pasado a ser de amor platónico. No le mola, simplemente la admira demasiado. O eso espero.

—No tientes a la suerte —se burla Jordan.

—Buen trabajo hoy, chicos —dice el entrenador—. Habéis jugado muy bien, ya analizaremos el partido la semana que viene, pero os merecéis descansar este fin de semana. Voy a fingir que no he visto la botella de alcohol, pero os recuerdo que el lunes a primera hora tenéis control de drogas, y el martes el nutricionista os examinará. Así que vosotros sabréis cómo celebráis la victoria.

—Entrenador, no tiene de qué preocuparse —dice Mike—. Sabemos cómo comportarnos.

—Lo dudo mucho, sois como orangutanes descontrolados —suspira y después su vista se pasea hasta toparse conmigo—. Torres, en cuanto estés listo ven, necesito hablar contigo. Date prisa.

—A la orden —respondo.

Después de ducharme me pongo un pantalón vaquero, una camiseta y un jersey verde oscuro. Me calzo las deportivas blancas, me seco el pelo rápidamente y salgo en busca del entrenador. Está cerca de las gradas, hablando con un grupo de gente, ya que todavía hay varias personas por aquí. Cuando me ve, me llama con la mano para que me acerque.

—Diego, ven.

Que me llame por mi nombre es raro, nunca lo hace. Me acerco, analizando a la persona que se separa del grupo junto a él para hablar conmigo. Es un hombre de más o menos su edad que me resulta familiar, vestido de forma casual con vaqueros, jersey y un abrigo en la mano.

—Te presento a Maverick Johnson —dice el entrenador, y entonces se me para el corazón. No es que me resulte familiar, es que sé perfectamente quién es ese hombre—. Ojeador de los New Jersey Devils.

Me muero ahora mismo. Creo que me he quedado en shock, por lo que tardo unos segundos en reaccionar. Le tiendo mi mano para saludarle, nervioso.

—Señor Johnson, es un placer. —Él acepta mi mano—. Diego Torres. Es usted toda una leyenda.

Maverick fue el jugador más joven que tuvieron los New Jersey Devils hace más de veinte años, yo ni siquiera había nacido. Llevó al equipo a la victoria múltiples veces y tiene miles de premios por lo bueno que era. Cuando se retiró hace siete años, se hizo ojeador para el equipo y desde entonces solo ficha a jugadores que son impresionantes. Nunca ha cometido un error al fichar a alguien.

—Diego Torres —repite, asintiendo—. Te llevo observando toda la temporada, chico. Eras bueno cuando empezaste, pero ahora eres imparable. Eres rápido y tienes buen control sobre tu cuerpo. Tus tiros son limpios pero con fuerza, y se nota que eres ambicioso.

—Gracias, señor —intento no titubear, porque no puedo creerme que Maverick Johnson este diciéndome eso.

—Anthony me ha estado contando que has cambiado de estudios para centrarte más en el ámbito deportivo y que pretendes dedicarte a jugar al hockey profesionalmente.

—Así es, señor.

—Pues sigue así, muchacho. Juega como lo has hecho hoy los partidos que te quedan, arrasa en la Frozen Four y, quizá, podamos tener una conversación después. Te queda un año para graduarte, pero la titularidad se gana, no te vendría mal compaginar tu último año con unos partidos como suplente.

Me quedo sin habla. Si consiguiese el año que viene ser suplente en los New Jersey Devils mientras termino de estudiar, todo mi esfuerzo se vería más que recompensado. Sería un año mortal entre estudiar, cuidar de mis hermanas y jugar para los NJD, pero podría hacerlo. Si ganamos la Frozen Four, puede que esta sea mi última temporada con los Wolves, pero habré conseguido mi objetivo antes incluso de lo esperado. No me lo puedo creer.

—Sería un honor, señor —consigo responder—. Muchísimas gracias.

—Gana —me repite, señalándome—. Y nos volveremos a ver.

Maverick Johnson se despide de nosotros y yo me quedo embobado mientras le sigo con la mirada. El entrenador me da una palmada en el hombro y suelta una risa.

—Puede que seas un incordio, Torres, pero te mereces que todo te vaya bien en la vida —me dice. Yo le miro e intento contener las ganas de echarme a llorar que tengo de repente. Lo que no puedo evitar es darle un abrazo—. Tampoco te cueles, chico, que no me gustas ni una pizca.

—Deje de mentir, entrenador, me adora con todo su corazón.

—Suéltame ya, anda, para que podamos ir a presentarte al ojeador de los New York Rangers.

Me separo de inmediato y le miro con los ojos como platos.

—¿Qué?

—Hoy es tu día de suerte, muchacho.

Los chicos están saliendo del vestuario cuando yo vuelvo, aún sin poder creerme lo que acaba de pasar, a coger mis cosas.

—Vamos al Cheers, ¿no? —pregunta Adam, y yo asiento.

Nate y Jordan se quedan rezagados para esperarme, así que les cuento lo que ha pasado mientras salimos del pabellón.

—Maverick Johnson de los NJD y Arnold Tires de los NYR me han ofrecido jugar con ellos como suplente el año que viene —les digo, y los dos me miran boquiabiertos—. Pero tengo que impresionarles en la Frozen Four para que de verdad me quieran con ellos.

—¡¿Qué?! Tío, eso es una pasada —responde Nate, rodeándome con el brazo para abrazarme contra él.

—No te olvides de nosotros cuando seas una estrella —bromea Jordan.

—No me lo creo, en serio. Tenemos que ganar la final como sea, no puedo perder esta oportunidad.

—Estoy seguro de que todo va a ir bien —dice Jordan, empujándome con el hombro.

Ahora lo creo de verdad. Llevo todo el mes con una carga menos sobre la espalda. Cambiar mis estudios ha sido un alivio increíble, mis notas de nuevo vuelven a ser sobresalientes, he recuperado un buen ritmo de vida, y mis amigos me están echando una mano en todo. Me siento capaz de sacar todo adelante, esta vez sin autoengaños.

Cuando salimos del pabellón, los últimos, los chicos del equipo siguen ahí fuera hablando con alguien. Puedo ver a Spencer, a mi hermana, a Brooke y… ¿Sasha?

¿Sasha ha venido a ver el partido? Se me acelera el corazón de golpe. No solo está aquí, sino que lleva puesta una sudadera azul de los Wolves que estoy seguro de que Brooke le ha obligado a vestir, porque ella la lleva en blanca, como Morgan, mientras que Spencer la lleva gris.

—Tío, ¿Sasha ha venido a vernos jugar? —pregunta Nate, que se acaba de dar cuenta de su presencia.

—No sé de qué te sorprendes, si Torres y ella están saliendo —aporta Jordan, que me hace reír.

—No estamos saliendo —replico—. Somos follamigos.

—En mi cabeza estáis saliendo. —Se encoge de hombros—. Estáis coladitos el uno por el otro desde hace mucho.

—No es cierto.

—Sí que lo es —añade entonces Nate—. Pero has estado tan centrado en tus cosas que no te has parado ni a pensarlo.

—Ya hemos hablado de esto —protesto—. Además, a ella no le gusto de esa forma.

—Pero a ti ella sí —continúa Jordan—. Quizá deberíais hablar.

No seguimos con la conversación porque estamos ya a unos pasos de donde se encuentran las chicas con el resto del equipo. ¿Me gusta Sasha «de esa forma»? Hasta ahora no me había parado a pensarlo. Dejó de caerme mal conforme la iba conociendo. Nos hicimos amigos (aunque ella lo niegue por orgullo), y surgió una atracción entre nosotros inesperada. Ahora entiendo cuando Nate el año pasado decía que si sucumbía al deseo que sentía por Spencer, quizá desaparecería. Yo también lo pensaba y, en cambio, aquí estoy, emocionándome porque esta chica a la que le cuesta salir de su frasco de hielo ha venido a vernos jugar.

Mierda. Quizá sí me gusta «de esa forma». Cuando sus ojos azules se alzan y se clavan en mí, lo confirmo. Mierda. Sí me gusta «de esa forma». Y no pienso hacer nada por ocultarlo.

Me acerco a ella con una sonrisa de bobo que no puedo controlar y, cuando sus comisuras se elevan, ni siquiera me planteo el cortarme.

—Voy a besarte —anuncio. Pero Sasha no se aparta, así que agarro su rostro con mis manos y me inclino para besarla.

—Lo que yo decía —oigo que dice Jordan tras de mí.

El resto de los Wolves empiezan a silbar haciendo el tonto. Me separo de Sasha, que me mira con sorpresa a pesar de haberme correspondido.

—Ni siquiera así te vas a librar de que critique algo del partido, capitán —se burla Peter, a quien no le hago ni caso. Ella sí que le responde sin apartar la vista de mí.

—Vas a ser el primero en caer, Peter, tan solo espera al lunes.

—Hola, *mami* —saludo.

—Hola, *volk*.

—Has venido.

—Solo quería ver lo mal que jugabais —se burla—. Pero hoy no tengo queja, habéis estado muy bien.

—Que no te escuchen los demás o se les subirá a la cabeza —respondo, y la abrazo por los hombros—. Aunque tengo que contarte algo de camino al Cheers.

—Yo no he dicho que vaya a ir a tomar algo —protesta—. Tengo que...

—¡Ni hablar! —Brooke se planta delante de ella y la señala—. No te vas a ir a entrenar. Hoy lo has hecho ya dos veces con tu madre y mañana seguramente pases todo el día en el hielo. Así que no, no y no. Te vienes a beberte una botella de agua mientras los demás nos emborrachamos, ¿me explico?

Sasha frunce el ceño y mira a su amiga como si estuviese mal de la cabeza. Brooke se cruza de brazos y arquea una ceja, invitándola a reprocharle. Creo que ambos esperamos que lo haga, por eso nos sorprende que Sasha suspire y asienta con la cabeza.

—Vale.

El Cheers está a rebosar y no he parado de saludar a gente desde que llegamos. Todo el mundo está celebrando con nosotros la victoria de hoy. Hay un montón de chicas que se acercan para pedir fotos con nosotros, y los Wolves solteros aprovechan para ligar con algunas de ellas. Yo estaría haciendo lo mismo si no fuese porque hace tiempo que no me fijo en nadie más que en la chica que tengo delante en este preciso instante.

No era consciente de esto hasta ahora. La última persona con la que me enrollé y acosté antes de Sasha fue Becca, y de eso hace más de tres meses. Desde entonces ni siquiera me he fijado en nadie más, Sasha ha acaparado toda mi atención este tiempo, y yo lo disfruto.

Ella, con una botella de agua en la mano, y yo, con una cerveza, bailamos al ritmo de la música. Sasha sabe moverse, ya lo he podido comprobar en otras fiestas y en la cama en estos días, por lo que no me sorprende que se suelte y baile pegada a mí cuando nos separamos del grupo para disfrutar.

La agarro por la cintura para pegarla más a mí, ella enrosca las manos en mis hombros y yo aprovecho para darle un repaso una vez más. Lleva el pelo rubio suelto, ondulado. Sus párpados tienen purpurina, y sus pestañas son largas y negras por la máscara. Debajo de la sudadera que se ha quitado de los Wolves lleva una camiseta de manga corta de color blanco, unos vaqueros y deportivas blancas. Sus labios están llenos de *gloss* y yo no puedo dejar de mirarlos.

—Si vas a pasarte toda la noche besándome, dímelo y no vuelvo a pintarme los labios —me dice, y yo río. Sí, definitivamente me gusta de «de esa forma».

—Creo que deberíamos hablar —suelto. La llevo de la mano hasta uno de los sofás libres y, tras sentarnos, pregunto—: ¿Te gusto «de esa forma»?

—¿Qué? —se lo repito por si no me ha escuchado con la música, aunque aquí estemos más tranquilos que en la pista—. Te prometo que no tengo ni idea de a qué te refieres, Torres.

—Pues no sé —confieso, ya que no sé cómo expresarlo. Aun así, lo intento—. A mí me gustas para algo más que follar, *mami*. Pensaba que solo era deseo, pero después de todo este tiempo… No sé.

—Llevamos acostándonos poco tiempo —aclara ella, y me temo lo que va a pasar. Se va a asustar. Va a marcarse un Spencer con Nate y va a huir cuando le diga cómo me siento. Podría evitarlo callándome la boca y limitándome a esto que tenemos, pero no puedo. No soy capaz.

—Llevamos conociéndonos cinco meses. He visto lo peor de ti, tú has visto lo peor de mí. Hay química entre nosotros, Sash, y nos buscamos continuamente, y no solo para follar.

—No puedo hablar con conocimiento de causa por lo evidente, pero creo que a eso se le llama ser amigos.

—Pero es que yo no quiero ser solo amigos —protesto.

—Ni yo, por eso somos follamigos —responde, haciéndome resoplar.

—¿Y si quiero que seamos más? —me sorprendo diciendo, ella abre mucho los ojos.

—No he tenido pareja nunca, no saldría bien.

—Yo tampoco. Podríamos intentarlo.

—Podríamos seguir como hasta ahora —dice, mirándome a los ojos—. Esto es nuevo para mí, Torres, jamás en mi vida le había dedicado tiempo a nada que no fuese el patinaje, ni siquiera a mí misma. Vamos a ver cómo funciona lo que hay ahora mismo entre nosotros, y ya vamos viendo, ¿vale?

—Vale.

Eso suena mucho mejor que la reacción que yo esperaba. Dejar que las cosas fluyan me parece fantástico, al menos eso significa que Sasha no va a irse a ninguna parte.

—Vale —repite, y es ella la que se acerca a mí para besarme.

Saboreo el *gloss* de cereza e introduzco mi lengua en su boca, besándola con lentitud pero firmeza. Llevo mi mano a su nuca y la enredo en su pelo, asimilando la descarga eléctrica que me da cuando lleva su mano a mi pierna, ascendiendo hacia mi polla.

—Así que sí que te lo estabas follando. —Nos separamos porque ambos reconocemos esa voz.

Allison y Riley nos observan de brazos cruzados, como si esto fuese con ellas.

—¿No os cansáis de ser tan pesadas, Barbie mentirosa y Barbie arpía? Buscaos una vida —les suelto, pero ellas tienen gana de pelea.

—¿Sabe tu mami lo que haces con él? —pregunta Riley, que es la peor de las dos.

—No pienso molestarme en preguntar por qué os interesa la vida de cualquier persona por encima de la vuestra. Haced el favor de dejarnos en paz —les dice Sasha, haciendo una mueca.

—Tan solo creemos que Torres ha caído muy bajo —dice Allison, encogiéndose de hombros.

—Podría estar con alguien mejor —añade Riley.

Yo suelto una carcajada.

—¿Como quién, como tú? —miro a Riley—. No eres más que una niñita envidiosa que no sabe hacer nada más que criticar. ¿O como tú? —miro a Allison—. Han pasado dos años, supera que Nate no quiere verte ni en pintura y deja de molestarnos a los demás. —Paso un brazo por los hombros de Sasha, atrayéndola hacia mí—. Estoy perfectamente con Sasha y, respondiéndoos: sí, Sasha me está follando, y no os hacéis una idea de lo bien que lo hace. Ahora, largo.

Y dicho eso, le como la boca a Sasha, que corresponde con una pequeña risa de satisfacción. Unos minutos después nos separamos con la respiración agitada para comprobar que las dos Barbies se han ido.

—¿Nos unimos a los demás? —pregunto, Sasha asiente.

Volvemos a la pista de baile, donde mis amigos bailan juntos. Brooke, Spencer y Morgan obligan a Sasha a unirse a ellas, así que anuncio que voy a por otra cerveza a la barra.

Mi amiga Johanna, con la que me acosté en mi primer año de universidad, aunque no recuerde mucho de esa noche, y quien se enrolló con Jordan el año pasado, me recibe con una sonrisa pícara en el rostro.

—Si no lo veo, no lo creo. Diego Torres colado hasta las trancas por alguien —me dice, y yo río—. Me alegra verte bien. Bueno, me alegra verte, este curso estás desaparecido. Espero que no sea por esa chica.

—Nada que ver —respondo, apoyándome en la barra—. Ella es el motivo por el que he vuelto a tener vida social.

—Genial entonces.

Vuelvo con el grupo y seguimos disfrutando hasta que una persona que llevamos mucho tiempo sin ver entra en mi campo de visión. Dejo de bailar y le doy un codazo a Nate, a mi lado, señalando con la cabeza entre la gente.

—Es Cody —le digo. Jordan, frente a mí, se gira de inmediato para mirarlo.

—Viene hacia aquí —dice Nate.

—Y no viene solo —comenta Spencer. Es cierto, Cody se acerca con una chica morena agarrada de su mano.

No nos molestamos en disimular que lo estamos viendo, le analizamos hasta que llega adonde estamos.

—Hola, chicos —saluda—. Cuánto tiempo.

Veo a Jordan apretar los puños y los dientes. Inspira hondo antes de apartar la vista para no decir nada.

—Hola —responde Nate.

—¿Cómo estáis? Me alegra veros.

—Deberías irte —dice Morgan.

—Solo quería saludar —reprocha Cody—. Y presentaros a Maya. Pensaba que…

—¿Qué pensabas, Cody? —intervengo—. Engañaste a Trinity. Que ella no esté aquí no significa que te hayamos perdonado.

—Sabéis que siento lo que pasó —se defiende, pero Jordan suelta una carcajada que no le permite continuar.

—Más lo sintió Trinity. Lárgate, Cody, lo digo en serio.

La chica a su lado ha mantenido la cabeza gacha todo el rato, probablemente porque no quiere verse involucrada en esto. Cody suspira y asiente con la cabeza antes de tirar de ella para alejarse. Jordan suelta algo parecido a un gruñido y hace un aspaviento con la mano.

—Voy a por una maldita copa.

Después, se pierde entre la multitud.

CAPÍTULO 57
Sasha

—Te gusta —me pincha Brooke, con una sonrisa boba en el rostro—. Te gusta de verdad.

—Es complicado que alguien te guste de mentira —protesto, intentando escapar de la conversación.

—Ya sabes a qué me refiero. Madre mía, no puedo creerme que seas humana. Llevo mucho tiempo pensando que quizá eras un robot. Pero resulta que *papi* Torres te gusta. —Me encojo de hombros y ella bufa—. Ay, Sasha, por el amor de Dios. Te prometo que no vas a morirte por admitir en voz alta que te mola alguien. Si total, ya os escucho cuando folláis, no podríais ocultármelo.

—Esto es nuevo, ¿vale? Necesito asimilar las cosas antes de poder hablar de ellas.

Porque tengo un cúmulo de emociones que aún tengo que digerir. Al principio pensaba que todo había ido muy deprisa, que un día odiaba a Torres y al siguiente nos estábamos acostando, pero cada vez que repaso nuestra historia me doy cuenta de que esto se ha cocido a fuego lento, y de que él era más consciente de lo que hay entre nosotros que yo. Ahora tan solo estoy tratando de asimilar los cambios en mi vida, porque nunca antes le había dedicado atención a nadie más que a mí misma, aunque en realidad no me estaba cuidando, y no sé muy bien qué tengo que hacer. No quiero cagarla, así que prefiero ir despacio a precipitarme. Especialmente teniendo en cuenta que el ISSC es en nada y no me fío de que el estrés no me juegue una mala pasada.

—Háblame de ti y de Morgan —le digo, porque quizá escucharla a ella me despeje un poco o me ayude a pensar.

—Es fantástica, Sash —suspira, sonriendo ahora con ternura—. Me pongo nerviosa con ella, pero a la vez saca mi versión más atrevida. Sabes que siempre he ido de una persona a otra, y querer por primera vez asentar la cabeza me está gustando demasiado.

—Me alegra oír eso, Brooks, de verdad. Por lo que he visto, Morgan se parece mucho a su hermano, y eso solo puede ser bueno.

—Imagino que sabes toda su historia —dice, y yo asiento. Debí suponer que ella también terminaría sabiéndolo por Mor, pero no iba a ser yo quien sacase el tema—. No entiendo cómo pueden llevar todo adelante, yo me habría hundido hace mucho.

—Hay personas que tienen la capacidad de salir adelante con todo lo que se les venga encima y, aun así, preocuparse por el resto de la gente —reflexiono. Si yo fuese ellos no sería ni la mitad de agradable con el resto del mundo.

—Morgan tiene un trastorno alimentario —dice entonces—. Me ha dado permiso para contártelo, Torres le dijo que él solo te había contado que tenía una situación complicada. Tiene bulimia desde hace mucho tiempo. Ha estado bien en los últimos años, pero el curso pasado tuvo una recaída de la que todavía se está recuperando.

—No me quiero ni imaginar lo duro que es.

—Lo ha pasado muy mal —continúa—. Por eso Torres lleva más carga que ella y ha asumido el papel de cabeza de familia, porque Morgan necesita una estabilidad diferente.

No tengo palabras para expresar ninguna de las dos cosas que se pasan por mi mente ahora mismo. La primera es que admiro cómo ambos hermanos intentan llevar una vida medianamente corriente, acorde a su edad, a pesar de las dificultades a las que se enfrentan a diario. Me fascina su fuerza, su determinación y el amor que sienten el uno por el otro y por sus hermanas. La segunda es que no logro comprender cómo cada nueva cosa que descubro acerca de Torres es para subirlo aún más alto en un pedestal en el que jamás había puesto a nadie, porque cuando pones a las personas en un pedestal lo único que pueden hacer es defraudarte. Torres podrá fallarme a mí en alguna ocasión, pero jamás le fallaría a su familia, y es por eso por lo que le subo en ese pedestal.

Sin embargo, romantizar el estilo de vida que los mellizos tienen es un error. Nadie debería tener que lidiar con todo eso: un padre que les ignora y se gasta su dinero, matarse a estudiar para tener becas y ahorrar, cuidar de dos hermanas pequeñas mientras intenta asegurarse un futuro, cuidarse de un trastorno alimentario... Y todo mientras intenta no perderse a sí mismo por el camino. Ellos dos no lo han hecho, pero yo sí lo hice. Yo tan solo quería convertirme en la mejor patinadora del mundo, pero me perdí a mí misma por el camino.

Pero ahora, por fin, siento que me estoy encontrando.

El triple *axel* en coreografía dejó de ser un problema hace tiempo.

Estoy siguiendo la dieta todo lo que puedo, pero sigo comiendo cuando tengo hambre y no me privo de algunos alimentos como hacía antes. Mi estómago se ha acostumbrado ya a comer cuando lo necesito, así que no me duele si decido no pasar hambre como he estado haciendo hasta ahora. He recuperado los kilos que había perdido porque últimamente descanso y como en condiciones, e ignoro a mi madre cuando me dice que estando así de gorda no voy a poder patinar. La detesto.

Al haber recuperado fuerzas y al estar aprendiendo a distraerme con otras cosas, mi rendimiento está siendo mucho mejor. El triple *axel* llevaba saliéndome a la perfección muchos años, pero últimamente en coreografía estaba siendo imposible. Ahora puedo hacerlo sin problema.

—No —repite mi madre—. Juro que si vuelvo a escuchar triple *axel* una vez más te arranco los labios, Aleksandra. Hemos terminado por hoy.

Mi madre se larga de la pista en el mismo instante en que el equipo de patinaje llega. Yo salgo, pero, cuando estoy en el pasillo, veo a Roland Moore y a Valerie hablando. Cuando se percatan de mi presencia, él me mira con asco y se larga de ahí, yendo al hielo. Valerie se queda donde está.

—¿Valerie? —Da un respingo cuando me oye, por lo que me acerco a ella con el ceño fruncido—. ¿Estás bien?

—Sí —dice, aunque su voz suena ahogada.

Puedo ver que está temblando, así que le doy la mano y la llevo a uno de los asientos del pasillo. Ella se deja llevar y ambas nos sentamos.

—Valerie, puedes hablar conmigo —murmuro, ella niega y se muerde los labios con fuerza. Se está aguantando las ganas de llorar, y a mí se me encoge el corazón—. Si el entrenador…

Vuelve a negar, pero esta vez repetidas veces. Está asustada. Está desesperada. Y da igual que le insista, no va a hablar si no se siente protegida y entendida.

—Cuando estaba en el instituto, mi entrenador intentó abusar de mí —le confieso. Ella alza la vista de inmediato y me mira con sorpresa—. Nadie me creyó, ni siquiera mi propia madre. Tenía tanto miedo y me daba tanta vergüenza pensar que nadie nunca iba a creerme que no le denuncié. Hasta que una chica sí lo hizo, y muchas más se unieron para apoyarle.

Hago una pausa, ella no deja de mirarme, las lágrimas corren por sus mejillas y yo tengo que contenerme por no echarme a llorar también.

—Los abusos en los deportes femeninos son más comunes de lo que la gente cree —sigo—. Y pararlo es muy difícil. Pero si está en nuestra mano hacerlo, tenemos que intentarlo para que no les pase lo mismo a más chicas. Sé lo que es tener miedo, te lo prometo. —Alzo la mano para limpiar su cara—. Pero yo sí te creo, Valerie.

Se lanza a mis brazos.

—Tranquila —le digo, abrazándola—. Si no quieres hablar, lo entiendo. Pero quiero que sepas que puedes confiar en mí. Y si ha pasado algo, voy a apoyarte. Podemos denunciar si quieres.

—Tengo miedo, Sasha —susurra, aún sollozando—. Quiero contárselo a mis padres para denunciarlo, pero tengo miedo.

—Es normal. Pero te prometo que no estás sola.

Valerie se aparta de mí y sorbe los mocos por la nariz. Después asiente y se arma de valor para contarme todo.

Llamo a Torres para contarle lo sucedido. Está en el piso de Jordan y me insiste en venir a por mí, pero tengo mi coche, así que voy yo hacia allá. Spencer, Nate y Jordan también están ahí y me saludan cuando llego.

Les cuento todo lo que Valerie me ha dicho. Roland Moore no para de hacerle insinuaciones, de intentar besarla y acariciarla sin su permiso. Ella siempre le pide que pare, pero está tan asustada que no es capaz de pelear con él. El puto Roland Moore la tiene amenazada con echarla del equipo si cuenta algo, lo que le aterra aún más. Después de hablar un rato conmigo, se ha armado de valor para llamar a sus padres y contárselo conmigo delante. Viven en Newford, así que esta misma tarde iban a poner una denuncia.

—Si tan solo tuviésemos las fotos… —me lamento—. Le ayudarían mucho.

—¿Te has comprado un teléfono nuevo? —me pregunta Nate.

—Tenía el viejo en casa —respondo, enseñándole el iPhone que tenía antes. Funciona algo lento y tiene la pantalla un poco rota en un lateral, pero sirve.

—¿Tienes tus cosas subidas a la nube? —vuelve a preguntar.

—Ni idea. Supongo que sí.

—Sasha, es posible que podamos recuperar las fotos que hiciste.

—No lo habíamos pensado —dice Torres, que le da un bocado a una pizza llena de lechuga que hasta a mí me resulta horrible. Yo me he pedido una básica: jamón y queso, que resulta ser mi nueva comida favorita desde que la probé hace unas semanas. ¿Cómo he pasado veinte años sin comer este manjar?

Nate me explica cómo acceder a la nube y los cinco presentes rezamos porque las fotos estén ahí. Cuando estoy dentro, las busco y…

—¡Aquí están! —exclamo, sintiendo una alegría increíble—. Las tenemos.

—Vamos a hundir a ese desgraciado —dice Jordan.

CAPÍTULO 58
Sasha

Las sirenas de policía deben de escucharse por todo el campus.

No he podido dejar de mirar con odio a Roland Moore mientras entrenaba a su equipo en una mitad de la pista, estando mi madre y yo en la otra. Ahora lo miro con una satisfacción que me llena el pecho y una sonrisa triunfante mientras la policía le conduce hacia fuera del pabellón. Todo el equipo de patinaje, mi madre y yo les seguimos hacia el exterior, donde aguardan los refuerzos y tres coches; el último que llega se detiene junto a ellos y se apagan todas las sirenas.

Roland Moore se remueve cuando intentan meterlo en el coche, lanzándonos una mirada de odio a los presentes que observamos, algunos en silencio, otros murmurando.

—Te lo dije y no me creíste —le digo a mi madre—. Otra vez.

—Algún día aprenderás a no inmiscuirte en las cosas que no tienen que ver contigo. —Es su respuesta.

Valerie se coloca a mi lado y la miro. Tiene los ojos rojos y no para de llorar. Yo le pongo una mano en el hombro para darle fuerza, y ella me abraza.

—No puedo creerme que lo hayamos conseguido —murmura.

—Pensaba que nunca nadie se daría cuenta —dice entonces otra chica del equipo, Summer, que se une a nosotras—. Pensaba… pensaba que había sido la única.

Rompemos el abrazo y las tres nos miramos.

—¿A ti también te ha intentado… tocar? —le pregunta Valerie, bajando la voz. Summer sonríe con tristeza.

—A mí me… me forzó el año pasado —suelta, y un sollozo se ahoga en mi garganta—. Mis padres no me creyeron, mis amigas tampoco. Nadie lo hizo.

445

—¿Ni siquiera la decana? —pregunto.

—A ella nunca se lo dije. Moore... Él me obligó a no decir nada, me echó a mí las culpas de lo sucedido.

—Por eso estuviste un mes sin entrenar —recuerda Valerie.

—Iba a dejarlo para siempre, no quería volver a verle después de lo que sucedió... Pero el patinaje es mi pasión, no podía renunciar a él. —Nos mira alternativamente con la voz temblorosa—. Lo entendéis, ¿verdad?

—Por supuesto que sí —respondo, secándome los ojos.

—Si tú no hubieses llegado al final del asunto... —Valerie inspira hondo cuando escucha esas palabras—. He hablado con las demás chicas. La policía nos llamó a todas después de que denunciases. Querían saber si había más chicas implicadas. He prometido no decir nada porque no soy yo quien tiene que contarlo, pero no éramos las únicas, Valerie.

—Joder —suelto, llevándome una mano a la cabeza. No puedo creérmelo, me hierve la sangre del cabreo, de la rabia.

—Gracias por denunciar —le dice Summer—. Por las que no tuvimos valor. Gracias a eso ese desgraciado va a pagar por todo lo que ha hecho.

Las tres observamos cómo los coches de policía vuelven a encender las sirenas y se marchan, llevándose a esa mierda de persona del campus de Keens para siempre.

El lunes, tres días después de la detención de Roland Moore nos enteramos de que varias chicas de otros años también fueron llamadas para investigar el caso, y algunas confesaron haber sido también víctimas de ese desgraciado. Solo espero que se pudra en la cárcel, ya que el daño que hizo no puede ser reparado.

Mi madre se pasa todo el entrenamiento de mal humor. Resulta que, hasta que encuentren un nuevo entrenador, tiene que hacerse cargo del equipo de patinaje. Ninguna va al ISSC, pero sí hay algunos campeonatos locales y exhibiciones para las que tienen que prepararse.

Cuando por fin termino de entrenar con ella, salgo del pabellón y me dirijo hacia el de hockey. Recibo un mensaje en ese momento, concretamente al grupo que tenemos juntas todas las Kappa Delta.

Allison
Las que faltáis, dónde estáis???

Amanda
Llegando, Allison. Hemos quedado en 10 minutos.

Vera
Me quedan 2 minutos!!!

Allison
Brooke?

Brooke
Estoy cagando, Allison. Ya bajo, joder.

Riley
Sasha?

Yo
No puedo ir.

Allison
???

Tenemos que organizar la fiesta de San Valentín.

Yo
Estoy de acuerdo con todo lo
que decidáis.

Riley
Deberías estar aquí.

Brooke
Yo hablo por ella :D

Allison
Atente a las consecuencias.

Pues estupendo, pero no pienso aparecer por allí.

Me dirijo a los vestuarios para dejar mis cosas y coger los patines cuando el primero de los chicos de hockey entra.

—Llegas pronto. —Alzo la vista para mirar a Torres, que se acerca a mí.

Me pongo en pie para recibirle, ya que sé que no va a perder el tiempo. Efectivamente, me agarra por la cintura y me atrae hacia él. Yo llevo las manos a su cuello y le beso. Joder, aún no me acostumbro a esto, siento un cosquilleo por todo el cuerpo inexplicable.

—Tú también —respondo.

—El vídeo de la detención de Moore está por todas partes. ¿Cómo te sientes?

—Feliz —confieso, sus manos me acarician la espalda con lentitud y yo siento que me derrito entre sus brazos. Quién me iba a decir a mí que algún día me sentiría así—. Muy feliz.

Ya habíamos hablado esta mañana cuando pasó y le conté todo, pero Torres jamás va a dejar de interesarse por el bienestar de los demás, aunque ya se lo hubiera contado antes. Y eso es lo que más me gusta de él.

—Mi madre está que echa humo por tener que entrenar al equipo hasta que encuentren un suplente —añado.

—A lo mejor así reparte su mal humor y no te toca lidiar con tanto —bromea, y yo río.

—No tendré esa suerte.

El resto de los chicos empieza a llegar, animados aún por la victoria de la última vez, aunque hayan pasado casi dos semanas. Este viernes tienen el penúltimo partido de la temporada fuera de casa antes de las semifinales, y están eufóricos porque están los segundos en el ranking de mejores equipos. Si siguen así, estoy segura de que pueden ganar. Deseo que ganen, pues eso le dará a Torres la oportunidad de jugar en su equipo soñado.

—¡Sasha! —Peter se acerca y, con toda la confianza del mundo, me rodea por los hombros con el brazo—. Tenemos un regalito para ti.

—Sea lo que sea, te prometo que no lo quiero —protesto con una mueca, aunque en el fondo este idiota me ha empezado a caer bien.

—No le digas eso o le harás llorar —dice Ameth—. Lleva semanas preparándolo.

—Vaaale… A ver, ¿qué es?

Peter les pide a los chicos que se acerquen, así que enseguida hacen un semicírculo frente a mí.

—Sabemos por qué nos odiabas cuando empezaste a entrenarnos —comienza Peter, yo le miro curiosa por saber adónde lleva esta conversación—. Y todos estamos de acuerdo en que llevabas razón. Todos somos Wolves, no solamente los jugadores de hockey. —Saca de la mochila que lleva una carpeta y la señala—. No es justo que disfrutemos de más privilegios que los demás equipos deportivos de la universidad.

Me tiende la carpeta, que acepto con el ceño fruncido, sin comprender. La abro y me encuentro varios documentos oficiales de la universidad y una hoja firmada por todos ellos, incluido el entrenador Dawson.

—Hablamos con la decana y solicitamos que el presupuesto de los demás equipos se igualase al nuestro. Dijimos que, si no se hacía, haríamos huelga y no jugaríamos en la Frozen Four.

—Mentira —digo de inmediato, y miro a todos los presentes.

—A ver, un poco sí —se ríe John, al lado de Peter—. Íbamos a jugar sí o sí porque es nuestro futuro, pero eso la decana no tenía por qué saberlo.

—El caso es que nos creyó y aceptó nuestra solicitud. Esta mañana nos lo ha comunicado, ha tardado un par de semanas en valorarlo.

No me lo puedo creer. De verdad le dijeron a la decana que no iban a jugar en la Frozen Four (aunque fuese mentira) si no accedía a subir el presupuesto de los demás equipos deportivos. Que los Wolves de hockey no se presentasen a un evento así con la temporada que están haciendo significaría que el prestigio de la Universidad de Keens quedaría dañado, y sería un buen escándalo. Keens presume por sus oportunidades deportivas, no puede arriesgarse a que se le quite mérito en lo que le hace destacar.

Miro el documento, miro a los chicos. Miro el documento, miro a Torres, que sonríe de brazos cruzados. Miro el documento, miro a Peter, que sonríe de oreja a oreja como un crío. Y estallo en risas. Me río a carcajadas de una forma que creo que jamás había hecho antes. Se me saltan las lágrimas y el estómago me empieza a doler. Me cuesta respirar por la risa, así que intento tranquilizarme para poder hablar.

—Habéis… chantajeado… Ay. —Sigo riendo, presionándome el vientre—. A la decana. Habéis chantajeado a la decana.

—Sí —responde Peter con orgullo—. Para que no nos odies nunca más.

Vuelvo a reír y, esta vez, ellos se unen a mí.

—Habéis obligado a la decana a que suba el presupuesto de los demás equipos para que no os odie —resumo, intentando respirar correctamente y limpiándome las lágrimas de los ojos—. No lo habéis hecho porque os importen los demás deportistas.

—Si decir que sí a eso hace que ganemos puntos contigo, la respuesta es sí —responde Adam, rascándose la nuca.

—Sois tan tontos que creo que nunca podré odiaros de nuevo —confieso—. Y voy a hacer algo único que tenéis que aprovechar, porque esto no va a repetirse: dadme un abrazo.

En el entrenamiento de hoy nos lo pasamos de maravilla. El entrenador Dawson y yo hacemos un ejercicio conjunto para los chicos en forma de juego para practicar equilibrio, velocidad y reflejos. Pero todos estamos tan animados que más que un entrenamiento parece que estamos de fiesta, aunque todos están cumpliendo con los objetivos a la perfección.

Me siento feliz, eufórica. Soy incapaz de asimilar que yo pueda estar sintiéndome así después de tantos años en los que he estado viviendo entre cuatro paredes de hielo en las que yo misma me había encerrado. Siempre le he dicho a Brooke que estaba bien así, como antes, pero ahora me doy cuenta de que solo intentaba autoconvencerme porque no conocía otra cosa.

Ya he visto que puedo compaginar el patinaje con disfrutar de las pequeñas cosas de la vida, con disfrutar junto a alguien como Torres, aunque me agobie pensar en lo que tenemos porque soy incapaz de aceptar que me hace bien y me merezco tener algo que me haga sentir así. Me da miedo estropear lo nuestro, que no sé muy bien qué es a pesar de que él intentó aclararlo, porque no sé muy bien cómo gestionar todo lo que está pasando. De momento me estoy dejando llevar, Brooke dice que no tengo por qué comerme la cabeza, todo es nuevo para mí y lo mejor es ir viendo cómo avanza cada aspecto de mi vida antes de tomar decisiones.

Así que me estoy limitando a disfrutar.

Sin embargo, se me para el corazón cuando veo a alguien entrar por la puerta. Mi madre se dirige a la entrada de la pista a toda velocidad, hecha un basilisco, y se mete dentro de la pista.

—¡No me lo puedo creer! —grita, yo me quedo paralizada donde estoy. Todo el mundo se detiene para mirarla—. ¡Esto es inaceptable!

Mi madre me localiza y viene directa hacia mí, que estoy clavada en el sitio. Me señala con un dedo como si así fuese a impedir que salga corriendo.

—¿Qué se supone que estás haciendo, Aleksandra?

—Entrenadora Petrova. —Es Dawson el que da un paso al frente para hablar con ella, que no se molesta ni en mirarle.

—¿Puedes responderme? —continúa ella, deteniéndose frente a mí—. ¿Qué es esto? ¿Así es como pierdes el tiempo? No puedo creerme que hayas estado faltando a las reuniones de las Kappa Delta por… esto. ¡Te uniste a una sororidad porque te daba prestigio, no para que las ignorases por completo!

Me inunda la rabia cuando comprendo que mi madre está aquí porque Allison y Riley le han dicho dónde encontrarme por despecho. No se había enterado de que estaba entrenando a los Wolves en todos estos meses, y ahora lo sabe por esas dos arpías con lengua muy larga.

—¡¿Quieres hacer el favor de responder?!

—No me grites —le digo, lo que hace que se enfurezca más—. Estoy entrenándolos.

—¿Cuánto tiempo llevas entrenando a esta panda de inútiles? —espeta, lo que provoca que los chicos la abucheen—. ¿Es por eso por lo que tu patinaje es tan horrible últimamente?

—Señora Petro… —Torres se sitúa a mi lado, pero ella le interrumpe antes de continuar.

—Tú. —espeta ella—. Tú. Por supuesto que estabas metido en esto. Sabía que eras una mala influencia. —Mi madre hace aspavientos con la mano en su dirección—. Dime, ¿te estás follando a mi hija, *juyem grushi okolachiva*t*?

—Mamá, por favor —suelto. No es bochorno lo que siento, sino vergüenza ajena, especialmente por el insulto que acaba de utilizar. Se usa para llamar a alguien vago, pero literalmente significa «hacer caer las pe-

---

* Vago.

ras del peral dando con la polla en el tronco». ¿Es que tiene que ser siempre tan insufrible? Ella me mira a mí sin esperar que Torres le responda.

—No me mientas, Aleksandra. Me lo han dicho tus amigas. Te estás tirando a este delincuente. —Niega, pasándose una mano por el pelo—. No me lo puedo creer. Tu obligación es patinar —me recuerda, volviendo a señalarme—. No hay tiempo para que hagas actividades extraescolares como jugar con estos malnacidos o dejar que alguien se meta entre tus piernas.

—Entrenadora Petrova —vuelve a insistir el entrenador.

—Cállate, Anthony, esto no va contigo. Te dije que no quería que mi hija entrenase a tus lobos y me ignoraste.

—Cállate tú, Tanya —le suelta de repente, haciendo que todos le miremos atónitos—. Estoy harto de que trates a todo el mundo con esa superioridad tuya solo porque hace muchos años eras alguien. —Se me desencaja la mandíbula de la misma forma que a mi madre, que le mira sin poderse creer lo que el entrenador Dawson acaba de decirle—. No eras tú la que tenía que tomar la decisión de si Sasha entrenaba a mis lobos o no, sino ella. Y resulta que es maravillosa. Desde que contamos con su ayuda mis chicos han mejorado muchísimo, y yo también soy mejor entrenador gracias a ella. —Mi madre se ríe con burla, como si no creyese lo que le está diciendo—. Tu hija no es solo una patinadora maravillosa, sino que tiene futuro como entrenadora. Está disfrutando, ¿por qué no puedes dejarla ser feliz?

—Porque es mi hija —responde ella con rabia—. Y hará lo que yo quiera.

—Eso no es justo —interviene Torres.

—No quiero escucharte otra vez —advierte mi madre.

—No le hables así —protesto. Mi madre me agarra de la sudadera, lo que provoca que absolutamente todos los chicos den un paso adelante y se quejen, gritándole que me suelte. Ella lo hace de inmediato al ver a dieciocho jugadores de hockey echársele encima.

—Vámonos, Aleksandra, ahora mismo.

—No quiero irme —le hago saber.

—No me hagas ir por las malas, niña consentida y maleducada, o ya sabes lo que te espera.

—No la amenace. —De nuevo, Torres sale en mi defensa, aunque no sirve para nada. Mi madre decide ignorarle y mirarme fijamente con esos ojos iguales que los míos.

No quiero seguir montando una escena, no quiero que me siga avergonzando delante de los chicos ni que les hable mal a ellos. No tienen que involucrarse en este tema del que ni siquiera yo puedo escapar por ese contrato de mierda. Me resigno, porque tengo que obedecer. No hacerlo implicaría perderme el ISSC. Estoy segura de que me haría renunciar a esa oportunidad por tal de demostrar el control que ejerce sobre mí.

—Bien —acepto, los chicos protestan—. Vámonos.

—Sabia decisión.

Intercambio una mirada con Torres antes de seguirla. Tiene los dientes apretados y la expresión seria llena de impotencia. Hago un intento de sonrisa para indicarle que todo va bien, pero él no se relaja ni un poco. No miro ni una sola vez atrás para no hundirme en lo que estoy sintiendo.

—Te espero fuera —me dice mi madre.

Recojo mis cosas y salgo del pabellón, con el aire frío de febrero azotándome en la cara, mi madre me señala otra vez.

—Estás desubicada. ¿Cómo pretendes tener éxito si vas por ahí haciendo lo que te apetece?

—No he hecho nada malo —protesto—. Cumplo mis entrenamientos, soy la campeona nacional de patinaje y apruebo todos mis exámenes. No hay nada de malo porque tenga vida más allá de ello.

—Para empezar, me dan igual tus exámenes, no deberías estar estudiando, te quita demasiado tiempo. Y no eres la campeona nacional porque seas brillante, sino porque las demás chicas eran malísimas. No vas a ganar el ISSC si te distraes de esta manera, y no vas a ir jamás a las Olimpiadas.

—¡No me estoy distrayendo! —grito, exasperada—. ¡De hecho, hacer otras cosas aparte de patinar me está ayudando a centrarme más en el propio patinaje! Tengo la mente más despejada desde que tengo vida fuera del hielo.

—Tienes la mente pensando en ese delincuente —espeta, y yo gruño de frustración.

—¡Que dejes de llamarlo así! Y sí, pienso en él porque tenemos algo —confieso con rabia, harta de callarme—. Y no, no voy a quedarme embarazada y voy a echar mi carrera a perder por acostarme con él. Tengo cuidado porque sé lo que hay en juego. No necesito privarme de disfrutar de cosas que no me roban tiempo. No soy tú.

Me cruza la cara y reprimo las ganas de llorar.

—Vas a dejar de inmediato de entrenar a esos anormales —me dice—. Y vas a dejar de ver a su capitán.

—No —contesto de inmediato, me da igual arriesgarme a que me vuelva a pegar—. A ambas cosas.

—Sí, Aleksandra, sí —da un paso al frente para encararme, yo no retrocedo—. Vas a hacerlo porque, si no, no pienso llevarte al ISSC y tu carrera va a terminar de inmediato, ¿me explico?

Justo lo que me temía, justo lo que intentaba evitar. La rabia me consume y tengo ganas de chillar, pero no lo hago porque estoy pensando. Pienso a toda velocidad, con mi cabeza hecha un lío de emociones y decisiones que tomar.

El ISSC es mi oportunidad para ir a las Olimpiadas. Es mi futuro, mi sueño. Uno al que nadie me puede permitir que renuncie de la noche a la mañana. No después de haberlo perseguido tanto tiempo.

—Iré sola —respondo. Ella arruga la frente—. Iré sola y, cuando me pregunten por qué mi entrenadora no está conmigo, diré que Tanya Petrova es una abusadora. Les diré que está tan frustrada porque su carrera acabase que se ha vuelto loca. —Abre la boca sin poder creerse mis palabras. Yo tampoco puedo creerme que le esté diciendo eso—. No me dejarán patinar, pero al menos te habré arrastrado a la miseria conmigo.

No quiero perderme el campeonato este año, pero, si lo hago, la hundiré junto a mi oportunidad de ganar. Buscaré la forma de romper el contrato, buscaré una nueva entrenadora y el año que viene volveré a participar. Lo más sencillo sería callarme y aceptar sus condiciones, pero estoy harta de ser infeliz. Renunciar a lo que estoy sintiendo ahora mismo me parecería la mayor traición a mí misma.

—Bien —dice al fin, y entonces es ella la que sonríe. Un escalofrío me recorre de arriba abajo—. Quizá esto te motive un poquito más. Si no cortas toda la relación que tienes con ese grupo y ese tal Diego Torres, te prometo que no será tu carrera la que arruine, Aleksandra, sino la de él. —Se me borra la sonrisa de inmediato—. A pesar de lo que ha dicho ese imbécil de Anthony sigo siendo importante, sigo siendo alguien. Soy Tanya Petrova, y tengo contactos. Te juro por encima de todas las cosas que, si me entero de que sigues viéndote con él, ese chico jamás tendrá futuro. Decías que quería ser jugador profesional, ¿verdad? Me aseguraré de que jamás en toda su vida pueda pisar una pista de hielo. ¿Me has entendido? Quizá tu futuro haya dejado de importarte, pero a ver cuánto te importa el de él.

El corazón se me va a salir del pecho. Se me olvida cómo respirar. Ahora mismo me reiría y la mandaría a la mierda si no fuese porque sé que tiene razón. Tanya Petrova sigue siendo alguien con contactos, y estoy segura de que podría arruinar la carrera de Torres con un par de llamadas en menos de diez minutos. Me lo espero todo de ella, las mentiras que podría inventarse sobre Diego que, viniendo de alguien tan importante como ella, tendrían peso.

Había asumido que podía mandar al traste mi vida, pero no puedo arruinar la suya. No cuando no se trata únicamente de su futuro, sino también del de sus tres hermanas. No cuando lleva toda la vida persiguiendo algo mejor.

—No puedes hacerme esto —murmuro, intentando controlar las lágrimas que se acumulan en mis ojos—. No puedes pedirme que deje de verlo.

—Oh, por supuesto que puedo, hija mía. Acabo de hacerlo. Ya te he dicho lo que hay, ahora toma tu decisión. —Mira su reloj—. Mañana a primera hora te quiero en la pista. Cena ligero y duerme suficiente.

Y dicho eso, se va. Se va y me deja ahí, congelándome y no por el frío.

Me deja con el corazón destrozado porque de pensar que tengo que rompérselo a Diego para no hundir su futuro me mata.

Me siento en las escaleras, ignorando el frío que hace ahora que ha oscurecido, y hundo la cabeza entre las rodillas.

No quiero dejar de entrenar a los chicos.

No quiero dejar de ver a Torres.

Es ahora, mientras me cuesta respirar por pensar en no estar con él, cuando comprendo a qué se refería cuando me preguntó si me gustaba «de esa forma». Sí, sí que me gusta de esa forma, y ya no se lo voy a poder decir porque no puedo hacerle esto. Yo estaba dispuesta a mandarlo todo a la mierda, pero no puedo permitir que mi madre le arruine la vida.

Intento pensar en cómo era mi vida antes de conocerle y, por alguna extraña razón, soy incapaz de recordarla. Sé que era gris, vacía, monótona, pero ya no puedo pensar en mi rutina sin él ahí. Sin nuestros piques, sus provocaciones, nuestros entrenamientos. Su risa. Sus abrazos. Sus besos.

Sollozo sin poder evitarlo. No era consciente de lo que siento por él hasta ahora. Sabía que había algo, llevo sabiéndolo un tiempo, pero no sabía decir qué. Ahora puedo decirlo: estoy colada por Diego Torres. Estoy tan loca por él que por eso siento que me voy a morir ahora mismo.

Porque por mucho que quiera volver ahí dentro y contarle lo que ha pasado, no puedo. No puedo involucrarle en esto, él está lidiando con demasiadas cosas y lo último que necesita es añadir a esa lista a una entrenadora loca que quiere arruinarle la vida por estar viéndose con su hija.

No, está claro que esto tengo que guardármelo para mí.

Entre lágrimas descontroladas y un hipo patético a causa del llanto, me pongo en pie y me seco la cara. No miro atrás, hacia el pabellón, mientras hago lo que mejor sé hacer, lo que he hecho toda mi vida: construir un muro de hielo a mi alrededor.

CAPÍTULO 59
Torres

Sasha no ha respondido a mis mensajes ni a mis llamadas. Tan solo han pasado unas horas desde que su madre la arrastró fuera de la pista, pero no saber nada de ella es preocupante.

Por eso estoy en la puerta de su sororidad. Es Amanda, la compañera de clase y amiga de Spencer, la que me abre.

—¿Está Sasha? —pregunto.

—Sí, dame un segundo.

Se marcha, dejándome ahí con la puerta abierta, pero no es Sasha la que viene, sino Brooke.

—Torres…, deberías irte —me dice, yo frunzo el ceño.

—¿Por qué? Quiero ver a Sasha, ¿está bien?

Brooke me mira con una expresión triste antes de desviar la vista.

—No es un buen momento.

—¿Qué ha pasado? —insisto, empezándome a preocupar—. Brooks, déjame verla.

—Vete, Diego. No quiere verte.

—¿Que no…? ¿Qué?

¿Que no quiere verme? Extrañado alzo los brazos de manera interrogativa.

—No voy a irme hasta que hable con ella —digo.

—Sí lo harás. Buenas noches, Torres.

Y me cierra la puerta en las narices, dejándome con cara de imbécil ahí plantado. ¿Qué narices acaba de pasar? ¿Por qué Sasha no quiere hablar conmigo? ¿Qué ha pasado con su madre? No puedo irme sin respuestas, pero tampoco puedo insistir si no quiere verme. Puedo intentarlo una última vez y, si de verdad no quiere que hablemos, me iré y esperaré a que ella me busque cuando sienta que es el momento.

Espero unos minutos en los que no responde. Al final me resigno y empiezo a caminar de vuelta por el camino del jardín. Es entonces cuando se abre la puerta y me giro para encontrarme con Sasha, que sale al porche cerrando tras ella.

No lleva la misma ropa que antes, ahora va vestida con un pantalón de chándal ancho de color gris y una sudadera negra corta. Su pelo está recogido en un moño perfectamente hecho, pero no es tirante como de costumbre. Me acerco y veo que no hay nada de maquillaje brillante en esos ojos que me observan con frialdad.

—¿Qué ha pasado? —murmuro sin subir los dos escalones que nos separan, de forma que ella está casi a la misma altura que yo. Sasha se encoge de hombros con indiferencia, sin decir nada—. ¿Estás bien?

—Perfectamente.

La observo cauteloso. Está rígida, su mandíbula tensa y su expresión es totalmente pasiva. Frunzo el ceño sin ser capaz de analizarla.

—Tu madre te ha sacado a rastras de la pista y te ha gritado cosas horribles —le recuerdo—. ¿Qué ha pasado cuando habéis salido? ¿Qué te ha dicho?

—Nada que fuese mentira —responde, y finge limpiarse las uñas de una mano con las de la otra, sin mirarme a la cara.

—Sasha, ¿puedes desarrollar tu respuesta antes de que me explote la cabeza, por favor?

—Tengo que centrarme en el patinaje. El ISSC es este viernes y no puedo estar perdiendo el tiempo con otras cosas. Tengo que pensar en mi futuro.

La forma en que lo dice, como si fuese un robot programado, me recuerda a la Sasha que conocí en primer lugar, no a la de verdad. Intento encontrar algún atisbo de burla en sus palabras o expresión, aguardando el momento en que se empiece a reír y me diga que está de broma, pero no lo hace.

—Llevas haciendo eso toda la vida —le recuerdo con calma—. Solo que últimamente también estabas pensando en ti misma. No has dejado el patinaje jamás de lado.

—Me he distraído. —Esta vez su atención sí se posa en mí, mirándome directamente a los ojos de una forma tan seria que hasta me duele—. Eso no entraba en mis planes.

—No quiero adivinar qué estás queriendo decir, Sasha, porque no me gusta lo que estoy pensando.

—Es justo lo que estás pensando. El patinaje es mi vida y los Wolves son una distracción. Tú eres una distracción.

—Creía que ya habíamos aclarado eso —protesto, con un pinchazo en el pecho que nunca pensé que iba a sentir.

—Mentí. —Se encoge de hombros con parsimonia una vez más—. Entrenaros es una pérdida de tiempo y tú me robas demasiado, así no puedo centrarme en el patinaje.

—¿Qué te ha dicho tu madre? ¿De verdad te ha hecho creer eso?

—Solo me ha recordado la realidad, ya que al parecer a mí se me estaba olvidando. —Aparta sus ojos de mí, como si no me pudiese sostener la mirada—. No podemos volver a vernos.

—No —respondo de inmediato—. Sash, no.

—No me llames así. Y vete de aquí, Torres. Esto —nos señala a ambos—, lo que fuese, se ha terminado.

—¿Lo que fuese? Venga ya —bufo y niego con la cabeza sin poder creer lo que oigo—. Sabes tan bien como yo qué es lo que tenemos, aunque nunca lo hayamos dicho en voz alta. —Ni siquiera me mira—. No te hagas la tonta ahora, Sasha. No dejes que lo que tu madre diga te afecte.

—No se trata de mi madre —contesta de vuelta—. Sino de mí. No teníamos nada, Diego, no me gustabas «de esa forma» y no quiero dejarme llevar. Quiero centrarme en el patinaje y nada más. Ahora, vete.

—Sasha —murmuro, ella aprieta los dientes, pero no me sostiene la mirada—. Sasha, haz el favor de mirarme.

—Déjame, *volk*.

—No me creo ni una sola palabra, ¿me oyes? Ni una. Suenas igual que tu madre, igual que hace meses. Esa no es la Sasha que conozco de verdad, la que se arriesga para buscar su felicidad, la que se rebela porque está cansada de seguir órdenes. La que se permite tener sentimientos. Y no se te ocurra decirme que no los tienes.

—No los tengo —se atreve a decir, y yo río con sarcasmo.

—Y una mierda. —La señalo con el dedo y subo un escalón, luego otro. Sasha no retrocede, sino que alza la barbilla para mirarme ahora que nuestra diferencia de altura vuelve a ser evidente—. Eres una mentirosa. Y no solo me estás mintiendo a mí, sino también a ti misma y a tu madre. A ella le has dado lo que quería oír, a ti te estás autoconvenciendo y a mí me estás intentando engañar. Sea lo que sea lo que te haya dicho, *mami*, no le hagas caso. O cuéntamelo para que te ayude. Pero no me apartes.

Sus ojos azules se entrecierran ligeramente unos segundos, pero enseguida vuelven a ser un témpano de hielo. Me estoy congelando, y no tiene nada que ver con el frío que hace fuera. Sasha se arma de valor para decir:

—No quiero volver a verte, Diego Torres. Eres un idiota sentimental atrapado en una vida mucho peor que la mía, y no quiero verme arrastrada a ella. Siempre me ha ido bien por mi cuenta, y así seguirá siendo. No me gustas, no eres nada memorable. Ahora vete, y no vuelvas a cruzarte en mi camino.

Puedo oír cómo se me rompe el corazón en mil pedazos. Sasha no dice nada más, sino que se da la vuelta y abre la puerta de la casa para entrar. Pero antes de cerrar, echa un último vistazo atrás y puedo ver cómo su labio inferior tiembla. Ella se lo muerde para evitar el llanto y cierra.

Ese gesto es lo único que me da esperanza, lo único que me hace saber que decir esas palabras le ha dolido a ella tanto como a mí escucharlas.

Sé que no está diciendo la verdad. Mientras me alejo de la casa, soy plenamente consciente de que Sasha no ha dicho ni una sola verdad. No ha sido sincera en absoluto y no tengo ni idea de por qué. Sé que es culpa de su madre, pero no puedo imaginar qué le ha dicho que la asuste tanto como para mandar a la mierda todo lo que estaba construyendo y para herirme de esa forma.

Porque nunca una mentira había dolido tanto.

CAPÍTULO 60
Sasha

No tengo la cabeza donde la debo tener. Debería de estar pensando en la coreografía que estoy a punto de realizar y, en cambio, solo pienso en el error que he cometido. He tenido casi una hora desde Newford a Burlington para pensar. Después, hora y media de vuelo hasta Washington D. C. He pasado toda la mañana entrenando, no he comido apenas y tampoco he descansado antes de que llegase la hora de la presentación. No puedo dejar de darle vueltas una y otra vez a lo que he hecho. A cómo le he dado a mi madre el poder de dominarme. He sido tan...

No.

Lo he hecho por él, para que mi madre no pueda arruinarle la vida. Haberme hecho daño a mí misma y haberle hecho daño a él es el precio que hay que pagar por ello. No puedo hacer nada más.

El ISSC dura tres días. Hoy es el primero, donde todos los patinadores realizan una coreografía para darse a conocer ante los jueces y el público. No clasifica ni se otorga ninguna puntuación, pero es beneficiosa.

Cuando la música, aburrida, simple y común, empieza a sonar, yo empiezo a patinar. Lo hago como un robot, siguiendo los consejos de mi madre a pesar de que eso hace que se me empañen los ojos por la impotencia. No quiero patinar así, esta no soy yo.

La cara de los jueces al finalizar hace que me haga una idea de lo poco que les ha gustado lo que he hecho en el hielo. He estado horrible, jamás en mi vida había patinado tan mal. Salgo de la pista echa una furia, deseando largarme de aquí cuanto antes.

—Aleksandra —oigo tras de mí.

—Esto es culpa tuya. —Voy hacia ella y la señalo—. He estado horrible por no haber patinado como a mí me gustaría.

—No habrías estado horrible si fueses buena de verdad —reprocha, y tengo que soltar todo el aire de golpe porque si no voy a asfixiarme—. Pero estos últimos meses has estado perdiendo el tiempo, así que aquí tienes las consecuencias.

—Quiero hacer el triple *axel* en el programa libre —digo, lo que le hace reír.

—Deja de decir estupideces.

—Que tú no pudieses hacerlo no significa que yo no sea capaz —espeto con todo el odio que soy capaz, sin ni siquiera pensar.

El bofetón llega antes de que pueda darme cuenta, haciendo que la mejilla me arda.

—Mañana a primera hora en el hielo.

Me trago las lágrimas como puedo. Vuelvo al interior únicamente para cambiarme de ropa y coger mis cosas, y me largo al hotel. Aún peinada y maquillada, me tiro sobre la cama, hundo la cabeza en la almohada y grito.

Mi teléfono suena.

Volk
Has estado horrible, Barbie.

Ojalá patinases siendo tú misma.

Se me escapa un sollozo mezclado con una risa histérica. Miro la hora y me doy cuenta de que el penúltimo partido de los Wolves antes de las semifinales está a punto de comenzar. Corriendo me meto en la web en la que lo emiten en directo, y me pongo a verlo. Torres es el último en salir al campo porque hace un minuto estaba manándome un mensaje. Tenía que estar listo para salir al hielo y, en cambio, estaba viendo mi exhibición y me ha felicitado. Puedo imaginármelo no solo a él, sino a todos los lobos, alrededor de un teléfono viéndome patinar, y eso hace que el llanto se incremente.

Lloro sin parar mientras veo a los chicos jugar. Tan solo sonrío un par de veces por el orgullo que me produce ver lo que han mejorado y cómo siguen mis consejos durante todo el partido. Los Wolves ganan y llevo a cabo mi celebración en silencio, pero con más llanto.

Mi teléfono vuelve a sonar, pero esta vez es una llamada entrante.

—Brooks —saludo, sorbiendo por la nariz.

—No me acuerdo en qué habitación estabas.

Frunzo el ceño, confusa.

—310.

—Ah, estoy aquí. Abre.

Me incorporo de la cama como un torbellino y abro la puerta para encontrarme a mi amiga con su maleta en una mano y una bolsa que huele a comida en otra.

—Dijiste que no podías venir —sollozo, y me lanzo a ella sin poderlo evitar.

—No podría estar en ningún otro sitio ahora mismo —me dice, rodeándome como puede—. Siento no haber llegado a la exhibición, no he podido escaquearme antes. Pero he visto el vídeo de camino del aeropuerto aquí. No pienso decirte que has estado fantástica, porque parecías un maldito robot, Sash.

—Lo sé.

Las dos entramos en mi habitación. Brooke deja la bolsa de comida en la mesa y empieza a sacar varias cosas que huelen de maravilla.

—Imagino que no has cenado —niego—. He traído tacos y nachos con queso.

—Te quiero.

Las dos nos sentamos a la mesa y no se me ocurre decir que no debería comerme eso. Me muero de hambre y puede que unos cuantos (muchos) hidratos de carbono me vengan bien.

—Ahora dime, ¿por qué estás llorando? —Me encojo de hombros, pero Brooke chista—. Habla, Sasha.

—No puedo más. He renunciado a todo para complacerla y nada parece suficiente —inspiro hondo, intentando tranquilizarme—. Le he pedido hacer el triple *axel*, me ha dicho que no, así que le he soltado que porque ella no fuese capaz no iba a dejar de serlo yo. —Brooke ríe, pero le cambia la expresión cuando añado—: Me ha soltado una bofetada. Otra vez.

Suelta el nacho que tenía en la mano con rabia y niega.

—¿Hasta cuándo vas a soportar esto, Sash? Estoy harta de ser suave contigo y respetar tus decisiones, no puedo seguir viendo cómo te destruyes, joder —suspira—. Tu madre está haciendo que el patinaje sea una tortura para ti cuando es lo que más amas en el mundo. Te ha forzado a dejar de entrenar a los chicos, a dejar de ver a Torres.

Y aun así te sigue tratando como a una mierda. Eres su marioneta, Sasha, está intentando vivir su sueño a través de ti, pero es una maldita tortura. ¿Cuándo piensas detenerlo?

—¡No puedo! —chillo, llevándome las manos a la cabeza por la desesperación—. No puedo. Quedan ocho malditos años para que ese contrato deje de ser válido, Brooke, ocho. Y, aunque pudiera romperlo, no puedo permitir que le arruine la vida a Torres.

—Dudo mucho que tu madre tenga tanta influencia como dice.

—La tiene.

—¿La tiene? ¿De verdad? —Frunzo el ceño sin comprender qué quiere decir—. ¿Hace cuánto dejaron de llamarla para ir a eventos? ¿Hace cuánto no es la invitada de honor en las competiciones?

—Eso no quiere decir que haya perdido a sus contactos.

—Quizá no, pero sí ha perdido su influencia. ¿Crees que alguien de verdad echaría la vida de otra persona a perder solo porque Tanya Petrova se lo pidiese?

Sí. No. Sí. No sé.

—¿Cómo voy a arriesgarme a comprobarlo? —murmuro, notando cómo el llanto acude de nuevo a mí.

Brooke cierra los ojos e inspira muy hondo dos veces antes de mirarme más seria de lo que jamás la he visto.

—Escúchame muy bien, Sasha —dice—. Eres mi mejor amiga y estoy cansada de ver cómo esa mujer te destroza la vida. Si tú no tomas medidas, yo lo haré.

—¿Qué vas a hacer?

—Denunciarla.

—Sabes tan bien como yo que no serviría para nada. Es mi palabra contra la suya, y el contrato es totalmente válido, por lo que jugaría en mi contra.

—Joder. —Brooke niega con desesperación—. No aguanto más. No puedo verte así, estoy harta de ella. Escúchame bien, Sasha. —Me mira, y sé por su expresión que está demasiado preocupada por mí, tan cansada como yo—. Es imposible que ese contrato sea completamente legal. Tiene que poder romperse si alegamos que las decisiones que está tomando te están afectando de alguna manera. Te pega, lleva tu cuerpo a límites inhumanos, tu salud física y mental están en juego… Tiene que bastar para poder romperlo.

—No…

—¡No, nada! ¡Deja de decir que no, por el amor de Dios! —Se pone en pie y da un golpe en la cama—. ¡Ya está bien, joder! ¡A la mierda el jodido ISSC y a la mierda todo, Sasha! —Brooke me mira con desesperación—. Es tu maldito sueño, ¿pero de qué sirve si no lo estás disfrutando? ¡No lo estás viviendo para ti, sino para otra persona!

«¿De qué sirve subir al podio si no lo disfrutas?». Sus palabras son similares a las de Torres. El llanto acude a mí de nuevo y empiezo a llorar de rabia e impotencia. Brooke no se apiada de mí esta vez, sino que me señala.

—No puedo verte así —dice—. Eres mi mejor amiga y me mata verte así. Necesitas plantarte, Sasha. Tienes cuatro años más para presentarte al ISSC. Tienes toda la vida para ir a las Olimpiadas, no te cierres a las próximas. Encontrarás la manera de que se fijen en ti si no es por el ISSC.

—Estoy tan perdida...

Se sienta de nuevo en la cama y me abraza para consolarme.

—Lo sé, Sash. Pero ya va siendo hora de que te apliques el valor que le transmites a otros. Ayudaste a Torres a tomar una decisión difícil. Ayudaste a Valerie. ¿Por qué no te ayudas a ti misma?

—No sé qué hacer.

—Para empezar, ver cómo podemos romper ese contrato. Tiene que haber alguna forma. Y mientras tanto... tienes que decidir si patinas este fin de semana o no.

La cabeza me da vueltas.

Si no patino, mi madre gana. Si patino como ella quiere, mi madre gana. Si patino como yo quiero...

—Voy a llamar a mi padre —digo.

Ella sonríe con satisfacción, busca mi teléfono y me lo pasa. Marco el contacto de mi padre y, a los tres toques, contesta.

—Iba a llamarte en un rato, hija —me dice—. He salido del trabajo hace nada y acabo de ver tu exhibición.

—¿Papá? —La voz se me rompe y él se da cuenta de inmediato.

—¿Qué pasa, cielo?

Se lo cuento todo. Pongo el altavoz para que Brooke le oiga y participe en la conversación y, entre las dos, le contamos absolutamente todo. Hoy lloro como nunca lo he hecho. Hoy me desahogo como llevaba tantos años queriendo hacer.

—Iba a coger un avión a primera hora para pasar el día allí y ver el programa corto —me dice mi padre cuando termino de hablar—. Pero, hija, quizá no pueda estar allí. Voy a hablar con mis abogados y a exponerles el caso. Mándame el contrato, vamos a ver qué podemos hacer.

—Gracias, papá —murmuro—. Te quiero.

—Y yo a ti, mi vida —dice—. Patina mañana. Te prometo que no voy a dejar que a ese chico le pase nada. Tu madre puede seguir auto-engañándose, pero no es quien fue una vez. Quizá en el mundo del patinaje todavía tenga algo de influencia, pero que no te engañe. Nunca podría arruinarle la carrera a un jugador de hockey. No tengas miedo, hija, te prometo que no va a pasarle nada malo. Ni a ti ni a él.

Sus palabras no solo me tranquilizan, sino que me arman de valor.

Aleksandra Washington Petrova muere en el mismo instante en el que miro a mi amiga, tras colgar, y ve en mis ojos la decisión que acabo de tomar: ya está bien. Y está bien de doblegarse, de obedecer, de no ser yo misma.

Sasha Washington resurge de las cenizas en las que mi madre me estaba convirtiendo. Y esta vez me elijo a mí.

La multitud me mira mientras me coloco en posición.

Tengo el corazón en la boca, la cabeza me va a mil por hora, y los nervios se apoderan de mí.

No estoy sola. Nunca lo he estado.

Tanya no puede hacerme daño. No puede hacérselo a Diego.

Mi padre se va a perder mi programa corto porque está investigando cómo romper el contrato.

Mi mejor amiga ha volado hasta aquí para verme triunfar. La busco con la mirada en las gradas, donde me ha dicho que estaba sentada. La veo, sonrío y…

Y entonces veo quién está sentado a su lado.

No es posible.

Tengo que parpadear para comprobar si es mi imaginación o es verdad. Pero está ahí, tan real como mis sentimientos.

Diego Torres ha venido a verme patinar.

Si ya tenía el pulso acelerado, ahora está desbocado. Sus ojos marrones se cruzan con los míos y juraría que sonríe. Yo también lo hago.

Se me escapa una pequeña carcajada de alegría en el mismo instante en que la música empieza a sonar.

«Buttons» de las Pussycat Dolls comienza, y doy paso a mi coreografía.

No puedo evitar mirar a mi madre, a los pies de la pista, mientras realizo esta coreografía que tanto me gusta, que es completamente mía. Tiene la cara desencajada, una expresión de horror e ira pintada en ella. Y eso solo me hace sentir mejor.

Por primera vez en toda mi vida, participo en un campeonato de la manera en que yo quiero hacerlo. Levanto la cabeza cuando tengo que hacerlo, la bajo cuando toca. Oigo a mi madre en mi cabeza corregirme, y yo la ignoro. No me desequilibro ni una sola vez porque conozco mi cuerpo a la perfección y sé cómo tengo que moverme para realizar los ejercicios de manera impecable. Solo pienso en él mientras canto en mi cabeza la letra de la canción.

Cuando termino, con la respiración agitada, el público estalla en aplausos. Miro a los jueces, que hablan entre ellos con sonrisas en las caras.

Lo he hecho, lo he hecho, lo he hecho.

Salgo de la pista sintiendo una felicidad que nunca antes había experimentado sobre el hielo. He empezado a ser feliz fuera de él, pero nunca aquí, y ahora sé lo maravillosa que es esta sensación.

Mi madre me corta el paso con cara de querer matarme de un momento a otro, o darme una nueva bofetada. Pero no puede hacerlo porque tenemos todas las cámaras sobre nosotras.

—Ya hablaremos —mascula, y dirige el camino hacia el *kiss and cry*.

Me da igual lo que tenga que decirme, yo estoy eufórica.

Nos sentamos y escucho cómo hablan de mi presentación. Los jueces enseñan sus puntuaciones y, cuando sale lo que he obtenido, un chillido escapa de mi boca.

83 puntos. Casi el triple de lo que obtuve el año pasado, cuando quedé sexta. Mi madre contiene la respiración y finge una sonrisa. Por dentro tiene que estar hirviendo de ira.

La gente aplaude y la prensa me detiene cuando abandonamos el *kiss and cry*. Respondo algunas preguntas, esta vez con ganas, y nos dirigimos a los pasillos.

Mi madre empieza a decir algo, pero la ignoro porque veo a Brooke. Y, a su lado, a Torres.

Echo a correr hacia donde están. Mi amiga se aparta a un lado y señala con la cabeza a Torres, que le pasa un ramo de flores que sostiene y abre los brazos para recibirme.

En cuanto me estampo contra su pecho, me envuelve con fuerza.

—Estás aquí.

—¿Cómo iba a perdérmelo?

—Te dije cosas horribles.

—No me creí ni una sola palabra.

—Fui cruel —le recuerdo.

—Te perdono.

Me aparto para mirarle a la cara. Este hombre ha trastocado mi vida por completo, y no puedo estar más agradecida por ello.

—Te he traído flores —dice. Brooke le pasa el ramo y me quedo boquiabierta cuando lo miro—. Son tus favoritas.

Son peonías azules. Solo se lo comenté una única vez, y se ha acordado.

—Me dijiste sus significados —me recuerda—. Uno era el amor inalcanzable, pero luego también vi que significan amor eterno. También la libertad, como la que tú has elegido por fin tener. Y la inmensidad del océano y el cielo, que me recuerdan a tus ojos.

El labio me tiembla. Busco sus labios y le beso.

Él ríe en mi boca y corresponde, y siento que por fin puedo respirar de nuevo.

—Has estado magnífica —me dice—. Mucho mejor que en los entrenamientos.

—¡Tú! —Mi madre llega adonde nosotros y señala a Torres con descaro—. Sabía que esto era culpa tuya.

—Ay, señora, de verdad, qué pesada —protesta él, bufando. Brooke ríe y mi madre se gira hacia ella.

—Y tú, niñata depravada y entrometida. —Alterna entre mirarlos a ambos—. Voy a acabar con vuestras vidas, lo prometo.

—Sí, sí —responde Brooke—. Lo que tú digas.

Mi madre los mira atónita y después sus ojos se clavan en mí.

—No vas a patinar mañana.

—Claro que voy a hacerlo.

—¿Después de la mierda que acabas de hacer?

Se me escapa una carcajada. Es tontería rebatirle, no tengo ganas ni fuerzas.

—Hasta mañana —respondo, y los tres salimos de ahí.

Brooke se despide de nosotros porque quiere ir al centro de la ciudad, así que Torres y yo volvemos al hotel y, en cuanto entramos a mi habitación, me besa.

CAPÍTULO 61
Torres

—No puedo creerme que hayas venido hasta aquí —me dice entre beso y beso. Mis manos la aferran contra mí porque tengo miedo de que vuelva a escaparse.

—No podía perdérmelo por nada del mundo —respondo.

—¿Ibas a venir aunque Brooke no te hubiese contado nada?

Río ligeramente.

—Brooke me ha contado todo esta mañana cuando he aterrizado, no antes.

Me mira como si no pudiese creer lo que le estoy diciendo. Sí, iba a venir a verla a pesar de todo. Porque no me creí nada de lo que dijo, porque la conozco lo suficiente como para saber que estaba mintiendo por miedo. Pero cuando he aterrizado y Brooke me ha contado la verdad, lo que Tanya le dijo, y la conversación con su padre... No solo he odiado más a Tanya, sino que me he alegrado muchísimo más de haber venido.

—Creo que nunca te he dicho que eres increíble —susurra. Sus manos acunan mi rostro con delicadeza, yo la agarro por la cintura para que nuestros cuerpos estén pegados—. Eres increíble, Diego Torres. Eres la persona más maravillosa que he conocido nunca y estoy tan orgullosa de ti que no sé ni cómo hacértelo saber.

—Lo sé —respondo de inmediato—. Porque yo también estoy orgulloso de ti. No te haces una idea de cuánto, ni de lo mucho que te admiro.

Han sido seis días horribles en los que lo único que quería era estar con ella. Me he controlado innumerables veces para no presentarme en su casa y besarla para callar todas las mentiras que me dijo. Si no lo hice fue porque sé que necesitaba darse cuenta ella sola de

470

qué estaba haciendo, de cómo no estaba mirando por ella misma. Que por fin lo haya hecho y estemos aquí los dos después de una semana es la mejor recompensa a la paciencia.

Con una mano le acaricio la mejilla. Aún llevamos los abrigos y Sasha no se ha cambiado de ropa, todavía lleva el traje de la competición.

—Pues bésame de una maldita vez, Diego.

Por supuesto, obedezco.

Mis labios chocan con los suyos y empiezo a besarla con todo el deseo que siento, con todas las ganas reprimidas durante estos días. Nuestras manos trabajan en sintonía, deshaciéndose de ambos abrigos, que caen al suelo.

Las manos heladas de Sasha tiran de mi sudadera y mi camiseta antes de pasearse por todo mi cuerpo, mandándome una corriente eléctrica a la columna.

—*Mami*, estás preciosa —susurro, separándome de su boca—. Pero necesito que te quites eso de inmediato.

Mientras Sasha se desnuda con una sonrisa burlona, yo cojo mi cartera y saco un condón que lanzo a la cama para tenerlo preparado. Observo cómo se deshace del traje que tiene los colores de la universidad y de esa ropa interior especial, y se queda desnuda ante mí. No puedo evitar repasarla de arriba abajo, excitándome por completo. Ya estaba empalmado, pero ahora siento que voy a explotar de un momento a otro.

Me acerco para besarla de nuevo, pasando la lengua por sus labios y bajando después por su cuello. Lamo cada rincón de piel por el que paso hasta que llego a sus tetas. Las acaricio y las aprieto con firmeza, pero con cuidado de no hacerle daño. Sasha jadea, así que me llevo una a la boca para lamerla. Muerdo uno de sus pezones mientras juego con el otro, y disfruto como un crío de cada sonidito que se escapa de esos labios.

Sasha desabrocha mis pantalones y los baja a la misma vez que desciende ella, sus ojos clavados en los míos. Mi cuerpo reacciona anticipándose a lo que viene, y un gemido ronco sale de lo más profundo de mi garganta cuando sus labios rodean mi polla.

—Te he echado de menos —murmuro mientras paso mis dedos por su pelo engominado y empiezo a quitar una a una las horquillas que sujetan su moño.

Sasha no deja de mirarme mientras me masturba tanto con su mano como con su boca, haciendo que se me nuble el juicio. Termino de quitar todas las horquillas y tiro de la goma del final de su trenza para después empezar a soltarla y enredar mis manos en su pelo.

Su otra mano acaricia mi pierna, mi culo, mi estómago. Me encanta lo que está haciendo, pero yo también necesito saborearla. Hago que se aparte y la beso cuando se levanta.

—Voy a cogerte —aviso y la alzo en brazos para llevarla hasta la cama, ella suelta una risita.

La tumbo, y entonces soy yo quien lame cada rincón de su cuerpo. Sasha se retuerce cuando mi lengua juega entre sus piernas. Agarra mi pelo cuando la devoro, y no se me ocurre por nada del mundo parar cuando sus piernas empiezan a temblar poco después. Con un gemido, Sasha se corre en mi boca y yo continúo lamiéndola un poco más, hasta que su cuerpo se relaja y su respiración agitada empieza a calmarse.

Después subo, repartiendo besos y pequeños mordiscos en su piel, hasta que me coloco a su lado. Beso su sonrisa, dándole unos segundos para reponerse. Sasha pasa sus uñas por mi barba incipiente y luego lleva sus dedos a mis labios. Saco la lengua para lamerlos y ella observa el gesto con parsimonia.

—Nunca pensé que iba a disfrutar tanto de lo cerdo que eres —dice y, acto seguido, me obliga a tumbarme boca arriba.

Ahora es Sasha la que pasa su boca por toda mi piel. Yo cruzo los brazos detrás de mi cabeza, disfrutando de cómo me manosea y me devora. Coge el condón, lo abre y me lo pone, haciéndome suspirar. Se sube a horcajadas sobre mí, sitúa mi polla en la entrada de su coño, y se deja caer.

—*Mami* —siseo, a la vez que ella suspira de placer. Llevo mis manos a sus caderas, y la acompaño cuando empieza a moverse.

Al principio lo hace con una lentitud devastadora, desesperante. Sus manos agarran las mías y me obliga a tocarla de arriba abajo mientras empieza a moverse más rápido. Dejo que Sasha me folle un rato antes de incorporarme para sentarme, aún con ella encima.

Sasha clava las uñas en mis hombros y me besa, ninguno de los dos deja de moverse, buscando el máximo placer en esta postura. Siento cómo de un momento a otro voy a correrme, por lo que me detengo. Ella me mira como si acabase de cometer una atrocidad, pero le indico que se incorpore y se ponga de rodillas en el borde de la cama. Yo me bajo y me pongo de pie.

—Apoya las manos en la cama —le digo. Esta postura no la hemos probado nunca, y me muero de ganas de ver cómo sale. Es sencilla, típica, y sé que lo va a disfrutar.

La inclino, todo su pecho se queda pegado a la cama, pero su culo está hacia arriba. Le separo un poco las piernas y acaricio su coño, totalmente empapado. Ella me mira con la mejilla apoyada en la cama y suelta:

—Métemela de una vez.

Vuelvo a penetrarla de una sola estocada.

Los dos prácticamente gruñimos cuando, agarrándola por la cintura, empiezo a embestirla con fuerza. Sasha ahoga todo tipo de gemidos en el colchón, yo no me molesto en silenciarme a mí mismo, quiero que oiga lo mucho que estoy disfrutando, lo mucho que la he echado de menos estos días.

Llevo una mano a su clítoris sin dejar de empujar, acariciándolo a la misma vez que follamos.

—Córrete, *princesa* —murmuro sin atreverme a detenerme ni un solo segundo—. Yo ya estoy.

Exploto en su interior. Me corro, pero no dejo de moverme hasta que ella llega al orgasmo. Salgo de ella poco después, me quito el condón y lo dejo en la mesilla para tirarlo más tarde, ya que necesito sentarme un segundo. Sasha hace lo mismo, a mi lado, y apoya la cabeza en mi hombro, por lo que yo apoyo mi cabeza en la suya. Los dos estamos empapados en sudor, exhaustos.

Nuestras respiraciones se tranquilizan al compás. Estamos unos minutos así, en silencio, en los que ella pasa las yemas de los dedos lentamente por mi brazo. Cuando nos hemos tranquilizado, nos miramos. Me besa con suavidad y yo correspondo.

—¿Te quedas a dormir? —me pregunta entonces, y yo no puedo más que sonreír como un niño al que acaba de regalarle lo que más deseaba en el mundo.

—Por supuesto.

Miro su cara, sus mejillas completamente rojas, sus labios hinchados por mi culpa, esos preciosos ojos. Acaricio cada rasgo con parsimonia, disfrutando de tenerla junto a mí.

—Nunca debiste temer por mí —murmuro—. Si me lo hubieses contado, habríamos lidiado con esto juntos.

—Tenía miedo —susurra ella—. Llevas mucho tiempo lidiando con mil cosas, y ahora que empezabas a respirar y poder con todo, no quería añadir una carga más.

—Y creíste que era mejor romperme el corazón.

Sasha me imita y lleva sus dedos a mi cara para acariciarla.

—No pensé que fuera a ser para tanto. Solo creí que sería mejor hacerte daño a involucrarte en las estupideces crueles de mi madre.

—Quiero ser parte de tus problemas —respondo—. Porque eso significa que confías en mí, de la misma manera que yo confío en ti.

Sasha asiente con la cabeza y me mira unos segundos antes de volver a hablar.

—¿Diego?

—¿Sí, *mami*?

—Sí que me gustas «de esa forma». Desde hace mucho tiempo.

Se me escapa una risa y el corazón se me acelera más de lo que ya lo tengo.

—Sal conmigo —digo entonces, lo que provoca que ella abra mucho los ojos—. Si lo que acabas de decir es cierto, sal conmigo, *mami*.

—¿Y si la cago?

—¿Y si la cago yo?

—Supongo que lo arreglaremos juntos, ¿no? —susurra, y después ríe de una forma natural y preciosa—. Si a principio de curso me hubiesen dicho que iba a terminar saliendo con el capitán de los Wolves, me habría puesto hecha una furia.

—Y si a mí me hubiesen dicho que iba a terminar saliendo con la Barbie patinadora, me habría reído.

—Y sin embargo, aquí estamos.

—Aquí estamos, sí.

CAPÍTULO 62
Sasha

Torres, Brooke y yo desayunamos juntos antes de ir al pabellón, que está a rebosar por la final del Ice Silver Skating Competition. No puedo creerme que vaya a representar a Estados Unidos. Ayer estaba tan confusa y asustada que no fui capaz de pararme a pensar lo que de verdad significa que esté aquí.

Torres dice que va a darse una vuelta mientras Brooke y yo vamos a los vestuarios.

Me ayuda a peinarme, haciéndome una trenza que luego recoge en un moño estirado. Me maquillo y me pongo el traje de competición. Los colores de Keens forman un degradado desde la parte de arriba, en azul, pasando por el plata y finalizando en la falda con el blanco. Es de tirantes, con la espalda al aire, pero con un par de lazos cruzados. Hay pedrería por todos lados, perlas pequeñas en la falda y la parte del pecho, y piedras más grandes en los tirantes y la parte trasera. La falda es irregular, como si fuese el vestido de un hada, preciosa. Me pongo unos guantes cortos a juego, y me miro en el espejo, satisfecha.

—Estás preciosa —me dice Brooke—. Pero te falta una cosa —rebusca algo en su bolso, lo encuentra y me lo tiende—. Es de parte de los chicos. Me lo encargaron hace un tiempo.

—¿Qué es?

Me da un parche más pequeño que la palma de mi mano, con un imperdible por la parte de atrás que lo convierte en broche. Es el lobo de los Wolves, con el lema de la universidad debajo, y unos patines de fondo.

—La idea era coserlo en el traje, pero después de lo que pasó no quise proponértelo. Dijeron que así podrías patinar como si estuvieses con ellos. —El principio de un llanto se ahoga en mi garganta cuando me dice eso. La miro, y después al parche otra vez—. Al fin y al cabo, tú también eres una Wolf.

—No —replico—. No soy una Wolf, ya no soy una loba solitaria. Soy una más de los Wolves.

Parte del equipo, parte de los chicos, parte de la manada.

Me pongo el pin cerca de la cadera, donde no hay brillantes, y Brooke sonríe con orgullo.

Me acompaña a una de las salas de calentamiento que se han preparado para el campeonato. Aún es temprano y hay tantas que consigo dar con una vacía. No me toca patinar hasta dentro de mucho rato, pero prefiero estar totalmente preparada por lo que pueda pasar, ya que muchas veces hay patinadoras que se retiran antes de tiempo, haciendo que a las siguientes les toque mucho antes.

Brooke dice que vendrá en un rato, y se va a hacerle compañía a Torres. Yo me centro en mi calentamiento, mirándome en el espejo que tengo enfrente.

Cuando estoy terminando, me llevo un susto de muerte al ver a alguien tras de mí. Me giro y me pongo nerviosa al ver a mi madre.

—¿Se puede saber qué estás haciendo, Aleksandra? —me espeta, y se acerca a mí—. ¿Cómo te atreves? ¿Cómo te atreves a hacer lo de ayer y a venir hoy sin mí?

—No puedo más —le digo—. No puedo seguir patinando bajo tus exigencias.

Se acerca más y me agarra del brazo con fuerza. Me revuelvo para que me suelte, pero me clava las uñas.

—Te crees muy lista. —Me zarandea—. Pero no vas a conseguir llegar a ningún lado.

—Solo te da rabia que sea mucho mejor de lo que tú fuiste jamás —le suelto.

Su mano encuentra mi rostro una vez más, y yo me muerdo las mejillas por dentro para intentar no llorar y darle esa satisfacción.

—Niñata insolente, mediocre y estúpida. Yo soy Tanya Petrova —gruñe, y alza más la voz—, y nadie patina mejor que yo. ¿Crees que eso es patinar? ¿Crees que eres buena? ¡Solo eres una sombra de lo que yo fui!

—Estoy harta de ti —suelto, y noto cómo el valor sube por mi cuerpo, cómo me anima a continuar hablando porque no pienso aguantar esta situación nunca más—. Fuiste la mejor patinadora, pero me tuviste a mí, te lesionaste y tu carrera terminó. No puedes cambiar eso, y no tienes derecho a intentar moldearme para que sea lo que tú pudiste haber sido alguna vez. —Inspiro hondo, y entonces suelto las palabras que tanto tiempo llevo queriéndole decir, pero nunca me había atrevido—. Acéptalo, madre, no me odias porque no soy igual que tú, sino porque soy mucho mejor.

Su mano se levanta de nuevo para pegarme, pero esta vez la esquivo. Sin embargo, no se conforma. Me agarra del brazo una vez más y me empuja.

—No eres nada sin mí, Aleksandra. No eres nada, ¿me oyes? Tenemos un contrato firmado, y pienso arruinarte la vida por esta rebelión tuya. Y no solo a ti, sino a ese capitán mexicano de mierda que tanto parece importante.

Intento zafarme de ella, pero lo único que consigo es que me agarre más fuerte.

—¡Suéltame! —le grito.

—Voy a asegurarme de que ni tú ni él tengáis futuro sobre el hielo.

Entonces hace algo que jamás habría visto venir. Mi madre me da una patada en el tobillo tan fuerte que me hace gritar y me tira al suelo. No contenta con eso, lo pisa, haciendo que se me escapen las lágrimas del dolor.

—Te prometo que…

—¡Ya basta! —oigo.

Mi madre se calla de inmediato y alza la vista. Su rostro palidece y aprieta los dientes con fuerza. Yo siento alivio cuando veo a mi padre, a Torres y a Brooke en la puerta.

—Aléjate de mi hija ahora mismo —suelta mi padre, que se acerca a toda velocidad hacia donde estoy, junto a Torres.

Mi madre me suelta y se aparta con tranquilidad, como si no acabase de pasar nada. Yo intento respirar con normalidad porque me arde el pie. Solo puedo mirarla a ella mientras noto las manos de Torres tocar mi pierna con suavidad.

—Pierdes el tiempo aquí, Gabriel. Tu hija acaba de hundir su carrera.

—Tú eres la que acaba de hundirse, Tanya —le dice. Se pone en pie para encararla y señala una esquina en la sala—. Hay cámaras aquí. Esto no es tu pabellón de Keens, esto es un pabellón de la federación, y hay cámaras de seguridad por todos lados. Cámaras que te han grabado agrediendo a mi hija.

Mi madre aprieta los dientes y su mirada se desvía un segundo hacia la cámara que yo tampoco sabía que estaba ahí.

—He hablado con mis abogados, y el contrato que tienes con Sasha es ahora ilegal por haber incumplido la mayoría de las cláusulas, por haberla maltratado y haber puesto en peligro su salud física y mental —prosigue él—. Se te llamará a juicio porque probablemente tengas que pagar una indemnización por daños, así que ya tendrás noticias mías. De momento, quiero que te alejes de Sasha lo máximo posible. A partir de ahora no eres su entrenadora. Lárgate ahora mismo o te prometo que llamaré a seguridad.

Mi madre nos echa un vistazo a todos en completo silencio. Los ojos se le van a salir de las cuencas, y tiene la cara roja por la vergüenza y la ira. Suelta un único chistido antes de salir de la sala.

Entonces la atención de los tres se centra en mí, y me permito respirar.

—¿Estás bien? —pregunta Torres.

—Espero que no me lo haya torcido.

—Te ayudo a levantarte.

Veo las estrellas cuando intento apoyar el pie, así que tengo que cojear.

—Vamos ahora mismo a la consulta del doctor—dice mi padre, que me agarra por el otro lado para que ambos me sirvan de apoyo.

—No —respondo—. Estoy bien.

—Sasha, se te está empezando a hinchar —apunta Brooke. Miro mi tobillo, que se ve rojo a través de las medias transparentes. Es cierto, se está empezado a hinchar.

—Estoy bien —insisto.

Pero da igual lo que diga, entre los tres me arrastran a la consulta de emergencia que hay en el pabellón.

CAPÍTULO 63
Sasha

—No puedes patinar, Sasha —me dice Brooke por enésima vez.

—Puedo patinar perfectamente.

—Tienes un esguince —me recuerda Torres. Los dos me están mirando con preocupación, lo que hace que me enfade.

—El doctor ha dicho que es leve —les repito sus palabras—. Que con reposo me curaré a la perfección en unas semanas.

—Patinar no es reposar, cielo —dice mi padre, que entra en la sala de descanso en la que estoy con una bolsa de hielo. Me la coloca en el tobillo, ahora vendado, y siseo por el frío—. El año que viene…

—No —digo de inmediato—. Tengo una puntuación magnífica en el programa corto, acabo de librarme de mi madre y puedo hacer el programa libre como yo quiera por primera vez en mi vida. El año que viene nada, quiero patinar hoy.

—Sash…

—¡No! —grito, y los miro a los tres—. No hay absolutamente nada que podáis decirme que vaya a impedirme patinar. Voy a salir ahí, voy a realizar mi coreografía y prometo que después me tomaré un descanso. Cumpliré lo que me mande el doctor, descansaré y reposaré. Pero no podéis pedirme que no patine hoy. —Inspiro hondo—. Por favor.

Los tres se miran entre ellos y suspiran, aceptando la derrota.

«Lovely» de Billy Eilish y Khaled empieza a sonar, y mi cuerpo empieza a moverse con vida propia, disfrutando de esta canción que ahora significa para mí tantas cosas.

El tobillo me duele, pero ignoro el dolor mientras patino, por primera vez en una competición, como yo quiero. Puedo soportarlo, no es grave. Mi cuerpo es ligero, mis movimientos son sensuales cuando tienen que serlos, dulces, firmes o suaves. Disfruto de cada ejercicio, cada giro y cada salto que aumentan el dolor de mi esguince. No me importa el dolor, aunque esté cometiendo algunos fallos que van a restarme puntos por ello estoy feliz por lo que estoy haciendo.

Se acerca el momento que tantas veces se me ha negado. El movimiento que voy a realizar por primera vez en una competición. De repente, toda mi seguridad se va al traste, porque las palabras de mi madre resuenan una y otra vez en mi mente. ¿Y si llevaba razón y no soy capaz de hacerlo? El triple *axel* me salía genial de manera individual, pero tardé en conseguir introducirlo en la coreografía. ¿Y si la cago? ¿Y si no soy capaz de hacerlo?

Entro en pánico, y sé que mi cuerpo se tensa por eso.

No, no, no. No puedo permitir esto, tengo que lograrlo.

Hago lo único que ahora mismo sé que puede tranquilizarme: lo busco entre la multitud. Sé dónde están sentados Brooke y Torres, así que no tardo en hacer contacto visual con él.

Tiene el ceño fruncido, sé que percibe mi miedo, que lo nota en mi forma de moverme. Sus labios se mueven y pronuncian una única palabra:

—Mírame.

Yo respondo sin hablar en voz alta.

—Te estoy mirando.

Él dice todo lo que necesitaba para volver a confiar en mí.

—Pues no dejes de hacerlo.

No lo hago. No dejo de mirarle mientras continúo patinando y me preparo. No me anticipo, dejo que mis movimientos fluyan con naturalidad, que mi cuerpo se relaje y la tensión desaparezca. Con el corazón a mil por hora cojo impulso, salto y...

Uno...

Dos...

Tres...

Tres giros y medio tras los que aterrizo con un gesto victorioso y una risa de alegría. Acabo de hacer un maldito triple *axel* a la perfección. Joder, lo he hecho.

La adrenalina recorre cada parte de mi ser. Sin embargo, mi tobillo reacciona y, en el siguiente ejercicio, el calambre que me recorre hace que caiga al suelo, echando por alto todo mi esfuerzo.

Me levanto de inmediato y continúo patinando. Las patinadoras se caen constantemente en mitad de las coreografías, incluyendo los campeonatos, no es algo raro. Pero sí algo que nunca antes me había ocurrido a mí en competición y que va a restarme puntos. Me aguanto las ganas de llorar, me trago el nudo en la garganta. No pasa nada, no pasa nada, no pasa nada. Lo has hecho, Sasha, es lo importante.

Termino mi coreografía. La gente estalla en vítores y aplausos, y yo sigo intentando no llorar por mi fallo estrepitoso después de un salto tan bueno. Maldigo a Tanya Petrova por encima de todas las cosas porque, de no ser porque me ha provocado un esguince, mi coreografía habría sido más que brillante.

Me llama la atención una zona de las gradas en las que hay más jaleo que en el resto de los sitios. Entrecierro los ojos porque los focos me impiden ver bien esa zona, pero juraría que veo un grupo de gente con sudaderas grises, azules y blancas. Los colores de Keens, de los Wolves. El dolor debe de estar haciéndome alucinar porque escucho cómo arman jaleo, aplauden, chiflan y... aúllan. ¿Qué...?

Salgo de la pista y, donde siempre ha estado mi madre esperándome, ahora está mi padre. Me apoyo en él porque no puedo aguantar más el dolor.

—No deberías de haber patinado —me reprende, sujetándome con fuerza—. Pero jamás te había visto patinar así, mi vida. Ha sido impresionante.

Me abraza con fuerza y me ayuda a cambiarme los patines por las zapatillas porque no aguanto más sobre las cuchillas, y después me acompaña hasta el *kiss and cry*. Cojeo porque probablemente un esguince que no era grave ahora sí que lo sea por culpa de haber forzado el tobillo. La prensa pregunta dónde está Tanya Petrova y por qué cojeo, pero no respondo a ninguna de las preguntas.

Los resultados empiezan a aparecer en pantalla mientras los anuncian por los altavoces.

81,80 puntos en componentes artísticos. Me quedo sin habla porque es una nota muy alta, mucho mejor que la de cualquiera de las chicas que ya ha patinado. Después dicen la puntuación técnica, y se me desencaja la mandíbula. 45,35. Sumando el programa corto y el programa libre, obtengo un total de... 210,15.

Me coloco en primera posición y me llevo una mano a la boca, permitiéndome llorar de alegría. Estoy feliz por lo que acabo de hacer, porque mi puntuación se aleja muchísimo de lo que conseguí el año pasado. Pero no puedo confiarme porque la caída ha sido desastrosa, y aún quedan diez chicas por patinar. Charlote Solberg es la última, y la única que sé que puede ganarme si no comete ningún fallo determinante como el mío.

Mi padre vuelve a abrazarme cuando me marcho del *kiss and cry* y me repite lo orgulloso que está de mí. Yo me aferro con fuerza a él porque nunca antes había valorado su presencia tantísimo como ahora. Tengo que cambiar mi relación con él porque, aunque sea buena, podría ser mejor. Tengo que visitarlo más a menudo, y tengo que interesarme por su vida y la de Eric. Es mi padre y me quiere con locura, y todo este tiempo yo no le he estado queriendo como se merecía.

—Te están esperando fuera —me dice—. Yo voy a hacer unas llamadas y luego os busco.

Me acompaña hasta el pasillo, donde Brooke y Torres me están esperando.

—¡Lo he hecho! —grito, abriendo los brazos. Mi amiga me abraza.

—¡Ha sido una jodida pasada! —grita Brooke, y después deja que Torres me envuelva.

—Gracias —le susurro, él besa mi frente.

—Por fin te has sacado el palo del culo —responde, provocándome una carcajada.

—Probablemente diréis que estoy loca, pero me ha pasado una cosa muy rara en la pista. Me ha parecido ver...

—¡Sasha!

Me giro para ver quién me llama, y entonces me quedo sin habla.

Todos los chicos están aquí, no me lo he imaginado. Llevan las sudaderas de Keens con el mismo logo que hay en el broche que me ha dado Brooke antes.

—No me lo puedo creer —digo.

Llegan hasta donde estoy y me obligan a participar en un abrazo conjunto del que no me quejo.

—¡Has estado alucinante! —dice John.

—Aunque te hayas caído —añade Peter—. ¿Podemos hablar de que tu coreografía no ha sido perfecta?

La burla en su voz me hace echarme a reír, porque sé que me está dando de mi propia medicina.

—Bien hecho, Sasha —dice Nate, asomando la cabeza entre el grupo.

—No me puedo creer que estéis aquí —les digo. Joder, estamos en Washington D. C.

—Eres nuestra compañera, ¿no? —sigue Peter—. Pues aquí estamos. —Después señala mi traje—. Llevas el broche.

—Soy vuestra compañera, ¿no? Anda, dadme un abrazo.

—¡Dos en un mes! —exclama John, y aprovecho que se acerca a mí para darle un tortazo en la nuca.

Solo falta una persona por patinar. Sigo en primera posición, por lo que tengo los nervios a flor de piel. Si no gano, habré conseguido un segundo puesto muy merecido.

—Buena suerte —le deseo a Charlotte.

—Gracias, Sasha.

Después me uno en las gradas a mis amigos. Vemos cómo patina, y he de decir que se ha superado. Su coreografía es magnífica, y sé desde antes de que termine que ha ganado el ISSC.

Cuando va al *kiss and cry* y dicen su puntuación, lo confirmo.

Charlotte Solberg, representando a Noruega, obtiene 210,16 puntos. Una centésima más que yo. Me gana por una centésima.

Quedo en segundo lugar este año en el ISSC. Si no hubiese sido por esos errores, si no me hubiese caído… Ahora sería yo la ganadora.

Sin embargo…, estoy feliz. A pesar del nudo del pecho, estoy feliz. Hoy he sido completamente yo, he patinado como yo quería hacerlo. Y eso para mí es suficiente.

Los chicos me reconfortan con apretones en los hombros, Torres me besa y Brooke y él me recuerdan lo lejos que he llegado. Mi padre me abraza con fuerza y me ayuda a ponerme los patines de nuevo.

Finjo que no me duele el tobillo frente a la audiencia mientras las tres finalistas subimos al podio. Y me sorprende ver que no puedo dejar de sonreír. No me importa haber quedado segunda. Después de mi triple *axel*, que nadie más ha realizado, voy a estar en boca de todos, y sé que voy a estar entre las candidatas para ir a las próximas Olimpiadas. El año que viene quedaré primera y no solo seré una candidata, sino que seré la elegida para ir a los Juegos Olímpicos.

Cuando me entregan mi trofeo, veo a mi madre entre la multitud que nos aplaude. Ella está de brazos cruzados y niega con la cabeza. «Siempre serás una segundona», puedo oírle decir.

Pero esta vez tengo clara mi respuesta.

«He hecho un triple *axel* estando lesionada. Ya he llegado más lejos de lo que tú llegaste jamás».

Nunca más pienso tener miedo de Tanya Petrova.

CAPÍTULO 64
Sasha

Despertar en los brazos de Diego Torres debería considerarse uno de los mayores privilegios del mundo. Estoy totalmente enredada en su cuerpo, ambos vestidos únicamente con la ropa interior. Él está de lado y yo boca arriba, por lo que puedo admirar uno de sus brazos tatuados, que reposa justo debajo de mis tetas. Su cabeza está encajada en mi hombro y la mía apoyada en la suya.

Acaricio sus tatuajes, fascinada por ellos, con lentitud. Torres se remueve y se despierta, apretándome con más fuerza contra él.

—Buenos días, *diabla* —susurra, besando mi cuello.

—Eso es nuevo —respondo y suelto una pequeña risa porque me hace cosquillas con la barba.

—Es que ya no eres una *pobre diabla*, tan solo una *diabla*.

—Me gusta —me giro para quedar cara a cara frente a él—. Y me gusta lo que implica.

Que ya no soy miserable, infeliz, desgraciada. Han pasado dos semanas desde el campeonato, dos semanas que llevo sin ver a mi madre, disfrutando de Brooke, de mis nuevos amigos y de Torres. Y estoy siendo feliz.

No he podido patinar de nuevo, mi esguince empeoró por forzarlo y, aunque al final no ha resultado ser grave, necesito reposar para curarme bien. He entrenado a los chicos, pero sentada en las gradas, de cara a las semifinales. Me muero por volver al hielo, especialmente ahora que sé que voy a poder hacerlo por mi cuenta. Voy a tomarme un respiro lo que queda de curso y, para el que viene, buscaré una nueva entrenadora.

—¿Qué hora es? —pregunto. Torres alcanza su teléfono y, cuando miro la pantalla, me incorporo de golpe—. Llego tarde a clase.

Ni siquiera se molesta en impedírmelo porque sabe que, por muy tentador que sea quedarme el resto de la mañana aquí con él, no pienso faltar a clase. Y no es como si él fuese a hacerlo también.

Los dos nos vestimos y bajamos a desayunar algo rápido. Nate y Ameth están ahí, pero no hablamos demasiado porque se me echa el tiempo encima. Torres me acerca a clase, ya que tengo que ir con muletas hasta que pueda apoyar el pie.

—Nos vemos más tarde —me dice, y me besa para despedirme.

El resto del día no puedo dejar de sonreír.

Morgan y Torres cocinan mientras los demás preparamos la mesa. Por fin voy a probar esa comida colombiana de la que tanto presume, ya que la única vez que me invitó a probarla yo no aparecí. Los mellizos han puesto música latina y bailan mientras se mueven por la cocina, alegres.

Nate, Spencer y yo terminamos de preparar la mesa, mientras Brooke y Ameth se encargan de traer las bebidas. Jordan es el último en llegar poco después.

—Por supuesto que apareces cuando ya está todo colocado —se burla Nate.

—¿A que nadie adivina dónde estaba? —pregunta Spencer con sarcasmo—. Exacto, en el gimnasio.

—Sois como críos —se defiende Jordan—. Yo me encargo de fregar, dejad de llorar.

—¡A comer! —grita Torres, que viene de la cocina con una fuente llena de comida, seguido de Morgan—. La comida fría no está buena, así que sentaos y empezad a comer.

—Esto no cumple la dieta del entrenador —le provoca Ameth. Tampoco cumple la mía, pero me da exactamente igual, huele de maravilla.

—Ojos que no ven, corazón que no siente. —Es la respuesta de Torres—. No vamos a perder la liga por comer este manjar un día.

Los ocho nos sentamos alrededor de la mesa y empezamos a devorar lo que es, probablemente, la comida más rica que he probado en toda mi vida. La pizza ya no es mi favorita, sino lo que Torres ha dicho que se llama *bandeja paisa*, llena de chicharrón frito, arroz blanco, frijoles rojos, huevos fritos, carne, arepas… Dios, menudo manjar.

—La próxima comida es en tu casa —le dice Torres a Ameth, que esboza una sonrisa de oreja.

—Donde tú quieras, *mi amor* —responde.

—Cuando me digas, *papi*. —Torres sigue el juego y le lanza un beso.

—Sasha, siento que hayas caído en la trampa tú también —me dice Spencer, aunque está de broma—. Yo me he quedado al tonto número dos, pero es que tú te has llevado al primero. De verdad, te doy el pésame.

—Eres muy graciosa tú, ¿no? —le dice Nate, pinchándole en el costado con un dedo para hacerle cosquillas.

—No te pongas celosa, *muñeca* —responde Torres, que mira a su amiga—. Sabes que lo nuestro nunca habría funcionado, deja que los mayores juguemos y tú confórmate con Nathaniel, ya no se admiten devoluciones.

—Sasha tiene el cielo ganado —dice ella, y hace que todos riamos.

Por mucho que me alegre de no haber sabido nada de mi madre en todo este tiempo, su silencio me preocupa. Llevo unos días dándole vueltas. Mi padre me ha dicho que se le ha citado a juicio, pero que no ha obtenido respuesta. Si mi madre no aparece el día de la citación, puede tener problemas legales.

Mi padre me ha dicho que no es buena idea, pero que entiende que necesite hacerlo. Por eso Torres me trae hasta la casa de mi madre y me ayuda a llegar hasta la puerta. No quiero verla, no quiero hablar con ella, pero necesito hacerle saber que no le tengo miedo. Que, haga lo que haga, ya no tiene ningún control sobre mí.

Llamo al timbre, pero nadie abre. Lo repito en varias ocasiones, pero no parece estar en casa. Cojo mi llave y la introduzco en la cerradura. Abro la puerta, pero, cuando entro, me quedo sin habla.

La casa está completamente vacía.

No hay muebles, no hay cuadros…, no hay nada.

Junto a Torres, recorro toda la casa para comprobar que, efectivamente, está completamente vacía.

—Se ha largado —murmuro, parada en el centro del salón desnudo—. Se ha largado.

—Quizá sea lo mejor —me dice él, abrazándome por detrás.

Yo asiento, miro la llave que tengo en la mano y la tiro al suelo. De esa forma, me despido para siempre de mi madre.

CAPÍTULO 65
Torres

—Ahí está —anuncia Jordan, señalando con la cabeza la multitud.

Reconozco esa melena pelirroja de inmediato. Trinity viene cargada con dos maletas enormes y una mochila que suelta en cuanto nos ve, ya que los dos vamos hacia ella.

Soy el primero en llegar, puesto que Jordan parece ralentizar su paso. Envuelvo a Trinity con fuerza entre mis brazos.

—Por fin estás aquí, zanahoria mía.

—El que no se quería enamorar. —Es lo primero que me dice, haciéndome reír.

Después me aparto para dejar que Jordan me tome el relevo. Él y Trinity se miran unos segundos en los que no comprendo qué ocurre antes de ser ella quien abre los brazos para invitarle a acercarse.

—Te he echado de menos —oigo que susurra, pero no escucho la respuesta de Jordan.

La dejamos respirar y ella nos mira a ambos con una sonrisa de oreja a oreja.

—No me puedo creer que ya esté de vuelta. —Su bonita sonrisa se amplía mientras pasea la vista de uno a otro, hasta que se clava en mí—. Quiero conocerla.

—Por supuesto que sí, *mi amor*.

Vamos hasta el coche de Jordan y cargamos todas sus cosas. Durante el trayecto hacia el piso de nuestro amigo, donde vamos a recibirla con una buena cena de bienvenida, Trin y yo vamos hablando. Jordan está bastante callado, participando poco. Lleva raro todo el día, y me pregunto si tendrá problemas con la misteriosa chica con la que lleva hablando todo el año y con la que asegura no tener nada.

También está un poco ausente durante la cena, aunque su atención está siempre presente, son sus palabras las que escasean.

Trinity llora con la pequeña fiesta de bienvenida que le hemos organizado. No hemos podido hacer una fiesta de verdad porque mañana son las semifinales y nos vamos muy temprano a Boston, Massachusetts, donde van a tener lugar, al igual que la final.

Mañana habrá varios partidos a lo largo del día, hasta que solo queden dos equipos. Pretendemos ser uno de esos dos y enfrentarnos al otro el viernes en la final.

Nos ponemos al día de todo con nuestra amiga después de tantos meses sin vernos. Le presentamos tanto a Sasha como a Brooke, aunque ya había oído hablar de ellas porque algo le habíamos contado.

Cuando terminamos, nos ponemos a recoger todo. Cojo todos los platos que puedo y me dirijo a la cocina. Trin y Jordan van delante de mí, llevando los vasos. Los dos van hacia la encimera para dejarlos, pero se chocan.

—Perdona —dice Trinity, que carraspea y da un paso atrás.

—No pasa nada —murmura Jordan, que no es capaz de mirarla a la cara. Yo frunzo el ceño, confuso.

Esta vez sus manos chocan cuando van a colocar los vasos dentro del fregador, y los dos las apartan con rapidez.

—Lo siento —se disculpa Jordan, y esta vez retrocede él.

—No pasa nada.

Los dos se miran en silencio unos segundos antes de que Jordan aparte la vista y se ponga a hacer otra cosa.

Entonces lo entiendo.

Lo comprendo de golpe porque, en realidad, era bastante obvio. Por qué Jordan lleva pegado al móvil desde que Trin se fue. Por qué siempre ha insistido en que solo hablaba con una amiga y no había nada que contar. Por qué dijo que nunca iba a llegar a nada más. Por qué fue el que peor reaccionó cuando pillamos a Cody engañándola. Y por qué cuando nos lo encontramos hace poco se enfadó tanto. Por qué no nos ha dicho nada. Por qué, en el aeropuerto, los dos han tenido ese reencuentro tan raro. Por qué Jordan actúa distinto.

Porque es ella. Es Trinity. Ella es la chica misteriosa.

Y también comprendo por qué ninguno de los dos ha dicho nada, especialmente mi amigo, a pesar de haberle insistido. Porque es complicado. Porque son amigos.

Y están metidos en un buen follón.

Y aquí estamos. A minutos de proclamarnos los ganadores de la Frozen Four de este año.

El año pasado ni siquiera llegamos a semifinales, pero este año hemos machacado a todos los equipos y estamos a punto de darle una paliza a los de Harvard, que han llegado hasta aquí como nosotros.

El marcador indica que vamos ganando, pero aún quedan unos minutos cruciales en los que pueden remontar. Por eso tengo alerta absolutamente todos mis sentidos. Escucho a la multitud animarnos de lejos, pero los oigo como si me hubiese puesto unos cascos para inhibir el sonido. Ahora tan solo escucho el hielo rasgarse bajo nuestros patines, el stick deslizándose sobre el hielo y el disco chocando entre ellos. Solo oigo las palabras de mis compañeros y las indicaciones del entrenador.

Con la respiración acelerada, recibo un pase de Ameth y se lo mando a Nate, que apunta a portería. Falla, pero no pasa nada porque lo único que tenemos que evitar es que ellos marquen gol en los próximos minutos.

Ray, nuestro portero, para los siguientes tres tiros, pero se le cuelan el cuarto y el quinto, haciendo que empatemos. Mierda.

Ahora sí que nos dejamos la piel, porque el cronómetro corre y tenemos que marcar un gol para proclamarnos campeones.

Jordan bloquea al equipo contrario y se hace con el disco antes de que lleguen más lejos. Benjamin, también defensa, recibe el pase de Jordan y busca quién está libre. Nate lo recibe y patina por la pista esquivando a los jugadores de Harvard todo lo que puede. Cuando se ve acorralado, lanza el disco y voy a por él. Tomo el control y me preparo para ir a portería. Ahora el equipo contrario viene a por mí, pero yo ya he echado a correr y me deslizo sobre los patines como si me fuese la vida en ello.

Corro, controlando el disco con la mejor precisión y notando los latidos de mi corazón en los oídos. Tengo la portería a tiro, pero uno de los jugadores aparece en mi campo de visión, poniéndose en medio. Tengo que reaccionar a toda velocidad para no tragármelo. Freno, giro sobre mí mismo para rodearlo, vuelvo a frenar, apunto, tiro y...

La multitud y mi equipo estalla en vítores cuando marco gol. Cuando el reloj, segundos después, deja de contar porque el tiempo ha terminado. Mis amigos vienen a rodearme y, juntos, celebramos que acabamos de convertirnos en los ganadores de la Frozen Four.

Hemos ganado.

Joder, hemos ganado.

Aúllo de felicidad y abrazo a cada uno de los Wolves, sin poder creer lo que acaba de pasar. Creo que el pecho me va a estallar por la emoción que siento, por lo feliz que soy ahora mismo. Hasta el entrenador Dawson salta a la pista para venir a celebrar con nosotros lo que hemos conseguido.

Cuando nos entregan el trofeo y lo alzo, victorioso, los aplausos y chiflidos retumban por todo el pabellón, haciendo que se me escapen unas lágrimas de orgullo. Lo hemos conseguido, hemos llegado hasta aquí. En las gradas puedo distinguir perfectamente a Sasha, Brooke, Morgan, Spencer y Trinity, vestidas con los colores de Keens y agitando banderines de los Wolves.

Al abandonar el hielo, la gente sigue vitoreando. Hacemos ruido de camino a los vestuarios, nos bebemos unos cuantos chupitos y nos duchamos y cambiamos a toda velocidad porque no podemos esperar para salir y pegarnos una buena fiesta. El entrenador se une a la celebración, aceptando un chupito y prometiendo que lo negará si alguien lo cuenta.

Las chicas nos esperan justo a la salida de los vestuarios, dentro del pabellón. Las cinco nos aplauden y silban, pero yo voy corriendo a besar a Sasha. La agarro por la cintura para hacer un giro con ella, totalmente feliz.

—Has estado espectacular —me dice entre beso y beso—. Estoy orgullosa de ti.

—Todavía no me lo creo.

—Pues créetelo —dice una voz tras de mí que me es familiar.

Me giro y me encuentro con Maverick Johnson, el ojeador de los New Jersey Devils. Sonríe y se acerca a mí para estrecharme la mano.

—Has jugado de maravilla, Diego Torres. Y el resto de tus compañeros también, estoy seguro de que algún que otro equipo va a hacerles ofertas a unos cuantos de ellos. Pero tú... —Saca una tarjeta de visita de su bolsillo y me lo tiende—. Te queremos en los NJD para la siguiente temporada. ¿Crees que podrás terminar tus estudios y asistir a los entrenamientos y partidos, aunque no juegues?

Lo miro con la que debe ser la mayor expresión de felicidad y sorpresa, porque ríe.

—Sí, señor. Por supuesto que sí.

—Estupendo. Llámame el lunes para que concertemos una reunión y te explique todo acerca del contrato, ¿de acuerdo?

—Por supuesto.

Maverick mira entonces a Sasha, que sigue a mi lado.

—Enhorabuena por ese triple, señorita Washington. Espero verla en las Olimpiadas muy pronto —le dice, y nos señala a ambos—. No os dejéis escapar, chicos.

Cuando se va, Sasha y yo nos miramos con la mandíbula desencajada.

—Vas a jugar para los Devils —me dice—. Para los *diablos*, Diego. —Sonrío ante la referencia, aún sin poder creérmelo—. Lo has conseguido.

—Lo he conseguido.

Y, sin poder evitarlo, me pongo a llorar.

Lo he conseguido.

Voy a renunciar al trabajo porque, en cuanto firme con ellos, no me va a hacer falta. Voy a poder pedir la custodia de mis hermanas incluso antes de lo previsto. A mi familia no le va a faltar nunca de nada y no vamos a tener que ver a mi padre nunca más.

Lo he conseguido.

Lo he conseguido.

Lo he conseguido.

EPÍLOGO
Sasha

La felicidad se esconde en las pequeñas cosas de la vida, en esos momentos de los que no eres consciente a menos que te hayan privado de ellos desde el día en que naciste.

Nunca pensé que no levantarme a las cuatro o cinco de la mañana cada día para entrenar antes de ir a clase me haría feliz. O poder tomarme un día de descanso si yo misma me he llevado al extremo y mi cuerpo me pide parar. Jamás creí que establecer mis propios límites iba a ser tan placentero.

Tampoco se me había pasado por la cabeza que comerme una pizza en compañía de amigos que nunca antes había tenido haría que me fuese a la cama con una sonrisa de oreja a oreja.

Pero en lo que menos había pensado es en que podía sentir algo por alguien. En que iba a querer, voluntariamente, pasar tiempo de mi día a día con una persona.

Me elegí a mí por encima de todas las cosas. Pero Diego Torres elige quererme a diario, y yo elijo quererle a él. Tampoco es como si pudiésemos controlarlo, solo sé que mi corazón late desbocado cada vez que estoy con él, cada vez que me besa o hacemos el amor.

No sé qué pasará en un futuro, pero tengo claro cuál es mi objetivo: ir a las Olimpiadas de dentro de dos años. El año que viene terminaré la universidad y ganaré el ISSC. Después de las Olimpiadas seguiré patinando, por supuesto, pero también quiero entrenar.

Quizá me vaya de Newford porque, por mucho que ame esta ciudad, llevo atrapada aquí toda mi vida, y estoy harta de vivir en un frasco demasiado pequeño. Quizá, por una vez, necesite una distracción.

No sé… Nueva Jersey no suena mal en absoluto.

Torres

El año que viene va a ser mucho más fácil que otros años, pero también más difícil.

Vera Green me ha confirmado que, tras haber firmado el contrato con los New Jersey Devils, voy a poder conseguir la custodia de Ana y Noa en cuanto cumpla los veintiuno. Eso significa que tendré que darlo todo de mí, y necesitaré toda la ayuda que Morgan sea capaz de proporcionarme.

Después de mi cumpleaños voy a alquilar un piso cerca del campus y del colegio de mis hermanas para estar con ellas mientras termino el último año de universidad. Tendré que ir y venir cuando haya partido, pero cuento con la ayuda de toda la gente que me quiere para que esos viajes no supongan un problema. El año que viene tendré que mudarme a Nueva Jersey para jugar oficialmente con los NJD, y las niñas se vendrán conmigo. Ya he mirado unos colegios privados en los que pediremos plaza para que sigan sus estudios.

A Sasha le gusta la idea de irnos, y solo pensar que quiera venirse conmigo me hace saber que de verdad no puedo dejarla escapar. La quiero, y me muero por ver qué nos depara el futuro.

No tengo ni idea de qué va a hacer Morgan. No sé si querrá venirse, porque supongo que pensará en su relación con Brooke antes de tomar una decisión. Lleva meses estable, su trastorno alimentario está bajo control y eso me alivia. Me tranquiliza saber que mi hermana sabe a la perfección que, estemos donde estemos, siempre vamos a poder contar el uno con el otro para lo que sea.

Aún no me creo que voy a tener la vida que siempre he querido. Que mis hermanas van a estar a salvo, a recibir una buena educación y a no sufrir nunca jamás de nuevo por nuestro padre.

Voy, por fin, a demostrarle a mi madre el hombre en el que me he convertido.

Y espero que, esté donde esté, ella pueda verme.

AGRADECIMIENTOS

Y una vez más, aquí estoy. Estos agradecimientos no iban a existir, porque este libro nunca me habría animado a escribirlo de no ser por mi mejor amiga. Tenía la idea en la cabeza de que Torres quizá iba a necesitar su propia historia, pero no estaba segura de si iba a funcionar. Y cuando María prácticamente me obligó a hacerlo, no dudé ni un segundo más. Así que gracias, una vez más, a mi alma gemela por empujarme a la piscina y no dejar que el miedo pudiese conmigo. Siempre serás mi mejor amiga y mi escritora favorita, no lo olvides.

A Yaiza, porque a mitad de la historia no sabía cómo continuar, y eliminaste el bloqueo de escritura que me estaba matando con tus consejos, que siempre son increíbles. Gracias por todo lo que haces por mí cada día.

A Julia, porque lees en tiempo récord cada borrador y me dejas los mejores comentarios para que las correcciones se me hagan amenas y divertidas, a pesar de que probablemente esté llorando en casa.

A Laura, que aprendió a amar a Torres cuando estaba convencida de que no era un chico para ella. Siempre quieres a mis personajes como si fuesen tuyos, y eso me hace muy feliz.

A mis agentes, Pablo y David, porque siempre estáis ahí para apoyarme, ponerme los pies en la tierra y recibirme con los brazos abiertos una y otra vez. Os adoro (@editabundoagencialiteraria).

A Marta, mi increíble editora. Porque cuando acabo un manuscrito y estoy al borde del llanto por el síndrome del impostor, sé que tú estás ahí para tener una eterna reunión de la que saldré llorando, pero de felicidad. Haces magia con mis historias y me ayudas a pulirlas con ideas maravillosas.

A todo el equipo editorial y a las personas que han realizado informes de sensibilidad para asegurarse de que los temas delicados se trataban de manera correcta. Gracias por confiar en mi novela.

A mis padres, Rafa y Sankhya, mi hermano Félix, mi tita Paqui y mi prima Lola, por llevar apoyándome en mi sueño toda la vida y no permitir que lo abandone.

A Nadia (@nadiagodwin_) y Carla (@azasliterature), por ser de nuevo mis lectoras beta y amar a estos personajes por encima de todas las cosas.

A mis Pengüinas: Niloa (@niloagray), Irene (@booksbycinderer), Alba (@albazamoraexpo) y María (@mariamonrabal), porque conoceros ha sido como un rayito de luz entre la tormenta, y porque vuestro apoyo es muy importante para mí.

A mis Mediterráneos: Irene, Carla, Sergio (@sergio.rocas), Lidia (@castlebooks), Laura (@laurablackbeak) y Meri (@merikigai), por las aventuras, los reencuentros y el cariño.

A Ana, Marta y Alicia, por acompañarme de la mano en cada paso que doy. Os quiero mucho.

A Carmen, Andrea y Laura. Sé que me amáis, yo también os echo de menos cada día.

A Andrea (@andreorowling), por esta amistad tan bonita, por tu apoyo, las noches de risas histéricas y las aventuras que nos quedan.

A Marta Lario, Fransy, Josu Diamond, Alina Not, Beatriz Esteban… Por estar ahí siempre.

A las mejores lectoras de toda Granada: Maribel, Carmen, Fátima, Isa, Lucía y Marina. Dejad de llorar con todos mis libros, por favor.

A la comunidad de bookstagram tan increíble, que considero mi hogar: Leire (@respirandofrases), Jano (@caosliterario), Sandra (srta. flourishandblotts), Carlos (@azobooks), Javi (@xaverbooks), Patri Ibárcena (@patibarcena), Fran Targaryen (@frantargaryen)… y todos los que me dejo en el camino porque no tengo páginas suficientes.

A quienes estáis ahí, me apoyáis, me leéis y os emocionáis conmigo cada vez que anuncio algo por redes sociales. Gracias por permitir que esto sea real, que mi sueño se esté cumpliendo. Gracias por confiar en mí. Gracias por ser parte de Keens Uni y de los «K-Wolvies». Y gracias por hacerme saber que estáis disfrutando mis historias.

Esto no acaba aquí. ¿Nos vemos en el siguiente?

Un abrazo enorme.

ESTE LIBRO SE TERMINÓ DE IMPRIMIR
EN EL MES DE OCTUBRE DE 2023.